1994 年吴国钦在王季思老师家中与老师合影

吴国钦近照

〔南吕·一枝花〕英才蓋世間，巨筆撐霄漢；青鋒誅鬼魅，濃墨寫春山。血淚斑斑，訴不盡竇娥怨，把天關地軸翻。幾曾見六月霜飛，今日早銀河倒挽。

〔梁州第七〕你曾叫魯齋郎長街處斬，楊衙內削職丟官，專跟那權奸民賊橫眉幹。風風雨雨，失路嬌鸞；星星月月，受騙丫環；一簡是旅店中別淚難乾，一簡是書房外柔腸寸斷。還有那趙盼兒鄭州城勇救同班，杜蕊娘金線池懶開卷眼，謝天香開封府智度嚴闔。紅顏、命慳，論古來才士千千萬，有幾簡秉筆讔公案？就是朱四姐當年也血淚潛，合與你雙占勾欄。

〔尾聲〕吳生奮起游文苑，要把關老雄篇代代傳。展卷披圖光照眼，幾番、細看，渾不覺簾外啼鶯報春暖。

北曲散套為

國欽同志新編關漢卿全集賦

王季思 戊辰六月

王季思教授为吴国钦校注的《关汉卿全集》
题曲《南吕·一枝花》，吴德先代书

新编关汉卿全集校注

吴国钦　校注

广东高等教育出版社
Guangdong Higher Education Press
·广州·

图书在版编目（CIP）数据

新编关汉卿全集校注／吴国钦校注. —广州：广东高等教育出版社，2025.1
ISBN 978-7-5361-7678-2

Ⅰ. ①新… Ⅱ. ①吴… Ⅲ. ①杂剧-剧本-作品集-中国-元代
②散曲-作品集-中国-元代 Ⅳ. ①I214.72 ②I222.9

中国国家版本馆 CIP 数据核字（2024）第 106950 号

XINBIAN GUAN HANQING QUANJI JIAOZHU

新编关汉卿全集校注

吴国钦　校注

责任编辑　冯沪萍　刘丽丽
装帧设计　丁庆生
责任技编　肖宿华
责任校对　张艳芳

出版发行　广东高等教育出版社
　　　　　地址：广州市天河区林和西横路
　　　　　邮政编码：510500　电话：（020）87551436
　　　　　http://www.gdgjs.com.cn
印　　刷　广东鹏腾宇文化创新有限公司
开　　本　787 毫米×1 092 毫米　1/16
印　　张　42
插　　页　2
字　　数　584 千
版　　次　2025 年 1 月第 1 版　2025 年 1 月第 1 次印刷
定　　价　128.00 元

对关汉卿及其杂剧的再认识

　　1958 年，当时的世界和平理事会决定将我国元代戏曲家关汉卿列为"世界文化名人"，中国掀起了纪念关汉卿戏剧创作 700 周年的热潮。著名戏剧家夏衍提出：外国有"莎学"，我们也要有自己的"关学"。60 多年过去了，"关学"并未形成。究其原因，我以为是关汉卿的作品表述直白而强烈，旨趣鲜明而饱满，不像《红楼梦》那样博大精深，充满"迷宫式"的内容与人物，可以令人去探究深挖，甚至钻牛角尖，因此形成一门专门的"红学"学问。"红学"像海洋，浩瀚深邃，不易捉摸。关剧则如"飞流直下三千尺"的瀑布，壮观、亮眼、澎湃、震撼，奔泻直下，不存在谜一般的内容与人物。当然，我们还不应忘记：元杂剧本质上是一种市井通俗文艺，是大众化而不显艰深的戏曲形式。

　　杂剧兴盛于元代，不是没有原因的。元代国力强盛，其疆域比今日中国之版图还要大。过去，我们常从社会学的维度研究元杂剧，强调民族压迫与歧视，"人分十等"云云，这些当然是必要的，但相反的史料也不少。元末明初叶子奇的《草木子》"克谨"篇记：

　　　　元朝自世祖混一之后，天下治平者六七十年。轻刑薄赋，兵革罕用，生者有养，死者有葬；行旅万里，宿泊如家。

元代，尤其是前期，即从元世祖忽必烈至泰定帝约50年间，整个社会处于上升阶段，经济发展，商业兴盛，驿站林立，海运、河运发达，与140国有通商往来（宋时只与50国贸易）；文化也有可圈可点之处，举例来说，全国有书院407所，元代建造的"金刭玉砌，土木生辉"的白塔，至今仍矗立在北京的阜成门。元代的郭守敬、王祯、许衡、朱思本、黄道婆、八思巴、赵孟頫、黄公望、萨都剌等，都是中国文化史上响当当的名字，而关汉卿也是他们当中杰出的一位。

就元杂剧的繁荣来说，应回归元杂剧本身，或许只有在回归的过程中，我们才可能逐渐接近元杂剧勃兴与出现关汉卿的历史原因。

元代接续宋代。宋代既是封建士大夫文化发展的高峰时期，又是市井民间通俗文化繁荣的黄金时代。由于城市经济的迅速发展与市民阶层的崛起，民间通俗文艺如雨后春笋般萌发。宋代的"流行歌曲"——宋词就是在这样的环境下产生并登上传统文化高峰的。而其他的民间通俗文艺，名目之多，形式之五花八门，瓦舍（瓦砾场，宋元时期大型民间游艺场所）、勾栏（栏干互相勾连起来的演出场地，即舞台）规模之宏大，创作者、观赏者人数之众多，这种盛大的游艺场面，在历史上从未出现过。只要翻读《东京梦华录》《梦粱录》《都城纪胜》《武林旧事》等宋代史料笔记，便可窥见有宋一代民间通俗文艺繁荣之端倪。而元代前期由于社会安定，商业经济繁荣，大都、杭州等世界特大城市的娱乐经济遍地开花。从元代开始，封建社会后期文学的主体结构发生根本变化，以诗文为主体演变成以通俗文艺戏曲小说为主体。元代著名史料笔记《南村辍耕录》记载了元代院本（勾栏行院的戏班或演出团体演出的节目）凡数百种，包括杂剧演出剧目、各种游艺节目，以及令人眼花缭乱的杂技、杂耍、杂艺等。元代杂剧剧目约600种（现存170种），知作者姓名者80多人。《录鬼簿》记"元初关汉卿已斋叟以下，前后凡百五十一人"。当时有许多杂剧创作团体，如关汉卿的玉京书会，马致远的元贞书会，萧德祥的武林书会，以及古杭书会、九山书会等。而关汉卿正是在民间通俗文艺勃兴和元杂剧演出鼎盛的基础上脱颖而出，成为元杂剧的代表人物的。

过去，我们常用"压迫—反抗"的二元思维去解释元杂剧的繁荣，由于认知角度比较单一，很难解释元杂剧的繁荣与关汉卿出现的缘由。

过去，我们（包括笔者）认为关汉卿的一生是"战斗的一生"，他是战士，"一管笔在手，敢搦孙吴兵斗"（讹传为关撰〔大石调　青杏子·骋怀〕）。仿佛关氏就是一名与元代黑暗社会战斗到底的战士。这其实是失之偏颇的。

由于元代前期约 40 年未举行科举考试，直到仁宗延祐二年（1315）才开科取士，所以，关汉卿这一代读书人失去了科举的"上天梯"，只好沦落到勾栏瓦舍为倡优写唱本、写杂剧。这一代文化人与元代统治者渐行渐远，"离异意识"十分强烈。正如明代胡侍《真珠船》所说：

> 元曲，如《中原音韵》《阳春白雪》《太平乐府》《天机余锦》等集，……《单刀会》《敬德不伏老》等传奇，率音调悠圆，气魄宏壮，后虽有作，鲜之与京矣。盖当时台省元臣，郡邑正官及雄要之职，尽其国人（指蒙古人）为之；中州人每每沉抑下僚，志不获展，如关汉卿……其他屈在簿书、老于布素者，尚多有之，于是以其有用之才，而一寓之乎声歌之末，以舒其怫郁感慨之怀，盖所谓不得其平而鸣焉者也。

所以，关汉卿这一代杂剧家，与历代传统文人大异其趣，他们不做官，也无官可做，或做芝麻绿豆般的小官，不存在"居庙堂之高则忧其民"，也不存在"处江湖之远则忧其君"的问题；而是用自己的才华撰写杂剧，把元代前期这股文化娱乐消费的浪潮推向极致，关汉卿因此成了北宋末期至元代前期这 200 年间涌现的新的戏曲形式——杂剧的代表人物。

关汉卿是一位多产作家，一生写了 60 多种杂剧，他写的杂剧的题材，都是勾栏瓦舍热门演出的题材，主要是：其一，历史故事剧。这是我国古代的写作传统：以史为鉴，借史抒怀。如三国戏就有《关大王独赴单刀会》《关张双赴西蜀梦》，其他有《温太真玉镜台》《山神庙裴度还带》《邓夫人苦痛哭存孝》等；以及只有存目、剧作已佚的《唐太宗哭魏徵》《吕蒙正风雪破窑记》等。

其二，勾栏妓女倡优故事剧。这方面的人物与生活，关氏十分熟悉。如《赵盼儿风月救风尘》《钱大尹智宠谢天香》《杜蕊娘智赏金线池》以及只有存目的《风流孔目春衫记》《晏叔原风月鹧鸪天》等。

其三，公案故事剧。如《感天动地窦娥冤》《包待制三勘蝴蝶梦》《钱大尹智勘绯衣梦》《包待制智斩鲁斋郎》等，以及只有存目的《双提尸鬼报汴河冤》《开封府萧王勘龙衣》等。

其四，是所谓"寻常熟事"，近似我们今天说的观众喜闻乐见的故事，如古代四大美人，关氏写了三位，已佚的《姑苏台范蠡进西施》《汉元帝哭昭君》《唐明皇哭香囊》等。

从现存关氏撰的 60 多种杂剧目录可知，有两类题材是元人杂剧司空见惯而关汉卿从未触及的，这就是神仙道化剧与山林隐逸剧。"元曲四大家"之一的马致远，惯于写神仙道化与山林隐逸的题材，所以元末贾仲明的挽词说他是"万花丛里马神仙"。

关汉卿不写神仙道化与山林隐逸，说明关氏是一位入世的杂剧家。他面对现实，关注百姓疾苦，对虚无缥缈的神仙世界并无兴趣。儒家"修齐治平"的所谓抱负不见了，他身上较少传统文人"穷则独善其身"的情怀。正是这种平民化的情怀，投合了市民大众的审美趣味。

关汉卿的写与不写，表达了他的创作追求与自觉选择。关剧向市民趣味倾斜，而不向文人情调靠拢，排斥离开大众的文人单方面的自我想象与自我欣赏。举例来说，他笔下的公案戏，与一般的以"勘案—破案"为终极目标的公案戏不同，而是塑造有血有肉的人物，以达到教化震慑的目的。

《窦娥冤》这部旷世大悲剧不啻描写窦娥的悲苦与灾难，而且通过人物遭际，揭示悲剧的深层次原因。窦娥是元代高利贷的受害者，"羊羔儿利"迫使七岁的窦娥离开娘家去给蔡婆做童养媳；而放高利贷的蔡婆不是坏人，她是一个孤苦无援的老妇人。戏剧冲突开始时，窦娥已经守了两年寡，与蔡婆相依为命。接着，流氓张驴儿父子强行闯入寡妇人家，胁逼婆媳嫁与他父子二人为妻，蔡婆屈服了，窦娥拒绝了。当张驴儿毒死自己老子、戏剧矛盾进一步激化时，窦娥选择了"官休"，这时她对官府还有幻想。当昏官桃杌把她打得死去活来，"一杖下，一道血，一层皮"的时候，窦娥没有屈服，她不是软骨头，不是可怜兮兮的人物，而是像关汉卿说的，是一颗响当当的铜豌豆！当桃杌转而要拷打蔡婆时，为了不让年迈的婆婆受皮肉之苦，窦娥屈招了"药死公公"，她的心地是多么善良呀！游街时，窦娥恳求刽子手"不走前街走后街"，以免蔡婆撞见"枉将他气杀"。连刽子手都感动了："你的性命也顾不得，怕他见怎的！"生离死别的时候，窦娥向蔡婆提出：

> 婆婆，此后遇着冬时年节，月一十五，有漉不了的浆水饭，漉半碗儿与我吃；烧不了的纸钱，与窦娥烧一陌儿。则是看你死的孩儿面上！

窦娥临死只提出这些可怜微小的要求！而面对刽子手、监斩官时，窦娥郁积已久的愤懑喷薄而出，她骂天地诉鬼神，控诉社会的善恶颠倒，清浊不分，欺软怕硬，顺水推船。〔滚绣球〕一曲是最强音，慷慨激越，把悲剧推向高潮。"三桩誓愿"一一实现，"若没些儿灵圣与世人传，也不见得湛湛青天！"窦娥是一个真实的血肉饱满的艺术形象。《窦娥冤》通过窦娥冤死，揭示悲剧根源，让人们认识历史，感知社会，思考人生。悲剧主人公的不幸结局与其慷慨赴死的自觉意识，使《窦娥冤》成为感天地、泣鬼神、撼人心的大悲剧，使它如王国维所说的"即列之于世界大悲剧中，亦无愧色也"。

《蝴蝶梦》也是一个公案戏，剧作是旦本，由正旦扮王婆主唱。当王婆见到凶徒葛彪打死自己的丈夫还像无事人一般逍遥时，她大声咆哮：

> 使不着国戚皇亲、玉叶金枝，便是他龙孙帝子，打杀人要吃官司！

这实际上是关汉卿借王婆之口，对元代法治的松弛，强权就是公理的现实发出最强烈的控诉；是宋代农民起义提出的"法分贵贱贫富，非善法也"的直接传承，表达了新崛起的市民阶层强烈的"法平等"意识。

《蝴蝶梦》是包公戏，但不是一般的包公戏，而是一个另类的包公戏。之所以说"另类"，一是剧中宋代的包拯，判案依据的是元代的法律。元律《通制条格》规定：蒙古贵族打杀汉人，不须偿命，只交纳罚金；汉人打杀蒙古人，则须偿命。包拯于是判决王氏三兄弟中一个人出来替葛彪偿命。二是通常包公戏中的包拯，只对坏人用刑，或动铡刀，或打板子；但《蝴蝶梦》中的包拯，却对好人用刑。"麻槌脑箍，六问三推"，把王氏三兄弟"打的浑身血污"。三是包公最后之所以能秉公判案，是在王婆高尚的情操感召下才做出的。王婆舍亲生儿子而保全继子性命的高尚精神照耀全剧，感动了包拯，他最后用"调包计"救了王三性命。杂剧塑造了一个另类的包公，出乎观众意想之外，却在人物情理之中。

《蝴蝶梦》充盈着百姓喜闻乐见的市井情趣。如王大交代后事时，对王婆说："母亲，家中有一本《论语》，卖了替父亲买些纸烧。"王二说："母亲，我有一本《孟子》，卖了替父亲做些经忏。"对儒家经典的揶揄态度，令人发噱。王三是丑角扮的，他问差役张千如何处死自己，张千答："盆吊死（当时一种酷刑），三十板高墙丢过去。"王三说："你丢我时放仔细些，我肚子上有个疖子哩。"当知道自己必死无疑时，王三绝望了，竟然唱起曲子来。这个杂剧本来只由正旦王婆主唱，王三却破例唱起来：

> 腹揽五车书，都是些《礼记》和《周易》，眼睁睁死限相
> 随。……包待制又葫芦提，令史每装不知。两边厢列着祗候人役，
> 貌堂堂都是一伙洒合娘的！

王三破口大骂老糊涂的包拯、伪善的令史、祗候杂役……他爆粗口了，剧场效果之强烈不难想见，而批判也到了非常激烈、不留情面的地步。

剧作结局，包拯封赏："大儿去随朝勾当（即当朝为官），第二的冠带荣身，石和（王三）做中牟县令，母亲封贤德夫人。"包拯哪来的权力，可以越过皇帝进行封赐？这完全是市井小民的一厢情愿：升官发财，否极泰来。虽然现实生活不可能如此，但市井百姓乐于见到这样的结局，乐于接受这样的封赏。

《鲁斋郎》写一桩做丈夫的送妻给权贵的情事。《马可·波罗游记》提及，当时的副宰相阿合马就是一个"鲁斋郎式"的人物，淫人妻女133名。包公最后用"鱼齐即"智斩鲁斋郎。这有点类似填字游戏，现实中是绝对不会发生的。但正是这样插科打诨式的结局，肯定赢来大快人心的剧场笑声与掌声。这种笑声与掌声，正是宋元时代大众消费文化形态最典型的目的与效果。

《单刀会》的关云长，正气凛然，最终降服诡计多端的鲁肃。关云长作为主角，第一、二折并未上场，由乔公与司马徽历数其英雄业绩，取得先声夺人的效果，这在元杂剧编撰史上是对体例的重大突破。

《救风尘》中的赵盼儿，凭着智勇战胜"酒肉场中三十载，花星整照二十年"的老狎客周舍。《望江亭》写寡妇谭记儿在清安观中自主相亲，再嫁白士中。为捍卫自身婚姻与家庭的幸福，她巧扮渔妇，智赚钦差杨衙内的势剑金牌与捕人文书，使杨衙内落得个出乖露丑的下场。《谢天香》中聪慧绝顶的谢天香，与呆呆傻傻的才子柳永悉成对照，极富喜剧

效果。尤其令人赞叹的是钱可为保护朋友的妻子，不惜自身名节受损。这些描写，可见关汉卿的理想人格与价值取向。

《玉镜台》是关氏重要作品，过去的评论（包括笔者在内）只停留在肤浅的"老夫少妻"层面，这其实是很片面的。温峤是晋代一位著名人物，对国家朝廷颇有贡献，他死时只有 42 岁，属英年早逝。杂剧写温峤用皇帝赏赐的玉镜台为聘，自己做媒人娶妻，这事在旧时代够"奇"了。刘倩英嫌温峤年纪大，两个月拒不同房，不愿叫温峤一声丈夫。在这种情势下，将军温峤没有以势压服，做大官的温峤没有以权降服，大男人温峤也没有以家庭暴力对付刘倩英，而是用"真心儿待，诚心儿捱"，"把你看承的、看承的家宅土地，本命神祇"，最后赢得刘倩英的芳心。爱情是两颗心的无缝对接。剧作通过温峤的耐心与温情，挖掘人性中美好的一面，反对男尊女卑，颂扬一种平等相处的夫妻关系。全剧属第一流的元曲文字，如第一折的〔六幺序〕〔幺篇〕诸曲，令人击赏，充满缠绵柔情与旖旎风光。

关剧现存唯一的才子佳人戏《拜月亭》，把男女主角的爱情置于兵荒马乱的大背景下，特殊背景演绎特殊爱情。男女主人公逃难时互相扶持，从假夫妻变成真夫妻。女主角王瑞兰的父亲王镇是兵部尚书，他在招商店意外碰见女儿，命人将其架走，留下病中的蒋世隆。剧末，王镇凭借权势，将两个女儿嫁与文武状元。他是武官，偏爱武状元，故将亲生女嫁给武状元，将义女嫁给文状元。最终发现文状元蒋世隆与蒋瑞莲是亲兄妹，于是将新人进行调换，可是蒋瑞莲却不愿意……剧作到了结局，依然波诡云谲，引人入胜。剧作批判的矛头，自始至终指向权力，指向封建家长。虽然是才子佳人戏，但关汉卿有自觉的写作目的与定位，《拜月亭》因此超越一般的才子佳人戏，成为可与《西厢记》比肩的爱情戏杰作。（李卓吾评论）

《五侯宴》的写法，在关剧中属异数。史载五代后唐末帝李从珂（934—936 年在位）"其世微贱"，杂剧从这一简略记载中，可能还参考一些民间传说，敷演成一个非常感人的故事。它写李从珂之母王嫂无力殡埋死去的丈夫，典身给土财主赵太公，赵太公却将"典身三年"的文书偷改为卖身文契，逼王嫂终身为奴。为了让儿子赵脖揪有充足奶水吃，赵太公竟要摔死王嫂之子（即李从珂），后又逼王嫂把儿子丢弃荒野。赵太公死后，其子赵脖揪不念王嫂哺乳之恩，变本加厉迫害王嫂，动不动用黄桑棍毒打她。有一天，王嫂不慎将吊桶掉在井里而无力捞起，想到又要遭一顿毒打，在井边自尽时为李从珂所救。原来被丢弃荒野的李从珂为将军李嗣源所救，18 年后已长成一位英俊的小将军，屡打胜仗。但无论是李嗣源还是李嗣源的母亲刘夫人，抑或众将领，无人敢说真话，无人敢揭开李从珂的身世，直至李从珂拔剑以死威胁，刘夫人才不得不说出真相，李从珂赶忙策马接回奄奄一息的母亲，母子终于团圆。

整出杂剧，除了第四折由正旦扮刘夫人主唱外，其余各折皆由正旦王嫂主唱，王嫂是全剧第一主角，她的血泪身世催人泪下。剧作还穿插李嗣源麾下包括李从珂在内的众将大战梁将王彦章的场面，众将的跚马排场反复出现，类似现今京剧、粤剧的《苏秦六国大封相》那种排场。所以，《五侯宴》演出时应是一个有好故事、好人物、好排场的大型戏曲。

《诈妮子调风月》的剧情，令人震撼。它写了贵族老千户家来了客人小千户，小千户用甜言蜜语欺骗婢女燕燕，使其失身，后又移情别恋的故事。受骗的燕燕自比扑火的灯蛾，她在小千户的婚礼上情绪激动，大骂新人"是个破败家私铁扫帚"，"绝子嗣、妨公婆、克丈夫"，宾客们是"吊客临，丧门聚"。燕燕骂婚的场面，可谓石破天惊，把主人和众宾客吓得目瞪口呆。这样激烈的戏剧场面，在中国戏曲史上极其罕见。

就关剧现存 18 部作品来看，旦本占了 12 部，鲜明的艺术形象有窦娥、赵盼儿、谭记儿、谢天香、杜蕊娘、燕燕、王瑞兰、《蝴蝶梦》的王婆、《五侯宴》的王嫂、《哭存孝》的邓夫人、《陈母教子》的陈母等，这些人多是社会底层的女性，如妓女、婢女、穷人家的寡妇、农妇、平民的妻子，还有下级官吏的妻子（谭记儿）、兵部尚书的女儿（王瑞兰）等，她们在剧中无不处于弱势地位。关汉卿关注女性命运，同情弱者，在至微至贱的女性身上，同情她们的大悲大苦，赞颂她们的大智大勇，为弱者对命运的抗争喝彩，为弱者战胜强者、公理战胜强权鼓与呼。正如陈毅元帅所说：

> 关汉卿的剧作，不管是悲剧或喜剧，都表现了封建社会两个主要阶级的对立。他是非分明，因而爱憎分明，他的同情总是在被压迫者一边，总是写压迫者，看去像是强大而实际上腐朽无能，被压迫者看似卑微而却具有无限智慧与力量。（陈毅《关汉卿戏剧创作700周年纪念大会题词》）

在几个末本戏中，关汉卿歌颂关云长的豪迈与胆识，温峤不恃权势欺侮女性的平等观，赞扬钱可、裴度崇高的人格精神。《裴度还带》通过中唐名相裴度早年拾获价值千贯钱的玉带、待在风雪交加的山神庙门口等候失主的故事，写裴度不但免于一死，且中了科举，娶到老婆，而这一切，都是由于裴度心地极其善良，不贪不义之财才得到的福报。杂剧穿插相士赵野鹤的断言失实，拉近了剧中故事人物与市井百姓的距离，剧情成了市井小民喜闻乐见的故事。市民文化娱乐消费的主体性地位，在关剧中表现得淋漓尽致。

关氏笔下的反面人物，有皇亲国戚（鲁斋郎）、豪强势要（葛彪）、贪官污吏（桃杌）、土豪劣绅（赵太公赵脖揪父子）、衙内嫖客（杨衙内、周舍）、流氓地痞（张驴儿父子）等，都是些可笑可恨的"丑八怪"，在元代现实社会中完全可以见到他们的身影，这些反面形象组成了元代社会的"百丑图"。

元末贾仲明为《录鬼簿》补写的关汉卿挽词云：

　　珠玑语唾自然流，金玉词源即便有，玲珑肺腑天生就。风月情忕惯熟，姓名香四大神州；驱梨园领袖，总编修师首，捻杂剧班头。

　　说关剧曲辞如珠玑般天然可爱，关汉卿是戏剧界的领袖人物、编撰杂剧的师尊头儿，又是戏班班主，是元杂剧的一位大师级人物。关氏撰写的悲剧感天动地，满纸血泪，如《窦娥冤》《五侯宴》；他的喜剧触处生春，满台生辉，如《救风尘》《望江亭》；他写的正剧正气满满，摇曳多姿，如《玉镜台》《蝴蝶梦》；他笔下的英雄传奇，激情澎湃，豪气干云，如《单刀会》《哭存孝》。他的悲剧、喜剧、正剧和英雄传奇成为中国戏曲史上的经典剧作。

　　关汉卿是一位勾栏戏曲家，活跃于勾栏瓦舍。他在一首〔南吕　一枝花·不伏老〕套曲中曾自叙生活道路与风神志趣。他说："我是个普天下郎君领袖，盖世界浪子班头"，"占排场风月功名首"，而不是科举功名首。他用热烈明快而幽默风趣的语言来自叙行止，写出内心的郁闷。关汉卿在现实中找不到更好的出路，只能在勾栏瓦舍撰写杂剧，勾栏瓦舍是他赖以生存的根基，这里有他的朋友圈，有他最佳的人生位置。可以说，元代政坛将一批像关汉卿这样身怀绝学的高标人士拒之门外，杂剧界却意外地迎来了关汉卿等"元曲四大家"与王实甫等文坛巨擘，元曲因此成为"一代有一代之文学"（王国维语）的元代文学的佼佼者。

　　关汉卿不是宅在书斋内写作的文人，不是革命家，也不是战斗者，而是戏曲家。他的杂剧，表现了对清明政治的渴望与期待，对平等意识的关切与冀望，对底层平民百姓疾苦的切肤之痛，尤其是对女性命运的关注与同情，这种人道主义，并非"惟歌生民病，愿得天子知"（白居易诗）那种居高临下式的同情。关汉卿就是平民一分子，他的杂剧承载着当时市民百姓的梦想，跳跃着时代的音符，塑造了众多的鲜明艺术形象，包孕着百姓的喜怒哀乐，充满新奇的娱乐手段与形式，充盈市井意识与情趣，有高超的艺术技巧，在审美上是有别于前代的文学。

关汉卿不像屈原那样执着，在忠君理想破灭之后就去投江，关氏是不会投江的，他通达得紧。"闲将往事思量过，贤的是他，愚的是我，争什么！"（〔南昌 四块玉·闲适〕）关汉卿不像司马迁那样坚忍，"隐忍苟活，幽于粪土之中而不辞"（《报任安书》）。关汉卿不像陶潜那样退避，不可能恬淡去"采菊东篱下，悠然见南山"。关汉卿不像李白那样豪放与高傲，一听到皇帝召唤马上"仰天大笑出门去，我辈岂是蓬蒿人"。关汉卿不像杜甫那样愁苦，兀兀于"致君尧舜上，再使风俗淳"。关汉卿"滑稽多智，蕴藉风流，为一时之冠"（元代熊自得《析津志》）。关汉卿不像苏轼，在被贬谪"黄州、惠州、儋州"中完成一生功业，成为一代文化巨人。

其实，从屈原到苏轼，这些伟大作家有一个共同的身份——封建士大夫，而关汉卿绝不是一名封建士大夫！元代朱经《〈青楼集〉序》说他"不屑仕进，乃嘲弄风月"。关汉卿自嘲为"浪子"，且是"浪子班头"。他放浪形骸之外，这是他与前代许多伟大作家不同的个性所在；他对底层百姓有着特别的关注，写出了多部有着底层关怀的杰出作品，所以成为我国戏曲史上最伟大的作家。

吴国钦
识于 2024 年春

目　录

杂　剧

散 曲

附　录

杂剧

感天动地窦娥冤

包待制智斩鲁斋郎

赵盼儿风月救风尘

望江亭中秋切鲙

包待制三勘蝴蝶梦

杜蕊娘智赏金线池

钱大尹智宠谢天香

温太真玉镜台

尉迟恭单鞭夺槊

关大王独赴单刀会

钱大尹智勘绯衣梦

刘夫人庆赏五侯宴

邓夫人苦痛哭存孝

山神庙裴度还带

状元堂陈母教子

关张双赴西蜀梦

闺怨佳人拜月亭

诈妮子调风月

唐明皇哭香囊（残曲）

风流孔目春衫记（残曲）

孟良盗骨（残曲）

杂剧是宋元明清时期一种戏曲形式。杂剧的名称最早出现在唐代。为什么在"剧"字前面要冠以"杂"字呢？这是因为戏曲是高度综合性的，它融合了歌唱、表演、舞蹈、说话、调笑、武术、杂技、杂耍等艺术元素，因此，这个"杂"字是杂锦的意思。后代把这些艺术手段概括成"唱念做打"。

元代杂剧勃兴，是最主要的戏曲形式。它有严整的结构，多数剧作采用"四折一楔子"，即按戏剧冲突的开端、发展、高潮、结局分为四个大段落，楔子指序幕或过场戏，每一折唱同一宫调、同一韵脚的一套曲子。

元杂剧的演唱体制比较特别，一般来说由主角一人主唱，由正末（即正生）唱的叫"末本"，正旦唱的叫"旦本"。杂剧受金院本与诸宫调说唱影响很深，所以形成了"一人主唱"的演唱体制，其他角色只有说白。

元代杂剧流行于中国北方，因此形成唱北曲的音乐系统。

元杂剧的代表作家，有所谓"关马郑白"，即关汉卿、马致远、郑德辉、白朴，还有写出在当时是"天下夺魁"的《西厢记》的王实甫。

明清时期杂剧演化成一种短剧。

感天动地窦娥冤

导读

　　《窦娥冤》是关汉卿的代表作，是我国古典悲剧中一部典范性的作品。王国维在《宋元戏曲史》中说《窦娥冤》"即列之于世界大悲剧中，亦无愧色也"。《窦娥冤》写弱小的年轻寡妇窦娥蒙冤遭害的故事。剧情是这样的：穷书生窦天章因无力偿还蔡婆的高利贷，将七岁的女儿窦娥"顶债"，给蔡婆做童养媳。（楔子。这是全剧的序幕）

　　十三年后，窦娥嫁给蔡婆的儿子。婚后两年，蔡婆儿子病死，窦娥婆媳相依为命。有一天，蔡婆到赛卢医处收债，赛卢医要勒死蔡婆赖债，为张驴儿父子撞见。救了蔡婆的张驴儿威逼蔡婆，要婆媳嫁给他们父子二人，遭到窦娥拒绝。（第一折。戏剧冲突的开端）

　　张驴儿买来毒药，想毒死蔡婆，不料却毒死自己的老子。张驴儿借此威胁窦娥，窦娥宁肯选择"官休"，也不肯屈就张驴儿。公堂之上，昏官桃杌毒打窦娥，以"药死公公"罪名判窦娥死罪。（第二折。戏剧冲突的发展）

　　临刑前，窦娥见蔡婆最后一面，她哀求蔡婆每遇"冬时年节，月一十五"，有祭奠剩的浆水饭，给她半碗儿吃；有没烧完的纸钱，也给她烧一些，"则是看你死的孩儿面上"。

之后，面对监斩官与刽子手的屠刀，窦娥满腔怨愤喷薄而出，她骂天地詈鬼神，控诉不辨清浊、不分好歹、"为善贫穷，造恶富贵"的元代社会。在戏剧矛盾即将解决，就差刽子手手起刀落、人头落地的时候，爆出了惊天地泣鬼神的戏剧高潮。窦娥发出三桩誓愿：血溅白练、六月飞雪、亢旱三年。用非自然的力量强化窦娥的冤枉与不平，收到震撼人心的艺术效果。（第三折。戏剧冲突的高潮）

耐人寻味的是，最后平反窦娥冤案的不是别人，却是窦娥的父亲窦天章。原来窦天章考中科举后，做了两淮提刑肃政廉访使，到楚州审囚刷卷，惩治了桃杌、张驴儿、赛卢医等奸佞歹徒。如果不是窦娥鬼魂和窦天章的坚持，冤案的平反怕是杳不可测的。（第四折。戏剧冲突的解决）

窦娥是一个悲剧人物，处于社会最弱小、最无助的底层。高利贷的盘剥，童养媳的悲惨命运，流氓地痞的欺侮，昏官的逼害，是酿成她悲剧的直接原因。这位手无寸铁、安分守己的小寡妇本来相信命运八字，"莫不是前世里烧香不到头"。但当巨大的冤情把她逼到绝路时，她以最弱的身躯发出最强的控诉。剧作深刻地揭示了造成窦娥悲剧的社会根源，有力地鞭挞了元代黑暗的吏治，喊出了百姓蓄之既久的反抗吼声，表达了窦娥对封建社会善恶贫富观念的怀疑。人命关天，弱者最强，恶有恶报，真理永存，这就是这部剧作700年来一直激动人心的根本原因。所以王国维说，关汉卿"一空倚傍，自铸伟词，……故当为元人第一"。

"三桩誓愿"是有历史故事传说作为依托的。汉代民间有"东海孝妇"的传说。《汉书·于定国传》载："东海有孝妇，少寡亡（无）子，养姑甚谨，姑欲嫁之，终不肯。姑谓邻人曰：'孝妇事我勤苦，哀其无子守寡，我老，久累丁壮，奈何！'其后，姑自经死。姑女告吏。……太守竟论杀孝妇。郡中枯旱三年……"《录鬼簿》记王实甫和梁进之都写过《东海郡于公高门》杂剧（今皆不传），可见这个故事在元代相当流行。

　　剧中关于六月飞雪和颈血上标的描写，采用了邹衍下狱和孝妇周青的传说。《太平御览》卷十四引《淮南子》载："邹衍事燕惠王尽忠，左右谮之王，王系之狱。仰天哭，夏五月，天为之下霜。"另《搜神记》卷十一关于孝妇周青的传说载："孝妇名周青，青将死，车载十丈竹竿，以悬五幡，立誓于众曰：'青若有罪愿杀，血当顺下；青若枉死，血当逆流。'既行刑已，其血青黄，缘幡竹而上标，又缘幡而下云。"

　　但是，剧作借助这些历史传说，仅仅是给自己涂抹上一层历史的保护色而已，实际上剧本所写的，完全是元代惨酷的社会现实。

　　《窦娥冤》在明代有叶宪祖改编的用南曲演出的《金锁记》传奇。京剧有《六月雪》，是程（砚秋）派著名剧目。徽剧、滇剧、秦腔、蒲州梆子、河北梆子等地方剧种都有《窦娥冤》的改编演出本。

明代万历博古堂刻本《元曲选》插图

明代万历博古堂刻本《元曲选》插图

楔 子⁽¹⁾^[1]

（卜儿⁽²⁾蔡婆上，诗云）花有重开日，人无再少年。不须长富贵，安乐是神仙。⁽³⁾老身蔡婆婆是也，楚州⁽⁴⁾人氏，嫡亲三口儿家属。不幸夫主亡逝已过，止有一个孩儿，年长八岁。俺娘儿两个，过其日月。家中颇有些钱财。这里一个窦秀才，从去年问我借了二十两银子，如今本利该银四十两⁽⁵⁾。我数次索取，那窦秀才只说贫难，没得还我。他有一个女儿，今年七岁，生得可喜，长得可爱，我有心看上他，与我家做个媳妇，就准⁽⁶⁾了这四十两银子，岂不两得其便。他说今日好日辰，亲送女儿到我家来。老身且不索钱去，专在家中等候。这早晚窦秀才敢待来也。（冲末⁽⁷⁾扮窦天章引正旦⁽⁸⁾扮端云上，诗云）读尽缥缃⁽⁹⁾万卷书，可怜贫杀马相如⁽¹⁰⁾。汉庭一日承恩召，不说当垆说子虚。^[2]小生姓窦，名天章，祖贯长安京兆⁽¹¹⁾人也。幼习儒业，饱有文章；争奈⁽¹²⁾时运不通，功名未遂。不幸浑家⁽¹³⁾亡化已过，撇下这个女孩儿，小字端云，从三岁上亡了他母亲，如今孩儿七岁了也。小生一贫如洗，流落在这楚州居住。此间一个蔡婆婆，他家广有钱物；小生因无盘缠⁽¹⁴⁾，曾借了他二十两银子，到今本利该对还他四十两。他数次问小生索取，教我把甚么还他？谁想蔡婆婆常常着人来说，要小生女孩儿做他儿媳妇。况如今春榜动，选场开⁽¹⁵⁾，正待上朝取应，又苦盘缠缺少。小生出于无奈，只得将女孩儿端云送与蔡婆婆做儿媳妇去。（做叹科⁽¹⁶⁾，云）嗨！这个那里是做媳妇？分明是卖与他一般。就准了他那先借的四十两银子^[3]，分外但得些少东西，够小生应举之费，便也过望了。说话之间，早来到他家门首。婆婆在家么？（卜儿上，云）秀才，请家里坐，老身等候多时也。（做相见科。窦天章云）小生今日一径的将女孩儿送来与婆婆，怎敢说做媳妇，只与婆婆早晚使用。小生目下就要上朝进取功名去，留下女孩儿在此，只望婆婆看觑则个⁽¹⁷⁾。（卜儿云）这等，你是我亲家了。你本利少我四十两银子，兀的⁽¹⁸⁾是借钱的文书，还了你；再送与你十两银子做盘缠。亲家，你休嫌轻少。（窦天章做谢科，云）多谢了婆婆。先少你许多银子，都不要我还了，今又送我盘缠，此恩异日必当重报。婆婆，女孩儿早晚呆痴，看小生薄面，看觑女孩儿咱。（卜儿云）亲家，这不消你嘱咐，令爱到我家，就做亲女儿一般看承他，你只管放心的去。（窦天章云）婆婆，端云孩儿该打呵，看小生面则⁽¹⁹⁾骂几句；当骂呵，则处分⁽²⁰⁾几句。孩儿，你也不比在我跟前，我是你亲爷，将就的你；你如今在这里，早晚若顽劣呵，你只讨那打骂吃。儿哎！我也是出于无奈。（做悲科，唱）

【仙吕赏花时⁽²¹⁾】 我也只为无计营生四壁贫，因此上割舍得亲儿在两处分。从今日远践洛阳⁽²²⁾尘，又不知归期定准，则落的无语暗消魂⁽²³⁾。^[4]（下）

（卜儿云）窦秀才留下他这女孩儿与我做媳妇儿，他一径上朝应举去了。（正旦做悲科，云）爹爹，你直下的⁽²⁴⁾撇了我孩儿去也！（卜儿云）媳妇儿，你在我家，我是亲婆，你是亲媳妇，只当自家骨肉一般。你不要啼哭，跟着老身前后执料去来⁽²⁵⁾。（同下）

注 解

（1）楔（xiē）子：元代杂剧序幕或过场戏的名称。它的作用是交代剧情，或在结构上起连接作用，一般用在全剧开头，也有放在折与折之间的。"楔子"原是木工术语。木匠用来填紧加固木器的隙缝或斗榫的一种头尖底平的小木片，叫作楔子。元杂剧的楔子，一般只唱一两支小曲，曲牌多用〔仙吕赏花时〕或〔正宫端正好〕。

（2）卜儿：元杂剧扮演老妇人角色的名称。它可能是妓院中鸨（bǎo）儿的简写，一说是女卜（娘）儿的简写。卜儿即后来京剧里的老旦。

（3）"花有重开日"四句：这是定场诗，紧接着有一段表明人物身世行动的独白，叫作定场白。它们的作用主要是介绍剧情，安定观众情绪。在戏文和后来的明清传奇里，这一段叫作"自报家门"，是传统戏曲开场时介绍人物关系的一种习惯做法。

（4）楚州：宋置楚州山阳郡，在今江苏省淮安市。

（5）本利该银四十两：这是金元时期高利贷的一种，名叫羊羔儿利，采用本利每年倍增的办法来进行放债。元好问《遗山先生文集》卷二十六《顺天万户张公勋德第二碑》记："岁有倍称之积（债）如羊出羔，今年而二，明年而四，又明年而八，至十年则累而千。"

（6）准：抵偿。

（7）冲末：杂剧中男角色称为末，即后来所谓"生"。冲末是男主角正末以外的重要男角，常在开场时出现。王国维《古剧脚色考》："曰冲，曰贴，曰外，均系一义，谓于正色之外，又加某色以充之也。"

（8）正旦：杂剧中女角色称为旦，正旦即女主角。汉代桓宽《盐铁论》"散不足"第二十九记民间戏弄已有"胡旦"之目，可见"旦"的称谓最早可能来源于西汉胡戏。清代方以智《通雅》卷二十五："胡妲，即汉饰女伎，今之装旦也。"

（9）缥缃：青白色的绸子叫缥，浅黄色的绸子叫缃，古人习惯用这两种绸子包书或做书袋。此处用来指书籍。

（10）马相如：此处因为诗词字数韵律的限制而把汉代著名文学家司马相如的名字缩写简化。《史记·司马相如列传》载相如至临邛（qióng），富人卓王孙为具召相如。卓有女文君，新寡，相如以琴心挑之，文君夜亡奔相如。后来两人在蜀郡临邛卖酒，文君当垆沽酒，相如洗涤酒器。汉武帝读到司马相如的《子虚赋》后，大为称赏，召他到朝廷做官。垆，酒肆中放酒瓮的地方。《汉书》颜师古注："卖酒之处累土为卢以居酒瓮。四边隆起，其一面高，形如锻卢，故名卢耳。"王先谦补注："字当作'垆'，通作'鑪'，'卢'则省文也。"

（11）京兆：犹言京师。

（12）争奈：怎奈。"争"作今天的"怎"字讲，争得、争不得等词同例。

（13）浑家：妻子。此词原指全家人，宋曾慥《类说》卷十六引《倦游杂录》"落牙诗"："曹琰郎中忽落一牙，诗曰：'……为报妻儿莫惆帐，舌存足以养浑家。'"后来戏曲小说中仅指妻子。

（14）盘缠：路费。此处指日常生活费用。

（15）春榜动，选场开：意为进士考试就要开始了。唐宋时考进士都在春季，因此叫春榜。选场即试场。

（16）科：元杂剧剧本表示动作表情的舞台提示，有时也提示舞台效果。明代徐渭《南词叙录》："相见、作揖、进拜、舞蹈、坐跪之类，身之所行，皆谓之'科'。""科"是"科范"的省语，指剧中提示的动作有一定的规范可以遵循。有时也写作"科泛"，如元代陶宗仪《辍耕录》卷二十五："教坊色长魏、武、刘三人，鼎新编辑。魏长于念诵，武长于筋斗，刘长于科泛。"

（17）看觑则个：看觑，照料。则个，和"着、者、咱"相近的语尾助词。着、者，音促，多带有命令的语气；咱、则个，音缓，多带有祈求的语气。

（18）兀的：也作兀底、窝的、阿的，指示词，意为这里或这个，常带有郑重或惊异的语气。宋代马永卿《嬾真子》卷三："古今之语，大都相同，但其字各别耳。古所谓'阿堵'者，乃今所谓'兀底'也。""兀"读如窝，《替杀妻》第一折："窝的不吓杀人也。"

（19）则：元剧中常和"只"字通用。则索、则落得、则教人等均同此例。

（20）处分：这里意为责备数落。

（21）仙吕赏花时：仙吕，戏曲宫调名，宫调是我国古代乐曲的调名。金元乐曲共计六宫十一调，但常用的只有仙吕、南吕、中吕、黄钟、正宫、大石调、双调、商调和越调等九种。赏花时，仙吕宫里的一个曲牌名。

（22）洛阳：这里借指京都。

（23）暗消魂：黯然消魂，形容离别时十分伤心。南北朝梁代文学家江淹的名作《别赋》的开头："黯然消魂者，惟别而已矣。"

（24）直下的：直，简直、竟然。下的，下得、忍得的意思。

（25）执料去来：收拾料理去。来，语句中间衬字或语尾助词，无义。《隔江斗智》第三折："与他那结义的人儿，这几日离多来会少。"

第一折⁽¹⁾

（净扮赛卢医⁽²⁾上，诗云）行医有斟酌，下药依本草⁽³⁾：死的医不活，活的医死了。自家姓卢，人道我一手好医，都叫做赛卢医，在这山阳县南门开着生药局。在城有个蔡婆婆，我问他借了十两银子，本利该还他二十两；数次来讨这银子，我又无的还他。若不来便罢，若来呵，我自有个主意。我且在这药铺中坐下，看有甚么人来。（卜儿上，云）老身蔡婆婆。我一向搬在山阳县居住，尽也静办⁽⁴⁾。自十三年前窦天章秀才留下端云孩儿与我做儿媳妇，改了他小名，唤做窦娥。自成亲之后，不上二年，不想我这孩儿害弱症⁽⁵⁾死了。媳妇儿守寡，又早三个年头，服孝将除了也。我和媳妇儿说知，我往城外赛卢医家索钱去也。（做行科，云）蓦过隅头⁽⁶⁾，转过屋角，早来到他家门首。赛卢医在家么？（卢医云）婆婆，家里来。（卜儿云）我这两个银子长远了，你还了我罢。（卢医云）婆婆，我家里无银子，你跟我庄上去取银子还你。（卜儿云）我跟你去。（做行科）（卢医云）来到此处，东也无人，西也无人，这里不下手，等甚么？我随身带的有绳子。兀那⁽⁷⁾婆婆，谁唤你哩？（卜儿云）在那里？（做勒卜儿科。孛老⁽⁸⁾同副净张驴儿冲上，赛卢医慌走下。孛老救卜儿科）（张驴儿云）爹，是个婆婆，争些⁽⁹⁾勒杀了。（孛老云）兀那婆婆，你是那里人氏？姓甚名谁？因甚着这个人将你勒死？（卜儿云）老身姓蔡，在城人氏，止有个寡媳妇儿，相守过日。因为赛卢医少我二十两银子，今日与他取讨；谁想他赚⁽¹⁰⁾我到无人去处，要勒死我，赖这银子。若不是遇着老的和哥哥呵，那得老身性命来。（张驴儿云）爹，你听的他说么？他家还有个媳妇哩。救了他性命，他少不得要谢我；不若你要这婆子，我要他媳妇儿，何等两便？你和他说去。（孛老云）兀那婆婆，你无丈夫，我无浑家，你肯与我做个老婆，意下如何？（卜儿云）是何言语！待我回家，多备些钱钞相谢。（张驴儿云）你敢是不肯，故意将钱钞哄我？赛卢医的绳子还在，我仍旧勒死了你罢。（做拿绳科）（卜儿云）哥哥，待我慢慢地寻思咱。（张驴儿云）你寻思些甚么？你随我老子，我便要你媳妇儿。（卜儿背云⁽¹¹⁾）我不依他，他又勒杀我。罢罢罢，你爷儿两个随我到家中去来。（同下）

（正旦上，云）妾身姓窦，小字端云，祖居楚州人氏。我三岁上亡了母亲，七岁上离了父亲。俺父亲将我嫁与蔡婆婆为儿媳妇，改名窦娥。至十七岁与夫成亲，不幸丈夫亡化，可早三年光景，我今二十岁也。这南门外有个赛卢医，他少俺婆婆银子，本利该二十两，数次索取不还；今日俺婆婆亲自索取去了。窦娥也，你这命好苦也呵！（唱）

【仙吕点绛唇⁽¹²⁾】满腹闲愁，数年禁受⁽¹³⁾，天知否？天若是知我情由，怕不待和天瘦。

【混江龙】则问那黄昏白昼，两般儿忘餐废寝几时休？大都来⁽¹⁴⁾昨宵梦里，和着这今日心头。催人泪的是锦烂熳花枝横绣闼⁽¹⁵⁾，断人肠的是剔团圞⁽¹⁶⁾月色挂妆楼。长则是急煎煎按不住意中焦，闷沉沉展不彻眉尖皱，越觉的情怀冗冗，心绪悠悠。[5]

（云）似这等忧愁，不知几时是了也呵！（唱）

【油葫芦】莫不是八字儿⁽¹⁷⁾该载着一世忧，谁似我无尽头，须知道人心不似水长流。我从三岁母亲身亡后，到七岁与父分离久，嫁的个同住人，他可又拔着短筹⁽¹⁸⁾；撇的俺婆妇每⁽¹⁹⁾都把空房守，端的个有谁问，有谁瞅？

【天下乐】莫不是前世里烧香不到头，今也波生⁽²⁰⁾招祸尤？劝今人早将来世修。我将这婆侍养，我将这服孝守，我言词须应口。

（云）婆婆索钱去了，怎生这早晚不见回来？（卜儿同孛老、张驴儿上)（卜儿云）你爷儿两个且在门首，等我先进去。（张驴儿云）奶奶，你先进去，就说女婿在门首哩。（卜儿见正旦科）（正旦云）奶奶回来了，你吃饭么？（卜儿做哭科，云）孩儿也，你教我怎生说波！（正旦唱）

【一半儿】为甚么泪漫漫不住点儿流？莫不是为索债与人家惹争斗？我这里连忙迎接慌问候，他那里要说缘由。（卜儿云）羞人答答的，教我怎生说波！（正旦唱）则见他一半儿徘徊一半儿丑⁽²¹⁾。

（云）婆婆，你为甚么烦恼啼哭那？（卜儿云）我问赛卢医讨银子去，他赚我到无人去处，行起凶来，要勒死我。亏了一个张老并他儿子张驴儿，救得我性命。那张老就要我招他做丈夫，因这等烦恼。（正旦云）婆婆，这个怕不中么⁽²²⁾？你再寻思咱：俺家里又不是没有饭吃，没有衣穿，又不是少欠钱债，被人催逼不过；况你年纪高大，六十以外的人，怎生又招丈夫那？（卜儿云）孩儿也，你说的岂不是。但是我的性命全亏他这爷儿两个救的，我也曾说道：待我到家，多将些钱物，酬谢你救命之恩。不知他怎生知道我家里有个媳妇儿，道我婆媳妇又没老公，他爷儿两个又没老婆，正是天缘天对。若不随顺，他依旧要勒死我。那时节我就慌张了，莫说自己许了他，连你也许了他。儿也，这也是出于无奈。（正旦云）婆婆，你听我说波。（唱）

【后庭花⁽²³⁾】遇时辰我替你忧，拜家堂我替你愁。^[6]梳着个霜雪般白鬓髻⁽²⁴⁾，怎戴那销金锦盖头^[7]？怪不的女大不中留。你如今六旬左右，可不道到中年万事休。旧恩爱一笔勾，新夫妻两意投，枉教人笑破口。

（卜儿云）我的性命都是他爷儿两个救的，事到如今，也顾不得别人笑话了。（正旦唱）

【青哥儿】你虽然是得他、得他营救，须不是笋条⁽²⁵⁾、笋条年幼，划的便巧画蛾眉成配偶⁽²⁶⁾？想当初你夫主遗留，替你图谋，置下田畴，早晚羹粥，寒暑衣裘[8]，满望你鳏寡孤独，无揝无靠，母子每到白头。公公也，则落得干生受(27)！

（卜儿云）孩儿也，他如今只待过门，喜事匆匆的，教我怎生回得他去？（正旦唱）

【寄生草】你道他匆匆喜，我替你倒细细愁：愁则愁兴阑珊咽不下交欢酒，愁则愁眼昏腾扭不上同心扣，愁则愁意朦胧睡不稳芙蓉褥。你待要笙歌引至画堂前(28)，我道这姻缘敢落在他人后。

（卜儿云）孩儿也，再不要说我了。他爷儿两个都在门首等候，事已至此，不若连你也招了女婿罢。（正旦云）婆婆，你要招你自招，我并然不要女婿。（卜儿云）那个是要女婿的？争奈他爷儿两个自家揝过门来，教我如何是好？（张驴儿云）我们今日招过门去也。帽儿光光，今日做个新郎；袖儿窄窄，今日做个娇客。(29)好女婿，好女婿，不枉了，不枉了。（同孛老入拜科）（正旦做不礼科，云）兀那厮(30)，靠后！（唱）

【赚煞】我想这妇人每休信那男儿口，婆婆也，怕没的贞心儿自守，到今日招着个村(31)老子，领着个半死囚。（张驴儿做嘴脸(32)科，云）你看我爷儿两个这等身段，尽也选得女婿过，你不要错过了好时辰，我和你早些儿拜堂罢。（正旦不礼科，唱）则被你坑杀人燕侣莺俦(33)。婆婆也，你岂不知羞！俺公公撞府冲州(34)，阄阃(35)的铜斗儿家缘(36)百事有。想着俺公公置就，怎忍教张驴儿情受(37)？（张驴儿做扯正旦拜科，正旦推跌科，唱）兀的不是俺没丈夫的妇女下场头！（下）

（卜儿云）你老人家不要恼懆。难道你有活命之恩，我岂不思量报你？只是我那媳妇儿气性最不好惹的，既是他不肯招你儿子，教我怎好招你老人家？我如今拼的好酒好饭养你爷儿两个在家，待我慢慢的劝化俺媳妇儿；待他有个回心转意，再作区处。（张驴儿云）这歪剌骨⁽³⁸⁾！便是黄花女儿⁽³⁹⁾，刚刚扯的一把，也不消这等使性，平空的推了我一交，我肯干罢！就当面赌个誓与你：我今生今世不要他做老婆，我也不算好男子。（词云）美妇人我见过万千向外，不似这小妮子生得十分意赖⁽⁴⁰⁾；我救了你老性命死里重生，怎割舍得不肯把肉身陪待？（同下）

注　解

（1）折：划分杂剧场次的单位，相当于现代戏剧的一幕。元杂剧一般以四折为一本，合演一个完整的故事。每一折是乐曲的一个单元，演唱一个宫调里的一套曲子。一般来说，"折"又是戏剧矛盾划分的单位，四折戏按矛盾冲突通常划分为开端、发展、高潮、结局四个阶段。

（2）净扮赛卢医：净，角色名，一般扮演脾性恶劣的反面人物，相当于京剧里的大花脸或二花脸。净的次角叫次净或副净。元代陶宗仪《辍耕录》卷二十五："副净，古谓之参军。"明代徐渭《南词叙录》："此字不可解，或曰'其面不净，故反言之。'予意：即古参军二字合而讹之耳。"卢医，战国时名医扁鹊，《史记正义》："扁鹊家于卢。"（即今山东省济南市长清区）故人称卢医。元杂剧往往讥讽地称庸医为"赛卢医"。

（3）本草：古代一部药物学著作。

（4）尽也静办：倒也清静。如《灰阑记》楔子："左右我的女儿在家也受不得这许多气，便等他嫁了人去，倒也静办。"

（5）弱症：心力衰竭一类的病。按：这里省去许多不必要的情节，从窦娥七岁入蔡婆家直至结婚前后的事情都省略了，连窦娥丈夫叫什么名字作者都惜墨如金，没有交代。

（6）蓦（mò）过隅头：蓦过，迈过。隅头，拐弯处。

（7）兀那：兀，语首助词，加强语气，无义。兀那即那，元明戏曲小说中多有此例，如《水浒传》第四回："兀那汉子，你那桶里什么东西？"

（8）孛（bó）老：杂剧中的老年男子角色名。

（9）争些：差一点儿。如《蝴蝶梦》第二折："嚛声！张千，争些着婆子瞒过老夫。"这里的"争"作"差"讲，"争多少"与此同例。

（10）赚：引诱、哄骗。如元代有杂剧名《赚蒯通》。

（11）背云：戏剧术语，演员在舞台上背着别的角色直接向观众作必要的表白，称为背白（即背云）或背唱。上文赛卢医说的"来到此处，东也无人，西也无人"等一段话，按剧情看也是背白，原文可能脱误了。

（12）仙吕点绛唇：元剧体制，每折由一个宫调里若干支曲子组成一套，每套曲要一韵到底。各折所用的宫调不能重复。像本折就由仙吕宫的〔点绛唇〕〔混江龙〕〔油葫芦〕〔天下乐〕等联成一套。每本四套曲，一般由正末或正旦一人主唱，其他角色只有说白。由正末唱的称为"末本"，正旦唱的称为"旦本"。本剧就是一个"旦本"。这种演唱体制，明显地受到诸宫调演唱的影响。

（13）禁受：忍受。

（14）大都来：或作"都来""待都来"，大抵，统统、不过的意思。如《西厢记》第五本第一折："大都来一寸眉峰，怎当他许多颦皱？"

（15）绣闼（tà）：指闺房。闼，门。

（16）剔团圞（luán）：剔，加强语气的副词。团圞，极圆的意思。

（17）八字儿：古人把出生的时间（年、月、日、时）根据天干地支排列起来，称为"八字"。迷信的人认为命的好坏与"八字"有关。

（18）拔着短筹：筹，古代计数用的签子。拔筹类似抽签。这里是说抽到坏签，意即短命、半途而废。元代乔梦符《两世姻缘》第二折："心事人拔了短筹，有情人太薄倖。"

（19）每：元剧中人称代词下的"每"字，用法与"们"字同，表示多数。清代翟灏《通俗编》卷三十三"们"字条："北宋时先借'懑'字用之，南宋别借为'们'，而元时则又借为'每'"。"懑""们""每"都是当时通行的声假字。"婆妇每""我每""你每"就是"婆妇们""我们""你们"的意思。有时仅作助词，没有表多数的意思。如《救风尘》第三折里"小的每，你可见来"，"小的每"就是"小的"的意思。

（20）今也波生：即今生。"也波"是〔天下乐〕曲第二句行腔时习惯加上去的，是一种腔格，无义。如《玉镜台》第一折〔天下乐〕曲："翱也波翔，在那天子旁。"《救风尘》第一折〔天下乐〕曲："容也波仪瘦似鬼。"

（21）一半儿徘徊一半儿丑：丑，羞惭。"一半儿……一半儿……"是〔一半儿〕曲牌末句的句式。如关汉卿小令〔仙吕一半儿〕（题情）："多情多绪小冤家，迤逗得人来憔悴煞，说来的话先瞒过咱。怎知他，一半儿真实一半儿假。"

（22）怕不中么：恐怕使不得吧。不中，不行。小说中也有这个词儿，如《水浒传》第十七回："我不中，也是你一个亲兄弟，你须奢遮（厉害，能干）杀。到底是我亲哥哥。"

（23）后庭花：元剧有些曲牌，在原定的句格外，还可以随意增句。常见的有〔混江龙〕〔后庭花〕〔青哥儿〕〔新水令〕〔折桂令〕等十数调。这首〔后庭花〕末三句就是增句。

（24）鬏髻（díjì）：古时妇女将头发盘成螺旋形状，罩上网饰。

（25）笋条：竹的嫩芽，引申为年青。句中"笋条"和上句"得他"二字重复，这是〔青哥儿〕曲牌头两句的定格。

（26）划（chǎn）的便巧画蛾眉成配偶：蛾眉，比喻妇女眉黛的美。汉代京兆令张敞和妻子感情很好，常替她画眉。（见《汉书·张敞传》）后人便用这个故事比喻夫妻恩爱。元代高文秀有《宣帝问张敞画眉》杂剧，今佚。划的，或作划地，无缘无故地。这是元剧一个常用词，除上述意义外，尚有几种用法：其一为只是，引申为照旧，如《董西厢》卷一："一片狂心，九曲柔肠，划地闷如昨夜。"其二为反而，如《赵氏孤儿》第四折："我如今一一说到底，你划地不知头共尾。"其三为怎的，多为反诘语气，如《赵氏孤儿》第三折："程婴，你划地打我那？"

（27）干生受：白辛苦。生受用于自己，是受苦，受罪；用于别人，是难为、有劳的意思。《鲁斋郎》第二折鲁斋郎云："生受你，将酒来吃三杯。"其中的"生受你"，就是有劳你的意思。

（28）笙歌引至画堂前：当时表示婚礼进行的俗语。

（29）"帽儿光光"四句：宋元时婚礼上对新郎的打趣话。

（30）厮：有两种用法，一是对男子的贱称，如"那厮""这厮"就是"那家伙""这家伙"的意思。二是当相互的"相"字讲，如"厮见""厮觑"就是"相见""相觑"的意思。

（31）村：粗野，鄙陋。唐时已有此词，唐代刘𫗧《隋唐嘉话》："薛万彻尚丹阳公主，太宗尝谓人曰：'薛驸马村气。'主羞之，不与同席。"

（32）做嘴脸：装模作样。这是插科打诨，是剧本所作的舞台提示。

（33）坑杀人燕侣莺俦：意为做了夫妻害死人。

（34）撞府冲州：好比说"走南闯北"的意思。《宦门子弟错立身》戏文（第十三出）："撞府共冲州，遍走江湖之游。"

（35）㽀㽀（zhèngchuài）：也作挣揣、挣㽀，意为挣扎。这里引申为谋取、积攒。又可引申为振作，如孟汉卿《魔合罗》楔子："男子为人须挣揣。"又可引申为支吾，如无名氏《谢金吾》第一折："我这里急问他，他那里硬挣㽀。"

（36）铜斗儿家缘：殷富的家财。铜斗儿是容积大的量器，元剧常用来形容大财主的家产。

（37）情受：承受。

（38）歪剌骨：臭货，骂妇女的话。徐渭《狂鼓史》杂剧眉注："歪剌，牛角中臭肉也，故娼家以比无用之妓。"如《救风尘》第一折周舍白："这歪剌骨好歹嘴也。"歪剌骨有时也写作歪剌姑。

（39）黄花女儿：处女。闺女。

（40）不似这小妮子生得十分惫（bèi）赖：小妮子，如俗称小丫头。清代翟灏《通俗编》卷三十二："今山左呼婢曰小妮子。"惫赖，或作惫懒，泼皮无赖。骂人的话。《西游记》第十回："你这厮惫懒！好友也替得生死，你怎么咒我？"

第二折

（赛卢医上，诗云）小子太医⁽¹⁾出身，也不知道医死多人⁽²⁾，何尝怕人告发，关了一日店门？在城有个蔡家婆子，刚少的他二十两花银，屡屡亲来索取，争些捻断脊筋。也是我一时智短，将他赚到荒村，撞见两个不识姓名男子，一声嚷道："浪荡乾坤，怎敢行凶撒泼，擅自勒死平民！"吓得我丢了绳索，放开脚步飞奔。虽然一夜无事，终觉失精落魂；方知人命关天关地，如何看做壁上灰尘。从今改过行业，要得灭罪修因⁽³⁾，将以前医死的性命，一个个都与他一卷超度的经文。小子赛卢医的便是。只为要赖蔡婆婆二十两银子，赚他到荒僻去处，正待勒死他，谁想遇见两个汉子，救了他去。若是再来讨债时节，教我怎生见他？常言道的好："三十六计，走为上计。"喜得我是孤身，又无家小连累；不若收拾了细软行李，打个包儿，悄悄的躲到别处，另做营生，岂不干净？（张驴儿上，云）自家张驴儿。可奈那窦娥百般的不肯随顺我；如今那老婆子害病，我讨服毒药，与他吃了，药死那老婆子，这小妮子好歹做我的老婆。（做行科，云）且住，城里人耳目广，口舌多，倘见我讨毒药，可不嚷出事来？我前日看见南门外有个药铺，此处冷静，正好讨药。（作到科，叫云）太医哥哥，我来讨药的。（赛卢医云）你讨甚么药？（张驴儿云）我讨服毒药。（赛卢医云）谁敢合毒药与你？这厮好大胆也！（张驴儿云）你真个不肯与我药么？（赛卢医云）我不与你，你就怎地我？（张驴儿做拖卢云）好呀，前日谋死蔡婆婆的，不是你来？你说我不认的你哩！我拖你见官去。（赛卢医做慌科，云）大哥，你放我，有药有药。（做与药科。张驴儿云）既然有了药，且饶你罢。正是："得放手时须放手，得饶人处且饶人。"（下）（赛卢医云）可不晦气！刚刚讨药的这人，就是救那婆子的。我今日与了他这服毒药去了，以后事发，越越⁽⁴⁾要连累我；趁早儿关上药铺，到涿州⁽⁵⁾卖老鼠药去也。（下）

　　（卜儿上，做病伏几科）（孛老同张驴儿上，云）老汉自到蔡婆婆家来，本望做个接脚^{(6)[9]}，却被他媳妇坚执不从。那婆婆一向收留俺爷儿两个在家同住，只说："好事不在忙"⁽⁷⁾，等慢慢里劝转他媳妇；谁想那婆婆又害起病来。孩儿，你可曾算^[10]我两个的八字，红鸾天喜⁽⁸⁾几时到命哩？（张驴儿云）要看什么天喜到命！只赌本事做得去自去做。（孛老云）孩儿也，蔡婆婆害病好几日了，我与你去问病波。（做见卜儿问科，云）婆婆，你今日病体如何？（卜儿云）我身子十分不快哩。（孛老云）你可想些甚么吃？（卜儿云）我思量些羊肚儿汤吃。（孛老云）孩儿，你对窦娥说，做些羊肚儿汤与婆婆吃。（张驴儿向古门⁽⁹⁾云）窦娥，婆婆想羊肚儿汤吃，快安排将来。（正旦持汤上，云）妾身窦娥是也。有俺婆婆不快，想羊肚儿汤吃，我亲自安排了与婆婆吃去。婆婆也，我这寡妇人家，凡事也要避些嫌疑，怎好收留那张驴儿父子两个？非亲非眷的，一家儿同住，岂不惹外人谈议？婆婆也，你莫要背地里许了他亲事，连我也累做不清不洁的。我想这妇人心好难保也呵！（唱）

【南吕一枝花】他则待一生鸳帐眠，那里肯半夜空房睡；他本是张郎妇，又做了李郎妻。有一等妇女每相随，并不说家克计⁽¹⁰⁾，则打听些闲是非；说一会不明白打凤的机关，使了些调虚嚣捞龙的见识。⁽¹¹⁾

【梁州第七】这一个似卓氏般当垆涤器⁽¹²⁾，这一个似孟光般举案齐眉⁽¹³⁾，说的来藏头盖脚多伶俐⁽¹⁴⁾！道着难晓，做出才知。旧恩忘却，新爱偏宜；坟头上土脉犹湿，架儿上又换新衣。那里有奔丧处^[11]哭倒长城⁽¹⁵⁾？那里有浣纱时甘投大水⁽¹⁶⁾？那里有上山来便化顽石⁽¹⁷⁾？可悲，可耻！妇人家直恁的⁽¹⁸⁾无仁义，多淫奔，少志气，亏杀前人在那里，更休说百步相随^[12]。

（云）婆婆，羊肚儿汤做成了，你吃些儿波。（张驴儿云）等我拿去。（做接尝科，云）这里面少些盐醋，你去取来。（正旦下）（张驴儿放药科）（正旦上，云）这不是盐醋？（张驴儿云）你倾下些。（正旦唱）

【隔尾】你说道少盐欠醋无滋味，加料添椒才脆美。但愿娘亲早痊济，饮羹汤一杯，胜甘露灌体，得一个身子平安倒大来⁽¹⁹⁾喜。

（孛老云）孩儿，羊肚汤有了不曾？（张驴儿云）汤有了，你拿过去。（孛老将汤云）婆婆，你吃些汤儿。（卜儿云）有累你。（做呕科，云）我如今打呕，不要这汤吃了，你老人家吃罢。（孛老云）这汤特做来与你吃的，便不要吃，也吃一口儿。（卜儿云）我不吃了，你老人家请吃。（孛老吃科）（正旦唱）

【贺新郎】一个道你请吃，一个道婆先吃，这言语听也难听，我可是气也不气！想他家与咱家有甚的亲和戚？怎不记旧日夫妻情意，也曾有百纵千随？婆婆也，你莫不为黄金浮世宝，白发故人稀⁽²⁰⁾，因此上把旧恩情，全不比新知契？则待要百年同墓穴，那里肯千里送寒衣。

（孛老云）我吃下这汤去，怎觉昏昏沉沉的起来？（做倒科）（卜儿慌科，云）你老人家放精细^{(21)[13]}着，你扎挣着些儿。（做哭科，云）兀的不是死了也！（正旦唱）

【斗虾蟆】空悲戚，没理会，人生死，是轮回。感着这般病疾，值着这般时势，可是风寒暑湿，或是饥饱劳役，各人症候自知。人命关天关地，别人怎生替得？寿数非干今世。相守三朝五夕，说甚一家一计。又无羊酒段匹，又无花红财礼⁽²²⁾；把手为活过日，撒手如同休弃⁽²³⁾。不是窦娥忤逆，生怕傍人论议。不如听咱劝你，认个自家晦气，割舍的一具棺材停置，几件布帛收拾，出了咱家门里，送入他家坟地。^[14]这不是你那从小儿年纪指脚的夫妻^{(24)[15]}，我其实不关亲，无半点恓惶泪。休得要心如醉，意似痴，便这等嗟嗟怨怨，哭哭啼啼。

（张驴儿云）好也罗！你把我老子药死了，更待干罢！（卜儿云）孩儿，这事怎了也？（正旦云）我有甚么药在那里，都是他要盐醋时，自家

倾在汤儿里的。（唱）

【隔尾】 这厮搬调⁽²⁵⁾咱老母收留你，自药死亲爷待要唬吓谁？（张驴儿云）我家的老子，倒说是我做儿子的药死了，人也不信。（做叫科，云）四邻八舍听着：窦娥药杀我家老子哩。（卜儿云）罢么，你不要大惊小怪的，吓杀我也。（张驴儿云）你可怕么？（卜儿云）可知怕哩。（张驴儿云）你要饶么？（卜儿云）可知要饶哩。（张驴儿云）你教窦娥随顺了我，叫我三声嫡嫡亲亲的丈夫，我便饶了他。（卜儿云）孩儿也，你随顺了他罢。（正旦云）婆婆，你怎说这般言语！（唱）**我一马难将两鞍鞴⁽²⁶⁾，想男儿在日曾两年匹配，却教我改嫁别人，其实做不得。**

（张驴儿云）窦娥，你药杀了俺老子，你要官休？要私休？（正旦云）怎生是官休？怎生是私休？（张驴儿云）你要官休呵，拖你到官司，把你三推六问，你这等瘦弱身子，当不过拷打，怕你不招认药死我老子的罪犯！你要私休呵，你早些与我做了老婆，倒也便宜了你。（正旦云）我又不曾药死你老子，情愿和你见官去来。（张驴儿拖正旦、卜儿下）

（净扮孤⁽²⁷⁾引祗候⁽²⁸⁾上，诗云）我做官人胜别人，告状来的要金银；若是上司当刷卷⁽²⁹⁾，在家推病不出门。下官楚州太守桃杌⁽³⁰⁾是也。今早升厅坐衙，左右，喝撺厢⁽³¹⁾。（祗候幺喝科）（张驴儿拖正旦、卜儿上，云）告状告状。（祗候云）拿过来。（做跪见。孤亦跪科，云）请起。（祗候云）相公，他是告状的，怎生跪着他？（孤云）你不知道，但来告状的，就是我衣食父母⁽³²⁾。（祗候幺喝科。孤云）那个是原告？那个是被告？从实说来。（张驴儿云）小人是原告张驴儿，告这媳妇儿，唤做窦娥，合毒药下在羊肚儿汤里，药死了俺的老子。这个唤做蔡婆婆，就是俺的后母。望大人与小人做主咱。（孤云）是那一个下的毒药？（正旦云）不干小妇人事。（卜儿云）也不干老妇人事。（张驴儿云）也不干我事。（孤云）都不是，敢是我下的毒药来？（正旦云）我婆婆也不是他后母，他自姓张，我家姓蔡。我婆婆因为与赛卢医索钱，被他赚到郊外勒死，我婆婆却得他爷儿两个救了性命。因此我婆婆收留他爷儿两个在家，养膳终身，报他的恩德。谁知他两个倒起不良之心，冒认婆婆做了接脚，要逼勒小妇人做他媳妇。小妇人原是有丈夫的，服孝未满，坚执不从。适值我婆婆患病，着小妇人安排羊肚儿汤吃。不知张驴儿那里讨得毒药在身，接过汤来，只说少些盐醋，支转小妇人，暗地倾下毒药。也是天幸，我婆婆忽然呕吐，不要汤吃，让与他老子吃，才吃的几口便死了。与小妇人并无干涉。只望大人高抬明镜，替小妇人做主咱。（唱）

【牧羊关】大人你明如镜，清似水，照妾身肝胆虚实。那羹本五味俱全，除了外百事不知。他推道尝滋味，吃下去便昏迷。不是妾讼庭上胡支对[33]，大人也，却教我平白地说甚的？

（张驴儿云）大人详情：他自姓蔡，我自姓张，他婆婆不招俺父亲接脚，他养我父子两个在家做甚么？这媳妇儿年纪虽小，极是个赖骨顽皮，不怕打的。（孤云）人是贱虫，不打不招。左右，与我选大棍子打着。（祗候打正旦，三次喷水科）（正旦唱）

【骂玉郎】这无情棍棒教我捱不的。婆婆也，须是你自做下，怨他谁？劝普天下前婚后嫁婆娘每，都看取我这般傍州例[34]。

【感皇恩】呀！是谁人唱叫扬疾[35]，不由我不魄散魂飞。恰消停，才苏醒，又昏迷。捱千般打拷，万种凌逼，一杖下，一道血，一层皮。

【采茶歌】打的我肉都飞，血淋漓，腹中冤枉有谁知！则我这小妇人毒药来从何处也？天那，怎么的覆盆不照太阳晖[36]！

（孤云）你招也不招？（正旦云）委的[37]不是小妇人下毒药来。（孤云）既然不是，你与我打那婆子。（正旦忙云）住住住，休打我婆婆，情愿我招了罢，是我药死公公来。（孤云）既然招了，着他画了伏状⁽³⁸⁾，将枷来枷上，下在死囚牢里去。到来日判个斩字，押赴市曹典刑⁽³⁹⁾。（卜儿哭科，云）窦娥孩儿，这都是我送了你性命，兀的不痛杀我也！（正旦唱）

【黄钟尾】我做了个衔冤负屈没头鬼，怎肯便放了你好色荒淫漏面⁽⁴⁰⁾贼！想人心不可欺，冤枉事天地知，争到头，竞到底，到如今待怎的？情愿认药杀公公，与了招罪。婆婆也，我怕把你来便打的，打的来恁的^[16]。我若是不死呵，如何救得你？（随祗候押下）

（张驴儿做叩头科，云）谢青天老爷做主！明日杀了窦娥，才与小人的老子报的冤。（卜儿哭科，云）明日市曹中杀窦娥孩儿也，兀的不痛杀我也！（孤云）张驴儿，蔡婆婆，都取保状，着随衙听候。左右，打散堂鼓，将马来，回私宅去也。（同下）

注　解

（1）太医：即御医，后来用作对医生的敬称。此处是赛卢医自吹自擂。

（2）多人：意为多少人。

（3）灭罪修因：减灭今生罪孽，修造来世福因。

（4）越越：越发。《金线池》第二折："越越的欺负我。"

（5）涿（zhuō）州：唐置，今河北省涿州市。

（6）接脚：接脚婿的省称，指寡妇招的后夫。

（7）"好事不在忙"：当时成语。宋代《张协状元》戏文："常言道好事不在忙里。"

（8）红鸾天喜：古代迷信相命者的说法，认为命中遇到红鸾星，主婚姻成就。天喜，指吉日。

（9）古门：或称鬼门、古门道、鬼门道，杂剧术语，指舞台通向后台的出入口，即上下场门。丹邱先生论曲："勾栏中戏房出入之所，谓之鬼门道。鬼者，言其所扮者皆是已往昔人，故出入谓之曰鬼门道也。愚俗无知，因置鼓于门，讹唤为鼓门道，又讹而为古，皆非。东坡诗有云：'搬演古今事，出入鬼门道。'正谓此也。"

（10）家克计：持家的办法。"克"字按曲调当用平声字，疑有讹误。

（11）"说一会不明白打凤的机关"二句：打凤捞龙，指安排圈套，叫人中计。这两句指说的做的都是骗人的。虚嚣，虚伪的手段，或作嚣虚。《西厢记》第五本第四折："那厮本意嚣虚，将足下亏图。"

（12）当垆涤器：参见本剧楔子第（10）注文。

（13）举案齐眉：表示夫妻和睦互相敬爱。《后汉书·梁鸿传》："（鸿）为人赁舂（捣米），每归，妻（孟光）为具食。不敢于鸿前仰视，举案（盛饭菜的有脚托盘）齐眉。"

（14）伶俐：干净。不伶俐，即不干净，是元剧常用的语词。如《救风尘》第一折："但见俺有些儿不伶俐，便说是女娘家要哄骗东西。"

（15）哭倒长城：指民间长期流传的孟姜女哭倒长城的故事。传说秦时杞梁修筑长城，妻子孟姜为他千里送寒衣，到了长城，杞梁劳累已死，孟姜女伏尸痛哭，把长城哭倒了。这个故事最早见于唐代。

（16）浣纱时甘投大水：春秋时伍子胥逃难，有一个浣纱女子同情他的遭遇，给他饭吃。伍子胥叮嘱她不能向追兵泄密，她为了表示自己的诚意，投江而死。

（17）上山来便化顽石：我国古代不少地方都有关于望夫石的传说。《寰宇记》："昔有人往楚，累岁不还，其妻登此山望之，久之乃化为石。"

（18）恁的：那样的。有时只用一个"恁"字，作"那"字讲。如《单刀会》第三折"恁时节"，就是"那时节"的意思。有时"恁"字也通"您"，如《金线池》第一折："嫁了恁孩儿吧"，意为"嫁了您孩儿吧"。

（19）倒大来：倒大，十分、非常的意思。来，语助词，无义。《王粲登楼》第二折："安乐窝中且避乖，倒大来悠哉！"

（20）黄金浮世宝，白发故人稀：当时俗语，这里借用来讽刺蔡婆轻视前夫财产，不甘晚年寂寞。

（21）精细：清醒。

（22）"又无羊酒段匹"二句：羊酒、花红、缎匹，是宋元时定婚的礼物。宋代孟元老《东京梦华录》："凡娶媳妇，两家允许，然后担许口酒，以络盛酒瓶，又以花红缴担上，谓之缴担红，与女子家。"这说明元剧中常写到的肯酒红定等习俗在宋代就已有了。

（23）"把手为活过日"二句：承上句意为这种露水夫妻，死了也就算了。把手，携手。

（24）指脚的夫妻：结发夫妻。

（25）搬调：搬弄哄骗。

（26）一马难将两鞍鞴（bèi）："一马不跨双鞍"为当时俗语，意为一女不嫁二夫。《西厢记》第五本第三折："道不得'一马不跨双鞍'，可怎生父在时曾许了我，父丧之后，母到悔亲？"鞴，也作"鞍"，《说文》注："车驾具也。"指把鞍鞴套在马背上。

（27）孤：杂剧中的官员。当时市语称官员为孤老，明锄兰忍人《玄雪谱》"行院声嗽、人物"："官人，孤老。"

（28）祗候：本是宋代武官名，元代用来称衙门里任传宣引赞的较高级的差役。

（29）刷卷：清查案卷。

（30）桃杌：剧本借用古代所谓四凶之一的梼杌来骂这个贪官。《左传》文公十八年："颛顼氏有不才子，不可教训，不知话言。告之则顽，舍之则嚣；傲很明德，以乱天常，天下之民谓之梼杌。"

（31）喝撺（cuān）厢：官吏开庭时，衙役大声吆喝以显示官威。厢，或作"箱"，元代官府接受状子的箱子叫撺箱。（见《山居新语》）

（32）但来告状的，就是我衣食父母：封建社会的地方官说自己是父母官，是养活老百姓的，因此要老百姓向他们下跪。这里反说告状的百姓才是地方官的父母，嘲讽官员盘剥告状的。这里的一跪一起、一问一答是古代参军戏的遗迹，即插科打诨。

（33）胡支对：搪塞。支对，应付。

（34）傍州例：别的地方的判例，引申为例子、榜样。

（35）唱叫扬疾：高声嚷叫。

（36）覆盆不照太阳晖：盆翻盖着，阳光照射不进去，比喻官府衙门的暗无天日。晋代葛洪《抱朴子·辨问》："是责三光不照覆盆之内也。"《清平山堂话本·张子房慕道记》："臣思日月虽明，倘（尚）不照覆盆之下。"

（37）委的：真的。

（38）伏状：伏罪的状子。

（39）市曹典刑：在闹市里执行死刑。这是封建统治者为了吓唬百姓而采取的一种做法。市曹，集市。《北史·魏宗室晖传》："迁吏部尚书，纳货用官，皆有定价，……天下号曰市曹。"

（40）漏面：疑即镂面。宋元时在犯人脸上刺字的一种刑罚。

第三折

（外⁽¹⁾扮监斩官上，云）下官监斩官是也。今日处决犯人，着做公的⁽²⁾把住巷口，休放往来人闲走。（净扮公人，鼓三通、锣三下科）（刽子磨旗⁽³⁾、提刀，押正旦带枷上）（刽子云）行动些，行动些，监斩官去法场上多时了。（正旦唱）

【正宫端正好】没来由犯王法，不提防[17]遭刑宪，叫声屈动地惊天！顷刻间游魂先赴森罗殿，怎不将天地也生⁽⁴⁾埋怨。

【滚绣球】有日月朝暮悬，有鬼神掌着生死权[18]，天地也，只合把清浊分辨，可怎生错看[19]了盗跖颜渊⁽⁵⁾？为善的受贫穷更命短，造恶的享富贵又寿延。天地也，做得个怕硬欺软，却原来也这般顺水推船。地也，你不分好歹何为地？天也，你错勘贤愚枉做天！哎，只落得两泪涟涟。

（刽子云）快行动些，误了时辰也。（正旦唱）

【倘秀才】则被这枷纽的我左侧右偏，人拥的我前合后偃，我窦娥向哥哥行⁽⁶⁾有句言。（刽子云）你有甚么话说？（正旦唱）前街里去心怀恨，后街里去死无冤，休推辞路远。

（刽子云）你如今到法场上面，有甚么亲眷要见的，可教他过来，见你一面也好。（正旦唱）

【叨叨令】可怜我孤身只影无亲眷，则落的吞声忍气空嗟怨。（刽子云）难道你爷娘家也没的？（正旦云）止有个爹爹，十三年前上朝取应去了，至今杳无音信。（唱）早已是十年多不睹爹爹面。（刽子云）你适才要我往后街里去，是什么主意？（正旦唱）怕则怕前街里被我婆婆见。（刽子云）你的性命也顾不得，怕他见怎的？（正旦云）俺婆婆若见我披枷带锁赴法场餐刀去呵，（唱）枉将他气杀也么哥，枉将他气杀也么哥⁽⁷⁾。告哥哥，临危好与人行方便。

（卜儿哭上科，云）天那，兀的不是我媳妇儿！（刽子云）婆子靠后。（正旦云）既是俺婆婆来了，叫他来，待我嘱付他几句话咱。（刽子云）那婆子，近前来，你媳妇要嘱付你话哩。（卜儿云）孩儿，痛杀我也！（正旦云）婆婆，那张驴儿把毒药放在羊肚儿汤里，实指望药死了你，要霸占我为妻。不想婆婆让与他老子吃，倒把他老子药死了。我怕连累婆婆，屈招了药死公公，今日赴法场典刑。婆婆，此后遇着冬时年节，月一十五，有滗⁽⁸⁾不了的浆水饭，滗半碗儿与我吃；烧不了的纸钱，与窦娥烧一陌儿⁽⁹⁾。则是看你死的孩儿面上！（唱）

【快活三】念窦娥葫芦提⁽¹⁰⁾当罪愆，念窦娥身首不完全，念窦娥从前已往干家缘；婆婆也，你只看窦娥少爷无娘面。

【鲍老儿】念窦娥伏侍婆婆这几年，遇时节将碗凉浆奠；你去那受刑法尸骸上烈些纸钱，只当把你亡化的孩儿荐。（卜儿哭科，云）孩儿放心，这个老身都记得。天那，兀的不痛杀我也！（正旦唱）婆婆也，再也不要啼啼哭哭，烦烦恼恼，怨气冲天。这都是我做窦娥的没时没运[20]，不明不暗，负屈衔冤。

（刽子做喝科，云）兀那婆子靠后，时辰到了也。（正旦跪科）（刽子开枷科）（正旦云）窦娥告监斩大人，有一事肯依窦娥，便死而无怨。（监斩官云）你有甚么事？你说。（正旦云）要一领净席，等我窦娥站立；又要丈二白练，挂在旗枪[11]上。若是我窦娥委实冤枉，刀过处头落，一腔热血休半点儿沾在地下，都飞在白练上者。（监斩官云）这个就依你，打甚么不紧。[12]（刽子做取席站科，又取白练挂旗上科）（正旦唱）

【耍孩儿】不是我窦娥罚下这等无头愿[13]，委实的冤情不浅；若没些儿灵圣与世人传，也不见得湛湛青天。我不要半星热血红尘洒，都只在八尺旗枪素练悬。等他四下里皆瞧见，这就是咱苌弘化碧[14]，望帝啼鹃[15]。

（刽子云）你还有甚的说话，此时不对监斩大人说，几时说那？（正旦再跪科，云）大人，如今是三伏天道，若窦娥委实冤枉，身死之后，天降三尺瑞雪，遮掩了窦娥尸首。（监斩官云）这等三伏天道，你便有冲天的怨气，也召不得一片雪来，可不胡说！（正旦唱）

【二煞】你道是暑气暄[16]，不是那下雪天；岂不闻飞霜六月因邹衍[17]？若果有一腔怨气喷如火，定要感的六出冰花[18]滚似绵，免着我尸骸现；要甚么素车白马，断送出古陌荒阡！[19]

（正旦再跪科，云）大人，我窦娥死的委实冤枉，从今以后，着这楚

州亢旱[20]三年！（监斩官云）打嘴！那有这等说话！（正旦唱）

【一煞】你道是天公不可期，人心不可怜，不知皇天也肯从人愿。做甚么三年不见甘霖降？也只为东海曾经孝妇冤[21]。如今轮到你山阳县。这都是官吏每无心正法，使百姓有口难言。

（刽子做磨旗科，云）怎么这一会儿天色阴了也？（内做风科，刽子云）好冷风也！（正旦唱）

【煞尾】浮云为我阴，悲风为我旋，三桩儿誓愿明题遍。（做哭科，云）婆婆也，直等待雪飞六月，亢旱三年呵，（唱）那其间才把你个屈死的冤魂这窦娥显。

（刽子做开刀，正旦倒科）（监斩官惊云）呀，真个下雪了，有这等异事！（刽子云）我也道平日杀人，满地都是鲜血，这个窦娥的血都飞在那丈二白练上，并无半点落地，委实奇怪。（监斩官云）这死罪必有冤枉。早两桩儿应验了，不知亢旱三年的说话，准也不准？且看后来如何。左右，也不必等待雪晴，便与我抬他尸首，还了那蔡婆婆去罢。（众应科，抬尸下）

注 解

（1）外："外末"的省称，正末以外的次要男角。王国维《古剧脚色考》："元剧有外旦、外末，而又有外。外则或扮男，或扮女，当为外末、外旦之省。"

（2）做公的：衙门里的差役，也叫公人。

（3）磨旗：挥旗开路。宋代孟元老《东京梦华录》卷七："先一人空手出马，谓之引马；次一人磨旗出马，谓之开道旗。"《古城记》第十六出："冬冬打战鼓，咳咳磨征旗。"同剧第二十八出："忽喇喇磨采旗，急棚棚迎画载。"

（4）生：副词，深甚的意思。

（5）盗跖颜渊：盗跖是春秋时的大盗，颜渊是孔子的贤弟子。颜渊短命而盗跖长寿，故说天地糊涂。

（6）哥哥行（háng）：哥哥那里。行，指示方位词，一般用于人称或自称的后面。

（7）枉将他气杀也么哥：〔叨（dāo）叨令〕这句照例要重复，并在句尾加"也么哥"，这是曲子的定格。也么哥，或作"也波哥"，表示感叹的语气词，无实义。

（8）灒（jiǎn）：倾、倒。这里指拜祭时浇奠酒浆。

（9）一陌儿：古时一百钱称为陌，宋代沈括《梦溪笔谈》卷四："今之数钱，百钱谓之'陌'者，借'陌'字用之，其实只是'百'字，如'什'与'伍'耳。"

（10）葫芦提：或作胡卢蹄，宋元时口语，糊里糊涂的意思，清代翟灏《通俗编》引《明道杂志》："钱文穆内相决一大滞狱，苏长公誉以为霹雳手，钱曰：'仅免葫芦蹄耳。'"

（11）旗枪：杆子上装有枪头的旗子。此节用《搜神记》孝妇周青事。

（12）打甚么不紧：有什么要紧。元代谓要紧为打紧，"不"字为加强语气词。《元典章》："海道官粮，运将大都里来，是最打紧勾当。"

（13）无头愿：用头颅相拼的誓愿。

（14）苌（cháng）弘化碧：苌弘，传说中周朝的忠臣。《庄子·外物》："苌弘死于蜀，藏其血，三年而化为碧。"碧，青绿色的美石。

（15）望帝啼鹃：望帝是传说中的蜀王，名叫杜宇，他于周代末年在蜀称帝，后为臣子所逼让位于其相开明，其魂化为鸟。时二月，子鹃鸟鸣，蜀人怀之，因呼鹃为杜鹃或杜宇。事见《蜀王本纪》《华阳国志·蜀志》。

（16）暄：太阳的暖气。

（17）飞霜六月因邹衍：参见剧前导读。

（18）六出冰花：指雪花，因为雪花是六瓣的。

（19）"要甚么素车白马"二句：东汉时，张劭死后，友人范式从远地乘素车白马前往吊丧。见《后汉书·范式传》。后来就用"素车白马"代表送葬。断送，发送。

（20）亢旱：大旱。

（21）东海曾经孝妇冤：参见剧前导读。在这里，窦娥的三桩誓愿一个狠似一个，表现了她满腔的悲愤；而监斩官的回答，也一次比一次严厉。

第四折

（窦天章冠带引丑[1]张千、祗从上，诗云）独立空堂思黯然，高峰月出满林烟。非关有事人难睡，自是惊魂夜不眠。老夫窦天章是也。自离了我那端云孩儿，可早十六年光景。老夫自到京师，一举及第，官拜参知政事[2]。只因老夫廉能清正，节操坚刚，谢圣恩可怜，加老夫两淮提刑肃政廉访使[3]之职，随处审囚刷卷，体察滥官污吏，容老夫先斩后奏。老夫一喜一悲：喜呵，老夫身居台省[4]，职掌刑名[5]，势剑金牌[6]，威权万里；悲呵，有端云孩儿，七岁上与了蔡婆婆为儿媳妇，老夫自得官之后，使人往楚州问蔡婆婆家，他邻里街坊道，自当年蔡婆婆不知搬在那里去了，至今音信皆无，老夫为端云孩儿，啼哭的眼目昏花，忧愁的须发斑白。今日来到这淮南地面，不知这楚州为何三年不雨？老夫今在这州厅安歇。张千，说与那州中大小属官，今日免参，明日早见。（张千向古门云）一应大小属官，今日免参，明日早见。（窦天章云）张千，说与那六房吏典[7]，但有合刷照文卷，都将来，待老夫灯下看几宗波。（张千送文卷科）（窦天章云）张千，你与我掌上灯。你每都辛苦了，自去歇息罢。我唤你便来，不唤你休来。（张千点灯，同祗从下）（窦天章云）我将这文卷看几宗咱。"一起犯人窦娥，将毒药致死公公。……"我才看头一宗文卷，就与老夫同姓；这药死公公的罪名，犯在十恶[8]不赦，俺同姓之人也有不畏法度的。这是问结了的文书，不看他罢，我将这文卷压在底下，别看一宗咱。（做打呵欠科，云）不觉的一阵昏沉上来，皆因老夫年纪高大，鞍马劳困之故，待我搭伏定书案，歇息些儿咱。（做睡科。魂旦[9]上，唱）

【双调新水令】我每日哭啼啼守住望乡台[10]，急煎煎把仇人等待，慢腾腾昏地里走，足律律[11]旋风中来，则被这雾锁云埋，撺掇[12]的鬼魂快。

（魂旦望科，云）门神户尉不放我进去。我是廉访使窦天章女孩儿，因我屈死，父亲不知，特来托一梦与他咱。（唱）

【沉醉东风】我是那提刑的女孩，须不比现世的妖怪，怎不容我到灯影前，却拦截在门楏⁽¹³⁾外？（做叫科，云）我那爷爷呵！（唱）枉自有势剑金牌，把俺这屈死三年的腐骨骸，怎脱离无边苦海？

（做入见哭科，窦天章亦哭科，云）端云孩儿，你在那里来？（魂旦虚下⁽¹⁴⁾）（窦天章做醒科，云）好是奇怪也！老夫才合眼去，梦见端云孩儿，恰便似来我跟前一般，如今在那里？我且再看这文卷咱。（魂旦上做弄灯科）（窦天章云）奇怪，我正要看文卷，怎生这灯忽明忽灭的？张千也睡着了，我自己剔灯咱。（做剔灯，魂旦翻文卷科。窦天章云）我剔的这灯明了也，再看几宗文卷。"一起犯人窦娥，药死公公。……"（做疑怪科，云）这一宗文卷，我为头看过，压在文卷底下，怎生又在这上头？这几时间结了的，还压在底下，我别看一宗文卷波。（魂旦再弄灯科。窦天章云）怎么这灯又是半明半暗的？我再剔这灯咱。（做剔灯。魂旦再翻文卷科）（窦天章云）我剔的这灯明了，我另拿一宗文卷看咱。"一起犯人窦娥，药死公公。……"呸！好是奇怪！我才将这文书分明压在底下，刚剔了这灯，怎生又翻在面上？莫不是楚州后厅里有鬼么？便无鬼呵，这桩事必有冤枉。将这文卷再压在底下，待我另看一宗如何？（魂旦又弄灯科。窦天章云）怎生这灯又不明了？敢有鬼弄这灯？我再剔一剔去。（做剔灯科。魂旦上，做撞见科。窦天章举剑击桌科，云）呸！我说有鬼！兀那鬼魂，老夫是朝廷钦差带牌走马⁽¹⁵⁾肃政廉访使，你向前来，一剑挥之两段。张千，亏你也睡的着，快起来，有鬼有鬼。兀的不吓杀老夫也！（魂旦唱）

【乔牌儿】则见他疑心儿胡乱猜，听了我这哭声儿转惊骇。哎，你个窦天章直恁的威风大，且受你孩儿窦娥这一拜^[21]。

（窦天章云）兀那鬼魂，你道窦天章是你父亲，"受你孩儿窦娥拜"，你敢错认了也？我的女儿叫做端云，七岁上与了蔡婆婆为儿媳妇。你是窦娥，名字差了，怎生是我女孩儿？（魂旦云）父亲，你将我与了蔡婆婆家，改名做窦娥了也。（窦天章云）你便是端云孩儿？我不问你别的，这药死公公是你不是？（魂旦云）是你孩儿来。（窦天章云）嗫声⁽¹⁶⁾！你这小妮子，老夫为你啼哭的眼也花了，忧愁的头也白了，你划地犯下十恶大罪，受了典刑！我今日官居台省，职掌刑名，来此两淮审囚刷卷，体察滥官污吏；你是我亲生之女，老夫将你治不的，怎治他人？我当初将你嫁与他家呵，要你三从四德。三从者，在家从父，出嫁从夫，夫死从子；四德者，事公姑，敬夫主，和妯娌，睦街坊。今三从四德全无，划地犯了十恶大罪。我窦家三辈无犯法之男，五世无再婚之女；到今日被你辱没祖宗世德，又连累我的清名。你快与我细吐真情，不要虚言支对。若说的有半厘差错，牒发⁽¹⁷⁾你城隍祠内，着你永世不得人身，罚在阴山⁽¹⁸⁾永为饿鬼。（魂旦云）父亲停嗔息怒，暂罢狼虎之威，听你孩儿慢慢的说一遍咱。我三岁上亡了母亲，七岁上离了父亲，你将我送与蔡婆婆做儿媳妇。至十七岁与夫配合，才得两年，不幸儿夫亡化，和俺婆婆守寡。这山阳县南门外有个赛卢医，他少俺婆婆二十两银子。俺婆婆去取讨，被他赚到郊外，要将婆婆勒死；不想撞见张驴儿父子两个，救了俺婆婆性命。那张驴儿知道我家有个守寡的媳妇，便道："你婆儿媳妇既无丈夫，不若招我父子两个。"俺婆婆初也不肯，那张驴儿道："你若不肯，我依旧勒死你。"俺婆婆惧怕，不得已含糊许了。只得将他父子两个领到家中，养他过世。有张驴儿数次调戏你女孩儿，我坚执不从。那一日俺婆婆身子不快，想羊肚儿汤吃，你孩儿安排了汤。适值张驴儿父子两个问病，道："将汤来我尝一尝。"说："汤便好，只少些盐醋。"赚的我去取盐醋，他就暗地里下了毒药。实指望药杀俺婆婆，要强逼我成亲。不想俺婆婆偶然发呕，不要汤吃，却让与他老子^[22]吃，随即七窍流血药死了。张驴儿便道："窦娥药死了俺老子，你要官休？要私休？"我便道："怎生是官休？怎生是私休？"他道："要官休，告到官司，你与俺老子偿命；若私休，你便与我做老婆。"你孩儿便道："好马不鞴双鞍，烈女不更二夫[23]。我至死不与你做媳妇，我情愿和你见官去。"他将你孩儿拖到官中，受尽三推六问，吊拷绷扒(19)，便打死孩儿，也不肯认。怎当州官见你孩儿不认，便要拷打俺婆婆；我怕婆婆年老，受刑不起，只得屈认了。因此押赴法场，将我典刑。你孩儿对天发下三桩誓愿：第一桩，要丈二白练挂在旗枪上，若系冤枉，刀过头落，一腔热血休滴在地下，都飞在白练上；第二桩，现今三伏天道，下三尺瑞雪，遮掩你孩儿尸首；第三桩，着他楚州大旱三年。果然血飞上白练，六月下雪，三年不雨，都是为你孩儿来。（诗云）不告官司只告天，心中怨气口难言。防他老母遭刑宪，情愿无辞认罪愆。三尺琼花(20)骸骨掩，一腔鲜血练旗悬；岂独霜飞邹衍屈，今朝方表窦娥冤。[24]（唱）

【雁儿落】你看这文卷曾道来不道来(21)，则我这冤枉要忍耐如何耐？我不肯顺他人，倒着我赴法场；我不肯辱祖上，倒把我残生坏。

【得胜令】呀，今日个搭伏定摄魂台(22)，一灵儿怨哀哀。父亲也，你现掌着刑名事，亲蒙圣主差，端详这文册，那厮乱纲常合当败，便万剐了乔才(23)，还道报冤仇不畅怀。

（窦天章做泣科，云）哎！我那屈死的儿，则被你痛杀我也！我且问你：这楚州三年不雨，可真个是为你来？（魂旦云）是为你孩儿来。（窦天章云）有这等事！到来朝我与你做主。（诗云）白头亲苦痛哀哉，屈杀了你个青春女孩。只恐怕天明了，你且回去，到来日我将文卷改正明白。（魂旦暂下）（窦天章云）呀，天色明了也。张千，我昨日看几宗文卷，中间有一鬼魂来诉冤枉。我唤你好几次，你再也不应，直恁的好睡那。

（张千云）我小人两个鼻子孔一夜不曾闭，并不听见女鬼诉什么冤状，也不曾听见相公呼唤。（窦天章做叱科，云）嗻！今早升厅坐衙，张千，喝撺厢者。（张千做幺喝科，云）在衙人马平安⁽²⁴⁾，抬书案！（禀云）州官见。（外扮州官入参科）（张千云）该房吏典见。（丑扮吏入参见科）（窦天章问云）你这楚州一郡，三年不雨，是为着何来？（州官云）这个是天道亢旱，楚州百姓之灾，小官等不知其罪。（窦天章做怒云）你等不知罪么！那山阳县有用毒药谋死公公犯妇窦娥，他问斩之时曾发愿道："若是果有冤枉，着你楚州三年不雨，寸草不生。"可有这件事来？（州官云）这罪是前升任桃州守问成的，现有文卷。（窦天章云）这等糊突的官也着他升去！你是继他任的，三年之中可曾祭这冤妇么？（州官云）此犯系十恶大罪，元不曾有祠，所以不曾祭得。（窦天章云）昔日汉朝有一孝妇守寡，其姑自缢身死，其姑女告孝妇杀姑，东海太守将孝妇斩了。只为一妇含冤，致令三年不雨。后于公治狱，仿佛见孝妇抱卷哭于厅前，于公将文卷改正，亲祭孝妇之墓，天乃大雨。今日你楚州大旱，岂不正与此事相类？张千，分付该房金牌下山阳县，着拘张驴儿、赛卢医、蔡婆婆一起人犯，火速解审，毋得违误片刻者。（张千云）理会得。（下）（丑扮解子押张驴儿、蔡婆婆同张千上，禀云）山阳县解到审犯听点。（窦天章云）张驴儿。（张驴儿云）有。（窦天章云）蔡婆婆。（蔡婆婆云）有。（窦天章云）怎么赛卢医是紧要人犯不到？（解子云）赛卢医三年前在逃，一面着广捕批缉拿去了，待获日解审。（窦天章云）张驴儿，那蔡婆婆是你的后母么？（张驴儿云）母亲好冒认的？委实是。（窦天章云）这药死你父亲的毒药，卷上不见有合药的人，是那个合的毒药？（张驴儿云）是窦娥自合就的毒药。（窦天章云）这毒药必有一个卖药的医铺。想窦娥是个少年寡妇，那里讨这药来。张驴儿，敢是你合的毒药么？（张驴儿云）若是小人合的毒药，不药别人，倒药死自家老子？（窦天章云）我那屈死的儿喷，这一节是紧要公案，你不自来折辩，怎得一个明白？你如今冤魂却在那里？（魂旦上，云）张驴儿，这药不是你合的，是那个合的？（张驴儿做怕科，云）有鬼有鬼，撮盐入水，太上老君急急如律令敕⁽²⁵⁾。（魂旦云）张驴儿，你当日下毒药在羊肚儿汤里，本意药死俺婆婆，要逼勒我做浑家。不想俺婆婆不吃，让与你父亲吃，被药死了。你今日还敢赖哩！（唱）

【川拨棹】猛见了你这吃敲材⁽²⁶⁾，我只问你这毒药从何处来？你本意待暗里栽排，要逼勒我和谐，倒把你亲爷毒害，怎教咱替你耽罪责！

（魂旦做打张驴儿科）（张驴儿做避科，云）太上老君急急如律令敕。大人说这毒药必有个卖毒药的医铺，若寻得这卖药的人来和小人折对，死也无词。（丑扮解子解赛卢医上，云）山阳县续解到犯人一名赛卢医。（张千喝云）当面。（窦天章云）你三年前要勒死蔡婆婆，赖他银子，这事怎么说？（赛卢医叩头科，云）小的要赖蔡婆婆银子的情是有的，当被两个汉子救了，那婆婆并不曾死。（窦天章云）这两个汉子你认的他叫做什么名姓？（赛卢医云）小的认便认得，慌忙之际可不曾问的他名姓。（窦天章云）现有一个在阶下，你去认来。（赛卢医做下认科，云）这个是蔡婆婆。（指张驴儿云）想必这毒药事发了。（上云）是这一个。容小的诉禀：当日要勒死蔡婆婆时，正遇见他爷儿两个救了那婆婆去。过得几日，他到小的铺中讨服毒药。小的是念佛吃斋人，不敢做昧心的事，说道："铺中只有官料药⁽²⁷⁾，并无什么毒药。"他就睁着眼道："你昨日在郊外要勒死蔡婆婆，我拖你见官去。"小的一生最怕的是见官，只得将一服毒药与了他去。小的见他生相是个恶的，一定拿这药去药死了人，久后败露，必然连累，小的一向逃在涿州地方，卖些老鼠药。刚刚是老鼠被药杀了好几个，药死人的药，其实再也不曾合。（魂旦唱）

【七弟兄】你只为赖财，放乖，要当灾⁽²⁸⁾。（带云）这毒药呵，（唱）原来是你赛卢医出卖，张驴儿买，没来由填做我犯由牌⁽²⁹⁾，到今日官去衙门在。

（窦天章云）带那蔡婆婆上来。我看你也六十外人了，家中又是有钱钞的，如何又嫁了老张，做出这等事来？（蔡婆婆云）老妇人因为他爷儿两个救了我的性命，收留他在家养膳过世；那张驴儿常说要将他老子接脚进来，老妇人并不曾许他。（窦天章云）这等说，你那媳妇就不该认做药死公公了。（魂旦云）当日问官要打俺婆婆，我怕他年老受刑不起，因此咱认做药死公公，委实是屈招个！（唱）

【梅花酒】你道是咱不该这招状供写的明白，本一点孝顺的心怀，倒做了惹祸的胚胎。我只道官吏每还复勘，怎将咱屈斩首在长街！第一要素旗枪鲜血洒，第二要三尺雪将死尸埋，第三要三年旱示天灾：咱誓愿委实大。

【收江南】呀，这的是衙门从古向南开，就中无个不冤哉！痛杀我娇姿弱体闭泉台⁽³⁰⁾，早三年以外，则落的悠悠流恨似长淮。

（窦天章云）端云儿也，你这冤枉我已尽知，你且回去。待我将这一起人犯并原问官吏另行定罪，改日做个水陆道场⁽³¹⁾。超度你升天便了。（魂旦拜科，唱）

【鸳鸯煞尾】从今后把金牌势剑从头摆，将滥官污吏都杀坏，与天子分忧，万民除害。（云）我可忘了一件，爹爹，俺婆婆年纪高大，无人侍养，你可收恤家中，替你孩儿尽养生送死之礼，我便九泉之下，可也瞑目。（窦天章云）好孝顺的儿也！（魂旦唱）嘱付你爹爹，收养我奶奶。可怜他无妇无儿，谁管顾年衰迈！再将那文卷舒开，（带云⁽³²⁾）爹爹也，把我窦娥名下，（唱）屈死的于伏⁽³³⁾罪名儿改。（下）

（窦天章云）唤那蔡婆婆上来，你可认的我么？（蔡婆婆云）老妇人眼花了，不认的。（窦天章云）我便是窦天章。适才的鬼魂，便是我屈死的女孩儿端云。你这一行人听我下断：张驴儿毒杀亲爷，谋⁽²⁵⁾占寡妇，合拟凌迟(34)，押付市曹中钉上木驴(35)，剐一百二十刀处死。升任州守桃杌并该房吏典，刑名违错，各杖一百，永不叙用。赛卢医不合赖钱，勒死平民；又不合修合毒药，致伤人命，发烟瘴地面，永远充军。蔡婆婆我家收养。窦娥罪改正明白。（词云）莫道我念亡女与他灭罪消愆，也只可怜见楚州郡大旱三年。昔于公曾表白东海孝妇，果然是感召得灵雨如泉。岂可便推诿道天灾代有，竟不想人之意感应通天。今日个将文卷重行改正，方显的王家法不使民冤。

题目　秉鉴持衡廉访法
正名(36)　感天动地窦娥冤[26]

注　解

（1）丑：角色名，一般扮演地位低下的小人物或反面人物。明代徐渭《南词叙录》："丑：以墨粉涂面，其形甚醜。今省文作'丑'。"

（2）参知政事：元官职，中书省所设，从二品官，是宰相的助理官员。

（3）提刑肃政廉访使：元官职，正三品，掌管各道吏治之得失。《鲁斋郎》第一折"怎知他提刑司刷出三宗卷"中的"提刑司"，是这个官名的省称。据《元史·百官志》，至元二十八年（1291）改按察使为肃政廉访使。（由此可知本剧当作于至元二十八年之后）

（4）台省：台指御史台，廉访使所属；省指中书省，参知政事所属。

（5）职掌刑名：掌握刑事案件的审判和裁决权。

（6）势剑金牌：势剑，皇帝所赐的赋予先斩后奏权力的宝剑。金牌，元代武官万户佩金虎符，千户佩金符，百户佩银符，以示地位和职权的差别，金虎符最高，称虎头金牌。见《元史》卷九十八《兵志一》。

（7）六房吏典：指县里主持吏、户、礼、兵、刑、工各部门的属吏。

（8）十恶：《元史》卷一零二"刑法志一"所列举的"十恶"罪是：谋反、谋大逆、谋叛、恶逆、不道、大不敬、不孝、不睦、不义、内乱。又见《元典章》。

（9）魂旦：扮演女鬼的角色。

（10）望乡台：迷信说法，人死后到阴间去之前先登望乡台，可望见阳间家里的人。

（11）足律律：拟声词，表示风声或物体在风中的飘拂声。有时也写作"赤力力"，如《单刀会》第一折："赤力力三绺美髯飘。"

（12）撺掇：催促。

（13）门楗（tīng）：门框下石础中间的门槛。此处指门户。

（14）虚下：元剧术语，指演员在台上背身做下场状。

（15）带牌走马：带牌，佩带金牌。走马，指使用驿马的特权。

（16）噤声：住口。《新五代史·杨邠传》："邠遽曰：'陛下但禁声，有臣在。'闻者为之战慄。"

（17）牒发：用公文解送。

（18）阴山：迷信说法，阴间有阴山，有罪而不得超生的鬼魂在那里挨饿受冻。

（19）吊拷绷扒：捆绑后吊起来拷打，这是旧时衙门里的一种刑罚。《绯衣梦》第二折："绷扒吊拷难禁受。"绷扒，也作绗扒、绷巴、拼扒等，用绳紧绑之意。如《水浒传》第五十一回："兄长，没奈何，且胡乱绗一绗。把雷横绗扒在街上。"

（20）琼花：指雪。

（21）曾道来不道：说过还是没说过。指文卷上有没有把事实说清楚。

（22）摄魂台：迷信说法，能镇住死人灵魂的台舍。

（23）乔才：坏家伙。这是古代戏曲小说常用词，如《清平山堂话本·快嘴李翠莲记》："堪笑乔才你好差，端的是个野庄家。你是男子我是女，尔是尔来咱是咱。"

（24）在衙人马平安：这是官员升堂办案时皂隶照仪式吆喝的惯语，以示吉利。如《蝴蝶梦》第二折："在衙人马平安，喏！"

（25）太上老君急急如律令敕（chì）：太上老君，传说中的道教祖师爷。"如律令"，原是汉代公文末尾的例行用语，意为按律令办事。后来道教加以模仿，在符咒末尾用"太上老君急急如律令敕"的套语，意为祈请太上老君迅速照符咒的要求帮人解救厄难。

（26）吃敲材：该死的家伙。当时叫杖杀作"敲"。《元典章》新集刑部内延祐新定例：凡处死罪杖杀者皆曰"敲"，如"两遍作贼的，敲"。"强盗伤人，敲。"

（27）官料药：合法经营的药物。

（28）赖财，放乖，要当灾：这是七字三韵句，财、乖、灾三字都押韵。要当灾，合当蒙受灾难。

（29）犯由牌：揭示犯人罪状的牌子。南宋周密《武林旧事》："元夕，京尹取狱囚数人，列荷校，大书犯由云：'某人为抢扑钗镮，挨搪妇女'。"《风云会》第二折："元来这犯由牌先把我浑身罩。"与上同例。

（30）泉台：坟墓。

（31）水陆道场：为死人举行的超度仪式。

（32）带云：杂剧术语，指唱曲行腔中间的夹白。

（33）于伏：招伏。于伏疑为招伏之讹，《古名家杂剧》本墨校作"招伏"。

（34）凌迟：古代一种酷刑，把犯人身上的肌肉一片片割下，最后才割断气管让其死去。见《宋史·刑法志》。

（35）木驴：固定犯人手足的木架，是古代执行剐刑时用的。《南唐书》卷八《胡则传》："即舁置木驴上，将磔之。"

（36）题目、正名：元杂剧在全剧末尾用四句或两句对子概括剧情，前面的叫"题目"，后面的叫"正名"。"正名"也就是剧名。宋元戏剧演出时把"题目、正名"写在书榜上，类似今日演出之海报。元代散曲家杜善夫《庄家不识勾栏》套曲："正打街头过，见吊个花碌碌纸榜"，《宦门子弟错立身》戏文（第四出）："今早挂了招子。"这种纸榜与招子，即是书写剧名的演出海报。

校 注

本剧现存主要的本子有三种：明代陈与郊编《古名家杂剧》本（龙峰徐氏刊本）、明代孟称舜编《古今名剧合选·酹江集》本和明代臧晋叔编《元曲选》本。

现以臧晋叔《元曲选》本为底本，参校其余两种。凡采用校本校正《元曲选》本之失误者，则作校记；凡校本与《元曲选》本有异而不予采纳者，为简

省起见，一般不注明；某些有参考价值之异文，则有选择地录入校记。（以下各剧均同此例，不另说明）

[1] 楔子：《古名家杂剧》本无此楔子，以下均为第一折内容。

[2]"读尽缥缃万卷书"四句：《古名家杂剧》本作"腹中晓尽世间事，命里不如天下人"。

[3] 子：原作"了"，今据《酹江集》本改正。

[4]〔仙吕赏花时〕曲：《古名家杂剧》本无此曲，另有下场诗一言："弹剑自伤悲，文章习仲尼。不幸妻先丧，父子两分离。"

[5]〔混江龙〕曲：此曲《古名家杂剧》本与《酹江集》本均作："黄昏白昼，忘餐废寝两般忧：夜来梦里，今日心头。地久天长难过遣，旧愁新恨几时休？则这业眼苦，愁眉皱，情怀冗冗，心绪悠悠。"

[6] 遇时辰我替你忧，拜家堂我替你愁：原作"避凶神要择好日头，拜家堂要将香火修"。今据《古名家杂剧》本及《酹江集》本改过。

[7] 怎戴那销金锦盖头：原作"怎将这云霞般锦帕兜"，今据《古名家杂剧》本及《酹江集》本改过。

[8]"替你图谋"四句：《古名家杂剧》本作"替你耽忧，四时羹粥，又结绸缪"。

[9]"老汉自到蔡婆婆家来"二句：《古名家杂剧》本作"老汉自从来到蔡婆婆家做接脚"，则处理成张老头与蔡婆已成婚同居。

[10] 算：原作"等"，因"算"或写作"等"，形近而误为"等"，今据《酹江集》本改正。

[11] 奔丧处：《古名家杂剧》本作"走边庭"。

[12] 百步相随：原作"本性难移"，今据《古名家杂剧》本改过。

[13] 精细：原作"精神"，误刻，今改。

[14]"割舍的一具棺材停置"四句：自从王国维在《宋元戏曲史》（第十二章）将这四句错标点成"割舍的一具棺材，停置几件布帛，收拾出了咱家门里，送入他家坟地"，一直以讹传讹，今据王季思老师意见予以改正。

[15] 从"不是窦娥忤逆"至"这不是你那从小儿年纪指脚的夫妻"：《古名家杂剧》本作"不怕傍人笑耻，不是窦娥忤逆，劝不的即即世世，哭哭啼啼，

烦天恼地。呸！不似你舍不的你那从小里指脚儿夫妻。（孛老死科）（卜云）怎生是好？死了也！（旦唱）"

[16] 我怕把你来便打的，打的来怎的：原本无，今据《古名家杂剧》本和《酹江集》本补。

[17] 不提防：《古名家杂剧》本及《酹江集》本均作"葫芦提"。

[18] 有鬼神掌着生死权：《古名家杂剧》本作"有山河古今监"。

[19] 错看：原作"糊突"，据《古名家杂剧》本改过。

[20] 这都是我做窦娥的没时没运：《古名家杂剧》本作"我不分说"。

[21] 且受你孩儿窦娥这一拜：原作"且受我窦娥这一拜"，据下句窦天章说白改过。

[22] 他老子：原作"老张"，此非窦娥声口，据第二折窦娥说白改过。

[23] 夫：原误作"丈"，今改。

[24] "三尺琼花骸骨掩"四句：《古名家杂剧》本作"三尺瑞雪埋素体，一腔鲜血染白练；霜降始知邹衍屈，雪飞方表窦娥冤"。

[25] 谋：原作"奸"，据《酹江集》本改过。

[26] 题目：《古名家杂剧》本为"后嫁婆婆忒心偏，守志烈女意自坚"。正名：《古名家杂剧》本为"汤风冒雪没头鬼，感天动地窦娥冤"。《酹江集》本无"题目""正名"。

包待制智斩鲁斋郎

导读

　　《鲁斋郎》杂剧是否关汉卿撰，学者有不同看法。明代陈与郊编《古名家杂剧》（龙峰徐氏刊本）与明代臧晋叔《元曲选》本皆题关汉卿撰。王季思先生认为《鲁斋郎》杂剧语言风格酷似关剧，在未有确凿的否定证据出现之前，可以定为关汉卿撰。另，本剧第三折张珪唱词中有"这郑孔目拿定了萧娥胡做，知他那里去了赛娘、僧住"，是援引了关汉卿的挚友杨显之《酷寒亭》中之故事，这似可作为本剧是关氏所作的一点佐证。

　　《鲁斋郎》在元代就很有名，《陈州粜米》杂剧中说到"曾把个鲁斋郎斩市曹"，《盆儿鬼》杂剧写包待制勘狱的业绩时提到"也曾诈斩斋郎衙内职"，可见这是当时一个影响很大的剧目。它写皇亲国戚鲁斋郎见银匠李四的妻子长得漂亮，就拐走她；见张珪妻子长得漂亮，就命令张珪送妻上门。包待制包拯访得鲁斋郎害苦良民，夺人妻女，用"鱼齐即"之名上奏皇帝批准，将鲁斋郎斩首后，包拯才在"鱼齐即"名讳上添加笔画，变成"鲁斋郎"。皇帝无可奈何，只得说"合该斩首"。后张珪一家与李四一家在云台观团圆。

《鲁斋郎》是一个末本，正末扮张珪。张珪是郑州六案都孔目，是一名中级官吏，却并非清官或好官。他自己说"逼的人卖了银头面（首饰），我戴着金头面；送的人典了旧宅院，我住着新宅院"。可见他也是一个骑在百姓头上的贪官。但碰到鲁斋郎这样的皇亲国戚之后，顿时吓个半死，乖乖地送妻上门，上演了一场"夫主婚，妻招婿"的闹剧。剧中的鲁斋郎是一个"嫌官小不做，嫌马瘦不骑，动不动挑人眼、剔人骨、剥人皮"的十恶不赦的坏蛋。最为特别的是，他看上张珪妻子，不是动用权力，用"王老虎抢亲"的办法强抢人家，而是用说悄悄话的方式招呼张珪："近前将耳朵来：把你媳妇明日送到我宅子里来！"临走前还不忘嘱咐张珪"今日不犯"（今晚不许你与媳妇睡觉侵犯她）。剧作通过张珪送妻路上痛苦万状的心理挣扎，将鲁斋郎夺人妻女的罪恶行径暴露得淋漓尽致。

《鲁斋郎》杂剧所写的，现并未找到相关的历史记载或传说依托，它写的完全是元代的现实生态，可以说是元代一个"现代剧"。据《马可·波罗游记》披露，当时的副宰相阿合马就是一个"鲁斋郎式"的人物，他霸占侵犯的女子多达133名。剧末，包待制用近乎文字游戏的手法"智斩"了这个恶棍，伸张了正义，为被害人吐了一口恶气。包待制智斩鲁斋郎，其批判的矛头有意无意指向了皇帝老子。

明代万历博古堂刻本《元曲选》插图

明代万历博古堂刻本《元曲选》插图

楔 子[1]

　　（冲末扮鲁斋郎[1]引张龙上，诗云）花花太岁为第一，浪子丧门再没双；街市小民闻吾怕，则我是权豪势要鲁斋郎。小官鲁斋郎是也。方今圣人在位，四海晏然，八方无事。小官[2]随朝数载，谢圣恩可怜，除授今职。小官嫌官小不做，嫌马瘦不骑，但行处引的是花腿[2]闲汉，弹弓粘竿，鹹儿[3]小鹞，每日价飞鹰走犬，街市闲行。但见人家好的玩器，怎么他倒有我倒无，我则借三日玩看了，第四日便还他，也不坏了他的；人家有那骏马雕鞍，我使人牵来则骑三日，第四日便还他，也不坏了他的。我是个本分的人，自离了汴梁，来到许州，因街上骑着马闲行，我见个银匠铺里一个好女子，我正要看他，那马走的快，不曾得仔细看。张龙，你曾见来么？（张龙云）比及[4]爹有这个心，小人打听在肚里了。（鲁斋郎云）你知道他是甚么人家？（张龙云）他是个银匠，姓李，排行第四。他的个浑家生的风流，长的可喜。（鲁斋郎云）我如今要他，怎么能够……（张龙云）爹要他也不难，我如今将着一把银壶瓶去他家整理，多与他些钱钞，与他几钟酒吃，着他浑家也吃几钟，扶上马就走。（鲁斋郎云）此计大妙。则今日收拾鞍马，跟着我银匠铺里整理壶瓶走一遭去。（诗云）推整壶瓶生巧计，拐他妻子忙逃避，总饶赶上焰摩天[5]，教他无处相寻觅。（下）

　　（外扮李四同旦、二俫[6]上，云）小可许州人氏，姓李，排行第四，人口顺唤做银匠李四。嫡亲的四口儿，浑家张氏，一双儿女，厮儿叫做喜童，女儿叫做娇儿。全凭打银过其日月。今日早间开了这铺儿，看有甚么人来。（鲁斋郎引张龙上，云）小官鲁斋郎，因这壶瓶跌漏，去那银匠铺整理一整理。左右接了马者，将交床[7]来。（张龙云）理会的。（坐下科）（鲁斋郎云）张龙，你与我叫那银匠出来。（张龙做唤科，云）兀那银匠，鲁爷在门首叫你哩！（李四慌出跪科，云）大人唤小人有何事干？（鲁斋郎云）你是银匠么？（李四云）小人是银匠。（鲁斋郎云）兀那李四，你休惊莫怕，你是无罪的人，你起来。（李四云）大人唤我做甚么？（鲁斋郎[3]云）我有把银壶瓶跌漏了，你与我整理一整理，与你十两银子。（李四云）不打紧，小人不敢要偌多银子。（鲁斋郎云）你是个小百姓，我怎么肯亏你？与我整理的好，着银子与你买酒吃。（李四接壶整理[4]科，云）整理的复旧如初。好了也，大人试看咱。（鲁斋郎云）这厮真个好手段，便似新的一般。张龙，有酒么？（张龙云）有。（鲁斋郎云）将来赏他几杯。（做筛酒，李四连饮三杯科，云）够了。（鲁斋郎云）你家里再有甚么人？（李四云）家里有个丑媳妇，叫出来见大人。大嫂，你出来拜大人。（旦出拜科）（鲁斋郎云）一个好妇人也，与他三钟酒吃。我也吃一钟。张龙，你也吃一钟。兀那李四，这三钟酒是肯酒[8]；我的十两银子与你做盘缠；你的浑家，我要带往郑州去也，你不拣那个大衙门里告我去！（同旦下）（李四做哭科，云）清平世界，浪荡乾坤，拐了我浑家去了，更待乾罢？不问那个大衙门里，告他走一遭去。（下）（贴旦[9]引二倈上，云）妾身姓李；夫主姓张，在这郑州做着个六案孔目[10]，嫡亲的四口儿家属，一双儿女，小厮唤做金郎，女儿唤做玉姐。孔目衙门中去了，这早晚敢待来也。（李四慌上，云）一心忙似箭，两脚走如飞。自家李四的便是。因鲁斋郎拐了我的浑家往郑州来了，我随后赶来到这郑州，我要告他，不认的那个是大衙门。来到这长街市上，不觉一阵心疼，我死也，却教谁人救我这性命咱？（正末扮张珪引祗候上，云）自家姓张名珪，字均玉，郑州人氏，幼习儒业，后进身为吏；嫡亲的四口儿，浑家李氏，是华州华阴县人氏，他是个医士人家女儿，生下一双儿女金郎、玉姐。我在这郑州做着个六案都孔目，今日衙门中无甚事，回家里去，见一簇人闹。祗候，你看是甚么人？（祗候问云）你是甚么人，倒在地上？（李四云）小人害急心疼，看看至死。哥哥怜见，救小人一命咱！（祗候见末科，云）是一个人，害急心疼，倒在地上。（正末云）我试看咱。兀那君子，为甚么倒在地下？（李四云）小人急心疼看看至死，怎么救小人一命！（正末云）那里不是积福处？我浑家善治急心疼，领他到家中，与他一服药吃，怕做甚么！祗候人，扶他家里来。大嫂那里？（贴旦见末科，云）孔目来了也，安排茶饭你吃。（正末云）且不要茶饭。我来狮子店门首，见一人害急心疼，我领将来，你与他一服药吃，救他性命，那里不是积福处！（贴旦云）待我调药去。（做调药科，云）君子，你试吃这药。（李四吃药科，云）我吃了这药，哎哟，无事了也！多谢官人、娘子！若不是官人、娘子，那里得我这性命来！（正末云）我问君子，那里人氏，姓甚名谁？（李四云）小人姓李，排行第四，人口顺都叫李四，许州人氏，打银为生。（贴旦云）你也姓李，我也姓李，有心要认你做个兄弟，未知孔目心中肯不肯？我问孔目咱。（做问末科，云）这人也姓李，我也姓李，我有心待认他做个兄弟，孔目意下如何？（正末云）大嫂，你主了⁽¹¹⁾便罢。兀那李四，你近前来，我浑家待认你做个兄弟，你意下如何？（李四云）你救了我性命，休道是做兄弟，在你家中随驴把马也是情愿。（正末云）你便是我舅子，我浑家就是你亲姐姐一般。兄弟，你为甚么到这里？（李四云）你便是我亲姐姐、姐夫，有人欺负我来，你与我做主。（正末云）谁欺负你来，我便着人拿去，谁不知我张珪的名儿！（李四云）不是别人，是鲁斋郎强夺了我浑家去了。姐姐、姐夫，与我做主。（末做掩口科，云）哎哟，唬杀我也！早是在我这里，若在别处，性命也送了你的。我与你些盘缠，你回许州去罢，这言语你再也休题。（唱）

【仙吕端正好⁽¹²⁾】被论⁽¹³⁾人有势权，原告人无门下，你便不良会⁽¹⁴⁾可跳塔轮铡，那一个官司敢把勾头押⁽¹⁵⁾？提起他名儿也怕。

【幺篇⁽¹⁶⁾】你不如休和他争，忍气吞声罢；别寻个"家中宝"⁽¹⁷⁾，省力的浑家。说那个鲁斋郎胆有天来大，他为臣不守法，将官府敢欺压，将妻女敢夺拿，将百姓敢踏踏⁽¹⁸⁾。赤紧的他官职大的忔稀诧⁽¹⁹⁾！（下）

（李四云）我这里既然近不的他，不如仍还许州去也。（下）

注 解

（1）斋郎：宋代小官名，职务是伺候皇帝祭祀诸事，故有太庙斋郎、郊社斋郎等名目。本剧的鲁斋郎是一个权势显赫、得到皇帝庇护的大贵族官僚，之所以借用宋代"斋郎"的官名，可能是剧作家为避免"妄撰词曲""恶言犯上"而采取的一种策略。

（2）花腿：指在腿上刺字纹足。宋代庄绰《鸡肋编》："择卒之少壮长大者，自臀而下文刺至足，谓之'花腿'。京师旧日浮浪辈以此为夸。"

（3）骢（sōng）儿：一种捕捉小虫的飞禽。

（4）比及：等到。

（5）焰摩天：借用佛教术语，指很高的天上。佛教认为欲界有六重天，即：四王天、忉利天、焰摩天、兜率天、乐变化天、他化自在天。

（6）俫：剧中的儿童。明代王骥德《曲律》论部色第三十七："小厮曰俫。"

（7）交床：一种可折叠的躺椅。

（8）肯酒：订亲酒，又叫许口酒。详见《窦娥冤》第二折注文（22）。

（9）贴旦：次要的旦角，贴是衬贴的意思。

（10）六案孔目：即管理礼、兵、刑、工、吏、户六个方面的图书簿籍的官员。孔目，原指档案目录，后用为职掌文书之吏员名称。《资治通鉴》"唐玄宗天宝十载"胡三省注："孔目官，衙前吏职也，唐世始有此名。言凡使司之事，一孔一目皆须经由其手也。"

（11）主了：做主。

（12）仙吕端正好：和〔正宫端正好〕曲牌名相同，但因属不同的宫调，故应理解为不同的曲调。〔正宫端正好〕专用于套数，〔仙吕端正好〕专用于楔子。前者不可增句而后者可以增句。关汉卿在本剧和《金线池》《单鞭夺槊》等剧的楔子中都采用〔仙吕端正好〕的曲调。

（13）被论：被告。

（14）不良会：有本领的意思。"会"字并不作聚会讲。《西厢记》第四本第一折："不良会把人禁害。"意为你真有本领，会害人。良会有时也作贤会，如

《渔樵记》第一折:"此女颇不贤会,数次家与小生作闹。"有时又作"强会",如《误入桃源》第三折:"休得夸强会,瞒人谝鬼。"

(15)那一个官司敢把勾头押:意为没有哪一个官员敢在捉拿他的拘票上签字的。勾头,拘捕罪犯的文书。如《西厢记》第三本第二折:"那简帖儿到做了你的招状,他的勾头,我的公案。"

(16)幺(yāo)篇:《西厢记》第一本楔子毛西河注:"幺,后曲也,唐人幺遍皆叠唱,故后曲名幺。"张相《诗词曲语辞汇释》:"幺实後之缩写字也。"元杂剧中同曲牌的第二支曲子称幺篇,如同南戏的"前腔"。这里指〔端正好〕曲。

(17)"家中宝":丑媳妇的意思。当时有谚语"丑媳妇是家中宝",故这样说。

(18)蹅踏:踩踏,踩蹦。

(19)忒(tuī)稀诧:忒,太,特别。稀诧,稀罕,有时也作"希诧""希吒",如《后庭花》第三折:"我见他搽(扯)身子十分希诧。"

第一折

(鲁斋郎上,云)小官鲁斋郎,自从许州拐了李四的浑家,起初时性命也似爱他,如今两个眼里不待见他。我今回到这郑州,时遇清明节令,家家上坟祭扫,必有生得好的女人,我领着张龙一行步从,直到郊野外踏青走一遭去来。(下)

(正末引贴旦上,云)自家张珪,时遇寒食[1],家家上坟,我今领着妻子上坟走一遭去。想俺这为吏的多不存公道,熬的出身,非同容易也呵!(唱)

【仙吕点绛唇】则俺这令史当权,案房里面关文卷,但有半点儿牵连,那刁蹬[2]无良善。

【混江龙】休想肯与人方便,衔[3]一片害人心,勒掯[4]了些养家缘。(带云)听的有件事呵,(唱)押文书心情似火，写帖子勾唤如烟，教公吏勾来衙院里，抵多少笙歌引至画堂前。冒支国俸，滥取人钱；那里管爷娘冻馁，妻子熬煎。经旬间不想到家来，破工夫则在那娼楼串，则图些烟花⁽⁵⁾受用，风月留连。

【油葫芦】只待置下庄房买下田，家私积有数千；那里管三亲六眷尽埋冤。逼的人卖了银头面⁽⁶⁾，我戴着金头面；送的人典了旧宅院，我住着新宅院。有一日限满时，便想得重迁，怎知他提刑司刷出三宗卷，恁时节带铁锁纳赃钱。

【天下乐】那其间敢卖了城南金谷园⁽⁷⁾，百姓见无权，一昧里⁽⁸⁾掀，泼家私如败云风乱卷；或是流二千⁽⁹⁾，遮莫⁽¹⁰⁾徒一年，恁时节则落的几度喘。

（云）早来到坟所也，是好春景也呵[5]。（唱）

【金盏儿】觑郊原，正晴暄，古坟新土都添遍，家家化钱烈纸痛难言。一壁厢黄鹂声恰恰，一壁厢血泪滴涟涟，正是"莺啼新柳畔，人哭古坟前"。

（贴旦云）孔目，咱慢慢耍一会家去。（鲁斋郎引张龙上，云）你都跟着我闲游去来。这一所好坟也！树木上面一个黄莺儿，小的，将弹弓来。（做打弹科）（徕儿哭云）奶奶，打破头也！（贴旦云）那个弟子孩儿⁽¹¹⁾闲着那驴蹄烂爪，打过这弹子来！（正末云）这个村弟子孩儿无礼，我家坟院里打过弹子来。你敢是不知我的名儿！我出去看波。（唱）

【后庭花】是谁人墙外边，直恁的没体面？我擦擦的⁽¹²⁾望前去，（鲁斋郎云）张珪，你骂谁哩？（正末唱）唬的我行行的往后偃。（鲁斋郎云）你这弟子孩儿作死也！我是谁，你骂我？（正末唱）我恰便似坠深渊，把不定心惊胆战，有这场死罪愆。我今朝遇禁烟⁽¹³⁾，到先茔⁽¹⁴⁾来祭奠，饮金杯，语笑喧；他弓开时似月圆，弹发处又不偏，刚落在我面前。

（鲁斋郎云）张珪，你骂我呵，不是寻死哩！（正末唱）

【青哥儿】你教我如何、如何分辨？（贴旦云）是那一个不晓事弟子孩儿，打破我孩儿的头？（正末唱）省可里⁽¹⁵⁾乱语胡言。（俫儿云）打破我头也！（正末唱）哎，你个不识忧愁小业冤⁽¹⁶⁾！唬的我魂魄萧然，言语狂颠，谁敢迟延，我只得破步撩衣⁽¹⁷⁾走到根前，少不的把屎做糕糜咽。

（正末做跪科）（鲁斋郎云）张珪，你怎敢骂我！你不认的我？觑我一觑该死，你骂我该甚么罪过？（正末云）张珪不知道是大人，若知道是大人呵，张珪那里死的是。（鲁斋郎云）君子千言有一失，小人千言有一当。他不知是我，若知是我，怎么敢骂我！不和你一般见识。这座坟是谁家的？（正末云）是张珪家的。（鲁斋郎云）消不的⁽¹⁸⁾你请我坟院里坐一坐，教你祖宗都得升天！（正末云）只是张珪没福消受，请大人到坟院里坐一坐。（鲁斋郎云）倒好一座坟院也。我听的有女人言语，是谁？（正末云）是张珪的丑媳妇儿。（鲁斋郎云）消不得拜我一拜？（正末云）大嫂，你来拜大人。（贴旦云）我拜他怎地？（正末云）你只依着我。（贴旦出拜）（鲁斋郎还礼科，云）一个好女子也！他倒有这个浑家，我倒无。张珪！你这厮该死，怎敢骂我？这罪过且不饶你！近前将耳朵来：把你媳妇明日送到我宅子里来！若来迟了，二罪俱罚。小厮，将马来，我回去也。（下）（贴旦云）孔目，他是谁，你这等怕他？（正末云）大嫂，咱快收拾回家去来！（唱）

【赚煞】哎，只被你巧笑情⁽¹⁹⁾祸机藏，美目盼灾星现；也是俺连年里时乖运蹇，可可的与那个恶哪吒打个撞见⁽²⁰⁾，唬的我似没头鹅⁽²¹⁾，热地上蚰蜒⁽²²⁾，恰才个马头边，附耳低言，一句话似亲蒙帝主宣。（做拿弹子拜科，

唱）这弹子举贤荐贤，他来的扑头扑面，明日个你团圆、却教我不团圆。（下）

注 解

（1）寒食：指寒食节，在清明节前一日。传说春秋时介之推有功不言禄，逃进深山，晋文公派人焚山逼他出来，他仍不肯出，终于被烧死，晋文公为纪念他，每年这一天不举火，故此日被称为寒食节。

（2）刁蹬：或作"刁鞬"，刁难、折磨的意思。如《陈州粜米》第一折："他若是将咱刁蹬，休道我不敢掀腾。"

（3）衠（zhūn）：与现代汉语"整"字相近，意为全部、纯粹、真正。如《西厢记》第一本第四折："妖娆，满面儿堆着俏；苗条，一团儿衠是娇。"

（4）勒掯：敲诈勒索。

（5）烟花：妓女的代称。《还牢末》第一折："都则为一二载烟花新眷爱，送了俺二十年儿女旧夫妻。"下句"风月"指追欢买笑的风流韵事。

（6）头面：首饰。

（7）金谷园：晋代富翁石崇豪华的园林宅第，大约在今河南省洛阳市西北。剧中指自家房子。

（8）一昧里：一心一意地。

（9）流二千：流放、充军二千里。

（10）遮莫：这是元剧一个常用的词语，也作折莫、折末、者么等，有假如、不论、尽教等义。此处作"假如"讲。如《董西厢》卷三："休道你姐姐，遮莫是石头人也心动。"

（11）弟子孩儿：骂人的话，如说婊子养的。弟子，当时人对妓女的称呼。小说中也有此词语，如《醒世姻缘》第八十一回："这没天理的狗弟子孩儿，这就可恶的紧了。"

（12）擦擦的：拟声词，急速的脚步声。

（13）禁烟：指寒食节令。

（14）先茔（yíng）：先人墓地。

（15）省可里：省，省免；可，助词，用法与小可、闲可等词例同。省可里，意为休得、不要。如《倩女离魂》第四折："你省可里烦恼。"苏轼〔临江仙〕："省可清言挥玉麈，直须保器全真。"可见北宋时已有此语。

（16）小业冤：骂小孩子的话，如说小冤家。

（17）破步撩衣：撩起衣服，急步赶上。

（18）消不的：不值得的意思。消，值也。这里是反诘口吻。

（19）巧笑倩：和下句的"美目盼"，都是形容妇女神态笑貌的美丽。《诗经·硕人》："巧笑倩兮，美目盼兮。"倩，美丽的两颊；盼，眼珠流转。

（20）可可的与那个恶哪吒打个撞见：意为偏偏撞见了凶神恶煞。哪吒，护法神。

（21）没头鹅：形容失去主意，六神无主。《西厢记》第二本第三折："闷杀没头鹅，撇下陪钱货，下场头那答儿发付我？"王骥德云："天鹅群飞，以首一只为引领，谓之头鹅。……鹅群中打去头鹅，为无头之鹅。"

（22）蚰（yóu）蜒：生活在阴湿地方的节肢动物，与蜈蚣同类。

第二折

（鲁斋郎引张龙上，诗云）着意栽花花不发，等闲插柳柳成阴。(1)谁识张珪坟院里，倒有风流可喜活观音。小官鲁斋郎，因赏玩春景，到于郊野外张珪坟前，看见树上歇着个黄莺儿，我拽(2)满弹弓，谁想落下弹子来，打着张珪家小的，将我千般毁骂，我要杀坏了他，不想他倒有个好媳妇。我着他今日不犯(3)，明日送来。我一夜不曾睡着。他若来迟了，就把他全家尽行杀坏。张龙，门首觑者，若来时，报复我知道。（正末同贴旦上，云）大嫂，疾行动些！（贴旦云）才五更天气，你敢风魔九伯(4)，引的我那里去？（正末云）东庄里姑娘家有喜庆勾当(5)，用着这个时辰，我和你行动些。大嫂，你先行。（贴旦先行科）（正末云）张珪怎了也？鲁斋郎大人的言语："张珪，明日将你浑家，五更你便送到我府中来。"我不送去，我也是个死；我待送去，两个孩儿久后寻他母亲，我也是个死。怎生是好也呵！（唱）

【南吕一枝花】全失了人伦天地心，倚仗着恶党凶徒势，活支刺[6]娘儿双拆[6]散，生各扎[7]夫妇两分离。从来有日月交蚀[8]，几曾见夫主婚、妻招婿？今日个妻嫁人、夫做媒，自取些奁房断送[9]陪随，那里也羊酒、花红、段匹？

【梁州第七】他凭着恶哏哏[10]威风纠纠，全不怕碧澄澄天网恢恢。一夜间摸不着陈抟睡[11]，不分喜怒，不辨高低。弄的我身亡家破，财散人离！对浑家又不敢说是谈非，行行里只泪眼愁眉。你、你、你，做了个别霸王自刎虞姬[12]，我、我、我，做了个进西施归湖范蠡[13]，来、来、来，浑一似嫁单于出塞明妃[14]。正青春似水，娇儿幼女成家计，无忧虑，少萦系，平地起风波二千尺，一家儿瓦解星飞。

（贴旦云）俺走了这一会，如今姑娘家在那里？（正末云）则那里便是。（贴旦云）这个院宅便是？他做甚么生意，有这等大院宅？（正末唱）

【牧羊关】怕不"晓日楼台静，春风帘幕低"，没福的怎生消得！这厮强赖人钱财，莽夺人妻室，高筑座营和寨[7]，斜搠面杏黄旗，梁山泊贼相似，与蓼儿洼争甚的！[15]

（云）大嫂，你靠后。（正末见张龙科，云）大哥，报复一声，张珪在于门首。（张龙云）你这厮才来，你该死也！你则在这里，我报复去。（鲁斋郎云）兀那厮做甚么？（张龙云）张珪两口儿在于门首。（鲁斋郎云）张龙，我不换衣服罢，着他过来见。（末、旦叩见科）（鲁斋郎云）张珪，怎这早晚[16]才来？（正末云）投到安伏[17]下两个小的，收拾了家私，四更出门，急急走来，早五更过了也。（鲁斋郎云）这等也罢，你着那浑家近前来我看。（做看科，云）好女人也，比夜来增十分颜色。生受

你，将酒来吃三杯。（正末唱）

【四块玉】将一杯醇糯酒十分[18]的吃。（贴旦云）张孔目少吃，则怕你醉了。（正末唱）更怕我酒后疏狂失了便宜。扭回身刚咽的口长吁气，我乞求[19]得醉似泥，唤不归。（贴旦云）孔目，你怎么要吃的这等醉？（正末云）大嫂，你那里知道！（唱）我则图别离时，不记得。

（贴旦云）孔目，你这般烦恼，可是为何？（正末云）大嫂，实不相瞒：如今大人要你做夫人，我特地[8]送将你来。（贴旦云）孔目，这是甚么说话[9]？（正末云）这也由不的我，事已至此，只得随顺他便了。（唱）

【骂玉郎】也不知你甚些儿看的能当意？要你做夫人，不许我过今日，因此上急忙忙送你到他家内。（贴旦云）孔目，你这般下的也！（正末唱）这都是我缘分薄，恩爱尽，受这等死临逼。

（贴旦云）你在这郑州做个六案都孔目，谁人不让你一分？那厮甚么官职，你这等怕他，连老婆也保不的？你何不拣个大衙门告他去？（正末云）你轻说些！倘或被他听见，不断送了我也？（唱）

【感皇恩】他、他、他，嫌官小不为，嫌马瘦不骑，动不动挑人眼、剔人骨、剥人皮。（云）他便要我张珪的头，不怕我不就送去与他；如今只要你做个夫人，也还算是好的。（唱）他少甚么温香软玉，舞女歌姬！虽然道我灾星现，也是他的花星照，你的福星催。

（贴旦云）孔目，不争[20]我到这里来了，抛下家中一双儿女，着谁人照管他？兀的不痛杀我也！

（正末唱）

【采茶歌】撇下了亲夫主不须提，单是这小孽种好孤凄，从今后谁照觑他饥时饭、冷时衣？虽然个留得亲爷没了母，只落的一番思想一番悲。

（正末同旦掩泣科）（鲁斋郎云）则管里说甚么，着他到后堂中换衣服去。（贴旦云）孔目，则被你痛杀我也！（正末云）苦痛杀我也，浑家！（鲁斋郎云）张珪，你敢有些烦恼，心中舍不的么？（正末云）张珪不敢烦恼，则是家中有一双儿女，无人看管。（鲁斋郎云）你早不说！你家中有两个小的，无人照管。张龙，将那李四的浑家梳妆打扮的赏与张珪便了。（张龙云）理会的。（鲁斋郎云）张珪，你两个小的无人照管，我有一个妹子，叫做娇娥，与你看觑两个小的。你与了我[10]的浑家，我也舍的个妹子酬答你。你醉了骂他，便是骂我一般；你醉了打他，便是打我一般。我交付与你，我自后堂去也。（下）（正末云）这事可怎了也？罢，罢，罢！（唱）

【黄钟尾】夺了我旧妻儿，却与个新佳配，我正是弃了甜桃绕山寻醋梨(21)。知他是甚亲戚！教喝下庭阶，转过照壁(22)，出的宅门，扭回身体，遥望着后堂内养家的人，贤惠的妻！非今生是宿世(23)，我则索寡宿孤眠过年岁，几时能够再得相逢，则除是南柯梦儿里(24)！（下）

注 解

(1)"着意栽花花不发"二句：当时俗谚。着意，一心一意。

(2) 拽（zhuài）：用力拉。

(3) 不犯：不得侵犯，指不许他有性行为。

(4) 风魔九伯：疯疯癫癫。九伯，原作"九百"，指神气不足的憨态。北宋陈师道《后山诗话》："世以痴为九百，谓其精神不足也。"这与现在上海话骂人叫"两百五"一样，即不足数、不够火候的意思。

(5) 勾当：指事情。《元典章》卷二十二"户部八·盐课"："他每到那里合行的勾当。"清代翟灏《通俗编》卷十二："勾当乃干事之谓，今直以事为勾当。"

（6）活支剌：活生生地。支剌，语助词，仅助语势，其他副状词也可加，如干支剌、措支剌等，都是元剧里常见的。

（7）生各扎：与活支剌同例，意为活生生地。各扎，仅助语势。

（8）日月交蚀：日蚀和月蚀同时发生，虽然少见，但偶尔还可碰到。

（9）奁（lián）房断送：奁，古代妇女梳妆用的镜匣。奁房，指嫁妆。断送，赠与。"断送"是元剧常用词，除此义外，尚有二义，其一是毁坏、葬送之意，如下文"倘或被他听见，不断送了我也"。其二是附送、外加之意，如《董西厢》卷一〔哨遍〕一曲的"断送引辞"，是外加的引辞的意思。

（10）恶哏（gén）哏：凶恶的样子。哏哏，即狠狠，元人读"狠"为平声，故成"哏"。后来戏曲小说也沿袭这一词例，如《西游记》第十五回："哏哏的吆喝，正难息怒。"

（11）一夜间摸不着陈抟（tuán）睡：意为一夜不曾睡着。陈抟，五代隐士，传说他一觉睡一百多天。

（12）别霸王自刎虞姬：秦末项羽自称西楚霸王，兵败时其妾虞姬向他辞别，自刎而死。元代张时起有《霸王垓下别虞姬》杂剧，今不传，近代京剧有《霸王别姬》，是一个影响很大的剧目。

（13）进西施归湖范蠡：传说春秋时越王勾践的谋臣范蠡把未婚妻西施献给吴王夫差，战胜吴国后范蠡不愿做官，与西施泛舟五湖。这里张珪自比进西施的范蠡，就是根据传说他俩原来有婚约而这样说的。关汉卿另有《姑苏台范蠡进西施》杂剧，今不传。

（14）嫁单于出塞明妃：汉元帝与匈奴和亲，宫女王昭君（封明妃）嫁给匈奴呼韩邪单于。元代马致远有《破幽梦孤雁汉宫秋》杂剧，是一个著名的悲剧。

（15）"斜搠面杏黄旗"三句：搠，插立。争，差别意。蓼儿洼，梁山泊中的一个水泊名。张珪在这里把鲁斋郎强占别人妻室的行为和梁山泊混同起来了。

（16）早晚：时候。

（17）安伏：安顿。

（18）十分：尽量，拼命。

（19）乞求：元代陶宗仪《辍耕录》卷十二："世之曰'乞求'，盖谓正欲若是也。然唐时已有此言，王建宫词：'只恐它时身到此，乞求自在得还家'。"

（20）不争：元剧常用词，这里意为不打紧。如《马陵道》第三折："我死不争，可惜胸中三卷天书，无人传授。"

（21）弃了甜桃绕山寻醋梨：当时俗谚，意为丢弃好的，找了个不好的。

（22）照壁：大宅院里遮隔门户的短墙。

（23）宿世：前生。

（24）南柯梦儿里：唐代李公佐传奇小说《南柯太守传》记淳于棼梦为槐安国驸马，经历种种荣华富贵。后来戏曲小说便称梦为南柯。

第三折

（李四上，云）自家李四，因鲁斋郎夺了我浑家，赶到郑州不告的他，又回许州来，一双儿女，不知去向。那里也难住，我且往郑州投奔我姐姐、姐夫去也。（下）

（俫儿上，云）我是张孔目的孩儿金郎，妹子玉姐。父亲、母亲人情⁽¹⁾去了，这早晚敢待来也。（正末上，云）好是苦痛也！来到家中，且看两个孩儿，说些甚么？鲁斋郎，你好狠也呵！（唱）

【中吕粉蝶儿】倚仗着恶党凶徒，害良民肆生淫欲，谁敢向他行挟细拿粗？逞刁顽全不想他妻我妇，这的是败坏风俗，那一个敢为敢做！

【醉春风】空立着判黎庶受官厅，理军情元帅府，父南子北各分离，端的是苦、苦！俺夫妻千死千生，百伶百俐，怎能够一完一聚？

（俫儿云）爹爹，你来家也，俺奶奶在那里？（正末云）孩儿，你母亲便来。（叹科，云）嗨，可怎了也！（唱）

【红绣鞋】怕不待打迭起⁽²⁾千忧百虑，怎支吾这短叹长吁？（俫儿云）俺母亲怎生不见来了？（正末唱）他可便一上青山化血躯。将金郎眉甲按，把玉姐手梢扶，兀的不痛杀人也儿共女！

（俫儿云）爹爹，俺母亲端的在那里？（正末云）你母亲被鲁斋郎夺去了也！（俫儿云）兀的不气杀我也！（俫气倒科）（正末救科，云）孩儿，你苏醒者！则被你痛杀我也！（张龙引旦上，云）自家张龙便是。奉着鲁斋郎大人言语，着我送小姐到这里。张珪在家么？（正末云）谁在门外？待我开门看咱。（做看科，云）呀，你来怎么？（张龙云）我奉大人言语，着我送小姐与你，休说甚么。小姐，你也休说甚么。我回去也。（下）（正末云）小姐，请进家来。两个孩儿，来拜你母亲。小姐，先前浑家，止有这两个孩儿，小姐早晚看觑咱。（旦云）孔目，你但放心，都在我身上。（正末唱）

【迎仙客】你把孩儿亲觑付，厮抬举。这两个不肖孩儿也有甚么福？便做道忒贤达，不狠毒。（旦云）孔目，你放心，就是我的孩儿一般看成。（正末唱）看成的似玉颗神珠，终不似他娘肠肚。

（李四上，云）我来到郑州，这是姐姐、姐夫家，我叫门咱。（做叫门科）（正末云）谁叫门哩？我看去。（见科）（正末云）原来是舅子，你的症候我如今也害了也！（李四云）姐姐有好药。（正末云）不是那个急心疼症候，用药医得；是你那整理银壶瓶的症候，你姐姐也被鲁斋郎夺将去了也！（李四云）鲁斋郎，你早则要了俺家两个人儿[11]也！（正末云）舅子，我可也强似你，他与了我一个小姐，叫做娇娥。（李四云）鲁斋郎，你夺了我的浑家，草鸡(3)也不曾与我一个。姐夫既没了姐姐，我回许州去罢。（正末云）舅子，这个便是你姐姐一般，厮见一面，怕做甚么？（李四云）既如此，待我也见一面，我就回去。姐夫，你可休留我。（做相见各留意科）（正末云）舅子，你敢要回去么？（李四云）姐夫，则这里住倒好。（正末云）好奇怪也！（唱）

【红绣鞋】他两个眉来眼去，不由我不暗暗踌躇，似这般哑谜儿教咱怎猜做？那一个心犹豫，那一个口支吾，莫不你两个有些儿曾面熟？

（祗候上，云）张孔目，衙门中唤你趱⁽⁴⁾文书哩。（正末云）舅子，你和你姐姐在家中，我衙门中趱文书去也。（下）（旦与李四打悲科）（李四云）娘子，你怎么到得这里？（俫儿上，云）奶奶，俺爹爹那里去了？（旦云）衙门中趱文书去了。（俫儿云）这等，俺两个寻俺爹爹去。（下）（李四云）则被你想杀我也！（正末冲上，见科，喝云）你两个待怎么！（李四同旦跪科）（正末云）你^[12]早招了也。（唱）

【石榴花】早难道"君子断其初"⁽⁵⁾，今日个亲者便为疏。人还害你待何如？我是你姐夫，倒做了姨夫。当初我医可⁽⁶⁾了你病症还乡去，把你似太行山倚仗⁽⁷⁾做亲属；我一脚的出宅门，你待展汙俺婚姻簿⁽⁸⁾，我可便负你有何辜！

【斗鹌鹑】全不似管鲍分金^{(9)[13]}，倒做了孙庞刖足⁽¹⁰⁾；把恩人变做仇家，将客僧翻为寺主。自古道无毒不丈夫，他将了你^[14]的媳妇，不敢向鲁斋郎报恨雪冤，则来俺家里夼云殢雨⁽¹¹⁾。

（李四云）姐夫，实不相瞒：则他便是我的浑家，改做鲁斋^[15]的妹子与了姐夫。（正末云）谁这般道来？（唱）

【上小楼】谁听你花言巧语，我这里寻根拔树。谁似你不分强弱，不识亲^[16]疏，不辨贤愚。纵是你旧媳妇、旧丈夫，依旧欢聚，可送的俺一家儿灭门绝户！

（云）我一双孩儿在那里？（旦云）你去趱文书。他两个寻你去了。（正末云）眼见的所算⁽¹²⁾了我那孩儿，兀的不气杀我也！（唱）

【幺篇】我一时间不认的人，您两个忒做的出，空教我乞留乞良、迷留没乱⁽¹³⁾、放声啼哭。这郑孔目拿定了萧娥胡做，知他那里去了赛娘、僧住？⁽¹⁴⁾

（云）罢，罢，罢！浑家被鲁斋郎夺将去了，一双儿女又不知所向；

甫能⁽¹⁵⁾得了个女人，又是银匠李四的浑家。我在这里，怎生存坐？舅子，我将家缘家计，都分付与你两口儿；每月斋粮道服，休少了我的。我往华山出家去也！（李四云）姐夫，你怎生弃舍了铜斗儿家缘⁽¹⁶⁾、桑麻地土？我扯住你的衣服，至死不放你去！（正末唱）

【十二月】休把我衣服扯住，情知咱冰炭不同炉。（李四云）姐夫，这桑麻地土、宝贝珍珠怎生割舍的？（正末唱）管甚么桑麻地土，更问甚宝贝珍珠！（李四云）姐夫，把我浑家与你罢。（正末唱）呸！不识羞闲言长语，他须是你儿女妻夫⁽¹⁷⁾。

（旦云）孔目，你与我一纸休书咱。（正末唱）

【尧民歌】索甚么恩绝义断写休书！（李四云）鲁斋郎知道，他不怪我？（正末唱）鲁斋郎也不是我护身符。（李四云）俺姐姐不知在那里？（正末唱）他两行红袖醉相扶，美女终须累其夫。嗟吁，嗟吁！教咱何处居？则不如趁早归山去。

（李四云）姐夫，许多家缘家计、田产物业，你怎下的都抛撇了？（正末唱）

【耍孩儿】休道是东君⁽¹⁸⁾去了花无主，你自有莺俦燕侣。我从今万事不关心，还恋甚衾枕欢娱？不见浮云世态纷纷变，秋草人情日日疏，空教我泪洒遍湘江竹⁽¹⁹⁾！这其间心灰卓氏，乾老了相如。⁽²⁰⁾

（李四云）俺姐姐不知在那里？（正末云）你那姐姐呵！（唱）

【二煞】这其间听一声金缕歌⁽²¹⁾，看两行红袖舞，常则是笙箫缭绕丫鬟簇，三杯酒满金鹦鹉⁽²²⁾，六扇屏开锦鹧鸪⁽²³⁾，反倒做他心腹。那厮有拐人妻妾的器具，引人妇女的方术。

（李四云）这一年四季斋粮道服都不打紧。姐夫，你怎么出的家？还做你那六案都孔目去！（正末唱）

【尾煞】再休提掌刑名都孔目，做英雄大丈夫，也只是野人自爱山中宿。眼看那幼子娇妻，我可也做不的主？（下）

（李四云）姐夫去了也。娘子，我那知道还有完聚的日子！如今我两个掌着他这等家缘家计，许他的斋粮道服，须按季送去与他，不要少了他的。（诗云）我李四今年大利，全不似整壶瓶这般晦气，平空的还了浑家，又得他许多家计。（同旦下）

注 解

(1) 人情：应酬交往。

(2) 打迭起：收拾起。

(3) 草鸡：母鸡。

(4) 趱（zǎn）：赶快。此处是赶快办理的意思。

(5) "君子断其初"：当时成语，意为君子一经做了决定，决不反悔。断，决断。《西厢记》第五本第四折："岂不闻'君子断其初'，我怎肯忘得有恩处？"

(6) 可：愈可，病好了。

(7) 太行山倚仗：指做靠山。

(8) 你待展汗俺婚姻簿：汗，同"污"。婚姻簿，唐代李复言《续玄怪录》上的故事：韦固遇一月下老人在翻书，此书即姻缘簿，凡世间夫妻姻缘，皆由此簿注定。

(9) 管鲍分金：春秋时齐国管仲和好朋友鲍叔牙做生意赚了钱，管仲多拿了些，鲍叔牙知道管家贫困，不认为管仲贪财。后人用这故事比喻朋友间的义气。

(10) 孙庞刖（yuè）足：春秋时魏国的庞涓和齐国的孙膑是同学，庞嫉妒孙的才能，暗害他，把他的足砍去。之后齐魏交兵，孙设计射死庞。后人便用"孙庞"指朋友间的争斗敌对。刖足，砍足，古代的一种酷刑。

(11) 尤（yóu）云殢（tì）雨：尤殢，纠缠不清。云雨，指男女欢会。语出战国文学家宋玉《高唐赋》，说楚襄王在高唐游玩，梦与巫山神女幽会，"在巫山之阳，高丘之阻，旦为朝云，暮为行雨；朝朝暮暮，阳台之下"。后来便用"云雨""阳台"等喻男女欢会。

（12）所算：暗算。《单鞭夺槊》第二折："将他下在牢中，所算了他性命。"

（13）乞留乞良、迷留没乱：形容失魂落魄、心绪慌乱的样子。

（14）"这郑孔目拿定了萧娥胡做"二句：杨显之杂剧《郑孔目风雪酷寒亭》中的故事，孔目郑嵩娶妓女萧娥为后妻，子僧住、女赛娘备受折磨。后萧娥与人通奸，郑杀萧，获罪流配。

（15）甫能：好不容易的意思。又作"付能""副能"或"不付能"，"不"字特以加强语气，无义。如《蝴蝶梦》第四折："揣了些脓血债，受彻了牢狱灾，今日个苦尽甘来。不甫能黑漫漫填满这沉冤海，昏腾腾打出了迷魂寨。"

（16）铜斗儿家缘：见《窦娥冤》第一折注文（36）。

（17）妻夫：即夫妻，这里因曲子押韵的需要而颠倒来说。

（18）东君：春天的神。

（19）泪洒遍湘江竹：据梁朝任昉《述异记》，"舜南巡，葬于苍梧之野，尧之二女娥皇、女英追之不及，相与恸哭，泪下沾竹，文悉为之斑斑然"。《博物志》："尧之二女，舜之二妃，曰湘夫人。舜崩，二妃啼，以涕挥竹，竹尽斑。"

（20）"这其间心灰卓氏"二句：西汉卓文君和司马相如的故事，参见《窦娥冤》楔子注文（10）。

（21）金缕歌：即〔金缕衣〕曲。这里泛指一般歌曲。

（22）金鹦鹉：即鹦鹉盏，用鹦鹉螺做的酒杯。

（23）锦鹧鸪：指画在屏风上的鹧鸪鸟。

第四折

（外扮包待制⁽¹⁾引从人上，诗云）咚咚衙鼓响，公吏两边排。阎王生死殿，东岳摄魂台⁽²⁾。老夫姓包名拯，字希文，庐州金斗郡四望乡老儿村人氏。官封龙图阁待制，正授开封府尹。奉圣人的令，差老夫五南⁽³⁾

采访。来到许州，见一儿一女，原来是银匠李四的孩儿，他母亲被鲁斋郎夺了，他爷不知所向。这两个孩儿，留在身边。行到郑州，又收得两个儿女，原来是都孔目张珪的孩儿，他母亲也被鲁斋郎夺了，他爷不知所向。我将这两个孩儿，也^[17]留在家中，着他习学文章。早是十五年^[18]光景，如今都应过举，得第了也。老夫将此一事，切切于心，拳拳在念。想鲁斋郎恶极罪大，老夫在圣人前奏过：有一人乃是"鱼齐即"，苦害良民，强夺人家妻女，犯法百端。圣人大怒，即便判了斩字，将此人押赴市曹，明正典刑。到得次日，宣鲁斋郎。老夫回奏道："他做了违条犯法的事，昨已斩了。"圣人大惊道："他有甚罪斩了？"老夫奏道："他一生掳掠百姓，强夺人家妻女，是御笔亲判斩字，杀坏了也。"圣人不信，"将文书来我看。"岂知"鱼齐即"三字，鱼字下边添个日字，齐字下边添个小字，即字上边添一点。圣人见了，道："苦害良民，犯人鲁斋郎，合该斩首。"被老夫智斩了鲁斋郎，与民除害。只是银匠李四，孔目张珪，不知所向。我如今着他两家孩儿，各带他两家女儿，天下巡庙烧香，若认着他父母，教他父子团圆，也是老夫阴骘⁽⁴⁾的勾当。张千，你分付他两个孩儿，同两个女儿，明日往云台观烧香去，老夫随后便来。（诗云）他不遵王法太疏狂，专要夺人妇女做妻房，被我中间改做"鱼齐即"，用心智斩鲁斋郎。（下）

（净扮观主上，云）"道可道，非常道；名可名，非常名。"⁽⁵⁾小道姓阎，道号双梅，在这云台观做着个住持。今日无事，看有甚么人来。（李四同旦儿上，云）自家李四是也。自从与俺那儿女失散了十五年光景，知他有也无？来到这云台观里，与俺姐姐、姐夫，并两家的孩儿，做些好事咱。（做见观主科，云）兀那观主，我是许州人氏，一径的来做些好事。（观主云）你做甚么好事？超度谁？（李四云）超度姐夫张珪，姐姐李氏，一双儿女金郎、玉姐；还有自己一双儿女喜童、娇儿。与你这五两银子，权做经钱。（观主云）我出家人，要他怎么？是好银子，且收下。一边看斋食，请吃了斋，与你做好事。（贴旦道扮⁽⁶⁾，上，云）贫姑李氏，乃张珪的浑家，被鲁斋郎夺了我去，可早十五年光景，一双儿女不知去向，连张珪也不知有无。鲁斋郎被包待制斩了，我就舍俗出家。今日去这云台观，与张珪做些好事咱。早来到也。（做见观主科）（观主云）一个好道姑也！道姑，你从那里来？（贴旦云）我一径的来与丈夫张珪，孩儿金郎、玉姐，做些好事。（李四云）谁与张珪做好事？（贴旦云）我与张珪做好事。（李四云）兀的不是姐姐李氏！（相见打悲科）（贴旦云）兄弟，这妇人是谁？（李四云）这个便是你兄弟媳妇儿。姐姐，你怎生得出来？（贴旦云）包待制斩了鲁斋郎，俺都无事释放。今日来云台观，追荐你姐夫并孩儿金郎、玉姐。（李四云）我也为此事来，咱和你一同追荐者。（李俫冠带同小旦上，云）小官李喜童，妹子娇儿。我母亲被鲁斋郎夺将去了，父亲不知所向。亏了包待制大人，收留俺兄妹二人，教训成人。今应过举，得了头名状元。奉着包待制言语，着俺去云台观里，追荐我父母去。早来到了也。兀那住持那里？（观主云）早知相公到来，只合远接；接待不着，勿令见罪。呀，怎生带着个小姐走？（李俫云）我一径的来做些好事。（观主云）相公要追荐何人？（李俫云）追荐我父亲银匠李四。（李四云）是谁唤银匠李四？（李俫云）兀的不是我父亲？（李四云）你是谁？（李俫云）则我便是您孩儿喜童，妹子娇儿。（旦云）孩儿也，你在那里来？（李俫再说前事，悲科）（李四云）孩儿，拜你姑姑者。（做拜科）（贴旦云）这两人是谁？（李四云）这两个便是我的孩儿。（贴旦悲科，云）你一家儿都完聚了，只是俺那孔目并两个孩儿，不知在那里！（张俫冠带同小旦上，云）小官是张孔目的孩儿金郎，妹子玉姐。我母亲被鲁斋郎夺去，父亲不知所向。多亏了包待制大人，收留俺兄妹二人，教训成人，应过举，得了官也。包待制着俺云台观追荐父母[19]去，可早来到也。住持那里？（观主云）又是一个官人，他也带着小娘子走。相公到此只甚？（张俫云）特来做些好事。（观主云）追荐那一个？（张俫云）追荐我父亲张珪，母亲李氏。（贴旦云）谁唤张珪、李氏？（张俫云）我唤来。（贴旦云）你敢是金郎么？（张俫云）妹子，兀的不是母亲？（做悲科）（贴旦云）这十五年，你在那里来？（张俫云）自从母亲去了，父亲不知所向。多亏了包待制大人，将我兄妹二人教训，应过举，得了官也。今日奉包待制言语，着俺云台观追荐父母，不想得见母亲；不知俺父亲有也无！（做悲科）（李四云）姐姐，这个既是你的儿子，我把女儿娇儿，与外甥做媳妇罢。（张俫云）母亲，将妹子玉姐，与兄弟为妻，做一个交门亲眷，可不好那？（贴旦云）俺两家子母怕不完聚，只是孔目不知在那里，教我如何放的下！（做悲科）（正末愚鼓简板⁽⁷⁾上，诗云）身穿羊皮百衲衣⁽⁸⁾，饥时化饭饱时归。虽然不得神仙做，且躲人间闲是非^[20]。想俺出家人，好是清闲也呵！（唱）

【双调新水令】想人生平地起风波，争似我乐清闲支着个枕头儿高卧！只问你炼丹砂⁽⁹⁾唐吕翁⁽¹⁰⁾，何如那制律令汉萧何⁽¹¹⁾？我这里醉舞狂歌，繁华梦已参破。

【风入松】利名场上苦奔波，因甚强夺？蜗牛角上争人我⁽¹²⁾，梦魂中一枕南柯。不恋那三公⁽¹³⁾华屋，且图个五柳⁽¹⁴⁾婆娑。

（云）俺这出家人，一年四季，春夏秋冬，好是快活也呵！（唱）

【甜水令】俺这里春夏秋冬，林泉兴味，四时皆可。常则是日夜宿山阿⁽¹⁵⁾，有人相问，静里工夫，炼形打坐，笑指那落叶辞柯。

【折桂令】想当初向清明日共饮金波，张孔目家世坟茔，须不是风月鸣珂⁽¹⁶⁾。他将俺儿女夫妻，直认做了云雨巫娥⁽¹⁷⁾。俺自撇下家缘过活，再无心段匹绫罗。你休只管信口开合，絮絮聒聒，俺张孔目怎还肯缘木求鱼，鲁斋郎他可敢暴虎冯河⁽¹⁸⁾。

【雁儿落】鲁斋郎忒太过，（带云）他道："张珪，将你媳妇，则明日五更送将来，我要。"（唱）不是张孔目从来懦。他在那云阳市⁽¹⁹⁾剑下分，我去那华山顶峰头卧。

（云）我则道他一世儿荣华富贵，可怎生被包待制斩了，人皆欢悦。（唱）

【得胜令】今日个天理竟如何？黎庶尽讴歌。再不言宋天子英明甚，只说他包龙图智慧多。[21]鲁斋郎哥哥，自惹下亡身祸；我舍了个娇娥，早先寻安乐窝(20)。

（云）今日我去云台观散心咱。（贴旦云）李四，你看那道人，好似你姐夫，你试唤他一声咱！（李四叫科，云）张孔目！（正末回头科，云）是谁叫张孔目？（做见科，云）兀的不是我浑家李氏？（贴旦云）你怎生撇了我出了家？劝你还俗罢！（正末诗云）你待散时我不散，悲悲切切男儿汉。从前经过旧恩情，要我还俗呵，有如曹司翻旧案(21)。（众云）你还了俗罢！（正末云）我修行到这个地步，如何肯再还俗！（众拜科）（正末唱）

【川拨棹】不索你闹镬铎(22)，磕着头礼拜我。（李四云）姐夫，今日咱两家夫妇儿女都完聚了，你可怎生舍的出家去？你依着我，只是还了俗者！（正末唱）谁听你语话喧聒[22]，嚷似蜂窝，甜似蜜钵！我若是还了俗，可未可！

（贴旦云）孔目，平素你是受用(23)的人，你为何出家？你怎生受得那苦？（正末唱）

【七弟兄】你那里问我为何受寂寞，我得过时且自随缘过，得合时且把眼来合，得卧时侧身和衣卧。

【梅花酒】不是我自闲阔(24)，趁浪逐波，落落拓拓(25)，大笑呵呵。夫共妻、任摘离，儿和女、且随他，我这里自磨陀(26)，饮香醪，醉颜酡(27)，抌沉睡在松萝。

【收江南】呀！抵多少南华庄子鼓盆歌(28)。鸟飞兔走疾如梭，猛回头青鬓早皤皤。任傍人劝我，我是个梦醒人，怎好又着他魔？

（包待制冲上(29)，云）事不关心，关心者乱。老夫包拯，来到这云台观，见一簇人闹，不知为甚么？（李四云）爷爷，小的是许州人银匠李四。俺姐姐被鲁斋郎强夺为妻，幸得爷爷智斩鲁斋郎，如今俺姐姐回家来了。争奈姐夫张珪出了家，不肯认他，因此小的每和他儿女，在此相劝，只望爷爷做主咱！（包待制云）兀那张珪，你为何不认他？（正末云）我因一双儿女，不知所在，已是出家多年了，认他做甚么！（包待制云）张珪，你那儿女和李四的儿女，都在跟前，这十五年间，我都抬举的成人长大，都应过举，得了官也。如今将李四的女儿，与张珪的孩儿为妻；张珪的女儿，与李四的孩儿为妻：你两家做个割不断的亲眷。张珪，你快还了俗者！（词云）则为鲁斋郎苦害生民，夺妻女不顾人伦，被老夫设智斩首，方表得王法无亲[23]。你两家夫妻重会，把儿女各配为婚。今日个依然完聚，一齐的仰荷天恩。（正末同众拜谢科，唱）

【收尾】多谢你大恩人救了咱全家祸，抬举的孩儿每双双长大，莫说他做亲的得成就好姻缘，便是俺还俗的也不误了正结果[30]。

题目　三不知[31]同会云台观
正名　包待制智斩鲁斋郎

注　解

（1）包待制：包拯，官至待制。《宋史》卷三百一十六列传第七十五包拯传，略云："包拯，字希仁，庐州合肥人也。始举进士，……除天章阁待制，知谏院。数论斥权幸大臣，请罢一切内除曲恩。……拯立朝刚毅，贵戚宦官为之敛手，闻者皆惮之。人以包拯笑比黄河清，童稚妇女，亦知其名，呼曰'包待制'。京师为之语曰：'关节不到，有阎罗包老。'"待制，官职名，唐代始设，由六品以上文官担任，宋代殿阁下面都设待制。

（2）东岳摄魂台：道教传说东岳泰山的山神是盘古的后裔金轮王少海氏的儿子金虹氏，管理十八地狱、六案簿籍和七十二司。元世祖忽必烈于至元十八年（1281）加封他为"东岳天齐大生仁圣帝"，俗称东岳大帝。摄魂台指东岳大帝所管的七十二司，它有勾押人间生死的职能。

（3）五南：泛指京城以南的地区。

（4）阴骘（zhì）：阴德。指暗中做善事以祈求得到福报。

（5）"道可道"四句：老子《道德经》开头语。道教以《道德经》为重要经典，道士出场时便念这几句经文。

（6）道扮：道姑装扮。

（7）愚鼓简板：愚鼓，即鱼鼓，用竹筒一端蒙上鱼皮制成。简板，竹板。这些都是道士诵经时敲打用的。

（8）百衲（nà）衣：百补衣。衲，补缀。

（9）炼丹砂：道士认为从丹砂里提炼药物，吃了可以长生不老。丹砂，朱砂。

（10）唐吕翁：指唐代著名道士吕岩，号纯阳，是传说中八仙之一。

（11）制律令汉萧何：萧何，西汉开国名相，主持制定了汉代许多法律，故元杂剧多称法律为"萧何律"。《蝴蝶梦》第二折："俺孩儿犯着徒流绞斩萧何律。"

（12）蜗牛角上争人我：出自《庄子·则阳》寓言，"有国于蜗之左角者曰触氏，有国于蜗之右角者曰蛮氏，时相与争地而战，伏尸数万"。苏轼《满庭芳》："蜗角虚名，蝇头微利，算来着甚干忙。"

（13）三公：周代以司马、司徒、司空为三公，西汉以丞相（大司徒）、太尉（大司马）、御史大夫（大司空）为三公。此处泛指高官。

（14）五柳：指归隐生活。晋代陶潜不愿为五斗米折腰，辞官归隐，宅旁种五株柳树，自号"五柳先生"，撰有《五柳先生传》。

（15）山阿：山头上。

（16）风月鸣珂：借指妓院。珂，贵族马勒上悬的玉。传说唐代张嘉贞、张嘉佑两个大官的宅第终日车马盈门，热闹非常，人们称为"鸣珂里"。

（17）云雨巫娥：此处借指妓女。详见本剧第三折注文（11）。

（18）暴虎冯（píng）河：成语。暴虎，赤手空拳打老虎。冯河，无船渡河。皆比喻胆大妄为。《论语·述而》："子曰：暴虎冯河，死而无悔者，吾不与也。必也临事而惧，好谋而成者也。"

（19）云阳市：在今陕西省泾阳县北，秦代多在这个地方处决犯人，后世借指刑场。

（20）安乐窝：宋代邵雍不肯做官，隐居苏门山（在今河南辉县）耕读，自名居室为安乐窝。后迁洛阳天津桥南，仍用此名。《宋史·邵雍传》："名其居曰安乐窝。"

（21）曹司翻旧案：当时歇后语，意为要官吏平反旧案里的冤枉——休想。

（22）闹镬铎（huòduó）：王骥德注《西厢记》曰："镬铎，喧闹之意"。元剧常用语词，如《西厢记》第一本第四折："黄昏这一回，白日那一觉，窗儿外那会镬铎。"

（23）受用：这里指享受惯了。

（24）闲阔：也作"闲可"，不在意、无所谓的意思。《西厢记》第二本第三折："而今烦恼犹闲可，久后思量怎奈何？"

（25）落落拓拓：随随便便，满不在乎。

（26）自磨陀：自由自在。

（27）酡（tuó）：喝酒后脸上泛红。

（28）南华庄子鼓盆歌：战国哲学家庄周的著作《庄子》，唐代被称为《南华经》，后来有人称他为南华真人。《庄子·至乐》："庄子妻死，惠子吊之，庄子则方箕踞鼓盆而歌。"（箕踞，坐时两脚伸直岔开，形似簸箕。鼓盆，敲打瓦盆。）

（29）冲上：杂剧术语，指突然登场。

（30）正果：佛教、道教术语，称修行功成为"成正果"。这句是说虽然还俗，还是不至于误了成正果。

（31）三不知：原指对事件的开头、中间过程和结尾都不知道。这里是十分突然、压根儿没有想到的意思。《左传》哀公二十七年："文子曰：'君子之谋也，始、衷、终皆举之，而后入焉。今我三不知而入之，不亦难乎？'"明代姚福《青溪暇笔》："俗谓忙遽曰'三不知'，即始、中、终三者皆不能知也，其言盖本《左传》。"

校　注

本剧现存版本主要有明代陈与郊编《古名家杂剧》本（龙峰徐氏刊本）和明代臧晋叔编《元曲选》本。此次校勘以《元曲选》本为底本，以《古名家杂剧》本参校。

［1］楔子：《古名家杂剧》本无此楔子，以下均为第一折内容。

［2］"方今圣人在位"至"小官"：原本无，据《古名家杂剧》本补上。

［3］郎：原本漏刻，今补。

［4］整理：原本无，今据《古名家杂剧》本补。

［5］是好春景也呵：原本无，据《古名家杂剧》本补。

［6］拆：原误刻为"折"，今改。

［7］菅和寨：《古名家杂剧》本作"莺花寨"。

［8］特地：原误为"特特"，今改。

［9］这是甚么说话：《古名家杂剧》本作"你这般下的也"。以下"（正末云）这也由不的我"一直至"（正末同旦掩泣科）"共三百五十多字，为《古名家杂剧》本所无。

［10］你：原本无，今据《古名家杂剧》本校增。

［11］两个人儿：原本为"两个儿"，漏刻"人"字，今校增。

［12］你：原作"他"，据文意此处应为"你"，今改。

［13］金：原作"全"，据《古名家杂剧》本改正。

［14］你：原作"俺"，据《古名家杂剧》本改正。

［15］鲁斋郎：原作"他"，文意不顺，今改。

［16］亲：原作"新"，据《古名家杂剧》本改正。

［17］也：原本无，据《古名家杂剧》本补上。

［18］十五年：《古名家杂剧》本作"十年"，下同，不一一校出。

［19］父母：原作"父亲"，据下文张㑔说白改过。

［20］且躲人间闲是非：《古名家杂剧》本在此句下有〔玉交枝〕一曲，曲文为："猛听的山童来报，报雾锁天关未晓。采樵人鼓掌呷呷笑，笑道是雪压了腊梅梢，舞梨花片片风乱飘，似鹅毛乱剪空中落。可知道沽酒村价高，踏雪的争些冻倒？我则见寒料峭，冻燕巢，怎敢过危桥！浩然驴怎地骑？韩退之雪拥了蓝关道。白茫茫雪满山，黑暗暗彤云罩。呀！把一带青山粉填了。"

［21］"再不言宋天子英明甚"二句：《古名家杂剧》本作"满城中人皆喜，包龙图智慧多"。

［22］语话喧聒：原作"两道三科"，今据《古名家杂剧》本改过。

［23］方表得王法无亲：《古名家杂剧》本作"方表出百姓艰辛"。

赵盼儿风月救风尘

导　读

　　现存的关汉卿杂剧中有三个写妓女的戏：《救风尘》《谢天香》《金线池》。关汉卿之所以青睐妓女题材，是因为元代读书人与妓女命运相似，同为主流社会所抛弃。由于元代前期约 40 年未举行科举考试，读书人失去了"上天梯"，沦落到与妓女差不多的卑贱命运（当时有所谓"七匠八娼九儒十丐"之说）。关汉卿作为书会才人，"编修师首"，与勾栏中的妓女关系密切。

　　《救风尘》全名《赵盼儿风月救风尘》，意思是赵盼儿用风月场中的手段去解救堕落风尘中的同行姐妹。剧作写富商、嫖客周舍用甜言蜜语诓骗妓女宋引章。（第一折。戏剧冲突的开端）宋引章进了周家门，便被打五十杀威棒，"如今朝打暮骂，看看至死"。宋写信央求赵盼儿救她。（第二折。戏剧冲突的发展）赵盼儿打扮得漂漂亮亮，带了一大担丰厚的妆奁去找周舍，还故意叫宋引章前来骂街。周舍见财起意，见色动心，终于上钩，休了宋引章。（第三折。戏剧冲突的高潮）事情闹至官府，郑州府尹判宋引章仍归秀才安秀实，周舍夺人妻女，杖六十当差服役去。（第四折。戏剧冲突的结局）

　　《救风尘》是一个旦本，正旦扮赵盼儿。由于关汉卿熟悉妓女生活，同情被侮辱被伤害的妓女，对赵盼儿的心理刻画非常到位。"姻缘簿全凭我共你？谁不待拣个称意的？他每都拣来拣去百千回。待嫁一个老实的，又怕尽世儿难成对；待嫁一个聪俊的，又怕半路里轻抛弃。"这实际上说出了当时女性求偶的两难心理。这种左右为难、举棋不定的矛盾心态，关汉卿拿捏得非常精准。

　　《救风尘》是一个喜剧，用笑的手段鞭挞丑类，把坏人丑事暴露，把见不得人的勾当置于阳光之下。"酒肉场中三十载，花星整照二十年"的周舍，他的人生轨迹是"赌房—花房（妓院）—牢房"。赵盼儿以其人之道还治其人之身，让专门给人挖坑的人掉进坑里，把周舍这个老狎客狠狠地用风月手段玩转了一回，收到大快人心的喜剧效果。

　　王季思先生在《玉轮轩曲论》中说："剧中所称赵盼儿、宋引章、安秀实并不见于故书旧记，疑宋元间或实有其事，汉卿因演为杂剧，故写来异常真切。"

　　20世纪五六十年代，《救风尘》已被许多地方戏曲剧种改编演出于舞台之上。

明代万历博古堂刻本《元曲选》插图

明代万历博古堂刻本《元曲选》插图

第一折

（冲末扮周舍上，诗云）酒肉场中三十载，花星⁽¹⁾整照二十年。一生不识柴米价，只少花钱共酒钱。自家郑州人氏，周同知⁽²⁾的孩儿周舍是也。自小上花台做子弟⁽³⁾。这汴梁城中，有一歌者，乃是宋引章。他一心待嫁我，我一心待娶^[1]他，争奈他妈儿不肯。我今做买卖回来，今日特到他家去，一来去望妈儿，二来就提这门亲事，多少是好。（下^[2]）

（卜儿同外旦⁽⁴⁾上，云）老身汴梁人氏，自身姓李，夫主姓宋，早年亡化已过。止有这个女孩儿，叫做宋引章。俺孩儿拆白道字⁽⁵⁾，顶真续麻⁽⁶⁾，无般不晓，无般不会。有郑州周舍，与孩儿作伴多年，一个要娶，一个要嫁，只是老身谎彻梢虚⁽⁷⁾，怎么便肯？引章，那周舍亲事，不是我百般板障，只怕你久后自家受苦。（外旦云）奶奶，不妨事，我一心则待要嫁他。（卜儿云）随你，随你！（周舍上，云）咱家周舍，来此正是他门首，只索进去。（做见科）（外旦云）周舍，你来了也！（周舍云）我一径的来问亲事，母亲如何？（外旦云）母亲许了亲事也。（周舍云）我见母亲去。（卜儿做见科）（周舍云）母亲，我一径的来问这亲事哩。（卜儿云）今日好日辰，我许了你，则休欺负俺孩儿。（周舍云）我并不敢欺负大姐，母亲，把你那姊妹弟兄都请下者，我便收拾来也。（卜儿云）大姐，你在家执料⁽⁸⁾，我去请那一辈儿老姊妹去来。（周舍诗云）数载间费尽精神，到今朝才许成亲。（外旦云）这都是天缘注定。（卜儿云）也还有不测风云。（同下）（外扮安秀实上，诗云）刘蕡下第⁽⁹⁾千年恨，范丹⁽¹⁰⁾守志一生贫。料得苍天如有意，断然不负读书人。^[3]小生姓安，名秀实，洛阳人氏。自幼颇习儒业，学成满腹文章，只是一生不能忘情花酒。到此汴梁，有一歌者宋引章，和小生作伴。当初他要嫁我来，如今却嫁了周舍。他有个八拜交的姐姐，是赵盼^[4]儿，我去央^[5]他劝一劝，有何不可。赵大姐在家么？（正旦扮赵盼儿上，云）妾身赵盼儿是也[6]。听的有人叫门，我开门看咱。（见科，云）我道是谁，原来是妹夫。你那里来？（安秀实云）我一径的来相烦你。当初姨姨要引章嫁我来[7]，如今却要嫁周舍，我央及你劝他一劝。（正旦云）当初这亲事不许你来？如今又要嫁别人，端的姻缘事非同容易也呵！（唱）

【仙吕点绛唇】妓女追陪，觅钱一世，临收计，怎做的百纵千随，知重咱风流媚。

【混江龙】我想这姻缘匹配，少一时一刻强难为。如何可意？怎的相知？怕不便脚搭着脑杓成事早(11)，怎知他手拍着胸脯悔后迟！寻前程，觅下梢(12)[8]，恰便是黑海也似难寻觅。料的来人心不问，天理难欺。

【油葫芦】姻缘簿全凭我共你？(13)谁不待拣个称意的？他每都拣来拣去百千回。待嫁一个老实的，又怕尽世儿难成对；待嫁一个聪俊的，又怕半路里轻抛弃。(14)遮莫(15)向狗溺处藏，遮莫向牛屎里堆，忽地便吃了一个合扑地(16)，那时节睁着眼怨他谁！

【天下乐】我想这先嫁的还不曾过几日，早折的(17)容也波仪瘦似鬼，只教你难分说、难告诉、空泪垂！我看了些觅前程(18)俏女娘，见了些铁心肠男子辈，便一生里孤眠，我也直甚颏(19)！

（云）妹夫，我可也待嫁个客人，有个比喻。（安秀实云）喻将何比？（正旦唱）

【哪吒令】待妆个老实，学三从四德；争奈是匪妓，都三心二意。端的是那里是三梢末尾(20)？俺虽居在柳陌中、花街内，可是那件儿便宜？

【鹊踏枝】俺不是卖查梨(21)，他可也逞刀锥；一个个败坏人伦，乔做胡为。（云）但来两三遭，问那厮要钱[9]，他便道："这弟子敲锾儿⁽²²⁾哩。"（唱）但见俺有些儿不伶俐，便说是女娘家要哄骗东西。⁽²³⁾

【寄生草】他每有人爱为娼妓，有人爱作次妻。干家的干落得淘闲气，买虚的看取些羊羔利⁽²⁴⁾，嫁人的早中了拖刀计。他正是："南头做了北头开，东行不见西行例。"⁽²⁵⁾

（云）妹夫，你且坐一坐，我去劝他。劝的省时，你休欢喜；劝不省时，休烦恼。（安秀实云）我不坐了，且回家去等信罢。大姐留心者。（下）（正旦做行科，见外旦云）妹子，你那里人情去？（外旦云）我不人情去，我待嫁人哩。（正旦云）我正来与你保亲。（外旦云）你保谁？（正旦云）我保安秀才。（外旦云）我嫁了安秀才呵，一对儿好打莲花落。⁽²⁶⁾（正旦云）你待嫁谁？（外旦云）我嫁周舍。（正旦云）你如今嫁人，莫不还早哩？（外旦云）有甚么早不早！今日也大姐，明日也大姐，出了一包儿脓⁽²⁷⁾，我嫁了，做一个张郎家妇，李郎家妻，立个妇名，我做鬼也风流的。（正旦唱）

【村里迓鼓】你也合三思而行，再思可矣⁽²⁸⁾，你如今年纪小哩，我与你慢慢的别寻个姻配。你可便宜，只守着铜斗儿家缘家计，也是你歹姐姐把衷肠话劝妹妹，我怕你受不过男儿气息。

（云）妹子，那做丈夫的做不[10]的子弟，做子弟的做不的丈夫。（外旦云）你说我听咱。（正旦唱）

【元和令】做丈夫的便做不的子弟，他终不解其意[11]。那做子弟的他影儿里会虚脾⁽²⁹⁾。那做丈夫的忒老实。（外旦云）那周舍穿着一架子衣服，可也堪爱哩。（正旦唱）那厮虽穿着几件屹螂⁽³⁰⁾皮，人伦事晓得甚的？

（云）妹子，你为甚么就要嫁他？（外旦云）则为他知重您妹子，因此要嫁他。（正旦云）他怎么知重你？（外旦云）一年四季，夏天我好的一觉响睡，他替你妹子打着扇；冬天替你妹子温的铺盖儿暖了，着你妹子歇息；但你妹子那里人情去，穿的那一套衣服，戴的那一付头面，替你妹子提领系、整钗镮。只为他这等知重你妹子，因此上一心要嫁他。（正旦云）你原来为这般呵。（唱）

【上马娇】我听的说就里，你原来为这的，倒引的我忍不住笑微微。你道是暑月间扇子捎着你睡，冬月间着炭火煨，烘炙着绵衣^[12]。

【游四门】吃饭处，把匙头挑了筋共皮；出门去，提领系、整衣袂，戴插头面整梳篦。衡一味是虚脾，女娘每不省越着迷。

【胜葫芦】你道这子弟情肠甜似蜜，但娶到他家里，多无半载周年相掷弃^[13]，早努牙突嘴，拳椎脚踢，打的你哭啼啼。

【幺篇】恁时节船到江心补漏迟，烦恼怨他谁？事要前思免后悔。我也劝你不得，有朝一日，准备着搭救你块望夫石。

（云）妹子，久以后你受苦呵，休来告我。（外旦云）我便有那该死的罪，我也不来央告你。（周舍上，云）小的每，把这礼物摆的好看些。（正旦云）来的敢是周舍？那厮不言语便罢，他若但言，着他吃我几嘴好的。（周舍云）那壁姨姨敢是赵盼儿么？（正旦云）然也。（周舍云）请姨姨吃些茶饭波。（正旦云）你请我？家里饿皮脸也，揭了锅儿底，窨子里秋月——不曾见这等食！⁽³¹⁾（周舍云）央及姨姨，保门亲事。（正旦云）你着我保谁？（周舍云）保宋引章。（正旦云）你着我保宋引章那些儿？保他那针指油面，刺绣铺房，大裁小剪，生儿长女？（周舍云）这歪刺骨好歹嘴也。我已成了事，不索央你。（正旦云）我去罢。（做出门科）（安秀实上，云）姨姨，劝的引章如何？（正旦云）不济事了也。（安秀实云）这等呵，我上朝求官应举去罢。（正旦云）你且休去，我有用你处哩。（安秀实云）依着姨姨说，我且在客店中安下，看你怎么发付我。（下）（正旦唱）

【赚煞】这妮子是狐魅人女妖精，缠郎君天魔祟。则他那裤儿里休猜做有腿，吐下鲜红血，则当做苏木水。⁽³²⁾ 耳边休采那等闲事[14]，那的是最容易剜眼睛嫌的，则除是亲近着他便欢喜。（带云）着他疾省⁽³³⁾呵，（唱）哎，你个双郎⁽³⁴⁾子弟，安排下金冠霞帔，（带云）一个夫人来到手儿里了。（唱）却则为三千张茶引⁽³⁵⁾，嫁了冯魁。（下）

（周舍云）辞了母亲，着大姐上轿，咱回[15]郑州去来。（诗云）才出娼家门，便作良家妇。（外旦诗云）只怕吃了良家亏，还想娼家做。（同下）

注　解

（1）花星：犹如说"桃花运"，"花星整照二十年"，完全是一副老狎客的口吻。

（2）同知：官名，宋元时州、县的副长官。

（3）上花台做子弟：花台，指妓院。子弟，指嫖客。当时勾栏里称嫖客为子弟。《谢天香》楔子："平生以花酒为念，好上花台做子弟。"

（4）外旦：杂剧角色名，指正旦以外又一女角。

（5）拆白道字：宋元时流行的一种文字游戏，将一个字拆开来说，如"好"字拆为"女边着子"，"闷"字拆为"门里挑心"。王实甫《西厢记》第五本第三折："红唱：'我拆白道字，辨与你个清浑。……君瑞是个肖字这壁着个立人，你是个木寸马户尸巾。'净云:'木寸马户尸巾,你道我是个村驴屌。'"按:肖字着立人,拆"俏"字。

(6)顶真续麻:宋元时流行的一种文字游戏,上句的末一字和下句的头一字相重叠。如《中原音韵》"作词十法定格"条〔小桃红〕曲:"断肠人寄断肠词,词寄心间事,事到头来不由自。自寻思,思量往日真诚志。志诚是有,有情谁似、似俺那人儿。"评曰:"顶真妙。"此即后来之"顶真格"。顶真,本作"顶针",它是以针缝麻线、首尾连贯来形容这种诗体的。顶真有时又作"针顶"。《金线池》第三折:"续麻道字针针顶。"

(7)只是老身谎彻梢虚:梢虚,彻头彻尾的撒谎。这句疑有脱字,它是表示自己老练,能识破周舍的欺骗。

(8)执料:见《窦娥冤》楔子注文(25)。

(9)刘蕡(fén)下第:唐代士子刘蕡在考试时写文章劝皇帝杀权奸,考官怕得罪宦官不敢录取他。后人便用刘蕡下第表示贤才被扼杀。

(10)范丹:东汉人,曾从马融学经学,后卖卜为生,过一辈子清贫生活。

(11)脚搭着脑杓成事早:当时俗谚,形容快跑时后脚跟几乎碰着脑壳,指急于成事。

(12)下梢:下场,归宿。《西游记》第十五回:"只因累岁迍邅,遭丧失火,到此没了下梢,故充为庙祝,侍奉香火。"

(13)姻缘簿全凭我共你:这是问句,意说姻缘事哪能凭你我作主。你,指安秀实。

(14)"待嫁一个老实的"四句:意为老实人要受欺侮,不能终身相守;聪俊的又贪新厌旧,半路相弃。

(15)遮莫:参阅《鲁斋郎》第一折注文(10),尽管、纵使的意思。如《渔樵记》第四折:"折莫你便奔井投河,自推自跌,自埋自怨,便央及煞俺也不相怜。"

(16)忽地便吃了一个合扑地:突然会跌一跤。合扑地,跌跤扑倒地上。

(17)折的:折磨得。

(18)前程:元剧中多指婚姻。如《隔江斗智》第四折:"则俺这类前程世间无赛。"《金钱记》第四折:"你着他别寻一个前程倒好。"

（19）直甚颓：值什么鸟。颓，骂人的话。近人张相《诗词曲语辞汇释》卷五注："直甚颓者，犹云不值一颓，极言其不算稀奇，不足诧异。"

（20）三梢末尾：收场、结局。

（21）卖查梨：小贩叫卖声。意为将好作坏，弄虚作假。查梨是样子像梨而不好吃的酸果。《谢天香》第二折："恰才陪着笑脸儿应昂，怎觑我这查梨相。"

（22）敲镘儿：敲竹杠。镘儿，指钱。旧时铜钱有无字的一面。《燕青博鱼》第二折："这钱昏，字镘不好。"

（23）"但见俺有些儿不伶俐"二句：只见俺有些私情的勾当，就以为是要哄骗钱财。不伶俐，这里指私情的勾当。伶俐，元剧常用词语，意为干净。如《五侯宴》第二折："若是我无你个孩儿伶俐些，那其间方得宁贴。"

（24）羊羔利：元代高利贷的一种，放债过了一年，要加倍收回利钱。详见《窦娥冤》楔子注文（5）。

（25）"南头做了北头开"二句：当时俗谚，指不接受前人教训，重蹈覆辙。

（26）一对儿好打莲花落：夫妻俩一同去做乞丐。〔莲花落〕是当时乞儿常唱的小曲。

（27）"今日也大姐"三句：当时称未嫁的女子为"大姐"，它和"大疖"谐音，所以说"出了一包儿脓"。

（28）你也合三思而行，再思可矣：语见《论语·公冶长》："季文子三思而后行，子闻之，曰：'再，斯可矣。'"

（29）虚脾：虚情假意。

（30）圪螂（gèláng）：吃粪便和污秽东西的小虫。

（31）"你请我？家里饿皮脸也"四句：意为你请我？嘿，我家里饿死人啦，揭了锅底儿啦！地窨里出月亮——我可没见过这样的"事"（"食"的谐音）。窨（yìn）子，收藏谷物的地窖。

（32）"则他那裤儿里休猜做有腿"三句：上文说这妮子是女妖精，因此说她裤子里不会有人腿，有时装病吐血，你也只能把它当苏木水看。苏木水，一种红色染料。

（33）疾省：猛醒。

（34）双郎：指双渐。书生双渐（双同叔）和妓女苏小卿相爱，后来鸨母把苏小卿卖给茶商冯魁。经过许多波折，最后双渐与苏小卿团圆。这是当时勾栏经常演出的一个著名节目。双渐官至县令，见宋代张耒《明道杂志》。曾巩《元丰类稿》有送双渐至汉阳诗，故双渐可能是北宋熙宁、元丰时人。元曲中的双郎、双生、双同叔、双通叔、双县令都是指双渐。

（35）茶引：茶商纳税后的单据。凭这种单据可以采购运销茶叶。

第二折

（周舍同外旦上，云）自家周舍是也。我骑马一世，驴背上失了一脚。[1] 我为娶这妇人呵，整整磨了半截舌头，才成得事。如今着这妇人上了轿，我骑了马，离了汴京，来到郑州。让他轿子在头里走，怕那一般的舍人[2] 说："周舍娶了宋引章。"被人笑话。则见那轿子一晃一晃的，我向前打那抬轿的小厮，道："你这等欺我！"举起鞭子就打。问他道："你走便走，晃怎么？"那小厮道："不干我事，奶奶在里边不知做甚么？"我揭起轿帘一看，则见他精赤条条的在里面打筋斗。来到家中，我说："你套一床被我盖。"我到房里，只见被子倒高似床。我便叫："那妇人在那里？"则听的被子里答应道："周舍，我在被子里面哩。"我道："在被子里面做甚么？"他道："我套绵子，把我翻在里头了。"我拿起棍来，恰待要打，他道："周舍，打我不打紧，休打了隔壁王婆婆。"我道："好也，把邻舍都翻在被里面！"（外旦云[16]）我那里有这等事？（周舍云）我也说不得这许多。兀那贱人，我手里有打杀的，无有买休卖休[3] 的。且等我吃酒去，回来慢慢的打你。（下）（外旦云）不信好人言，必有栖惶事。当初赵家姐姐劝我不听，果然进的门来，打了我五十杀威棒，朝打暮骂，怕不死在他手里。我这隔壁有个王货郎，他如今去汴梁做买卖，我写一封书捎将去，着俺母亲和赵家姐姐来救我。若来迟了，我无那活的人也。天哪，只被你打杀我也！（下）

（卜儿哭上，云）自家宋引章的母亲便是。有我女孩儿从嫁了周舍，昨日王货郎寄信来，上写着道："从到他家，进门打了五十杀威棒。如今

朝打暮骂，看看至死，可急急央赵家姐姐来救我。"我拿着书去与赵家姐姐说知，怎生救他去。引章孩儿，则被你痛杀我也！（下）

（正旦上，云）自家赵盼儿。我想这门衣饭，几时是了也呵[17]！（唱）

【商调集贤宾】咱这几年来待嫁人心事有，听的道谁揭债、谁买休。他每待强巴结[18]深宅大院，怎知道摧折了舞榭歌楼？一个个眼张狂似漏了网的游鱼。一个个嘴卢都似跌了弹的斑鸠。(4)御园中可不道是栽路柳，好人家怎容这等娼优。他每初时间有些实意，临老也没回头。

【逍遥乐】那一个不因循成就，那一个不顷刻前程(5)，那一个不等闲间罢手。他每一做一个水上浮沤(6)。和爷娘结下不厮见的冤仇，恰便似日月参辰和卯酉(7)，正中那男儿机彀(8)。他使那千般贞烈，万种恩情，到如今一笔都勾。

（卜儿上，云）这是他门首，我索过去。（做见科，云）大姐，烦恼杀我也！（正旦云）奶奶，你为甚么这般啼哭？（卜儿云）好教大姐知道：引章不听你劝，嫁了周舍；进门去打了五十杀威棒，如今打的看看至死，不久身亡。姐姐，怎生是好？（正旦云）呀！引章吃打了也。（唱）

【金菊香】想当日他暗成公事，只怕不相投。我当初[19]作念你的言词(9)，今日都应口。则你那去时，恰便似去秋。他本是薄倖(10)的班头，还说道有恩爱、结绸缪。

【醋葫芦】你铺排着鸳衾和凤帱，指望效天长共地久；蓦入门知滋味便合休。几番家眼睁睁打干净(11)待离了我这手。（带云）赵盼儿，（唱）你做的个见死不救，可不羞杀这桃园中杀白马、宰乌牛(12)？

（云）既然是这般呵，谁着你嫁他来？（卜儿云）大姐，周舍说誓

来。（正旦唱）

【幺篇】那一个不嗦可可⁽¹³⁾道横死亡？那一个不实丕丕⁽¹⁴⁾拔了短筹？则你这亚仙⁽¹⁵⁾子母老实头。普天下爱女娘的子弟口，（带云）奶奶，不则⁽¹⁶⁾周舍说谎也，（唱）那一个不指皇天各般说咒？恰似秋风过耳早休休！

（卜儿云）姐姐，怎生搭救引章孩儿？（正旦云）奶奶，我有两个压被的银子⁽¹⁷⁾，咱两个拿着买休去来。（卜儿云）他说来："则有打死的，无有买休卖休的。"（正旦寻思科，做与卜耳语科，云）……则除是这般。（卜儿云）可是中也不中？（正旦云）不妨事，将书来我看。（卜递书科，正旦念云）"引章拜上姐姐并奶奶：当初不信好人之言，果有恓惶之事。进得他门，便打我五十杀威棒。如今朝打暮骂，禁持⁽¹⁸⁾不过。你来的早，还得见我；来得迟呵，不能够见我面了。只此拜上。"妹子也，当初谁教你做这事来！（唱）

【幺篇】想当初有忧呵同共忧，有愁呵一处愁。他道是残生早晚丧荒丘，做了个游街野巷村务酒⁽¹⁹⁾；你道是百年之后，（云）妹子也，你不道来——"这个也大姐，那个也大姐，出了一包脓；不如嫁个张郎妇李郎妻，（唱）立一个妇名儿，做鬼也风流"？（云）奶奶，那寄书的人去了不曾？（卜儿云）还不曾去哩。（正旦云）我写一封书寄与引章去。（做写科，唱）

【后庭花】我将这知心^[20]书亲自修，教他把天机休泄漏。传示与休莽戆收心的女⁽²⁰⁾，拜上你浑身疼的歹事头⁽²¹⁾。（带云）引章，我怎的劝你来？（唱）你好没来由^[21]，遭他毒手，无情的棍棒抽，赤津津鲜血流，逐朝家如暴囚，怕不将性命丢！况家乡隔郑州，有谁人相睬瞅，空这般出尽丑。

（卜儿哭科，云）我那女孩儿那里打熬得过！大姐，你可怎生的救他一救？（正旦云）奶奶，放心！（唱）

【柳叶儿】则教你怎生消受，我索合再做个机谋。把这云鬟蝉鬓妆梳就，（带云）还再穿上些锦绣衣服。（唱）珊瑚钩、芙蓉扣，扭捏的身子儿别样娇柔。

【双雁儿】我着这粉脸儿搭救你女骷髅，割舍的一不做二不休，拚了个由他咒也波咒。不是我说大口，怎出得我这烟月手[22]！

（卜儿云）姐姐，到那里仔细着。（哭科，云）孩儿，则被你烦恼杀了我也！（正旦唱）

【浪里来煞】你收拾了心上忧，你展放了眉间皱，我直着花叶不损觅归秋[23]。那厮爱女娘的心，见的便似驴共狗，卖弄他玲珑剔透[24]。（云）我到那里，三言两句，肯写休书，万事俱休；若是不肯写休书。我将他掐一掐，拈一拈，搂一搂，抱一抱，着那厮通身酥、遍体麻。将他鼻凹儿抹上一块砂糖，着那厮舔又舔不着，吃又吃不着。赚得那厮写了休书，引章将的休书来，淹的[25]撇了。我这里出了门儿，（唱）可不是一场风月[26]，我着那汉一时休。（下）

注　解

（1）骑马一世，驴背上失了一脚：当时俗谚，意为内行人上当。

（2）舍人：宋元时显贵子弟的称呼。

（3）买休卖休：指由男方或女方主动付钱来离弃夫妻关系的做法。后世也指犯罪的人用贿赂买通有关人等。如《醉醒石》第九回："买休，则揣身打合；不买休，便首的首，证的证。"

　　（4）"一个个眼张狂似漏了网的游鱼"二句：承上文说妓女"强巴结深宅大院"得到脱籍从良时，一个个似漏网之鱼，怎知从良后又受到种种摧残，一个个似中弹丸的斑鸠，鼓着嘴有苦无处诉。跌了弹，中弹跌落。嘴卢都，鼓着嘴。

　　（5）"那一个不因循成就"二句：意为哪一个不是随便结成夫妇，哪一个又不是很快就办成婚事。因循，照旧不改，引申为随意。

　　（6）水上浮沤（ōu）：水面上的泡，很快就消失的意思。

　　（7）日月参辰和卯酉：太阳和月亮不会同时出现。参星和辰星互不相见，卯和酉是对立的时辰。这里都表示"对头"的意思。如《气英布》第三折："咱与你参辰卯酉，谁待吃这闲茶浪酒。"

　　（8）机彀（gòu）：牢笼、圈套。

　　（9）作念你的言词：指前番对宋引章的劝告。作念，念叨。

　　（10）薄倖：薄情。

　　（11）打干净："打干净毬儿"的省语。指置身事外。

　　（12）桃园中杀白马、宰乌牛：用刘备、关羽、张飞桃园三结义的故事。这里指同行姐妹间的义气。

　　（13）磣（chěn）可可：或作"磣磕磕"，"磣""磣"均是"惨"字的假借字，是指看到恐怖现象所引起的毛骨悚然的感觉。关汉卿《拜月亭》第四折："说的些磣可可落得的冤魂现。"

　　（14）实丕丕：实实在在。

　　（15）亚仙：唐人白行简的传奇小说《李娃传》中的妓女李娃和贵公子郑生相爱，后郑生床头金尽被鸨母逐出，沦为乞丐，最后亏了李娃接济才中举做官。元人杂剧将李娃改称李亚仙。石君宝有《李亚仙花酒曲江池》杂剧。这里用李亚仙借指宋引章。

　　（16）不则：不只。元剧中"则"一般来说是"只"的意思。

　　（17）压被的银子：私房钱。

　　（18）禁持：古代用巫术制人，称作禁。禁持，意为压制、拘禁、折磨。元代胡紫山〔一半儿〕小令："孤眼嫌杀月儿明，风力禁持酒力醒。"

　　（19）游街野巷村务酒：这句语意难明。元代有种酷刑叫游街拷掠，是把犯人绑在马背上一路游街拷打至死。《元典章》刑部二："游街拷掠，诚非理体，若不禁治，枉伤人命。"游街野巷，疑即指此，是承上文"残生早晚丧荒丘"说的。村务酒，疑指犯人处决前饮的酒。村务，乡村里的小酒店。

（20）传示与休莽戆收心的女：意即传信给宋引章，叫她收起天真的心性，再也不要鲁莽行事。

（21）歹事头：倒霉鬼。

（22）烟月手：烟月的手段，指用妓女的美色和才智与之周旋。

（23）花叶不损觅归秋：当时俗谚，意为好去好回。

（24）玲珑剔透：聪明绝顶。

（25）淹的：慢慢的。

（26）一场风月：一场风月的故事，指用美色的手段去和周舍斗，以便救出堕落风尘中的宋引章。

第三折

（周舍同店小二⁽¹⁾上，诗云）万事分已定，浮生空自忙。无非花共酒，恼乱我心肠。店小二，我着你开着这个客店，我那里稀罕你那房钱养家；不问官妓私科子⁽²⁾，只等有好的来你客店里，你便来叫我。（小二云）我知道，只是你脚头乱，一时间那里寻你去？（周舍云）你来粉房⁽³⁾里寻我。（小二云）粉房里没有呵？（周舍云）赌房里来寻。（小二云）赌房里没有呵？（周舍云）牢房里来寻。（下）（丑扮小闲⁽⁴⁾挑笼上，诗云）钉靴雨伞为活计，偷寒送暖作营生。不是闲人闲不得，及至得了闲时又闲不成。自家张小闲的便是。平生做不的买卖，只是与歌者姐姐每叫些人，两头往来，传消寄息^[22]都是我。这里有个大姐赵盼儿，着我收拾两箱子衣服行李，往郑州去。都收拾停当了，请姐姐上马。（正旦上，云）小闲，我这等打扮，可冲动得那厮么？（小闲做倒科）（正旦云）你做甚么哩？（小闲云）休道冲动那厮，这一会儿连小闲也酥倒了。（正旦唱）

【正宫端正好】则为他满怀愁，心间闷，做的个进退无门。那婆娘家一涌性⁽⁵⁾，无思忖，我可也强打入迷魂阵。

【滚绣球】我这里微微的把气喷，输个姓因⁽⁶⁾，怎不教那厮背槽抛粪⁽⁷⁾！更做道普天下无他这等郎君。想着容易情，忒献勤，几番家待要不问；第一来我则是可怜见无主娘亲，第二来是我惯曾为旅偏怜客⁽⁸⁾，第三来也是我自己贪杯惜醉人。到那里呵，也索费些精神。

（云）说话之间，早来到郑州地方了。小闲，接了马者。且在柳阴下歇一歇咱。（小闲云）我知道。

（正旦云）小闲，咱闲口论闲话：这好人家好举止，恶人家恶家法。（小闲云）姐姐，你说我听。（正旦唱）

【倘秀才】县君⁽⁹⁾的则是县君，妓人的则是妓人。怕不扭捏着身子蓦入他门；怎禁他使数的到支分，背地里暗忍。⁽¹⁰⁾

【滚绣球】那好人家将粉扑儿浅淡匀，那里像咱干茨腊⁽¹¹⁾手抢着粉；好人家将那篦梳儿慢慢地铺鬓，那里像咱解了那襕胸带⁽¹²⁾，下颏上勒一道深痕。好人家知个远近，觑个向顺，衠一味良人家风韵；那里像咱们，恰便似空房中锁定个猢狲。有那千般不实乔躯老⁽¹³⁾，有万种虚嚣歹议论，断不了风尘。

（小闲云）这里一个客店，姐姐好住下罢。（正旦云）叫店家来。（店小二见科）（正旦云）小二哥，你打扫一间干净房儿，放下行李。你与我请将周舍来，说我在这里久等多时也。（小二云）我知道。（做行叫科，云）小哥在那里？（周舍上，云）店小二，有甚么事？（小二云）店里有个好女子请你哩。（周舍云）咱和你就去来。（做见科，云）是好一

个科子也。（正旦云）周舍，你来了也。（唱）

【幺篇】俺那妹子儿有见闻，可有福分，抬举的个丈夫俊上添俊，年纪儿恰正青春。（周舍云）我那里曾见你来？我在客火⁽¹⁴⁾里，你弹着一架筝，我不与了你个褐色绸段儿？（正旦云）小的，你可见来？（小闲云）不曾见他有甚么褐色绸段儿。（周舍云）哦，早起杭州客火^[23]散了，赶到陕西客火里吃酒，我不与了大姐一分饭来？（正旦云）小的每，你可见来？（小闲云）我不曾见。（正旦唱）你则是觑现新、觑忘昏⁽¹⁵⁾，更做道你眼钝。那唱词话的⁽¹⁶⁾有两句留文："咱也曾武陵溪畔曾相识，今日佯推不认人。"⁽¹⁷⁾我为你断梦劳魂。

（周舍云）我想起来了，你敢是赵盼儿么？（正旦云）然也。（周舍云）你是赵盼儿，好，好！当初破亲也是你来。小二，关了店门，则打这小闲。（小闲云）你休要打我。俺姐姐将着锦绣衣服，一房一卧⁽¹⁸⁾来嫁你，你倒打我？（正旦云）周舍，你坐下，你听我说。你在南京⁽¹⁹⁾时，人说你周舍名字，说的我耳满鼻满的，则是不曾见你。后得见你呵，害的我不茶不饭，只是思想着你。听的你娶了宋引章，教我如何不恼？周舍，我待嫁你，你却着我保亲！（唱）

【倘秀才】我当初倚大呵妆儇⁽²⁰⁾主婚，怎知我嫉妒呵特故里破亲？你这厮外相儿通疏就里村⁽²¹⁾！你今日结婚姻，咱就肯罢论。

（云）我好意将着车辆鞍马茶房来寻你，你划地⁽²²⁾将我打骂？小闲，拦回车儿，咱家去来。（周舍云）早知姐姐来嫁我，我怎肯打舅舅？（正旦云）你真个不知道？你既不知，你休出店门，只守着我坐下。（周舍云）休说一两日，就是一两年，您儿也坐的将去。（外旦上，云）周舍两三日不家去，我寻到这店门首，我试看咱。原来是赵盼儿和周舍坐哩。兀那老弟子不识羞，直赶到这里来。周舍，你再不要来家，等你来时，我拿一把刀子，你拿一把刀子，和你一递一刀子戳^[24]哩。（下）（周舍取棍科，云）我和你抢生吃⁽²³⁾哩！不是奶奶在这里，我打杀你。（正旦唱）

【脱布衫】我更是的不待饶人，我为甚不敢明闻；胁底下插柴自忍^[25]，怎见你便打他一顿？⁽²⁴⁾

【小梁州】可不道一夜夫妻百夜恩，你可便息怒停嗔。他村时节背地里使些村，对着我合思忖，那一个双同叔打杀俏红裙？

【幺篇】则见他恶哏哏，摸按着无情棍，便有火性的不似你个郎君。（云）你拿着偌粗的棍棒，倘或打杀他呵，可怎了？（周舍云）丈夫打杀老婆，不该偿命。（正旦云）这等说，谁敢嫁你？（背唱）我假意儿瞒，虚科儿喷⁽²⁵⁾，着这厮有家难奔。妹子也，你试看咱风月救风尘⁽²⁶⁾。

（云）周舍，你好道儿⁽²⁷⁾。你这里坐着，点的你媳妇来骂我这一场。小闲，拦回车儿，咱回去来。（周舍云）好奶奶，请坐。我不知道他来；我若知道他来，我就该死。（正旦云）你真个不曾使他来？这妮子不贤惠，打一棒快毬子⁽²⁸⁾。你舍的宋引章，我一发⁽²⁹⁾嫁你。（周舍云）我到家里就休了他。（背云）且慢着，那个妇人是我平日间打怕的，若与了一纸休书，那妇人就一道烟去了。这婆娘他若是不嫁我呵，可不弄的尖担两头脱？休的造次，把这婆娘摇撼的实着。（向旦云）奶奶，您孩儿肚肠是驴马的见识，我今家去把媳妇休了呵，奶奶，你把肉吊窗儿放下来⁽³⁰⁾，可不嫁我，做的个尖担两头脱。奶奶，你说下个誓着。（正旦云）周舍，你真个要我赌咒？你若休了媳妇，我不嫁你呵，我着塘^[26]子里马踏杀，灯草打折臁儿骨。⁽³¹⁾你逼的我赌这般重咒哩！（周舍云）小二，将酒来，（正旦云）休买酒，我车儿上有十瓶酒哩。（周舍云）还要买羊。（正旦云）休买羊，我车上有个熟羊哩。（周舍云）好、好、好，待我买红去。（正旦云）休买红，我箱子里有一对大红罗。周舍，你争⁽³²⁾甚么那？你

的便是我的，我的就是你的（唱）

【二煞[27]】则这紧的到头终是紧，亲的原来只是亲。凭着我花朵儿身躯，笋条儿年纪，为这锦片儿前程，倒赔了几锭儿花银，拚着个十米九糠[33]，问什么两妇三妻！受了些万苦千辛，我着人头上气忍，不枉了一世做郎君。

【黄钟尾[28]】你穷杀呵甘心守分捱贫困，你富呵休笑我饱暖生淫惹议论。您心中觑个意顺，但休了你门内人[29]，不要你钱财使半文，早是我走将来自上门。家业家私待你六亲，肥马轻裘待你一身，倒贴了奁房和你为眷姻。（云）我若还嫁了你，我不比那宋引章，针指油面、刺绣铺房、大裁小剪都不晓得一些儿的。（唱）我将你写了的休书正了本。[34]（同下）

注　解

（1）店小二：客店中的伙计，因为不是东家老大，故称"小二"。以下四句上场诗，从内容看头二句是店小二念的，三、四句是周舍念的。

（2）私科子：即私窝子，指私娼。明代谢肇淛《五杂俎》："今时娼妓布满天下，……又有不隶于官，家居而卖奸者，谓之土妓，俗谓之私窠子。"

（3）粉房：妓院。

（4）小闲：宋元时专替富家子弟买酒命妓的帮闲。南宋吴自牧《梦粱录》："更有百姓入酒肆，见富家子弟等人饮酒，近前唱喏，小心供过，使人买物命妓，谓之闲汉。"

（5）一涌性：一时性子冲动。

（6）输个姓因：疑为"输个婚姻"之讹。

（7）背槽抛粪：牛马背向食槽下粪，比喻周舍的忘恩负义。

（8）惯曾为旅偏怜客：与下句"自己贪杯惜醉人"，是当时俗谚，同病相怜的意思。

（9）县君：唐宋妇女的封号。元代陶宗仪《辍耕录》："国朝品官母妻，四品赠郡君，五品赠县君。"

（10）"怕不扭捏着身子蓦入他门"三句：意为尽管你扭扭捏捏迈进他（指良家）的家门，可是他们家里的奴仆、使唤人早就看到你不是好人家的妇女，背地里暗自忍笑。使数的，指奴仆。支分，支使，也指供使唤的人。

（11）干茨腊：或作"干支刺"，很干的意思。支刺，语气词，无义。

（12）襻（pàn）胸带：古代妇女梳头时包裹头发用的带子。

（13）乔躯老：装模作样的身子。乔，即"娇"，假装，引申为坏、恶。躯老，当时勾栏里对身体的称谓。《西厢记》第五本第三折："乔嘴脸、腌躯老、死身分，少不得有家难奔。"

（14）客火：即客伙，指客店。

（15）忒现新、忒忘昏：特别喜新厌旧。

（16）唱词话的：当时一种民间曲艺，说说唱唱，类似现在的弹词鼓书。

（17）"咱也曾武陵溪畔曾相识"二句：是演唱刘阮故事的词话所遗留下的遗文。传说东汉永平年间，剡县人刘晨、阮肇同入天台山采药，遇二仙女于武陵溪。刘、阮半年后返家时，子孙已历七世。事见《太平御览》卷四十一引刘义庆《幽明录》及《太平广记》卷六十一引《神仙记》。

（18）一房一卧：一房妆奁，一床铺盖。

（19）南京：指汴梁，即今河南开封。金主亮改汴都叫南京。

（20）妆僔：装乖弄巧。

（21）村：愚蠢。当时俗谚云："佳人有意郎君俊，红粉无情浪子村。"与此句意相近。

（22）划（chǎn）地：元剧常用词，有照样、反而、怎的、平白无故等义。这里作无缘无故讲。如《秋胡戏妻》第一折："孩儿娶妻才得三日光景，划地便勾他当军去。"

（23）抢生吃：不等东西煮熟就抢来吃，性急的意思。这里是反话，意为我不同你性急，咱慢慢等着瞧吧。

（24）"肋底下插柴自忍"二句：意为肋骨间插木棍，虽然痛苦，但因为穿了衣服，别人看不见，只好自己忍受着。这可能是勾栏里演出时女演员装扮净角，为装大身材，采用这种装束。汤式〔般涉调·哨遍〕："副净色……立木形骸与世违"，疑即指此。这二句意为你自己做事自己知道，怎么舍得打她一顿呢？这〔脱布衫〕和下面的〔小梁州〕是赵盼儿火上加油，用反话智激周舍所唱的曲子。

（25）虚科儿喷：虚情假意地说出。《蓝采和》第二折："狂言诈语，信口胡喷。"

（26）风月救风尘：指用风月的手段，如追欢买笑、打情骂俏去解救堕落风尘中的姐妹的意思。风尘，指妓院。宋营妓严蕊《卜算子》词："不是爱风尘，似被前缘误。"

（27）道儿：圈套、诡计。

（28）打一棒快毬子：当时打毬术语，用来形容宋引章的嘴快。

（29）一发：越发。

（30）肉吊窗儿放下来：闭着眼睛不理睬的意思。肉吊窗儿，指眼皮。

（31）"塘子里马踏杀"二句：臁（qiǎn），肋骨和胯骨之间的部分。钱塘丁氏藏本《罗李郎》第一折汤哥誓语："塘子里洗澡马踏杀，灯草打折臁儿骨。"

（32）争：差。《玉镜台》第二折："年纪和温峤不多争。"

（33）拼着个十米九糠：意为不管好歹。十米九糠，当时成语，比喻坏的多、好的少。

（34）我将你写了的休书正了本：意为你休了宋引章，我不会叫你亏本的。本，指本钱。正本即够本。如《诈妮子》剧："这一交直是哏，亏折了难正本。"

第四折

（外旦上，云）这些时周舍敢待来也。（周舍上，见科）（外旦云）周舍，你要吃甚么茶饭？（周舍做怒科，云）好也，将纸笔来，写与你一纸休书，你快走。（外旦接休书不走科，云）我有甚么不是，你休了我？（周舍云）你还在这里？你快走！（外旦云）你真个休了我？你当初要我时怎么样说来？你这负心汉，害天灾的！你要去，我偏不去。（周舍推出门科）（外旦云）我出的这门来。周舍，你好痴也！赵盼儿姐姐，你好强也！我将着这休书，直至店中寻姐姐去来。（下）（周舍云）这贱人去了，我到店中娶那妇人去。（做到店科，叫云）店小二，恰才来的那妇人在那里？（小二云）你刚出门，他也上马去了。（周舍云）倒着他道儿了。将马来，我赶将他去。（小二云）马揣(1)驹了。（周舍云）鞁(2)骡子。（小二云）骡子漏蹄(3)。（周舍云）这等，我步行赶将他去。（小二云）我也赶他去。（同下）

（旦同外旦[30]上）（外旦云）若不是姐姐，我怎能够出的这门也！（正旦云）走，走，走！（唱）

【双调新水令】 笑吟吟案板似写着休书，则俺这脱空的故人(4)何处？卖弄他能爱女、有权术，怎禁那得胜葫芦说到有九千句。(5)

（云）引章，你将那休书来与我看咱。（外旦付休书）（正旦换科，云）引章，你再要嫁人时，全凭这一张纸是个照证，你收好者！（外旦接科）（周舍赶上，喝云）贱人，那里去？宋引章，你是我的老婆，如何逃走？（外旦云）周舍，你与了我休书，赶出我来了。（周舍云）休书上手模印五个指头，那里四个指头的是休书？（外旦展看，周夺咬碎科）（外旦云）姐姐，周舍咬碎[31]我的休书也。（旦上救科）（周舍云）你也是我的老婆。（正旦云）我怎么是你的老婆？（周舍云）你吃了我的酒来。（正旦云）我车上有十瓶好酒，怎么是你的？（周舍云）你可受我的羊来。（正旦云）我自有一只熟羊，怎么是你的？（周舍云）你受我的红定来。（正旦云）我自有大红罗，怎么是你的？（唱）

【乔牌儿】 酒和羊，车上物；大红罗，自将去。你一心淫滥无是处，要将人白赖取。

（周舍云）你曾说过誓嫁我来。（正旦唱）

【庆东原】 俺须是卖空虚，凭着那说来的言咒誓为活路[6]。（带云）怕你不信呵。（唱）遍花街请到娼家女[32]，那一个不对着明香宝烛，那一个不指着皇天后土，那一个不赌着鬼戮神诛？若信这咒盟言，早死的绝门户。

（云）引章妹子，你跟将他去。（外旦怕科，云）姐姐，跟了他去就是死。（正旦唱）

【落梅风】则为你无思虑、忒模糊，（周舍云）休书已毁了，你不跟我去待怎么？（外旦怕科）（正旦云）妹子，休慌莫怕！咬碎的是假休书。（唱）我特故抄与你个休书题目[7]，我跟前见放着这亲模。（周舍夺科）（正旦唱）便有九头牛也拽不出去。

（周扯二旦科，云）明有王法，我和你告官去来。（同下）

（外扮孤引张千上，诗云）声名德化九重闻，良夜家家不闭门；雨后有人耕绿野，月明无犬吠花村。小官郑州守李公弼是也。今日升起早衙，断理些公事。张千，喝撺箱。（张千云）理会的。（周舍同二旦、卜儿上）（周叫云）冤屈也！（孤云）告甚么事？（周舍云）大人可怜见，混赖我媳妇。（孤云）谁混赖你的媳妇？（周舍云）是赵盼儿设计混赖我媳妇宋引章。（孤云）那妇人怎么说？（正旦云）宋引章是有丈夫的，被周舍强占为妻，昨日又与了休书，怎么是小妇人混赖他的？（唱）

【雁儿落】这厮心狠毒，这厮家豪富，衙一味虚肚肠，不踏着实途路。

【得胜令】宋引章有亲夫，他强占作家属。淫乱心情歹，凶顽胆气粗，无徒[8]！到处里胡为做。现放着休书，望恩官明鉴取。

（安秀实上，云）适才赵盼儿使人来说："宋引章已有休书了，你快告官去，便好娶他。"这里是衙门首，不免高叫道：冤屈也！（孤云）衙门外谁闹？拿过来。（张千拿入科，云）告人当面。（孤云）你告谁来？（安秀实云）我安秀实，聘下宋引章，被郑州周舍强夺为妻，乞大人做主

咱。（孤云）谁是保亲？（安秀实云）是赵盼儿。（孤云）赵盼儿，你说宋引章原有丈夫，是谁？（正旦云）正是这安秀才。（唱）

【沽美酒⁽⁹⁾】他幼年间便习儒，腹隐着九经书；他^[33]是俺共里同村一处居，接受了钗环财物，明是个良人妇。

（孤云）赵盼儿，我问你，这保亲的委是你么？（正旦云）是小妇人。（唱）

【太平令】现放着保亲的堪为凭据，怎当他抢亲的百计亏图⁽¹⁰⁾？那里是明婚正娶，公然的伤风败俗！今日个诉与太府做主，可怜见断他夫妻完聚。

（孤云）周舍，那宋引章明明有丈夫的，你怎生还赖是你的妻子？若不看你父亲面上，送你有司问罪。您一行人听我下断：周舍杖六十，与民一体当差⁽¹¹⁾；宋引章仍归安秀才为妻；赵盼儿等宁家住坐⁽¹²⁾。（词云）只为老虔婆⁽¹³⁾爱贿贪钱，赵盼儿细说根源，呆周舍不安本业，安秀才夫妇团圆。（众叩谢科）（正旦唱）

【收尾】对恩官一一说缘故，分剖开贪夫怨女；面糊盆⁽¹⁴⁾再休说死生交，风月所重谐燕莺侣。

题目　安秀才花柳成花烛

正名　赵盼儿风月救风尘^[34]

注　解

（1）揣：藏。这里是怀孕的意思。

（2）鞁（bèi）：把鞍鞯等件套在骡马身上。

（3）漏蹄：牲口蹄子病名，牲口得此病时便不能走路。

（4）脱空的故人：指周舍。脱空，说谎、弄虚作假。南宋朱熹《朱子全书·大学》："如人说十句话，九句实一句脱空。"南宋周密《齐东野语》载蜀妓〔鹊桥仙〕词："多应念的脱空经，是那个先生教的。"可见这个词是宋元时常用的。

（5）"卖弄他能爱女、有权术"二句：指周舍卖弄他会玩弄女性，手段厉害，但也抵不过我赵盼儿这张厉害的嘴。葫芦，指嘴。

（6）凭着那说来的言咒誓为活路：意为靠赌咒发誓过日子。"言"上疑脱"盟"字。

（7）题目：内容。这里是样子、副本的意思。

（8）无徒：无赖。原作"无图"，指无正当职业者。《元典章》"刑部十三"："近有无图之人，贪窃财物，盗发丘冢。"又"刑部十九"："无图小民，因弄蛇虫禽兽，聚集人众，街市货药。"

（9）沽美酒：这一曲前二句指安秀实，后三句指宋引章。九经书，泛指各种经书。九，言其多，不是实数。

（10）亏图：图谋暗算，使人亏损。《蝴蝶梦》第二折："那里会定计策、厮亏图？"

（11）与民一体当差：元代的官员及其子弟可享有免除差役的特权。"与民一体当差"即取消这种特权，和一般百姓一样承当差役。

（12）宁家住坐：官府判词术语，指回家安分守己过日子。

（13）虔婆：对年老妇女的贱称。清代翟灏《通俗编》卷二十二"妇女"条："姐婆：《晋书·武十三王传》：'姐姆尼僧，尤为亲昵。'……按：女之老者，能以甘言悦人，故字从甘，其音读若钳。"后来借用"虔"字，遂称"虔婆"。

（14）面糊盆：糊涂的人。

校 注

本剧主要版本有明代陈与郊编《古名家杂剧》本（龙峰徐氏刊本）和明代臧晋叔编《元曲选》本。现以后者为底本，以前者参校。

[1] 娶：原作"妻"，据《古名家杂剧》本改正。

〔2〕下：原作"正"，据《古名家杂剧》本改正。

〔3〕"刘蕡下第千年恨"四句：《古名家杂剧》本作"屈子投江千古恨，颜回乐道一生贫"。

〔4〕盼：《古名家杂剧》本作"眄"，下同，不一一校出。

〔5〕央：原作"与"，据《古名家杂剧》本改正。

〔6〕妾身赵盼儿是也：此句下《古名家杂剧》本有"恰待做些针指生活"。

〔7〕当初姨姨要引章嫁我来：原作"当初姨姨引章要嫁我来"，据上下文意思改正。

〔8〕梢：原作"稍"，音形相近而误刻，今改。

〔9〕问那厮要钱：原本作"不问那厮要钱"，今据文意删去"不"字。

〔10〕不：原缺，据下文〔元和令〕曲补上。

〔11〕他终不解其意：此句原缺，据《古名家杂剧》本增补。

〔12〕烘炙着绵衣：原作"那愁他寒色透重衣"，据《古名家杂剧》本改。

〔13〕掷弃：原误为"弃掷"，〔胜葫芦〕曲此句用韵，今改。

〔14〕闲事：原音假为"闲食"，今改。

〔15〕咱回：原作"回咱"，据《古名家杂剧》本改。

〔16〕外旦云：此句至"我也说不得这许多"，《古名家杂剧》本作"我褙护上掉了一根带儿，着他缀一缀。他道：'我缀了。'我道：'在那里？'他道：'我缀的牢牢的里。'着我衣裳高处看，无有，可那里去了？拿过镜子则一照，把根带儿缀在肩头上。兀的是你的生活！"

〔17〕几时是了也呵：《古名家杂剧》本于此句下有"我也待寻个前程，这些时消息也甚好！"

〔18〕结：原作"劫"，同音假借，今改。

〔19〕当初：原缺，据《古名家杂剧》本改。

〔20〕知心：原作"情"，据《古名家杂剧》本改。

〔21〕你好没来由：此句至"空这般出尽丑"，《古名家杂剧》本作"我则索再梳头，身穿上些锦绣。那厮每日家不住手，无情的棍棒丢。浑身上鲜血流，逐朝家如暴囚。扭捏的身分儿挡，贴翠钿上额颅，绕珍珠衔凤口，梳妆的我不见丑"。又以下一段说白与〔柳叶儿〕曲子，《古名家杂剧》本均无。

［22］传消寄息：原作"传消寄信"，今改"信"为"息"。

［23］杭州客火："客火"二字原脱，据上下文意思增补。

［24］戳：原作"截"，形近误刻，今改。

［25］忍：原作"稳"，据《古名家杂剧》本改。

［26］塘：原音假为"堂"，今改。《罗李郎》剧"塘子里洗澡马踏杀"可证。

［27］二煞：《古名家杂剧》本作"煞尾"。

［28］黄钟尾：《古名家杂剧》本作"尾声"。

［29］休了你门内人：原本作"这眼下人"，今据《古名家杂剧》本改。

［30］外旦：《古名家杂剧》本在此之上有"卜儿"二字。

［31］咬碎：原作"咬了"，据上下文意思校改。

［32］遍花街请到娼家女：此句至"早死的绝门户"，《古名家杂剧》本作"走遍花街请妓女，道死了全家，誓说道无重数。论报应全无，若依着咒盟言，死的来灭门户"。

［33］他：原作"又"，据上下文意思改。

［34］题目、正名：《古名家杂剧》本作"念彼观音力，还着于本人；虚脾瞒俏倬，风月救风尘"。

望江亭中秋切鲙 [1]

导读

　　本剧写一个再嫁的寡妇谭记儿为维护自身爱情和婚姻的幸福，面对带着势剑金牌和捕人文书的杨衙内，毫无惧色，与之斗智斗勇，终于战而胜之。杂剧赞颂谭记儿的才智胆识，虽然没有正面批判封建礼教，却强烈地表现了关汉卿在妇女问题上的进步思想与民主精神。这个杂剧和《救风尘》齐名，是关汉卿喜剧的"双璧"。

　　马克思说过：一个普通渔妇的力量等于十七个城官。（见《路易·波拿巴的雾月十八日》）谭记儿虽然并非货真价实的渔妇，但是，一个普通的妇女战胜了权势显赫的杨衙内，这就很不简单。真善美战胜了假恶丑，用层层权势包裹起来的脓包终于被戳穿了，最后露出了腐朽的原形，落得个众人嘲笑的结局，这就是这个喜剧的本质。

　　全剧结构严谨，第一折写谭记儿在道观中由白道姑做媒与白士中联姻，并非闲笔。正是为了维护美满的婚姻，她后来才有那么大的勇气与力量来和杨衙内周旋。第二折写她怀疑白士中前妻来信，也是出于这一原因。这样就把人物性格和内心活动写活了。全剧节奏松紧有致，场面冷热相间。第三折戏剧高潮热闹火爆，令人绝倒；第四折解决矛盾也十分有趣，使全剧成为一个轻松愉快、浑然天成的艺术整体。

《望江亭》关目处理引人入胜。如谭记儿怀疑白士中前妻来信，白士中越是遮遮掩掩，谭记儿越是疑心重重。最后包袱抖开了，原来是京师老母亲派人捎信给白士中，说杨衙内带了皇帝的势剑金牌与捕人文书，前来潭州取他性命。白士中怕吓坏新婚妻子，才再三藏匿此信。白与谭之间"误会"越深，戏越好看。如果谭一诘问，白即将信递给对方，摇曳多姿的戏剧性岂不消失殆尽？

20世纪五六十年代至今，京剧、川剧、粤剧等许多地方剧种都改编上演过这个著名的古典喜剧。

明代万历博古堂刻本《元曲选》插图

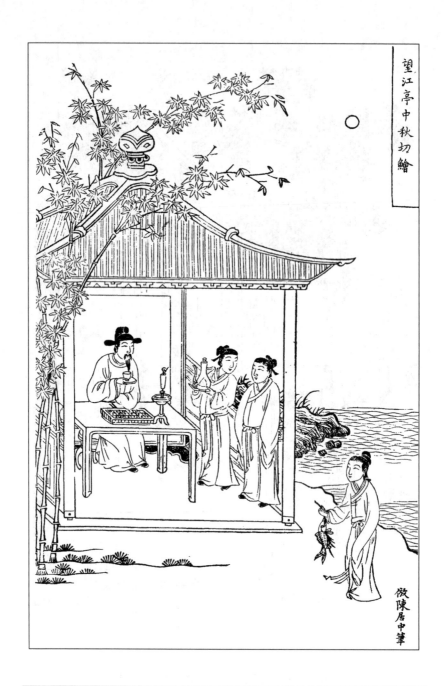

明代万历博古堂刻本《元曲选》插图

第一折

（旦儿扮白姑姑上，云）贫道乃白姑姑是也，从幼年间便舍俗出家，在这清安观里，做着个住持。此处有一女人，乃是谭记儿，生的模样过人，不幸夫主亡逝已过，他在家中守寡，无男无女，逐朝每日到俺这观里来，与贫姑攀话。贫姑有一个侄儿，是白士中，数年不见，音信皆无，也不知他得官也未，使我心中好生记念。今日无事，且闭上这门者。（正末扮白士中上，诗云）昨日金门⁽¹⁾去上书，今朝墨绶已悬鱼⁽²⁾；谁家美女颜如玉，彩球偏爱掷贫儒。^[2]小官白士中，前往潭州为理⁽³⁾，路打清安观经过，观中有我的姑娘，是白姑姑，在此做住持。小官今日与白姑姑相见一面，便索赴任。来到门首，无人报复，我自过去。（做见科，云）姑姑，您侄儿除授⁽⁴⁾潭州为理，一径的来望姑姑。（姑姑云）白士中孩儿也，喜得美除！我恰才道罢，孩儿果然来了也。孩儿，你媳妇儿好么？（白士中云）不瞒姑姑说，您媳妇儿亡逝已过了也！（姑姑云）侄儿，这里有个女人，乃是谭记儿，大有颜色，逐朝每日在我这观里，与我攀话；等他来时，我圆成与你做个夫人，意下如何？（白士中云）姑姑，莫非不中么？（姑姑云）不妨事，都在我身上。你壁衣⁽⁵⁾后头躲者，我咳嗽为号，你便出来。（白士中云）谨依来命。（下^[3]）（姑姑云）这早晚谭夫人敢待来也。（正旦扮谭记儿上，云）妾身乃学士李^[4]希颜的夫人，姓谭，小字记儿。不幸夫主亡化过了三年光景，我寡居无事，每日只在清安观和白姑姑攀些闲话。我想，做妇人的没了丈夫，身无所主，好苦人也呵！（唱）

【仙吕点绛唇】我则为锦帐春阑，绣衾香散，深闺晚，粉谢脂残，到的这、日暮愁无限。

【混江龙】我为甚一声长叹？玉容寂寞泪阑干！则这花枝里外，竹影中间，气吁的片片飞花纷似雨，泪洒的珊珊翠竹染成斑⁽⁶⁾。我想着香闺少女^[5]，但生的嫩色娇颜，都只爱朝云暮雨，那个肯凤只鸾单？这愁烦恰便似海来深，可兀的无边岸！怎守得三贞九烈，敢早着了钻懒帮闲⁽⁷⁾。

（云）可早来到也。这观门首无人报复，我自过去。（做见姑姑科，云）姑姑，万福！（姑姑云）夫人，请坐。（正旦云）我每日定害⁽⁸⁾姑姑，多承雅意；妾身有心跟的姑姑出家，不知姑姑意下何如？（姑姑云）夫人，你那里出得家？这出家，无过草衣木食⁽⁹⁾，熬枯受淡，那白日也还闲可⁽¹⁰⁾，到晚来独自一个，好生孤恓！夫人，只不如早早嫁一个丈夫去好。（正旦唱）

【村里迓鼓】^[6]怎如得您这出家儿清静，到大来一身散诞⁽¹¹⁾。自从俺儿夫亡后，再没个相随相伴，俺也曾把世味亲尝，人情识破，怕甚么尘缘羁绊？俺如今罢扫了蛾眉，净洗了粉脸，卸下了云鬟；姑姑也，待甘心捱您这粗茶淡饭。

（姑姑云）夫人，你平日是享用惯的，且莫说别来，只那一顿素斋，怕你也熬不过哩。（正旦唱）

【元和令】则您那素斋食刚一餐，怎知我粗米饭也曾惯。俺从今把心猿意马紧牢拴，将繁华不挂眼。（姑姑云）夫人，你岂不知："雨里孤村雪里山，看时容易画时难；早知不入时人眼，多买胭脂画牡丹。"⁽¹²⁾夫人，你怎生出的家来！（正旦唱）您道是"看时容易画时难"，俺怎生就住不的山，坐不的关，烧不的药，炼不的丹？

（姑姑云）夫人，放着你这一表人物，怕没有中意的丈夫嫁一个去。只管说那出家做甚么？这须了不的你终身之事。（正旦云）嗨！姑姑，这终身之事，我也曾想来：若有似俺男儿知重我的，便嫁他去也罢。（姑姑做咳嗽科。白士中见旦科，云）衹揖⁽¹³⁾！（正旦回礼科，云）姑姑，兀的不有人来，我索回去也。（姑姑云）夫人，你那里去？我正待与你做个媒人。只他便是你夫主，可不好那？（正旦云）姑姑，这是什么说话！（唱）

【上马娇】咱则是语话间有甚干，姑姑也，您便待做了筵席上撮合山⁽¹⁴⁾。（姑姑云）便与您做个撮合山，也不误了你。（正旦唱）怎把那隔墙花，强攀做连枝看？（做走介）（姑姑云）关了门者，我不放你出去。（正旦唱）把门关，将人来紧遮拦。

【胜葫芦^[7]】你却便引的人来心恶烦，可甚的撒手不为奸！你暗埋伏，隐藏着谁家汉？俺和你几年价来往，倾心儿契合，则今日索分颜！

（姑姑云）你两个成就了一对夫妻，把我这座清安观权做高唐，有何不可？（正旦唱）

【幺篇】姑姑，你只待送下我高唐十二山⁽¹⁵⁾，枉展污了你这七星坛⁽¹⁶⁾。（姑姑云）我成就了你锦片也似前程^[8]，美满恩情，有甚么不好处？（正旦唱）说甚么锦片前程真个罕。（姑姑云）夫人，你不要这等妆幺做势⁽¹⁷⁾，那个着你到我这观里来？（正旦唱）一会儿甜言热趱，一会儿恶又白赖⁽¹⁸⁾；姑姑也，只被你直着俺两下做人难！

（姑姑云）兀那君子，谁着你这里来？（白士中云）就是小娘子着我来。（正旦云）你倒将这言语赃诬我来，我至死也不顺随你！（姑姑云）你要官休也私休？（正旦云）怎生是官休？怎生是私休？（姑姑云）你要官休呵，我这里是个祝寿道院，你不守志，领着人来打搅我，告到官中，三推六问，枉打坏了你；若是私休，你又青春，他又年少^[9]，我与你做个撮合山媒人，成就了您两口儿，可不省事？（正旦云）姑姑，等我自寻思咱。（姑姑云）可知道来，"千求不如一吓"。（正旦云）好个出家的人，偏会放刁！姑姑，他依的我一句话儿，我便随他去罢；若不依着我呵，我断然不肯随他。（白士中云）休道一句话儿，便一百句，我也依的。（正旦唱）

【后庭花】[10]你着他休忘了容易间，则这十个字莫放闲，岂不闻："芳槿(19)无终日，贞松耐岁寒。"姑姑也，非是我要拿班(20)，只怕他将咱轻慢；我、我、我，撺断的上了竿，你、你、你，掇梯儿着眼看。(21)他、他、他，把凤求凰(22)暗里弹，我、我、我，背王孙去不还；只愿他肯、肯、肯做一心人，不转关，我和他，守、守、守，白头吟(23)，非浪侃(24)。

（姑姑云）你两个久后休忘我做媒的这一片好心儿！（正旦唱）

【柳叶儿】姑姑也，你若提着这桩儿公案，则你那观名儿唤做"清安"！你道是蜂媒蝶使从来惯，怕有人担疾患，到你行求丸散，你则与他这一服灵丹；姑姑也，你专医那枕冷衾寒！

（云）罢，罢，罢！我依着姑姑，成就了这门亲事罢。（姑姑云）白士中，这桩事亏了我么？（白士中云）你专医人那枕冷衾寒！亏了姑姑，您孩儿只今日就携着夫人同赴任所，另差人来相谢也。（正旦云）既然相公要上任去，我和你拜辞了姑姑，便索长行也。（姑姑云）白士中，你一路上小心在意者。您两口儿正是郎才女貌，天然配合，端不枉了也！（正旦唱）

【赚煞尾】这行程则宜疾不宜晚。休想我着那别人绊翻，不用追求相趁赶，则他这等闲人，怎得见我容颜？姑姑也，你放心安，不索恁语话相关。收了缆，撅了桩，

踹跳板，挂起这秋风布帆，试[11]看那碧云两岸，落可便轻舟已过万重山(25)。(同白士中下)

（姑姑云）谁想今日成合了我侄儿白士中这门亲事，我心中可煞喜也！(诗云)非是贫姑硬主张，为他年少守空房。观中怕惹风情事，故使机关配俊郎[12]。(下)

注　解

(1) 金门：金马门的省称，指皇宫门。《史记·滑稽列传》："金马门者，宦署门也。门傍有铜马，故谓之曰金马门。"

(2) 墨绶已悬鱼：墨绶，官员系印信的带子。悬鱼，官员身上佩带的鱼形饰袋。唐制改古之虎符为鱼符，并用鱼袋盛之。《旧唐书·舆服志》："咸亨三年五月，五品以上赐鱼袋。"至宋废符存袋，仅袋上饰以鱼。宋代马永卿《嬾真子》卷一："今之鱼袋，乃古之鱼符也。必以鱼者，盖分左右可以合符。而唐人用袋盛此鱼，今人乃以鱼为袋之饰，非古制也。"

(3) 为理：任职。《金线池》楔子："我有个八拜交的哥哥是石好问，在此为理。"

(4) 除授：任命。下文"美除"意为得到一个好官职。

(5) 壁衣：古时装饰墙壁的帷幕。《单刀会》第一折："壁衣内暗藏甲士。"

(6) 泪洒的珊珊翠竹染成斑：见《鲁斋郎》第三折注文（19）。

(7) 敢早着了钻懒帮闲：早就和帮闲懒散沾染上了。

(8) 定害：肯定叨扰。

(9) 草衣木食：粗茶淡饭、布衣素食的意思。

(10) 闲可：无所谓。

(11) 到大来一身散诞：到大来，或作"倒大来"，程度副词，非常的意思。《窦娥冤》第二折："饮羹汤一杯，胜甘露灌体，得一个身子平安倒大来喜。"散诞，自由自在，无牵无挂。

(12) "雨里孤村雪里山"四句：北宋画家李唐《读书画题跋记》诗。原诗一、二句作"雪里孤村雨里滩，为之容易识之难"。

（13）祗揖：敬礼。

（14）撮合山：宋元戏曲小说里常用的对媒人的称呼。《京本通俗小说·西山一窟鬼》："原来那婆子是个撮合山，专靠做媒为生。"

（15）高唐十二山：比喻男女结合，参阅《鲁斋郎》第三折注文（11）。因巫山有十二峰，故说"十二山"。清代俞樾《茶香室丛钞》："元刘壎《隐居通议》云：'巫山十二峰，……曰独秀，曰笔峰，曰集仙，曰起云，曰登龙，曰望霞，曰聚鹤，曰栖凤，曰翠屏，曰盘龙，曰松峦，曰仙人。'"

（16）七星坛：道教的神坛。

（17）妆幺做势：装模作样。妆幺，也作"装幺"。《南词叙录》释妆幺："犹做模样也，古云'作态'。"清代翟灏《通俗编》云："妆幺，犹今人所谓妆腔。"《水浒传》第七十五回："这两个男女不知身已多大，装煞臭幺。"

（18）恶叉白赖：耍无赖。有时又作"恶茶白赖"，如《金线池》第三折："那里也恶茶白赖寻争竞？"

（19）芳槿：指木槿花，木槿属锦葵科落叶灌木，上午开花，中午就谢了。

（20）拿班：摆架子。《西游记》第二十三回："都这般扭扭捏捏的拿班儿，把好事都弄得裂致了。"

（21）"撺断的上了竿"三句：当时有俗谚说"撺断得上竿，掇了梯儿看"。意为催促人上了树，却抽掉梯子看笑话。撺断，即撺掇，意为怂恿。南宋朱晦庵《与陈同甫书》："告老兄且莫相撺掇。"南宋吴自牧《梦粱录》载宋代百戏伎艺有"立金鸡竿承应，上竿抱金鸡"一项。掇梯儿看上竿，即指此等伎艺。

（22）凤求凰：曲子名。相传司马相如在卓王孙家弹这支曲子，暗中向卓文君求爱。参阅《窦娥冤》楔子注文（10）。

（23）白头吟：汉乐曲。晋代葛洪《西京杂记》："司马相如将娶茂陵人为妾，卓文君作〔白头吟〕以自绝。"

（24）浪侃：随随便便，胡来。有时也作"胡侃"，如《西厢记》第三本第二折："你那隔墙酬和都胡侃，证果的是今番这一简。"

（25）落可便轻舟已过万重山：落可便，与"可便"同，用于句首或句子中间作衬字，无义。《后庭花》第四折："真个是哑子做梦说不的，落可便闷的人心碎。""轻舟已过万重山"，李白《早发白帝城》诗句。

第二折

（净扮杨衙内⁽¹⁾引张千上，诗云）花花太岁为第一，浪子丧门世无对；普天无处不闻名，则我是权豪势宦杨衙内。^[13]某乃杨衙内是也。闻知有亡故了的李希颜夫人谭记儿，大有颜色，我一心要他做个小夫人；颇奈⁽²⁾白士中无理，他在潭州为官，未经赴任，便去清安观中央道姑为媒，倒娶了谭记儿做夫人。常言道："恨小非君子，无毒不丈夫。"论这情理，教我如何容得他过？^[14]他妒我为冤，我妒他为仇。小官今日奏知圣人："有白士中贪花恋酒，不理公事。"奉圣人的命，差人去标⁽³⁾了白士中首级；小官就顺着道："此事别人去不中，只除非小官亲自到潭州取白士中首级复命，方才万无一误。"圣人准奏，赐小官势剑金牌。张千，你分付李稍，驾起小舟，直到潭州，取白士中首级，走一遭去来。（诗云）一心要娶谭记儿，教人日夜费寻思。若还夺得成夫妇，这回方是运通时。^[15]（下）

（白士中上，云）自娶夫人后，欢会永团圆。^[16]小官白士中，自到任以来，只用清静无事为理^[17]，一郡黎民，各安其业，颇得众心。单只一件，我这新娶谭夫人，当日有杨衙内要图他为妾，不期被我娶做夫人，同往任所。我这夫人十分美貌，不消说了；更兼聪明智慧，事事精通，端的是佳人领袖，美女班头，世上无双，人间罕比。闻知杨衙内至今怀恨我，我也恐怕他要来害我，每日悬悬在心。今早坐过衙门，别无勾当，且在这前厅上闲坐片时，休将那段愁怀，使我夫人知道。（院公上，诗云）心忙来路远，事急出家门。夜眠侵早起，又有不眠人。^[18]老汉是白士中家的一个老院公。我家主人，今在潭州为理，被杨衙内暗奏圣人，赐他势剑金牌，标取我家主人首级；俺老夫人得知，差我将着一封家书，先至潭州，报知这个消息，好预做准备。说话之间，可早来到潭州也。不必报复，我自过去。（见科）相公将息⁽⁴⁾的好也！（白士中云）院公，你来做甚么？（院公云）奉老夫人的分付，着我将着这书来，送相公亲拆。

（白士中云）有母亲的书呵，将来我看。（院公做递书科，云）书在此。
（白士中看书科，云）书中之意，我知道了。嗨！果中此贼之计！院公，
你吃饭去。（院公云）理会的。（下）（白士中云）谁想杨衙内为我娶了
谭记儿，挟着仇恨，朦胧奏过圣人，要标取我的首级。似此，如之奈何？
兀的不闷杀我也！（正旦上，云）妾身谭记儿。自从相公履任以来，俺在
这衙门后堂居住，相公每日坐罢早衙，便与妾身攀话；今日这早晚不见
回来，我亲自望相公走一遭去波。（唱）

【中吕粉蝶儿】不听的报喏声齐，大古⁽⁵⁾里坐衙来恁
时节不退；你便要接新官，也合通报咱知；又无甚紧文
书、忙公事，可着我心儿里不会⁽⁶⁾，转过这影壁偷窥，
可怎生独自个死临侵地⁽⁷⁾？

（云）我且不要过去，且再看咱。呀！相公手里拿着一张纸，低着头
左看右看，我猜着了也！（唱）。

【醉春风】常言道"人死不知心"，则他这海深也须
见底。多管是前妻将书至，知他娶了新妻，他心儿里悔、
悔。你做的个弃旧怜新；他则是见咱有意，使这般巧谋
奸计。

（做见科，云）相公！（白士中云）夫人，有甚么勾当，自到前厅上
来？（正旦云）敢问相公：为甚么不回后堂中去？敢是你前夫人寄书来
么？（白士中云）夫人，并无什么前夫人寄书来，我自有一桩儿摆不下的
公事，以此纳闷。（正旦云）相公，不可瞒着妾身，你定有夫人在家，今日
捎^[19]书来也。（白士中云）夫人不要多心，小官并不敢欺心也。（正旦唱）

【红绣鞋】把似⁽⁸⁾你则守着一家一计，谁着你收拾下
两妇三妻？你常好是七八下里不伶俐⁽⁹⁾。堪相守留着相
守，可别离与个别离，这公事合行的不在你！

（白士中云）我若无这些公事呵，与夫人白头相守，小官之心，惟天

可表^[20]。（正旦云）我见相公手中将着一张纸，必然是家中寄来的书。相公休瞒妾身，我试^[21]猜这书中的意咱！（白士中云）夫人，你试猜波！（正旦唱）

【普天乐】弃旧的委实难，迎新的终容易；新的是半路里姻眷，旧的是绾角儿夫妻⁽¹⁰⁾。我虽是个妇女身，我虽是个裙钗辈，见别人眨眼抬头，我早先知来意。不是我卖弄所事⁽¹¹⁾精细，（带云）相公，你瞒妾身怎的？（唱）直等的^[22]恩断意绝，眉南面北，恁时节水尽鹅飞。

（白士中云）夫人，小官不是负心的人，那得还有前夫人来！（正旦云）相公，你说也不说？（白士中云）夫人，我无前夫人，你着我说甚么？（正旦云）既然你不肯说，我只觅一个死处便了！（白士中云）住、住、住！夫人，你死了，那里发付⁽¹²⁾我那？我说则说，夫人休要烦恼。（正旦云）相公，你说，我不烦恼。（白士中云）夫人不知，当日杨衙内曾要图谋你为妾，不期我娶了你做夫人，他怀恨小官，在圣人前妄奏，说我贪花恋酒，不理公事；现今赐他势剑金牌，亲到潭州，要标取我的首级。这个是家中老院公，奉我老母之命，捎此书来，着我知会；我因此烦恼。（正旦云）原来为这般！相公，你怕他做甚么？（白士中云）夫人，休惹他，则他是花花太岁！（正旦唱）

【十二月】^[23]你道他是花花太岁，要强逼的我步步相随；我呵，怕甚么天翻地覆，就顺着他雨约云期。这桩事，你只睁眼儿觑者，看怎生的发付他赖骨顽皮！

【尧民歌】呀，着那厮得便宜翻做了落便宜，着那厮满船空载月明归⁽¹³⁾；你休得便乞留乞良搋跌自伤悲。你看我淡妆不用画蛾眉，今也波日⁽¹⁴⁾我亲身到那里，看那厮有备应无备⁽¹⁵⁾！

（白士中云）他那里必然做下准备，夫人，你断然去不得。（正旦云）相公，不妨事。（做耳喑⁽¹⁶⁾科）……则除是恁的。（白士中云）则怕反落他彀中⁽¹⁷⁾。夫人，还是不去的是。（正旦云）相公，不妨事。（唱）

【煞尾】我着那厮磕着头见一番，恰便似神羊儿⁽¹⁸⁾忙跪膝；直着他船横缆断在江心里，我可便智赚了金牌，着他去不得！（下）

（白士中云）夫人去了也。据着夫人机谋见识，休说一个杨衙内，便是十个杨衙内，也出不得我夫人之手。正是：眼观旌节旗⁽¹⁹⁾，耳听好消息。（下）

注 解

（1）衙内：原是官职名，五代及宋初藩镇的亲卫官有牙内都指挥使等职，多由大官子弟充任，如李嗣源以养子从珂（关汉卿《五侯宴》曾写及）为北京内牙马步都指挥使。故俗称官家子弟为衙内。

（2）颇奈：或作"叵耐"，张相《诗词曲语辞汇释》卷二："叵耐一辞，叵为不可之切音，耐即奈也。本为不可奈何之义，引申之而成为詈辞，一如今所云可恶。其字本作颇奈或叵奈，颇亦不可之切音也。"《酷寒亭》第一折："颇奈郑孔目，终日只在萧娥家，气的我成病。"

（3）标：标示。此处是斩的意思。

（4）将息：休养歇息。这里作生活解。

（5）大古：也作"大故""特古""特故""待古""大纲"等，意为特别。这句是说真特别，坐衙办事到这个时候还不回来。"大古"另有总之、大概的意思，如《玉镜台》第一折："大纲来阴阳偏有准，择日要端详。"

（6）不会：不明白，纳闷。

（7）死临侵地：垂头丧气，毫无生气。临侵，形容羸疲之词。地，语尾助词。这一词元剧中常用，如《西厢记》第四本第三折："酒席上斜签着坐的，蹙愁眉死临侵地。"

（8）把似：这是比较之辞，何如意。《㑇梅香》第三折〔鬼三台〕曲："见他时胆战心惊，把似你无人处休眠思梦想。"

（9）常好是七八下里不伶俐：常好是，或作"畅好是"，真正是的意思。《玉镜台》第四折："你常好是吃赢不吃输。"七八下里，形容次数之多。不伶俐，不干净（就男女关系而言）。

（10）绾（wǎn）角儿夫妻：结发夫妻。绾角儿，即"挽角儿"，指姑娘长大了把头发束成髻。

（11）所事：处置事情。

（12）发付：打发。《西厢记》第四本楔子："红云：不争你要睡呵，那里发付那生？"

（13）满船空载月明归：当时俗谚，意为一无所得。

（14）今也波日：即今日。"也波"是曲子行腔时有声无义的衬字。

（15）有备应无备：有准备还是没准备。

（16）耳喑（yīn）：耳语。喑是说不出声的意思。

（17）彀（gòu）中：本指弓箭所能达到的有效范围，郭象注《庄子·德充符》云："弓矢所及为彀中。"后引申为牢笼、圈套。

（18）神羊儿：祭祀奉神的羊。

（19）旌节旗：古代战争时指挥作战的旗子。或作"旌捷旗"，见《荆钗记》第八出；又作"捷旌旗"，见《张协状元》戏文与《杀狗记》第二十七出，义均同。

第三折

（衙内领张千、李稍上。衙内云）小官杨衙内是也。颇奈白士中无理，量你到的那里！岂不知我要取谭记儿为妾，他就公然背了我，娶了谭记儿为妻，同临任所，此恨非浅！如今我亲身到潭州，标取白士中首级。你道别的人为甚么我不带他来？这一个是张千，这一个是李稍。这两个小的，聪明乖觉，都是我心腹之人，因此上则带的这两个人来。（张千去衙内鬓边做拿科）（衙内云）嗯！你做什么？（张千云）相公鬓边一个虱子。（衙内云）这厮倒也说的是，我在这船只上个月期程，也不曾梳篦的头。我的儿好乖！（李稍去衙内鬓上做拿科）（衙内云）李稍，你也怎的？（李稍云）相公鬓上一个狗鳖[(1)]。（衙内云）你看这厮！（亲随[(2)]、李稍同去衙内鬓上做拿科）（衙内云）弟子孩儿，直恁的般多！（李稍云）亲随，今日是八月十五日中秋节令，我每安排些酒果，与大人玩月，可不好？（张千云）你说的是。（张千同李稍做见科，云）大人，今日是八月十五日中秋节令，对着如此月色，孩儿每与大人把一杯酒赏月，何如？（衙内做怒科，云）嘅！这个弟子孩儿，说什么话！我要来干公事，怎么教我吃酒？（张千云）大人，您孩儿每并无歹意，是孝顺的心肠。大人便食用[24]，孩儿每一点不敢吃。（衙内云）亲随，你若吃酒呢？（张千云）我若吃一点酒呵，吃血[(3)]。（衙内云）正是，休要吃酒。李稍，你若吃酒呢？（李稍云）我若吃酒，害疔疮。（衙内云）既是您两个不吃酒，也罢，也罢，我则饮三杯，安排酒果过来。（张千云）李稍，抬果桌过来。（李稍做抬果桌科，云）果桌在此，我执壶，你递酒。（张千云）我儿，酾满着！（做递酒科，云）大人满饮一杯。（衙内做接酒科）（张千倒退[25]自饮科）（衙内云）亲随，你怎么自吃了？（张千云）大人，这个是摄毒[(4)]的盏儿。这酒不是家里带来的酒，是买的酒，大人吃下去，若有好歹，药杀了大人，我可怎么了？（衙内云）说的是，你是我心腹人。（李稍做递酒科，云）你要吃酒，弄这等嘴儿；待我送酒，大人满饮一杯。（衙内接科）（李稍自饮科）（衙内云）你也怎的？（李稍云）大人，他吃的，我也吃的。（衙内云）你看这厮！我且慢慢的吃几杯。亲随，与我把别的民船都赶开者！（正旦拿鱼上，云）这里也无人[(5)]。妾身白士中的夫人谭记儿是也。妆扮做个卖鱼的，见杨衙内去。好鱼也！这鱼在那江边游戏，趁浪寻食，却被我驾一孤舟，撒开网去，打出三尺锦鳞，还活活泼泼的乱跳，好鲜鱼也！[(6)][26]（唱）

【越调斗鹌鹑】则这今晚开筵，正是中秋令节，只合低唱浅斟[(7)]，莫待他花残月缺。见了的珍奇，不消的咱说，则这鱼鳞甲鲜滋味别。这鱼不宜那水煮油煎，则是那薄批细切⁽⁸⁾。

（云）我这一来，非容易也呵！（唱）

【紫花儿序】俺则待稍关打节，怕有那惯施舍的经商不请言赊。⁽⁹⁾则俺这篮中鱼尾，又不比案上罗列；活计全别，俺则是一撒网，一蓑衣，一箬笠。先图些打捏⁽¹⁰⁾，只问那肯买的哥哥照顾俺也些些。

（云）我缆住这船，上的岸来。（做见李稍，云）哥哥，万福！（李稍云）这个姐姐，我有些面善。（正旦云）你道我是谁？（李稍云）姐姐，你敢是张二嫂么？（正旦云）我便是张二嫂。你怎么不认的我了？你是谁？（李稍云）则我便是李阿鳖。（正旦云）你是李阿鳖？（正旦做打科，云）儿子，这些时吃得好了，我想你来。（李稍云）二嫂，你见我亲么？（正旦云）儿子，我见你，可不知亲哩⁽¹¹⁾。你如今过去，和相公说一声，着我过去切鲙，得些钱钞，养活娘也^[27]。（李稍云）我知道了。亲随，你来。（张千云）弟子孩儿，唤我做什么？（李稍云）有我个张二嫂，要与大人切鲙。（张千云）甚么张二嫂？（正旦见张千科，云）媳妇孝顺的心肠，将着一尾金色鲤鱼特来献新，望与相公说一声咱。（张千云）也得，也得，我与你说去。得的钱钞，与我些买酒吃。你随着我来。（做见衙内科，云）大人，有个张二嫂，要与大人切鲙。（衙内云）甚么张二嫂？（正旦见科，云）相公，万福！（衙内做意科⁽¹²⁾，云）一个好妇人也！小娘子，你来做甚么！（正旦云）媳妇孝顺的心肠，将着这尾金色鲤鱼，一径的来献新；可将砧板、刀子来，我切鲙哩。（衙内云）难得小娘子如此般用意！怎敢着小娘子切鲙，俗了手⁽¹³⁾！李稍，拿了去，与我姜辣煎炸了来。（李稍云）大人，不要他切就村了。（衙内云）多谢小娘子来意！抬过果桌来，我和小娘子饮三杯。将酒来，娘子满饮一杯。（张千做吃酒科）（衙内云）你怎的？（张千云）你请他，他又请你，你又不吃，他又不吃，可不这杯酒冷了？不如等亲随趁热吃了，倒也干净。（衙内云）哇！靠后！将酒来！小娘子满饮此杯。（正旦云）相公请！（张千云）你吃便吃，不吃我又来也。（正旦做跪衙内科）（衙内扯正旦科，云）小娘子请起！我受了你的礼，就做不得夫妻了。（正旦云）媳妇来到这里，便受了礼，也做得夫妻。（张千同李稍拍桌科，云）妙、妙、妙！（衙内云）小娘子请坐。（正旦云）相公，你此一来何往？（衙内云）小官有公差事。（李稍云）二嫂，专为要杀白士中来。（衙内云）啐！你说什么！（正旦云）相公，若拿了白士中呵，也除了潭州一害。只是这州里怎么不见差人来迎接相公？（衙内云）小娘子，你却不知，我恐怕人知道，走了消息，故此不要他们迎接。（正旦唱）

【金蕉叶】相公，你若是报一声着人远接，怕不的船儿上有五十座笙歌摆设。你为公事来到这些，不知你怎生做兀的关节？

（衙内云）小娘子，早是你来的早；若来的迟呵，小官歇息了也。（正旦唱）

【调笑令】若是贱妾晚来些，相公船儿上黑齁齁[14]的熟睡歇；则你那金牌势剑身傍列，见官人远离一射[15]，索用甚从人拦当者，俺只待拖狗皮的拷断他腰截。[16]

（衙内云）李稍，我央及你，你替我做个落花媒人[17]。你和张二嫂说：大夫人不许他，许他做第二个夫人，包髻、团衫、绣手巾[18]，都是他受用的。（李稍云）相公放心，都在我身上。（做见正旦科，云）二嫂，你有福也！相公说来，大夫人不许你，许你做第二个夫人，包髻、团衫、袖腿绷……（正旦云）敢是绣手巾？（李稍云）正是绣手巾。（正旦云）我不信，等我自问相公去。（正旦见衙内科，云）相公，恰才李稍说的那话，可真个是相公说来？（衙内云）是小官说来。（正旦云）量媳妇有何才能，着相公如此般错爱也。（衙内云）多谢，多谢，小娘子就靠着小官坐一坐，可也无伤。（正旦云）妾身不敢。（唱）

【鬼三台】不是我夸贞烈，世不曾和个人儿热。我丑则丑，刁决古懒⁽¹⁹⁾；不由我见官人便心邪，我也立不的志节。官人，你救黎民，为人须为彻；拿滥官，杀人须见血。我呵，只为你这眼去眉来，（正旦与衙内做意儿科，唱）使不着我那冰清玉洁。

（衙内做喜科，云）勿、勿、勿^{(20)[28]}！（张千与李稍做喜科，云）勿、勿、勿！（衙内云）你两个怎的？（李稍云）大家要一耍。（正旦唱）

【圣药王】珠冠儿怎戴者，霞帔儿怎挂者，这三檐伞怎向顶门遮？唤侍妾簇捧者，我从来打鱼船上扭的那身子儿别，替你稳坐七香车？⁽²¹⁾

（衙内云）小娘子，我出一对与你对，罗袖半翻鹦鹉盏。（正旦云）妾对：玉纤⁽²²⁾重整凤凰衾。（衙内拍桌科，云）妙、妙、妙！小娘子，你莫非识字么？（正旦云）妾身略识些撇竖点划。（衙内云）小娘子既然识字，小官再出一对：鸡头⁽²³⁾个个难舒颈。（正旦云）妾对：龙眼团团不转睛。（张千同李稍拍桌科，云）妙、妙、妙！（正旦云）妾身难的遇着相公，乞赐珠玉⁽²⁴⁾。（衙内云）哦！你要我赠你什么词赋？有、有、有，李稍，将纸笔砚墨来。（李稍做拿砌末⁽²⁵⁾科，云）相公，纸墨笔砚在此。（衙内云）我写就了也，词寄《西江月》。（正旦云）相公，表白一遍咱。（衙内做念科，云）夜月一天秋露，冷风万里江湖，好花须有美人扶，情意不堪会处。仙子初离月浦，嫦娥忽下云衢，小词仓卒对君书，付与你个知心人物。（正旦云）高才！高才！我也回奉相公一首，词寄《夜行船》。（衙内云）小娘子，你表白一遍咱。（正旦做念科，云）花底双双莺燕语，也胜他凤只鸾孤。一霎恩情，片时云雨，关连着宿缘前注⁽²⁶⁾。天保今生为眷属，但则愿似水如鱼。冷落江湖，团圞人月，相连着夜行船去。（衙内云）妙、妙、妙！你的更胜似我的。小娘子，俺和你慢慢的再饮几杯。（正旦云）敢问相公，因甚么要杀白士中？（衙内云）

小娘子，你休问他。（李稍云）张二嫂，俺相公有势剑在这里！（衙内云）休与他看。（正旦云）这个是势剑？衙内见爱媳妇，借与我拿去治三日鱼好那？（衙内云）便借与他。（张千云）还有金牌哩！（正旦云）这个是金牌？衙内见爱我，与我打戒指儿罢。再有什么？（李稍云）这个是文书。（正旦云）这个便是买卖的合同？（正旦做袖文书科，云）相公再饮一杯。（衙内云）酒够了也。小娘子休唱前篇，则唱幺篇。（做醉科）（正旦云）冷落江湖，团圆人月，相连着夜行船去。（亲随同李稍做睡科）（正旦云）这厮都睡着了也。（唱）

【秃厮儿】那厮也忒懵懂，玉山低趄⁽²⁷⁾着鬼祟醉眼乜斜⁽²⁸⁾，我将这金牌虎符都袖褪者⁽²⁹⁾；唤相公，早醒些，快迭！

【络丝娘】我且回身将杨衙内深深的拜谢，您娘向急飐飐船儿上去也，到家对儿夫尽分说那一场欢悦^[29]。

（带云）惭愧，惭愧！（唱）

【收尾】^[30]从今不受人磨灭⁽³⁰⁾，稳情取⁽³¹⁾好夫妻百年喜悦。俺这里，美孜孜在芙蓉帐笑春风；只他那，冷清清杨柳岸伴残月⁽³²⁾。（下）

（衙内云）张二嫂，张二嫂那里去了？（做失惊科，云）李稍^[31]，张二嫂怎么去了？看我的势剑金牌可在那里？（张千云）就不见了金牌，还有势剑共文书哩！（李稍云）连势剑文书都被他拿去了！（衙内云）似此怎了也！（李稍唱）

【马鞍儿⁽³³⁾】想着想着跌脚儿叫。（张千唱）想着想着我难熬。（衙内唱）酪子里⁽³⁴⁾愁肠酪子里焦。（众合唱）又不敢着傍人知道；则把他这好香烧、好香烧，咒的他热肉儿跳！（李稍云）黄昏无旅店，（亲随云）今夜宿谁家？^[32]

（衙内云）这厮每扮南戏^[33]那。（众同下）

注　解

（1）狗鳖（biē）：狗身上的虱子。

（2）亲随：贴身奴仆，这里指张千。

（3）吃血：意为不是人，是吃血的动物，如上文所说的虱子。

（4）摄毒：摄取来试试有没有毒。

（5）这里也无人："背白"的开场语。

（6）"好鱼也"一段说白：这说白写得既符合谭记儿的"渔妇"身份，又可看出她正满怀信心去迎敌，准备撒开网去制服杨衙内这条"大鱼"。

（7）低唱浅斟：低声唱曲，慢慢喝酒。

（8）薄批细切：吃生鱼片的切法。用刀把鱼肉斜切成薄片，当时叫作批。

（9）"俺则待稍关打节"二句：稍关打节，疏通关节。俗称暗中行贿、说人情为通关节，《资治通鉴》"唐穆宗长庆元年"："所取进士皆子弟，无艺，以关节得之。"《谢天香》第二折："又不是谢天香其中关节，这的是柳耆卿酒后疏狂。""怕有那惯施舍的"，语意难明，疑有脱误。大意可能是：我拿着鱼来通关节，但怕这个惯于经商的人不肯让我欠账。言赊，要求欠账。

（10）打捏：利钱。

（11）可不知亲哩：可不知就是可知，这句意为当然亲得很哩。

（12）做意科：杂剧术语，指做出某种表情动作。这里是做出垂涎三尺的样子。

（13）俗了手：意说切鱼是下等人做的事，不能干。下文"不要他切就村了"是反过来说，意为你不让这样漂亮的人来切鲙那是太蠢了。

（14）齁（hōu）齁：齁声。

（15）一射：指一箭的射程。

（16）"索用甚从人拦当者"二句：语意难明。索用，须用。拖狗皮，吃白食。《杀狗记》第七出："每日只会拖狗皮，那曾见回个筵席。"

（17）落花媒人：现成的媒人。

（18）包髻、团衫、绣手巾：宋元时娶妾用的彩礼。

（19）刁决古懒：指性格古怪特别。

（20）勿、勿、勿：拟声词，手舞足蹈时发出来的和声。

（21）"珠冠儿怎戴者"几句：这支曲子提示了戴冠、挂帔、遮伞等身段与舞姿，表演做侍妾时洋洋得意的神态。珠冠儿（缀有珠宝的帽子）、霞帔儿（花色长背心）、三檐伞（三道檐的阳伞）、七香车（用多种香料熏过的车子）等，都是贵妇人的穿戴用物。

（22）玉纤：指女人的手。

（23）鸡头：芡实的别名。这句暗喻杨衙内和张千、李稍目不转晴死盯住谭记儿时的丑态。

（24）珠玉：对别人文学作品的美称。《金线池》楔子："你问秀才告珠玉。"即请求题赠的话。

（25）砌末：杂剧术语，指道具。

（26）宿缘前注：前生注定的姻缘。

（27）玉山低趄：形容酒醉的样子。玉山，指身躯。低趄，斜靠着。南朝宋人刘义庆《世说新语·容止》："嵇叔夜之为人也，岩岩若孤松之独立；其醉也，傀俄若玉山之将崩。"

（28）醉眼乜斜：醉眼朦胧。乜斜，糊涂、委靡之意。《任风子》第二折："能化一罗刹，莫度十乜斜。"十乜斜，即十个糊涂人的意思。

（29）袖褪（tùn）者：袖子里藏着。

（30）磨灭：折磨，欺负。

（31）稳情取：定然能够。

（32）冷清清杨柳岸伴残月：北宋词人柳永《雨霖铃》词："今宵酒醒何处？杨柳岸晓风残月。"这里是借用它来嘲笑杨衙内。

（33）马鞍儿：这个杂剧是旦本，原应由正旦谭记儿一人主唱，其他角色只有念白。但这一曲却由杨衙内、张千、李稍三人分唱与合唱，大胆突破了原来的格式，使喜剧气氛更加浓郁。

（34）酩子里：也作"冥子里""暝子里""闵子里"，有昏暗、忽然、暗地里的意思。《西厢记》第二本第三折："泪眼偷淹，酩子里都揾湿香罗。"

第四折

（白士中领祇候上，云）小官白士中。[34] 因为杨衙内那厮妄奏圣人，要标取小官首级，且喜我夫人施一巧计，将他势剑金牌智赚了来。今日端坐衙门，看那厮将着甚的，好来奈何的我？左右，门首觑者，倘有人来，报复我知道。（衙内同张千、李稍上）（衙内云）小官杨衙内是也。如今取白士中的首级去。可早来到门首，我自过去。（做见白士中科，云）令人与我拿下白士中者！（张千做拿科）（白士中云）你凭着甚么符验来拿我？（衙内云）我奉圣人的命，有势剑金牌，被盗失了，我有文书。（白士中云）有文书，也请来念与我听。（衙内做读文书科，云）词寄，"西江月"……（白末(1)做抢科，云）这个是淫词！（衙内云）这个不是，还别有哩。（衙内又做读文书科，云）词寄"夜行船"……（白末做抢科，云）这个也是淫词！（衙内云）这厮倒挟制我！不妨事，又无有原告，怕他做甚么？（正旦上，云）妾身白士中的夫人谭记儿。颇奈杨衙内这厮，好无理也呵！（唱）

【双调新水令】有这等倚权豪贪酒色滥官员，将俺个有儿夫的媳妇来欺骗。他只待强拆开我长攧攧(2)的连理枝，生摆断我颤巍巍的并头莲；其实负屈衔冤，好将俺穷百姓可怜见！

（正旦做见跪科，云）大人可怜见！有杨衙内在半江心里欺骗我来！告大人，与我作主。（白士中云）司房(3)里责口词去。（正旦云）理会的。（下）（白士中云）杨衙内，你可见来？有人告你哩！你如今怎么说？（衙内云）可怎么了？我则索央及他。相公，我自有说的话。（白士中云）你有甚么话说？（衙内云）相公，如今你的罪过我也饶了你，你也饶过我罢。则一件，说你有个好夫人，请出来我见一面。（白士中云）也罢，也罢，左右，击云板⁽⁴⁾，后堂请夫人出来。（左右云）夫人，相公有请。（正旦改妆上，云）妾身白士中的夫人。如今过去，看那厮可认的我来？（唱）

【沉醉东风】杨衙内官高势显，昨夜个说地谈天，只道他仗金牌将夫婿诛，恰元来击云板请夫人见。只听的叫吁吁嚷成一片，抵多少笙歌引至画堂前。看他可认的我有些面善？

（与衙内见科，云）衙内，恕生面，少拜识。（唱）

【雁儿落】只他那身常在柳陌⁽⁵⁾眠，脚不离花街串，几年闻姓名，今日逢颜面。

【得胜令】呀，请你个杨衙内少埋怨^[35]。（衙内云）这一位夫人好面熟也。（李稍云）兀的不是张二嫂？（衙内云）嗨！夫人，你使的好见识，直被你瞒过小官也！（正旦唱）唬的他半晌只茫然；又无那八棒十枷罪，止不过三交两句言⁽⁶⁾。这一只鱼船，只费得半夜工夫缠，俺两口儿今年，做一个中秋人^[36]月圆。

（外扮李秉忠冲上，云）紧骤青骢马，星火赴潭州。^[37]小官乃巡抚湖南都御史⁽⁷⁾李秉忠是也。因为杨衙内妄奏不实，奉圣人的命，着小官暗行体访，但得真情，先自勘问，然后具表申奏。来到此间，正是潭州衙舍。白士中，杨衙内，您这桩事，小官尽知了也。（正旦唱）

【锦上花】不甫能⁽⁸⁾择的英贤，配成姻眷；没来由遇着无徒⁽⁹⁾，使尽威权。我只得亲上渔船，把机关暗展；若不沙⁽¹⁰⁾，那势剑金牌，如何得免？

【幺篇】呀，只除非天见怜；奈天、天又远。今日个幸对清官，明镜高悬。似他这强夺人妻，公违律典，既然是体察端的，怎生发遣？

（李秉忠云）一行人俱望阙跪者，听我下断。（词云[38]）杨衙内倚势挟权，害良民罪已多年。又兴心夺人妻妾，敢妄奏圣主之前。谭记儿天生智慧，赚金牌亲上渔船。奉敕书差咱体访，为人间理枉伸冤。将衙内问成杂犯(11)，杖八十削职归田。白士中照旧供职，赐夫妻偕老团圆。（白士中夫妻谢恩科）（正旦唱）

【清江引】虽然道今世里的夫妻夙世的缘，毕竟是谁方便；从此无别离，百事长如愿；这多谢你个赛龙图(12)恩不浅！

　　题目　清安观邂逅(13)说亲
　　正名　望江亭中秋切鲙[39]

注　解

（1）白末：扮演白士中的末角的省称。

（2）长挼挼：细长的样子。

（3）司房：衙门里管诉讼的部门。

（4）云板：一种云形的板子，是古代官绅家用来传递事项的响器。《红楼梦》第十三回："只听二门上传来云板连叩四下，正是丧音。"

（5）柳陌：和下句"花街"，同是嫖妓场所的称谓。

（6）"又无那八棒十枷罪"二句：意为只不过交谈了三言两语，又不犯什么弥天大罪。

（7）都御史：中央监察部门的官员。

（8）不甫能：或作"不付能"，好不容易的意思。参阅《鲁斋郎》第三折注文（15）。

（9）无徒：无赖。详见《救风尘》第四折注文（8）。

（10）不沙：用于句首或句间的发语词，有转折之意，属句中衬字，无义。《汉宫秋》第三折："他去也不沙架海紫金梁，枉养着那边庭上铁衣郎。"

（11）杂犯：北大本改为"杀犯"，误。按：《元典章》刑部有诸恶、诸杀、诸殴、诸奸……杂犯等论罪处刑的条格。杂犯指恣逞威权、欺侮良善一类罪犯。

（12）龙图：指包拯。宋代包拯是著名的清官，做过龙图阁直学士，也称包龙图。详见《鲁斋郎》第四折注文（1）。

（13）邂逅（xièhòu）：不期而遇。

校 注 ❖

本剧现有版本是明代息机子编《杂剧选》本、明代王骥德编《古杂剧》本（顾曲斋本）和明代臧晋叔编《元曲选》本。现以后者为底本，以前二本参校。

[1] 望江亭中秋切鲙：息机子《杂剧选》本与顾曲斋《古杂剧》本作"望江亭中秋切鲙旦"。

[2]"昨日金门去上书"四句：息机子《杂剧选》本与顾曲斋《古杂剧》本作"万般皆下品，惟有读书高。一自登科甲，金榜姓名标"。

[3] 下：息机子《杂剧选》本与顾曲斋《古杂剧》本在此字之上有"虚"字。

[4] 李：原作"季"，据息机子《杂剧选》本与顾曲斋《古杂剧》本改过。

[5] 我想着香闺少女：此句至"敢早着了钻懒帮闲"，息机子《杂剧选》本与顾曲斋《古杂剧》本作"但分三生颜色，有一点聪明，把儿夫不顾，守服（'服'字下顾曲斋《古杂剧》本有'孝'字）三年，这愁烦恰便似海来深，忧和闷却兀的无边岸。那厮每荒淫好欲，一个个钻懒帮闲"。

[6]〔村里迓鼓〕曲：息机子《杂剧选》本与顾曲斋《古杂剧》本曲文作"我待学你这出家儿清静，到大来一身散袒，难熬他这日月韶光似相随相伴。怕不俺这世间无危难，俺便多曾经惯（顾曲斋《古杂剧》本误作'憎'）。则我这玉鬓环、黄粱饭，则是一梦间，姑姑也，都来与您烧药炼丹"。

[7] 胜葫芦：息机子《杂剧选》本作"游四门"。

[8] 前程：原作"夫妻"，"锦片前程"是宋元戏曲小说套语，此据下文语意校改。

[9] 年少：原误作"少年"，今校改。

[10]〔后庭花〕曲：息机子《杂剧选》本与顾曲斋《古杂剧》本曲文作"依着他休离了我行坐间：则这十个字不放闲，岂不闻'法正天心顺'，则他这'官清民自安'。姑姑，着他看今番、我着实称赞。姑姑，你念经处不放闲，闲管处手段犇。你东山里做（顾曲斋《古杂剧》本作'仿'）谢安，南山南指秦弱兰"。

[11] 试：原作"是"，同音假借，今改。

[12] 俊郎：原作"白郎"，据息机子《杂剧选》本与顾曲斋《古杂剧》本改。

[13]"普天无处不闻名"二句：息机子《杂剧选》本与顾曲斋《古杂剧》本作"街下小民闻吾怕，则我是势力并行杨衙内"。

[14]"论这情理"二句：息机子《杂剧选》本与顾曲斋《古杂剧》本作"量他到的那里"。

[15]"一心要娶谭记儿"四句：息机子《杂剧选》本与顾曲斋《古杂剧》本作"某已心下暗寻思，一准（息机子本作'时'）要娶谭记儿，不期做了别人妇，标（息机子本作'我标'）他首级在片时"。

[16] 自娶夫人后，欢会永团圆：原本无，据顾曲斋《古杂剧》本增补。

[17] 为理：原作"为主"，文意欠通，今改。

[18]"心忙来路远"四句：息机子《杂剧选》本与顾曲斋《古杂剧》本作"老汉最殷勤，答应在白门。谨遵老母命，持书（息机子本作'言'）见大人"。

[19] 捎：原作"稍"，音形相近误刻，今改。以下"捎此书来"之"捎"字同此。

[20] 惟天可表：此句下息机子《杂剧选》本与顾曲斋《古杂剧》本有"并无前妻也"句。

[21] 试：原作"是"，同音假借，据息机子《杂剧选》本与顾曲斋《古杂剧》本改。下句"试猜波"之"试"字同此。

[22] 直等的：原作"你休等的我"，据息机子《杂剧选》本与顾曲斋《古杂剧》本校改。

[23]〔十二月〕曲：此曲文息机子《杂剧选》本与顾曲斋《古杂剧》本作"你道他是花花太岁，敢也（顾曲斋本作'惹'）他怎生强要人为妻。全不学知

文达礼，则待要雨约云期！这句话专心儿记者：我怎肯和他步步相随"。

［24］便食用：原作"不用"，文意欠通，据息机子《杂剧选》本校改。

［25］退：原作"褪"，今改。

［26］"还活活泼泼的乱跳"二句：息机子《杂剧选》本与顾曲斋《古杂剧》本作"细切着拖泥新鲜有味，好鱼也！"

［27］养活娘也：原作"养活我来也好"，据息机子《杂剧选》本及顾曲斋《古杂剧》本改。

［28］勿、勿、勿：息机子《杂剧选》本与顾曲斋《古杂剧》本作"吻、吻、吻"，下同。

［29］一场欢悦：原作"一番周折"，据息机子《杂剧选》本与顾曲斋《古杂剧》本校改。

［30］〔收尾〕曲：此曲文息机子《杂剧选》本与顾曲斋《古杂剧》本作"两口儿在玩月楼不放金杯歇，携素手怀揣着趔趄；两口儿吃的醉熏熏紧相偎，向他那冷清清船儿上觉来也"。

［31］李稍：原作"李稍云"，误。据息机子《杂剧选》本与顾曲斋《古杂剧》本校改。

［32］"（李稍云）黄昏无旅店，（亲随云）今夜宿谁家？"：原本无，据息机子《杂剧选》本与顾曲斋《古杂剧》本校增。

［33］扮南戏：原作"扮戏"，此处由衙内与张千、李稍三人分唱与合唱，属南戏体制，故云。今据息机子《杂剧选》本与顾曲斋《古杂剧》本校改。

［34］小官白士中：此句之上息机子《杂剧选》本与顾曲斋《古杂剧》本，有上场诗："民无争讼差徭减，四野欢声乐太平。"

［35］怨：原作"冤"，音近相假，今改。

［36］人：原作"八"，据息机子《杂剧选》本改。

［37］"紧骤青骢马，星火赴潭州"：原本无，今据息机子《杂剧选》本与顾曲斋《古杂剧》本增补。

［38］词云：此判词息机子《杂剧选》本与顾曲斋《古杂剧》本作"杨衙内依势挟权，栋梁材负屈衔冤；谭记儿聪明智慧，赚金牌答救英贤。奉上司差

吾问理，将衙内削职身闲。做一个喜庆筵会，白士中夫妇团圆”。

[39] 题目、正名：息机子《杂剧选》本作“洞庭湖半夜赚金牌，望江亭中秋切鲙旦”。顾曲斋《古杂剧》本同，惟“题目、正名”作“正目”，置于剧名之后，第一折之前。

包待制三勘蝴蝶梦

导　读

　　这是一个包公戏，一个非常独特的包公戏。过去绝大多数的包公戏都是写包公如何清如水，明如镜，平反冤狱，惩治坏人。但《蝴蝶梦》揭示包公之所以能够公正判案，是在一个农妇王婆的高尚品德的感召下才做到的。本剧写恶霸葛彪骑马撞倒王老汉，反诬王老汉冲撞马头，三拳两脚打死王老汉。王婆的儿子王大、王二、王三三兄弟见父亲横尸街头，合力将葛彪打死。出了人命案，包待制包拯坚持三兄弟应有一人为葛彪偿命。这是这个包公戏又一奇特之处：原来宋代人包拯判案根据的是元代的法律。元律《通制条格》规定：皇亲国戚、蒙古贵族打杀汉人不用偿命，只须交纳罚金；汉人打死皇亲国戚、蒙古贵族则要偿命。王婆最后无奈，只好答应让小儿子王三填命。

　　让包拯意想不到的是，王三是王婆的亲生儿子，王大、王二是王老汉与前妻生的儿子。王婆的决定震撼着包拯，"老夫见为母者大贤"。这个普通农妇的牺牲精神让包拯十分感动，他最后决定让原先已被判死刑的偷马贼赵顽驴（元代偷牛马要判死刑）顶替王三，释放王三回家。

这个包公戏还有第三个奇特处，包公在某些方面与酷吏无异。他审王家三兄弟时，三人都表示葛彪是自己打死的，包拯找不着"凶手"，竟严刑拷打三兄弟，三人被"打的浑身血污"。历来只见包拯用刑治坏人，不曾见包拯毒打好人。剧中的包拯与酷吏相距岂非一步之遥！

《蝴蝶梦》是一个旦本，正旦扮王婆。当听到丈夫突然横死街头的时候，王婆痛不欲生。"便不着国戚皇亲、玉叶金枝，便是他龙孙帝子，打杀人要吃官司！"当看到包待制坚持要三兄弟偿命、毒打三人的时候，她大骂包拯"葫芦提"（老糊涂）。可见王婆是有个性有棱角的，敢于不平则鸣。剧作还写王婆教子有方，三个儿子在她的教育下勇于担责，慷慨赴死，令人感动。正如包拯所说的"为母者大贤""为子者至孝"，包拯正是在王婆一家高尚的道德情操的感召下做出了公正的判决。

所谓蝴蝶梦，指包拯在午睡时梦见大蝴蝶救了两只小蝴蝶，最小的小蝴蝶坠入网中，大蝴蝶却不去救。包拯可怜小蝴蝶，大呼"你不救，等我救"。杂剧通过包拯的"蝴蝶梦"，表达了关汉卿拯救弱者于水火的悲天悯人的精神。

《列女传》曾记载春秋时鲁国女子鲁义姑舍子全侄的故事。《曲海总目提要》卷一"《蝴蝶梦》条"引《列女传》齐宣王时二子之母事，都可能对杂剧有所启迪。但是，王婆是一个血肉饱满的下层妇女的艺术形象，她明大义、勇于自我牺牲的精神，是《列女传》极其简单的记叙不可比拟的。

当代，《蝴蝶梦》广泛改编演出于戏曲舞台之上，还拍成戏曲艺术影片，是一个群众喜闻乐见的剧目。

明代万历博古堂刻本《元曲选》插图

明代万历博古堂刻本《元曲选》插图

明代万历博古堂刻本《元曲选》插图

明代万历博古堂刻本《元曲选》插图

楔 子

（外扮孛老，同正旦引冲末扮王大、王二，丑扮王三上，诗云）月过十五光明少，人到中年万事休。儿孙自有儿孙福，莫为儿孙作远忧。老汉姓王，是这开封府中牟县人氏，嫡亲的五口儿家属。这是我的婆婆⁽¹⁾。生下三个孩儿，都不肯做农庄生活，只是读书写字。孩儿也，几时是那峥嵘发迹的时节也呵！（王大云）父亲、母亲在上，做农庄生活^[1]有甚么好处？您孩儿"一举首登龙虎榜⁽²⁾，十年身到凤凰池⁽³⁾"。^[2]（孛老同旦云）好儿，好儿！（王二云）父亲、母亲，你孩儿"十年窗下无人问，一举成名天下知"。（孛老同旦云）好儿，好儿！（王三云）父亲在上，母亲在下。（孛老云）胡说！怎么母亲在下？（王三云）我小时看见俺爷在上头，俺娘在底下，一同床上睡觉来。（孛老云）你看这厮！（王大云）父亲、母亲，从古道"文章可立身"⁽⁴⁾，这不是读书的好处？（孛老云）孩儿，你说的是。（正旦云）老的，虽然如此，你还替孩儿寻一个长久立身之计。（唱）

【仙吕赏花时】且休说"文章可立身"，争奈家私时下窘！枉了寒窗下受辛勤，却被那愚民暗哂⁽⁵⁾，多咱是宜假不宜真。

【幺篇】他只敬衣衫不敬人，我言语从来无向顺。若三个儿到开春，有甚么实诚定准，怎生便都能够跳龙门⁽⁶⁾？（同下）

注 解

（1）婆婆：对年老妻子的称呼。

（2）龙虎榜：指知名之士一同考上进士榜。《新唐书·欧阳詹传》："（詹）

举进士，与韩愈、李观、李绛、崔群、王涯、冯宿、庾承宣联第，皆天下选，时称'龙虎榜'。"

（3）凤凰池：魏晋时中书省接近皇帝，权势很大，人称凤凰池。《晋书·荀勖传》："勖守尚书令。……或有贺之者，勖曰：'夺我凤皇池，诸君贺我耶！'"

（4）"文章可立身"：当时俗谚。也见《裴度还带》第四折〔新水令〕曲。

（5）哂（shěn）：讥笑。《晋书·蔡谟传》："将为后代所哂。"

（6）龙门：科举得中被称为登龙门或跳龙门。《太平广记》卷四六六引《三秦记》："龙门之下，每岁季春有黄鲤鱼，自海及诸川争来赴之。……初登龙门，即有云雨随之，天火自后烧其尾，乃化为龙矣。"李白《与韩荆州书》："一登龙门，则声誉十倍。"

第一折

（孛老上，云）老汉来到这长街市上，替三个孩儿买些纸笔，走的乏了，且坐一坐歇息咱。（净扮葛彪上，诗云）有权有势尽着使，见官见府没廉耻。若与小民共一般，何不随他带帽子(1)。[3]自家葛彪是也。我是个权豪势要之家，打死人不偿命，时常的则是坐牢。今日无甚事，长街市上闲耍去咱。（做撞孛老科，云）这老子是甚么人，敢冲着我马头？好打这老驴！（做打孛老死科，下）（葛彪云）这老子诈死赖我，我也不怕，只当房檐上揭片瓦相似，随你那里告来。[4]（下）

（副末扮地方(2)上，云）王大、王二、王三在家么？（王大兄弟上，云）叫怎的？（地方云）我是地方，不知甚么人打死你父亲在长街上哩！（王大兄弟云）是真实？母亲，祸事了也！（哭科）（王三云）我那儿也[5]，打死俺老子。母亲快来！（正旦上，云）孩儿，为甚么大惊小怪的？（王三云）不知是谁打死了俺父亲也。（正旦云）呀！可是怎地来？（唱）

【仙吕点绛唇】仔细寻思，两回三次，这场蹊跷事。走的我气咽声丝，恨不的两肋生双翅。

【混江龙】俺男儿负天何事？拿住那杀人贼，我乞个罪名儿。他又不曾身耽疾病，又无甚过犯公私⁽³⁾。若是俺软弱的男儿有些死活，索共那倚势的乔才打会官司。我这里急忙忙过六街、穿三市，行行里挠腮挽⁽⁴⁾耳、抹泪揉眵⁽⁵⁾。

（做行见尸哭科，唱）

【油葫芦】你觑那着伤处一窝儿青间紫，可早停着死尸。你可便从来忧念没家私，昨朝怎晓今朝死，今日不知来日事。血模糊污了一身，软答剌^{(6)[6]}冷了四肢，黄甘甘⁽⁷⁾面色如金纸，干叫了一炊时⁽⁸⁾！

【天下乐】救不活将咱没乱死！咱家私、自暗思，到明朝若是出殡时，又没他一陌纸，空排着三个儿，这正是家贫也显孝子。

（王大兄弟云）母亲，人都说是葛彪打杀了俺父亲来。俺如今寻见那厮，扯到官偿命来。（下）（正旦唱）

【那吒令】他本是太学中殿试⁽⁹⁾，怎想他拳头上便死，今日个则落得长街上检尸！更做道见职官，俺是个穷儒士、也索称词⁽¹⁰⁾。

（葛彪上，云）自家葛彪，饮了几杯酒，有些醉了也，且回家中去来。（王大兄弟上，云）兀的不是那凶徒？拿住这厮！（做拿住科，云）是你打死俺父亲来？（葛彪云）就是我来，我不怕你！（正旦唱）

【鹊踏枝】若是俺到官时，和您去对情词，使不着国戚皇亲、玉叶金枝，便是他龙孙帝子，打杀人要吃官司！

（王大兄弟打葛死科，兄弟云）这凶徒妆醉不起来。（正旦云）我试问他。（问科，云）哥哥，俺老的怎生撞着你，你就打死他？你如何推醉睡在地下不起来？则这般干罢了？你起来，你起来！呀！你兄弟可不打

杀他也！（王三云）好也，我并不曾动手。（正旦云）可怎了也！（唱）

【寄生草】你可便斟量着做，似这般甚意儿？你三人平昔无瑕疵[7]，你三人打死虽然是，你三人倒惹下刑名事。则被这清风明月两闲人，送了你玉堂金马(11)三学士。

（做指葛彪科，唱）

【金盏儿】想当时，你可也不三思，似这般逞凶撒泼干行止，无过恃着你有权势、有金赀。[8]则道是长街上装好汉，谁想你血泊内也停尸！正是"将军着痛箭，还似射人时"。

（王大兄弟云）这事少不的要吃官司，只是咱家没有钱钞，使些甚么？（正旦唱）

【醉中天】咱每日一瓢饮、一箪食(12)，有几双箸、几张匙；若到官司使钞时，则除典当了闲文字。（带云）便这等也不济事。（唱）你合死呵今朝便死，虽道是杀人公事(13)，也落个孝顺名儿。

（净扮公人上，云）休教走了，拿住这杀人贼者！（正旦唱）

【金盏儿】苦孜孜，泪丝丝，这场灾祸从天至，把俺横拖倒拽怎推辞！一壁厢碜可可停着老子，一壁厢眼睁睁送了孩儿。可知道"福无重受日，祸有并来时"。

（公人云）杀人事不同小可，咱见官去来。（正旦悲科，云）儿也！（唱）

【后庭花】[9]再休想跳龙门、折桂枝(14)，少不得为亲爷、遭横死。从来个人命当还报，料应他天公不受私。（带云）儿也！（唱）不由我不嗟咨，几回家看视，现如今拿住尔到公庭，责口词，下脑箍(15)，使拶子(16)，这其间，痛怎支？

【柳叶儿】怕不待的一确二⁽¹⁷⁾，早招承死罪无辞。（带云）儿也！（唱）你为亲爷雪恨当如是，便相次赴阴司，也得个孝顺名儿^[10]。

（祗候云）快见官去罢。（正旦云）儿也！你每做下这事，可怎了也？（王大兄弟云）母亲！可怎了也？（正旦唱）

【赚煞】为甚我教你看诗书、习经史？俺待学孟母三移教子⁽¹⁸⁾。不能够金榜⁽¹⁹⁾上分明题姓氏，则落得犯由牌书写名儿。想当时，也是不得已为之。便做道审得情真，奏过圣旨，只不过是一人处死，须断不了王家宗祀，那里便灭门绝户了俺一家儿！（同下）

注 解

（1）何不随他带帽子：意为如果与百姓一样，那就要像他们那样戴便帽。古代贵族戴冠，帝王及诸侯加冕，武将戴武弁，都显示出尊贵的身份，而布衣百姓只能用布包头。《释名·释首饰》："二十成人，士冠，庶人巾。"可见庶人只能以巾帻为帽。

（2）地方：指地保。

（3）过犯公私：元代刑律分公罪私罪，这句是说无论公罪私罪都不曾犯。

（4）撧（juē）：折断。这里是抓的意思。《柳毅传书》第二折："钱塘龙忿气雄，粗铁索似撧葱。"

（5）眵（chī）：眼睛分泌出来的淡黄色黏液。

（6）软答剌：形容人刚死时软绵绵的样子。答剌，同今天北方话的"耷（dā）拉"，意为下垂。

（7）黄甘甘：蜡黄的样子。

（8）一炊时：一顿饭的时间。

（9）太学中殿试：太学，即国子学。太学生中成绩优异者便可参加礼部试或殿试。

（10）称词：指与身份相称的公道话。这段是说丈夫本来可以参加太学中的殿试，完全没想到会死在歹徒拳头下，横尸长街之上。这句意为"俺虽然是个穷儒生家的，也需要有人来说几句公道话"。

（11）玉堂金马：玉堂，汉代官殿名。《三辅黄图·汉宫》："建章宫南有玉堂，……阶陛皆玉为之。"后用以作为官殿的通称。金马，即金马门，汉代官门名。《渑水燕谈录》："欧阳文忠公、赵少师、吕学士同燕集，作口号云：'金马玉堂三学士，清风明月两闲人。'"

（12）一瓢饮、一箪食：一瓢水喝，一竹筒饭吃，指日常清苦的生活。原指孔子学生颜回。《论语·雍也》："子曰：贤哉，回也！一箪食，一瓢饮，在陋巷。人不堪其忧，回也不改其乐。贤哉，回也！"

（13）公事：官司。

（14）折桂枝：比喻科举及第。《晋书·郤诜传》："武帝于东堂会选，问诜曰：'卿自以为何如？'诜对曰：'臣举贤良对策，为天下第一，犹桂林之一枝，昆山之片玉。'"

（15）脑箍（gū）：旧时一种酷刑的刑具。《宋史·刑法志》："缠绳于首，加以木楔，名曰脑箍。"

（16）拶（zǎn）子：旧时一种刑罚，以绳穿五根小木棍，套入手指用力收紧，叫拶指，简称拶。

（17）的一确二：的的确确。

（18）孟母三移教子：传说孟子的母亲仉氏三次迁居，以培养孟轲学儒习礼。《列女传·母仪》上说孟子幼年间家居靠近墓地，孟子嬉戏时"为墓间之事"；后迁至街市附近，孟子"为贾人衒卖之事"；再迁至学官旁，"乃设俎豆揖让进退"。孟母曰："真可以居吾子矣。"遂居之。

（19）金榜：指科举殿试揭晓的榜。郑谷《赠杨夔》诗："看取年年金榜上，几人才气似扬雄。"

第二折

（张千领祇候排衙科，喝云）在衙人马平安，喏！（外扮包待制上，诗云）咚咚衙鼓响，公吏两边排。阎王生死殿，东岳摄魂台。老夫姓包名拯，字希文，庐州金斗郡四望乡老儿村人也。官拜龙图阁待制学士，正授开封府府尹。今日升厅，坐起早衙。张千，分付司房，有合金押的文书，将来老夫金押。（张千云）六房吏典，有甚么合金押的文书？（内应科）（张千云）可不早说？早是我问你。喏[11]，酸枣县解到一起偷马贼赵顽驴。（包待制云）与我拿过来！（祇候押犯人跪科）（包待制云）开了那行枷(1)者。兀那小厮，你是赵顽驴？是你偷马来？（犯人云）是小的偷马来。（包待制云）张千，上了长枷，下在死囚牢里去(2)。（押下）（包待制云）老夫这一会儿困倦，张千，你与六房吏典，休要大惊小怪的，老夫暂时歇息咱。（张千云）大小属官，两廊吏典，休要大惊小怪的，大人歇息哩。（包做伏案睡做梦科，云）老夫公事操心，那里睡的到眼里，待老夫闲步游玩咱。来到这开封府厅后，一个小角门(3)，我推开这门，我试看者，是一个好花园也。你看那百花烂熳，春景融和。兀那花丛里一个撺角亭子，亭子上结下个蜘蛛罗网，花间飞将一个蝴蝶儿来，正打在网中。（诗云）包拯暗暗伤怀，蝴蝶曾打飞来。休道人无生死，草虫也有非灾。呀！蠢动含灵，皆有佛性。飞将一个大蝴蝶来，救出这蝴蝶去了。呀！又飞了一个小蝴蝶，打在网中，那大蝴蝶必定来救他。……好奇怪也！那大蝴蝶两次三番只在花丛上飞，不救那小蝴蝶，俫常飞去了。圣人道："恻隐之心，人皆有之。"你不救，等我救。（做放科）（张千云）喏！午时了也。（包待制做醒科，诗云）草虫之蝴蝶，一命在参差(4)。撺然梦惊觉，张千报午时。张千，有甚么应审的罪囚，将来我问。（张千云）两房吏典，有甚么合审的罪囚，押上勘问。（内应科）（张千云）喏！中牟县解到一起犯人：弟兄三人，打死平人(5)葛彪。

（包待制云）小县百姓，怎敢打死平人！解到也未？（张千云）解到了
也。（包待制云）与我一步一棍，打上厅来。（解子押王大兄弟上，正旦
随上，唱）

【南吕一枝花】解到这无人情御史台，原来是有官法
开封府。把三个未发迹小秀士，生扭做吃勘问死囚徒。
空教我意下踌躇，把不定心惊惧，赤紧的贼儿胆底虚，
教我把罪犯私下招承，不比那小去处官司孔目⁽⁶⁾。

【梁州第七】这开封府王条清正，不比那中牟县官吏
糊涂。扑咚咚阶下升衙鼓，唬的我手忙脚乱，使不得胆
大心粗；惊的我魂飞魄丧，走的我力尽筋舒。这公事不
比寻俗，就中间担负公徒⁽⁷⁾。嗨、嗨、嗨，一壁厢老夫
主在地停尸；更、更、更，赤紧地子母每坐牢系狱；呀、
呀、呀，眼见的弟兄每受刃遭诛。早是怕怖，我向这屏
墙边侧耳偷睛觑，谁曾见这官府！则今日当厅定祸福，
谁实谁虚。

（正旦同众见官跪科）（张千云）犯人当面。（包待制云）张千，开
了行枷，与那解子批回去。（做开枷科）（王三^[12]云）母亲，哥哥，咱家
去来。（包待制云）那里去？这里比你那中牟县那！张千，这三个小厮是
打死人的，那婆子是甚么人？必定是证见人；若不是呵，敢与这小厮关
亲？兀那婆子，这两个是你甚么人？（正旦云）这两个是大孩儿。（包待
制云）这个小的呢？（正旦云）是我第三的孩儿。（包待制云）嗯声！你
可甚治家有法？想当日孟母教子，居必择邻；陶母教子⁽⁸⁾，剪发待宾；
陈母教子⁽⁹⁾，衣紫腰银；你个村妇教子，打死平人。你好好的从实招了
者！（正旦唱）

【贺新郎】孩儿每万千死罪犯公徒。那厮每情理难

容，俺孩儿杀人可恕。俺穷滴滴寒贱为黎庶，告爷爷与孩儿每做主。这三个自小来便学文书，他则会依经典、习礼义，那里会定计策、厮亏图？百般的拷打难分诉。岂不闻"三人误大事，六耳不通谋⁽¹⁰⁾"？

（包待制云）不打不招。张千，与我加力打者！（正旦悲科，唱）

【隔尾】俺孩儿犯着徒流绞斩萧何律，枉读了恭俭温良孔圣书⁽¹¹⁾。拷打的浑身上怎生觑！打的来伤筋动骨，更疼似悬头刺股⁽¹²⁾。他每爷饭娘羹，何曾受这般苦！

（包待制云）三个人必有一个为首的，是谁先打死人来？（王大云）也不干母亲事，也不干两个兄弟事，是小的打死人来。（王二云）爷爷，也不干母亲事，也不干哥哥、兄弟事，是小的打死人来。（王三云）爷爷，也不干母亲事，也不干两个哥哥事，是他肚儿疼死的，也不干我事。（正旦云）并不干三个孩儿事，当时是皇亲葛彪先打死妾身夫主，妾身疼忍不过，一时乘忿争斗，将他打死。委的是妾身来！（包待制云）胡说！你也招承，我也招承，想是串定的。必须要一人抵命。张千，与我着实打者！（正旦唱）

【斗虾蟆】静巉巉⁽¹³⁾无人救，眼睁睁活受苦，孩儿每索与他招伏⁽¹⁴⁾。相公跟前拜复：那厮将人欺侮，打死咱家丈夫。如今监收媳妇，公人如狼似虎，相公又生嗔发怒。休说麻槌⁽¹⁵⁾脑箍，六问三推，不住勘问，有甚数目，打的浑身血污。大哥声冤叫屈，官府不由分诉；二哥活受地狱，疼痛如何担负；三哥打的更毒，老身牵肠割肚。这壁厢那壁厢由由忭忭⁽¹⁶⁾，眼眼厮觑，来来去去，啼啼哭哭。则被你打杀人也待制龙图！可不道"儿孙自有儿孙福"！难吞吐，没气路，短叹长吁，愁肠似火，雨泪如珠。

（包待制云）我试看这来文咱。（做看科，云）中牟县官好生糊涂，如何这文书上写着王大、王二、王三打死平人葛彪？这县里就无个排房更典？这三个小厮，必有名讳；便[13]不呵，也有个小名儿。兀那婆子，你大小厮叫做甚么？（正旦云）叫做金和。（包待制云）第二的小厮叫做甚么？（正旦云）叫做铁和。（包待制云）这第三个呢？（正旦云）叫做石和。（王三云）尚。（包待制云）甚么尚？（王三云）石和尚。（包待制云）嗨，可知打死人哩！庶民人家，取这等刚硬名字！敢是金和打死人来？（正旦唱）

【牧羊关】这个是金呵，有甚么难镕铸？（包待制云）敢是石和打死人来？（正旦唱）这个是石[17]呵，怎做的虚？（包待制云）敢是铁和打死人来？（正旦唱）这个便是铁呵，怎当那官法如炉？（包待制云）打这赖肉顽皮！（正旦唱）非干是孩儿每赖肉顽皮，委的衔冤负屈。（包待制云）张千，便好道："杀人的偿命，欠债的还钱"，把那大的小厮，拿出去与他偿命。（正旦唱）眼睁睁难搭救，簇拥着下阶除。教我两下里难顾瞻，百般的没是处。

（云）包待制爷爷好葫芦提也！（包待制云）我着那大的儿子偿命，兀那婆子说甚么？（张千云）那婆子手扳定枷梢，说包待制爷爷葫芦提。（包待制云）那婆子他道我葫芦提，与我拿过来！（正旦跪科）（包待制云）着你大儿子偿命，你怎生说我葫芦提？（正旦云）老婆子怎敢说大人葫芦提，则是我孩儿孝顺，不争杀坏了他，教谁人养活老身？（包待制云）既是他母亲说大小厮孝顺，又多邻家保举，这是老夫差了。留着大的养活他。张千，着第二的偿命。（正旦唱）

【隔尾】一壁厢大哥行牵挂着娘肠肚，一壁厢二哥行关连着痛肺腑。要偿命，留下孩儿，宁可将婆子去。似这般狠毒，又无处告诉，手扳定枷梢叫声儿屈。

（云）包待制爷爷好葫芦提也！（包待制云）又做甚么大惊小怪的？（张千云）那婆子又说老爷葫芦提。（包待制云）与我拿过来！（正旦跪科）（包待制云）兀那婆子，将你第二的小厮偿命，怎生又说我葫芦提？（正旦云）怎敢说爷爷葫芦提，则是第二的小厮会营运生理，不争着他偿命，谁养活老婆子？（包待制云）着大的偿命，你说他孝顺；着第二的偿命，你说他会营运生理；却着谁去偿命？（王三自带枷科）（包待制云）兀那厮做甚么？（王三云）大哥又不偿命，二哥又不偿命，眼见的是我了，不如早做个人情。（包待制云）也罢，张千，拿那小的出去偿命。（做推转科）（包待制云）兀那婆子，这第三的小厮偿命可中么？（正旦云）是了，可不道"三人同行小的苦"，他偿命的是。（包待制云）我不葫芦提么？（正旦云）爷爷不葫芦提。（包待制云）嗔声！张千，拿回来！争些着婆子瞒过老夫。眼前放着个前房后继，这两个小厮必是你亲生的；这一个小厮，必是你乞养来的螟蛉[18]之子，不着疼热，所以着他偿命。兀那婆子，说的是呵，我自有个主意；说的不是呵，我不道饶了你哩！（正旦云）三个都是我的孩儿，着我说些甚么？（包待制云）你若不实说，张千，与我打着者！（正旦云）大哥、二哥、三哥，我说则说，你则休生分[19]了。（包待制云）这大小厮是你的亲儿么？（正旦唱）

【牧羊关】这孩儿虽不曾亲生养，却须是咱乳哺。（包待制云）这第二的呢？（正旦唱）这一个偌大小是老婆子抬举。（包待制云）兀那小的呢？（正旦打悲科，唱）这一个是我的亲儿，这两个我是他的继母。（包待制云）兀那婆子近前来，你差了也！前家儿[20]着一个偿命，留着你亲生孩儿养活，你可不好那？（正旦云）爷爷差了也！（唱）不争着前家儿偿了命，显得后尧婆[21]忒心毒。我若学嫉妒的桑新妇[22]，不羞见那贤达的鲁义姑[23]！

（包待制云）兀那婆子，你还着他三人心服，果是谁打死人来？（正旦唱）

【红芍药】浑身是口怎支吾，恰似个没嘴的葫芦。打的来皮开肉绽损肌肤，鲜血模糊，恰浑似活地狱。三个儿都教死去，你都官官相为倚亲属，更做道国戚皇族。

（做打悲科，唱）

【菩萨梁州】大哥罪犯遭诛，二哥死生别路，三哥身归地府，干闪下我这老孽身躯。大哥孝顺识亲疏，二哥留下着当门户，第三个哥哥休言语，你偿命正合去，常言道"三人同行小的苦"，再不须大叫高呼。

（包待制云）听了这婆子所言，方信道"良贾深藏若虚，君子盛德，容貌若愚"(24)。这件事，老夫见为母者大贤，为子者至孝。为母者与陶、孟同列，为子者与曾、闵(25)无二。适间老夫昼寐，梦见一个蝴蝶，坠在蛛网中，一个大蝴蝶来救出；次者亦然；后来一小蝴蝶亦坠网中，大蝴蝶虽见不救，飞腾而去，老夫心存恻隐，救这小蝴蝶出离罗网。天使老夫预知先兆之事，救这小的之命。（词云）恰才我依条犯法分轻重，不想这分外却有别词讼。杀死平人怎干休？莫言罪律难轻纵。先教长男赴云阳，为言孝顺能供奉；后教次子去餐刀，又言营运充日用；我着那最小的幼男去当刑，他便欢喜紧将儿发送。只把前家儿子苦哀矜，倒是自己亲儿不悲痛。似此三从四德(26)可褒封，贞烈贤达宜请俸。忽然省起这事来，天使游魂预惊动，三个草虫伤蛛丝，何异子母官司向谁控[14]！三番继母弃亲儿，正应着午时一枕蝴蝶梦。张千，把一干人都下在死囚牢中去！（正旦慌向前扯科，唱）

【水仙子】则见他前推后拥厮揪捽，我与你扳住枷梢高叫屈。眼睁睁有去路无回路，好教我百般的没是处。这窝儿便死待如何？好和弱随将去，死共活拦挡住，我只得紧撺⁽²⁷⁾住衣服。

（张千推旦科，押三人下）（正旦唱）

【黄钟尾】包龙图往常断事曾着数，今日为官忒慕古⁽²⁸⁾。枉教你坐黄堂⁽²⁹⁾、带虎符、受荣华、请俸禄。俺孩儿、好冤屈，不睹事、下牢狱。割舍了、待泼⁽³⁰⁾做；告都堂⁽³¹⁾、诉省部；撅皇城、打怨鼓⁽³²⁾；见銮舆、便唐突。呆老婆唱今古⁽³³⁾，又无人肯做主，则不如觅死处，眼不见鳏寡孤独，也强如没归着，痛煞煞、哭啼啼、活受苦。（下）

（包待制云）张千，你近前来。可是怎的……（张千云）可是中也不中？（包待制云）贼禽兽，我的言语可是中也不中！（诗云）我扶立当今圣明主，欲播清风千万古。这些公事断不开，怎坐南衙开封府！（同下）

注解

（1）行枷：押解犯人时所用的较小的枷锁。下文长枷是指较大的枷锁。

（2）下在死囚牢里去：《元史·刑法志》"盗贼"条："诸白昼剽夺驿马，为首者处死。"蒙古族是游牧民族，故对偷窃马匹牲畜的处罚十分严厉。

（3）角门：侧门。

（4）参差：指差池，差一点儿。

（5）平人：即平民，这里是普通蒙古人的意思。关于葛彪的身份，杂剧称他为"平人"，但有的地方又称他"葛皇亲""权豪势要"，似乎有矛盾，但这种矛盾或许是作者故意制造的。由于葛彪是皇亲，故打死人"只当房檐上揭片瓦相似"；但他又是蒙古"平人"，享有"打死（汉）人不偿命"的特权。

（6）小去处官司孔目：指小地方的官府衙门。孔目，参阅《鲁斋郎》楔子注文（10）。

（7）公徒：触犯官家刑律的囚徒。

（8）陶母教子：晋代陶侃年幼时家贫，其母剪头发卖钱来款待客人范逵。元代秦简夫有《晋陶母剪发留宾》杂剧。

（9）陈母教子：宋代陈尧咨、陈尧叟和陈尧佐三兄弟得到母亲冯氏的教育，后来都中了状元。第三折提到的"陈婆婆"，即指陈母冯氏。关汉卿有《状元堂陈母教子》杂剧。

（10）六耳不通谋：俗有"法不传六耳"之说，意为密谋只能在两人之间进行，不能有三人参与。《儿女英雄传》第四回："白脸儿狼说：'这话可法不传六耳'。"这里意为三兄弟不可能合伙密谋打死人。

（11）恭俭温良孔圣书：指儒家经典。《论语·学而》："子贡曰：'夫子温、良、恭、俭、让以得之。'"

（12）悬头刺股：或称悬梁刺股。《太平御览》卷三百六十三引《汉书》按，班固《汉书》载："孙敬字文宝，好学，晨夕不休。及至眠睡疲寝，以绳系头，悬屋梁。后为当世大儒。"《战国策·秦策一》："（苏秦）读书欲睡，引锥自刺其股。"后世以"悬梁刺股"形容刻苦自学。《牡丹亭·闺塾》："古人读书……悬梁刺股呢！"

（13）静巉（chán）巉：形容静寂的样子。

（14）招伏：招供服罪。

（15）麻槌：旧时一种酷刑，指用麻绞成粗的鞭子，蘸着凉水抽打犯人。

（16）由由忬（yù）忬：惶恐不安的样子。

（17）石：谐"实"音，所以下文说"怎做的虚"。

（18）螟蛉：原是一种绿色的小虫。《诗经·小雅·小宛》："螟蛉有子，蜾蠃（guǒluǒ，寄生蜂的一种）负之。"蜾蠃常捕螟蛉喂其幼虫，古人错认为蜾蠃养螟蛉为子，后人便把"螟蛉"作为养子的代称。

（19）生分：疏远。《五侯宴》第四折："不争阿者对着他说了呵，则怕生分了孩儿么？"《红楼梦》第三十回："若等他们来劝咱们，岂不咱们倒觉生分了。"也可解作忤逆。

（20）前家儿：丈夫与前妻生的儿子。

（21）后尧婆：续妻。这里是继母的意思。

（22）桑新妇：或作"桑辛妇"，传说中庄子试妻的故事。说某人死前告诉妻子（桑新妇），要等坟土干了才能改嫁，他的妻子等不及，就去扇坟。桑新妇于是成为恶妇的代称。庄子曾经通过假死以试探其妻的忠诚。

（23）鲁义姑：传说春秋时期鲁国女子逃难，舍弃了儿子而保全了侄儿的性命。事见《列女传》。元代武汉臣有《弃子全侄鲁义姑》杂剧。

（24）"良贾深藏若虚"三句：语出《史记·老子韩非列传》。意为会做生意的人，善于把他的货物深藏不露；有道德有学问的人，外表倒给人以愚钝的感觉。

（25）曾、闵：指孔子学生曾参、闵子骞，他们是春秋时期有名的孝子，都是鲁国人。曾参，字子舆，比孔子小46岁。闵子骞，名损，字子骞，比孔子小15岁。

（26）三从四德：封建道德规范，是束缚妇女的绳索。"三从"指在家从父、出嫁从夫、夫死从子，"四德"指妇德、妇言、妇容、妇功。

（27）搿（zhàn）：同"攥"，握住之意。

（28）慕古：古板，引申为糊涂。《李逵负荆》第三折："堪笑山儿忒慕古，无事空将头共赌。"

（29）黄堂：古时太守衙中的正堂。范成大《吴郡志》卷六据《郡国志》云："黄堂在鸡陂之侧（今苏州市东），春申君子假君之殿也，后太守居之。以数失火，涂以雌黄，遂名黄堂，即今太守之正厅是也。今天下郡治，皆名黄堂，昉此。"

（30）泼：恶劣的意思。这里解为大胆妄为。《酷寒亭》第二折："则你是个腌腌臜臜泼婆娘。"

（31）都堂：唐代尚书省中厅，是政府最高行政机关。

（32）撅（juē）皇城、打怨鼓：撅，折断。这里是告御状的意思。打怨鼓，指打登闻鼓。封建统治者为表示听取臣民的谏议之言或冤抑之情，特在朝堂悬鼓，称为登闻鼓。《陈州粜米》第一折："任从他贼丑生，百般家着智能；遍衙门告不成，也还要上登闻将怨鼓鸣。"

（33）呆老婆唱今古：这是王婆自比为说唱词话的艺人。明代田汝成《西湖游览志》："杭州男女瞽者，多学琵琶，唱古今小说平话，以觅衣食。"

第三折

　　（张千同李万上，诗云）手执无情棒，怀揣滴泪钱；晓行狼虎路，夜伴死尸眠。自家张千便是。有王大、王二、王三，下在死囚牢中，与我拿将他三个出来。（王大、王二上，云）哥哥可怜见！（张千云）别过枷梢来，打三下杀威棒！（打三下科，云）那第三个在那里？（王三上，云）我来了！（张千云）李万，抬过枷[15]床[1]来，丢过这滚肚索去扯紧着。（做扯科，三人叫科）（张千云）李万，你家去吃饭，我看着，则怕提牢官来。（李万下）（正旦上，云）我三个孩儿都下在死囚牢中，我叫化了些残汤剩饭，送与孩儿每吃去。（唱）

　　【正宫端正好】遥望着死囚牢，恰离了悲田院[2]，谁敢道半步俄延！排门儿叫化都寻遍，讨了些泼剩饭和杂面。

　　【滚绣球】俺孩儿本思量做状元，坐琴堂[3]、请俸钱，谁曾遭这般刑宪，又不曾犯“五刑之属三千”[4]。我不肯吃、不肯穿，烧地卧、炙地眠[5]，谁曾受这般贫贱！正按着陈婆婆古语常言[6]，他须“不求金玉重重贵，却甚儿孙个个贤”，受煞熬煎[16]。

　　（做到牢门科，云）这里是牢门首，我拽动这铃索者。（张千云）则怕是提牢官来。我开开这门，看是谁拽动铃索来。（正旦云）是我拽来。（张打科，云）老村婆子！这是你家里？你来做甚么？（正旦云）我与三个孩儿送饭来。（张千云）灯油钱也无，冤苦钱也无，俺吃着死囚的衣饭，有钞将些来使。（正旦云）哥哥可怜见！一个老的被人打死了，三个孩儿又在死囚牢内；老身吃了早晨，无了晚夕，前街后巷，叫化了些残汤剩饭，与孩儿每充饥。哥哥只可怜见！（唱）

【倘秀才】叫化的剩饭重煎再煎，补衲的破袄儿翻穿了正穿。（云）哥哥，则这件旧衣服送你罢！（唱）有这个旧褐袖，与哥哥且做些冤苦钱。（张千云）我也不要你的。（正旦唱）谢哥哥相觑当，厮周全，把孩儿每可怜。

（张千云）罪已问定也，救不的了。（正旦唱）

【脱布衫】争奈一家一计，肠肚萦牵；一上一下，语话熬煎；一左一右，把孩儿顾恋；一揾一把，雨泪涟涟。

【醉太平】数说起罪愆[7]，委实的衔冤，我这里烦烦恼恼怨青天，告哥哥可怜。他三个足丢没乱[8]眼脑[9]剔抽秃刷[10]转，依柔乞煞[11][17]手脚滴羞笃速[12]战；迷留没乱救他叫破俺喉咽，气的来前合后偃。

（张千云）放你进来，我掩上这门。（正旦进见科，云）兀的不是我孩儿！（做悲科）（王大云）母亲，你做甚么来？（正旦云）我与你送饭来。（正旦向张千云）哥哥，怎生放我孩儿吃些饭也好。（张千云）你没手？兀那婆子，喂你那孩儿。（正旦喂王大、王二科，唱）

【笑和尚】我、我、我，两三步走向前，将、将、将，把饭食从头劝；我、我、我，一匙匙都抄遍[13]。你、你、你，胡噎饥[14]，你、你、你，润喉咽。（王三云）娘也，我也吃些儿。（正旦唱）石和尚好共歹一口口刚刚咽。

（旦做倾饭科，云）大哥，这里有个烧饼，你吃，休教石和看见。二哥，这里有个烧饼，你吃，休教石和看见。（唱）

【叨叨令】叫化的些残汤剩饭，那里有重罗面[15]！你不想堂食玉酒琼林宴[16]，想当初长枷钉出中牟县，却不道布衣走上黄金殿。兀的不苦杀人也么哥！兀的不苦杀人也么哥！告你个提牢押狱行方便。

（云）大哥，我去也，你有甚么说话？（王大云）母亲，家中有一本《论语》，卖了替父亲买些纸烧。（正旦云）二哥，你有甚么话说？（王二云）母亲，我有一本《孟子》，卖了替父亲做些经忏。（王三哭云）我也没的分付你，你把你的头来我抱一抱。（正旦出科）（张千云）兀那婆子，你要欢喜么？（正旦云）我可知要欢喜哩！（张千入牢科，云）那个是大的？（王大云）小人是大的。（张千云）放水火⁽¹⁷⁾！（王大做出科）（张千云）兀那婆子，你这大的孝顺，保领出去养活你，你见了这大的儿子，你欢喜么？（正旦云）我可知欢喜哩！（张千云）我着你大欢喜。（做入牢科，云）那个是第二的？（王二云）小人便是。（张千云）起来，放水火！（做放出科）（张千云）兀那婆子，再与你这第二的，能营运养活你。（正旦云）哥哥，那第三个孩儿呢？（张千云）把他盆吊⁽¹⁸⁾死，替葛彪偿命去。明日早墙底下来认尸。（正旦悲科，唱）

【上小楼】将两个哥哥放免，把第三的孩儿推转；想着我咽苦吞甘，十月怀耽，乳哺三年。不争教大哥哥、二哥哥身遭刑宪，教人道桑新妇不分良善。

【幺篇】你本待冤报冤，倒做了颠倒颠，岂不闻杀人偿命，罪而当刑，死而无怨。（做看王三科，唱）若是我两三番将他留恋，教人道后尧婆两头三面。

（王大、王二云）母亲，我怎舍得兄弟也！（正旦云）大哥、二哥家去来，休烦恼者！（唱）

【快活三】眼见的你两个得生天，单则你小兄弟丧黄泉。（做觑王三悲科，唱）教我扭回身，忍不住泪涟涟。（王大、王二悲科）（正旦云）罢、罢、罢！但留的你两个呵，（唱）他便死也我甘心情愿。

【朝天子】我可便可怜孩儿忒少年，何日得重相见？不争将前家儿身首不完全，枉惹得后代人埋怨。我这里自推自擓[19]到三十余遍，畅好是[20]苦痛也么天！到来日一刀两段，横尸在市廛[21]，再不见我这石和面。

【尾煞】做爷的不曾烧一陌纸钱，做儿的又当了罪愆，爷和儿要见何时见？若要再相逢一面，则除是梦儿中咱子母团圆。（王大、王二随下）

（王三云）张千哥哥，我大哥、二哥都那里去了？（张千云）老爷的言语，你大哥、二哥都饶了，着养活你母亲去，只着你替葛彪偿命。（王三云）饶了我两个哥哥，着我偿命去，把这两面枷我都带上。只是我明日怎么样死？（张千云）把你盆吊死，三十板高墙丢过去。（王三云）哥哥，你丢我时放仔细些，我肚子上有个疖子哩。（张千云）你性命也不保，还管你甚么疖子。（王三唱）

【端正好】腹揽五车书[22]，（张千云）你怎么唱起来？（王三云）是曲尾。（唱）都是些《礼记》和《周易》。眼睁睁死限相随，指望待为官为相身荣贵，今日个毕罢了名和利。

【滚绣球】包待制比问牛的[23]省气力，俺父亲比那教子的[24]少见识，俺秀才每比那题桥人[25]无那五陵[26]豪气。打的个遍身家鲜血淋漓，包待制又葫芦提，令史[27]每装不知。两边厢列着祗候人役，貌堂堂都是一火洒[28]合娘的[29]。隔牢撺彻墙头去，抵多少平空寻觅上天梯。（带云）张千！（唱）等我合你奶奶歪厮[30]。（张千随下）

注 解

(1) 柙（xiá）床：捆绑犯人的刑具，其捆缚的绳索即下文所谓的"滚肚索"。《管子·小匡》："遂生束缚而柙以予齐。"

（2）悲田院：佛教术语，乞丐聚居地。佛教有三福田之说，悲田是其中之一。意思是通过对乞丐的施舍来表达慈悲的心肠，将会收到一定的裨益善报。有时也作"卑田院"，《金线池》第一折："好运好运，卑田院里赶趁。"

（3）琴堂：旧称县官的衙门为琴堂。《吕氏春秋·察贤》："宓子贱治单父（地名），弹鸣琴，身不下堂而单父治。"

（4）"五刑之属三千"：语出《孝经》。意为五种刑罚共有三千条法律条文。五刑，指墨（在面上刺字染黑）、劓（yì，割鼻）、刖（fèi，断足）、宫（残害男子生殖器或破坏妇女生育机能）、大辟（死刑）。

（5）烧地卧、炙地眠：指住在破窑里。

（6）古语常言：指陈母的话。下文"不求金玉"两句唱词见《陈母教子》头折："不求金玉重重贵，只愿儿孙个个贤。"

（7）罪愆（qiān）：罪过。愆，过失。

（8）足丢没乱：形容眼神的慌张。

（9）眼脑：眼睛。

（10）剔抽秃刷：形容着急时眼珠转动的样子。

（11）依柔乞煞：手脚无力、软绵绵的样子。

（12）滴羞笃速：形容手脚发抖的样子。

（13）抄遍：意为把碗里食物刮干净。

（14）胡噎饥：胡乱吃一点东西充饥。

（15）重罗面：用罗筛过多次做成的面，即细面。

（16）琼林宴：御赐宴会。琼林，宋代苑名，在汴京（今开封）城西。宋徽宗政和二年（1112）以前，于此会宴新及第进士。《宋史·乐志四》："政和二年，赐贡士闻喜宴于辟雍，仍用雅乐，罢琼林苑宴。"

（17）放水火：指大小便。剧中是借放犯人出去大小便而把人释放出去。《水浒传》第五十一回："朱仝独自带过雷横，只做水火，来后面僻静处，开了枷放了雷横。"

（18）盆吊：一种惨酷的非刑，其办法正如《水浒传》第二十八回牢卒告诉武松那样："到晚，把两碗黄仓米饭和些臭鲞鱼来与你吃了，趁饱带你去土牢里去，把脖子捆翻着，一床干橘荐把你卷了，塞住了你七窍，颠倒竖在壁边，不消半个更次，便结果了你性命，这个唤做盆吊。"

（19）自推自攧（diān）：形容痛苦万状，痛不欲生。攧，跌也。

（20）畅好是：真正是的意思。参阅《望江亭》第二折注文（9）。

（21）市廛（chán）：集市。

（22）五车书：言读书极多。《庄子·天下》："惠施多方，其书五车。"旧时称读书多为"学富五车"。

（23）问牛的：指汉代丞相丙吉。他出游时不过问人殴斗，反而过问牛为什么喘气。别人问他为何重牛轻人，他说人殴斗自有官员过问，至于春天牛喘，可能是气候不好的迹象，这正是身为丞相该管的大事。李宽甫有《汉丞相丙吉问牛喘》杂剧。

（24）教子的：指"陈母教子"中的陈母。

（25）题桥人：指汉代文学家司马相如。《华阳国志·蜀志》："城北十里有升仙桥，有送客观。司马相如初入长安，题市门曰：'不乘赤车驷马，不过汝下也。'"韦庄《东阳赠别》诗："去时此地题桥去，归日何年佩印归？"关汉卿撰有《升仙桥相如题柱》杂剧，今佚。

（26）五陵：指咸阳附近汉代五个皇帝的陵墓（即高帝长陵、惠帝安陵、景帝阳陵、武帝茂陵、昭帝平陵）。班固《西都赋》："南望杜、霸，北眺五陵。"

（27）令史：府吏。《谢天香》第一折："我怨那礼案里几个令史，他每都是我掌命司。"参见《谢天香》第一折注文（5）。

（28）一火洒：一伙人。

（29）合（cái）娘的：下流话。

（30）屄（bī）：女性生殖器。

第四折

（王三背赵顽驴尸上，伏定）（王大、王二上，云）咱同母亲寻三哥尸首去来，母亲行动些！（正旦上，云）听的说石和孩儿盆吊死了，他两个哥哥抬尸首去了，我叫化了些纸钱，将着柴火，烧埋孩儿去呵！（唱）

【双调新水令】我从未拔白⁽¹⁾悄悄出城来，恐怕外人知大惊小怪。我叫化的乱烘烘一陌纸，拾得粗垈垈⁽²⁾几根柴，俺孩儿落不得席卷椽抬，谁想有这一解⁽³⁾！

（打悲科，云）孩儿呵！（唱）

【驻马听】想着你报怨心怀，和那横死爷相逢在分界牌⁽⁴⁾。（带云）若相见时呵，（唱）您两个施呈手策，把那杀人贼推下望乡台。黑洞洞天色尚昏霾，静巉巉回野荒郊外，隐隐似有人来，觑绝时教我添惊骇。

（王大、王二背尸上，云）母亲那里？这不是三哥尸首？（旦做认悲科，唱）

【夜行船】慌急列教咱观了面色，血模糊污尽尸骸。我与你慌解下麻绳，急松开衣带，您疾忙向前来扶策。

【挂玉钩】你与我揪住头心掐下颏，我与你高阜处招魂魄。石和哎！贪慌处将孩儿落了鞋，你便叫煞^{(5)[17]}他、怎得他瞅睬，空教我闷转加、愁无奈，只落得哭哭啼啼、怨怨哀哀。

（带云）石和孩儿呵！（唱）

【沽美酒】我将这老精神强打拍，小名儿叫的明白，你个孝顺的石和安在哉？则被他抛杀您奶奶，教我空没乱把地皮掴。

【太平令】空教我哭哭啼啼自敦自摔⁽⁶⁾，百般的唤不回来。也是我多灾多害，急煎煎不宁不耐。（云）石和孩儿！（王三上，应云）我在这里！（正旦唱）教我左猜右猜，不知是那里应来？呀！莫不是山精水怪？

（王三上，云）母亲，孩儿来了。（正旦慌科，云）有鬼！有鬼！（王三云）母亲休怕，是石和孩儿，不是鬼。（正旦唱）

【风入松】我前行他随后赶将来，唬的我拖耳挠腮，教我战笃速忙把孩儿拜，我与你收拾全七修斋[7]。（王三云）母亲，我是人。（正旦唱）不是鬼疾言个皂白，怎免得这场灾？

（王三云）包爷爷把偷马贼赵顽驴盆吊死了，着我拖他出来，饶了你孩儿也。（正旦唱）

【川拨棹】这场灾，一时间命运衰；早则解放愁怀，喜笑盈腮。我则道石沉大海！（云）大哥、二哥，您两个管着甚么哩？（唱）这言语休见责。

（云）您两个好不仔细，抬这尸首来做甚？（唱）

【殿前欢】孩儿，你也合把眼睁开，却把谁家尸首与我背将来？也不是提鱼穿柳欢心大，也不是鬼使神差。虽然道死是他命该，你为甚无妨碍？（王三云）孩儿知道没事，是包爷爷分付，教我背出来的。（正旦唱）常言道"老实的终须在"！把错抬的尸首，你与我土内藏埋。

（包待制冲上，云）你怎生又打死人？（正旦[18]慌科）（包待制云）你休慌莫怕。他是偷马的赵顽驴，替你偿葛彪之命。你一家儿都望阙跪者，听我下断。（词云）你本是龙袖娇民[8]，堪可为报国贤臣。大儿去随朝勾当，第二的冠带荣身，石和做中牟县令，母亲封贤德夫人。国家重义夫节妇，更爱那孝子顺孙，今日的加官赐赏，一家门望阙沾恩[19]。（正旦同三儿拜谢科，云）万岁，万岁，万万岁！（唱）

【水仙子】九重天飞下纸赦书来，您三下里休将招状责，一齐的望阙疾参拜，愿的圣明君千万载。更胜如枯树花开，捱了些脓血债，受彻了牢狱灾，今日个苦尽甘来。

【鸳鸯煞】不甫能黑漫漫填满这沉冤海，昏腾腾打出了迷魂寨，愿待制位列三公⁽⁹⁾，日转千阶⁽¹⁰⁾。唱道⁽¹¹⁾娘加做贤德夫人，儿加做中牟县宰，赦得俺一家儿今后都安泰；且休提这恩德无涯，单则是子母团圆，大古里彩⁽¹²⁾！[20]

  题目　葛皇亲挟势行凶横　赵顽驴偷马残生送
  正名　王婆婆贤德抚前儿　包待制三勘蝴蝶梦

注　解

（1）拔白：天发白、大清早的意思。

（2）粗坌（fèn）坌：粗大的样子。

（3）解：犹言套。《东平府》第三折："恰才衙内爹爹唤您呈几解耍子哩！"

（4）分界牌：迷信说法，阳世和阴间交界的地方。

（5）叫煞：指千呼万唤。

（6）自敦自摔：痛断肝肠，跌跌撞撞。

（7）七修斋：旧时迷信风俗，人死后每隔七天祭奠一次，一直进行到第七个七天，也就是四十九天时止。

（8）龙袖娇民：指京城百姓。《武林旧事》卷六载京城百姓有特殊待遇，故称。

（9）三公：参阅《鲁斋郎》第四折注文（13）。

（10）阶：指官阶。日转千阶是日日升迁的意思。

（11）唱道：或作畅道，真正是的意思。元剧双调〔鸳鸯煞〕的定格，第五句开头要用"畅道"两字。

（12）大古里彩：大古里，特别的意思。参阅《望江亭》第二折注文（5）。彩，幸运。这句意为皆大欢喜。

校 注

本剧现存版本有明代陈与郊编《古名家杂剧》（龙峰徐氏刊本）及明代臧晋叔《元曲选》本，现以后者为底本，以前本参校。

[1] 农庄生活：原作"农庄"，文意欠通，据上句王老汉念白校改。

[2]"一举首登龙虎榜"二句：《古名家杂剧》本作"你孩儿受十年苦苦孜孜，博一任欢欢喜喜"。

[3]"有权有势尽着使"四句：《古名家杂剧》本作"将相本无种，男儿当自强"。

[4]"我也不怕"三句：《古名家杂剧》本作"马咬，马咬！马踢，马踢！马合，马合！"

[5] 我那儿也：此句疑有脱讹。

[6] 剌：原作"刺"，据《古名家杂剧》本改。

[7] 你三人平昔无瑕疵：《古名家杂剧》本作"你三人非是闲周次"。

[8]"似这般逞凶撒泼干行止"二句：《古名家杂剧》本作"这一还一报从来是，想皇天报应不容私"。

[9]〔后庭花〕曲：此曲文《古名家杂剧》本作"想天公不受私，正是一还一报时。恨小非君子，无毒不丈夫。你好不寻思，这场公事，你三人痛莫支。你集贤为秀士，跳龙门折桂枝，为亲爷遭横死，须当是报怨私。若官司拿住尔，审情真问口词，下脑箍使拶子"。

[10] 也得个孝顺名儿：原作"我也甘心做郭巨埋儿"，据《古名家杂剧》本改。

[11] 早是我问你。喏：原缺，据《古名家杂剧》本增补。

[12] 王三：原作"王大兄弟"，据《古名家杂剧》本改。

[13] 便：原误为"更"，今改。

[14] 何异子母官司向谁控：《古名家杂剧》本作"便和那子母官司都一等"。

[15] 柙：原作"押"，误刻，今改。

[16] 熬煎：原作"迤遭"，据《古名家杂剧》本改。

［17］煞：原音假为"杀"，今改。

［18］正旦：《古名家杂剧》本作"旦、众"。

［19］"今日的加官赐赏"二句：《古名家杂剧》本作"圣明主加官赐赏，一齐的望阙谢恩"。

［20］"赦得俺一家儿今后都安泰"四句：《古名家杂剧》本作"赦得俺子母今后无妨碍，大小无灾，则愿得龙椅上君王万万载"。

杜蕊娘智赏金线池

导　读

　　《金线池》是一个描写妓女和士子恋爱故事的杂剧。通过杜蕊娘和韩辅臣之间一场误会性的喜剧冲突，以及两人在石府尹帮助下圆合的过程，揭示了妓女屈辱的生活境况和悲惨的命运。

　　亚里士多德的戏剧理论强调动作，由此构建了戏剧冲突的学说。黑格尔强调个性刻画，性格冲突成为他戏剧理论的核心。中国戏曲除强调"四功五法"外，本质上是一种抒情艺术，唱腔或唱段成为戏曲艺术表现人物的重要手段。看看本剧主人公杜蕊娘以下唱段：

　　我想一百二十行，门门都好着衣吃饭；偏俺这一门，却是谁人制下的？忒低微也呵！（唱）

　　〔仙吕点绛唇〕则俺这不义之门，那里有买卖营运，无赀本，全凭着五个字迭办金银。（带云）可是那五个字？（唱）无过是恶、劣、乖、毒、狠。

〔混江龙〕无钱的可要亲近，则除是驴生戟角瓮生根。佛留下四百八门衣饭，俺占着七十二位凶神。……

〔南吕一枝花〕东洋海洗不尽脸上羞，西华山遮不了身边丑，大力鬼顿不开眉上锁，巨灵神劈不断腹中愁。……

〔十二月〕想那厮着人赞称，天生的济楚才能，只除了心不志诚，诸余的所事儿聪明。本分的从来老成，聪俊的到底杂情。

这些唱词诉说着杜蕊娘心中的苦痛与怨恨。她这个上厅行首（上官厅的官妓领班）对职业的厌恶与无奈，对真情的憧憬与矛盾，被侮辱与被损害者的身份，反促成她高傲的气性。这些唱词成为表现人物的重要手段。

元杂剧的表演体制，有所谓"末本"（正末，即正生为主角）与"旦本"（正旦为主角）之分，由正末或正旦主唱，其余角色只有说白。本剧只有杜蕊娘有唱词，这些唱词对杜蕊娘这一人物的坎坷际遇与复杂心情表现得生动形象、曲折有致。

聪明美丽、多才多艺的妓女杜蕊娘和书生韩辅臣热烈相爱，但是，鸨母的贪财板障，使他们不能自由掌握自己的命运。诗云："床头黄金尽，壮士无颜色。"鸨母的贪财并驱赶韩辅臣，直接促成了这场误会性戏剧冲突的产生，是本剧最重要的关目。在韩辅臣看来，这很可能是母女合谋的举措；在杜蕊娘方面，韩辅臣不辞而别二十多天，是不爱自己了，于是心中郁结。最后，在石府尹虚张声势的官威"压迫"下，韩辅臣与杜蕊娘和好如初，冲突得以解决。

《金线池》是一个喜剧，是关汉卿根据现实中勾栏妓女的生活状况编写的。误会、巧合、夸张等艺术手法运用得恰到好处，使剧作获得很好的喜剧效果。由于注意揭示妓女生活中根本性的问题，全剧不流于轻泛浮浅，有喜有悲，正所谓"笑者真笑，笑即有声；啼者真啼，啼即有泪"。悲喜相间，相得益彰，达到思想与艺术的完美统一。

明代万历博古堂刻本《元曲选》插图

明代万历博古堂刻本《元曲选》插图

明代万历博古堂刻本《元曲选》插图

明代万历博古堂刻本《元曲选》插图

楔 子

（外扮石府尹引张千上，诗云）少小知名达礼闱[1]，白头犹未解朝衣[2]。年来屡上陈情疏[3]，怎奈君恩不放归。[1]老夫姓石名敏，字好问，幼年进士及第，随朝数载，累蒙擢用，谢圣恩可怜，除授济南府尹之职。我有个同窗故友，姓韩名辅臣。这几时不知兄弟进取功名去了，还只是游学四方？一向音信杳无，使老夫不胜悬念。今日无甚事，在私宅闲坐。张千，门首觑者，若有客来时，报复我知道。（张千云）理会的。（末扮韩辅臣上，诗云）流落天涯又几春，可怜辛苦客中身。怪来喜鹊迎头噪，济上[4]如今有故人。小生姓韩名辅臣，洛阳人氏，幼习经史，颇看诗书，学成满腹文章，争奈功名未遂。今欲上朝取应，路经济南府过，我有个[2]八拜交[5]的哥哥是石好问，在此为理，且去与哥哥相见一面，然后长行。说话中间，早来到府门了也。左右报复去，道有故人韩辅臣特来相访。（张千报云）禀老爷得知，有韩辅臣在于门首。（府尹云）老夫语未悬口，兄弟早到。快有请！（张千云）请进。（做见科）（韩辅臣云）哥哥，数载不见，有失问候，请上，受你兄弟两拜。（做拜科）（府尹云）京师一别，几经寒暑，不意今日惠顾，殊慰鄙怀。贤弟请坐，张千看酒来。（张千云）酒在此。（做把盏科）（府尹云）兄弟满饮一杯！（做回酒科）（韩辅臣云）哥哥也请一杯！（府尹云）筵前无乐，不成欢乐。张千，与我唤的那上厅行首[6]杜蕊娘来，伏侍兄弟饮几杯酒。（张千云）理会的。出的这门来，这是杜蕊娘门首。杜大姐在家么？（正旦扮杜蕊娘上，云）谁唤门哩？我开了这门看。（做见科）（张千云）府堂上唤官身[7]哩。（正旦云）要官衫[8]么？（张千云）是小酒[9]，免了官衫。（做行科）（张千云）大姐，你立在这里，待我报复去。（做报科）（府尹云）着他进来！（正旦做见科，云）相公唤妾身，有何分付？（府尹云）唤你来别无他事，这一位白衣卿相[10]是我的同窗故交，你把体面相见咱。

（正旦做拜科）（韩辅臣慌回礼云）嫂嫂请起！（府尹云）兄弟也，这是上厅行首杜蕊娘。（韩辅臣云）哥哥，我则道是嫂嫂。（背云）一个好妇人也！（正旦云）一个好秀才也！（府尹云）将酒来，蕊娘行酒。（正旦与韩连递三杯科）（府尹云）住，住！兄弟，我也吃一钟儿。（韩辅臣云）呀！却忘了送哥哥。（正旦递府尹酒，饮科）（正旦云）秀才高姓大名？（韩辅臣云）小生洛阳人氏，姓韩名辅臣。小娘子谁氏之家？姓甚名谁？（正旦云）妾身姓杜，小字蕊娘。（韩辅臣云）原来见面胜似闻名[3]！（正旦云）果然才子，岂能无貌！（府尹云）蕊娘，你问秀才告珠玉。（韩辅臣云）兄弟对着哥哥跟前，怎敢提笔？正是弄斧班门(11)，徒贻笑耳。（府尹云）兄弟休谦！（韩辅臣云）这等，兄弟呈丑也。（做写科，云）写就了。蕊娘，你试看咱。（正旦念云）词寄《南乡子》。词云："袅娜复轻盈，都是宜描上翠屏。语若流莺声似燕，丹青，燕语莺声怎画成？　难道不关情，欲语还羞便似曾。占断楚城歌舞地，娉婷，天上人间第一名。"好高才也！（韩辅臣云）兄弟此行，本为上朝取应，只因与哥哥久阔，迂道拜访。幸睹尊颜，复蒙嘉宴。争奈试期将近，不能久留，酒散之后，便当奉别。（府尹云）贤弟且休去，略住三朝五日，待老夫赍发(12)你一路鞍马之费，未为迟也。张千，打扫后花园，请秀才在书房中安下者！（韩辅臣云）花园冷静，怕不中么？（府尹云）既如此，就在蕊娘家安歇如何？（韩辅臣云）愿随鞭镫！（府尹云）你看他，一让一个肯。蕊娘，这是我至交的朋友，与你两锭银子，拿去你那母亲做茶钱，休得怠慢了秀才者！（正旦云）多谢相公。（韩辅臣云）兄弟谢了哥哥。大姐，到你家中，拜你那妈妈去来。（正旦云）秀才，俺娘忒爱钱哩！（韩辅臣云）大姐，不妨事，我多与他些钱钞便了也。（正旦唱）

【仙吕端正好】郑六遇妖狐(13)，崔韬逢雌虎(14)，那大曲(15)内尽是寒儒。想知今晓古人家女，都待与秀才每为夫妇。

【幺篇】既不呵，那一片俏心肠，那里每堪分付？那苏小卿[16]不辨贤愚，比如我五十年不见双通叔，休道是苏妈妈，也不是醉驴驴，我是他亲生的女，又不是买来的奴，遮莫拷的我皮肉烂，炼的我骨髓枯[4]，我怎肯跟将那贩茶的冯魁去！（同韩下）

（府尹云）你看我那兄弟，秀才心性，又是那吃酒的意儿，别也不别，径自领着杜蕊娘去了也。且待三朝五日，差人探望兄弟去。古语有云："乐莫乐兮新相知"[17]，岂不信然！（诗云）华省芳筵不待终，忙携红袖去匆匆。虽然故友情能密，争似新欢兴更浓！（下）

注 解

（1）礼闱：指考进士之礼部试院。闱，旧称试院为闱。"少小知名达礼闱"，也就是下文所说的"幼年进士及第"。幼年，指年青的时候。

（2）朝衣：官服。

（3）陈情疏：指辞官的奏疏。晋代李密因父早亡，母何氏再嫁，经祖母刘氏抚育成人，事祖母以孝称。晋武帝征他做官，他上《陈情表》，以奉养祖母为名辞不赴召。

（4）济上：济水之上，指济南府。

（5）八拜交：旧时称异姓结为兄弟为"八拜之交"。

（6）上厅行首：官妓。行首，本是一行人之首的意思。唐代常沂《灵鬼志》"胜儿"篇有"金银行首"之目。宋元时官妓有行会组织，选色艺兼优的任行首，逢节日要上官厅参官，因称上厅行首。《谢天香》楔子："不想游学到此处，与上厅行首谢天香作伴。"

（7）唤官身：宋元时官妓必须承应官府使唤，叫做唤官身。《蓝采和》第二折："不遵官府，失误官身，拿下去扣厅打四十。"

（8）官衫：妓女上官厅穿的服装。

（9）小酒：便宴。

（10）白衣卿相：指未做官的出类拔萃的人才。白衣，古代平民着白衣，因以指无功名的人。柳永《鹤冲天》词："才子词人，自是白衣卿相。"《玉镜台》第三折："首榜上标了名姓，当殿下脱了白衣。"

（11）弄斧班门：指在内行人面前卖弄本事。班，指鲁班，古代著名的巧匠。柳宗元《王氏伯仲唱和诗序》："操斧于班、郢之门，斯强颜耳。"《镜花缘》第五十二回："闻得亭亭姐姐学问渊博，妹子何敢班门弄斧，同他乱谈？"

（12）赍（jī）发：赠送他人礼物。《战国策·西周策》："何不以地赍周？"

（13）郑六遇妖狐：唐人沈既济传奇小说《任氏传》中的故事，郑六在长安街道上遇见任十二，后来虽然知道任是妖狐，但仍然爱她，任对郑也十分忠诚。

（14）崔韬逢雌虎：唐人传奇故事，崔韬遇到由虎怪变成的美女，扔其虎皮于井中，遂与之同居。后来崔从井中取出虎皮，其妻穿后又变成虎，把崔韬和儿子吃掉。见薛用弱《集异记》。

（15）大曲：泛指当时流行的戏曲。

（16）苏小卿：与下文双通叔，以及第三折的〔尧民歌〕曲都是引用勾栏中著名的双渐苏卿的故事。参阅《救风尘》第一折注文（34）。

（17）"乐莫乐兮新相知"：语出《九歌·少司命》"入不言兮出不辞，乘回风兮载云旗。悲莫悲兮生别离，乐莫乐兮新相知"。

第一折

（搽旦⁽¹⁾扮卜儿上，诗云）不纺丝麻不种田，一生衣饭靠皇天。尽道吾家皮解库⁽²⁾，也自人间赚得钱。老身济南府人氏，自家姓李，夫主姓杜，所生一个女儿，是上厅行首杜蕊娘。近日有个秀才，叫做韩辅臣，却是石府尹老爷送来的，与俺女儿作伴。俺这妮子，一心待嫁他，那厮也要娶我女儿；中间被我不肯，把他撺出去了。怎么这一会儿不见俺那妮子，莫非又赶那厮去？待我唤他。蕊娘贱人那里！（正旦领梅香⁽³⁾上，向古门道云）韩秀才，你则躲在房里坐，不要出来，待我和那虔婆颏闹一场去！（韩辅臣做应云）我知道。（正旦云）自从和韩辅臣作伴，又早半年光景，我一心要嫁他，他一心要娶我，则被俺娘板障，不肯许这门

亲事。我想一百二十行，门门都好着衣吃饭；偏俺这一门，却是谁人制下的？忒低微也呵！（唱）

【仙吕点绛唇】则俺这不义之门，那里有买卖营运，无赀本，全凭着五个字迭办⁽⁴⁾金银。（带云）可是那五个字？（唱）无过是恶、劣、乖、毒、狠。

【混江龙】无钱的可要亲近，则除是驴生戟角瓮生根。佛留下四百八门衣饭，俺占着七十二位凶神。才定脚谢馆⁽⁵⁾接迎新子弟，转回头霸陵谁识旧将军⁽⁶⁾。投奔我的都是那矜⁽⁷⁾爷害娘、冻妻饿子、折屋卖田，提瓦罐爻槌运⁽⁸⁾；那些个慈悲为本，多则是板障为门。^[5]

（云）梅香，你看奶奶做甚么哩？（梅香云）奶奶看经哩！（正旦云）俺娘口慈作罪，你这般心肠，多少经文忏的过来？枉作的孽深了也！（唱）

【油葫芦】炕头上主烧埋⁽⁹⁾的显道神，没事哏⁽¹⁰⁾，糁麻头⁽¹¹⁾斜皮脸⁽¹²⁾老魔君。拿着一串数珠，是吓子弟降魔印；轮着一条拄杖，是打鸿濛⁽¹³⁾无情棍。茶房里那一伙老孽人，酒杯间有多少闲议论，频频的间阻休熟分，三夜早赶离门。

（梅香云）姐姐，这话说差了！我这门户人家，巴不得接着子弟，就是钱龙⁽¹⁴⁾入门，百般奉承他，常怕一个留他不住；怎么刚刚三日，便要赶他出门？决无此理！（正旦云）梅香，你那里知道！（唱）

【天下乐】他只待夜夜留人夜夜新，殷勤，顾甚的恩！不依随又道是我女孩儿不孝顺。今日个漾人头斯摔，含热血斯喷⁽¹⁵⁾，定夺俺心上人。（做见科，正旦云）母亲，吃甚么茶饭哪？（卜儿云）灶窝里烧了几个灯盏⁽¹⁶⁾，吃甚么饭来！（正旦唱）

【醉扶归^[6]】有句话多多的苦告你老年尊，累累的嘱托近比邻，一片花飞减却春⁽¹⁷⁾，我如今不老也非为嫩，年纪小呵须是有气分⁽¹⁸⁾，年纪老无人问。

（云）母亲，嫁了您^[7]孩儿罢，孩子年纪大了也！（卜儿云）丫头，拿镊子来镊了鬓边的白发，还着你觅钱哩！（正旦云）母亲，你只管与孩儿撒性怎的？（卜儿云）我老人家如今性子淳善了，若发起村来，怕不筋都敲断你的！（正旦唱）

【金盏儿】你道是性儿淳，我道你意儿村，提起那人情来往佯装钝。（带云）有几个打趓客旅⁽¹⁹⁾辈，丢下些刷牙掠头⁽²⁰⁾，问奶奶要盘缠家去，（唱）你可早耳朵闭眼睛昏；前门里统馒客⁽²¹⁾，后门里一个使钱勤，揉开汪泪眼，打拍老精神。

（云）母亲，嫁了你孩儿者！（卜儿云）我不许嫁，谁敢嫁？有你这样生忿⁽²²⁾忤逆的！（正旦唱）

【醉中天】非是我偏生忿，还是你不关亲，只着俺淡抹浓妆倚市门，积趱下金银囤。（卜儿做怒科，云）你这小贱人，你今年才过二十岁，不与我觅钱，教哪个觅钱？（正旦唱）你道俺才过二旬，有一日粉消香褪，可不道老死在风尘？

（云）母亲，你嫁了孩儿罢！（卜儿云）小贱人，你要嫁那个来？（正旦唱）

【寄生草】告辞了鸣珂巷⁽²³⁾，待嫁那韩辅臣。这纸汤瓶再不向红炉顿⁽²⁴⁾，铁煎盘再不使清油混，铜磨笴再不把顽石运⁽²⁵⁾。（卜儿云）你要嫁韩辅臣这穷秀才，我偏不许你！（正旦唱）怎将咱好姻缘生折做断头香，休想道泼烟花再打入迷魂阵！

（卜儿云）那韩辅臣有什么好处，你要嫁他？（正旦唱）

【赚煞】^[8]十度愿从良，长则九度不依允。也是我八个字⁽²⁶⁾无人主婚，空盼上他七步才华⁽²⁷⁾远近闻。六亲中无不欢欣，改家门，做的个五花诰夫人⁽²⁸⁾，驷马高车锦绣裀⁽²⁹⁾，道俺有三生福分，正行着双双好运。（卜儿云）好运好运，卑田院里赶趁！你要嫁韩辅臣，这一千年不长进的，看你打莲花落也。（正旦唱）他怎肯教一年春尽又是一年春⁽³⁰⁾！（下）

（卜儿云）俺女儿心中^[9]念念只要嫁韩秀才，我好歹偏不嫁他。俺想那韩秀才是个气高的人，他见俺有些闲言闲语，必然使性出门去；俺再在女孩儿根前调拨他，等他两个不和，讪起脸来⁽³¹⁾，那时另接一个富家郎，才中俺之愿也。正是：小娘爱的俏，老鸨爱的钞；则除非弄冷他心上人，方才是我家里钱龙到。（下）

注　解

（1）搽旦：杂剧脚色名，指女丑，即后来的彩旦。

（2）皮解库：解库，或称"解典库"，指当铺。皮解库，妓院的谑称。

（3）梅香：旧时多以梅香为婢女的名字，后便用梅香作为婢女的代称。《西厢记》第一本第二折："偌大一个宅堂，可怎生没别个儿郎，使得梅香来说勾当。"

（4）迭办：筹措。

（5）谢馆：歌楼妓院的代称。从唐代张泌诗"别梦依稀到谢家"转化而来。

（6）霸陵谁识旧将军：《史记·李将军列传》记汉武帝时名将李广，"尝夜从一骑出，从人田间饮。还至霸陵亭，霸陵尉醉，呵止广。广骑曰：'故李将军。'尉曰：'今将军尚不得夜行，何乃故也！'止广宿亭下。……天子乃召拜广为右北平太守。广即请霸陵尉与俱，至军而斩之"。

（7）矜（jīn）：自大自夸。剧中是忤逆的意思。

（8）提瓦罐爻（yáo）槌运：乞儿命的意思。瓦罐，乞丐叫化所用的饭具。爻槌，也作"摇槌"，乞儿唱曲时敲击乐器的槌。

（9）烧埋：指人死了烧纸钱埋葬。

（10）没事哏：即没事狠，十分凶狠之意。

（11）檾（qǐng）麻头：头长得像檾麻茎一样。檾麻，或称"顷麻"，一年生草本植物；茎直立，茎皮可做绳子。

（12）斜皮脸：横肉满面。

（13）鸿瀇（xīchì）：或作"鸿鸑"，水鸟名，俗称紫鸳鸯。温庭筠《黄昙子歌》："红激荡融融，莺翁鸿瀇暖。"

（14）钱龙：成串的铜钱。这里犹如说财神。

（15）漾人头厮摔，含热血厮喷：意为打仗，犹如说抛头颅洒热血。这里意思是拼着老命干。漾，抛的意思。《气英布》第二折："折末他提人头厮摔，喷热血相倾。"《张协状元》戏文（第五十一出）："三关四角地，沿边地十八寨，人头厮钉，热血厮泼。"《醉翁谈录》甲集卷一"小说开辟"："说人头厮挺，令羽士快心。"

（16）灶窝里烧了几个灯盏：民间俗谚，灶洞里正在烧灯盏祭神，意为无饭可做。

（17）一片花飞减却春：出自杜甫《曲江》诗句"一片花飞减却春，风飘万点正愁人"。

（18）气分：志气。

（19）打辄（xué）客旅：转一转就走的临时客人。辄，转入。《古今小说·蒋兴哥重会珍珠衫》："（黄婆）拿向卧房中藏过，忙辄出来。"

（20）掠头：梳子。

（21）统镘客：有许多钱花的客人。镘，钱。参阅《救风尘》第一折注文（22）。

（22）生怂：也作"生分"，忤逆之意。有时也可解为疏远，参阅《蝴蝶梦》第二折注文（19）。

（23）鸣珂巷：指妓院。参阅《鲁斋郎》第四折注文（16）。

（24）纸汤瓶再不向红炉顿：薄壁瓶子在炉火上容易烤坏。这句意为今后再不和其他人搞得火热了。顿，碰。

（25）铜磨笴（gě）再不把顽石运：笴，箭干。铜磨笴，石磨上的铜把子。顽石，指石磨。运，磨转。

（26）八个字：指八字，参阅《窦娥冤》第一折注文（17）。

（27）七步才华：《世说新语·文学》："文帝（曹丕）尝令东阿王（丕弟曹植）七步中作诗，不成者行大法。应声便为诗曰：'煮豆持作羹，漉菽以为汁。萁在釜下燃，豆在釜中泣。本自同根生，相煎何太急？'帝深有惭色。"后人便以"七步"形容才思敏捷。

（28）五花诰夫人：指贵妇人。诰，册封之诰命。《大金国志》卷三十五"诰敕"条："五品以上方用诰，诰用五色绫。"故俗称为五花官诰。《西厢记》第五本第四折："莺莺有福，稳请了五花官诰七香车。"

（29）裀（yīn）：夹衣。

（30）一年春尽又是一年春：当时乞儿常唱的〔莲花落〕曲中有"一年春尽一年春"的词句。

（31）讪（shàn）起脸来：讪脸，发怒时面孔红胀，有时又作"讪觔（筋）"。《西厢记》第五本第三折："讪觔、发村、使狠，甚的是软款温存。"

第二折

（韩辅臣上，诗云）一生花柳幸多缘，自有嫦娥爱少年。留得黄金等身[1]在，终须买断丽春园[2]。我韩辅臣，本为进取功名，打从济南府经过，适值哥哥石好问在此为理，送我到杜蕊娘家安歇。一住半年以上，两意相投，不但我要娶他，喜得他也有心嫁我，争奈这虔婆百般板障。俺想来，他只为我囊中钱钞已尽；况见石府尹满考[3]朝京，料必不来复任，越越的欺负我，发言发语，只要撵我出门去。我是个顶天立地的男子汉，怎生受得一口气？出了他门，不觉又是二十多日。你道我为何不去，还在济南府淹阁[4]？倒也不是盼俺哥哥复任，思量告他，只为杜蕊娘，他把俺赤心相待，时常与这虔婆合气[5]，寻死觅活，无非是为俺家的缘故；莫说我的气高，那蕊娘的气比我还高的多哩。他见我这日出门时节，竟自悻悻然[6]去了，说也不和他说一声儿，必然有些怪我。这个怪也只得由他怪，本等是我的不是。以此沉吟展转，不好便离此处，还须亲见蕊娘，讨个明白。若他也是虔婆的见识，没有嫁我之心，却不我在此亦无指望了，不如及早上朝取应，干我自家功名去；他若是好好的依旧要嫁我，一些儿不怪我，便受尽这虔婆的气，何忍负之。今日打听得虔婆和他一班儿老姊妹在茶房中吃茶，只得将我羞脸儿揣⁽⁷⁾在怀里，再到蕊娘家去走一遭。（词云）我须是读书人凌云豪气，偏遇这泼虔婆全无顾忌；天若使石好问复任济南，少不的告他娘着他流递。（下）

（正旦引梅香上，云）我杜蕊娘一心看上韩辅臣，思量嫁他，争奈我母亲不肯，倒发出许多说话，将他赶逐出门去了。我又不曾有半句儿恼着他，为何一去二十多日，再也不来看我？教我怎生放心得下？闻得母亲说，他是烂黄齑⁽⁸⁾，如今又缠上一个粉头⁽⁹⁾，道强似我的多哩。这话我也不信，我想，这济南府教坊⁽¹⁰⁾中人，那一个不是我手下教导过的小妮子？料必没有强似我的。若是他果然离了我家，又去蹋别家的门，久以后我在这街上行走，教我怎生见人哪？（唱）

【南吕一枝花】东洋海洗不尽脸上羞，西华山遮不了身边丑，大力鬼顿不开眉上锁，巨灵神⁽¹¹⁾劈不断腹中愁。闪的我有国难投，抵多少南浦伤离⁽¹²⁾后^[10]。爱你个杀才⁽¹³⁾没去就，明知道雨歇云收，还指望待天长地久。

【梁州第七】这厮懒散了虽离我眼底，忔憎⁽¹⁴⁾着又在心头。出门来信步闲行走，遥瞻远岫，近俯清流；行行厮趁，步步相逐，知他在那搭儿里续上绸缪⁽¹⁵⁾？知他是怎生来结做冤仇，俏哥哥不争你先和他暮雨朝云，劣奶奶则有分吃他那闲茶浪酒，好姐姐几时得脱离了舞榭歌楼？不是我出乖弄丑，从良弃贱，我命里有终须有，命里无枉生受。只管扑地掀天无了休，着甚么来由？

（梅香云）姐姐，你休烦恼，姐夫好歹来家也！（正旦云）梅香，将过琵琶来，待我散心适闷咱！（梅香取砌末科，云）姐姐，琵琶在此。

（正旦弹科）（韩辅臣上，云）这是杜大姐家门首。我去的半月期程，怎么门前的地也没人扫，一划的[16]长起青苔来，这般样冷落了也？（正旦做听科，云）那厮来了也，我则推不看见。（韩辅臣做入见科，云）大姐，祗揖！（正旦做弹科，唱）

【牧羊关】不见他思量旧，倒有些两意儿投。我见了他扑邓邓[17]火上浇油，恰便似钩搭住鱼腮，箭穿了雁口。（韩辅臣云）原来你那旧性儿不改，还弹唱哩！（正旦做起拜科，唱）你怪我依旧拈音乐，则许你交错劝觥筹[18]？你不肯冷落了杯中物，我怎肯生疏了弦上手？

（韩辅臣云）那一日吃你家妈妈赶逼我不过，只得忍了一口气，走出你家门，不曾辞别的大姐，这是小生得罪了！（正旦唱）

【骂玉郎】这的是母亲故折鸳鸯偶，须不是咱设下恶机谋，怎将咱平空抛落他人后？今日个何劳你贵脚儿又到咱家走？

（韩辅臣云）大姐何出此言？你原许嫁我哩[11]！（正旦唱）

【感皇恩】咱本是泼贱娼优，怎嫁得你俊俏儒流！（韩辅臣云）这是有盟约在前的。（正旦唱）把枕畔盟，花下约，成虚谬。（韩辅臣云）我出你家门也只得半个多月，怎便见得虚谬了哪？（正旦唱）你道是别匆匆无多半月，我觉得冷清清胜似三秋[19]。（韩辅臣跪科，云）大姐，我韩辅臣不是了，我跪着你请罪罢！（正旦不睬科，云）那个要你跪！（唱）越显的你嘴儿甜，膝儿软，情儿厚。

（韩辅臣云）我和你生则同衾、死则同穴哩。（正旦唱）

【采茶歌】往常个侍衾裯[20]都做了付东流，这的是娼门水局[21]下场头！（韩辅臣云）大姐，只要你有心嫁我，便是卓文君也情愿当垆沽酒来。（正旦唱）再休提卓氏女亲当沽酒肆，只被你双通叔早掘倒了玩江楼⁽²²⁾。

（韩辅臣跪科，云）大姐，你休这般恼我，你打我几下罢！（正旦唱）

【三煞】既你无情呵，休想我指甲儿荡⁽²³⁾着你皮肉。似往常有气性，打的你见骨头。我只怕年深了也难收救，倒不如早早丢开，也免得自僝自僽⁽²⁴⁾。[12]（韩辅臣云）你不发放我起来，便跪到明日，我也只是跪着。（正旦唱）顽涎⁽²⁵⁾儿却依旧，我没福和你那莺燕蜂蝶为四友，甘分⁽²⁶⁾做跌了弹的斑鸠。

【二煞】有耨⁽²⁷⁾处散诞松宽着耨，有偷处宽行大步偷，何须把一家苦苦死淹留？也不管设誓拈香，到处里停眠整宿，说着他瞒心的谎、昧心的咒。[13]你那手，怎掩傍人是非口？说的困须休。

【尾煞】高如我三板儿⁽²⁸⁾的人物[14]也出不得手，强如我十倍儿的声名道着处有，寻些虚脾，使些机彀，用些工夫，再去趁逐。你与我高揎起春衫酒淹袖，舒你那攀蟾⁽²⁹⁾折桂的指头，请先生别挽一枝章台路傍柳⁽³⁰⁾。（下）

（韩辅臣做叹科，云）嗨，杜蕊娘真个不认我了！我只道是虔婆要钱赶我出去，谁知杜蕊娘的心儿也变了。他一家门这等欺负我，如何受的过？只得再消停几日，等我哥哥一个消耗⁽³¹⁾，看他来也不来，再作处置。[15]（诗云）怪他红粉变初心，不独虔婆太逼临；今日床头看壮士，始知颜色在黄金。⁽³²⁾（下）

注　解

（1）黄金等身：意为广有钱财。等身，和身子一样高。

（2）丽春园：也作丽春院、丽春堂、丽春台，宋元戏曲演唱中妓女苏小卿的住处，后来作为娼家的代词。王实甫有《四大王歌舞丽春园》杂剧。《小孙屠》戏文题目："李琼梅设计丽春园。"本剧第三折〔尧民歌〕曲："丽春园则说一个俏苏卿。"

（3）满考：任期届满。《南史·虞寄传》："前后所居官，未尝至秩满。"

（4）淹阁：耽搁、滞留。

（5）合气：赌气。

（6）悻（xìng）悻然：怨恨的样子。

（7）揣：藏。这句是说将羞脸儿藏在怀里，与第四折"揣着羞脸儿"意同。

（8）烂黄齑（jī）：长进不起来的意思，这里比喻秀才的酸臭无用。齑，切碎了的腌菜或酱菜。

（9）粉头：妓女。《青衫泪》第一折："经板似粉头排日唤，落叶似官身吊名差。"

（10）教坊：唐玄宗设立的一个官办伎乐团体，宋元时也设教坊乐籍。这里指妓院。

（11）巨灵神：佛教之神。《水经注·河水》说他曾将连在一起的华山和首阳山劈开。《单鞭夺槊》第四折："一个似摔碎雷车霹雳鬼，一个似擘开华岳巨灵神。"

（12）南浦伤离：出自南朝文学家江淹《别赋》"送君南浦，伤如之何？"南浦，据说指福建浦城南门外。这里指离别之地。

（13）杀才：该死的。这里是爱恨交加的称呼，与"冤家"词同例。

（14）忔（qǐ）憎：原是厌烦，可爱的反语，多用为可爱之意。黄庭坚《好事近》词："思量模样忔憎儿，恶又怎生恶？"

（15）绸缪：情意深厚缠绵。吴质《答东阿王书》："发函伸纸，是何文采之巨丽，而慰喻之绸缪乎！"

（16）一划的：统统的。《桃花女》第四折："只见茫茫荡荡，一划都是荆榛草莽。"

（17）扑邓邓：形容火上浇油烧起来的声音。

（18）觥（gōng）筹：觥，古代一种盛酒的器皿。筹，行酒令时用的签子。

（19）三秋：三个季度，即九个月。《诗经·王风·采葛》："一日不见，如三秋兮。"孔颖达疏："年有四时，时皆三月。'三秋'谓九月也。设言'三春'、'三夏'，其义亦同，作者取其韵耳。"

（20）衾裯：衾，被子。裯，床帐。《诗经·召南·小星》："抱衾与裯。"

（21）水局：卖淫的隐语。

（22）玩江楼：当时有名的歌楼。元代戴善甫有《柳耆卿诗酒玩江楼》杂剧。

（23）荡：擦着，接触。《陈州粜米》第三折："老包姓儿沙，荡他活的少。"《丽春堂》第四折："我若是手揹儿在你身上溚。"荡与溚字异而音义并同。

（24）自偆（chān）自愁（zhòu）：自寻烦恼。偆愁，烦恼。《竹叶舟》第二折："唱道几处笙歌，几家偆愁。"

（25）顽涎：死皮赖脸。

（26）甘分：心甘情愿。

（27）耨（nòu）：原为除草的意思。元曲中多用来表示做爱。

（28）三板儿：古人筑墙称六尺或八尺为一板。"高如我三板儿的人物"，意为比我高许多的人才，与下句"强如我十倍儿的声名"相对应。

（29）攀蟾：传说月中有蟾蜍，旧时称科举考试得中为蟾宫折桂。参见《蝴蝶梦》第一折注文（14）。

（30）章台路傍柳：指妓女。唐代许尧佐传奇小说《柳氏传》写诗人韩翃与章台的妓女柳氏相爱，后离别间阻，韩写了一首词给柳氏："章台柳，章台柳，昔日青青今在否？纵使长条依旧垂，亦应攀折他人手。"后来便用章台柳作为妓女的代称。

（31）消耗：消息。

（32）"今日床头看壮士"二句：引自唐代诗人张籍《行路难》诗"君不见床头黄金尽，壮士无颜色"。后常用来形容嫖客金尽受到冷落的境况。

第三折

（石府尹上，云）老夫石好问是也。三年任满朝京，圣人道俺贤能清正，着复任济南。不知俺那兄弟韩辅臣，进取功名去了，还是淹留在杜蕊娘家？使老夫时常悬念。已曾着人探听他踪迹，未见回报。张千，门首觑者，待探听韩秀才的人来，报复我知道。（韩辅臣上，云）闻得哥哥复任济南，被我等着了也。来到此间，正是济南府门首。张千，报复去，道韩辅臣特来拜访。（张千报科）（石府尹云）道有请。（见科）（韩辅臣云）恭喜哥哥复任名邦，做兄弟的久客空囊，不曾具得一杯与哥哥拂尘，好生惭愧！（石府尹做笑科，云）我已谓贤弟扶摇万里⁽¹⁾，进取功名去了，却还淹留妓馆，志向可知矣！（韩辅臣云）这几时，你兄弟被人欺侮，险些儿一口气死了，还说那功名怎的！（石府尹云）贤弟，你在此盘缠缺少，不能快意，是有的；那一个就敢欺负着你？（韩辅臣云）哥哥不知，那杜家老鸨儿欺负兄弟也罢了，连蕊娘也欺我。哥哥，你与我做主咱！（石府尹云）这是你被窝儿里的事，教我怎么整理？（韩辅臣云）您兄弟唱喏。（石府尹不礼科，云）我也会唱喏。（韩辅臣云）我下跪。（石府尹又不礼科，云）我也会下跪。（韩辅臣云）哥哥，你真个不肯整理，教我那里告去？您兄弟在这济南府里，倚仗哥哥势力，那个不知？今日白白的吃他娘儿两个一场欺负，怎么还在人头上做人，不如就着府堂触阶而死罢了！（做跳科，石府尹忙扯住，云）你怎么使这般短见？你要我如何整理？（韩辅臣云）只要哥哥差人拿他娘儿两个来扣厅⁽²⁾责他四十，才与您兄弟出的这一口臭气。（石府尹云）这个不难；但那杜蕊娘肯嫁你时，你还要他么？（韩辅臣云）怎么不要？（石府尹云）贤弟不知：乐户⁽³⁾们一经责罚过了，便是受罪之人，做不得士人妻妾。我想，此处有个所在，叫做金线池⁽⁴⁾，是个胜景去处；我与你两锭银子，将的去卧番羊、窖下酒⁽⁵⁾，做个筵席，请他一班儿姊妹来到池上赏宴，央他们替你赔礼，那其间必然收留你在家，可不好哪？（韩辅臣做揖科，云）多谢哥哥厚意！则今日便往金线池上，安排酒果，走一遭去也。（下）（石府尹云）兄弟去了也。这一遭，好共歹成就了他两口儿，可来回老夫的话。（诗云）钱为心所爱，酒是色之媒，会看鸳鸯羽，双双池上归。（下）

　　（外旦三人上，云）妾身张嬷嬷，这是李姈姈，这是闵大嫂。俺们都是杜蕊娘姨姨的亲眷。今日在金线池上，专为要劝韩辅臣、杜蕊娘两口儿圆和。这席面不是俺们设的，恐怕蕊娘姨姨知道是韩姨夫出钱安排酒果，必然不肯来赴，因此只说是俺们请他。酒席中间，慢慢的劝他回心，成其美事。道犹未了，蕊娘姨姨早来也。（正旦上，相见科，云）妾身有何德能，着列位奶奶们置酒张筵，何以克当？（唱）

【中吕粉蝶儿】明知道书生教门儿负心短命[16]，尽教他海角飘零。没来由强风情，刚可喜男婚女聘，往常我千战千赢，透风处使心作俸(6)。

【醉春风】能照顾眼前坑，不提防脑后井。人跟前不恁[17]的(7)吃场扑腾，呆贱人几时能够醒醒？虽是今番，系干宿世，事关前定。（众旦云）这是首席，姨姨请坐。（正旦云）看了这金线池，好伤感人也！（唱）

【石榴花】恰便似藕丝儿分破镜花明，我则见一派碧澄澄，东关里犹自不曾经，到如今整整半载其程，眼前面兜率(8)神仙境，有他呵怎肯道蓦出门庭。那时节眼札毛(9)和他厮拴定，矮房里相扑着闷怀萦。

【斗鹌鹑】虚度了丽日和风，枉误了良辰美景。往常俺动脚是熬煎，回头是撞挺，拘束的刚刚转过双眼睛，到如今各自托生(10)：我依旧安业着家，他依旧离乡背井。

（众旦云）俺们都与姨姨奉一杯酒。（正旦唱）

【普天乐】小妹子是爱莲儿，你都将我相钦敬；茶儿是妹子，你与我好好的看承；小妹子是玉伴哥，从来有些独强性。（众旦云[18]）姨姨，你为何嗟声叹气的？今日这样好天气，又对着这样好景致，务要开怀畅饮，做一个欢庆会才是。（正旦唱）说什么人欢庆[19]，引得些鸳鸯儿交颈和鸣，忽的见了，愠⁽¹¹⁾的面赤，兜的⁽¹²⁾心疼。

（众旦云）姨姨，俺则这等吃酒可不冷静？（正旦云）待我行个酒令，行的便吃酒，行不的罚金线池里凉水。（众旦云）俺们都依着姨姨的令行。（正旦云）酒中不许提着"韩辅臣"三字，但道着的，将大觥来罚饮一大觥。（众旦云）知道。（正旦唱）

【醉高歌】或是曲儿中唱几个花名⁽¹³⁾。（众旦云）我不省得。（正旦唱）诗句里包笼着尾声。⁽¹⁴⁾（众旦云）我不省得。（正旦唱）续麻道字针针顶。⁽¹⁵⁾（众旦云）我不省的。（正旦唱）正题目当筵合生。⁽¹⁶⁾

（众旦云）我不省的，则罚酒罢。（正旦云）拆^[20]白道字，顶针续麻，捣筝拨阮⁽¹⁷⁾，你们都不省得，是不如韩辅臣。（众旦云）呀，姨姨，你可犯了令也！将酒来罚一大觥。（正旦饮科，唱）

【十二月】想那厮着人赞称，天生的济楚⁽¹⁸⁾才能，只除了心不志诚，诸余的所事儿聪明。本分的从来老成，聪俊的到底杂情⁽¹⁹⁾。

【尧民歌】丽春园则说一个俏苏卿，明知道不能够嫁双生，向金山壁上去留名^[21]，画船儿赶到豫章城。撇甚么清！投至得你秀才每忒寡情，先接了冯魁定。

（正旦做叹气科，云）我不合道着韩辅臣，被罚酒也。（众旦云）姨姨又犯令了！再罚一大觥。（正旦做饮科，唱）

【上小楼】闪的我孤孤零零，说的话涎涎邓邓⁽²⁰⁾；俺也曾轻轻唤着，躬躬前来，喏喏连声。但酒醒硬打挣，强词夺正，则除是醉时节酒淘真性。

（正旦做醉跌科，众旦扶科）（韩辅臣上，换科）（众旦下）（正旦唱）

【幺篇】不死心想着旧情，他将我厮看厮待，厮知厮重，厮钦厮敬。不是我把不定，无记性，言多伤行。扶咱的小哥每是何名姓？

（韩辅臣云）是小生韩辅臣。（正旦云）你是韩辅臣？靠后！（唱）

【耍孩儿】我为你逼绰⁽²¹⁾了当官令⁽²²⁾，（带云）谢你那大尹相公呵！（唱）烟花簿上除抹了姓名，交绝了怪友和狂朋，打併⁽²³⁾的户净门清。试金石⁽²⁴⁾上把你这子弟每从头儿画，分两戥^{(25)[22]}上把郎君仔细秤。我立的其身正，倚仗着我花枝般模样^[23]，愁甚么锦片也似前程！

【二煞】我比那窝⁽²⁶⁾墙贼蝎螫索自忍，我比那俏郎君掏摸⁽²⁷⁾须嗫声，那里也恶茶白赖寻争竞？最不爱打揉人七八道猫煞爪⁽²⁸⁾，掐扭的三十驮⁽²⁹⁾鬼捏青⁽³⁰⁾。看破你传槽⁽³¹⁾病，捆着手分开云雨，腾的似线断风筝。

【尾煞】^[24]我和你半年多衾枕恩，一片家缱绻情，交明春岁数三十整。（带云）我老了也，你要我怎的？（唱）你且把这不志诚的心肠与我慢慢等！（做摔开科，下）

（韩辅臣云）嗨，他真个不欢喜我了，更待干罢！只得到俺哥哥那里告他去。（下）

注 解

（1）扶摇万里：功名到手、青云直上的意思。《庄子·逍遥游》："鹏之徙于南冥也，水击三千里，抟扶摇而上者九万里。"

（2）扣厅：犹如后来说的当堂。本剧第四折："失误了官身，本该扣厅责打四十。"

（3）乐户：官妓。《古今小说》卷十七《单符郎全州佳偶》："春娘年十二岁，为乱兵所掠，转卖在全州乐户杨家，得钱十七千而去。"

（4）金线池：济南名泉金线泉。

（5）窨（yìn）下酒：窨，藏在地窖里。这里是备下好酒的意思。

（6）透风处使心作佯：透风处，犹如说这一次刚下阵，是紧接上句"往常我千战千赢"来的。作佯，心里充满了怨恨失望的情绪。

（7）不恁的：倘不如此的意思。

（8）兜率：天宫名。佛经《阿含经》："须弥山半，四万二千由旬，有四天王天。须弥山顶为帝释天，上一倍为夜摩天，上为兜率天。"《西厢记》第一本第一折："这的是兜率宫，休猜做了离恨天。呀，谁想着寺里遇神仙！"

（9）眼札毛：眼睫毛。

（10）托生：迷信说法，人死后投胎再生。这里是投奔前程的意思。

（11）愠（yùn）：恼怒、怨恨。有时又写作"氲"。《西厢记》第三本第二折："忽的波低垂了粉颈，氲的呵改变了朱颜。"

（12）兜的：突然，立刻。《西厢记》第二本第一折："从见了那人，兜的便亲。"

（13）花名：元代戏曲院本演出的一种节目。陶宗仪《辍耕录》卷二十五"院本名目""打略拴搐"条下有"花名"。

（14）诗句里包笼着尾声：作诗作到最后，要像曲子的尾声一样可以歌唱，这叫"诗头曲尾"体制。

（15）续麻道字针针顶：指当时流行于勾栏的两种文字游戏拆白道字与顶真续麻。详见《救风尘》第一折注文（5）与（6）。

（16）正题目当筵合生：当时勾栏流行一种临时命题的口头即兴表演，叫做合生。这句是说表演合生时很切题。

（17）挡筝拨阮：挡，指头弹弄。阮，指月琴。晋代"竹林七贤"之一的阮咸喜弹月琴，后来便用他的名字来称月琴，叫阮琴，简称为阮。

（18）济楚：整齐漂亮。《扬州梦》第三折："性格稳重，礼数撑达，衣裳济楚，本事熟滑。"

（19）杂情：用情不专一。

（20）涎涎邓邓：迷糊不清，颠三倒四。

（21）逼绰：辞掉、摆脱。

（22）当官令：指官妓的乐籍。

（23）打併：打发、收拾。《水浒传》第十八回："我和公孙先生两个打併了便来。"

（24）试金石：一种检验金子成色的矿石，检验时只要在上面刻画，所以说"把你这子弟每从头儿画"。

（25）分两戥（děng）：一种称量金银和贵重药材的小秤，这种小秤通常只标两和分，所以称分两戥。

（26）窾（gǒng）：钻。

（27）掏摸：偷偷摸摸，这里指偷情。

（28）猫煞爪：像猫爪那样把人的皮肤抓破。

（29）驮（duò）：原指牲畜负载成捆的货物，这里指皮肤被虫咬后隆起的肿块。

（30）鬼捏青：指睡觉时不知不觉皮肤上突然隆起的青紫色肿块，迷信的人认为这是鬼捏的。

（31）传槽：即所谓跳槽，原指牲口不安分吃自己槽里的食物而寻食他槽，这里指爱情的不专一。

第四折

（石府尹引张千上，诗云）三载为官卧治⁽¹⁾过，别无一事系心窝，唯余故友鸳鸯会，金线池头竟若何？老夫石好问，为兄弟韩辅臣、杜蕊娘，在金线池上，着他两口儿成合，这早晚不见来回话，多咱⁽²⁾是圆和了也。张千，抬放告牌⁽³⁾出去。（韩辅臣上，云）门上的，与俺通报去，说韩辅臣是告状的，要见！（张千报科）（韩辅臣做入见科，云）哥哥，拜揖。（石府尹云）兄弟，您两口儿完成了么？（韩辅臣云）若完成了时，这早晚正好睡哩，也不到你衙门里来了。那杜蕊娘只是不肯收留我，今日特来告他。（石府尹云）他委实不肯便罢了，教我怎生断理？（韩辅臣云）哥哥，你不肯断理，您兄弟唱喏。（做揖，石府尹不礼科，云）我不会唱喏哪？（韩辅臣云）您兄弟下跪。（做跪，石府尹不礼科，云）我不会下跪哪？（韩辅臣云）你再四的不肯断理，我只是死在你府堂上，教你做官不成。（做触阶，石府尹忙扯科，云）那个爱女娘的似你这般放刁来？罢，罢，罢！我完成了你两口儿。张千，与我拿将杜蕊娘来者！（张千云）理会的。（唤科，云）杜蕊娘，衙门里有勾！（正旦上，云）哥哥，唤我做甚么？（张千云）你失误了官身，老爷在堂上好生着恼哩！（正旦云）可怎了也？（唱）

【双调新水令】忽传台旨到咱丽春园，则道是除抹了舞裙歌扇。逢个节朔⁽⁴⁾，遇个冬年，拿着这一盏儿茶钱，告哥哥可怜见！

（云）可早来到府门首也。哥哥，你与我做个肉屏风儿，等我偷觑咱。（张千云）这使的。（正旦做偷觑，内吆喝科）（旦唱）

【沉醉东风】则道是喜孜孜设席肆筵，为甚的怒哄哄列杖擎鞭？好教我足未移心先战，一步步似毛里拖毡⁽⁵⁾。本待要大着胆、挺着身、行靠前，百忙里仓惶倒偃。

（张千报科，云）禀爷，唤将杜蕊娘来了也！（石府尹云）拿将过来！（韩辅臣云）哥哥，你则狠着些！（石府尹云）我知道。（张千云）当面！（正旦云）妾身杜蕊娘来了也。（石府尹云）张千，准备下大棍子者，将柳来发到司房里责词去！（正旦云）可着谁人救我那？（做回顾见科，云）兀的不是韩辅臣？俺不免揣着羞脸儿哀告他去。（唱）

【沽美酒】^[25]使不着撒脑腼⁽⁶⁾，仗那个替方便，俺只得忍耻耽羞求放免。（云）韩辅臣，你与我告一告儿！（韩辅臣云）谁着你失误官身，相公恼的狠哩。（正旦唱）你与我搜寻出些巧言，去那官人行劝一劝。（韩辅臣云）你今日也有用着我时节，只

要你肯嫁我，方才与你告去。（正旦云）我嫁你便了！（唱）

【太平令】[26]从今后我情愿实为姻眷，你只要早些儿替我周全。（韩辅臣云）我替你告便告去，倘相公不肯饶你如何？（正旦唱）想当初罗帐里般般逞遍，今日个纸褙子[7]又将咱欺骗，受了你万千作贱，那些儿体面？呀，谁似您浪短命随机应变！

（石府尹云[27]）张千，将大棒子来者！（韩辅臣云）哥哥，看您兄弟薄面，饶恕杜蕊娘初犯罢！（石府尹云）张千，带过杜蕊娘来！（正旦跪科）（石府尹云）你在我衙门里供应多年，也算的个积年[8]了，岂不知衙门法度？失误了官身，本该扣厅责打四十，问你一个不应罪名；既然韩解元[9]在此替你哀告，这四十板便饶了，那不应的罪名却饶不的。（韩辅臣云）那杜蕊娘许嫁您兄弟了，只望哥哥一发连这公罪也饶了罢！（做跪科）（石府尹忙扯起科，云）杜蕊娘，你肯嫁韩解元么？（正旦云）妾委实愿嫁韩辅臣。（石府尹云）既如此，老夫出花银百两，与你母亲做财礼，则今日准备花烛酒筵，嫁了韩解元者。（韩辅臣云）多谢哥哥完成我这桩美事！（正旦云）多谢相公抬举。（唱）

【川拨棹】似这等好姻缘，人都道全在天，若是俺福过灾缠，空意惹情牵；间阻的山长水远，几时得人月圆？

【七弟兄】早则是对面、并肩、绿窗前，从今后称了平生愿。一个向青灯[10]黄卷[11]赋诗篇，一个剪红绡翠锦学针线。

【梅花酒】[28]忆分离自去年，争些儿打散文鸳，折破芳莲，咽断顽涎。为老母相间阻，使夫妻死缠绵，两下里正熬煎，谢公相肯矜怜。

【收江南】呀，不枉了一春常费买花钱[29]，也免得佳人才子只孤眠。得官呵，相守赴临川⁽¹²⁾，随着俺解元，再不索哭啼啼扶上贩茶船！

（韩辅臣同正旦拜谢科，云）哥哥请上，您兄弟拜谢。（石府尹答拜科，云）贤弟，恭喜你两口儿圆和了也！但这法堂上是断合的去处，不是你配合的去处。张千，近前来，听俺分付：你取我俸银二十两，付与教坊司色长⁽¹³⁾，着他整备鼓乐，从衙门首迎送韩解元到杜蕊娘家去，摆设个大大筵席，但是他家亲眷，前日在金线池上劝成好事的，都请将来饮宴，与韩解元、杜蕊娘庆喜。宴毕之后，着来回话者。（词云）韩解元云霄贵客，杜蕊娘花月妖姬，本一对天生连理，被虔婆故意凌欺，耽搁的男游别郡，抛闪⁽¹⁴⁾的女怨深闺，若不是黄堂上聊施巧计，怎能勾青楼⁽¹⁵⁾里早遂佳期！

题目　韩解元轻负花月约　　老虔婆故阻燕莺期
正名　石好问复任济南府　　杜蕊娘智赏金线池

注　解

（1）卧治：旧时对官吏政事清简的赞词。《汉书·汲黯传》："（东海太守汲）黯多病，卧阁内不出。岁余，东海大治。……（武帝）曰：'……吾徒得君重，卧而治之。'"

（2）多咱：多半、很可能。

（3）放告牌：官吏开庭接受诉讼的通告牌。

（4）节朔：这里是节日的意思。朔，阴历每月的初一。

（5）毛里拖毡：极不顺溜，这里形容步履艰辛。

（6）腼腆（miǎntiǎn）：羞涩的样子。陶宗仪《辍耕录》："杭人言蕴藉不躁暴者曰眠娗，音如缅忝。"眠娗，即"腼腆"。

（7）纸褙子：指告状的状纸。

（8）积年：老资格。

（9）解元：金元时期对有学问的读书人的美称，如《西厢记诸宫调》的作者称"董解元"。这与考科举中乡试第一名称"解元"含义不同。

（10）青灯：油灯火焰颜色青莹，故称。陆游《秋夜读书每以二鼓尽为节》诗："白发无情侵老境，青灯有味似儿时。"

（11）黄卷：古代线装书涂有防蠹之药物，纸呈黄色，故称。《新唐书·狄仁杰传》："黄卷中方与圣贤对，何暇偶俗吏语耶？"

（12）临川：江西地名，双渐曾任临川县令，这几句曲文借用双渐和苏卿的故事。参阅《救风尘》第一折注文（34）。

（13）色长：州府教坊乐籍的负责者。

（14）抛闪：抛弃、离开。《李逵负荆》第二折："不争你抢了他花朵般青春艳质，这其间抛闪杀那草桥店白头老的。"

（15）青楼：妓院的别名。唐代杜牧《遣怀》诗："落魄江湖载酒行，楚腰纤细掌中轻。十年一觉扬州梦，赢得青楼薄幸名。"元代夏庭芝有《青楼集》，记载了当时约100个著名歌妓的生活境况，是戏曲史上有名的纪实性著作。

校 注

本剧现存版本有明代陈与郊编、龙峰徐氏刊行的《古名家杂剧》本，明代王骥德编、万历顾曲斋刊行的《古杂剧》本，明代孟称舜编的《古今名剧合选·柳枝集》本，明代臧晋叔编的《元曲选》本，现以后者为底本，以前三本参校。

[1]"少小知名达礼闱"四句：《古名家杂剧》本与《古杂剧》本作"农事已随春雨办，科差尤比去年稀；短窗睡足迟迟日，花落闲庭燕子飞"。达，原形近误为"建"，今改。

[2]我有个：原误倒为"有我个"，今改。

[3]原来见面胜似闻名：《古名家杂剧》本与《古杂剧》本作"闻名不曾见面，见面胜似闻名"。

[4]枯：《古名家杂剧》本与《古杂剧》本作"酥"。

[5]"哪里个慈悲为本"二句：哪里，原作"那些"，文意欠通，今改。此二

句《古名家杂剧》本、《古杂剧》本及《柳枝集》本作"恶劣为本，板障为门"。

[6] 醉扶归：《古名家杂剧》本与《古杂剧》本作"醉中天"。

[7] 您：原作"恁"，据《古名家杂剧》本、《古杂剧》本及《柳枝集》本改。

[8] 〔赚煞〕曲：此曲文《古名家杂剧》本与《古杂剧》本作"十载苦攻书，九天上风雷迅，八位里安然坐稳，七步文章为县君，六街中百姓居民。你待要改家门，做的个五花诰夫人，驷马高车锦绣褪，道俺是玉堂内不克的上婚，后来有二十年好运。且待如何？怎肯教一年春尽一年春。"

[9] 心中：原误为"心心"，今改。

[10] 后：原作"候"，据《古名家杂剧》本与《古杂剧》本改。

[11] 原许嫁我哩：原作"元许我嫁哩"，今改。

[12] "我只怕年深了也难收救"三句：《古名家杂剧》本与《古杂剧》本作"免的年深了也难收救，则好闻早浅休，目下自偹自慊"。

[13] "何须把一家苦苦死淹留"四句：《古名家杂剧》本与《古杂剧》本作"强似你一番家把机泄漏，逼的你弹着唾，烧着香，却不管舒着手，说那瞒心的谎、昧心的咒"。

[14] 人物：《古名家杂剧》本与《古杂剧》本作"耳性"。

[15] 看他来也不来，再作处置：原作"来也不来，又作处置"。文意欠顺，今改。

[16] 短命：《古名家杂剧》本与《古杂剧》本作"薄倖"。

[17] 恁：原作"您"，据《古名家杂剧》本、《古杂剧》本及《柳枝集》本改。

[18] 众旦云：此段夹白《古名家杂剧》本与《古杂剧》本无。

[19] 说什么人欢庆：《古名家杂剧》本与《古杂剧》本作"岸上双双人欢庆"。

[20] 拆：原作"折"，据《古名家杂剧》本改。

[21] "明知道不能够嫁双生"二句：《古名家杂剧》本与《古杂剧》本作"到后来不能勾嫁双生，明知道你秀才每没前程"。

[22] 分两戢：原音假为"分两等"，今改。

［23］花枝般模样：《古名家杂剧》本与《古杂剧》本作"泼天似名姓"。

［24］〔尾煞〕曲：此曲文《古名家杂剧》本与《古杂剧》本作"我扣你二三年缱绻心，往常时恩爱情，交新年岁数三十整，弃了四十载的功未成！无梁桶儿休提，纳实□（《古名家杂剧》本缺二字，此处从《古杂剧》本）儿喋声，我与你慢慢等"。

［25］〔沽美酒〕曲：此曲文《古名家杂剧》本及《古杂剧》本作"使不着撒脑脵，山獐了不是行院，我这里忍耻耽羞行靠前。韩辅臣，你与我搜寻出些巧言，去俺那官人行劝一劝"。

［26］〔太平令〕曲：此曲文《古名家杂剧》本及《古杂剧》本作"实与你为了姻眷，却来这席上尊前。想着你告卧房般般逞遍，今日紫褙子将咱欺骗。受了你万千冷言，那些儿体面？不似你浪短命随机应变"。

［27］石府尹云：以下这一大段对白《古名家杂剧》本及《古杂剧》本作"（末）你随了我便罢。（正旦）我随顺了你。（孤）张千将棒子来。（末）哥哥也，似这般呵，教百姓们怎么过那？（孤）你搬的我这等来！（张千）兀的不是枷？（孤）你带去。（张千）干我什么屌事！（孤）杜蕊娘，老夫出十两花银，与你母亲为财礼，则今日嫁了韩辅臣，却不好那？（末）多谢了哥哥。（正旦）多谢了老爹！"

［28］〔梅花酒〕曲：此曲文《古名家杂剧》本与《古杂剧》本作"俺分离自去年，谢尊官哀怜，看本人颜面，得相公周全。为老母相间阻，俺夫妻死熬煎；两下里正念恋，累谢承可怜见，来时节助财钱，去时节送盘缠"。

［29］"呀，不枉了一春常费买花钱"二句：《古名家杂剧》本与《古杂剧》本作"教相公一春常费买花钱，是连枝长出并头莲"。

钱大尹智宠谢天香

导　读 ◈

　　本剧写柳永和妓女谢天香的爱情故事。柳永是北宋著名的词人，一生仕途很不得志，大部分时间流连曲坊，与乐工、歌妓为伍。关于他和歌妓们之间的风流韵事，有过许多传说。宋代罗烨《醉翁谈录》丙集卷二的《花衢实录》，《清平山堂话本》中的《江楼记》，元代戴善甫的《柳耆卿诗酒玩江楼》以及关汉卿这本杂剧，都是根据这方面的传说写成的。

　　本剧是喜剧，关汉卿写得摇曳多姿、情趣盎然。剧中的柳永虽然是一个学富五车的儒生，却有点呆呆傻傻的，不谙人情世故。他去见已做了开封府尹的老朋友钱可，只会请对方"好觑谢氏"（请照看谢天香）。三番五次、进进出出见钱可，只说一句"好觑谢氏"的话。钱可开头还回应说"敬重看待"，最后烦透了，发了脾气。艺术的重复，有时是个开心果，不难想见演出时的有趣与火爆。

　　本剧是旦本，主角是上厅行首谢天香。本剧通过谢天香和柳永之间真挚的爱情以及钱大尹对他们爱情的支持与帮助，表现宋元时期官妓们的生活，抒发关汉卿对妓女悲惨命运的同情。剧作突出刻画谢天香的聪明才智。当柳永去见钱大尹，一而再、再而三说出"好觑谢氏"的话，谢天香已看出钱大尹态度的逐渐变化，而柳永竟然毫无觉察。谢天香唱柳永《定风波》词（自春来惨绿愁红），听到机灵的张千一声咳嗽，为避钱可的名讳，即席将歌戈韵改为齐微韵，她边唱边改，顺利渡过难关。这种例子在宋元时期并非绝无仅有。吴曾《能改斋漫录》记妓女琴操用阳字韵改唱秦少游《满庭芳》（山抹微云）一词；周密《癸辛杂识》记营妓严蕊顶住了严刑拷打，写出了表达其渴望过自由生活的名作《卜算子》（不是爱风尘），这些都是充分表现妓女文学才思的著名例子。但是，"越聪明越不得出笼时"，谢天香把自己比作笼中鹦鹉这一著名的比喻，说明了尽管有着压倒须眉的聪明才智，妓女的命运仍然是悲剧性的。这个杂剧和《金线池》一样，是关汉卿描写妓女生活的抒情喜剧中的名作。

元代赵明道〔越调斗鹌鹑〕（咏名姬）云："因为和《乐章》动官长，柳耆卿娶了谢天香。"（见元杨朝英选辑《太平乐府》卷二）可见杂剧所描写的是当时骚人墨客感兴趣的题材；明代冯梦龙《情史》卷十二"秋芳亭"条记钜野名妓谢天香，可见这故事在明代也有影响。

元代作家夏庭芝写有一本纪实性著作《青楼集》，记当时约100名杂剧与南戏中著名的歌妓事迹。她们色艺俱佳，但命运悲惨，坎坷际遇令她们有的自杀，有的毁容，有的疯癫，有的削发为尼，读后令人唏嘘。关汉卿笔下的妓女，无论官妓或私娼，个性倔强，敢于抗争。赵盼儿的侠义，杜蕊娘的痴情，谢天香的聪慧，皆冠绝一时，成为戏曲史上鲜明的艺术形象。

本剧的钱大尹是一位正派而勇于为义的官吏。所谓"智宠"，就是用智谋假包养真保护。在对待老朋友柳永的态度上，不但做到"朋友妻，不可欺"，而且想尽办法保护谢天香，使她不受侵害。最后用娶谢天香为小妾的办法，让谢在乐籍里除名，住到钱可府中。谢天香三年有小妾之名而无小妾之实，钱可的所作所为在当时是要被天下人讥议耻笑的，但钱可不计较自己名节受损。他对三年后已中了状元的柳永说："老夫不避他人之是非，盖为贤弟之交契；若使他（她）仍前迎新送旧，贤弟可不辱抹了高才大名！……老夫受无妄之愆，与足下了平生之愿。"这些地方，把钱可的正直忠义写得很动人。

杂剧对谢天香、柳永、钱可几个主要人物，甚至侍从张千的刻画都生动有致，可圈可点，给人以深刻的印象。

明代万历博古堂刻本《元曲选》插图

明代万历博古堂刻本《元曲选》插图

楔　子

（冲末扮柳耆卿[(1)]，引正旦谢天香上）（柳诗云）本图平步上青云，直为红颜滞此身。老天生我多才智，风月场中肯让人？[[1]]小生姓柳名永，字耆卿，幼习儒业，颇读诗书。[[2]]平生以花酒为念，好上花台做子弟。不想游学到此处，与上厅行首谢天香作伴。小生想来，今年春榜动、选场开，误了一日，又等三年，则今日辞了大姐，便索上京应举去。大姐，小生在此多蒙管待，小生若到京师阙下[(2)]得了官呵，那五花官诰、驷马香车[(3)]，你便是夫人县君也。（正旦云）耆卿，衣服盘缠我都准备停当，你休为我误了功名者。（净张千上，云）小人张千，在这开封府做着个乐探执事[[3]]。我管的是那僧尼道俗乐人，迎新送旧，都是小人该管。如今新除来的大尹姓钱[[4]]，一应接官的都去了，止有妓女每不曾去。此处有个行首是谢天香，他便管着这散班女人[(4)][[5]]，须索和他说一声去。来到门首也。谢大姐在家么？（旦见科，云）哥哥，叫做什么？（张千云）大姐，来日新官到任，准备参官去。（旦云）哥哥，这上任的是什么新官？（张千云）是钱大尹。（旦云）莫不是波厮[(5)]钱大尹么？（张千云）你休胡说！唤大人的名讳。我去也，谢大姐明日早来参官。（下）（柳云）大姐，你欢喜咱！钱大尹是我同堂故友，明日我同大姐到相公行吩咐着看觑你，我也去的放心。（正旦唱）

【仙吕赏花时】则这一曲翻成和泪篇，最苦偏高离恨天，双泪落尊前。山长水远，愁见理行轩[(6)]。

【幺篇】待得鸾胶续断弦，欲盼雕鞍难顾恋。谢他新理任这官员，常好是与民方便，咱又得个一夜并头莲。（同下）

注 解

（1）柳耆卿：北宋著名词人柳永（987？—1053），原名三变，字耆卿，福建崇安人。宋仁宗朝进士，做过屯田员外郎（工部屯田司的助理官），世称柳屯田。排行第七，故又称柳七。有《乐章集》传世。

（2）阙下：宫阙之下，指朝廷。《汉书·淮南厉王长传》："驰诣阙下，肉袒而谢。"

（3）驷马香车：或作"驷马高车"，古代一车套四马，是显贵者之车乘。《太平御览》卷七十三引《华阳国志》："升迁桥在成都县北十里，即司马相如题桥柱，曰：'不乘驷马高车，不过此桥。'"

（4）散班女人：指散妓，即宋代罗烨《醉翁谈录》丁集卷一的"卑下凡杂之妓"。

（5）波厮：又写作"波斯"，古代伊朗国名。因波斯男人很多都长着络腮胡子，故这里是大胡子的意思。

（6）理行轩：轩，有窗槛的长廊或小室。这里指送别的处所。

第一折

（外扮钱大尹，引张千上，诗云）寒蛩秋夜忙催织，戴胜[(1)]春朝苦劝耕。若道民情官不理，须知虫鸟为何鸣？[6]老夫姓钱名可，字可道，钱塘人也。自中甲第以来，累蒙擢用，颇有政声。今谢圣恩，加老夫开封府尹之职。老夫自幼修髯满部，军民识与不识，皆呼为波斯钱大尹。暗想老夫当时有一同堂故友[7]，姓柳名永，字耆卿，论此人学问，不在老夫之下，相离数载，不知他得志也不曾？使老夫悬悬在念。今日升堂，坐起早衙。张千，有该签押的文书，将来我发落。（张千云）禀的老爷知道，还有乐人每未曾参见哩。（钱大尹云）前官手里曾有这例么？（张千云）旧有此例。（钱大尹云）既是如此，着他参见。（张千云）参官乐人走动。（正旦同众旦上，云）今日新官上任，咱参见去来。你每小心在意

者！（众旦云）理会的。（正旦唱）

【仙吕点绛唇】讲论诗词，笑谈街市，学难似，风里飏丝，一世常如此。

【混江龙】我逐日家把您相试，乞求的教您做人时，但能够终朝为父，也想着一日为师。但有个敢接我这上厅行首案，情愿吩咐与你这班[8]演戏台儿。则为四般儿[2]误了前程事，都只为"聪明智慧"，因此上辛苦无辞。

（众旦云）姐姐，你看笼儿中鹦哥念诗哩。（旦云）这便是你我的比喻。（唱）

【油葫芦】你道是金笼内鹦哥能念诗，这便是咱家的好比似。原来越聪明越不得出笼时，能吹弹好比[3]人每日常看伺，惯歌讴好比人每日常差使。（云）我不怨别人。（众旦云）姐姐，你怨谁？（旦云）咱会弹唱的，日日官身[4]；不会弹唱的，倒得些自在。（唱）我怨那礼案里几个令史[5]，他每都是我掌命司，先将那等不会弹不会唱的除了名字，早知道则做个哑猱儿[6]。

【天下乐】俺可也图甚么香名贯人耳！想当也波时[7]，不三思越聪明，不能够无外事。卖弄的有伎俩，卖弄的有艳姿，则落的临老来呼"弟子"！（张千云）谢大姐，你怎生这早晚才来？你只在这里，我报复去。（做报科，云）报的老爷得知：有乐人每来参见。（钱大尹云）别的休进来，则着那为头的一人来见。（张千云）别的都回去，则着谢大姐过去哩！（众旦下）（正旦见、拜科，云）上厅行首谢天香谨参。（钱大尹云）休要误了官身。（旦云）理会的。（做出门科，云）爷爷，那官人好个冷脸子也！（唱）

【金盏儿】猛觑了那容姿，不觉的下阶址，下场头少不的跟官长厅前死；往常觑品官宣使似小孩儿。他则道官身休失误，启口更无词。立地刚一饭间，心战够两炊时。⁽⁸⁾

（柳上，云）大姐参官去了，我看大姐去来。（做见旦科，云）大姐，你参了官也？我过去见他。（正旦云）你休见罢，这相公不比其他的。（柳云）不妨事，哥哥看待我比别人不同。（做见张千科，云）大哥，报复一声：杭州柳永特来参谒。（张千云）这个便是早晨间在谢大姐家的那先生。你在这里，我报复去。（做报科，云）衙门外有杭州柳永特来拜见。（钱大尹云）他说是杭州柳永？（张千云）是。（钱大尹笑云）老夫语未绝口，不想贤弟果然至此，使老夫不胜之喜。道有请！（张千云）请进。（柳见钱科，云）小弟游学到此，不意正值高迁，一来拜贺兄长，二来进取功名去也。（钱大尹云）自别贤弟许久，想慕颜范，使老夫悬悬在念。今日一会，实老夫之幸也。左右，看酒来！（柳云）兄弟去的急，不必安排茶饭。（钱大尹云）虽然如此，许久不会，何妨片时？张千，就讼厅上看酒来，款待学士。（柳云）哥哥，这是国家公堂，不是您兄弟坐的去处。（钱大尹云）贤弟差矣！一来是老夫同堂故友，二来贤弟是一代文章，正可款待。老夫欲待留贤弟在此盘桓数日，便好道大丈夫当以功名为念，因此不好留得。贤弟，请满饮一杯！（把酒科）（柳云）兄弟酒够了也，辞了哥哥，便索长行。（钱大尹云）贤弟，不成款待，只听你他日得意，另当称贺。贤弟，恕不远送了。（柳云）哥哥不必送。（出见旦科，云）柳永，你为什么来，则为大姐，怎就忘了？我再过去。（正旦云）耆卿，你休去，这相公不比其他的。（柳云）不妨事，哥哥待我较别哩。（做见张千科，云）张千，再报一声。（张千云）你怎么又来？（柳云）你道杭州柳永再来拜见，有说的话。（张千报科，云）杭州柳永又要见相公，有说的话。（钱大尹云）是、是，想必老夫在此为理，有见不到处，道有请。（张千云）有请。（见科，钱大尹云）老夫在此为理，多有见不到处，我料贤弟必有嘉言善行教训老夫咱。（柳云）您兄弟别无他事，则是好觑谢氏。（钱云）耆卿，敬重看待。恕不远送。（柳云）多谢了哥哥。（柳见旦，云）大姐，我说了也，他说"敬重看待"。（正旦云）耆卿，你知道相公的意思么？（柳云）我不知道。（正旦唱）

【醉中天】初相见呼你为学士，谨厚不因[9]，而今遍回身嘱咐尔，相公也，冷眼儿频偷视。你觑他交椅上抬颏[10]样儿，待的你不同前次，他则是微分间将表字呼之[11]。

（柳云）怕你不放心，我再过去。（正旦云）耆卿，你休过去。（柳云）不妨事，哥哥待我较别哩。（钱大尹云）张千，你近前来。恰才耆卿说道好觑谢氏，必定是峨冠博带一个名士大夫，你与老夫说咱。（张千云）禀的老爷知道，就是早晨参官的谢天香。（钱大尹云）哦，是早间那个谢氏！耆卿，你错用了心也。（柳做见张千科，云）张大哥，你再报一声：杭州柳永再有说话。（张千云）你怎么又来？我不敢过去。（柳云）不妨事，再说一声。（张千报科，云）杭州柳永有说的话。（钱大尹云）着他过来。（柳进见科）（钱大尹云）耆卿，有何见谕？（柳云）哥哥，则是好觑谢氏。（钱大尹云）我才不说来："敬重看待。"恕不远送。（柳见旦，云）相公说"敬重看待"，可是如何？（正旦唱）

【金盏儿】你拿起笔作文词，衡[12]才调无瑕疵，这一场无分晓、不裁思[13]。他道"敬重看待"，自有几桩儿[14]：看则看你那钓鳌[15]八韵赋[16]，待则待你那折桂五言诗，敬则敬你那十年辛苦志，重则重你那一举状元时。

（柳云）大姐，你也忒心多。怕你放不下，我再过去。（正旦云）耆卿，休去。（柳云）不妨事，哥哥看待较别哩。（见张千科，云）张大哥，你再过去，说杭州柳永又来，有说的话。（张千云）你还不曾去哩？这遭敢不中么？（柳云）不妨事。（张千报科，云）杭州柳永又来有话说。（钱大尹云）着他过来。（见科，钱大尹云）耆卿，有何说话？（柳云）哥哥，好觑谢氏。（钱大尹做怒科，云）耆卿，你种的桃花放，砍的竹竿折。（柳云）多谢了哥哥。（出见旦，云）我说了也。（正旦云）相公说什么来？（柳云）相公说："种的桃花放，砍的竹竿折。"（正旦唱）

【醉扶归】你陡[17]恁的无才思，有甚省不的两桩儿[18]？我道这相公不是漫词，你怎么不解其中意？他道是种桃花砍折竹枝[19]，则说你重色轻君子。

（柳云）怕你不放心，待我再去与他说过。（正旦云）耆卿，你休去。（柳云）不妨事，哥哥待我较别哩。（见张千，云）张大哥，你再说一声：杭州柳永又来有话说。（张千云）那里有个见不了的？我不敢报。（柳云）我自过去。（张千报科）（钱大尹云）敢是杭州柳永？（张千云）便是。（钱大尹云）泼禽兽！你则管着这一桩儿，且过一壁。（柳云）张千进去，可怎生不见出来？莫非他不肯通报？我自过去。（进见科，云）哥哥。（钱大尹怒云）敢是好觑谢氏？张千，抬过书案者！耆卿，是何相待？"君子不重则不威，学则不固"[20]，你何轻薄至此！这里是官府黄堂，又不是秦楼楚馆，则管里谢氏、谢氏！耆卿，我是开封府尹，又不是教坊司乐探！平昔老夫待足下非轻，可是为何？为子有才也。古人道："德胜才为君子，才胜德为小人"[21]，今观足下所为，可正是才有余而德不足。《礼记》云：君子"奸声乱色，不留聪明"[22]。《老子》曰："五色[23]令人目盲，五音[24]令人耳聋。"大丈夫当"先天下之忧而忧，后天下之乐而乐[9]"[25]。便好道"富贵不能淫，贫贱不能移，威武不能屈，此之谓大丈夫"[26]也！今子告别，我则道有什么嘉言善行，略无一语；只为一匪妓，往复数次，虽鄙夫有所耻，况衣冠之士，岂不愧颜？耆卿，比及你在花街里留意，且去你那功名上用心，可不道"三十而立"[27]！当今王元之[28]七岁能文，今官居三品，见为翰林学士之职；汝辈不自耻乎，耆卿！（诗云）则你那浑身多锦绣，满腹富文章；不学王内翰，只说谢天香。张千，你近前来！（做耳喑科，云）只恁的便了。（张千云）理会的。(钱大尹云)左右的,击鼓退堂,我回私宅去也。(下)(柳见旦科)(正旦云)我说什么来,直逗的相公恼了!(柳云)大姐放心,我到帝都阙下,若得一官半职,钱可道,你长保着做大尹,休和咱轴头儿厮抹着⁽²⁹⁾!大姐,我今便索长行也。(正旦云)妾送你到城外那小酒务儿⁽³⁰⁾里,权与你饯行咱。(张千上,云)等我一等,我张千也来送柳先生。(柳云)多有起动了。大姐,我临行做了一首词,词寄《定风波》,是商角调,留与大姐表意咱。(词云)自春来惨绿愁红,芳心事事可可⁽³¹⁾。日上花梢,莺喧柳带,犹压香衾卧。暖酥消⁽³²⁾,腻云鬟⁽³³⁾,终日恹恹倦梳裹。无奈⁽³⁴⁾,想薄情一去,音书无个!早知恁么,悔当初不把雕鞍锁。向鸡窗⁽³⁵⁾收拾蛮笺象管⁽³⁶⁾,拘束教吟和。镇日相随莫抛躲,针线拈来共伊坐,和我,免使年少^[10]光阴虚过。(张抄科,云)我先回去也。(下)(正旦云)耆卿,你去也,教妾身如何是好!(柳云)大姐放心,小生不久便回。(正旦唱)

【赚煞】我这府里祇候几曾闲,差拨无铨次⁽³⁷⁾,从今后无倒断⁽³⁸⁾嗟呀怨咨。我去这触热⁽³⁹⁾也似官人行将礼数使,若是轻咳嗽便有官司。我直到揭席⁽⁴⁰⁾来到家时^[11],我又索趱下些工夫忆念你。是我那清歌皓齿,是我那言谈情思,是我那湿浸浸舞困袖梢儿。⁽⁴¹⁾(下)

注 解

(1)戴胜:鸟名,属戴胜科,体长约30厘米,因头顶有大羽冠,状如花胜,故名。

(2)四般儿:此处指四个字,即下句所谓"聪明智慧"。

(3)比:为、替。《孟子·梁惠王上》:"愿比死者一洒之。"

(4)官身:宋代有官妓、营妓制度,官身指官妓承应的官府使唤。参阅《金线池》楔子注文(7)。

（5）令史：原是官名，宋朝各衙门里的书吏都称令史。《水浒传》第二十七回："知县叫那令史先问了王婆口词，一般供说。"

（6）猱儿：古时倡优不分，猱儿即优儿。《礼记·乐记》："优杂子女。"释文："优字亦作猱。"旧时上海之次等妓女称么二，即猱儿、优儿之讹读。

（7）当也波时：当时。加"也波"是〔天下乐〕曲子的定格。参阅《窦娥冤》第一折注文（20）。

（8）"立地刚一饭间"二句：当时俗谚，意为站在那里约一顿饭的工夫，打颤倒用了两顿饭的时间。

（9）不因：不随便、不马虎的意思。

（10）抬颏：也作"胎孩"，表示抬头昂首，神情严肃。

（11）微分间将表字呼之：这里，聪明绝顶的谢天香已经察觉到钱大尹对柳永称呼和态度上的细微变化。

（12）衠（zhūn）：真正。参阅《鲁斋郎》第一折注文（3）。

（13）裁思：思考鉴别。

（14）几桩儿：谢天香凭自身的社会经验说"敬重看待"只不过是应酬的客套话，她把这四个字拆开来唱成下面四句唱词，说明关键在于柳永是否高中科举。

（15）钓鳌：比喻远大的抱负与豪迈的行动。鳌，神话传说中的海上大龟，一说大鳖。《列子·汤问》："龙伯之国有大人，举足不盈数步而暨五山之所，一钓而连六鳌。"赵德麟《侯鲭录》卷六："李白开元中谒宰相，封一版，上题曰'海上钓鳌客李白'。"

（16）八韵赋：赋是古代一种有韵的散文。唐宋科举考试采用的试体赋叫律赋，由考官命题，并出八个韵字，规定八类韵脚，故又称八韵律赋。例如宋代范仲淹《金在镕赋》以"金在良冶求铸成器"八字为韵。宋代王铚《四六诗话》："唐天宝十二载，始诏举人策问，外试诗赋各一首，于是八韵律赋始盛。"

（17）陡：突然。汪莘《忆秦娥》："夜来陡觉霜风急。"

（18）两桩儿：这里指钱大尹说的"种的桃花放，砍的竹竿折"两句话。

（19）种桃花砍折竹枝：旧时文人习惯上用桃花比喻女色，用竹表示有气节的君子。

（20）"君子不重则不威，学则不固"：语见《论语·学而》，意为君子如不自身庄重，则没有威仪，即使读书，也不会把所学的巩固下来。

（21）"德胜才为君子，才胜德为小人"：戏曲常用俗谚，也见《王粲登楼》第二折。语出司马光《资治通鉴》。

（22）"奸声乱色，不留聪明"：引自《礼记·乐记》，意为君子对于使人奸邪淫乱的声色之娱，不应观听。

（23）五色：《礼记》孔颖达疏："五色，谓青、赤、黄、白、黑，据五方也。"也泛指各种颜色。

（24）五音：指宫、商、角、徵（zhǐ）、羽五声。

（25）"先天下之忧而忧，后天下之乐而乐"：语见北宋著名政治家、文学家范仲淹《岳阳楼记》。

（26）"富贵不能淫"四句：语出《孟子·滕文公下》。

（27）"三十而立"：语出《论语·为政》。

（28）王元之：王禹偁（954—1001），字元之，钜野（今属山东）人，北宋著名文学家，有《小畜集》传世。

（29）轴头儿厮抹着：民间俗谚，指车轴头相碰，喻互相沾染、牵扯之意。

（30）小酒务儿：小酒店。宋代设有酒务官来管理酒这种专卖品，故称酒店为酒务儿。

（31）事事可可：事事皆不在意。可可，随意，不经心。薛昭蕴《浣溪沙》词："瞥地见时犹可可，却来闲处暗思量。"

（32）暖酥消：肌肤消瘦。

（33）腻（nì）云鬓：懒得梳头。腻，厌烦。

（34）无奈：无可奈何。

（35）鸡窗：书窗，指书房。《艺文类聚·鸟部》引《幽明录》："晋兖州刺史宋处宗尝买得一长鸣鸡，爱养甚至，恒笼着窗间。鸡遂作人语，与处宗谈话极有言智，终日不辍，处宗因此言巧大进。"

（36）蛮笺象管：指纸和笔。蛮笺，古时四川所产的彩色笺纸。象管，象牙做的笔管。

（37）无铨次：次数频繁而不固定。铨，意为权衡。

（38）无倒断：不间断。

（39）触热：炙手可热。

（40）揭席：彻席，终席。

（41）"是我那清歌皓齿"三句：是自怨自艾的话，意为由于官差频繁，所
爱之人不得相见，使我深悔有此皓齿清歌和言谈情思，致使终日差拨无闲暇，
弄得人困顿至极。

第二折

（钱大尹上，云）事不关心，关心者乱。[12]老夫钱大尹，昨日使张千
干事，这早晚不见来回话。左右，门首觑着，来时报复我知道。（张千
上，云）自家张千是也。奉俺老爷命着干事回来，如今见老爷去咱。（见
科，钱大尹云）张千，我分付你的事如何？（张千云）奉老爷的命，使我
跟他两个到一个小酒务儿里钱别。柳耆卿临行做了一首词，词寄《定风
波》，小人就记将来了。（钱大尹云）你记的了？（张千）小人记的颠
倒烂熟。（钱大尹云）你念。（张千念云）"自春来惨绿愁红，芳心事
事……"（做不语科）（钱大尹云）怎的？（张千云）老爷，孩儿忘了也！
（钱大尹云）却不道记的颠倒烂熟那？（张千云）孩儿见了老爷惧怕，忘
了也。（钱大尹云）有抄本么？（张千云）有抄本。（钱大尹云）将来我
看。（张千云）早是我抄得来了。（做递科）（钱接念科，云）"自春来惨
绿愁红，芳心事事可可。日上花梢，莺喧柳带，犹压香衾卧。暖酥消，
腻云髻，终日恹恹倦梳裹。无奈，想薄情一去，音书无个！早知恁么，
悔当初不把雕鞍锁。向鸡窗收拾蛮笺象管，拘束教吟和。镇日相随莫抛
躲，针线拈来共伊坐，和我，免使年少光阴虚过。"嗨，耆卿，你好高才
也！似你这等才学，在那五言诗、八韵赋、万言策上留心，有什么都堂
不做哪？我试再看："自春来惨绿愁红，芳心事事可可"，耆卿怪了老夫
去了也！老夫姓钱名可，字可道，这词上说"可可"二字，明明是讥讽
老夫。恰才张千说记的颠倒烂熟，他念到"事事"，将"可可"二字则

推忘了，他若念出"可可"二字来，便是误犯俺大官讳字，我扣厅责他四十，这厮倒聪明着哩！（张千云）也颇颇的。（钱大尹云）我如今唤将谢天香来，着他唱这《定风波》词，"自春来惨绿愁红，芳心事事可可"，若唱出"可可"二字来呵，便是误犯俺大官讳字，我扣厅责他四十；我若打了谢氏呵，便是典刑过罪人也，使着卿再不好往他家去。着卿也，俺为朋友直如此用心！我今升罢早衙，在这后堂闲坐。张千，与我提名唤将谢天香来者。（张千云）理会的。（做唤科，云）谢天香在家么？（正旦上，云）是谁唤门哩？（做见张科，云）原来是张千哥哥。叫我做什么？（张千云）谢大姐，老爷提名儿叫你官身哩。（正旦唱）

【南吕一枝花】往常时唤官身可早眉黛舒[13]，今日个叫祗候喉咙响。原来是你这狠首领，我则道是那个面前嗓(1)？恰才陪着笑脸儿应昂，怎觑我这查梨相(2)，只因他忒过当(3)。据妾身貌陋残妆，谁教他大尹行将咱过奖？

【梁州第七】又不是谢天香其中关节，这的是柳耆卿酒后疏狂。这爷爷记恨无轻放，怎当那横枝罗惹(4)不许提防！想着俺用时不当，不作周方(5)，兀的唤甚么牵肠？想俺那去了的才郎，休、休、休，执迷心不许商量；他、他、他，本意待做些主张，嗨、嗨、嗨，谁承望惹下风霜？这爷爷行思坐想，则待一步儿直到头厅相(6)；背地里锁着眉骂张敞(7)，岂知他殢雨尤云俏智量，刚理会得爕理(8)阴阳。

（张千云）大姐，你且休过去，等我遮着你试看咱。（正旦看科，云）这爷爷好冷脸子也！（唱）

【隔尾】我见他严容端坐挨着罗幌，可甚么和气春风满画堂？我最愁是劈先里⁽⁹⁾递一声唱，这里但有个女娘、坐场，可敢烘散我家私做的赏。⁽¹⁰⁾

（张千云）大姐，你过去把体面者。（正旦见科，云）上厅行首谢天香谨参。（钱大尹云）则你是柳耆卿心上的谢天香么？（正旦唱）

【贺新郎】呀，想东坡一曲满庭芳，则道一个香篆雕盘⁽¹¹⁾，可又早祸从天降！当时嘲拨无拦当，乞相公宽洪海量，怎不的仔细参详？（钱大尹云）怎么在我行打关节那？（正旦唱）小人便关节煞⁽¹²⁾，怎生勾除籍不做娼，弃贱得为良。他则是一时间带酒闲支谎⁽¹³⁾，量妾身本开封府阶下承应辈，怎做的柳耆卿心上谢天香？

（钱大尹云）张千，将酒来我吃一杯，教谢天香唱一曲调咱。（正旦云）告宫调。（钱大尹云）商角调。（正旦云）告曲子名。（钱大尹云）《定风波》。（正旦唱）自春来惨绿愁红，芳心事事……（张咳嗽科）（正旦改云）已已⁽¹⁴⁾。（钱大尹云）聪明强毅谓之才，正直中和谓之性。老夫着他唱"自春来惨绿愁红，芳心事事可可"，他若唱出"可可"二字来，便是误犯俺大官讳字，我扣厅责他四十；听的张千咳嗽了一声，他把"可可"二字改为"已已"。哦，这"可"字是歌戈韵，"已"字是齐微韵。兀那谢天香，我跟前有古本，你若是失了韵脚，差了平仄，乱了宫商，扣厅责你四十。则依着齐微韵唱，唱的差了呵，张千，准备下大棒子者！（正旦唱云）自春来惨绿愁红，芳心事事已已。日上花梢，莺喧柳带，犹压绣衾睡。暖酥消，腻云鬟，终日恹恹倦梳洗。无奈^[14]，薄情一去，音书无寄！早知恁的，悔当初不把雕鞍系。向鸡窗收拾蛮笺象管，拘束教吟味。镇日相随莫抛弃，针线拈来共伊对，和你，免使少年光阴虚费。（钱大尹云）嗨，可知柳耆卿爱他哩！老夫见了呵，不由的也动情。张千，你近前来，你做个落花的媒人，我好生赏你。你对谢天香说，大夫人不与你，与你做个小夫人咱；则今日乐籍里除了名字，与他包髻、团衫、绣[15]手巾。张千，你与他说！（张千见正旦，云）大姐，老爷说大夫人不许你，着你做个小夫人，乐案里除了名字，与你包髻、团衫、绣手巾，你意下如何？（正旦唱）

【牧羊关】相公名誉传天下，妾身乐籍在教坊；量妾身则是个妓女排场，相公是当代名儒。妾身则好去待宾客，供些优唱。妾身是临路金丝柳，相公是架海紫金梁；想你便意错见、心错爱，怎做的门厮敌、户厮当(15)？

（钱大尹云）张千，着天香到我宅中去。（正旦云）杭州柳耆卿，早则绝念也！（唱）

【二煞】则恁这秀才每活计似鱼翻浪(16)，大人家前程似狗探汤(17)。则俺这侍妾每近帏房，只不过供手巾到他行，能够见些模样？着护衣须是相亲傍，只不过梳头处俺胸前靠着脊梁(18)，几时得儿女成双？

（云）指望嫁杭州柳耆卿，做个自在人，如今怎了也？（唱）

【煞尾】罢、罢、罢！我正是闪(19)了他闷棍着他棒，我正是出了字篮(20)入了筐。直(21)着咱在罗网，休摘离，休指望，便似一百尺的石门教我怎生撞？便使尽些伎俩，乾愁断我肚肠，觅不的个脱壳金蝉这一个谎！（下）

（钱大尹云[16]）张千送谢天香到私宅中去了也。（诗云）我有心中事，未敢分明说；留待柳耆卿，他自解关节。（下）

注 解

（1）嗓：意为张开嗓门喊叫。

（2）查梨相：坏模样。参阅《救风尘》第一折注文（21）。

（3）过当：超乎寻常。《汉书·司马迁传》："与单于连战十余日，所杀过当。"

（4）横枝罗惹：意外惹来的麻烦。

（5）不作周方：周方，周全方便之意。《蓝采和》第一折："常只是与人方便，会客周全。"即以方便、周全并用。《老生儿》第三折："孝父母，奉蒸尝也波周方。"

（6）头厅相：首相的俗称。

（7）张敞：参阅《窦娥冤》第一折注文（26）。

（8）燮理：调理，古代特指大臣辅助天子治理国事。《尚书·周官》："立太师、太傅、太保，兹惟三公，论道经邦，燮理阴阳。"孔安国传："燮，和也。"

（9）劈先里：劈头。

（10）"这里但有个女娘、坐场"二句：意为在这可怕的官厅里如果有女人座位的话，我是宁愿把家私散尽来赏与他的。

（11）"想东坡一曲满庭芳"二句：唐圭璋《全宋词》第三册苏轼《满庭芳》词："香靉雕盘，寒生冰箸，画堂别是风光。主人情重，开宴出红妆。腻玉圆搓素颈，藕丝嫩，新织仙裳。歌声罢，虚檐转月，余韵尚悠扬。　人间何处有？司空见惯，应谓寻常。坐中有狂客，恼乱愁肠。报道金钗坠也，十指露、春笋纤长。亲曾见，全胜宋玉，想像赋高唐。"

（12）煞：表示极甚之辞。这里意为做尽。

（13）闲支谎：胡扯。

（14）已已：止住，罢了。《世说新语·伤逝》："庾文康亡，何扬州临葬云：'埋玉树着土中，使人情何能已已！'"

（15）门厮敌、户厮当：门当户对的意思。

（16）鱼翻浪：鱼小翻不起大浪，成不了大事的意思。

（17）狗探汤：莫测高深、不可估量的意思。

（18）胸前靠着脊梁：意为不是当面相亲相爱，而是像替人梳头一样，胸脯紧靠人家的脊梁。

（19）闪：这里是避过的意思。

（20）字篮：乞儿所提的小竹篮。

（21）直：就，假定之辞。杜牧《池州送孟迟先辈》诗："人生直作百岁翁，亦是万古一瞬中。"

第三折

（正旦上，云）妾身谢天香。自从进到钱大尹相公宅内，又早三年光景，将我那歌妓之心消磨尽了也！（唱）

【正宫端正好】往常我在风尘为歌妓，只不过见了那几个筵席，到家来须做个自由鬼；今日个打我在无底磨牢笼内！

【滚绣球】到早起过洗面水，到晚来又索铺床叠被，我服侍的都入罗帏，我恰才舒铺盖似孤鬼，少不的蹑蹀(1)[17]寝睡，整三年有名无实。本是个见交风月耆卿伴，教我做遥受恩情大尹妻，端的谁知？

（二旦扮姬妾上，云）俺二人是钱大尹家侍妾，今日无甚事，去望姓谢的姐姐走一遭去。（见旦科，云）姐姐，俺二人竟来望姐姐。（正旦云）二位姐姐请坐。（二旦云）姐姐，你在宅中三年，相公曾亲近你么[18]？（正旦唱）

【倘秀才】俺若是曾宿睡呵则除是天知地知，相公那铺盖儿知他是横的竖的！比我那初使唤，如今越更稀。想是我出身处本低微，则怕展污了相公贵体。

（二旦云）姐姐，虽然如此，你也自当亲近些。（正旦唱）

【滚绣球】姐姐每肯教诲，怕不是好意？争奈我官人行，怎敢失了尊卑[19]？（二旦云）姐姐，你又无什么过失。（正旦唱）你道是无过失，学恁的，姐姐每会也那不会？我则是斟量着紧慢迟疾，强何郎(2)旖旎煞难搽粉，狠张敞央及煞怎画眉？要识个高低。

（二旦云）敢问姐姐，当日柳七官人《乐章集》，姐姐收的好么？（正旦唱）

【倘秀才】便休题花七柳七，若听得这里是那里，相公的耳朵里风闻那旧是非。休只管这几句，滥黄齑，我也记得。[20]

（二旦云）姐姐，可是那几[21]句儿？说一遍儿我听咱。（正旦唱）

【穷河西】姐姐每谁敢道袖褪《乐章集》(3)，都则是断送的我一身亏。怕待学大曲子我从头儿唱与你，本记的人前会，挂口儿从今后再休提。

（二旦云）咱和你同去竹云亭上赌戏咱。（正旦云）姐姐每，咱去波。（唱）

【滚绣球】想前日使象棋，说下的、则是个手帕儿赌戏，你将我那玉束纳藤箱子，便不放空回。近新来下雨的那一日，你输与我绣鞋儿一对，挂口儿再不曾提。那里为些些赌赛绝了交契，小小输赢丑了面皮，道我不精细。

（二旦云）姐姐，咱掷这色数儿(4)，俺输了也。姐姐，可该你掷。（正旦拿色子科，唱）

【倘秀才】幺四五骰着个撮十，二三二趁着个夹七，一面打个色儿，也当得幺二三是鼠尾，赌钱的、不伶俐，姐姐你可便再掷。

（二旦云）等我再掷。俺又输了也，可该你掷。（正旦唱）

【呆骨朵】我将这色数儿轻放在骰盆内，二三五又掷个乌十，不下钱打赛我可便赢了你两回，这上面分明见，色数儿且休提。姐姐，我可便做桩儿三个五，你今日这般输说甚的？

（钱大尹把拄杖暗上）（二旦惊下）（正旦唱）

【倘秀才】你休要不君子便将闹起，我永世儿不和你厮极⁽⁵⁾，塌着那臭尸骸，一壁稳坐的！（钱将拄杖放在旦左肩上）（正旦拔科，唱）兀的不闲着您！（钱将拄杖放在旦右肩上）（正旦拔科，唱）臭驴蹄⁽⁶⁾！（钱又将拄杖放在旦左肩上）（正旦拿住，回头科，唱）兀的是谁？

（钱大尹云）天香，你骂谁哩？（正旦慌跪科，唱）

【醉太平】唬的我连忙的跪膝，不由我泪雨似扒推；可又早七留七力⁽⁷⁾来到我跟底，不言语立地，我见他出留出律⁽⁸⁾两个都回避。相公将必留不刺⁽⁹⁾拄杖相调戏，我不该必丢不搭⁽¹⁰⁾口内失尊卑，这的是天香犯罪。

（钱大尹云）天香，你怕么？（正旦云）可知怕哩。（钱大尹云）你要饶么？（正旦云）可知要饶哩。（钱大尹云）既然要饶，或诗或词，作一首来我看，我便饶了你。（正旦云）请题目。（钱大尹云）就把这骰盆中色子为题。（正旦云）诗有了。（诗云）一把低微骨，置君掌握中，料应嫌点涴⁽¹¹⁾，抛掷任东风！（钱大尹笑科，云）圣人道："在心为志，发言为诗。情动于中而形于言，言之不足故嗟叹之，嗟叹之不足故歌咏之。"⁽¹²⁾这四句诗中大意，道我娶他做小夫人，到我家中三年，也不偢^{(13)[22]}不问；岂知我的意思！天香，我也和了四句诗，我念你听。（诗云）为伊通四六，聊擎在手中。色缘有深意，谁谓马牛风？天香，你在我家三年也，你心中休烦恼，我拣个吉日良辰，则在这两日内立你做个小夫人，你心下如何？（正旦唱）

【二煞】往常时不曾挂眼都无意，今日回心有甚迟？相公的言语更怕不中^[23]，委付妾身教我转转猜疑。相公又不是戏笑，又不是沉醉，又不是昏迷；待道是颠狂睡吃，兀的不青天这白日？

（云）相公莫不是谬语？（钱大尹云）我又不曾吃酒，岂有谬语？我只爱惜你那聪明才学，可怜你那烦恼悲啼。（正旦唱）

【一煞】相公，你一言既出如何悔，驷马奔驰不可追。妾身出入兰堂，身居画阁，行有香车，宿在罗帏。相公，整过了三年，可便调理，无个消息；不想道今朝错爱我这匪妓，也则是可怜见哭啼啼。[24]

（钱大尹云）天香，后堂中换衣服去。（下）（正旦唱）

【煞尾】则今番文诌诌的施才艺，从来个扑簌簌没气力。相公这一句言语可立碑，我也不敢十分相信的。许来大官员，恁来大职位，发出言词忒口疾。你不委心为自家没见识，又不是花街中、柳陌里，那一个彻梢虚、雾塌桥，浑身我可也认的你！(14)（下）

注　解

（1）踡跼（luánquán）：足部卷曲起来。

（2）何郎：指三国时魏玄学家何晏（？—249），字平叔，南阳宛县（今河南南阳）人，娶魏公主，官至尚书。其人"美姿仪，面玉白"，世称"傅粉何郎"。著有《道德论》《无名论》等。

（3）袖褪《乐章集》：等于说人手一册《乐章集》。宋元时歌妓往往以有柳永的《乐章集》自负。

（4）色数儿：骰子，一种赌具，即下文的色子。

（5）厮极：或作"厮句"，意为相近、亲昵。《西游记》杂剧："他想我，须臾害；我因他，厮句死。"

（6）臭驴蹄：骂妓女的话。宋元时称妓女为弟子，是沿袭唐代"教坊弟子"

的称谓而来的，后来讹读为蹄子，故《红楼梦》中小丫头詈其同辈为"小蹄子"。

（7）七留七力：静悄悄地。

（8）出留出律：慌慌张张地。

（9）必留不刺：三番两次。

（10）必丢不搭：连珠炮似的。

（11）涴（wò）：为泥土所沾污。韩愈《合江亭》诗："愿书岩上石，勿使泥尘涴。"

（12）"在心为志，发言为诗"几句：引自《毛诗序》。

（13）偢（chǒu）：理睬。《西厢记》第一本第三折："他不偢人待怎生！"

（14）"那一个彻梢虚、雾塌桥"二句：彻梢虚，一味弄虚作假。彻梢，彻底意。《救风尘》第一折李氏白："只是老身谎彻梢虚。"意与此同。雾塌桥，言桥在雾中塌坏，人不知而失足也。这里大意是：花街柳巷里嫖客浪子们不管耍什么花招，怎样善于变化，我都认得出（潜台词是：但我相信你不是这样的人，不会和浪子们一般见识）。

第四折

（钱大尹引张千上，云）老夫钱大尹是也。[25]谁想柳耆卿一举状元及第，夸官三日。张千，安排下筵席，你去当街里拦住新状元柳耆卿，道钱府尹请状元；他若不肯来时，你只把马带着，休放了过去，好歹请他来。若来时，报的老夫知道。（下）

（柳骑马引祗候上，诗云）昔日龌龊不足夸，今朝放荡思无涯；春风得意马蹄疾，一日看尽长安花。小官柳永，自与谢天香分别之后，到于帝都阙下，一举状元及第。今借宰相头踏[1]，夸官三日。我闻知钱大尹娶了谢天香为妻。钱可道也，你情知谢氏是我的心上人，我看你怎么相见？左右的，摆开头踏，慢慢的行将去。（张千上，云）状元，钱大尹相公有请！（柳云）我不去。（张千扯马，云）我好歹请状元见俺相公去来。（同下）

（钱大尹上，云）早间着张千请柳耆卿去了，怎生不见来？（张千同柳上，云）状元少待，我报复去。（报科，云）请的状元到了也！（钱大尹云）道有请。（柳做见科）（钱大尹云）贤弟，峥嵘有日，奋发有时，兀的不壮哉！将酒来，今日与贤弟作贺。（把酒科，云）贤弟，满饮一杯！（柳云）小官量窄，吃不得。（钱大尹云）贤弟平昔以花酒为念，今日如何不饮？（柳云）小官今非昔比，官守所拘，功名在念，岂敢饮酒？（钱大尹云）若是这般呵，功名成就多时了。你端的不饮酒，敢有些怪我么？张千，近前来。（做耳语科，云）只除恁的……（张千云）理会的。（做叫科，云）[26]谢夫人，相公前厅待客，请夫人哩。（正旦云）天香，谁想有今日也呵！（唱）

【中吕粉蝶儿】送的那水护衣为头[2]，先使了熬麸[3]浆细香澡豆，暖的那温湽[4]清手面轻揉。打底乾南定粉，把蔷薇露和就；破开那苏合香油，我嫌棘针梢燎的来油臭。

【醉春风】那里敢深蘸着指头搽，我则索轻将绵絮纽。比俺那门前乐探等着官身，我今日个不丑。丑？虽不是宅院里夫人，也是那大人家姬妾，强似那上厅的祗候。

（云）相公前厅待客，我且不过去，我试望咱。（唱）

【石榴花】我则道坐着的是那个俊儒流，我这里猛窥视、细凝眸，原来是三年不肯往杭州，闪的我落后、有国难投。莫不是将咱故意相迤逗，特教的露丑逞羞？你觑那衣服每各自施忠厚，百般儿省不的甚缘由。

【斗鹌鹑】并无那私事公仇，倒与俺张筵置酒。（带云）我这一过去，说些什么的是？（唱）我则是佯不相瞅，怎敢道特来问候？（见科）（钱大尹云）天香，与耆卿施礼咱。（正旦唱）我这里施罢礼，官人行紧低首。（钱大尹云）天香，近前来些。（正旦唱）谁敢道是离了左右，我则索侍立傍边，我则索趋前退后。

（钱大尹云）天香，与耆卿把一杯酒者。（正旦云）理会的。（唱）

【上小楼】我待要提个话头，又不知他可也甚些机彀，倒不如只做朦胧，为着东君奉劝金瓯；他若带酒，是必休将咱僝僽(5)。[27]（柳云）天香，近前来些。（正旦唱）这里可便不比我做上厅行首。

（钱大尹云）天香把盏，教状元满饮此杯。（递酒科）（柳云）我吃不得了也。（正旦唱）

【幺篇】他那里则是举手，我这里忍着泪眸，不敢道是厮问厮答[28]、厮来厮去、厮掴厮揪，我如今在这里不自由！（柳云）大姐，你怎生清减了？（正旦唱）你觑我皮里抽肉，你休问我可怎生骨岩岩脸儿黄瘦！

（钱大尹云）耆卿，你怎生不吃酒？（柳云）我吃不得了也。（钱大尹云）罢、罢、罢！话不说不知，木不钻不透，冰不搭(6)不寒，胆不试不苦[29]。“君子见几而作，不俟终日”(7)，耆卿何故见之晚矣！当日[30]见足下留心于谢氏，恣意于鸣珂，耽耳目之玩，惰功名之志，是以老夫侃侃而言，使足下怏怏而别。一从贤弟去了，老夫差人打听，道贤弟临行留下一首《定风波》词。老夫着张千唤此谢氏，张千把盏，谢氏歌唱，我着他唱那《定风波》词。我则道犯着老夫讳字，不想他将韵脚改过；老夫甚爱其才，随即乐案里除了名字，娶在我宅中为姬妾。老夫不避他人之是非，盖为贤弟之交契；若使他仍前迎新送旧，贤弟可不辱抹了高才大名！老夫在此为理三年，治百姓水米无交，于天香秋毫不染[31]。我则待剪了你那临路柳(8)，削断他那出墙花，合是该二人成配偶。都因他一曲《定风波》，则为他和曲填词，移宫换羽，使老夫见贤思齐[9]，回嗔作喜，教他冠金摇凤效宫妆，佩玉鸣鸾罢歌舞。老夫受无妄之愆[10]，与足下了平生之愿。你不肯烟月久离金殿阁，我则怕好花输与富家郎；因此上三年培养牡丹花，专待你一举首登龙虎榜。贤弟，你试寻思波，歌妓女怎做的大臣姬妾？我想你得志呵，则怕品官不得娶娼女为妻，以此上锁鸳鸯、巢翡翠，结合欢、谐琴瑟。你则道凤台空锁镜，我将那鸾胶续断弦；我怎肯分开比翼鸟，着您再结并头莲？老夫伴推做小夫人，专待你个有志气的知心友。老夫不必多言。天香，你面陈肝胆，说兀的做甚！（诗云）拣选下锦绣红妆女，付与你银鞍白面郎；柳耆卿休错怨开封主，这的是钱大尹智宠谢天香。（柳云）嗨，多谢老兄肯为小弟这等留心！大姐，我去之后，你怎生到得相公府中。试说一遍与我听者。（正旦唱）

【哨遍】一自才郎别后，相公那帘幙里香风透，又无个交错觥筹，又无个宾客闲游饮杯酒，坐衙紧唤[32]，乐探忙勾，唬的我难收救，只得向公厅祗候。不问我舞旋，只着我歌讴；将凤凰杯注酒尊前递，把商角调填词韵脚搜，唱到"惨绿愁红，事事可可"，一时禁口。

【耍孩儿】相公讳字都全有，我将别韵儿轻轻换偷；即时间乐案里便除名，扬言说要结绸缪。三年甚事曾占着铺盖，千日何曾靠着枕头？相公意，难参透。我本是沾泥飞絮，倒做了不缆孤舟！

【二煞】见妾身精神比杏桃，相公如何共卯酉？见天香颜色当春昼。观花不比观娇态，饮酒合当饮巨瓯；谁把清香嗅？则是深围在阑底，又何曾插个花头！

（钱大尹云）张千，快收拾车马，送谢夫人到状元宅上去。（柳同旦拜谢科，云）深感相公大恩。（正旦唱）

【煞尾】[33] 这天香不想艳阳天气开，我则道无情干

罢休！谁想这牡丹花折入东君手，今日个分与章台路
傍柳(11)[34]。

　　题目　柳耆卿错怨开封主
　　正名　钱大尹智宠谢天香

注　解

　　(1) 头踏：或作头答、头搭，旧时官员出巡时前面的仪仗队。《水浒传》第
五十八回："贺太守头踏一对对排将过来"。

　　(2) 送的那水护衣为头：这支曲子写做苏合香油的过程。这句是说先将豆
子的皮用水脱去。

　　(3) 麸（fū）：小麦的皮屑。

　　(4) 泔（gān）：淘米水。

　　(5) 㑋㑋：折磨，辱骂。《董西厢》卷三："生曰：可憎姐姐，休把人
㑋㑋！"

　　(6) 搦（nuò）：同"捏"。《水浒传》第四回："下得亭子，把两只袖子搦
在手里，上下左右使了一回。"

　　(7) "君子见几而作，不俟终日"：语见《周易·系辞下》。几，或作
"机"。

　　(8) 临路柳：或作"临池柳"，指妓女。唐代某妓女《忆江南》词："莫攀
我，攀我太心偏。我是曲江临池柳，这人折了那人攀，恩爱一时间！"

　　(9) 见贤思齐：语出《论语·里仁》"子曰：见贤思齐焉，见不贤而内自
省也"。

　　(10) 愆（qiān）：过失，罪咎。《三国志·蜀书·诸葛亮传》："诏策亮曰：
'街亭之役，咎由马谡，而君引愆，深自贬抑。'"

　　(11) 章台路傍柳：指妓女。详见《金线池》第二折注文（30）。

校 注 ▩

　　本剧现存版本有明代陈与郊编、万历十六年（1588）龙峰徐氏刊行的《古名家杂剧》本，明代臧晋叔编的《元曲选》本，今以后者为底本，用前本参校。

　　[1]"本图平步上青云"四句：《古名家杂剧》本作"万般皆下品，惟有读书高"。才智，原作"才思"，脱韵，今改。

　　[2]幼习儒业，颇读诗书：原作"乃钱塘郡人也"。据《古名家杂剧》本改。

　　[3]乐探执事：《古名家杂剧》本于此句下有赵琦美校增"何为是乐探"五字。

　　[4]大尹姓钱：《古名家杂剧》本于此句之下有"是钱大尹，这大人名声极大，与人秋毫无犯，水米无交"。

　　[5]这散班女人：原作"这班门户人"，据《古名家杂剧》本改。

　　[6]"寒蛩秋夜忙催织"四句：《古名家杂剧》本作"陈纪立纲理庶民，聿遵王法秉彝伦；清廉正直行公道，播取芳名后代闻"。

　　[7]同堂故友：原作"同堂小友"，据楔子柳永念白、下文钱大尹念白及《古名家杂剧》本改过。

　　[8]班：原作"粧"，据《古名家杂剧》本改。

　　[9]后天下之乐而乐：此句下《古名家杂剧》本有"大丈夫得志与民同之，不得志独行其道"。

　　[10]年少：原作"少年"，据柳永原作及第二折改。按：剧中《定风波》一词与柳永原作稍有不同。

　　[11]揭席来到家时：原作"揭席时来到家时"，重一"时"字，今删。

　　[12]"事不关心"二句：《古名家杂剧》本作"事有足濯，物有故然"。

　　[13]可早眉黛舒：《古名家杂剧》本作"脸儿上忻"。

　　[14]奈：《古名家杂剧》本赵琦美墨校为"意"字。

　　[15]绣：原作"油"，误，据《望江亭》第三折改，下同。

　　[16]钱大尹云：此句至本折终了《古名家杂剧》本作"（钱）张千，送将

去了也那！改日重重赏你。左右，牵马来，回私宅去来”。（下）

[17] 踦蹐：《古名家杂剧》本作"蹒跧"。

[18] 亲近你么：此句下《古名家杂剧》本有"（旦）说什么话！"

[19] 怎敢失了尊卑：原作"怎敢便话不投机"，据《古名家杂剧》本改。

[20] "休只管这几句"三句：《古名家杂剧》本作"休只管里气毬儿，这八句儿我也记的"。

[21] 几：《古名家杂剧》本作"八"。

[22] 俵：原作"揪"，误，今改。

[23] 更怕不中：下句作"委付妾身……"，北大本作"更怕不中委，付妾身……"，误。

[24] "不想道今朝错爱我这匪妓"二句：《古名家杂剧》本作"不想今朝相公错爱我才艺，可怜我哭啼"。

[25] 老夫钱大尹是也：此句之上《古名家杂剧》本作"事有足濯，物有故然"。

[26] （做叫科，云）：原无此内容，今据《古名家杂剧》本补上。

[27] "我待要提个话头"几句：《古名家杂剧》本作"更做道题个话头，你可便心休偏偬。你觑他那首领面前，一左一右，不离前后；你若带酒，是必休将咱迤逗"。

[28] 答：原误作"当"，据文意改。

[29] 胆不试不苦：此句下《古名家杂剧》本有"丁宁说破，教你备细皆知"。

[30] 当日：以下《古名家杂剧》本有"见贤弟以邪失正，因公说私"。

[31] 秋毫不染：以下《古名家杂剧》本有"想贤弟读尽九经书，晓尽天下事，况此妇人走笔成章，吟诗课赋。孟子道：麒麟之于走兽，凤凰之于飞鸟，泰山之于丘垤，河海之于行潦：出乎其类，拔乎其萃"。

[32] 唤：原作"换"，误，今改。

[33] 煞尾：原作"随尾"，据《古名家杂剧》本改。

[34] 章台路傍柳：此句下《古名家杂剧》本有"（钱云）天下喜事无过夫妇团圆，杀羊造酒，做个庆喜的筵席"。

温太真玉镜台

导 读 ⬡

　　温峤（288—329），字太真，太原人。东晋名将，曾任中书令、平南将军等职，多次平定叛乱，死时才 42 岁。《晋书》卷六十七有传。关于温峤的各种故事传说与史书记载，大多数记述了他积极的人生轨迹。但人性是复杂的，《世说新语》第二十七"假谲（jué，欺诈，怪异）"这一篇对温峤来说，似显得不太光彩：

　　温公丧妇，从姑刘氏，家值乱离散，唯有一女，甚有姿慧，姑以属公觅婿。公密有自婚意，答云："佳婿难得，但如峤比云何？"姑云："丧败之余，乞粗存活，便足慰吾余年，何敢希汝比！"却后少日，公报姑云："已觅得婚处，门地粗可，婿身名宦，尽不减峤。"因下玉镜台一枚。姑大喜。既婚，交礼，女以手披纱扇，抚掌大笑曰："我固疑是老奴，果如所卜！"玉镜台，是公为刘越石长史，北征刘聪所得。

　　问题是关汉卿为什么要写温峤"骗婚"的故事呢？笔者以为原因有二：一是自己做媒人为自己缔结婚姻，这在封建时代无论如何是一件奇事。元杂剧在当时又称"传奇",即有"奇"可"传"。无论是《世说新语》的作者还是关汉卿,都看中故事的传奇性。二是关汉卿借助《玉镜台》杂剧,抒发自身的爱情理想,表达一种互敬互爱、宽容和睦的夫妻关系。这似乎是理解这本杂剧内容宏旨的关键。

过去,有人(包括笔者)认为《玉镜台》美化"老夫少妻"的婚姻。究其实,历史上的温峤死时才42岁,属于英年早逝。从剧作内容看,温峤是一个中年人,他说:"我老则老争(怎)多的几岁?"他与刘倩英的婚姻并非"八十老翁十八妻"那种年龄相差悬殊的婚配。

笔者猜测《玉镜台》杂剧应作于关汉卿晚年,因为从创作心理来说,一个才华横溢的青年作家是不会对所谓"老夫少妻"题材感兴趣的。晚年的关汉卿为什么会看上这一题材?除了题材的传奇性外,是他有类似的经历?还是他看上了哪一位年轻貌美的歌妓,借他人之酒杯,浇心中之垒块?当然,我们不能胡乱猜测。

如果要问《玉镜台》杂剧的主旨是什么,笔者会回答:通过温峤的忍让等待,关汉卿不赞同"夫为妻纲"的封建道德观念,他认可一种真心实意、和睦宽容的新型夫妻关系。面对刘倩英两月不同房的"抗议",温峤不是以权力降服对方,须知温峤是一位大官哟;他也不用武力征服对方,温峤可是一位掌握无数兵马的将军哟;他更没有暴力压服,须知温峤是一位骁勇的男人哟!官媒就曾以抗敕威胁刘倩英,被温峤劝阻。在温峤把刘倩英"看承的家宅土地、本命神祇""真心儿待,耐性儿捱"的精神感召下,终于"精诚所至,金石为开",赢得了刘倩英的谅解与欢心。

《玉镜台》是关汉卿的一部力作,曲词明快疏隽,风情旖旎,特别是写温峤对刘倩英表达爱意的部分,如第一折〔六幺序〕〔幺篇〕诸曲,写得深情缱绻,文采飞扬。真是第一流的元曲文字,难怪元末贾仲名在凭吊关汉卿时赞叹其"珠玑语唾自然流,金玉词源即便有,玲珑肺腑天生就,姓名香四大神州"。

明代朱鼎的《玉镜台传奇》虽然不少地方牵合《晋书》,还加上王敦、苏峻之作乱作为背景,但读来反令人昏昏欲睡,不及本剧之酣畅淋漓。

明代万历博古堂刻本《元曲选》插图

温太真玉镜台

做吴耀卿

明代万历博古堂刻本《元曲选》插图

第一折^[1]

（老旦扮夫人引梅香上，诗云）花有重开时，人无再少日；生女不生男，门户凭谁立？^[2]老身姓温，夫主姓刘，早年辞世；别无儿男，只生得一个女儿，小字倩英，年长一十八岁，未曾许聘他人。夫主在日，教孩儿读书，老身如今待教他写字抚琴，只是无个好明师。我有个侄儿^[3]温峤，见任翰林学士，今将老身子母搬取来京，旧宅居住，说道要来拜望老身。梅香，门首觑者，只待学士来时，报复我知道。（梅香云）理会的。（正末扮温峤上，云）小官姓温名峤，字太真，官拜翰林学士。小官别无亲眷，只有一个姑娘^[4]，年老寡居，近日取来京师居住。连日公衙事冗，不曾拜候，今日稍闲，须索拜候一遭。我想方今贤臣登用，际遇圣主，觑的富贵容易。自古及今，那得志与不得志的多有不齐。我先将这得志的说一遍则个。（唱）

【仙吕点绛唇】车骑成行^[5]，诣门稽颡⁽¹⁾，来咨访。无非那今古兴亡，端的是语出人皆仰。

【混江龙】也只为平生名望，博得个望尘遮拜路途傍。出则高牙大纛⁽²⁾，入则峻宇雕墙。万里雷霆驱号令，一天星斗焕文章，威仪赫奕，徒御轩昂。喜时节鹓鸾并簉⁽³⁾，怒时节虎豹潜藏。^[6]生前不惧獬豸冠⁽⁴⁾，死来图画麒麟像⁽⁵⁾；何止是析圭儋爵⁽⁶⁾，都只待拜将封王。

（云）却说那不得志的也有一等。（唱）

【油葫芦】还有那苦志书生才学广，一年年守选场，早熬的萧萧白发满头霜；几时得出为破虏三军将，入为治国头厅相？只愿的圣主兴、世运昌^[7]，把黄金结作漫天网，收俊杰、揽贤良。

【天下乐】当日个谁家得凤凰、翱也波翔，在那天子堂，争知他朝为田舍郎？傅说呵在版筑处生⁽⁷⁾，伊尹⁽⁸⁾呵从稼穑中长，他两个也不是出胞胎便显扬。

（云）虽然如此，那得志不得志的，都也由命不由人，非可勉强。[8]（唱）

【那吒令】他每都恃着口强，便仪秦⁽⁹⁾呵怎敢比量？都恃着力强，便贲育⁽¹⁰⁾呵怎敢赌当？原来都恃着命强，便孔孟呵也没做主张。这一个是王者师，这一个是苍生望，到底捱不彻雪案萤窗。[9]

【鹊踏枝】只落的意傍徨，走四方，昨日燕陈，明日齐梁。若不是聚生徒来听讲，怎留得这诗书万古传芳？[10]

（云）我今日也非敢擅自夸奖，端的不在古人之下[11]。（唱）

【寄生草】我正行功名运，我正在富贵乡。俺家声先世无诽谤，俺书香今世无虚诳，俺功名奕世⁽¹¹⁾无谦让，遮莫是帽檐相接御楼前，靴踪不离金阶上。

【幺篇】不枉了开着金屋⁽¹²⁾、空着画堂⁽¹³⁾，酒醒梦觉无情况，好天良夜成虚[12]旷，临风对月空惆怅。怎能够可情人消受锦幄凤凰衾，把愁怀都打撇在玉枕鸳鸯帐。

（云）一头说话，早来到姑娘门首。梅香，报复去，说温峤特来问候。（梅香报科，云）报的奶奶得知：有温峤在于门首。（夫人云）老身恰才说罢，学士真个来了。道有请！（梅香云）请进。（正末做见科）（夫人云）学士王事勤劳，取个座儿来，教学士稳便；一面将酒来，与学士递一杯。（梅香云）酒在此。（夫人云）学士，满饮一杯！（正末接饮科）（夫人云）梅香，绣房中叫小姐来拜见学士咱。（梅香云）小姐，有请。（旦扮倩英上，云）妾身倩英，正在房中习针指；梅香说母亲在前厅呼唤，不知有甚事？须索走一遭去。（做见科，云）母亲，叫孩儿有甚事？（夫人云）孩儿，唤你来无别事，只为温家哥哥在此，你须拜见。

（旦云）理会的。（夫人云）且住者，休拜！梅香，前厅上将老相公坐的栲栳⁽¹⁴⁾圈银交椅来，请学士坐着，小姐拜见。（正末云）老相公的交椅，侄儿如何敢坐？（夫人云）学士休谦，"恭敬不如从命"。（正末云）谨依尊命。（夫人云）小姐，把体面拜哥哥者。（旦做拜科）（正末做欠身科）（夫人云）妹妹拜哥哥，岂有欠身之理？（正末云）礼无不答，焉可坐受？（夫人云）好一个有道理的人也。（正末背云）是好一个女子也呵！（唱）

【六幺序】兀的不消人魂魄，绰⁽¹⁵⁾人眼光？说神仙哪的是天堂？则见脂粉馨香，环珮丁当，藕丝嫩新织仙裳，但风流都在他身上，添分毫便不停当⁽¹⁶⁾。见他的不动情，你便都休强，则除是铁石儿郎，也索恼断柔肠。

【幺篇】我这里端详他那模样：花比腮庞，花不成妆；玉比肌肪，玉不生光。宋玉襄王，想像高唐，止不过魂梦悠扬，朝朝暮暮阳台上⁽¹⁷⁾，害的他病在膏肓；若还来此相亲傍，怕不就形消骨化、命丧身亡。

（夫人云）梅香，将酒来，小姐与哥哥把盏。（旦奉酒科，云）哥哥，满饮一杯。（做递酒科）（正末唱）

【醉扶归】虽是副轻台盏无斤两，则他这手纤细怎擎将？久立着神仙也不当。你待把我做真个的哥哥讲，我欲说话别无甚伎俩，把一盏酒滗^[13]一半在阶基上。

（夫人云）老身欲教小姐写字弹琴，争奈无个明师；学士肯看老身薄面，教你妹子弹琴写字？（正末云）姑娘在上，据你侄儿所学，怎生教的小姐？（夫人云）学士休谦。梅香，取历日⁽¹⁸⁾来，教学士选个好日子，教小姐弹琴写字。（正末云）温峤今日出来时，有别勾当，也曾选日子，来日是个好日辰。（唱）

【金盏儿】来日不空亡，没相妨。天生壬申癸酉全家旺，不比那长星赤口要提防。大纲来阴阳偏有准，择日要端详，岂不闻成开皆大吉，闭破莫商量。

（夫人云）既如此，就是明日要劳动学士者。（正末云）谨依尊命！明日温峤自来。但温峤无学，怎生教的小姐？（夫人云）学士休得推辞，只看你下世姑夫的面皮，教训女孩儿则个。（正末唱）

【醉中天】白日短，无时晌，兼夜教，正更长，便误了翰林院编修有甚忙？我待做师为学长，拼的个十分应当，再无推让，早收拾幽静书房。

（夫人云）梅香，伏侍小姐辞别了哥哥，回绣房去。（旦云）理会的。（拜科，下）（夫人云）多谢学士幸不违阻，是必明日早来。（正末云）敢不惟命。（唱）

【赚煞尾】恰才立一朵海棠娇，捧一盏梨花酿，把我双送入愁乡醉乡。我这里下得阶基无个顿放，画堂中别是风光。恰才则挂垂杨一抹斜阳，改变了暗暗阴云蔽上苍。眼见得人倚绿窗。又则怕灯昏罗帐，天那，休添上画檐间疏雨滴愁肠。（下）

（夫人云）学士去了也。梅香，便收拾万卷堂，来日是吉日良辰，请学士来教你小姐弹琴写字。收拾的停当时，可来回我话。（诗云[14]）只因爱女要多才，收拾书堂待教来。（梅香诗云）从来男女不亲授，也不是我引贼过门[15]胡乱猜。（同下）

注 解

（1）稽颡（sǎng）：古时一种跪拜礼，屈膝下拜，以额触地。颡，额、脑门子。《汉书·李广传》："若乃免冠徒跣，稽颡请罪，岂朕之指哉！"

（2）纛（dào）：古代军队里的大旗。

（3）鹓鸾并簉（zào）：意为好坏并列，贤愚共聚。簉，荟萃。鹓，指鹓鸰，传说中与鸾凤同类的鸟。

（4）獬豸（xièzhì）冠：古代法官戴的帽子。《后汉书·舆服志》："法冠，……执法者服之……或谓之獬豸冠。獬豸神羊，能别曲直，楚王尝获之，故以为冠。"

（5）麒麟像：汉代有麒麟阁，在未央宫中。《三辅黄图·阁》："麒麟阁，萧何造，以藏秘书，处贤才也。"汉宣帝时曾图霍光等十一功臣像于阁上，以表彰其功绩。

（6）析圭儋爵：指做官。圭，古玉器名，长条形，上端作三角状；古代官员朝聘、祭祀、丧葬时所用的礼器。周代的墓葬中常有发现。儋，"担"的古体字，《国语·齐语》："负任儋荷。"韦昭注："背曰负，肩曰儋。"儋爵，做官的意思。

（7）傅说呵在版筑处生：傅说，商高宗时人，傅岩有涧水坏道，说使刑人筑之。后见高宗，作《说命》三篇，拜相，国大治。版筑，筑土墙时用两版相夹，装满泥土，以杵筑之使坚实，即成一版高墙。《汉书·英布传》颜师古注引李奇曰："版，墙版也；筑，杵也。"

（8）伊尹：一名挚，原耕于莘野，后辅助汤伐桀，成为商的开国功臣。孟子称他为"圣之任者"。

（9）仪秦：指战国时著名辩士张仪与苏秦。

（10）贲（bēn）育：指战国时的勇士孟贲与夏育。《汉书·司马相如传》："力称乌获，捷言庆忌，勇期贲育。"《文选·扬雄〈羽猎赋〉》吕延济注："贲，孟贲；育，夏育。皆秦武王壮士也。"

（11）奕世：一代接一代。王夫之《宋论·真宗》："而永保令名于奕世矣。"

（12）金屋：《汉武故事》，胶东王（按：汉武帝刘彻初封胶东王）"数岁，长公主嫖抱置膝上，问曰：'儿欲得妇不？'胶东王曰：'欲得妇。'长公主指左右长御百余人，皆云不用。末指其女问曰：'阿娇好不？'于是乃笑对曰：'好，若得阿娇作妇，当作金屋贮之也。'"

（13）画堂：汉代宫中的殿堂。《三辅黄图·汉宫》："未央宫有……画堂、甲观，非常室。"后泛指华丽的堂舍。崔颢《王家少妇诗》："十五嫁王昌，盈盈入画堂。"

（14）栲栳（kǎolǎo）：用竹篾或柳条编成的盛物器具。唐寅《题崔娘像诗》："琵琶写语番成怨，栲栳量金买断春。"

（15）绰：搅。《京本通俗小说·西山一窟鬼》："二月桃花被绰开。"

（16）停当：或作"亭当"，妥帖、完备之意。《晋书·庾翼传》："以二十四日达夏口，辄简卒搜乘，停当上道。"

（17）"宋玉襄王"四句：参阅《鲁斋郎》第三折注文（11）。

（18）历日：古代一种迷信的日历通书，把人的行为与岁时节候联系起来。《尚书·洪范》孔颖达疏："称日月行道所历，计气朔早晚之数，所以为一岁之历。"下文"壬申癸酉全家旺"与"长星赤口要提防"即指据此而推算出来的"吉日"与"忌日"。

第二折

（老夫人上，云）昨日选定今日是吉日良辰。梅香，门首觑者，则怕学士来时，报我知道。（梅香云）理会的。（正末上，云）姑娘选定今日好日辰，不曾衙门里去[16]。肯分(1)的姑娘又来请；便不来请，我也索去。可早来到门首。梅香，报复去，道温峤来了也。（梅香报科，云）温学士来了。（夫人云）道有请。（梅香云）请进。（正末做见科）（夫人云）今日学士怎生来的恁早？（正末云）为领尊命教小姐琴书，就不曾到衙门去。（夫人云）因为老身薄面，误了学士公事，老身知感不尽。梅香，快请小姐出来拜学士者。（梅香云）小姐，有请。（旦上云）妾身正在绣房中，听的母亲呼唤，须索见去。（做见科）（夫人云）倩英，你拜哥哥！今日为始，便是你师父了也。（旦做拜科）（正末背云）小姐比昨日打扮的又别，真神仙中人也。（唱）

【南吕一枝花】藕丝翡翠裙，玉腻蝤蛴(2)颈，妲己(3)空破国，西子枉倾城。(4)天上飞琼，散下风流病。若是寝正浓，梦乍醒，且休问斜月残灯，直睡到东窗日影。

（云）将琴过来，教小姐操一曲咱。（旦学操琴科）（正末唱）

【梁州第七】兀的不可喜煞罗帏绣幕，风流煞金屋银屏！这七条弦兴亡祸福都相应，端的个圣贤可对，神鬼堪惊，俗怀顿爽，尘虑皆清。一弄儿指法泠泠⁽⁵⁾，早合着古操新声。金徽⁽⁶⁾弹流水潺湲，冰弦打余音齐整，玉纤点逸韵轻盈。聪明，怎生得口诀手未到心先应！海棠色、蕙兰性，想天地全将秀结成，一团儿智巧心灵。

（夫人云）再操一遍，则怕还有不是处，教学士听，有不是处再教。（正末唱）

【牧羊关】纵然道肌如雪、腕似冰，虽是一段玉，却是几样磨成：指头是三节儿琼瑶，指甲似十颗水晶。稳坐的有那稳坐堪人敬，但举动有那举动可人憎⁽⁷⁾。他兀自未搵起金衫袖，我又早先听的玉钏鸣。

（夫人云）小姐，弹琴不打紧；须装香来，请哥哥在相公抱角床上坐着，小姐拜哥哥。一日为师，终身为父。学士教小姐写字者。（旦写字科）（正末云）腕平着，笔直着。小姐，不是这等。（正末起把笔捻旦手科）（旦云）是何道理，妹子跟前捻手捻腕！（正末云）小生岂有他意？（夫人云）小鬼头，但得哥哥捻手捻腕，你早十分有福也。（旦云）"男女七岁，不可同席。"（夫人笑科，云）哥哥跟前调书带儿。（正末唱）

【隔尾】你便温柔起手里须当硬，我呆想望迎头儿撒会清，恰才轻搭着春葱尽侥幸。（带云）似这等酥蜜^[17]般抢白。（唱）遮莫你骂我尽情，我断不敢回你半声，也强如编修院里和书生每厮强挺⁽⁸⁾。

（云）小姐，不是了也，腕平着，笔直着。（旦怒云）哥哥，你又来也！（正末唱）

【四块玉】兀的紫霜毫烧甚香，斑竹管有何幸，倒能够柔荑⁽⁹⁾般指尖擎。只你那纤纤的手腕儿须索平正，我不曾将你玉笋荡，他又早星眼睁，好骂我这泼顽皮没气性。

（夫人云）小姐，辞了哥哥回绣房去。（旦拜科，下）（正末云）温峤更衣去咱。（做行科，云）见小姐下的阶基，往这里去了。我只见小姐中注⁽¹⁰⁾模样，不曾见小姐脚儿大小。沙土上印下小姐脚踪儿，早是我来的早，若来的迟呵，一阵风吹了这脚迹儿去，怎能够见小姐生的十全也呵！（唱）

【牧羊关】妇人每鞋袜里多藏着病⁽¹¹⁾！灰土儿没面情，除底外四周围并无余剩。几般儿窄窄狭狭，几般儿周周正正，几时迤逗⁽¹²⁾的独强性，勾引的把人憎。几时得使性气由他跐⁽¹³⁾，恶心烦自在蹬。

（带云）小姐去了也。几时得见，着小官撇不下呵！（唱）

【贺新郎】你便是醉中茶，一啜曛然醒⁽¹⁴⁾。都为他皓齿明眸，不由我使心作倖，待寻条妙计无踪影。老姑娘手把着头稍自领，索什么嘱咐叮咛，似取水垂辘轳，用酒打猩猩。到这里惜甚廉耻，敢倾人命。休、休、休，做一头海来深不本分，使一场天来大昧前程。

【隔尾】他借妆梳颜色花难并，宜环珮腰肢柳笑轻，一对不倒踏窄小金莲尚古自⁽¹⁵⁾剩。想天公是怎生？这世情，教他独占人间第一等。

（正末回科）（夫人云）学士稳便。老身有句话：想小姐年长一十八岁，不曾许聘他人，翰林院有一般学士，烦哥哥保一门亲事。（正末背云）小官暗想来只得如此，若不恁的呵不济事。（做向夫人云）姑娘，翰林院有个学士，才学文章不在侄儿之下。（夫人云）似你这般才学少有。那学士多大年纪？怎生模样？哥哥你说一遍。（正末唱）

【红芍药】年纪和温峤不多争，和温峤一样身形；据文学比温峤更聪明，温峤怎及他豪英？保亲的堪信凭，搭配的两下里相应。不提防对面说才能，远不出门庭。

【菩萨梁州】古人亲事，把闺门礼正，但得人心至诚，也不须礼物丰盈。点灯吃饭两分明：缑山⁽¹⁶⁾无梦碧瑶笙，玉台⁽¹⁷⁾有主菱花镜。更有场大厮併⁽¹⁸⁾，月夜高烧绛蜡灯，只愁那烦扰非轻！

（云）温峤与那学士说成，择定日子同来。（夫人云）多劳学士用心。（正末做出门笑科，云）温峤，你早则人生三事⁽¹⁹⁾皆全了也。（虚下、将砌末上科。做见夫人科，云）告的姑娘得知，适才侄儿径去与那学士说了。今日是吉日良辰，将这玉镜台权为定物；别使官媒人来通信，央您侄儿替那学士谢了亲者。（唱）

【煞尾】俺待麝兰⁽²⁰⁾腮、粉香臂，鸳鸯颈，由你水银渍、朱砂斑、翡翠青⁽²¹⁾。到春来小重楼策杖登，曲阑边把臂行，闲寻芳、闷选胜。到夏来追凉院、近水庭，碧纱厨、绿窗净，针穿珠、扇扑萤。到秋来入兰堂、开画屏，看银河、牛女星，伴添香、拜月亭。到冬来风加严、雪乍晴，摘疏梅、浸古瓶，欢寻常、乐余剩。那时节、趁心性，由他娇痴、尽他怒憎，善也偏宜、恶也相称。朝至暮不转我这眼睛，孜孜⁽²²⁾觑定，端的寒忘热、饥忘饱、冻忘冷。（下）

（官媒上，诗云）"析薪如何，匪斧弗克；娶妻如何，匪媒弗得。"^{(23)[18]}自家是个官媒。温学士着我去老夫人家说知，选吉日良辰，娶小姐过门。可早来到也。无人报复，我自过去。（做见科，云）老夫人磕头^[19]！（夫人云）媒婆何来？（官媒云）奉学士言语，着我见老夫人，选日辰娶小姐过门。（夫人云）是那个学士？（官媒云）是温学士。（夫人云）他是保亲的。（官媒云）他不是保亲的，则他是女婿。（夫人云）何为定物？（官媒云）玉镜台便是定礼。（夫人云）有这等事！我把这玉镜台摔碎了罢。（官媒云）住，住！这玉镜台不打紧，是圣人御赐之物，不争你摔碎了，做的个大不敬，为罪非小。（夫人云）嗨，吃他瞒过了我也！梅香，便说与小姐知道，收拾停当，选定吉日，送小姐过门去罢[20]。（下）

注　解

（1）肯分：宋元俗语，恰好、凑巧的意思。《幽闺记》第二十六出："向日招商店，肯分的撞着家尊。"

（2）蝤蛴（qiúqí）：蝎虫，即天牛的幼虫，色白身长。借形容美女之颈。《诗经·卫风·硕人》："领如蝤蛴。"

（3）妲己：商纣王宠妃，妖媚阴狠，助纣为虐。《竹书纪年》："王师伐有苏，获妲己以归。"

（4）西子枉倾城：西子，指古代美女西施，她与范蠡的故事，见《吴越春秋》逸篇及《越绝书》。明代梁辰鱼曾据此编为传奇《浣纱记》。参阅《鲁斋郎》第二折注文（13）。倾城，形容女子极度之美貌。《汉书·外戚传》载李延年歌："北方有佳人，绝世而独立。一顾倾人城，再顾倾人国。"

（5）泠（líng）泠：形容声音清越。陆机《文赋》："音泠泠而盈耳。"

（6）金徽：琴名。孟浩然《赠道士参寥》诗："丝脆弦将断，金徽色尚荣。"

（7）可人憎：不曰可爱而言可憎，反语也，犹如说"冤家"，爱之极也。《西厢记》第一本第三折"脸儿上扑堆着可憎"，黄庭坚词"思量模样可憎儿"并同，可知北宋已有此语。

（8）厮强挺：有时也作"厮挺"，意为硬拼，顶牛。《西湖二集》二十九："凡遇冤枉不平，贪官污吏，他便暴富也似叫将起来，要与之厮挺。"

（9）柔荑：荑，初生的茅草。旧时用以比喻美人手的纤细白嫩。《诗经·卫风·硕人》："手如柔荑。"

（10）中注：又作"中珠"，指长相、风度。《鸳鸯被》第三折："我道小娘子中注模样，不是受贫的。"

（11）病：这是指大脚扮小脚。古代以小脚为美。

（12）迤（yǐ）逗：挑逗、勾引、惹起。《西厢记》第四本第二折："我着你但去处行监坐守，谁着你迤逗的胡行乱走。"《牡丹亭·惊梦》："没揣菱花，偷人半面，迤逗的彩云偏。"

（13）跐（cǐ）：踏。左思《吴都赋》："将抗足以跐之。"

（14）一啜（chuò）曛（xūn）然醒：啜，喝。曛然，昏昏然。曛，日暮。

（15）古自：也作"兀子""古子"，副词，意为还、尚、犹。《董西厢》卷四："谁知今日见伊，尚兀子鳏居独自。"

（16）缑山：见《列仙传》"王子晋见桓良曰：'告我家，七月七日待我于缑氏山头。'果乘白鹤驻山颠，望之不到，举手谢时人而去"。

（17）玉台：这里指玉镜台。王昌龄《朝来曲》："盘龙玉台镜，唯待画眉人。"

（18）大厮併：或作"大厮八""大四八"，大模大样、大排场的意思。《货郎旦》第二折："大厮八做个周年，分甚么前扣后。"

（19）人生三事：这里是指中举、做官、完婚三件事。

（20）麝兰：或作"兰麝"，泛指香气。杜甫《丁香》诗："晚堕兰麝中。"

（21）水银渍、朱砂斑、翡翠青：此处用银白色、殷红色、翠绿色来形容倩英腮、唇和头发颜色之美。翡翠，硬玉，一般呈翠绿色。

（22）孜孜：专注。《西厢记》第三本第二折："将简帖儿拈，把妆盒儿按，开拆封皮孜孜看，颠来倒去不害心烦。"

（23）"析薪如何"四句：见《诗经·齐风·南山》。原诗句为"析薪如之何，匪斧不克"。析薪，劈柴。

第三折

（正末引赞礼鼓乐上）（赞礼唱科，诗云）一枝花插满庭芳，烛影摇红昼锦堂；滴滴金杯双劝酒，声声慢唱贺新郎。[1]请新人出厅行礼！（梅

香同官媒拥旦上）（正末唱）

【中吕粉蝶儿】怕不动的鼓乐声齐，若是女孩儿不谐鱼水，我自拖拽这一场出丑扬疾，安排下俫小心装大胆[21]丹方一味：他若是皱着双眉，我则索牙床前告[2]他一会。

（云）媒婆，你遮我一遮，我试看咱。（官媒云）我遮着你看。（正末做看科）（旦云）这老子好是无礼也！（正末唱）

【红绣鞋】则见他无发付氲氲[3]恶气，急节里[4]不能够步步相随。我那五言诗作上天梯，首榜上标了名姓，当殿下脱了白衣，今夜管洞房中抓了面皮。

（云）媒人，待咱大了胆过去来。（唱）

【迎仙客】到这里论甚使数[5]，问甚官媒？紧逐定一团儿休厮离。和他守何亲，等甚喜？一发的走到跟底，大家吃一会没滋味。

（旦云）兀那老子，若近前来，我抓了你那脸！教他外边去。媒婆，你来，我和你说，这老子当初来时节，俺母亲教小姐拜哥哥，他曾受我的礼来。（官媒云）学士，小姐说，起初时他曾拜你做哥哥，你受过他礼来。（正末云）我哪里受他礼来？你与小姐说去。（官媒云）小姐，学士说哪里受你礼来？（旦云）在俺先父栲栳圈银交椅上坐着，受我的礼来。（官媒云）小姐说，学士在他老相公栲栳圈银交椅上受他礼来。（正末唱）

【醉高歌】我见他姿姿媚媚容仪，我几曾稳稳安安坐地？向傍边踢开一把银交椅，我则是靠着个栲栳圈站立。

（旦云）媒婆你来，他又受我的礼来。（官媒云）学士，小姐说你又受他的礼来。（正末云）我哪里又受他礼来？（官媒云）小姐，学士说他哪里又受你的礼来？（旦云）这老子！俺母亲着我弹琴写字，他坐在俺先父抱角床上，我拜他为师来。（官媒云）学士，小姐说学弹琴写字，拜你

为师，你在老相公抱角床上受他礼来。（正末唱）

【醉春风】我坐着窄窄半边床，受了他怯怯两拜礼，我这里磕头礼拜却回席。划地须还了你，你，便得些欢娱，便谈些好话，却有那般福气。

（旦云）媒婆，你说与他去：我在正堂中做卧房，教他再休想到我跟前；若是他来时节，我抓了他那老脸皮，看他好做得人！（官媒云）学士，小姐说来，他在正堂中做卧房，教你休想到他跟前；若是你来时节，他抓了你老脸皮，教你做人不得。（正末唱）

【红绣鞋】正堂里夫人寝睡，小官在书房中依旧孤恓，遮莫待尽世儿不能够到他这罗帏。人都道刘家女被温峤娶为妻，落得个虚名儿则是美！

（云）将酒来，我与小姐把盏咱。（正末把酒科）（旦云）我不吃。（官媒云）小姐接酒。（正末唱）

【普天乐】初相见在玉堂中，常想在天宫内，则索向空闲[22]偷觑，怎生敢整顿观窥？得如今服侍他，情愿待为奴婢。厨房中水陆烹炮珍馐味，箱柜内无限锦绣珠翠，但能够与你插戴些首饰，执料些饮食，则这的我早福共天齐。

（旦做溅(6)酒科，云）我不吃。（正末唱）

【满庭芳】量这些值个甚的？忒斟得金杯潋滟(7)，因此上把宫锦淋漓。大人家展污了何须计，只要你温夫人略肯心回，便溅到一两瓮香醪在地，浇到百十个公服朝衣！今夜里我早知他来意，酒淹得袖湿，几时花压帽檐低？

（官媒云）这小姐则管不就亲，做的个违宣抗敕(8)哩。（正末云）媒婆，休说这般话。（唱）

【上小楼】休提着违宣抗敕，越逗的他烦天恼地。你则说迟了燕尔⁽⁹⁾，过了新婚，误了时刻；你说领着省事，掌着军权，居着高位；又道会亲处倚官挟势。

（云）我则索哀告你个媒婆做个方便者。（做跪科）（官媒云）学士，你为何在老身跟前下礼？（正末唱）

【幺篇】我"求灶头不如告灶尾"。为甚我今日媒人跟前做小伏低？教他款慢里劝谏的俺夫妻和会，兀的是罗帏中用人之际。

（官媒云）天色明了也。学士，你先往衙门中去，我自夫人跟前回话去也。（正末云）夫人，你的心事我已知道了，你听我说。（唱）

【要孩儿】你少年心想念着风流配，我老则老争多的几岁？不知我心中常印着个不相宜，索将你百纵千随。你便不欢欣，我则满面儿相陪笑；你便要打骂，我也浑身都是喜。我把你看承的、看承的家宅土地⁽¹⁰⁾、本命神祇。^[23]

【四煞】论长安富贵家，怕青春子弟稀，有多少千金娇艳为妻室，这厮每黄昏鸾凤成双宿，清晓鸳鸯各自飞，哪里有半点儿真实意？把你似粪堆般看待，泥土般抛掷。^[24]

【三煞】你攒着眉熬夜阑，侧着耳听马嘶，闷心欲睡何曾睡，灯昏锦帐郎何在？香烬金炉人未归，渐渐的成憔悴。还不到一年半载，他可早两妇三妻。

【二煞】今日咱守定伊，休道近前使唤丫鬟辈，便有瑶池仙子无心觑，月殿嫦娥懒去窥。俺可也别无意，你道因甚的千般惧怕？也只为差了这一分年纪。

【煞尾】我都得知、都得知，你休执迷、休执迷，你若别寻的个年少轻狂婿，恐不似我这般十分敬重你。（同下）

注 解

（1）"一枝花插满庭芳"四句：这首赞礼诗是由〔一枝花〕〔满庭芳〕〔烛影摇红〕〔昼锦堂〕〔滴滴金〕〔双劝酒〕〔声声慢〕〔贺新郎〕等词牌或曲牌名串成的。

（2）告：哀告。

（3）酝酝：即晕晕，脸涨红。王实甫《芙蓉亭》散折："煴煴的羞得我腮儿热。"《乐府群玉》刘时中〔朝天子〕曲："酝酝双颊绛云潮。"义并同。任中敏校《乐府群玉》改"酝酝"为"氲氲"，失之。

（4）急节里：也作急且里，意为紧急关头。《单刀会》第四折："百忙里称不了老兄心，急且里倒不了俺汉家节。"

（5）使数：奴仆之称。《西厢记》第五本第四折："我则见丫环使数都厢觑，莫不我身边有甚事故。"

（6）瀽（jiǎn）：倾倒。参见《窦娥冤》第三折注文（8）。

（7）潋滟：水满漫波的样子。苏轼《饮湖上初晴后雨》："水光潋滟晴方好，山色空蒙雨亦奇。"

（8）违宣抗敕：违抗皇帝的旨意，因定亲的信物玉镜台是皇帝所赐，故这样说。敕，皇帝的诏书。

（9）燕尔：即宴尔，原为安乐的意思。《诗经·邶风·谷风》："宴尔新婚，如兄如弟。"后代因此用作新婚的代称。

（10）土地：指土地神。

第四折

（外扮王府尹引祗从上，诗云）龙楼凤阁九重城，新筑沙堤宰相行。我贵我荣君莫羡，十年前是一书生。老夫王府尹是也。今有温学士亲事一节，老夫奏过官里，特设一宴，叫做水墨宴，又叫做鸳鸯会，专请学士同夫人赴席，筵宴中间则教他两口儿和会。等学士、夫人到时，自有

主意。这早晚敢待来也。（正末同旦上，云）今日府尹相公设宴请客[25]，不知何意，须索走一遭去也呵！（唱）

【双调新水令】则为凤鸾失配累了苍鹊，今日个玳筵(1)开，专要把鸳鸯完聚。我前面骑的是五花骢(2)，他背后坐的是七香车；人都道这村里妻夫，直恁般似水如鱼，两口儿不肯离了一步。

【驻马听】想当日沽酒当垆，拚了个三不归青春[26]卓氏女；今日膝行肘步，招了个百般嫌皓首汉相如。偏不肯好头好面到成都，懒的我没牙没口题桥柱；谁跟前敢告诉，兀的是自招自揽风流苦！(3)

（云）可早来到也。左右，报复去，道温学士和夫人来了也。（祗从报科，云）温学士和夫人到于门首。（府尹云）道有请。（见科，府尹云）小官奉圣人的命，设此水墨宴，请学士、夫人吟诗作赋。有诗的，学士金钟饮酒，夫人插金凤钗，搽官定粉；无诗的，学士瓦盆里饮水，夫人头戴草花，墨乌面皮。（旦云）学士，你听者，大人说，你若有诗便吃酒，无诗便吃冷水，你用心着！（正末唱）

【乔牌儿】自从不应举，何尝对两字句？昨日会宾朋饮到遥天暮，今日酒渴的我没是处。

【挂玉钩】恨不的巴到咽喉咽下去。井坠着朱砂玉，与咱更压瘴气，凉心经，解脏毒。夫人呵他自有通仙术[27]，至如肿了面皮，疮生眉目，也索蘸笔挥毫，咒水书符。

（府尹云）若无诗呵，学士罚水，夫人头戴草花，墨乌面皮。（正末唱）

【川拨棹】这官人待须臾，休恁般相逼促。你道是傅粉涂朱，妖艳妆梳，貌赛过神仙洛浦(4)，怎好把墨来乌？

（旦云）学士着意吟诗。无诗的吃水，墨乌面皮，什么模样！（正末云）休叫学士，你叫我丈夫。

（旦云）无计所奈，则索唤丈夫。丈夫，须要着意者！（正末唱）

【豆叶黄】你在黑阁落里(5)欺你男儿，今日呵可不道指斥銮舆，也有禁住你限(6)时、降了你乖处！两个月方才唤了我个丈夫，虽不曾彻胆欢娱，荡着皮肤，刚听的这一声娇似莺雏，早着我浑身麻木。

（旦云）丈夫，你知道么，倘或罚水、乌墨搽面，教我怎了？（正末唱）

【乔牌儿】如今便面上笔落处，也则是浮抹不生住，咱自有新合来澡豆香粉馥，到家银盆中洗面去。

（旦云）丈夫，着意吟诗。（正末唱）

【挂玉钩】我从小里文章不大古(7)，年老也还有甚词赋？则道我沉醉黄公旧酒垆(8)[28]，怎知我也有妆幺(9)处。见他害恐惧，我倒身无措。且等他急个多时，慢慢的再做支吾。

（府尹云）学士，请吟诗者。（正末云）小官就吟。（旦云）丈夫，你要着意者。（正末云）夫人放心。（唱）

【水仙子】须闻得温峤不尘俗，明知道诗书饱满腹，那里是白头把你青春误？就嫌的我无地缝钻入去？少甚么年少儿夫；这一个眼灌的白邓邓，那一个脸抹的黑突突，空恁般绿鬓(10)何如？[29]

（旦云）学士吟诗波，休似吃凉水的。（正末云）夫人，我吟的诗好呵，你肯随顺我么？（旦云）你若吟得诗好，我插金钗、饮御酒，我便依随你。（正末云）夫人，你请放心者。（唱）

【甜水令】我如今举起霜毫，舒开茧纸，题成诗句，待费我甚工夫！冷眼偷看这盆凉水，何须忧虑，只当做醒酒之物。[30]

【折桂令】想着我气卷江湖，学贯珠玑，又不是年近桑榆(11)，怎把金马玉堂、锦心绣口，都觑的似有如无？则被你欺负得我千足万足，因此上我也还他佯醉佯愚。(旦云)丈夫，着意吟诗！倘罚水、墨乌面皮，教我怎了？(正末唱)他如今做了三谒茅庐(12)，勉强诚服，软兀刺走向前来，恶支煞倒退回去。[31]

(正末吟诗科，云)不分(13)君恩重，能怜玉镜台。花从仙禁出，酒自御厨来。设席劳京尹，题诗属上才。遂令鱼共水，由此得和谐。[32](府尹云)温学士，不枉了高才大手，吟得好诗！赐金钟饮酒，夫人头插凤钗、搽官定粉。(旦喜科，云)学士，这多亏了你也！(正末云)夫人，我温峤何如？(府尹云)夫人，你肯依随学士么？(旦云)妾身愿随学士。(府尹云)既然夫人一心依随学士，老夫即当奏过官里，再准备一个庆喜的筵席。(正末唱)

【雁儿落】你常好是吃赢不吃输，亏的我能说又能做。你只要应承了这一首诗，倒被我勒掯的情和睦。

【得胜令】呀，兀的不是一字一金珠，煞强似当日吓蛮书(14)！[33]你着宝钗簪云鬓，我着金杯饮酴醾(15)，山呼(16)，共谢得当今主[34]。娇姝，早则不嫌我老丈夫。

(府尹云)人间喜事，无过夫妇会合，就今日杀羊造酒，安排庆喜筵席，送学士、夫人还宅去。(诗云)金樽银烛启华筵，一派笙歌彻九天。若非恩赐鸳鸯会，焉能夫妇两团圆。[35](正末拜谢科，唱)

【鸳鸯煞】从今后姻缘注定姻缘簿，相思还彻相思苦，剩道连理欢浓，于飞(17)愿足。可怜你窈窕巫娥，不

负了多情宋玉。⁽¹⁸⁾则这琴曲诗篇吟和处，风流句，须不是
我故意亏图⁽¹⁹⁾，成就了那朝云和暮雨。^[36]

　　题目　王府尹水墨宴
　　正名　温太真玉镜台

注　解

（1）玳筵：即玳瑁筵，指贵族家在豪华厅堂上举行的宴会。玳瑁，海中动
物，形似龟。角质板可制纽扣、眼镜框或装饰品。

（2）骢（cōng）：青白色的马，有时也泛指马。

（3）〔驻马听〕曲：用司马相如与卓文君故事。参阅《窦娥冤》楔子注文
（10）。三不归，无着落的意思。《拜月亭》："干戈动地来，横祸事从天降。爷娘
三不归，家国一时亡。"题桥柱，参阅《蝴蝶梦》第三折注文（25）。

（4）洛浦：洛水水边，传说为洛神出没处。张衡《思玄赋》："载太华之玉
女兮，召洛浦之宓妃。"建安时著名文学家曹植有《洛神赋》。

（5）黑阁落里：暗地里。这里指家庭中。

（6）限：指权限。

（7）大古：意为特别。参阅《望江亭》第二折注文（5）。

（8）沉醉黄公旧酒垆：《世说新语·伤逝》："（王濬冲）乘轺车，经黄公酒
垆下过，顾谓后车客：'吾昔与嵇叔夜、阮嗣宗共酣饮于此垆……自嵇生夭、阮
公亡以来，便为时所羁绁。今日视此虽近，邈若山河。'"垆，安放酒瓮的土台。
这里指终日沉醉纵酒。

（9）妆幺：装假，装模作样。参阅《望江亭》第一折注文（17）。这里引
申为卖弄本事。

（10）绿鬓：乌黑而发亮的鬓发，引申为青春年少的容颜。乔知之《从军
行》："况复落红颜，蝉声摧绿鬓。"

（11）桑榆：指日落时余晖所在之处，也用来比喻人的垂老之年。张华《答
何劭》诗："从容养余日，取乐于桑榆。"

（12）三谒茅庐：指刘备三顾诸葛亮于隆中事。

（13）不分：不意，没料到。分，意料之辞，读去声。崔湜《婕妤怨》诗："不分君恩断，新妆视镜中。"

（14）吓蛮书：传说唐玄宗时渤海国前来下书，朝中无人识得，唯大诗人李白能译，遂代玄宗写书回复，时杨国忠为李磨墨，高力士为李脱靴。《警世通言》第九卷有《李谪仙醉草吓蛮书》。蛮，古代对南方各族的称呼。

（15）醁醑（lùxǔ）：美酒。杨万里《小蓬莱酌酒》诗："餐菊为粮露为醑。"

（16）山呼：犹"嵩呼"，封建时代臣子祝颂皇帝的礼仪。《元史·礼乐志一》："曰'跪左膝，三叩头'，曰'山呼'，曰'山呼'，曰'再山呼'。"注："凡传山呼，控鹤（近侍）呼噪应和曰'万岁'，传再山呼，应曰'万万岁'。"

（17）于飞：《诗经·大雅·卷阿》："凤凰于飞，翙翙其羽。"本指凤凰相偕而飞，旧时用作夫妻和谐的比喻。

（18）"可怜你窈窕巫娥"二句：巫娥，指巫女神女。这几句借用宋玉《高唐赋》，比喻男女欢会。详见《鲁斋郎》第三折注文（11）。

（19）亏图：暗算。参阅《救风尘》第四折注文（10）。

校 注 ✦

本剧现存版本有明代陈与郊编《古名家杂剧》本（龙峰徐氏刊本）、明代王骥德编《古杂剧》本（顾曲斋本）、明代孟称舜编《古今名剧合选·柳枝集》本与明代臧晋叔编《元曲选》本，现以后者为底本，用前三本参校。

[1] 第一折：孟称舜《柳枝集》本作"楔子"。

[2] "花有重开时"四句：《古名家杂剧》本及《古杂剧》本（顾曲斋本）作"花有重开时，人无再少年。休道黄金贵，安乐最值钱"。孟本同底本。

[3] 侄儿：《古名家杂剧》本与《古杂剧》本作"从侄"。

[4] 姑娘：《古名家杂剧》本与《古杂剧》本作"从姑"。

[5] 车骑成行：《古名家杂剧》本与《古杂剧》本作"车盖轩昂"。

[6] "威仪赫奕"四句：《古名家杂剧》本与《古杂剧》本作"武夫前喝，

从者塞途；无欲不得，无求不成。喜则鹓鸾并进，怒则虎豹平驱"。

[7] 只愿的圣主兴、世运昌：《古名家杂剧》本与《古杂剧》本作"上古佐着舜尧，立着禹汤"。

[8] "虽然如此，那得志不得志的"四句：《古名家杂剧》本与《古杂剧》本作"自古来有德的好难说也呵"。

[9] 〔那吒令〕曲：《古名家杂剧》本与《古杂剧》本作"孔子为素王，训一人万邦；门生每受讲，立三纲五常；轩车离故乡，走四面八方。他是万代天子师，为四海生灵望，划地到陈国绝粮"。

[10] 〔鹊踏枝〕曲：《古名家杂剧》本与《古杂剧》本作"孟子亦荒荒，走齐梁，更不算纣桀诔比干龙逢，屈原投大江。周公祷上苍，直到启金縢，才感悟成王"。孟本作"他每都意荒荒。……博得个述诗书万古传芳"。

[11] 端的不在古人之下：《古名家杂剧》本与《古杂剧》本作"非我自己矜夸呵"。

[12] 虚：原作"疏"，据《古名家杂剧》本与《古杂剧》本改。

[13] 澄：原误作"淹"，据第三折"便澄到一两瓮香醪在地"一句改。

[14] 诗云：以下《古名家杂剧》本与《古杂剧》本作"（下）（梅香）奉老夫人言语，便与姐姐说知，收拾万卷堂去（下）"。孟本作"理会的（同下）"。

[15] 引贼过门：原作"把引贼过门"，文意欠通，今删去"把"字。

[16] 不曾衙门里去：此句至"可早来到门首"，《柳枝集》作"我昨日回来，巴不得便是今日也。如今不曾衙门去，则索就到姑娘家里"。

[17] 蜜：原作"密"，误，今改。

[18] "析薪如何"四句：《古名家杂剧》本与《古杂剧》本作"全凭说合为活计，一生作媒做营生"。

[19] 磕头：《古名家杂剧》本与《古杂剧》本作"万福"。

[20] 送小姐过门去罢：此句下《古名家杂剧》本与《古杂剧》本有"我且回后堂中去来"。

[21] 佯小心装大胆：此六字《古名家杂剧》本与《古杂剧》本无。

[22] 向空闲：《古名家杂剧》本与《古杂剧》本并作"空闲中"。

[23] 〔耍孩儿〕曲：《古名家杂剧》本与《古杂剧》本作"你这少年心则

想着青春配，不知这争岁数男儿甚味？我心中常印着这个不相宜，你便万般乖，我则索百纵千随；你便独强性，我则满面儿相陪笑；与些好气呵，我浑身儿都是喜。把你看承的家宅土地，本命神祇"。又此句之下，《古名家杂剧》本、《古杂剧》本、《柳枝集》本多〔六煞〕〔五煞〕两支曲子。〔六煞〕曲为："且论咱、休说谁，娶得个幼年娇艳为妻室，久以后拿动针则是乞巧楼穿珠网，蘸手湿则除是芙蓉盆洗面水；宰相人家合当礼，张口吃饭，舒手穿衣。"〔五煞〕曲《古名家杂剧》本与《古杂剧》本为："我将驾车马也选下，把车人也准备。打的辆细车子样制都无比：着绿绦结穗头，内金铧子银裹钉，雕轮上漆壤泥。无大人在车箱内，绾搭得异样，装裹得希奇。"《柳枝集》本另改作："我将合用的都选下，所事儿也准备：打的辆细车子样制精无比，盈头花翠般般妙，着体衣罗色色奇。只要称得您夫人意，我将你千般珍惜，万样依随。"

[24] 〔四煞〕曲：《古名家杂剧》本、《古杂剧》本与《柳枝集》本作"你便有王侯将相孙，穿着虚嚣谎诈衣，走的匹马汗如汤洗。这厮每黄昏鸾凤团栾寝，清晓鸳鸯各自飞，觑的你如儿戏；把你千金体似粪堆般看待，泥土般抛掷（《柳枝集》作'弃掷'）"。

[25] 请客：《古名家杂剧》本与《古杂剧》本作"请双客"。

[26] 青春：《古名家杂剧》本与《古杂剧》本作"白头"。

[27] 通仙术：《古名家杂剧》本、《古杂剧》本与《柳枝集》本并作"规画处"。

[28] "年老也还有甚词赋"二句：《古名家杂剧》本与《古杂剧》本作"到今日甚日辰见言语，年纪大也，如今老模糊"。《柳枝集》本作"如今衰朽也还晓甚词赋，你骂勾我万句千声老泼奴"。

[29] 〔水仙子〕曲：《古名家杂剧》本与《古杂剧》本作"你须闻得温峤不尘俗，明知道鳏生饱看书，我可甚书中有女颜如玉，嫌的我无地缝钻入去！少甚么年少妻夫，丈夫眼灌的白邓邓，媳妇脸抹的黑突突，空这般绿鬓何如？"

[30] 〔甜水令〕曲：《古名家杂剧》本与《古杂剧》本作"我如今先取纸墨，拿将笔砚，收拾完聚。我则待依例饮一银盂，这一盆凉水醒酒清神，自家看觑、看觑得浑似无物"。

[31] 〔折桂令〕曲：《古名家杂剧》本与《古杂剧》本作"则我这秀才每

胸卷江湖，不爱我这穷酸者也之乎。翰林院编修，把小生觑的似有如无！则被你欺负得我千足万足，我但轻还着早无情无绪。恰才款移莲步，似三谒茅庐；为咱不言不语，不曾承伏。醋支剌走向前来，恶支煞倒退回去"。

[32]"不分君恩重"八句：《古名家杂剧》本与《古杂剧》本作"翰林学士坐华堂，挥笔吟诗动四方。御酒饮来花插帽，当今天子重贤良"。

[33]"兀的不是一字一金珠"二句：《古名家杂剧》本与《古杂剧》本作"不弱如韩信吓蛮书，一字也不差误"。

[34]山呼，共谢得当今主：《古名家杂剧》本与《古杂剧》本作"把金珠，车载的还家去"。

[35]"金樽银烛启华筵"四句：《古名家杂剧》本与《古杂剧》本作"金樽酒泛会宾筵，一派笙歌启玳筵。庆喜今朝全四美，夫荣妻贵永团圆。"

[36]〔鸳鸯煞〕曲：《古名家杂剧》本与《古杂剧》本作"冰人完月老姻缘簿，巫娥全宋玉相思苦。今日个锦帐欢娱，索强如绣幕孤独。胜道执酒的相如，怎肯把驾车女文君负？从今后琴趣诗篇吟何处，风流句，则我这意见功夫，会合了朝云共暮雨"。《柳枝集》开头作"喜的是姻缘注定姻缘簿，相思还彻相思苦"。

尉迟恭单鞭夺槊[1]

导读

　　尉迟恭是唐代的开国功臣，关于他的生平事迹，新旧《唐书》本传皆有记载。他还是一位民间戏曲小说常常写到的英雄人物，元杂剧除本剧外，今存尚有《尉迟恭三夺槊》《功臣宴敬德不伏老》《小尉迟将斗将认父归朝》等剧。关于"单鞭夺槊"的传说，《功臣宴敬德不伏老》剧曾提到"御科园单鞭夺槊的雄威"，《将斗将认父归朝小尉迟》剧曾提到"斗起我美良川狠气势，榆科园恶精神"，可见它是当时一个颇为流行的故事。《新唐书》卷八十九尉迟敬德列传曾记：

　　　　尉迟敬德名恭，以字行，朔州善阳人。……刘武周乱，以为偏将。与宋金刚南侵……武德二年，秦王战柏壁，金刚败奔突厥，敬德合余众守介休。……

　　　　隐太子（李建成）尝以书招之，赠金皿一车。（敬德）辞曰："……（某）久陷逆地，秦王（李世民）实生之，方以身徇恩。今于殿下无功，其敢当赐？若私许，则怀二心，徇利弃忠，殿下亦焉用之哉？"……其战，善避槊（即槊），每单骑入贼，虽群刺之不能伤，又能夺取贼槊还刺之。……试使与齐王（即元吉）戏，少选，王三失槊，遂大愧服。

唐代刘悚《隋唐嘉话》中也有关于尉迟敬德"性骁果而尤善避槊"的记载。这些后来就成了本剧所描写的尉迟恭降唐后从单雄信手中单鞭夺槊救主以及尚仲贤《尉迟恭三夺槊》一剧的故事本源。

关于本剧的作者，曾有误为尚仲贤或无名氏。按《录鬼簿》于关汉卿名下有一本《介休县敬德降唐》杂剧，尚仲贤名下有一本《尉迟恭三夺槊》杂剧，臧晋叔编《元曲选》时，于这本《单鞭夺槊》名下，署"元尚仲贤撰"，又注称"一作《三夺槊》"，其实是搞错了。今存除本剧外，尚有一本元刊本的《尉迟恭三夺槊》，其故事和这本《单鞭夺槊》完全两样，从内容及"题目、正名"上来考察，这才是尚仲贤所撰的那本《三夺槊》。而这本《单鞭夺槊》，从内容及风格看，正是《录鬼簿》关汉卿名下那一本《介休县敬德降唐》，故也是园所藏的一本《尉迟恭单鞭夺槊》杂剧钞本标"关汉卿撰"，并跋云："《太和正音》名《敬德降唐》。"因此，本剧基本上可定为关汉卿所作。

本剧写尉迟恭介休县降唐后虽遭诬陷下狱，仍忠心耿耿拥护李世民，并夺了单雄信的槊，解救了李世民的性命。剧作在编剧艺术方面很有特色，第四折由探子扮正末主唱，突破元剧规范，出人意表，可谓神来之笔。几个主要人物的个性，如尉迟恭之忠心耿耿、骁勇彪悍，李世民之胸怀全局、正气磊落，徐茂公之智谋韬略、周全布划，李元吉之奸诈邪祟、陷害忠良，都写得生动形象，可圈可点。

明代万历博古堂刻本《元曲选》插图

尉迟恭单鞭夺槊

明代万历博古堂刻本《元曲选》插图

楔 子

（冲末扮徐茂公引卒子上，诗云）少年锦带[2]挂吴钩[(1)]，铁马西风塞草秋。全仗匣中三尺剑，会看唾手取封侯。某姓徐，双名世勣，祖居京兆三原人也。自降唐以来，谢圣恩可怜，特蒙委任为军师，诸将皆出吾下。今因山后定阳刘武周，不顺俺大唐。刘武周不强，他手下有一员上将，覆姓尉迟，名恭，字敬德，此人使一条水磨鞭，有万夫不当之勇；今奉圣人的命，着唐元帅领十万雄兵，某为军师，刘文静为前部先锋，在美良川交战，被俺[3]统兵围住介休城。唐元帅数次招安敬德，此人不肯降唐，回言道："某有主公刘武周，见在定阳，岂肯降汝！"某忽思一计，着刘文静[4]直至沙沱[(2)]，使一反间计[5]，将刘武周首级标将来了。某今日即将刘武周首级[6]，请唐元帅直至城下招安敬德走一遭去来。（下）

（净扮尉迟敬德引卒子上，诗云）幼小曾将武艺攻，钢鞭乌马显英雄。到处争锋多得胜，则我万人无敌尉迟恭。某覆姓尉迟，名恭，字敬德，朔州善阳人也，辅佐定阳刘武周麾下[(3)]。某使一条水磨鞭，有万夫不当之勇。今因唐元帅领兵前来与我相持，在美良川交锋，某与唐将秦叔宝交战百余合，不分胜败。某因追赶唐元帅到此介休城；谁想他弃下座空城，唐兵围住[7]，里无粮草，外无救兵。有唐元帅数次招安，我怎肯降唐？左右，城上看着，若有唐兵来打话呵，报复某家知道。（下）

（正末扮唐元帅同徐茂公引卒子上，云）某姓李，名世民，见为大唐元帅。如今领兵在美良川，与尉迟敬德交战，被我将敬德引至介休城中围住。军师，某若得敬德投降俺呵，觑除[8]草寇有如翻掌耳。（徐茂公云）元帅数次招安敬德，他言称道，有他主公刘武周在沙沱，他不肯背其主。某今使一反间计，着刘文静直至沙沱，把刘武周首级标将来了也。（正末云）军师，此计大妙，咱就将着首级招安敬德去来。（徐茂公云）

早来到城下了也。兀那小校，报与您那尉迟恭说，俺唐元帅请他打话。（卒子报科，云）喏，报的将军得知：有唐兵在城下，请打话哩。（尉迟云）我与他打话去。（做上城科，云）唐元帅，你有何话说？（徐茂公云）敬德，你见俺雄兵围的铁桶相似，你若肯降唐呵，着你列座诸将之右；你若不降呵，俺众兵四下里安环，八下里[4]拽炮，提起这城子来摔一个粉碎，你自寻思咱。（尉迟云）徐茂公，你说的差了也。可不道一马岂背两鞍，双[9]轮岂辗四辙，烈女岂嫁二夫。俺这忠臣岂佐二主！见有我主公在定阳，我怎肯投降你？（徐茂公云）将军，你主公刘武周已被我杀了也；你不信，有首级在此。（尉迟云）俺主公有认处[10]：鼻生三窍，脑后鸡冠。你拿首级来我看咱。（徐茂公云）小校，将秋千板吊上那首级去，着他认。（做吊上，尉迟做认科，云）嗨，原来真个是俺主公首级，可怎生被他杀了也！（做哭科）（徐茂公云）将军，你主公已是死了，你不投降，更待何时？岂不闻高鸟相良木而栖，贤臣择明主而佐，背暗投明，古之常理。（正末云）敬德，你若肯投降呵，我奏知圣人，将你重赏封官；你若不降呵，俺这里雄兵百万，战将千员，你如何飞得出这介休城去！（尉迟云）嗨，谁想我主公被他杀了；我待不降呵，如今统着大势雄兵，我又无了主人，可不道：能狼安敌众犬？好汉难打人多！罢、罢、罢，唐元帅，我降可降，你依的我一件事，我便投降。（徐茂公云）休道一件事，便是十件也依的，你说。（尉迟云）等我主公服孝三年满时，我便投降您。（徐茂公云）军情事急，怎等三年？等不得！（尉迟云）既然这等呵，等三个月孝满可投降。（徐茂公云）也等不得。（尉迟云）罢、罢、罢，男子汉势到今日也，一日准一年，等我三日服孝满，埋殡追荐了我主公之时，那其间我大开城门投降何如？（正末云）将军此言有准么？（尉迟云）大丈夫岂有谬言！你若不信，将我这火尖枪、深乌马、水磨鞭、衣袍铠甲，您先将的去，权为信物，三日之后，我便投降也。（徐茂公云）既是这等，你可将来，小校收了者。（正末云）军师，似尉迟恭这等一员上将，端的世之罕有。（徐茂公云）元帅，果然是好一员虎将

也。（正末唱）

【仙吕^[11]端正好】他服孝整三年，事急也那权^[12]做三日。此事着后代人知，则这英雄能尽君臣礼。待他投降后，凯歌回，卸兵甲，载旌旗，还紫禁，到丹墀，做个龙虎风云会。（同下）

（尉迟云）谁想俺主公死在唐将之手！一壁厢做个木匣儿，一般埋殡了，主公，则被你痛杀我也！（下）

注　解

（1）吴钩：古代吴地所造的一种弯形的佩刀。李贺《南园》诗："男儿何不带吴钩，收取关山五十州。"

（2）沙沱：或作"沙陀""沙陁"，我国古代部落名，西突厥别部。

（3）麾（huī）下：犹言在主帅旗下，即部下。麾，古代用以指挥军士的旗帜。《史记·项羽本纪》："项王乃上马骑，麾下壮士骑从者八百余人。"

（4）八下里：犹言四面八方，比上句"四下里"更进一步，极言东西南北、左右上下无所不包。

第一折

（尉迟引卒子上，云）某尉迟恭。今日是第三日也，小校大开城门，待唐兵来时，报复某家知道。（卒子云）理会的。（正末同徐茂公上，云）军师，今日第三日了，尉迟敬德敢待来也。（徐茂公云）元帅贺喜！今日却收服一员虎将也。（正末云）军师，投至俺得这尉迟恭，非同容易也呵。（唱）

【仙吕点绛唇】天数合该，虎臣困在迷魂寨；请的他来，似兄弟相看待。

【混江龙】因观营寨[13]，自从那美良川引至介休来。俺想着先王有道，后辈贤才。若不是周西伯能求飞虎将，谁把一个姜太公请下钓鱼台？(1)他可也几曾见忽的旗展、豁的门开、咚的鼓响、珰的锣筛？投至得这个千战千赢尉迟恭，好险也万生万死唐元帅！到今日回忧作喜，降福除灾。

（云）军师，传下军令，着大势雄兵摆的严整者。（徐茂公云）众将，都与我刀剑出鞘，弓弩上弦，把七重围子摆的严整。（正末唱）

【油葫芦】传将令疾教军布摆，休觑的如小哉，则他这七重围子两边排。（徐茂公云）元帅，量敬德一人，兵器袍铠鞍马俱无，怕做甚么？（正末唱）虽然他那身边不挂猰[14]㹶铠(2)，腰间不系狮蛮带，跨下又无骏骒(3)，手中又无器械，你觑那岩前虎瘦雄心在，休想他便肯纳降牌。

（卒子报科，云）报元帅得知，尉迟敬德来降了也。（尉迟做绑缚跪科，云）量尉迟恭只是一个粗鲁之夫，在美良川多有唐突，乞元帅勿罪。（正末云）将军既已归降，便当亲解其缚。（徐茂公做解科）（正末唱）

【天下乐】纵便有铁壁银山也撞开！哎，你个英也波才，休浪猜，你既肯面缚归降，我也须降阶接待。请将军去了服，罢了哀，俺今日与将军庆贺来。

（尉迟云）元帅请坐，受尉迟恭几拜。（做拜科）（正末云）将军请起。（尉迟云）量尉迟恭有何德能。蒙元帅这般宽恕，敢不终身愿随鞭镫。（正末唱）

【那吒令】看尉迟人生的威风也那气概，腹隐着兵书也那战策，可知道名震着乾坤也那世界。俺这里虽然是有纪纲，知兴败，那里讨尉迟这般样一个身材。

（尉迟云）元帅，岂不闻"晏平仲善与人交，久而敬之"[4]。（正末唱）

【鹊踏枝】说话处掉[15]书袋，施礼数傲吾侪；据着你斩虎英雄，不弱如那子路、澹台[5]。则怕俺弟兄每心不改，可不道"有朋自远方来"[6]。

（云）左右将酒来，我与将军递一杯咱。将军满饮一杯！（把酒科）（尉迟云）元帅先请！量尉迟恭无过是个武夫，着元帅如此重待！则一件：想当日在赤瓜峪与三将军元吉相持，打了他一鞭，今日尉迟恭降了唐，则怕三将军记那一鞭之仇么。（正末云）将军但放心，某如今奏知圣人，自有加官赐赏，谁敢记仇？（唱）

【寄生草】你道是赤瓜峪与咱家曾会垓[7]，马蹄儿撞破连环寨，鞭梢儿早抹着天灵盖；也则为主人各占边疆界，这的是桀之犬吠了帝尧来[8]，便三将军怎好把你尉迟怪？

（尉迟云）韩信弃项归刘，萧何举荐，挂印登坛；想尉迟恭虽不及韩信之能，料元帅不弱沛公[9]之量也。（正末唱）

【后庭花】你是个领貔貅[10]天下材，画麒麟阁上客。想当日汉高祖知人杰，俺准备着韩淮阴[11]拜将台。把筵宴快安排，俺将你真心儿酬待，则要你立唐朝显手策，立唐朝显手策。

【青哥儿】呀，据着你英雄、英雄慷慨，堪定那社稷、社稷兴衰；凭着你文武双全将相才，则要你扫荡云霾，肃靖尘埃。将勇兵乖[16]，那其间挂印悬牌，便将你一日转千阶，非优待。[17]

（徐茂公云）元帅，俺如今屯军在此，差人往京师奏知圣人，说尉迟恭降了唐也，圣人必有加官赐赏哩。（正末云）军师，你与三将军在此看

守营寨，某亲自见圣人奏知，就将的敬德将军牌印来也。（徐茂公云）这等，元帅领二十骑人马去路上防护者。（正末唱）

【赚煞】则今日赴皇都、离边塞，把从前冤仇事解，直至君王御案上拆，一件件禀奏的明白。便道不应该⁽¹²⁾，未有甚汗马差排，且权做行军副元帅。^[18]（云）军师，（唱）你与我整三军器械，紧看着营寨，则我这手儿里将的印牌来。（下）

（徐茂公云）元帅去了也，敬德将军，咱与你营中去来。（尉迟云）军师，想敬德降唐，无寸箭之功，元帅去取某印牌去了，我必然舍这一腔热血，与国家出力，方显某尽忠之心也。（诗云）我背暗投明离旧主，披肝沥胆佐新君。凭着我乌锥马扶持唐社稷，水磨鞭打就李乾坤。（下）

注 解

（1）"若不是周西伯能求飞虎将"二句：周西伯，指古代部落首领周文王，居于陕西，故称。这两句指周文王在渭水边访得八十岁的吕尚（姜太公），后吕尚辅助周室，兴兵伐纣，完成了兴周大业。

（2）猄猊（gēngní）铠：一种既似犬形又似狮形的铠甲。

（3）骏骕（wǎn）：良马。第三折有"征骕"词，义同。

（4）"晏平仲善与人交，久而敬之"：语出《论语·公冶长》。晏平仲，名婴，齐国贤大夫，《史记》卷六十二有传。

（5）子路、澹台：指孔子学生仲由（字子路）和澹台灭明（字子羽）。

（6）"有朋自远方来"：语见《论语》开篇《学而》"子曰：学而时习之，不亦说乎？有朋自远方来，不亦乐乎？"

（7）会垓：会战，对阵。

（8）桀之犬吠了帝尧来：成语有"桀犬吠尧"，桀是夏代残暴的君主。吠，狗叫。尧是传说中远古时代的圣君。这是说桀所蓄养的狗向着尧乱叫，不问谁善谁恶，只知道听从主人的命令去咬人。汉代邹阳《狱中上梁王书》："桀之狗可使吠尧。"

（9）沛公：指汉高祖刘邦。

（10）貔貅（píxiū）：古籍中的猛兽名，用来比喻勇猛的军士。《晋书·熊远传》："命貔貅之士，鸣橄前躯。"

（11）韩淮阴：指辅助刘邦建功立业的韩信，封淮阴侯。

（12）不应该：这里是应不应该的意思。

第二折

（净扮元吉同丑扮段志贤、卒子上，诗云）朝为田舍郎，暮登天子堂。出的朝阳门，便是大黄庄。自家不是别人，三将军元吉是也。这个将军是段志贤。我哥哥唐元帅领兵收捕刘武周，与尉迟交战，被我将尉迟引至介休城，将军兵围住。我则想杀了这匹夫，不想俺哥哥收留了他。如今俺哥哥亲自去京师奏知圣人，要与他加官赐赏。兄弟，你可知我恨他？（段志贤云）三将军，你为何恨他？（元吉云）兄弟也，想前[19]此一日在赤瓜峪，我与尉迟交战时，他曾打了我一鞭，打的我吐血[20]。他如今可降了唐，我这冤仇几时得报？（段志贤云）三将军要报这一鞭之仇也容易。（元吉云）哥，你有甚计策？（段志贤云）如今唐元帅往京师去了，你守着营寨，你唤尉迟恭来，寻他些风流罪过，则说他有二心，将他下在牢中，所算[(1)]了他性命。等唐元帅回来时，则说他私下领着本部人马还要回他那山后去，被我赶上拿回来下在牢中。那厮气性大的，这一气就气杀了也。这个计较可不好哪？（元吉云）此计大妙。你哪里是我的哥，便是我亲老子也设不出妙计来。左右哪里，唤将尉迟恭来者。（卒子云）尉迟恭安在？（尉迟云）某尉迟恭。自从降了唐，有三将军元吉呼唤，不知甚事，须索走一遭去。（卒子报科，云）敬德来了也。（元吉云）着他过来。（见科，尉迟云）三将军呼唤敬德，那厢使用？（元吉云）敬德，你知罪么？（尉迟云）敬德不知罪。（元吉云）你划地[(2)]不知罪哩，你昨日夜晚间和你那本部下人马商量，还要回你那山后去，是么？（尉迟云）三将军，想敬德初降唐，无寸箭之功，唐元帅如此重待，又去京师奏知圣人，取我牌印去了，某岂有此心也！（元吉云）这厮强嘴哩，左右，把这匹夫下在牢中去。（卒子拿科）（尉迟云）罢、罢、罢，我尉迟恭当初本不降唐来，都是唐元帅徐茂公说着我降唐；今日将我下在牢中。这元吉当初在赤瓜峪，我曾打了他一鞭，他记旧日之仇，陷害我性命。天也，教谁人救我咱！（下）（段志贤云）三将军，此计何如？（元吉云）老段好计！我如今分付看守的人，则要死的，不要活的。若是死了尉迟恭，则显我老三好汉。凭着我这一片好心，天也与我个条儿糖吃。（下）

　　（外扮单雄信上，云）某单雄信是也。[21]幼习韬略之书，长而好武，无有不拈，无有不会，使一条狼牙枣槊(3)，有万夫不当之勇，在俺主公洛阳王世充麾下。今有唐元帅无礼，要领兵前来偷观俺洛阳城，更待干罢！是俺奏知主公，就着俺统领十万雄兵，擒拿唐元帅走一遭去。大小三军，听吾将令！（诗云）他逞大胆心怀奸诈，入洛阳全然不怕；若赶上唐将元戎，我和他决无干罢。（下）（正末上，云）某唐元帅。自从收捕了尉迟恭，某自往京师，奏知圣人去来。到这途中，后面尘土起处，兀的不有人马赶将来也？（徐茂公慌上，云）某徐茂公。自从唐元帅去了，不想元吉思旧日之仇，如今把敬德下在牢中；我须亲赶唐元帅回来，救敬德之难。兀那前面不是元帅？元帅且住者，我有说的话。（正末云）军师，你为何赶将来？（徐茂公云）自从元帅来了，不想三将军记旧日之仇，如今把敬德下在牢中，诬言他有二心，思量重回山后去。若是敬德有些好歹，显的俺等言而无信了，因此一径的赶元帅回去，救敬德之难也。（正末云）军师，我观敬德，岂有此心也呵！（唱）

　　【正宫端正好】是他新，咱须旧[22]，没揣(4)的结下冤仇[23]。你道他尉迟恭又往那沙沱走，咱可也慢慢的相穷究。

【滚绣球】他有投明弃暗的心，拿云握雾的手，休猜做人中禽兽。论英雄堪可封侯，凭着他言行诚[24]、武艺熟，上阵处只显的他家驰骤，都是我几遭儿抚顺的情由。据着他全忠尽孝[25]真良将，怎肯做背义忘恩那死囚，干费了百计千谋？

（徐茂公云）元帅，你且休往京师去，疾回营中救敬德去来。（正末云）咱便回营救敬德去也。（下）

（元吉同段志贤上，诗云）我元吉天生有计谋，生拿敬德下牢囚。只待将他盆吊(5)死，单怕他一拳打的我做蠢牛[26]。自从把尉迟下在牢里，我则要所算了他性命，又被这不知趣的徐茂公左来右去打搅，怎生是好？（段志贤云）三将军你不知，如今军师见你把敬德下在牢里，亲自赶唐元帅去了。（元吉云）不妨事，便唐元帅回来问我时，我自有话说。（正末同徐茂公上，云）可早来到营门首也，左右接了马者。（徐茂公云）报复去，你说唐元帅同军师下马也。（卒子云）喏，有唐元帅同军师下马也。（段志贤云）如何？我说军师赶元帅去了也。（元吉云）不妨事，我接待去。（见科，云）呀，哥哥来了也，请坐！（正末云）三将军，敬德安在？（元吉云）哥哥，你说敬德那厮，他是个忘恩背义的人，想俺怎生看待他来，刚刚你去了，他领着本部人马，夜晚间要私奔，还他那山后去。早是我知道的疾，我慌忙领着些人马，赶到数里程途，着我拿得回来。我待杀坏了，争奈元帅你可不在，且将他下在牢中，则等元帅回来，把这厮杀了罢！若不杀了他，久已后也是后患[27]。（正末云）兄弟，我观敬德敢无此心。（元吉云）哥也，知人知面不知心。你道无二心呵，他怎生背了刘武周投降了俺来？这等人到底不是个好的，不杀了要他何用？（正末云）兄弟，投至俺得这敬德呵，非同容易。你若杀了他，可不做的个闭塞贤路么！（元吉云）元帅，想昔日刘沛公手下英布、彭越、韩信，立起什大功劳，后来萧何定计，诛了英布，醢(6)了彭越，斩了韩信；你道三个将军有甚么罪过，尚然杀坏了，量这敬德打甚么不紧，趁早将他

哈喇[7]了，也还便宜。你若早些结果了他，哥也，我买条儿糖谢你。（正末云）兄弟，你则知其一，不知其二。（唱）

【倘秀才】那一个彭越呵，他也曾和舍人出口[8]；那一个韩信呵，他也曾调陈豨执手[9]；那一个英布呵，他使一勇性强占了九州。[10]可不道千军容易得，一将最难求，怎学那萧何的做手？

（徐茂公云）元帅，你只唤出敬德来，自问他详细，便见真假。（正末云）这也说的是。小校，唤将敬德来。（元吉云）拿将敬德来。（尉迟带枷上，云）事要前思，免劳后悔。想当日降唐之后，唐元帅往京师去了，不想三将军元吉，他记我打了他一鞭之仇，将我下在牢中。不期唐元帅半路回来，我今见元帅去。（见科）（尉迟云）元帅，可不道招贤纳士哩。（正末云）三将军，敬德有何罪，将他下在牢中？（元吉云）元帅，你不知，自你去后，他有二心，领着他那本部人马，要往本处山后去，早是我赶回来。想敬德我有何亏负着他来！（尉迟云）元帅，三将军记那一鞭之仇，敬德并无此心。（正末云）既然这般，我亲释其缚。我欲待往京师奏知圣人，取将军牌印来，谁想将军要回去，可不道"心去意难留，留下结冤仇"。（尉迟云）我敬德并无此心。（正末云）军师，安排酒果来。（元吉云）倒好了他！他有二心，要回山后去，这等背义忘恩，又饶了他，不杀坏，又与饯行，那里有这等道理！（正末唱）

【脱布衫】他厮知重不敢抬头，我再相逢争忍凝眸。君子人不念旧恶，小人儿自来悔后。

（云）左右，将酒来，我与敬德递一杯送行。（把酒科，云）将军满饮一杯！（唱）

【小梁州】我这里亲送辕门[11]捧玉瓯，将军你莫记冤仇。（云）左右，将一饼金来。（辛子云）金在此。（尉迟云）元帅，要这金做甚么？（正末云）将军，（唱）这金权为路费酒消愁。指望待常相守，谁承望心去意难留。

　　（尉迟云）我敬德本无二心，元帅既然疑我，男子汉既到今日，也罢，也罢，要我这性命做甚么？我不如撞阶而死。（正末扯科，云）哎，敬德又说无此心，三将军又是那样说。（向元吉云）兄弟，如今我也难做主张，叫你那同去赶那敬德的军士们来，我试问他一番，待他说出真情来，便着敬德也肯心服。（元吉背云）这个却是苦也！他哪里曾走，我那曾赶他？他便走我也不敢赶他去。如今叫军士们说出实话来，却是怎了？也罢，我有了。（回云）哥哥，你差了也。那时节听的这厮走了，还等的军士哩，我只骑了一匹马，拿着个鞭子，不顾性命赶上那敬德。他道："你来怎的？"我道："你受我哥哥这等大恩，你怎逃走了？你下马受死。"他恼将起来，咬着牙拿起那水磨鞭，照着我就打来，哥哥，那时节若是别个，也着他送了五星三[28]！谁想是你兄弟老三，我又没甚兵器，却被我侧身躲过，只一拳，珰的一声把他那鞭打在地下，他就忙了，叫"三爷饶了我罢"。我也不听他说，是我把右手带住马，左手揪着他眼扎毛，顺手牵羊一般牵他回来了。（尉迟云）哪有这事来？（正末云）敬德他一员猛将，如何这等好拿，我且问军师咱。（向茂公云）军师，你听者，想是敬德真个走来。（徐茂公云）敬德也是个好汉；三将军平日却是个不说谎的。（元吉云）我若不[29]说谎就遭瘟。（徐茂公云）如今与元帅同到演武场，着敬德领人马先走，着三将军后面单人独马赶上去，拿的转来，这便见三将军是实，拿不来便见敬德是实。（元吉背云）老徐却也忒泼赖，这不是说话，这是害人性命哩。（正末云）此说最是。（元吉云）那时也只乘兴而已，幸者不可屡侥，哥哥要饶他便罢，不消来勒掯我。（尉迟云）三将军也不消慁的，我如今单人独马前行，你拿槊来，你捉的住，我情愿认罪；你刺的死，我情愿死。（元吉笑科，云）我老三不是夸口，我精神抖擞，机谋通透，平日曾怕哪个？我和你便上演武场去。（入场，敬德先行科，元吉刺槊、被夺坠马科）（元吉云）我马眼叉。（换马，如前科）（元吉云）我手鸡爪风儿发了。（又赶，如前科）（元吉云）俺肚里又疼，且回去吃钟酒去着。（正末云）原来如此！敬德，则今日俺与你同见圣人去来。（尉迟云）这般呵，谢了元帅。（正末唱）

【幺篇】我和你如今便往朝中奏。（尉迟云）则是三将军记那一鞭之仇。（正末唱）将从前事一笔都勾。（元吉云）我也不和他一般见识。（正末唱）将军你莫愁[30]，从今后休辞生受，则要你分破帝王忧。

（卒子慌上报科，云）喏，报的元帅得知：有王世充手下前部先锋单雄信，特来索战！（尉迟云）元帅，那单雄信只消差三将军去拿他，也不用多拨人马，只一人一骑包拿来了。（元吉云）何如？我道你也服了我老三的手段。（正末云）是，就拨五千人马，着兄弟做先锋，与我擒拿单雄信去来。（唱）

【上小楼】你道是精神抖擞，又道是机谋通透，雄信兵来索要相持你合承头；想着你单鞭的拿敬德这般夸口，又何况那区区洛阳草寇。[31]

（元吉云）适才你兄弟说要，当真就差我交锋去？（做叫疼科，云）哎哟，一时间肚疼起来，待我去营中略睡一睡。（做出科，诗云）老三做事忒抅搜(12)，差去争锋不自由，如今只学乌龟法，得缩头时且缩头。（下）（尉迟云）元帅，想尉迟恭初来降唐，无寸箭之功，情愿引领本部人马与他交锋去。（正末云）不必将军去，我正要看洛阳城池，如今领百十骑人马同段志贤打探，就观看洛阳城去。（唱）

【幺篇】我正待看洛城、窥战守，因此上息却钲鼙(13)，偃却旗幡，减却戈矛。（尉迟云）元帅休小觑了单雄信，他人又强，马又肥，使一条狼牙枣木槊，有万夫不当之勇，若只是这等，恐怕有失。（正末云）不妨事。（唱）虽然他人又强，马又肥，也拚的和他歹斗，难道我李世民便落人机彀(14)？

（徐茂公云）既然这般，元帅你要观看他洛阳城，元帅先行，我与敬德将军随后接应元帅来^[32]。（正末云）军师说的是，我与段志贤先行，军师与敬德随后来接应者。（尉迟云）我就跟的元帅去，可不好哪？（正末唱）

【随煞尾】则这割鸡焉用牛刀手⁽¹⁵⁾，小将那消大帅收。管教六十四处征尘一扫休，十八处改年号的出尽了丑。^[33]（徐茂公云）元帅，这一去则愿你鞭敲金镫也。（正末唱）那时节将军容再修，将凯歌齐奏，你可也早些儿准备安排着这个庆功的酒。（下）

（段志贤云）虽然如此，还要与三将军一别。三将军安在？（元吉上，云）我适才到营帐里打的一个盹，这肚就不疼了；正待要去厮杀，我哥哥便等不得，自家去了。（段志贤云）三将军、军师勿罪，我同元帅先去也。（元吉云）老段，则要你小心在意者。（段志贤下）（徐茂公云）三将军，你领兵合后，我与敬德先接应元帅去来。（元吉云）军师先行，我在后领兵再来接应你。敬德，据理来饶你不得，看俺哥哥面上，你且寄头在项；此一去若有疏失呵，我不道的饶了你哩！（尉迟云）三将军，别人不知，你可知我那水磨鞭来；我这一去遇着那单雄信呵，只着这^[34]鞭稍一指，头颅早粉碎也。（诗云）舍生容易立功难，谁似吾家力拔山；则这水磨钢鞭一骑马，不杀无徒誓不还！（徐同下）（元吉云）我要杀了这匹夫来，不想俺哥哥回来救了。也罢，我这一去好歹要害了他；若杀了敬德呵，才报的我这一鞭之仇！军师着我做合后，我只是慢慢的去，等他救应不到，必有疏失，岂不是一计？（下）

注 解

（1）所算：暗算。也见《鲁斋郎》第三折注文（12）。

（2）划地：这里意为怎的。《忍字记》第二折："你看经念佛，划的杀人？"这一词还有多种用法，可参阅《救风尘》第三折注文（22）。

（3）槊（shuò）：古代兵器，即长矛。苏轼《前赤壁赋》："横槊赋诗。"

（4）没揣：无端、不意。《灰阑记》第二折："这一场没揣的罪名儿，除非天地表。"

（5）盆吊：当时一种酷刑，详见《蝴蝶梦》第三折注文（18）。

（6）醢（hǎi）：古代把人剁成肉酱的酷刑。

（7）哈喇：杀头。

（8）那一个彭越呵，他也曾和舍人出口：彭越，字仲，昌邑（今山东省）人，最初是项羽的部将，后归顺刘邦，封为梁王。最后因被刘邦怀疑有二心而被灭族。元代石君宝有《吕太后醢彭越》杂剧。和舍人出口，《史记·魏豹彭越列传》："吕后白上曰：'彭王壮士，今徙之蜀，此自遗患，不如遂诛之。妾谨与俱来。'于是吕后乃令其舍人告彭越复谋反。廷尉王恬开奏请族之。上乃可，遂夷越宗族，国除。"

（9）那一个韩信呵，他也曾调陈豨（xī）执手：陈豨，汉将。汉建国后曾屡随刘邦平定叛乱，后为刘邦所疑，于是反，最后被杀。《史记·淮阴侯列传》："陈豨拜为钜鹿守，辞于淮阴侯。淮阴侯挈其手，辟左右与之步于庭。……淮阴侯曰：'……吾为公从中起，天下可图也。'"

（10）那一个英布呵，他使一勇性强占了九州：英布，汉初名将。秦末曾起兵于江湖之间，称当阳君，初归项羽，被封为九江王，后来叛楚降汉，受封为淮南王。汉十一年（前196）反，被杀。一勇性，也作"一湧性"，一时性子冲动。见《救风尘》第三折。占了九州，指英布为淮南王时，都六、九江、庐江、衡山、豫章郡等皆属布。

（11）辕门：古代帝王狩猎时止宿的地方，仰起两辆车子作屏藩，使两车的辕相向交接成一半圆形的门，叫辕门。后指领兵将帅的营门。《史记·项羽本纪》："诸侯将入辕门，无不膝行而前，莫敢门视。"

（12）抖搜：或作"邹搜"，乖巧、固执，转而为体面之义。《李逵负荆》第一折："哎，你个呆老子畅好是忒抖搜。"

（13）钲（zhèng）鼙：古代行军时用的军乐器。

（14）机彀（gòu）：圈套。张满弓弩谓之彀。《列子·汤问》："彀弓而兽伏鸟下。"引申为牢笼、圈套。

（15）割鸡焉用牛刀手：语出《论语·阳货》"子之武城，闻弦歌之声。夫子莞尔而笑，曰：'割鸡焉用牛刀？'"

第三折

（单雄信珊马⁽¹⁾引卒子上，云）某单雄信是也。听知的唐元帅领着段志贤观看我洛阳城，更待干罢！某领三千人马赶去来。（下）

（段志贤珊马上，云）某段志贤。我唐元帅观看他洛阳城，不想单雄信领兵赶将来了，怎好也？（单雄信赶上科，云）段志贤及早下马受降！（调阵科）（段志贤云）我近他不的，跑、跑、跑！（下）（单雄信云）这厮走了也，更待干罢，不问哪里赶将去。（下）

（正末珊马上、慌科，云）怎生是好！我正观看洛阳城，不想撞着单雄信领兵赶将来；段志贤不知在哪里，可怎生是好！（单雄信上，云）李世民少走，你哪里去，及早下马受降！（正末唱）

【越调斗鹌鹑】人一似北极天蓬⁽²⁾，马一似南方火龙；他那里纵马横枪，将咱来紧攻。他急似雷霆，我疾如火风；我这里走的慌，他可也赶的凶。似这般耀武扬威，争强奋勇。

【紫花儿序】我恨不的胁生双翅，项长三头，他道甚么休走唐童⁽³⁾。恰便似鱼钻入丝网，鸟扑入樊笼，匆匆。马也，少不的上你凌烟⁽⁴⁾第一功，则要得四蹄挪动。只听的喊杀声声，更催着战鼓逢逢。

（单雄信云）赶入这榆科园来了也，你待走的哪里去！（正末唱）

【耍三台】待把我征骕纵，残生送。（徐茂公珊马慌上，云）兀的不是元帅！（做揪雄信科）（徐茂公云）将军且暂住一住。（单雄信云）我道是谁，原来是徐茂公。你放手！（正末唱）呀，原来是军师茂公。（徐茂公云）元帅，你快逃命走。（单雄信云）徐茂公，你放手。（正末唱）他道我已得命好从容，且看他如何作用。则要你拿云手紧将袍袖封，谈天口说转他心意从，你便是骗英布的隋何⁽⁵⁾，说韩信的蒯通⁽⁶⁾。

（单雄信云）徐茂公，你放手。往日咱两个是朋友，今日各为其主也。（徐茂公云）将军，看俺旧交之情。（单雄信云）你两次三番则管里扯住我，罢，我拔出剑来你见么？我割袍断义，你若再赶将来，我一剑挥之两段。（徐茂公云）似此可怎生了也！（正末唱）

【调笑令】见那厮不从。支楞楞扯出霜锋；呀，我见他尽在嘻嘻冷笑中；我见他割袍断袖绝了朋情重，越恼的他忿气冲冲。不争这单雄信推开徐茂公，天也，谁搭救我这微躬⁽⁷⁾。

（徐茂公云）不中，我回营中取救军去来。（下）（单雄信云）徐茂公去了也，李世民你及早下马受降！（正末云）我手中有弓可无箭。兀那单雄信，你知我擅能神射，我发箭你看！（单雄信云）他也合死，手中有弓无箭。量你到的哪里！（正末唱）

【小桃红】手中无箭慢张弓，频把这虚弦控。原来徐茂公临阵不中用！（敬德珊马上，叫云）单雄信慢走！（正末唱）则听的语如钟，喝一声响亮春雷动，纵然他有些耳聋，乍闻来也须怕恐。（尉迟云）单雄信勿伤吾主。（正末云）原来是敬德救我哩。（唱）高叫道：休伤俺主人公。

（单雄信云）那里走将这个卖炭的^[35]来？这厮划马⁽⁸⁾单鞭，量你何足道哉！（尉迟云）单雄信休得无礼！（做调阵科）（正末唱）

【秃厮儿】尉迟恭威而不猛，单雄信战而无功。我见他格截架解不放空，起一阵杀气黑濛濛，遮笼。

【圣药王】这一个枪去疾，那一个鞭下的猛，半空中起了一个避乖龙。那一个雌，这一个雄，珰玎珰鞭槊紧相从，好下手的也尉迟恭！

（尉迟打雄信下，云）元帅，若不是我尉迟恭来的早呵，险些儿落在他彀中[9]；被某一鞭打的那厮吐血而走，被我夺了那厮的枣木槊也。（正末云）若不是将军来呵，哪里取我这性命！则今日我与将军同见圣人去来。（尉迟云）量尉迟恭有何德能，则是仗元帅虎威耳。（正末云）壮哉！壮哉！不枉了好将军也。（唱）

【收尾】我则见忽的战马交、出的枣槊起、飕的钢鞭重，把一个生硬汉打的来浑身尽肿。哎，则你个打单雄信的尉迟恭，不弱似喝娄烦他这个霸王勇[10]。（同下）

注 解

（1）跚（shān）马：舞着马鞭。

（2）蓬：蓬草。枯后根断，遇风飞旋。《诗经·卫风·伯兮》："自伯之东，首如飞蓬。"

（3）童：这里是愚昧无知的小儿的意思。《新书·道术》："反慧为童。"

（4）凌烟：指凌烟阁。唐太宗贞观十七年（643）图画开国功臣长孙无忌、杜如晦、魏徵、尉迟恭等二十四人于凌烟阁。阁在京城长安。太宗自作《赞》，褚遂良题阁，阎立本画。见刘肃《大唐新语·褒锡》。

（5）骗英布的隋何：指刘邦派说客隋何往说淮南王英布叛楚归汉事。《史记·黥布列传》："隋何曰：'……臣请与大王提剑而归汉，汉王必裂地而封大王，又况淮南，淮南必大王有也。故汉王敬使使臣进愚计，愿大王之留意也。'淮南王曰：'请奉命。'阴许畔楚与汉，未敢泄也。"

（6）说韩信的蒯通：《史记·淮阴侯列传》："齐人蒯通知天下权在韩信，欲为奇策而感动之，以相人说韩信曰：'……当今两主之命悬于足下，足下为汉则汉胜，与楚则楚胜。……诚能听臣之计，莫若两利而俱存之，三分天下，鼎足而居，其势莫敢先动。"韩信不听蒯通之言，最后死于吕后之手。

（7）躬：身体。引申为亲身、亲自。诸葛亮《出师表》："臣本布衣，躬耕于南阳。"

（8）划马：单身只马，不加鞍鞯。刘克庄《生日和竹溪再和》诗："划骑犊子子施鞯，老退犹堪学力田。"

（9）彀中：弓箭所能达到的范围。引申为圈套。参见《望江亭》第二折注文（17）。

（10）喝娄烦他这个霸王勇：娄烦，即楼烦。《史记·项羽本纪》："项王令壮士出挑战。汉有善骑射者楼烦，楚挑战三合，楼烦辄射杀之。项王大怒，乃自被甲持戟挑战。楼烦欲射之，项王瞋目叱之，楼烦目不敢视，手不敢发，遂走还入壁，不敢复出。"

第四折

（徐茂公上，诗云[36]）帅鼓铜锣一两敲，辕门里外列兵刀。将军报罢平安咭，紧卷旗幡再不摇。某乃徐茂公是也。今唐元帅与单雄信在榆科园交战，某见唐元帅大败亏输，忙差尉迟恭接应唐元帅去了，未知输赢胜败，使的那能行快走的探子看去，这早晚敢待来也。（正末扮探子上，云）一场好厮杀也呵！（唱）

【黄钟醉花阴】大路上难行落荒里践，两只脚蓦岭登山跳涧[37]。走的我一口气似揾橡(1)，若见俺军师——的都分辩。（见科，云）报、报、报。（徐茂公云）好探子！他从那阵上来，你只看他喜气旺色，那输赢胜败早可知了也。（诗云）我则见雉尾金环结束雄，腰间斜插宝雕弓。两脚能行千里路，一身常伴五更风。金字旗拿画杆赤，长蛇枪拂绛缨红。两阵相当分胜败，尽在来人启口中。兀那探子，单雄信与唐元帅怎生交锋，你喘息定了，慢慢的说一遍咱。（探子唱）听小人话根源，只说单雄信今番将手段展。[38]

【喜迁莺】早来到北邙[(2)]前面，猛听的锣鼓喧天，那军不到三千，拥出一员虎将[39]，雄纠纠威风武艺显，段志贤立阵前[40]。一个待功标汗简[(3)]，一个待名上凌烟。

（徐茂公云）原来是单雄信与某家段志贤交马。两员将扑入垓心[(4)]，不打话来回便战。三军发喊，二将争功。阵上数声鼕鼓擂，军前两骑马相交。马盘马折，千寻[(5)]浪里竭波龙；人撞人冲，万丈山前争食虎。一个似摔碎雷车霹雳鬼，一个似擘开华岳巨灵神。端的是谁输谁赢，再说一遍。（探子唱）

【出队子】两员将刀回马转，迎头儿先输了段志贤。唐元帅败走恰便似箭离弦，单雄信追赶似风送船，尉迟恭傍观恰便似虎视犬。

（徐茂公云）谁想段志贤输了也！背后一将厉声高叫道："单雄信不得无礼！"你道是谁？乃尉迟敬德出马。好将军也！（诗云）他是那虎体鸢肩[(6)]将相才，六韬三略[(7)]贮胸怀。遇敌只把单鞭举，救难慌骑刬马来。捉将似鹰拿狡兔，挟人如母抱婴孩。若非真武临凡世，便应黑煞下天台。俺尉迟敬德与单雄信怎生交战，探子，你喘息定了，慢慢的再说一遍咱。（探子唱）

【刮地风】揣揣揣加鞭，不剌剌走似烟，一骑马走[41]到跟前。单雄信枣槊如秋练，正望心穿，见忽地将钢鞭疾转，骨碌碌怪眼睁圆，尉迟恭身又骁手又便[(8)]，单雄信如何施展？则一鞭偃[(9)]了左肩，滴流扑[(10)]坠落征骣。不甫能[(11)]躲过唐童箭，呀，早迎着敬德鞭！

（徐茂公云）原来敬德手搭着竹节钢鞭，与单雄信交战。好钢鞭也！（诗云）军器多般分外别，层层叠叠攒[(12)]霜雪。有如枯竹节攒成，浑似乌龙尾半截。千人队里生杀气，万众丛中损英杰。饶君披上铠三重，抹着鞭梢骨节折。敬德举鞭在手，喝声"着"，单雄信丢了枣槊，口吐鲜血，伏鞍而走。好将军也！扶持宇宙[42]，整顿江山。全凭着打将鞭，怎出的拿云手？鞭起处如乌龙摆尾，将落马似猛虎离巢。胡(13)敬德世上无双，功劳簿堪书第一。此时俺主唐元帅却在哪里？探子，你喘息定了，慢慢的再说一遍咱。（探子唱）

【四门子】俺元帅勒马亲回转，展虎躯，骤骏骒，看他一来一往相交战，是谁人敢占先？那一个奔，这一个赶，将和军躲的偌近远；刚崦(14)里藏，休浪里潜，马儿上前合后偃。

（徐茂公云）单雄信输了也。（词云）他只待抛翻狼牙箭，扯断宝雕弓。撞倒麒麟和獬豸(15)，冲开猛虎与奔熊。好敬德也！他有那举鼎拔山力，超群出世雄。钢鞭悬铁塔，黑马似乌龙。杀人无对手，上阵有威风。壮哉唐敬德，归来拜鄂公(16)。今若敬德不去，俺主唐元帅可不休了！兀那探子，你再说一遍咱。（探子唱）

【古水仙子】呀、呀、呀猛望见，便、便、便铁石人见了也可怜。他、他、他袋内有弯弓，壶中无只箭。待、待、待要布展怎地展？铮、铮、铮两三番进断了弓弦，走、走、走一骑马逃入榆科园。来、来、来两员将绕定榆科转，见、见、见更狠似美良川。[43]

（徐茂公云）单雄信大败亏输，俺尉迟恭赢了也。探子，无甚事，赏你一只羊，两坛酒，一个月不打差，你回营中去罢。（探子唱）

【煞尾】俺元帅今年时运显，施逞会划马单鞭，则一阵杀的那败残军，急离披(17)走十数里远。（下[44]）

（徐茂公云）尉迟恭鞭打了单雄信，俺这里赢了也。此一番回去，可不羞杀了三将军元吉！一壁厢椎(18)翻牛，窨(19)下酒，做个大大的筵宴，等元帅还营，一来贺喜，二来赏功，已早分付的齐备了也。（诗云）胡敬德显耀英雄，单雄信有志无功。圣天子百灵相助，大将军八面威风。

题目　单雄信断袖割袍[45]
正名　尉迟恭单鞭夺槊

注　解

（1）撺椽：撺，赶着办。椽，安在梁上支架屋面和瓦片的大木。这里意为拖大木头似的。

（2）北邙（máng）：亦作"北芒"，山名，即邙山，在河南洛阳市北。东汉及魏的王侯公卿多葬于此。后来也泛指墓地。《红楼梦》第九十七回："竟这样小小的年纪，就作了北邙乡女。"

（3）汗简：著述的代称，这里引申为史册。袁桷《偶述末章答继学》诗："汗简功深岁月修。"

（4）垓心：指重重围困的中心。《三国演义》第九十五回："左边司马懿，右边司马昭，却抄在魏延背后，把延困在垓心。"

（5）寻：古代长度单位，八尺为一寻。

（6）鸢（yuān）肩：两肩上耸，像鸢鸟（即老鹰）栖止时的样子。《后汉书·梁冀传》："冀为人鸢肩豺目。"

（7）六韬三略：相传周代吕望有《六韬》，秦代黄石公有《三略》，都是著名的兵书。

（8）便：娴熟。《三国志·魏书·吕布传》："布便弓马，膂力过人，号为飞将。"

（9）偃：仰卧。引申为倒下。这里是低斜了左肩的意思。

（10）滴流扑：亦作"滴溜扑"，状抛掷之辞。《黑旋风》第一折："滴溜扑摔个一字交"，《西厢记》第三本第二折："手挽着垂杨滴流扑跳过墙去"，用法并同。

（11）不甫能：甫能，方才、刚刚的意思。"不"字只加强语气，无义。参见《望江亭》第四折注文（8）。

（12）攒（cuán）：积聚。《三国演义》第五十六回："四枝箭齐齐的攒在红心里。"

（13）胡：鲁莽、冒失。李商隐《骄儿诗》："或谑张飞胡。"

（14）崦（yān）：山名。

（15）獬豸（xièzhì）：神羊。参见《玉镜台》第一折注文（4）。

（16）鄂公：尉迟敬德封号。《新唐书》卷八十九尉迟敬德列传云：敬德"除右武侯大将军，封吴国公，实封千三百户……后改封鄂国，历鄜、夏二州都督"。

（17）急离披：急匆匆。

（18）椎：捶击具。此处作动词用。《史记·魏公子列传》："椎杀晋鄙。"

（19）窨（yìn）：地窨。

校 注

本剧现存主要版本有明代陈与郊编《古名家杂剧》本（龙峰徐氏刊本）、明代赵琦美钞校《脉望馆钞校本古今杂剧》本和明代臧晋叔编《元曲选》本，现以后者为底本，以前二种参校。

［1］尉迟恭单鞭夺槊：脉望馆本原有硃批"太和正音名敬德降唐"九字，书口标目作"敬德降唐"。

［2］带：《古名家杂剧》本与脉望馆本作"袋"。

［3］俺：脉望馆本于此字下有硃笔增"使倒城之计"五字。

［4］刘文静：原作"刘文靖"，误。

［5］反间计：原作"反将计"，误，下同。

［6］某今日即将刘武周首级：原倒为"某即今日将刘武周首级"，今改。

［7］谁想他弃下座空城，唐兵围住："弃"原作"倒"，据脉望馆本硃笔改；又"唐兵"上有一"被"字，今据脉望馆本删。

［8］除：据脉望馆本校增。

［9］双：原作"单"，《古名家杂剧》本作"只"，误。

［10］俺主公有认处：《古名家杂剧》本与脉望馆本于此句之上有"住、住、住"。

[11] 仙吕：《古名家杂剧》本无此二字，脉望馆本作"正宫"，误。按〔正宫·端正好〕专用于套数，且曲子不增句，此曲显然是增了句的〔端正好〕曲，应属〔仙吕宫〕。

[12] 也那权：原作"也权那"，据《古名家杂剧》本与脉望馆本改。

[13] 因观营寨：原作"因窥关隘"，据《古名家杂剧》本与脉望馆本改。

[14] 猓：原误作"獉"，今改。

[15] 掉：原作"调"，误。

[16] 乖：脉望馆本作"强"。

[17] 便将你一日转千阶，非优待：《古名家杂剧》本与脉望馆本作"日转千阶，唐元帅捧毂推轮重贤才，那其间敢把你个将军来待"。

[18] "便道不应该"三句：《古名家杂剧》本与脉望馆本作"据他那美人才，合教他挂印悬牌，权加为行军副元帅"。

[19] 前：原误作"当"，文意欠通，今改。

[20] 吐血：原作"吐血数里"，据脉望馆本校改。

[21] 某单雄信是也：此句之上《古名家杂剧》本与脉望馆本有上场诗四句："三十男儿鬓未斑，好将英勇（《古名家杂剧》本作'雄'）镇江山。马前自有封侯剑，何用区区笔砚间。"

[22] 咱须旧："须"原作"头"，形近误刻，据脉望馆本硃改校正。

[23] 没揣的结下冤仇：《古名家杂剧》本与脉望馆本作"亲不择骨肉，赏不避仇雠"。

[24] 言行诚：原作"相貌挡"，据《古名家杂剧》本改。脉望馆本作"言行成"。

[25] 全忠尽孝：《古名家杂剧》本与脉望馆本作"忠肝义胆"。

[26] 蠢牛：原作"春牛"，音形相近误刻，今改。

[27] 后患：原作"去的"，据《古名家杂剧》本与脉望馆本改。

[28] 五星三：脉望馆本校为"五星三命"。按："五星三"即"五星三命"之省语。"送了五星三"即送了命的意思。加一"命"字，语意反过于平直。

[29] 不：脉望馆本作"是"。按：若作"不"，则此句应作"背云"；若作"是"，则是元吉接过徐茂公话头的赌誓话。

［30］愁：原音假为"仇"，今改。

［31］〔上小楼〕曲：此曲《古名家杂剧》本与脉望馆本无。

［32］随后接应元帅来：原作"随后来接应元帅来"，多刻一"来"字，今删。

［33］"管教六十四处征尘一扫休"二句：脉望馆本无，《古名家杂剧》本作"六十四处干戈一扫休，十八般征尘直交一鼓收"。

［34］这：原作"他"，文意欠通，今改。

［35］卖炭的：《古名家杂剧》本与脉望馆本作"胡汉"。

［36］诗云：以下四句上场诗，脉望馆本作"帅鼓铜锣一两声，辕门里外列群英。一寸笔尖三尺铁，同扶社稷立乾坤"。

［37］跳涧：原作"快撚"，据《古名家杂剧》本与脉望馆本改。

［38］"听小人话根源"二句：《古名家杂剧》本与脉望馆本属以下〔喜迁莺〕曲。

［39］一员虎将：原作"个将一员"，据《古名家杂剧》本与脉望馆本改。

［40］段志贤立阵前：原本此句前有一"是"字，今据《古名家杂剧》本及脉望馆本删。

［41］走：原作"媵"，据脉望馆本改。

［42］宇宙：原作"宅宙"，误，今改。

［43］〔古水仙子〕曲：脉望馆本作〔水仙子〕，《古名家杂剧》本同底本。又，此曲文《古名家杂剧》本与脉望馆本均无"便、便、便""他、他、他""铮、铮、铮""走、走、走""来、来、来"等字。

［44］下：原无，据《古名家杂剧》本与脉望馆本补。

［45］断袖割袍：《古名家杂剧》本与脉望馆本作"割袍（《古名家杂剧》本误作'礼'）断义"。

关大王独赴单刀会⁽¹⁾[1]

导读

这是关汉卿写的一个著名的三国戏，京剧及许多地方剧种都有这个剧目。

关云长单刀赴会是民间广为流传的故事。据晋陈寿《三国志·吴书·鲁肃传》所载：

> 肃住益阳，与羽相拒。肃邀羽相见，各驻兵马百步上，但请将军单刀俱会。肃因责数羽曰："国家区区本以土地借卿家者，卿家军败远来，无以为资故也。今已得益州，既无奉还之意，但求三郡，又不从命。"语未竟，坐有一人曰："夫土地者，惟德所在耳！何常之有！"肃厉声呵之，辞色甚切。羽操刀起谓曰："此自国家事，是人何知！"目使之去。

这就是后来有关关羽单刀赴会传说故事的本源。

元代比关汉卿年代稍后的至治年间（1321—1323）刊行的《全相三国志平话》卷下已有《关公单刀会》故事，增加了鲁肃"使人将书请关公赴单刀会"，席间，军士奏乐，笛声不响三次，"关公大怒，捽住鲁肃"，斥责一番后

"上马归荆州"。

元末罗贯中长篇历史小说《三国演义》第六十六回有"关云长单刀赴会"。由此看来，"单刀会"的故事在元末已基本定型并广为流传了。

三国故事是元杂剧一个相当重要的题材来源，已见著录的元杂剧"三国戏"共 46 种，今尚存 21 种。其中以关羽为主要人物的戏除本剧外，尚有关汉卿的《关张双赴西蜀梦》，郑光祖的《虎牢关三战吕布》，无名氏的《关云长千里独行》《刘关张桃园结义》《关云长单刀劈四寇》《寿亭侯怒斩关平》等。在这众多的"关羽戏"中，本剧是一个很有特色的剧目，前二折写鲁肃定计，主人公关羽并未出场，却通过乔公和司马徽之口写出了他的勇略胆识；第三折后来舞台演出时叫《训子》，写关羽以祖宗创业艰辛教育儿子，突出他捍卫蜀汉基业的决心，为下折"单刀赴会"做铺垫；第四折后来演出时称《刀会》，正面写关羽与鲁肃的冲突。

历史上的鲁肃，"为人方严，寡于玩饰，内外节俭，不务俗好"（《三国志·吴书》）。但此剧的鲁肃却是一个诡计多端、自鸣得意的小人。他定下"三条计"，自以为可逼关羽就范。但在豪气千丈的关羽面前，鲁肃的阴谋诡计全不顶用，"百忙里称不了老兄心"，落得个贻笑大方的结局，而"单刀赴会"也成了历史中豪气干云的英雄传奇！由于前面的戏垫得足，至此笔酣墨饱，痛快淋漓，在高潮中戛然煞住，令人有突兀雄浑的"豹尾"之感。

本剧的曲词，如第四折〔双调新水令〕〔驻马听〕诸曲，论者谓与苏轼《念奴娇·赤壁怀古》不相伯仲，深沉而豪迈。

本剧最末一句曲词"急切里倒不了俺汉家节"，过去，有人常用此论证关汉卿反对蒙古贵族统治云云。事实上，这是宋元时期大量的三国题材民间文学所表现出来的"尊刘反曹"正统观念的接续与加持。在有关关汉卿生平资料极端匮乏的情况下，不能随意寻章摘句而"拔高"作者。

元刊本《元刊杂剧三十种》书影

元刊本《元刊杂剧三十种》书影

第一折^[2]

（冲末鲁肃上^[3]，云）三尺龙泉⁽²⁾万卷书，皇天生我意何如？山东宰相山西将⁽³⁾，彼丈夫兮我丈夫⁽⁴⁾。小官姓鲁，名肃，字子敬，见在吴王麾下为中大夫之职。想当日俺主公孙仲谋占了江东，魏王曹操占了中原，蜀王刘备占了西川。有我荆州，乃四冲⁽⁵⁾用武之地，保守无虞，分天下为鼎足之形。想当日周瑜死于江陵，小官为保，劝主公以荆州借与刘备，共拒曹操。主公又以妹妻刘备⁽⁶⁾。不料此人外亲内疏⁽⁷⁾，挟诈而取益州，遂并汉中，有霸业兴隆之志。我今欲索取^[4]荆州，料关公在那里镇守，必不肯还我。今差守将黄文，先设下三计，启过主公，说：关公韬略过人，有兼并之心，且居国之上游，不如索取荆州。今据长江形势，第一计：趁今日孙、刘结亲，已为唇齿⁽⁸⁾，就江下排宴设乐，修一书以贺近退曹兵，玄德称主于汉中⁽⁹⁾，赞其功美，邀请关公江下赴会为庆，此人必无所疑，若渡江赴宴，就于饮酒席中间，以礼索取荆州。如还，此为万全之计。倘若不还，第二计：将江上应有战船，尽行拘收，不放关公渡江回去。淹留日久，自知中计，默然有悔，诚心献还。更不与呵，第三计：壁衣⁽¹⁰⁾内暗藏甲士，酒酣之际，击金钟为号，伏兵尽举，擒住关公，囚于江下。此人是刘备股肱^[5]之臣，若将荆州复还江东，则放关公还益州；如其不然，主将既失，孤兵必乱，乘势大举，觑荆州一鼓而下，有何难哉！虽则三计已定，先交黄文请的乔公⁽¹¹⁾来商议则个。（正末乔公上，云）老夫乔公是也。想三分鼎足已^[6]定！曹操占了中原，孙仲谋占了江东，刘玄德占了西蜀。想玄德未济时，曾问俺东吴家借荆州为本，至今未还。鲁子敬常有索取之心，沉疑未发；今日令人来请老夫，不知有甚事，须索走一遭去。我想汉家天下，谁想变乱到此也呵！（唱）

【仙吕点绛唇】俺本是汉国臣僚。汉皇软弱；兴心闹，惹起那五处兵刀⁽¹²⁾，并董卓，诛袁绍。⁽¹³⁾

【混江龙】只留下孙、刘、曹操，平分一国作三朝。不付能[14]河清海晏，雨顺风调；兵器改为农器用[15]，征旗不动酒旗摇；军罢战，马添膘；杀气散，阵云消[7]；为将帅，作臣僚；脱金甲，着罗袍；则他这帐前旗卷虎潜竿，腰间剑插龙归鞘。[16]人强马壮，将老兵骄。

（云）可早来到也。左右报复去，道乔公来了也。（卒子报云）报的大夫得知：有乔公来到了也。（鲁云）道有请。（卒云）老相公，有请[8]！（末见鲁云）大夫，今日请老夫来，有何事干？（鲁云）今日请老相公，别无甚事，商量索取荆州之事。（末云）这荆州断然不可取！想[9]关云长好生勇猛，你索荆州呵，他弟兄怎肯和你甘罢？（鲁云）他弟兄虽多，兵微将寡。（末唱）

【油葫芦】你道"他弟兄虽兵多将少"，（云）大夫，你知博望烧屯[17]那一事么？（鲁云）小官不知，老相公试说则。（末唱）赤紧的[18]将夏侯惇[10]先困了。（云）这隔江斗智[19]你知么？（鲁云）隔江斗智，小官知便知道，不得详细，老相公试说则。（末唱）则他那周瑜、蒋干是布衣交，那一个股肱臣诸葛施略韬[11]，亏杀那苦肉计黄盖添粮草。（云）赤壁鏖兵，那场好厮杀也！（鲁云）小官知道。老相公再说一遍则。（末云）烧折弓弩如残苇，燎尽旗幡似乱柴。半明半暗花腔鼓[20]，横着扑着伏兽牌[21]。带鞍带辔烧死马，有袍有铠死尸骸。哀哉百万曹军败，个个难逃水火灾！（唱）那军多半向火内烧，三停[22]在水上漂。若不是天交有道伐无道，这其间吴国尽属曹。

（鲁云）曹操英雄智略高，削平僭[23]窃篡刘朝；永安宫[24]里擒刘备，铜雀[25]春深锁二乔[12]。（末唱）

【天下乐】你道是"铜雀春深锁二乔"，这三朝恰定交，不争咱一日错便是一世错[26]。（鲁云）俺这里有雄兵百万，战将千员，量他到的那里！（末唱）你则待要行霸道，你待要起战讨。（鲁云）我料关云长年迈，虽勇无能。（末唱）你休欺负关云长年纪老。（云）收西川一事，我说与你听。（鲁云）收西川一事，我不得知。你试说一遍。（末唱）

【那吒令】收西川白帝城，将周瑜来送了。汉江边张翼德，将尸骸来当着。船头上鲁大夫，几乎间唬倒。你待将荆州地面来争。关云长听的闹，他可便乱下风雹⁽²⁷⁾。

（鲁云）他便有甚本事？（末唱）

【鹊踏枝】他诛文丑逞粗躁，刺颜良显英豪。他去那百万军中，他将那首级轻枭。（鲁云）想赤壁之战，我与刘备有恩来。（末唱）那时间相看的是好^[13]，他可便喜孜孜笑里藏刀。

（鲁云）他若与我荆州，万事罢论；若不与荆州呵，我将他一鼓而下。（末云）不争你举兵呵。（唱）

【寄生草】幸然是天无祸，是咱这人自招。全不肯施恩布德行王道^[14]，怎比那多谋足智雄曹操？你须知南阳诸葛应难料！（鲁云）他若不与呵^[15]，我大势军马，好歹夺了荆州。（末唱）你则待千军万马恶相持，全不想生灵百万遭残暴！

（鲁云）小官不曾与此人相会；老相公，你细说关公威猛如何？（末云）想关云长但上阵处，凭着他坐下马、手中刀、鞍上将，有万夫不当之勇。（唱）

【金盏儿】他上阵处赤力力三绺美髯飘，雄赳赳一丈虎驱摇，恰便似六丁神⁽²⁸⁾簇捧定一个活神道^[16]。那敌军若是见了，唬的他七魄散、五魂消。（云）你若和他厮杀呵，（唱）你则索多披上几副甲，剩穿上几层袍。便有百万军，挡不住他不刺刺千里追风骑；你便有千员将，闪不过明明偃月三停刀^{(29)[17]}。

（鲁云）老相公不知，我有三条妙计索取荆州。（末云）是那三条妙计？（鲁云）第一计：趁今日孙、刘结亲，以为唇齿，就于江下排宴设乐，作书一封，以贺近退曹兵，玄德称主于汉中，赞其功美，邀关公江下赴会为庆，此人必无所疑；若渡江赴宴，就于饮酒中间，以礼索取荆州。如还，此为万全之计；如不还……第二计，将江上应有战船，尽行拘收，不放关公回还。淹留日久，自知中计，默然有悔，诚心献还；更不与呵，第三条计，壁衣内暗藏甲士，酒酣之际，击金钟为号，伏兵尽举，擒住关公，囚于江下。此人乃是刘备股肱之臣，若将荆州复还^[18]江东，则放关公归益州；如其不然，主将既失，孤兵必乱，领兵大举，乘机而行，觑荆州一鼓而下，有何难哉！这三条计^[19]决难逃。（末云）休道是三条计，就是千条计，也近不的他。（唱）

【金盏儿】你道是"三条计决难逃"；一句话不相饶，使不的武官粗懆⁽³⁰⁾文官狡。（鲁云）关公酒性如何？（末唱）那汉酒中劣性显英豪，圪塔的⁽³¹⁾揪住宝带，没揣的⁽³²⁾举起钢刀。（鲁云）我把岸边战船拘了。（末唱）你道是岸边厢拘了战船，（云）他若要回去呵，（唱）你则索水面上搭座浮桥^[20]！

（鲁云）老相公不必转转议论，小官自有妙策神机。乘此机会，荆州不可不取也。（末云）大夫，你这三条计，比当日曹公在灞陵桥上三条计如何？到了出不的关云长之手。（鲁云）小官不知。老相公试说一遍我听咱。（末唱）

【尾声】曹丞相将送路酒手中擎，饯行礼盘中托，没乱煞⁽³³⁾侄儿和嫂嫂。曹孟德心多能做小⁽³⁴⁾，关云长善与人交。早来到灞陵桥⁽³⁵⁾，险唬杀许褚、张辽；他勒着追风骑，轻轮动偃月刀。曹操有千般计较，则落的一场谈

笑。（云）关云长道："丞相勿罪！某不下马了也。"（唱）他把那刀尖儿斜挑锦征袍。（下）

（鲁云）黄文，你见乔公说关公如此威风，未可深信。俺这江下，有一贤士，覆姓司马，名徽，字德操。此人与关公有一面之交，就请司马先生为伴客，就问关公平昔智勇谋略，酒中德性如何。黄文，就跟着我去司马庵中相访一遭去。（下）

注 解

（1）关大王：指关羽，三国时蜀国名将。晋陈寿《三国志·蜀书·关张马黄赵传》云："关羽字云长，本字长生，河东解人也，亡命奔涿郡。先主于乡里合徒众，而羽与张飞为之御侮。先主为平原相，以羽、飞为别部司马，分统部曲。先主与二人寝则同床，恩若兄弟。"初封汉寿亭侯。刘备为汉中王，拜羽为前将军，督荆州事。后为吴将吕蒙所杀，追谥壮缪侯。宋元时曾加封为义勇武安王，清乾隆时改封忠义侯。

（2）三尺龙泉：指宝剑。《史记·高祖本纪》："吾以布衣，持三尺剑取天下。"《晋书·张华传》记丰城县令雷焕掘地得龙泉宝剑和太阿宝剑，后来遂以"龙泉"或"三尺龙泉"作为宝剑之代称。

（3）山东宰相山西将：古代戏曲小说套用习惯语。《汉书·赵充国辛庆忌传赞》："秦汉以来，山东出相，山西出将。""山东""山西"指的是太行山以东与太行山以西。这句话也切合本剧中鲁肃与关羽的籍贯。

（4）彼丈夫兮我丈夫：语出《孟子·滕文公上》："成覸谓齐景公曰：'彼丈夫也，我丈夫也，吾何畏彼哉？'"

（5）四冲：从东、西、南、北四个方向来说都是交通要道。

（6）主公又以妹妻刘备：《三国志·蜀书·先主传》记："群下推先主为荆州牧，治公安。（孙）权稍畏之，进妹固好。先主至京见权，绸缪恩纪。"这一段记载便是宋元以来戏曲小说中"刘备招亲"故事的本源。

（7）外亲内疏：意为表里不一，外表亲近而实际上疏远。

（8）唇齿：比喻关系密切，成语"唇亡齿寒"的省语，见《左传》僖公五年。《三国志·魏书·鲍勋传》："王师屡征而未有所克者，盖以吴、蜀唇齿相依，凭阻山水，有难拔之势故也。"

（9）玄德称主于汉中：刘备于建安二十四年（219）秋在汉中自立为汉中王。

（10）壁衣：帷幕。

（11）乔公：大乔与小乔之父。《三国志·吴书·周瑜传》："时得桥公两女，皆国色也。（孙）策自纳大桥，（周）瑜纳小桥。"桥公，后来讹为乔公。

（12）五处兵刀：据剧情指的是董卓、袁绍、孙权、刘备、曹操五路军马。

（13）并董卓，诛袁绍：董卓，字仲颖，汉末任前将军、并州牧。何进擅权，他带兵入长安诛何进。后为王允、吕布等所杀。袁绍，字本初，汉末群雄割据时，他称霸北方，后为曹操所败。

（14）不付能：也作"甫能""副能""不甫能"等，意为方才、刚刚，引申为好不容易。"不"字仅加强语气用，无义。关汉卿《拜月亭》："我付能把这残春捱彻。"这里"不付能河清海晏"是好不容易才河清海晏、天下太平的意思。

（15）兵器改为农器用：把兵器改铸成农具。语本《韩诗外传》卷十九："颜渊曰：愿得明王圣主为之相，使城郭不治，沟池不凿，阴阳和调，家给人足，铸库兵以为农器。"

（16）"帐前旗卷虎潜竿"二句：意为不打仗了，战旗收卷，宝剑入鞘。"虎"和"龙"，指旗、剑上的画饰。

（17）博望烧屯：据《三国志·蜀书·先主传》"……使拒夏侯惇、于禁等于博望。久之，先主设伏兵，一旦自烧屯伪遁，惇等追之，为伏兵所破"。后来《三国演义》写诸葛亮用火攻败夏侯惇十万兵于博望坡。

（18）赤紧的：真正的、实实在在的。

（19）隔江斗智：指赤壁之战时，双方隔江对峙，周瑜和诸葛亮运用智谋大破曹军。元代无名氏有《两军师隔江斗智》杂剧。

（20）花腔鼓：战鼓。古代战鼓的鼓皮和鼓腔上都有彩画，即本剧第三折所说的"画鼓"。

（21）伏兽牌：盾牌，它的正面画着兽形图。

（22）三停：意为三成。停，量词，"几分之几"的意思。《红楼梦》第六十八回："彼时大观园里的十停人已有九停人知道了。"

（23）僭（jiàn）：超越本分。《三国志·蜀书·吕凯传》："盖闻楚国不恭，齐桓是责；夫差僭号（指夫差自称吴王），晋人不长。"

（24）永安宫：永安，今重庆市奉节县地。《三国志·蜀书·先主传》："（章武）二年……由步道还鱼复，改鱼复县曰永安。……三年夏四月癸巳，先主殂于永安宫。"

（25）铜雀：即铜雀台，建安十五年（210）曹操建于邺城（在今河北省临漳县西），因楼顶铸有大铜雀而得名。唐代杜牧《赤壁》诗："折戟沉沙铁未销，自将磨洗认前朝。东风不与周郎便，铜雀春深锁二乔。"剧里是说曹操想打平东吴，掳去二乔置于铜雀台中。

（26）一日错便是一世错：当时成语。《薛苞认母》第二折："一日错翻腾一世错。"

（27）风雹：喻凌厉的威势。《拜月亭》第二折："俺这风雹乱下的紫袍郎"，义同。

（28）六丁神：《后汉书·梁节王传》注"六丁谓六甲中丁神也。若甲子旬中，则丁卯为神，甲寅旬中，则丁巳为神之类也"。

（29）三停刀：指刀刃很长，占整个刀柄三分之一。

（30）懆（zào）：贪。

（31）圪塔的：拟声词，形容动作很快，如说一下子。

（32）没揣的：突然，没料到。

（33）没乱煞：急煞坏的意思。《蝴蝶梦》第一折："救不活将咱没乱死"，义同。

（34）做小：装出一副礼贤下士的样子。

（35）灞陵桥：长安城东郊有灞陵桥，是送别分手之地。后来便用灞陵桥泛指送别的地方。元刊本《全相三国志平话》载有关羽辞别曹操时，张辽献计在灞陵桥擒获关羽未遂之故事。

第二折

（正末扮司马徽领道童上，末云）贫道覆姓司马，名徽，字德操，道号水鉴先生。想汉家天下，鼎足三分。贫道自刘皇叔相别之后，又是数载。贫道在此江下结一草庵，修行办道，是好悠[21]哉也呵！（唱）

【正宫端正好】本是个钓鳌(1)人，到做了扶犁叟；笑英布、彭越、韩侯(2)。我如今紧抄定两只拿云手，再不出麻袍袖。

【滚绣球】我则待要聚村叟，会诗友，受用的活鱼新酒，问甚么瓦钵磁瓯，推台不换盏(3)，高歌自捆手(4)；任从他阴晴昏昼，醉时节衲被蒙头。我向这矮窗睡彻三竿日，端的是傲煞人间万户侯，自在优游。

（云）道童，门首觑者，看有甚么人来。（道童云）理会的。（鲁肃上，云）可早来到也，接了马者。（见道童科[22]，鲁云）道童，先生有么？（童云）俺师父有。（鲁云）你去说：鲁子敬特来相访。（童云）你是紫荆[23]？你和那松木在一答里(5)。我报师父去。（见末，云）师父弟子孩儿(6)……（末云）这厮怎么骂我！（童云）不是骂，师父是师父，弟子是徒弟，就是孩儿一般。师父弟子孩儿……（末云）这厮泼说！有谁在门首？（童云）有鲁子敬特来相访。（末云）道有请。（童云）理会的。（童出见鲁，云）有请！（鲁[24]见末科）（末云）稽首。（鲁云）区区俗冗，久不听教。（末云）数年不见，今日何往？（鲁云）小官无事不来，特请先生江下一会。（末云）贫道在此江下修行，方外(7)之士，有何德能，敢劳大夫置酒张筵？（唱）

【倘秀才】我又不曾垂钓在磻溪(8)岸口，大夫也，我可也无福吃你那堂食玉酒；我则待溪山学许由(9)。（云）大夫请我呵，再有何人？（鲁云）别无他客，只有先生故友寿亭侯关云长一人。（末唱）**你道是旧相识寿亭侯，和咱是故友。**

（云）若有关公，贫道风疾⁽¹⁰⁾举发，去不的！去不的！（鲁云）先生初闻鲁肃相邀，慨然许诺；今知有关公，力辞不往，是何故也？想先生与关公有一面之交，则是筵间劝几杯酒。（末唱）

【滚绣球】大夫，你着我筵前劝几瓯，那汉劣性怎肯道折了半筹？（鲁云）将酒央人，终无恶意。（末唱）你便休题安排着酒肉，他怒时节目前见鲜血交流。你为汉上九座州，我为筵前一醉酒，（云）大夫，你和贫道，（唱）咱两个都落不的完全尸首。（鲁云）先生是客，怕做甚么？（末唱）我做伴客的少不的和你同病同忧。（鲁云）我有三条计索取荆州。（末唱）只为你千年勋业三条计，我可甚一醉能消万古愁，提起来魂魄悠悠。

（鲁云）既是先生故友，同席饮酒何妨？（末云）大夫既坚意要请云长，若依的贫道两三桩儿，你便请他；若依不得，便休请他。（鲁云）你说来，小官听者。（末云）依着贫道说，云长下的马时节，（唱）

【倘秀才】你与我躬着身将他来问候。（云）你依得么？（鲁云）关云长下的马来，我躬着身问候。不打紧，也依得。（末唱）大夫，你与我跪膝着连忙的劝酒^[25]；饮则饮、吃则吃、受则受。道东呵随着东去，说西去随着西流。（云）这一桩儿最要紧也！（唱）他醉了呵你索与我便走。

（鲁云）先生，关公酒后德性如何？（末唱）

【滚绣球】他尊前有一句言，筵前带二分酒，他酒性躁不中撩斗，你则绽口儿休提着索取荆州。（鲁云）我便索荆州有何妨？（末云）他听的你索荆州呵，（唱）他圆睁开丹凤眸^[26]，轻舒出捉将手；他将那卧蚕眉紧皱，五蕴山⁽¹¹⁾烈火难收^[27]。他若是玉山低趄，你安排着走；他若是宝剑离匣，你则^[28]准备着头。枉送了你那八十一座军州⁽¹²⁾！

（鲁云）先生不须多虑，鲁肃料关公勇有余而智不足。到来日我壁间暗藏甲士，擒住关公，便插翅也飞不过大江去。我待要先下手为强。（末云）大夫，量你怎生近的那关云长？（唱）

【倘秀才】比及你东吴国鲁大夫仁兄下手，则消得西蜀国诸葛亮先生举口，奏与那有德行仁慈汉皇叔。那先生抚琴霜雪降，弹剑鬼神愁，则怕你急难措手。

（鲁云）我观诸葛亮也小可。除他一人，也再无用武之人。（末云）关云长他弟兄五个，他若是知道呵，怎肯和你甘罢！（鲁云）可是那五个？（末唱）

【滚绣球】有一个黄汉升猛似彪；有一个赵子龙胆大如斗；有一个马孟起，他是个杀人的领袖；有一个莽张飞，虎牢关力战了十八路诸侯，骑一匹闭月乌⁽¹³⁾，使一条丈八矛，他在那当阳坂有如雷吼，喝退了曹丞相一百万铁甲貔貅，他瞅一瞅漫天尘土桥先断，喝一声拍岸惊涛水逆流，那一伙怎肯干休^[29]！

（鲁云）先生若肯赴席呵，就与关公一会何妨？（末云）大夫，不中，不中！休说贫道不曾劝你。（唱）

【尾声】我则怕刀尖儿触抹着轻辨⁽¹⁴⁾了你手，树叶儿提防打破我头。关云长千里独行觅二友，匹马单刀镇九州；人似巴山越岭彪，马跨翻江混海兽；轻举龙泉杀车胄⁽¹⁵⁾，怒扯昆吾⁽¹⁶⁾坏文丑；麾盖下颜良剑标了首，蔡阳⁽¹⁷⁾英雄立取头。这一个躲是非的先生决应了口；那一

个杀人的云长，(云)稽首！(唱)我更怕他下不得手！(末下)

(道童云)鲁子敬，你愚眉肉眼，不识贫道。你要索取荆州，他不[30]来问我；关云长是我酒肉朋友，我交他两只手送与你那荆州来。(鲁云)道童，你师父不去，你去走一遭去罢。(童云)我下山赴会走一遭去，我着老关两手送你那荆州。(唱)

【隔尾】我则待拖条藜杖家家走，着对麻鞋处处游。(云)我这一去，(唱)恼犯云长歹事头，周仓哥哥快争斗，轮起刀来劈破了头，唬的我恰便似缩了头的乌龟则向那汴河里走。(下)

(鲁云)我听那先生说了这一会，交我也怕上来了。——我想三条计已定了，怕他怎的！黄文，你与我持这一封请书，直至荆州请关公去来，着我知道，疾去早来者。(下)

注 解

(1) 钓鳌：比喻有宏大抱负。详见《谢天香》第一折注文(15)。

(2) 英布、彭越、韩侯：指辅助刘邦打败项羽的汉初著名将领英布、彭越与韩信。参见《单鞭夺槊》第二折注文(8)(9)(10)。

(3) 推台不换盏：意为不让酒，一杯接一杯地喝。台，这里指放置酒壶酒杯之托盘。

(4) 捆手：拍手。

(5) 一答里：一处，这里意为同类。《金瓶梅》第十三回："在下敢不铭心刻骨，同哥一答里来家。"

(6) 师父弟子孩儿：插科打诨语。古代称徒弟、学生为"弟子"，元代勾栏俗称妓女为"弟子"。弟子孩儿，是骂人的话，如说婊子养的。

(7) 方外：超然尘世凡俗之外。语出《庄子·大宗师》："彼游方之外者也。"杜甫《逼仄行赠毕曜》诗："街头酒价常苦贵，方外酒徒稀醉眠。"后因称僧人道士为方外之士。

（8）磻溪：水名，在陕西省宝鸡县东南。传说姜尚（姜太公）未遇周文王时，在这里垂钓。

（9）溪山学许由：许由，传说尧时的隐士。尧把帝位让给他，他逃到箕山下的颍水去耕田；尧又想召他做九州长，他认为这话弄脏了耳朵，用颍水来洗耳。

（10）风疾：风湿病。

（11）五蕴山：五蕴，佛经术语，指"色、受、想、行、识"，即人的感情个性。

（12）八十一座军州：宋代地方行政区域划分，在路之下，分为府、州、军、监。这里是借用宋代的区域划分来称吴国管辖的地区为八十一座军州。

（13）闭月乌：疑即毕月乌，元代睢景臣〔般涉调哨遍〕（高祖还乡）套曲："一面旗红曲连打着个毕月乌。"毕月乌，二十八宿之一，即金牛座，色赤。这里指赤色马。

（14）剺（lí）：划破。

（15）车胄：曹操部下，官至徐州刺史，为刘备所杀。戏曲小说中传为关羽所斩。《全相三国志平话》卷中"关公袭车胄"条与《三国演义》第二十一回"曹操煮酒论英雄，关公赚城斩车胄"，都说到这段故事。

（16）昆吾：宝剑名。《史记·司马相如列传》："琳瑉琨珸。"司马贞索隐引司马彪曰："琨珸，'石之次玉者.'《河图》云：'流洲多积石，名昆吾石，炼之成铁，以作剑，光明昭如水精.'"

（17）蔡阳：曹操部将。据《三国志》，蔡阳是被刘备杀死的。戏曲小说中传为蔡阳追击关羽，在古城被关羽所杀。

第三折

（正末扮关公领关平、关兴、周仓上，云）某姓关，名羽，字云长，蒲州解良人也。见随刘玄德为其上将。自天下三分，形如鼎足：曹操占了中原；孙策占了江东；我哥哥玄德公占了西蜀。着某镇守荆州，久镇无虞。我想当初楚汉争锋,我汉皇仁义用三杰,霸主英雄凭一勇。三杰者,乃萧何、韩信、张良;一勇者,暗呜叱咤,举鼎拔山。大小七十余战,逼霸王自刎乌江。后来高祖登基,传到如今,国步艰难,一至于此!(唱)

【中吕粉蝶儿】那时节天下荒荒,恰周、秦早属了刘、项,分君臣先到咸阳(1)。一个力拔山,一个量容海,他两个一时开创。想当日黄阁乌江,一个用了三杰,一个诛了八将。(2)

【醉春风】一个短剑下一身亡,一个静鞭(3)三下响。祖宗传授与儿孙,到今日享、享[31]。献帝又无靠无依,董卓又不仁不义,吕布又一冲一撞。

(云)某想当日,俺弟兄三人,在桃园中结义,宰白马祭天,宰乌牛祭地,不求同日生,只愿同日死。(唱)

【十二月】那时节兄弟在范阳,兄长在楼桑,关某在蒲州解良,更有诸葛在南阳(4);一时出英雄四方,结义了皇叔、关、张。

【尧民歌】一年三谒卧龙冈,却又早鼎分三足汉家邦。俺哥哥称孤道寡世无双,我关某匹马单刀镇荆襄。长江,今经几战场,却正是后浪催前浪。

(云)孩儿,门首觑者,看甚么人来。(关平云)理会的。(黄文上,云)某乃黄文是也。将着这一封请书,来到荆州,请关公赴会。早来到也。左右,报复去:有江下鲁子敬,差上将拖地胆黄文(5),持请书在此。(平云)你则在这里者,等我报复去。(平见正末,云)报的父亲得知:今有江东鲁子敬,差一员首将,持请书来见。(正(6)云)着他过来。(平云)着你过去哩。(黄文见科)(正末云)兀那厮甚么人?(黄慌云)小

将黄文。江东鲁子敬，差我下请书在此。（正云）你先回去，我随后便来
也。（黄文云）我出的这门来。看了关公英雄一个神道相^[32]。鲁子敬，
我替你愁哩！小将是黄文，特来请关公。髯长一尺八，面如挣枣⁽⁷⁾红。
青龙偃月刀，九九八十斤；脖子里着一下，那里寻黄文？来便吃筵席，
不来豆腐酒吃三钟。（下）（正末云）孩儿，鲁子敬请我赴单刀会，走一
遭去。（平云）父亲，他那里筵无好会，则怕不中么^[33]？（正云）不妨
事。（唱）

【石榴花】两朝相隔汉阳江，上写着道"鲁肃请云
长"。安排筵宴不寻常，休想道是"画堂别是风光"⁽⁸⁾。
那里有凤凰杯满捧琼花酿，他安排着巴豆、砒霜⁽⁹⁾！玳
筵前摆列着英雄将，休想肯"开宴出红妆"。

【斗鹌鹑】安排下打凤牢龙⁽¹⁰⁾，准备着天罗地网；
也不是待客筵席，则是个杀人、杀人的战场。若说那重
意诚心更休想，全不怕后人讲。既然谨谨相邀，我则索
亲身便往。

（平云）那鲁子敬是个足智多谋的人，他又兵多将广，人强马壮。则
怕父亲去呵，落在他彀中。（正唱）

【上小楼】你道他"兵多将广，人强马壮"；大丈夫
敢勇当先，一人拚命，万夫难当。（平云）许来大江面，俺接应
的人，可怎生接应？（正唱）你道是隔着江起战场，急难亲傍；
我着那厮鞠躬、鞠躬送我到船上。

（平云）你孩儿到那江东，旱路里摆着马军，水路里摆着战船，直杀
一个血胡同。我想来，先下手的为强。（正唱）

【幺】你道是先下手强，后下手殃。我一只手揪住宝
带，臂展猿猱，剑擎秋霜。（平云）父亲，则怕他那里有埋伏。

（正唱）他那里暗暗的藏，我须索紧紧的防。都是些狐朋狗党！（云）单刀会不去呵，（唱）小可如千里独行，五关斩将。[11]

（云）孩儿，量他到的哪里？（平云）想父亲私出许昌一事，您孩儿不知，父亲慢慢说一遍。（正唱）

【快活三】小可如我携亲侄访冀王[12]，引阿嫂觅刘皇，灞陵桥上气昂昂，侧坐在雕鞍上。

【鲍老儿】俺也曾挝鼓三蓦斩蔡阳，血溅在沙场[34]上。刀挑征袍出许昌，险唬杀曹丞相。向单刀会上，对两班文武，小可如三月襄阳[13]。

（平云）父亲，他那里雄赳赳排着战场。（正唱）

【剔银灯】折莫他雄赳赳排着战场，威凛凛兵屯虎帐，大将军智在孙、吴[14]上，马如龙、人似金刚；不是我十分强[15]，硬主张，但提起我是三国英雄汉云长，端的是豪气有三千丈。厮杀呵磨拳擦掌。

【蔓青菜】[35]他便有快对付[36]能征将，排戈戟，列旗枪，对仗[37]。

（云）孩儿，与我准备下船只，领周仓赴单刀会走一遭去。（平云）父亲去呵，小心在意者！（正唱）

【尾声】[38]须无那临潼会秦穆公[16]，又无那鸿门会楚霸王[17]，折么他满筵人列着先锋将，小可如百万军刺颜良时那一场嚷[39]。（下）

（周仓云）关公赴单刀会，我也走一遭去。志气凌云贯九霄，周仓今日逞英豪。人人开弓并蹬弩，个个贯甲与披袍。旌旗闪闪龙蛇动，恶战英雄胆气高。假饶鲁肃千条计，怎胜关公这口刀！赴单刀会走一遭去也。

（下）（关兴云）哥哥，父亲赴单刀会去了，我和你接应一遭去。大小三军，跟着我接应父亲去。到那里古刺刺[18]彩磨旌[40]旗，扑簌簌画鼓凯征鼙，齐臻臻枪刀如流水，密匝匝人似朔风疾。直杀的苦淹淹尸骸遍郊野，哭啼啼父子两分离；恁时节喜孜孜鞭敲金镫响，笑吟吟齐和凯歌回。（下）（关平云）父亲兄弟都去也，我随后接应走一遭去。大小三军，听吾将令：甲马不许驰骤，金鼓不许乱鸣[41]，不许交头接耳，不许语笑喧哗，弓弩上弦，刀剑出鞘，人人敢勇[42]，个个威风。我到那里：一刃刀，两刃剑，齐排雁翅；三股叉，四楞铜[43]，耀日争光；五方旗[19]，六沉枪[20]，遮天映日，七稍弓[21]，八楞棒[22]，打碎天灵；九股索，红绵套，漫头便起；十分战，十分杀，显耀高强。俺这里雄兵浩浩渡长江，汉阳两岸列刀枪，水军不怕江心浪，旱军岂惧铁衣郎！关公杀入单刀会，显耀英雄战一场。匹马横枪诛鲁肃，胜如亲父刺颜良。大小三军，跟着我接应父亲走一遭去。（下）

注　解

（1）分君臣先到咸阳：事见《史记·高祖本纪》，刘邦与项羽约定，谁先打到秦国都城咸阳即可做皇帝。后来刘邦先打到咸阳，项羽却自立为西楚霸王。

（2）"想当日黄阁乌江"三句：意为刘邦在黄阁用了三杰，项羽在乌江诛了八将。黄阁是宰相办事的厅堂；项羽在乌江诛八将，史书无载，未详。

（3）静鞭：帝王仪仗的一种，振之发声，使人肃静，故称"静鞭"。《清会典·銮仪卫》："静鞭：黄丝，长一丈三尺，阔三寸。梢长三丈，渍以蜡。柄木质髹（髹）朱，长一尺，刻金龙首。"有时也作"净鞭"，《水浒全传》第一回："隐隐净鞭三下响，层层文武两班齐。"

（4）"那时节兄弟在范阳"四句：范阳（即涿郡），张飞的故乡；楼桑，刘备出生地；解良，关羽是蒲州解良县（今解县）人；南阳，诸葛亮本琅琊阳都人，随叔父避乱至南阳。

（5）拖地胆黄文：史书中未见记载。"拖地胆"的诨号谅必是作者编造的。

（6）正：正末的省称。

（7）挣枣：或作"重枣""蒸枣"，形容关羽脸色紫红得像枣子一样。

（8）"画堂别是风光"：此句和结句"开宴出红妆"都是苏轼〔满庭芳〕词句。元剧《苏子瞻醉写赤壁赋》便是根据这首词编写的。

（9）巴豆、砒霜：毒药名。这里指鲁肃宴请不怀好意。

（10）打凤牢龙：圈套。参阅《窦娥冤》第二折注文（11）。

（11）小可如千里独行，五关斩将：小可，微不足道。这句意为（过江赴会）比之我千里独行、五关斩将，是微不足道的事。

（12）冀王：元杂剧和《全相三国志平话》中都称袁绍为冀王。刘备兵败后依附袁绍，关羽辞别曹操前去找他。

（13）三月襄阳：刘备在荆州投靠刘表时，刘表的小舅子蔡瑁在襄阳置酒谋害他，席间刘备假装解手，骑马跳过几丈宽的檀溪才脱险。这件事发生在三月。元代高文秀有《刘玄德独赴襄阳会》杂剧。

（14）孙、吴：指孙武、吴起，春秋时两个著名的军事家。

（15）强：即犟（jiàng），执拗、倔强。

（16）临潼会秦穆公：春秋时秦穆公有吞并十七国诸侯的野心，发起在临潼斗宝，要各国诸侯带宝物前来。楚平公派遣伍员（子胥）前往，伍员胜过了秦国人，穆公恼羞成怒，命令武士擒拿十七国诸侯。伍员仗剑捉住秦穆公，使他不得不放了诸侯，答应与各方修好。这句意为鲁肃并没有当年秦穆公那样厉害。元明间无名氏有《十八国临潼斗宝》杂剧。

（17）鸿门会楚霸王：《史记·项羽本纪》载，在项羽鸿门兵营内，刘邦出席了项羽为他举行的宴会，差点被杀。后来就把充满杀机的宴席称为"鸿门宴"。鸿门，坂名，在今陕西省西安市临潼区东。

（18）古剌剌：拟声词，挥动旌旗的声音。

（19）五方旗：代表东、西、南、北、中五个方位的旗帜。

（20）六沉枪：即绿沉枪，深绿色杆子的枪。

（21）七稍弓：硬弓。

（22）八楞棒：一种棒头有八个棱角的棍棒。

第四折

（鲁肃上，云）欢来不似今朝，喜来那逢今日。小官鲁子敬是也。我使黄文持书去请关公，欣喜许今日赴会，荆襄地合归还俺江东。英雄甲士已暗藏壁衣之后，令人江上相候[44]，见船到便来报我知道。

（正末关公引周仓上，云）周仓，将到哪里也？（周云）来到大江中流也。（正云）看了这大江，是一派好水也呵！（唱）

【双调新水令】大江东去浪千叠(1)，引着这数十人驾着这小舟一叶。又不比九重龙凤阙，可正是千丈虎狼穴。大丈[45]夫心别，我觑这单刀会似赛村社。

（云）好一派江景也呵！（唱）

【驻马听】水涌山叠，年少周郎何处也？不觉的灰飞烟灭，可怜黄盖转伤嗟。破曹的墙橹一时绝，鏖兵的江水犹[46]然热，好教我情惨切！（带云）这也不是江水，（唱）二十年流不尽的英雄血[47]！

（云）却早来到也，报复去。（卒报科）（做相见科）（鲁云）江下小会，酒非洞里之长春(2)，乐乃尘中之菲艺，猥[48]劳君侯屈高就下，降尊临卑，实乃鲁肃之万幸也！（正云）量某有何德能，着大夫置酒张筵？既请必至。（鲁云）黄文，将酒来。二公子满饮一杯。（正云）大夫饮此杯。（把盏科）（正云）想古今咱这人过日月好疾也呵！（鲁云）过日月是好疾也。光阴似骏马加鞭，浮世似落花流水。（正唱）

【胡十八】想古今立勋业，那里也舜五人(3)、汉三杰？两朝相隔数年别，不付能见者，却又早老也。开怀的饮数杯，（云）将酒来。（唱）尽心儿待醉一夜。

（把盏科）（正云）你知"以德报德，以直报怨"(4)么？（鲁云）既然将军言"以德报德，以直报怨"，借物不还者谓^[49]之怨。想君侯文武全材，通练兵书，习《春秋》《左传》，济拔颠危，匡扶社稷，可不谓之仁乎？待玄德如骨肉，觑曹操若仇雠，可不谓之义乎？辞曹归汉，弃印封金，可不谓之礼乎？坐服于禁，水淹七军，可不谓之智乎？且将军仁义礼智俱足，惜乎止少个"信"字，欠缺未完。若再得全个"信"字，无出君侯之右也。（正云）我怎生失信？（鲁云）非将军失信，皆因令兄玄德公失信。（正云）我哥哥怎生失信来？（鲁云）想昔日玄德公败于当阳之上，身无所归，因鲁肃之故，屯军三江夏口。鲁肃又与孔明同见我主公，即日兴师拜将，破曹兵于赤壁之间。江东所费巨万，又折了首将黄盖。因将军贤昆玉⁽⁵⁾无尺寸地，暂借荆州以为养军之资；数年不还。今日鲁肃低情曲意，暂取荆州，以为救民之急；待仓廪丰盈，然后再献与将军掌领。鲁肃不敢自专，君侯台鉴不错。（正云）你请我吃筵席来哪，是索荆州来？（鲁云）没、没、没，我则这般道。孙、刘结亲，以为唇齿，两国正好和谐。（正唱）

【庆东原】你把我真心儿待，将筵宴设，你这般攀今览古，分甚枝叶？我根前使不着你"之乎者也"、"诗云子曰"，早该豁口截舌⁽⁶⁾！有意说孙，刘，你休目下番成吴越⁽⁷⁾！

（鲁云）将军原来傲物轻信？（正云）我怎么傲物轻信？（鲁云）当日孔明亲言：破曹之后，荆州即还江东。鲁肃亲为代保。不思旧日之恩，今日恩变为仇，犹自说："以德报德，以直报怨。"圣人道："信近于义，言可复也。"⁽⁸⁾去食去兵，不可去信。⁽⁹⁾"大车无輗，小车无軏，其何以行之哉？"⁽¹⁰⁾今将军全无仁义之心，枉作英雄之辈。荆州久借不还，却不道"人无信不立"！（正云）鲁子敬，你听的这剑戛^{(11)[50]}么？（鲁云）剑戛怎么？（正云）我这剑戛，头一遭诛了文丑，第二遭斩了蔡阳，鲁肃呵，莫不第三遭到你也？（鲁云）没、没，我则这般道来。（正云）这荆州是谁的？（鲁云）这荆州是俺的。（正云）你不知，听我说。（唱）

【沉醉东风】想着俺汉高皇图王霸业，汉光武秉正除邪，汉王允[51]将董卓诛，汉皇叔把温侯(12)灭，俺哥哥合情受汉家基业。则你这东吴国的孙权，和俺刘家却是甚枝叶？请你个不克己先生自说！

（鲁云）那里甚么响？（正云）这剑戛二次也。（鲁云）却怎么说？（正云）这剑按天地之灵，金火之精，阴阳之气，日月之形，藏之则鬼神遁迹，出之则魑魅(13)潜踪；喜则恋鞘沉沉而不动，怒则跃匣铮铮而有声。今朝席上，倘有争锋，恐君不信，拔剑施呈。吾当摄剑，鲁肃休惊。这剑果有神威不可当，庙堂(14)之器岂寻常；今朝索取荆州事，一剑先交鲁肃亡。（唱）

【雁儿落】则为你三寸不烂舌，恼犯我三尺无情铁。这剑饥餐上将头，渴饮仇人血。

【得胜令】则是条龙向鞘中蛰(15)，唬得人向座间躲[52]。今日故友每才相见[53]，休着俺弟兄每相间别。鲁子敬听者，你心内休乔怯，畅好是随邪(16)，休怪我十分酒醉也[54]。

（鲁云）藏宫(17)动乐。（藏宫上，云）天有五星，地攒五岳，人有五德，乐按五音。五星者，金、木、水、火、土；五岳者，常、恒、泰、华、嵩；五德者，温、良、恭、俭、让；五音者，宫、商、角、徵、羽(18)。（甲士拥上科）（鲁云）埋伏了者。（正击案，怒云）有埋伏也无埋伏？（鲁云）并无埋伏。（正云）若有埋伏，一剑挥之两段！（做击案科）（鲁云）你击碎菱花(19)。（正云）我特来破镜！（唱）

【搅筝琶】却怎生闹炒炒军兵列，上来的休遮当，莫拦截。[55]（云）当着我的，呵呵！（唱）我着他剑下身亡，目前流血。便有那张仪口、蒯通舌(20)，休那里躲闪藏遮。好生的送我到船上者，我和你慢慢的相别。

（鲁云）你去了倒是一场伶俐。（黄文云）将军，有埋伏哩。（鲁云）迟了我的也。（关平领众将上，云）请父亲上船，孩儿每来迎接哩。（正云）鲁肃，休惜殿后。（唱）

【离亭宴带歇指煞】我则见紫袍银带公人列，晚天凉风冷芦花谢，我心中喜悦。昏惨惨晚霞收，冷飕飕江风起，急飐飐云帆扯[56]。承款待、承款待，多承谢、多承谢。唤梢公慢者，缆解开岸边龙，船分开波中浪，棹搅碎江心月。正欢娱有甚进退，且谈笑不[57]分明夜(21)。说与你两件事先生记者：百忙里称[58]不了老兄心，急切里倒不了俺汉家节[59]。

题目　孙仲谋独占江东地　请乔公言定三条计

正名　鲁子敬设宴索荆州　关大王独赴单刀会[60]

注　解

（1）大江东去浪千叠：苏轼《念奴娇·赤壁怀古》"大江东去，浪淘尽，千古风流人物"。

（2）长春：美酒名。

（3）舜五人：指舜的五个贤臣，分别是禹、弃、契、皋陶、垂。

（4）"以德报德，以直报怨"：语出《论语·宪问》："或曰：'以德报怨，何如？'子曰：'何以报德？以直报怨，以德报德。'"

（5）昆玉：对别人兄弟之美称。《晋书》："陆机兄弟生华亭，并有才名，人比之昆冈出玉。"

（6）豁口截舌：张开口把舌头切掉，意思是怪鲁肃不该多嘴。

（7）吴越：春秋时两个敌对的国家。《西蜀梦》第一折："杀的他敢血淋漓，交吴越托推。"

（8）"信近于义，言可复也"：语出《论语·学而》："有子曰：'信近于义，言可复也。恭近于礼，远耻辱也。'"

（9）去食去兵，不可去信：语出《论语·颜渊》："子贡问政。子曰：'足食，足兵，民信之矣。'子贡曰：'必不得已而去，于斯三者何先？'曰：'去兵。'子贡曰：必不得已而去，于斯二者何先？'曰：'去食。自古皆有死，民无信不立。'"

（10）"大车无輗"三句：语出《论语·为政》："子曰：'人而无信，不知其可也。大车无輗（ní），小车无軏（yuè），其何以行之哉？'"古代牛车叫大车，马车叫小车，车前均有驾牲口之横木，横木上有活塞，大车的活塞叫輗，小车的活塞叫軏，没有它们就不能套牲口，车就不会转动。

（11）剑戛（jiá）：剑响。

（12）温侯：指吕布，原为董卓部将，官奋威将军，封温侯。后为曹操、刘备所擒杀。

（13）魑魅（chīmèi）：同"螭魅"，古代传说山泽的鬼怪。孙绰《游天台上赋》："始经魑魅之涂（途），卒践无人之境。"

（14）庙堂：太庙的明堂，古代帝王祭祀、议事的地方。多指朝廷。《楚辞·九叹·逢纷》："始结言于庙堂兮，信中涂（途）而叛之。"王逸注："言人君为政举事，必告于宗庙，议之于明堂也。"

（15）蛰（zhé）：藏匿。

（16）随邪：也作"随斜"，元剧习用语，歪邪、不正经的意思。《调风月》第三折："老夫人随邪水性。"

（17）臧宫：人名，不见史籍，可能是作者编造出来的人物。

（18）羽：古时对受尊敬的人物要避讳，"羽"是关羽的名讳。鲁肃命臧宫动乐，念到"羽"字时甲士一拥而上，这显然是个暗号，也表示对关羽之不敬，故下文关羽说："我特来破镜"（与鲁子敬的"敬"字谐音），以回击对方。

（19）菱花：古代称铜镜为菱花镜，因映日则发光影如菱花。《埤雅·释草》："旧说镜谓之菱华（花），以其面平，光影所成如此。"

（20）张仪口、郦通舌：张仪，战国时魏人，相秦，曾游说六国连横事秦；

蒯通，楚汉时谋士，韩信用其计平定齐地。两人都是著名的辩士。

（21）明夜：白天黑夜。《拜月亭》第二折："与他无明夜过药煎汤"，义同。

校 注 ⊞

本剧现存主要的本子有元代刊行的《古杭新刊的本关大王单刀会》本、明代赵琦美钞校的《脉望馆钞校本古今杂剧》本以及近代王季烈编的《孤本元明杂剧》本和《与众曲谱》本等，现以脉望馆本为底本，馀本参校。

［1］关大王独赴单刀会：元刊本作"关大王单刀会"，原底本作"单刀会"，今据本剧"正名"及王季烈《孤本元明杂剧》本校改。

［2］第一折：原本无分折，今校增，下同。

［3］冲末鲁肃上：元刊本于本折多孙权（"驾"）一人，并由他首先上场，还有他与乔国老折辩场面，故剧末"题目"写明"乔国老谏吴帝"。

［4］索取：原倒为"取索"，据下文鲁肃与乔公念白改，下同。

［5］股肱：原作"股腋"，误刻，据下文改。

［6］已：原作"以"，同音假借，今改。

［7］消：原作"高"，据元刊本改。

［8］有请：原本作"有"，据《孤本元明杂剧》本校补。

［9］想：原作"相"，据《孤本元明杂剧》本校改。

［10］夏侯惇：原作"夏侯敦"，误。元刊本作"夏阳城"。今从《孤本元明杂剧》本改。

［11］略韬：原作"韬略"，脱韵，今改。

［12］铜雀春深锁二乔：原作"铜雀宫中锁二乔"，据下句及杜牧《赤壁》诗句校改。

［13］那时间相看的是好：元刊本于此句下有夹白"今日不比往常，他每怕不口和咱好说话"。

［14］全不肯施恩布德行王道：元刊本作"全不肯施仁发政行王道"。

［15］呵：原作"可"，误刻，据《孤本元明杂剧》本改。

[16] 恰便似六丁神簇捧定一个活神道：此句元刊本作"五百个懆关西簇捧定个活神道"。

[17] 闪不过明明偃月三停刀：此句下元刊本有〔醉扶归〕曲，曲文为："你当初口快将他保，做的个胆大把身包。你待暗暗的埋伏紧紧的邀？你若是请得他来到，若见了那勇烈（原作'男列'）威风相貌，那其间自不敢把荆州要。"另元刊本接下有〔金盏儿〕曲，云："你道三条计决难逃？若是一句话不相饶，那其间自不敢把荆州要。"与上下曲文重复，显系衍文，从《孤本元明杂剧》本删去。

[18] 还：原无此字，据上文鲁肃说白增补。

[19] 计：原无此字，据下文〔金盏儿〕曲首句增补。

[20] 你则索水面上搭座浮桥：元刊本于此句下有〔后庭花〕曲："你只（原作'子'）道关公心见小（原作'公见小'），您须知曹公心量（原作'亮'）高。一个主意争天下，一个封金谒故交。上的灞陵（原作'时'）桥，曹操便不合神道，把军兵先暗了。"

[21] 悠：原音假为"幽"，今改。

[22] 科：原误作"斜"，今改。

[23] 紫荆：原作"子敬"，据《孤本元明杂剧》本校改。

[24] 鲁：原误作"曾"，据《孤本元明杂剧》本校改。

[25] 跪膝着连忙的劝酒：元刊本作"跪膝着愁愁劝酒"。北大本、徐沁君本"跪膝着"从脉望馆本作"跪着膝"，误。跪膝，即跪，关剧《望江亭》《谢天香》诸剧均有"跪膝"一词。

[26] 他圆睁开丹凤眸：元刊本作"完争（圆睁）开杀人眼"。

[27] 五蕴山烈火难收：原作"五云山烈火难收"，据元刊本改。

[28] 你则：原无，据元刊本补。

[29] 那一伙怎肯干休：元刊本于此句下有〔叨叨令〕曲，曲文为："若是你咚咚战鼓声相凑，不剌剌战马望前骤，他恶暗暗揎起征袍袖，不邓邓（此字原本脱落）恼犯难收救。您索与他死去也末哥，索与他死去也末哥！那一柄青龙刀落处都多透！"

[30] 不：原本误刻为"他"，据《孤本元明杂剧》本改。

〔31〕到今日享、享：元刊本作"却都是枉、枉!"

〔32〕一个神道相：原作"一相个神道"，误倒，今改。北大本云："疑'一相'二字误倒，此句当作'看了关公英雄相，一个神道'。"

〔33〕么：原作"云"，误，据《孤本元明杂剧》本改。

〔34〕沙场：原作"杀场"，据元刊本改。

〔35〕〔蔓青菜〕曲：原本无，据元刊本校补。

〔36〕付：原误为"不"，据郑骞《校订元刊杂剧三十种》本（1962年台北世界书局）校改。

〔37〕对仗：原作"对嶂"，据徐沁君《新校元刊杂剧三十种》本（1980年中华书局）校改。

〔38〕〔尾声〕曲：元刊本于此曲之上有〔柳青娘〕〔道和〕二曲，兹录如下：

〔柳青娘〕他止不过摆金钗六行，教仙音院奏笙簧（原作"秦生簧"），按承云乐章。教光禄寺（原作"司"）准备（原脱）琼浆（原作"将"），他那珍羞百味也寻常，更休题（此六字据徐沁君新校本补）金杯玉筯。暗（原作"按"）藏着阔剑长枪，我不用三停刀，千里骑，和那百万铁（上八字据徐沁君新校本补）衣郎。

〔道和〕我斟（原误为"商"）量，我斟量，东吴子敬有（缺五字），把咱（原缺）把咱无谦让，把咱把咱闲魔障。我这龙泉三尺掣秋霜（此五字据郑骞校订本补）（缺三字）。都只为竞边，你见了咱挦搜（原作"诌侠"）相，交他家难侵傍（原缺）。（缺六字）交他交他精（原作"情"）神丧（原作"袁"），绮罗丛血水似镬（原作"护"）汤。觅（缺八字），杀的死尸骸屯满屯满汉阳江。

〔39〕嚷：原作"攘"，从王季烈《与众曲谱》本。

〔40〕旌：原作"征"，误，据上文周仓念白校改。

〔41〕不许乱鸣：四字原无，据《孤本元明杂剧》本补。

〔42〕人人敢勇：此句上有"十分"二字，"勇"字下原有"战"字，皆系衍文，今删。

〔43〕铜：原作"铼"，据《孤本元明杂剧》本改。

〔44〕令人江上相候：原作"令江上人相候"，误倒，今改。

［45］丈：原无此字，据元刊本补。

［46］犹：原作"由"，同音相假，今改。

［47］二十年流不尽的英雄血：此句下元刊本有〔风入松〕曲"文学德行与（原缺八字）国能谓不休说，一时多少豪杰。人生百年（原缺六字）不奢"。

［48］猥：原作"威"，音假，从底本眉批校改。

［49］谓：原作"为"，音假，今改。

［50］戛：原作"界"，误，下同，不一一列出。

［51］汉王允：原作"汉献帝"，误；元刊本作"汉王帝"，应为"汉王允"之误，今改。

［52］唬得人向座间躲：原作"虎在坐间躲"，据元刊本改。

［53］今日故友每才相见：此句下元刊本有夹白"剑呵"。

［54］休怪我十分酒醉也：原作"吾当酒醉也"，据元刊本改。

［55］上来的休遮当，莫拦截：原作"休把我当拦者"，据元刊本改。

［56］云帆扯：原作"帆招惹"，据元刊本改。

［57］不：原漏刻，今补。

［58］称：原音假为"趁"，今改。

［59］急切里倒不了俺汉家节：元刊本此句下有〔沽美酒〕〔太平令〕二曲：

〔沽美酒〕鲁子敬没道理，请（原作"也"）我来吃筵（原作"延"）席，谁想您狗行（原作"幸"）狼心使见识，偷了我冲敌军的军骑，拿住也怎支持！

〔太平令〕交下麻绳牢栓了（原作"子"）行下省会，与爱杀人勇（原作"敢"）烈关西，用刀斧手施行可试到为疾。快将斗来大铜锤（原本此字模糊）准备，将头梢定起，待（原作"大"）腿脡（据徐沁君新校本补）掂只，打烂大腿，尚古自豁不了我心下恶气！

按：这两支曲是谁唱的，研究者说法不一。孙楷弟《沧州集》下册《元曲新考：北曲剧末有楔子》认为关羽所唱；刘知渐《读〈单刀会〉札记》（刊《戏剧论丛》1958 年第 2 辑）认为乃周仓所唱。从曲文看似以刘说为是。

［60］题目、正名：元刊本作"题目　乔国老谏吴帝　司马徽休官职　正名（原漏刻）鲁子敬索荆州　关大王单刀会"。

钱
大
尹
智
勘
绯
衣
梦

导读 ❀

　　这是一个公案戏，某些关目与《蝴蝶梦》近似。如判案时小苍蝇几次粘住笔尖、驱之不去的情节，就与《蝴蝶梦》中大蝴蝶救小蝴蝶相类，皆以小动物作为平反冤案之转捩点；而狱神托梦的关目，也与《蝴蝶梦》中包拯梦蝶的情节近似。本剧通过李庆安的冤案，"谁曾见勘平人但常推问？罪人受十八重活地狱，公人立七十二恶凶神。如今富汉入衙门，便有那欺公事也不问"。（第四折〔双调新水令〕）流氓横行，赃官枉法，平民苦煞，透过李庆安冤案而表现出来的作品的人民性，则与《窦娥冤》《蝴蝶梦》等剧一脉相承。

　　本剧审案的官吏是开封府尹钱可，外号"波厮钱大尹"，与《钱大尹智宠谢天香》中的主人公为同一人，可见关汉卿对这一人物的推崇。这一人物很可能是影指宋代的钱勰，《宋史》卷三百一十七有传，他是以龙图阁待制出任开封府尹的，也是一位"包拯式"的官吏，"宗室贵戚为之敛手"。

　　本剧为关汉卿所撰当无可怀疑，《录鬼簿》于关名下著录《钱大尹鬼报绯衣梦》一剧，天一阁本简名《非衣梦》，题目、正名为"王闰香夜月四春园，钱大尹智勘非衣梦"。

说集本、孟称舜本作简名《绯衣梦》，也是园书目作《钱大尹智勘绯衣梦》。诸本皆作关汉卿撰。

关于剧名，从剧情看，"非衣"二字合成"裴"字，则剧名作《非衣梦》情理相宜；但据孙光宪《北梦琐言》"木星入斗"条所记，唐时有绯衣谶，"绯衣"为"裴"，则剧名作《绯衣梦》似也有所本。

本剧写侦破一宗杀人案，依据的线索是"梦呓"。在科学昌明的今天，这种关目很难令人苟同。在封建时代，却有不少戏曲小说是按照"呓语"破案的。著名的如唐代传奇小说《谢小娥传》。谢小娥得到冤死的父亲与丈夫的托梦，后访得仇家报仇雪恨。京剧《血手印》（一名《苍蝇救命》）情节酷似《绯衣梦》，虽有一定的心理依据，但过于奇巧，则不可取。

本剧第三折为戏剧高潮，出场人物众多，正旦改为茶坊的茶三婆扮演。她伶牙俐齿，热情泼辣，戏剧氛围陡然升温。接着捕快张弘假扮货郎，摇着小郎鼓儿上场，智赚杀人凶犯裴炎妻子的手中证物，使凶犯俯首就擒。整折戏人物刷新了，场面激活了，既紧张刺激，又酣畅淋漓，可见关汉卿这位"总编修师首"的不凡功力。

在现存十几个关剧中，有四个剧名用上"智"字：智斩（鲁斋郎）、智赏（金线池）、智宠（谢天香）、智勘（绯衣梦）。本来，铁面无私的包拯，斩除坏人易如反掌，为何还要用"智"呢？宠爱一名歌姬，是感情上的事，为何还要"智宠"呢？笔者认为，作为斫轮老手的关汉卿，情有独钟这个"智"字，说明他笔下的主人公必须运用智慧，才能完成戏剧的规定情境。这个"智"字，留给读者与观众极大的想象与探寻空间，包孕了杂剧曲折的戏剧性与传奇性，既有张力，又有引力。着一"智"字，可谓灵犀一通，全豹尽得。

錢大尹智勘緋衣夢　　元　關漢卿　撰

第一折

〔冲末扮王員外同嬷嬷上〕萬事分已定浮生空自忙
小可是汴梁人氏姓王因有幾文錢人順口都叫我
做半州王員外在城有箇李十萬俺兩家指腹成親
後來我家生了箇女兒喚做閏香今年十七歲也他
家得了箇小廝喚做慶安他如今窮了也嬷嬷你將
這十両銀子一雙鞋兒往李家悔親去着慶安穿上
這鞋踏斷了線就悔了親事疾去早來〔同下〕

明代赵琦美《脉望馆钞校本古今杂剧》书影

窮李老上月過十五光明少人過中年萬事休老漢
汴京人氏李十萬是也我如今窮乏了我有个孩兒
是李慶安曹與王員外指腹成親孩兒上學去了看
有甚么人來(嬷嬷上)來到了也我自過去(見科李老
親家那里去來嬷嬷)俺員外言語着我來悔這門親
事與你十兩銀子一雙鞋兒踏斷了線脚兒便罷了
這親事我回去也(下李老)天也欺負殺俺窮漢也(小
末上)自家李慶安俺家與王員外女孩兒指腹成親
来見俺窮乏了要悔了親事也不打緊上學去来爭
學生爭我死菌風箏放見我父親去咱(見科父親你

明代赵琦美《脉望馆钞校本古今杂剧》书影

头折

（冲末扮王员外同姆姆⁽¹⁾上^[1]）（王员外云）耕牛无宿料，仓鼠有余粮；万事分已定，浮生空自忙。老夫姓王，双名得富，是这汴京人氏。家中颇有万贯资财，人口顺都唤我做王半州。在城有一人，也是个财主，姓李，唤做李十万。俺两个当初指腹成亲，我根前得了个女孩儿，唤做王闰香，年一十六岁也；他根前得了个儿孩儿，唤做李庆安。他当初有钱时，我便和他做亲家；他如今消乏了也，都唤他做叫化李家，我怎生与他做亲家？老夫想来，怎生与他成亲？我心中欲要悔了这门亲事，姆姆，你意下如何？（姆姆云）老员外，咱如今有万贯家财，小姐又生的如花似玉，年方二八，怎生与这等人家做亲？不教傍人笑话也！（王员外云）姆姆，你也说的是。我如今与你十两银子，有闰香孩儿亲手与李庆安做了一双鞋儿，你将的去与李员外悔了这门亲事。等他不肯悔亲时，你便说："你既不肯^[2]，俺员外说，着你选吉日良辰，下财置礼，娶的小姐去。"他那里得那钱钞来？必然悔了这门亲事。停当了呵，可来回我的话。老夫无甚事，且回后堂中去也。（下）（姆姆云）老身将着银子、鞋儿去李员外悔亲走一遭去。堪笑乔才家道贫，凄凉终日受辛勤；难成鸾凤双飞友，却向他家去悔亲。（下）

（外扮李老儿薄篮⁽²⁾上）月过十五光明少，人到中年万事休。老汉汴梁人氏，姓李，双名荣祖，嫡亲的三口儿家属，婆婆早年下世，有个孩儿是李庆安，孩儿每日上学攻书。我当初也是巨富的财主来，唤我做李十万。我如今穷暴^[3]了也，我一贫如洗，人都唤我做叫化李家。庆安孩儿当初我曾与王员外家指腹成亲，他根前得了个女孩儿，我根前得了个儿孩儿，他见俺家穷暴了也，他数次家要悔了这门亲事。孩儿上学去了也，老汉在家闲坐，看有甚么人来。（姆姆上，云）老身是王员外家姆姆的便是。俺员外着我将着这十两银子、这双鞋儿，直至李庆安家悔亲走一遭去。来到门首也，无人报复，我自过去。（做见字老儿拜科，云）老的，你爷儿每好么？（字老儿云）姆姆，俺穷安乐。你今日来做甚么？（姆姆云）无事可也不来，俺员外的言语，要和你悔了这门亲事。与你这十两银子；这双鞋儿是罢亲的鞋儿，着庆安踏⁽³⁾断线脚儿^[4]，便罢了这门亲事也。（字老儿云）姆姆，那里有这等道理来！等我孩儿来家与他商量。（姆姆云）我不管你，鞋儿银子交付与你，我回员外话去也。（下）（字老儿云）嗨！似此怎了也？天哪！欺侮俺这穷汉。孩儿敢待来家也。（李庆安上，云）自家李庆安的便是。俺当初有钱时，唤俺做李十万家，今日穷暴了，都唤我做叫化李家。在城有王半州和俺父亲指腹成亲来，他见俺穷暴了，他要悔了这门亲事。我是个读书人，量一个媳妇打甚么不紧！我上学去来，一般的学生每笑话我无个风筝儿放，我见父亲走一遭去。可早来到也，我自过去。父亲，您孩儿来家了也。你这哭怎的？（字老儿云）孩儿，我啼哭哩。（李庆安云）父亲为甚么烦恼？（字老儿云）孩儿也，王员外差姆姆来，拿着十两银子，一双鞋儿与你穿，踏断线脚，也就罢了这门亲事，因此上我烦恼也。（李庆安云）父亲，你休烦恼，量这媳妇打甚么不紧！将这鞋儿我穿的上学去。一般的学生每笑话我，道我无个风筝儿放，父亲有银子与我买一个风筝儿放着耍子。（字老儿云）孩儿也，我与你二百钱，你买个风筝儿放耍子去。休要惹事，疾去早来，休着我忧心也！（李庆安云）有了钱也，我买风筝儿去也。（下）（字老儿云）孩儿买风筝儿去了，老汉无甚事，隔壁人家吃疙疸茶儿⁽⁴⁾去也。（下）

（李庆安拿风筝儿上，云）自家李庆安的便是。买了个风筝儿放将起去，不想一阵大风刮在这家花园内梧桐树上抓住了。这花园墙较低，我跳过墙，取我那风筝儿去。（做跳墙科，云）我跳过这墙来，一所好花园也。我来到这梧桐树下，脱了我这鞋儿，我上树取这风筝儿咱。看有甚么人来。（正旦领梅香上，云）妾身是王半州的女孩儿，小字闰香。时遇秋间天道，梅香，咱后花园中闲散心走一遭去来。（梅香云）姐姐，时遇

秋间天气，万花绽折，柳绿如烟，咱去后花园中闲散心去来。（正旦云）来到这后花园中，是好景致也呵！（唱）

【仙吕点绛唇】天淡云闲[5]，几行征雁，秋将晚。衰柳凋残，飞绵后开青眼[6]。

【混江龙】更和这玉芙蓉相间[7]，你看那战西风疏竹两三竿。则他这一年四季，更和这每岁循环[8]。则他这守紫塞的征夫愁夜永，和俺这倚庭轩家妇怯衣单。消宝篆(5)、冷沉檀，珠帘卷、玉钩弯，纱窗静、绣闺闲。则我这倦身躯暂把绣针停，绕着这后花园独步雕栏看。则他那池塘中枯荷减翠，树梢头梨叶添颜。

（梅香云）姐姐，你每日家不曾穿这等衣服，今日姐姐这般打扮着，可是为何？（正旦唱）

【油葫芦】疑怪这老姆姆今朝这箱柜来翻，把衣服全套儿拣；换上这大红罗裙子绣鞋儿弯，拣的那大黄菊簪戴将时来按，拣的他这玉簪花直插学宫扮。则今番临绣床有些儿不耐烦，则我这睡起来云鬓儿微偏躲，插不定秋色玉钗环。

（梅香云）姐姐，你天生的花容月貌，这几日可怎生清减了，可端的为何也？（正旦唱）

【天下乐】想起俺那指腹的这成亲李庆安。（梅香云）姐姐，你想那穷弟子孩儿怎的？（正旦云）这妮子，你也嫌他穷！（唱）咱人这家也波寒，休将人小觑看，今日个穷暴了也是他无奈间。俺父亲是王半州，他父亲是李十万，（带云）人有七贫七富，人有且贫且富。（唱）天哪，偏怎生他一家儿穷暴难[9]！

（梅香云）姐姐，比及你这般想他，你可不好瞒着父亲母亲送与他些金银钱钞，倒换过来做他的财礼钱，教他来娶你可不好？（正旦云）梅香，多承你顾爱，我怕不也有此心，争奈我是女孩儿家，一时间耽不下也！（梅香云）姐姐，放着梅香哩，不妨事。（正旦云）梅香，俺绕着这花园内是看咱。梅香，那树下不是一双鞋儿？你取将来看咱。（梅香云）理会的。姐姐，委的是双鞋儿，姐姐看！（正旦看科，云）这鞋不是我做与李庆安的，可怎生放在这里？梅香，树上不是个人影儿？（梅香云）姐姐，树上可知是个人哩。（正旦云）梅香，你唤他下树来，我问他咱。（梅香唤科，云）那小哥哥，你下来！俺姐姐唤你哩。（李庆安云）理会的。我下来这树[10]，小娘子将我的鞋儿来，我见小姐去。（梅香）我与你鞋，穿上见俺姐姐去。（李庆安做见正旦，云）小娘子支揖！小生不合擅入花园，望小娘子宽恕咱。（正旦云）万福。你哪里人氏，姓字名谁？（李庆安云）小生是李员外的孩儿，唤做李庆安，因放风筝儿耍子，不想落在你家梧桐树上抓住了，我来取风筝儿来，小娘子恕小人之罪。（正旦云）谁是李庆安？（李庆安云）则我便是李庆安。（正旦云）你认的那指腹成亲的王闰香么？（李庆安云）小生不认的。（正旦云）则我便是王闰香。

（李庆安云）原来是王闰香小姐，天使其然在此相会。恕小生之罪也！（正旦云）你因何不来娶我？（李庆安云）小姐不知：俺家当初有钱时，唤俺做李十万；如今穷暴了，唤俺做叫化李家。我无钱，将甚么来娶你？如今人有钱的相看好，无钱的人小看。（正旦云）庆安，你休这般道。（唱）

【后庭花】你道是无钱的人小看，则俺这富豪家人见罕，则他这富贵天之数，端的是兴衰[11]有往还。您穷汉每得身安，则俺这前程休怠慢！谁将你来小觑看？天着咱相会间，好将你来厮顾盼。我觑了你面颜，休忧愁，染病患。

（李庆安云）既然你家悔了亲，我又无钱，将甚么来娶你？（正旦唱）

【青哥儿】庆安也，我和你难凭^[12]、难凭鱼雁，我每日家枕冷、枕冷衾寒，则俺这夙世姻缘休等闲！（李庆安云）则是万望小姐怜悯小生也。（正旦云）庆安，我今夜晚间收拾一包袱金珠财宝，着梅香送与你，倒换过来做你的财礼钱，你可来娶我，你意下如何？（李庆安云）恁的呵，多谢姐姐！我到多早晚来？（正旦唱）你等到的夜静更阑，柳影花间。（李庆安云）我知道了也。姐姐，我回去也。（正旦云）你且回来。（唱）我则怕别时容易见时难，庆安，你则将这佳期盼。

（李庆安云）小姐之恩小生不敢有忘，今夜晚间在那些儿相等？（正旦云）你则在太湖石边相等，是必早些儿来！（唱）

【尾声】你可也莫因循⁽⁶⁾，休迟慢，天色儿真然向晚。倚着那梧桐树，风筝儿遥望眼，你可便休忘了曲槛雕栏。那其间墙里无人看，墙外行人则要你厮顾盼。^[13]（李庆安云）小姐有顾盼之意，小生怎肯失了信也！（正旦唱）赴期的早些动惮，则我这呆心儿不惯^[14]；休着我倚着他这太湖石，（正旦云）庆安也，你是必早些儿来！（李庆安云）理会的。（正旦唱）身化做望夫山。（同梅香下）

（李庆安云）姐姐回去了也。天色可也早哩，回我家中去也。（下）

注 解

（1）姆姆：这里是管家保姆的意思。

（2）薄篮：也作"蒲篮"，扁圆形竹篮。《陈州粜米》第二折："我如今到那里呵，敢着他收了蒲篮罢了斗。"此处的"蒲篮"指乞儿篮。

（3）踏（chǎ）：踩。

（4）疙疸茶儿：当时一种廉价茶饼冲泡出的茶。《渔樵记》第三折："我如今且着孩儿在家中泡下那疙疸茶儿，烙下些橡头烧饼儿。"

（5）宝篆：喻盘香。秦观〔海棠春〕词："宝篆沉烟枭。"此处指盘香的烟缕。

（6）因循：随便、不振作。《颜氏家训·勉学》："世人婚冠未学，便称迟暮，因循面墙，亦为愚尔。"也见《救风尘》第二折："那一个不因循成就，那一个不顷刻前程，那一个不等闲间罢手。"

第二折

（王员外上，云）老夫王员外的便是。自从悔了这门亲事，老夫心中十分欢喜。今日开开这解典库[1]，看有甚么人来。（裴炎上，云）两只脚穿房入户，一双手偷东摸西。自家姓裴，名个炎字，一生杀人放火，打家劫道，偷东摸西。但是别人的钱钞，我劈手的夺将来我就要；我则做这等本分的营生买卖，似别的那等歹勾当我也不做他。这两日无买卖，拿着这件衣服去王员外解典库里当些钱钞使用走一遭去。可早来到也。（做见王员外科，云）员外，我这件绵团袄值当些钱钞使用。（王员外云）这厮好无礼也，甚么好衣服拿来当钱！值的多少？我不当！（裴炎云）我好也要当，歹也要当！（做摔在王员外怀里科）（王员外云）这厮好大胆也！我根前你来我去的，你不知道我的行止？我大衙门中告下你来，拷下你那下半截来！你原是个旧境撒泼[2]的贼，还歇着案哩，你快去！（裴炎云）员外息怒息怒，不当则便了也。我出的这门来。便好道："恨小非君子，无毒不丈夫。"一领绵团袄子你当不当便罢，他骂我是歇案的贼！便好道："你妒我为冤，我妒你为仇。"今夜晚间，提短刀在手，越墙而过，将他一家儿都杀了，方称我平生愿足。员外没来由，骂我是贼头；磨的钢刀快，今宵必报仇。（下）（王员外云）裴炎去了也，着这厮恼了我这一场。无甚事，闭了解典库，后堂中饮酒去来。（下）

（裴炎上，云）短刀拿在手，专等夜阑时。自家裴炎的便是。颇奈王员外无礼，一领绵团袄当便当，不当便罢，骂我做歇案的贼！我今夜务要杀了他一家儿。天色晚也，来到这后花园中，我跳过这墙去。（做跳墙科，云）阿，可绰⁽³⁾我跳过这墙来，一所好花园也。我在这太湖石边等候，看有甚么人来。（梅香上，云）自家梅香的便是，俺家闰香姐姐着我将这一包袱金珠财宝送与李庆安去。来到这后花园中，等庆安来赴期时先与他，可怎生不见庆安来？庆安，赤、赤、赤⁽⁴⁾。（裴炎云）一个妇人来也，我先杀了他。（做拿住梅香杀科，云）黄泉做鬼休怨我。（梅香死科）（裴炎云）我杀便杀了，我是看咱：一包袱金珠财宝。罢、罢、罢，也够了我的也，不杀王员外了，背着这包袱，跳过这墙去，还家中去也。（下）

（李庆安上，云）自家李庆安的便是。天色晚了也，瞒着我父亲，来到这后花园中，有这苫墙⁽⁵⁾的柳枝，我跳过这墙去。（做跳墙科，云）这的不是太湖石？梅香，赤、赤、赤。（绊倒科，云）是甚么东西绊我一交？我是看咱：原来是梅香，他等不将我来，睡着了。我唤他咱：梅香姐姐，我来了。这个梅香原来贪酒，吐了一身。（唤摇科，云）可怎生粘挞挞的？有些胧胧的月儿，我是看咱：可怎么两手血？不知甚么人杀了他梅香，这事不中，我跳过这墙，望家中走、走、走。（下）（正旦上，云）妾身王闰香，约下与李庆安赴期，先着梅香送一包金银去了。这梅香好不会干事也，这早晚可怎生不见来？好着我忧心也呵！（唱）

【南吕一枝花】去时节恰黄昏灯影中，看看的定夜钟声后。我可便本欲图两处喜，倒翻做满怀愁。心绪浇油，脚趔趄⁽⁶⁾家前后，身倒在门左右。觉一阵地惨天愁，遍体上寒毛抖擞。

【梁州】战速速肉如钩搭，森森的发似人揪。本待要铺谋定计风也不教透^[15]，送的我有家难奔，有事难收。脚下的鹅楣涩道⁽⁷⁾，身倚定亮隔虬楼⁽⁸⁾，我一片心搜寻遍四大神州。不中用野走娇羞^[16]！俺、俺、俺，本是那一对儿未成就交颈的鸳鸯，是、是、是，则为那软兀刺⁽⁹⁾误事的那禽兽，天哪！天哪！闪的我嘴碌都恰便似跌了弹的斑鸠⁽¹⁰⁾。我欲待问一个事头，昏天黑地，谁敢向花园里走？我从来又怯后⁽¹¹⁾。则为那无用的梅香无去就，送的我泼水难收。

（正旦云）我来到这后花园中也。兀的不是风筝儿！（唱）

【四块玉】那风筝儿为记号，他可便依然有，咱两个相约在梧桐树边头。（带云）险不绊倒了我那！（唱）则我这绣鞋儿莫不蹍⁽¹²⁾着那青苔溜，这泥污了我这鞋底尖，红染了我这罗袴口，可怎生血浸湿我这白那个袜头？

（正旦云）我道是谁？原来是梅香倒在这花园中。我是叫他咱：梅香！梅香！（做手摸科，云）这妮子兀的不吃酒来，更吐了那，摸了我两手，有些朦胧的月儿，我是看咱。（正旦做慌科，云）可怎生两手血？兀的不唬杀我也！不知甚么人杀了梅香，不中，我与你唤出姆姆来者。（叫科，云）姆姆！（姆姆上，云）姐姐，你叫我怎么？（正旦云）您孩儿不瞒姆姆说，我在后花园中见李庆安来，我道：因何不来娶我？他道，他家无了钱也。我便道："今夜晚间收拾一包袱金珠财宝，我着梅香送与你^[17]倒换过做财礼，你来娶我。"相约在太湖石边等候。不知甚么人杀了梅香，似此怎了也？（姆姆云）不干别人事，这的就是李庆安杀了咱家梅香来。（正旦云）姆姆，敢不是么。（姆姆云）不是他可是谁？（正旦唱）

【骂玉郎】这的也难同殴打相争斗，这的是人命事怎干休？怎当那绷扒吊拷难禁受。可若是取了招，审了因，端的着谁人救？

（姆姆云）姐姐，这件事敢隐藏不住。（正旦唱）

【感皇恩】庆安也，你本是措大⁽¹³⁾儒流，少不的号令在街头。不想望至公楼⁽¹⁴⁾春榜动，划的可便分秋⁽¹⁵⁾。^[18]你则为鸾交凤友，更和这燕侣莺俦，则为俺爷毒害，分缳绻，折绸缪。

（姆姆云）姐姐，这愁烦何时是了？必要惊^[19]官动府也。（正旦唱）

【采茶歌】往常则为俺不成就，一重愁，到今日一重愁番做了两重愁。则俺那父母公婆记冤仇，则管里冤家相报可也几时休！

（姆姆云）此一桩事不敢隐讳，我叫将老员外来，我与他说。老员外，你出来！（王员外上，云）姆姆，这早晚你叫我有甚事？（姆姆云）不知甚么人杀了梅香，丢下一把刀子。（王员外云）嗨，有甚么难见处，则是李庆安这个小弟子孩儿！为我悔了亲事也，他杀了我家梅香，更待干罢！姆姆，将着刀子，我如今踏着脚踪儿直到李庆安家，试探他那虚实走一遭去。（正旦唱）姆姆，你看这刀子，则怕不是他么。（姆姆云）可怎生便知不是他？（正旦唱）

【尾声】这场人命则在这刀一口，量这个十四五的孩儿，姆姆也，他怎做的这一手？只不过伤了浮财，损了人口；若打这场官司再穷究，和父亲细谋，休惹那事头。^[20]（正旦云）常是⁽¹⁶⁾庆安无话说，久后拿住杀人贼呵，（唱）我则怕屈坏了他平人，姆姆也，咱可敢倒罢手（下）

（王员外云）姆姆，将着刀子，跟我直至李庆安家中，问此人这桩事走一遭去来。（同下）

（李老儿上，云）自家李员外的便是。俺孩儿李庆安上学来家吃了饭，不知那里去了；我关上这门，这早晚敢待来也。（李庆安上，做慌科，云）自家李庆安的便是。小姐约我赴期，不知甚么人将梅香杀了，我害慌也，家中见父亲去。来到门首也，父亲开门来！（李老儿云）孩儿来了也，我开开这门。（开门科，见云）孩儿也，你慌做甚么？（李庆安云）不瞒父亲说，我早晨间放风筝儿耍子，不想抓住在王员外家梧桐树上，我跳过花园墙取去，不想正撞着王闰香。他说道："你为何不来娶我？"我道："因为俺家穷暴了，无钱娶你，你父亲悔了这门亲事。"他便道："你今夜晚间来我这后花园中太湖石边等着，我着梅香送[21]一包袱金珠财宝与你，你倒换过来娶我。"投到您孩儿去，不知甚么人把他梅香杀了，摸了我两手血，孩儿不敢隐讳，敬告父亲说知。（李老儿云）孩儿，你敢做下来了也！（李庆安云）不干您孩儿事。（李老儿云）孩儿，你不要大惊小怪的，关上门，俺歇息罢。（王员外同姆姆上）（王员外云）来到也。姆姆，正是他杀了梅香来，门上两个血手印。开门来！开门来！（开门科）（李老儿云）我开开这门，老员外家里来，有甚么事，这早晚到俺这里？（王员外云）老畜生，你还说嘴哩，你家庆安做的好勾当！见俺悔了这门亲事，昨夜晚间把我家梅香杀了，你还推不知道哩！（李老儿云）俺孩儿是读书的人，他怎肯做这等的勾当？不干俺孩儿之事。（王员外云）不是他可是谁？你舒出手来。（李庆安云）父亲，不干您孩儿事。（王员外云）既然不是，你舒出手来。（李庆安做舒手科，云）兀的不是手。（王员外云）好阿，两手鲜血，还不是你哩！正是杀人贼，明有清官，我和你见官去来。（王员外扯李庆安科）（李庆安云）天哪，着谁人救我也？（同下）

（净扮官人贾虚同外郎、张千上）（净官人云）小官身姓贾，房上去跑马，"聘胖"响一声，跚破一路瓦。小官姓贾，名虚，字蓼然。幼习儒业，颇看《春秋》、《西厢》之记，念的滑熟。噇[17][22]的饭饱，扒上城楼，望下一看，打个觔斗；撞[23]破脑袋，鲜血直流，贴上膏药，撒上包头；疼的我战，冷汗浇流，忙叫外郎，与我就揉；疼了两日，害了一秋，不吃米饭，则咽[24]骨头。我在这开封府祥符县做个理刑之官，但是那驴吃田，马吃豆，斗打相争，人命等事，都来我根前伸诉。今日坐起早衙，外郎，喝撺厢放告！（外郎云）张千喝撺厢！（张千云）理会的。撺厢放告！（王员外扯李庆安同李老儿上）（王员外云）老汉王员外的便是。李庆安杀了我家梅香，更待干罢，我扯他同这老子去衙门中告他去。可早来到也，大开着门哩，我是叫冤屈咱，冤屈也！（净官人云）甚么人吵闹？定是告状的。我说外郎，买卖来了，我则凭着你，与我拿将过来。（张千云）理会的。当面！（王员外扯李庆安同李老儿跪科）（净官人云）兀那厮！你告甚么人？（王员外云）大人可怜见！小人姓王，是王半州；这个老子姓李，是李十万。俺两个曾指腹成亲来，我根前生了个女孩儿，是王闰香，他生了这个小厮，唤做李庆安。他有钱时我便与他做亲，因他穷暴了，我悔了这门亲事；这小厮怀冤挟仇，越墙而过，图财致命，杀了我家梅香。大人可怜见，与小的每做主。（净官人云）你来告状，此乃人命之事，我也不管你们是的不是的，将这厮拿下去打着者！（张千云）理会的。（做拿王员外科）（王员外舒三个指头科）（外郎云）那两个指头瘸？（王员外舒五个指头科）（外郎云）相公，既是这等，将就他罢，他是原告，不必问他，着他随衙听候。（净官人云）提控说的是。王员外，你是无事的人，随衙听候，唤你便来。（王员外云）理会的，我还家中去也。（下）（净官人云）张千，将李庆安拿近前来！（张千云）理会的。靠前说词因⁽¹⁸⁾！（李庆安云）理会的。（净官人云）兀那李庆安，你是个穷汉家，怎么图财致命，杀了王员外的梅香来？从实的说！（李庆安云）大人可怜见，小人是个读书之人，把笔尚然腕劳，怎敢手持钢刀杀人？并不知此情。（外郎云）大人，这厮癞肉顽皮，不打不招。张千，与我打着者！（张千做打科）（外郎云）你招也不招？（李庆安云）大人，并不干小人之事。（外郎云）再与我打着者！（又做打科）（净官人云）你招也不招？（李庆安云）大人可怜见，打死小人并不知情。（外郎云）再与我打着者！（又做打科）（李庆安云）罢、罢、罢，父亲，我那里捱的这等打拷？我招了罢，是我杀了他家梅香来。（净官人云）可又来，这斯不打也不招。既是招了也，外郎着他画字，将枷来下在死囚牢里，等府尹相公下马，判个斩字，便是了手。（外郎云）大人说的是。张千将枷来，将这小厮押赴牢中去！（张千做拿枷云）理会的。上枷，牢里收人！
（李老儿同李庆安哭科，云）哎约，兀的不屈杀人也！（下）（外郎云）
大人，听知的新官下马，你慢在。张千，跟着我接新官去来。（外郎同张
千下）（净官人云）外郎这厮无礼也，问了一日人命事，我也不知道怎么
了了，他把银[25]老又挟了，又领的张千接新官去了。倘或新官下马，问
我这桩公事，我可怎么了！（做打滚叫科，云）天也，兀的不欺负煞我
也！他都去了，桌儿也没人抬，罢、罢、罢，我自家收拾了家去。（顶桌
儿云）炒豆儿，量炒米。（下）

（张千上排衙住，云）在衙人马平安，抬书案！[26]（官人领外郎上）
（官人云）诵《诗》知国政[27]，讲《易》见天心；笔题忠孝子，剑斩不
平人。老夫姓钱，名可，字可道，累任为官，今御笔亲除开封府府尹之
职。为因老夫满面胡髯，貌类波斯，满朝中皆呼老夫波斯钱大尹。我平
日所行正直公平，所断之事并无冤枉。今日升厅，坐起早衙，当该司吏，
有甚么合金押的文书，决断的重囚，押上厅来。（外郎递文书科，云）
有。（官人云）令史，这一宗是甚么文卷？（外郎云）在城有一人是李庆
安，杀了王员外家梅香，招状是实，等大人判个"斩"字。（官人云）
那罪囚有么？（外郎云）有。（官人云）与我拿将过来。（张千云）理会
的。（李庆安带枷同李老儿上）（李老儿云）孩儿怎生是好？如今新官下
马，如之奈何？（李庆安云）父亲，你看那蜘蛛罗网里打住一个苍蝇；父
亲，你与我救了者。（李老儿云）孩儿，你的命也顾不的，且救他？（李
庆安云）父亲依着你孩儿，替我救了者。（李老儿云）依着你，我与你救
了者。（李庆安云）我救了你非灾，何人救我这横祸？（外郎云）拿过
来！（张千云）当面！（李庆安见官人，跪下科）（官人云）令史，则这
个小厮便是杀人贼？（外郎云）则他便是。（官人云）这个小厮他怎生行
凶杀人？其中必有冤枉。兀那李庆安，是你杀了他家梅香来？有甚么不
尽的词因，你说，老夫与你做主。（李庆安云）大人可怜见，我无了词因
也。（官人云）既然无词因，令史，他有行凶的赃仗么？（外郎云）有这

把行凶的刀子。（官人云）将来我看。（外郎递刀子科，云）则这个便是。（官人云）这小的便怎生拿的偌大一把刀子？这刀子必是个屠家使的，其中必然暗昧。（外郎云）大人，前官断定，请大人断个"斩"字，便去[28]典刑。（官人云）既然前官断定，将笔来，我判个"斩"字。（判字科，云）一个苍蝇落在笔尖上，令史赶了者！（外郎云）理会的。（做赶科）（官人又判字科，云）可怎生又一个苍蝇抱住笔尖？令史与我赶了者！（外郎赶科，云）理会的。（官人判字科，云）你看这个苍蝇，两次三番抱住这笔尖，令史与我拿住者！（外郎拿住科，云）大人，我捉住了也。（官人云）装在我这笔管里，将纸来塞住，看他怎生出来？（外郎拿住，入笔管塞住科）（官人又判字科）（爆破笔科）（官人云）好是奇怪也！我本是依条断罪钱大尹，又不是舞[29]文弄法汉萧曹(19)；两次三番判"斩"字，可怎生苍蝇爆破紫霜毫？这事必有冤枉。令史将这小厮枷锁开了，拿他去狱神庙里歇息；将着一陌黄钱，烧了那纸，祈祷了，你倒拽上那狱神庙门[30]，你将着纸笔，看那小厮睡中说的言语，你与我写将来。（外郎云）理会的。（开枷锁科，云）开枷！（李庆安见李老儿科）（李老儿云）孩儿，为甚么开了枷？（李庆安云）可是那苍蝇救了我也。（李老儿云）既然这等，你若无了事，我替你盖个苍蝇菩萨庙儿。（外郎云）可早来到也，你入庙去。我倒拽上这门，我将着这纸笔，听他说甚么。（李庆安云）大人教我狱神庙里歇息去。我到这庙中也，我烧了纸，我歇息咱。（睡科，云）非衣两把火，杀人贼是我；赶的无处藏，走在井底躲。（外郎云）这小厮真个说睡话！我写在这纸上，见大人去。（外郎做见官人科，云）大人，那小厮到的庙中则说睡语，我都写将来了，大人是看。（官人云）你读，有杀人贼就与我拿住。（外郎云）"非衣两把火，杀人贼是我……"（官人云）原来是你杀人，与我拿下去！（张千拿外郎科）（外郎云）大人，是那小厮说的话！（官人云）这的是我差了。将来我看："非衣两把火，杀人贼是我……"（外郎拿官人科，云）哦？（官人云）嗯！你怎的？（外郎云）你恰才是这等来！（官人云）"赶的无处藏，走在井底躲。"——这四句诗内必有杀人贼！我再看咱。"非衣两把火"，这名字则在这头一句里面。这"衣"字在上面，"非"字在下面，不成个字；"非"字在上，"衣"字在下，可不是个"裴"字！那"两把火"：并着两个"火"字，可也不成个字；上下两个"火"字，不是炎热的"炎"字！这杀人贼人不是姓炎名裴，便是姓裴名炎。第二句"杀人贼是我"，正是这前面的这个人。这第三句"赶的无处藏"，拿的那厮慌也！第四句说"走在井底躲"，莫不这杀人贼赶的慌，投井而死么？不是这等说；这城中街巷桥梁必有按着个"井"之一字的去处！可着谁人干这件事？则除是窦鉴、张弘方可知道。与我唤将窦鉴、张弘来者！（窦鉴同张弘上）（窦鉴云）手搭无情棒，怀揣滴泪钱；晓行狼虎路，夜伴死尸眠。自家窦鉴的便是，这个兄弟是张弘，俺二人在这开封府做着个五衙都首领。我这个兄弟为他能办事，唤他做"磨眼里鬼"。俺管的是桥梁道路，风火盗贼。有钱大尹大人呼唤；不知有甚事，须索走一遭去。（见科，云）大人唤窦鉴、张弘那里使用？（官人云）你两个管着甚么哩？（窦鉴云）小人每管的是风火贼盗。（官人云）既管的是风火贼盗，有李庆安人命之事，你怎么不捉拿？（窦鉴云）不曾得大人的言语，未敢擅便捉拿。（官人云）这街巷桥梁有按着个"井"之一字的么？（窦鉴云）大人，俺这里有个棋盘街井底巷。（官人云）你近前来，我分付你：李庆安这桩人命公事都在你二人身上！与你行凶的刀子，又四句诗；头一句，那杀人贼若不是姓炎名裴，便是姓裴名炎。你则去那棋盘街井底巷寻那杀人贼去，与你三日假限，拿将来有赏，拿不将来必然见罪！你听者：我平生心量最公直，堪与国家作柱石；我救那负屈衔冤忠孝子，问你要那图财致命的杀人贼。（同下）

注　解

（1）解典库：当铺。《看钱奴》第二折："此处有一人是贾老员外，有万贯家财，鸦飞不过的田产物业，油磨坊，解典库，金银珠翠，绫罗段匹，不知其数。"

（2）旧境撒泼：犯过官司。

（3）可绰：拟声词，也作"可擦"或"可擦擦"，形容跳落地的声音。《柳毅传书》第二折："则俺这两只脚争些儿踏空，可擦擦坠落红尘。"

（4）赤、赤、赤：打暗号，有时也作"赫赫赤赤"。王实甫《西厢记》第三本第三折："（红云）偌早晚傻角却不来？赫赫赤赤，来。"

（5）苫（shàn）墙：覆盖墙头。

（6）趔趄（lièqie）：或作"列翘"，指脚步踉跄。董解元《西厢记诸宫调》："小庭那畔，不见佳人门昼掩，列翘着脚儿走到千遍。"

（7）鹅楣涩道：艰险难登的石级阶基。鹅楣，即峨眉；涩道，也作"址道"。《紫云亭》杂剧："将峨眉址道登。"又《裴度还带》第三折："出庙门送下涩道，近行径转过墙角。"

（8）亮隔虬（qiú）楼：指门窗，也作"虬楼亮槅"。《谢金吾》第一折："把金钉朱户生扭开，虬楼亮槅尽毁败。"

（9）软兀剌：软绵绵、不够精明利索的样子。

（10）嘴碌都恰便似跌了弹的斑鸠：嘴碌都，鼓着嘴。跌了弹，中弹跌落。也见《救风尘》第二折："一个个眼张狂似漏了网的游鱼。一个个嘴卢都似跌了弹的斑鸠。"

（11）怯后：走起路来老是感到身后有什么东西跟着似的叫人害怕。

（12）珊（shān）：腿脚不灵便。有时也解作迂回行走。《五侯宴》第二折："外扮李嗣源珊马儿领卒子上。"

（13）措大：或作"醋大"，旧时嘲弄贫贱寒酸的读书人的称谓。王伯良曰："措大，调侃秀才。"《西厢记》第三本第三折："强风情措大，晴干了尤云殢雨心。"

（14）至公楼：试院之别称。毛西河《西厢记》注云："刘虚白诗：'犹着麻衣待至公。'唐宋试士处俱有此名。"《柳毅传书》第三折："他本待至公楼独占鳌头。"

（15）分秋：即秋分，因曲词押韵关系而倒过来说。这里是说秋试（在省城举行的考取举人的科举考试）就要到了。

（16）常是：也作"畅好是"，真正是的意思。参阅《望江亭》第二折注文

(9)。

（17）囇（jiǎn）：吃。

（18）词因：当时办案术语，指对案件来龙去脉的阐述或补充言词。

（19）汉萧曹：指萧何与曹参，是西汉著名的文官。萧何参与制定了西汉的许多律令，曹参忠实地执行这些律令，故成语有"萧规曹随"之说。

第三折

（净扮茶博士(1)上，云）吃了茶的过去，吃了茶的过去。俺这里茶迎三岛客，汤送五湖宾，喝上七八盏，敢情去出恭。自家茶博士的便是，在此棋盘街井底巷开着座茶房，但是那经商客旅做买做卖的都来俺这里吃茶。今日清早晨起来，烧的汤瓶儿热，开开这茶铺儿，看有甚么人来。（窦鉴、张弘各拿水火棍(2)上，云）自家窦鉴、张弘的便是，这里前后可也无人，俺二人奉大人的言语，着俺缉访杀人贼。来到这棋盘街井底巷，兄弟，咱去那茶房里吃茶去来。（张弘云）去来，去来。（二人入茶房科）（窦鉴云）茶博士，茶三婆有么？（茶博士云）有。（窦鉴云）你与我唤出茶三婆来。（茶博士唤科，云）茶三婆，有客官唤你哩！（正旦扮茶三婆上，云）来也，来也。好年光也！俺这里船临汴水(3)休举棹，马到夷门(4)懒赠鞭；看了大海休夸水，除了梁园(5)总是天。俺这里惟有一塔(6)闲田地，不是栽花蹴气毬。好京师也呵！（唱）

【越调斗鹌鹑】俺这里锦片也似夷门，蓬莱般帝城。端的是辏集(7)人烟，骈阗(8)市井，年稔(9)时丰，太平光景。四海宁，乐业声。休夸你四百座军州，八十里汴京[31]；俺这里千军聚会，万国来朝，五马攒营。[32]

【紫花儿序】好茶也，汤浇玉蕊，茶点金橙。茶局子提两个茶瓶，一个要凉蜜水，搭[33]着味转胜，客来要两般茶名。南阁子里啜盏会钱，东阁子里卖煎提瓶(10)。

（茶博士云）三婆，有客官唤你哩。（正旦云）你看茶汤去。（茶博士云）理会的。（下）（正旦云）客官每敢在这阁子里，我是觑咱。（做见科，云）我道是谁？原来是司公哥哥、"磨眼里鬼"哥哥。你吃个甚茶？（窦鉴云）你说那茶名来我听[34]。（正旦云）造两个建汤(11)来。（裴炎上，做卖狗肉科，云）卖狗肉，卖狗肉，好肥狗肉！自家裴炎的便是，四脚儿狗肉卖了三脚儿，剩下这一脚儿卖不出去，送与茶三婆去。可早来到也。（做见正旦，怒科，云）茶三婆，你今日怎生躲了我？（正旦云）我迎接哥哥来，怎敢躲了？这个是何物？（裴炎云）是肥狗肉。（正旦云）三婆吃七斋。（裴炎云）你吃八斋待怎的？收了者！（正旦云）三婆这些时没买卖。（裴炎怒云）我回来便要钱，你也知道我的性儿！我局子里扳了你那窗棂(12)，茶阁子里摔碎你那汤瓶，我白日里就见个簸箕星(13)！我吃酒去也。（下）（正旦云）裴炎去了，被这厮欺负煞我也！（窦鉴云）三婆说谁哩？（正旦云）三婆不曾说哥哥，俺这里有一人是裴炎，他好生的欺负俺百姓每。（窦鉴云）那厮是裴炎？你这里是甚么坊巷？（正旦云）是棋盘街井底巷；有一人是裴炎，好生的方头不劣(14)也！（窦鉴云）您可怎生怕那厮？（正旦云）哥哥不知，听三婆说一遍咱。（窦鉴云）你说，俺是听咱。（正旦唱）

【金蕉叶】那厮他每日家吃的十分酩酊，（窦鉴云）他怎么方头不劣？（唱）他见一日有三十场斗争，他吃的来涎涎邓邓，（窦鉴云）他这等厉害，好是无礼也！（唱）他则待杀坏人的性命。

（窦鉴云）那厮这等凶泼，每日家做甚么买卖？（正旦云）他卖狗肉。他叫一声呵，（唱）

【寨儿令】那厮可便舒着腿脡(15)，他可早叉着门楗[35]，精唇泼口毁骂人。那厮他嘴脸天生，鬼恶[36]人憎。他则要寻吵闹，要相争。

（窦鉴云）这等凶恶！您若恼着他呵，他敢怎的你？（正旦唱）

【幺篇】他去那阁子里扳了窗桄，茶局子里摔碎了汤瓶。他直挺挺的眉踢竖，骨碌碌的眼圆睁，叫一声：白日里要见簸箕星！[37]

（张弘云）窦鉴哥，这厮好生无礼也！三婆，你看茶汤去。（正旦云）二位哥哥则在这里，三婆看茶客去也。（下）（窦鉴云）兄弟，你近前来：可是这般恁的……（张弘云）理会的。（下）（窦鉴云）兄弟这一去必有个主意。我且在此茶房里闲坐，看有甚么人来。（张弘扮货郎挑担子插刀子上科，云）自家是个货郎儿，来到这街市上，我摇动不郎鼓儿(16)，看有甚么人来。（裴旦上，云）妾身是裴炎的浑家，我拿着这把刀鞘儿，去街上配一把刀子去。（做见张弘科）（裴旦）肯分(17)的遇着个货郎儿，我叫他过来是看咱。（拿刀子入鞘儿科，云）这刀子不是俺家的来！（张弘背云）谁道"是俺家的来"，这刀子是我卖的！（裴旦云）物见主必索取，是我的刀子！（张弘云）是我的！（闹科）（正旦上，云）街上吵闹，我是看咱。（见科，云）原来是裴嫂嫂，你闹做甚么？（裴旦云）这厮偷了我的刀子！（正旦云）茶房里有司公哥哥，你告去，他与你做个证见。（裴旦云）你说的是，我扯着他告去。（裴旦做见窦鉴科，云）哥哥，这厮偷了我刀子！（窦鉴云）怎么是你的刀子？（裴旦云）这刀子鞘儿见在我家里，怎么不是我的？（窦鉴云）我不信，将来我看！（裴旦云）哥哥，你看这鞘儿是也不是？（窦鉴云）真个是这刀子的鞘儿。兄弟，与我拿住这妇人者！（张弘云）理会的。（做拿住打科，云）招了者！招了者！（裴旦云）哎约！他偷了我刀子，你着我招甚么？（正旦唱）

【鬼三台】则这贼名姓，劝姐姐休争竞，（裴旦云）这刀子委的是我的，你怎生打我？（正旦唱）走将来便把那头梢(18)[38]来自领，赃仗忕[39]分明，不索你便折证。小梅香死的来忒没影，李庆安险些儿当重刑！第一来恶孽相缠，第二来也是那神天报应。

（窦鉴云）兀那厮，你快招了者！（张弘脱衣打科，云）我打这厮，招了者！招了者！（裴旦云）打杀我也！本是我的刀子，可怎生屈棒打我？（张弘又打科，云）不打不招，你快招了者！（裴旦云）罢、罢、罢，我且屈招了。（正旦唱）

【调笑令】你可便悄声，察贼情；（正旦云）司公哥哥，你来！（张弘云）怎的？（唱）比及拿王矮虎，先缠[40]住一丈青。(19)批头棍(20)大腿上十分楞，不由他怎不招承[41]！向云阳闹市必典刑，（裴旦云）三婆，你救我咱！（唱）杀么娘七代先灵(21)。

（裴炎带酒上，云）问三婆讨我那狗肉钱去。（见正旦科，云）三婆，还我那狗肉钱来。（正旦云）哥哥，狗肉钱有；那阁子里有人唤你哩！（裴炎见裴旦跪着窦鉴科，云）大嫂，你为甚么跪在这里？（裴旦云）我招了也[42]。（裴炎云）你既招了，咱死去来。（窦鉴云）兄弟，有了杀人贼也！将这厮绑缚定，往开封府见大人去来。（裴炎云）罢、罢、罢，好汉识好汉，跟着你去。（正旦唱）

【尾声】到来日裴炎不死呵教谁偿命？杀了这丑生呵天平地平！我想这人性命怎干休？我道来则他这瓦罐儿破终须离不了井。（下）

（窦鉴云）拿着贼人见大人去来。大尹多才智，公事今完备；拿住杀人贼，少不的依律定其罪。（同下）

注 解

(1) 茶博士：宋元时茶酒坊侍应伙计皆称博士。孟元老《东京梦华录·饮食果子》："凡店内卖下酒厨子，谓之茶饭量酒博士。"

(2) 水火棍：差役所拿之木棍，一半红色，一半黑色。《水浒传》第八回：

"取了行李包裹，拿了水火棍，便来使臣房里取了林冲，监押上路。"

（3）汴水：发源于河南省，流入淮河，与江苏北部的运河相通。

（4）夷门：战国时代魏国首都大梁（今河南开封）有夷门。《史记·信陵君列传》："魏有隐士曰侯嬴，年七十，家贫，为大梁夷门监者。"这里指北宋京城汴京的城门。

（5）梁园：汉代梁孝王刘武所造之园林，即兔园，又叫梁苑，司马相如、枚乘等宾客皆曾延居园中。《西京杂记》云："梁孝王好营宫室苑囿之乐，作曜华之宫，筑兔园。"梁园故址在今河南商丘东。杜甫《寄李十二白二十韵》诗："醉舞梁园夜，行歌泗水春。"俗谚有："梁园虽好，不是久恋之家。"

（6）一塔：一块。也写作"一搭"。《水浒传》第十二回："生得七尺五六身材，面皮上老大一搭青记，腮边微露些少赤须。"

（7）辏（còu）集：车辐凑集在毂上，比喻人或物聚集一处。

（8）骈阗：也作"骈填""骈田"，罗布、连续之意。刘桢《鲁都赋》："其园囿苑沼，骈田接连。"

（9）稔（rěn）：庄稼成熟。

（10）提瓶：宋代灌圃耐得翁《都城纪胜·茶坊》："提茶瓶，即是趁赴充茶酒人，寻常月且望，每日与人传语往还，或讲集人情分子。"

（11）建汤：茶名，指建溪（今福建南平）茶。

（12）棂（líng）：阑干或窗户上雕花的格子。

（13）簸箕星：指簸箕形的指纹。迷信说法，指纹全是簸箕形的人运气不好。这里是说自己碰到倒霉鬼。下文"白日里要见簸箕星"，是故意寻衅找事，专找倒霉鬼算账的意思。

（14）方头不劣：或作"不劣方头""方头不律"，逞心使性（贬义）或桀骜不驯、不会圆通（褒义）之意。《陈州粜米》第二折："我从来不劣方头，恰便似火上浇油。"

（15）脡（tǐng）：原指放平牲畜躯体之中央部分，这里是伸直的意思。

（16）不郎鼓儿：货郎招揽生意的手摇小鼓儿。不郎，或作"不朗"，拟声词。《魔合罗》第一折："不朗朗摇动蛇皮鼓。"

（17）肯分：意为恰好、凑巧。参阅《玉镜台》第二折注文（1）。

（18）头梢：原指头发。郑廷玉《后庭花》第二折："（王庆怒采正末头发科）（正末唱）他把我头梢头梢揸住。"可证。此处喻头绪，罪责。

（19）王矮虎、一丈青：梁山泊一百零八名好汉中的夫妻俩，即矮脚虎王英与一丈青扈三娘。这里用矮脚虎喻裴炎，以一丈青喻裴妻。

（20）批头棍：衙门里差役打人的木棍。如用竹板做的则称批头竹片。《水浒传》第三十回："那牢子狱卒拿起批头竹片，雨点地打下来。"

（21）七代先灵：指脑袋。《李逵负荆》第二折："举起我那板斧来，觑着脖子上可叉！（唱）便跳出你那七代先灵，也将我来劝不得。"

第四折

（官人领张千上，云）老夫钱大尹是也。因为李庆安这桩事，我着窦鉴、张弘察访杀人贼去了，这早晚不见来回话。张千，门首觑者，若来时，报复我知道。（张千云）理会的。（窦鉴同张弘拿裴炎上，云）自家窦鉴、张弘的便是，拿着这厮见大人去，可早来到也。张千报复去，道窦鉴、张弘拿的杀人贼来了也。（张千云）报的大人得知：有窦鉴、张弘拿的杀人贼来了也。（官人云）与我拿将过来！（张千云）理会的。拿过去！（窦鉴拿见科，云）当面！大人，俺二人拿住杀人贼，是裴炎。（官人云）果然是裴炎！兀那厮，是你杀了王员外的梅香来么？（裴炎云）大人，委的不干李庆安事，是我杀了王员外的梅香来；饶便饶，不饶便杀了罢。（官人云）张千，将李庆安一行人都与我取上厅来[43]。（张千云）理会的。将李庆安一行人取上厅来！（张千拿李庆安上，见官人科，云）当面！（官人云）李庆安，有了杀人贼也。张千，开了他那枷锁。你无事了也，还你那家中去。（李庆安云）你孩儿知道。我出的这衙门来。（李老儿上，见科，云）孩儿也，为甚么开了你这枷锁？（李庆安云）父亲，有了杀人贼也；大人[44]放俺还家中去。父亲，咱家中去来。（李老儿云）既然有了杀人贼，饶了你也；谢天地，欢喜煞我也！孩儿，那王员外告着你杀人："告人徒（1）得徒，告人死得死"！早是有了杀人贼，你便是无

罪的人；若无杀人贼呵，你便与他偿命，我偌大年纪，谁人养活我？我
告那大人去：冤屈！（官人云）兀那老的，为甚么叫冤屈？（李老儿云）
大人可怜见！早是有了杀人贼，俺便无事了；若无那杀人贼呵，将我孩
儿对了命可怎了？大人可怜见！常言道："告人徒得徒，告人死得死"，
王员外妄告不实，大人与老汉做主！（官人云）这老的也说的是。张千，
与我唤将王员外那老子来！（张千云）理会的。王员外，唤你哩！（王员
外上，云）老汉王员外，衙门里唤我，不知有甚事，我见大人去。（见
科）（官人云）王员外，是裴炎杀了你家梅香，见今有了杀人贼也；这老
的说："告人徒得徒，告人死得死"，您与他外边商和去。（王员外云）
理会的。（李老儿云）大人，我其实饶不过这老子！（同出衙门科）（王
员外云）亲家，亲家，是我的不是了也，你饶了我罢！（李老儿云）甚么
亲家！你怎生告我孩儿是杀人贼？我不和你商和。（王员外云）既然不肯
商和，我唤出女孩儿闰香来，看他说甚么。（做唤科，云）闰香孩儿行动
些！（正旦上，云）父亲，唤我做甚么？（王员外云）孩儿，如今李员外
告我妄告不实，你央浼[(2)][45]他去：饶了我罢。（正旦云）既然有了杀人
贼，他告父亲妄告不实，父亲放心，不妨事，我与庆安陪话去。（王员外
云）孩儿，你上紧救我咱！我倒陪奁房[46]断送孩儿与庆安成合了旧亲，
则着他饶了我罢！（正旦唱）

【双调新水令】往常我绣帏中独坐洞房春，谁曾见勘
平人但常推问？罪人受十八重活地狱，公人立七十二恶
凶神。如今富汉入衙门，便有那欺公事也不问。

（王员外云）孩儿也，那老的说："告人徒得徒，告人死得死"，大
人教俺商和哩。孩儿也，他若饶了俺呵，我倒陪三千贯奁房断送与他，
你和他说去。（正旦云）理会的。（正旦见李老儿跪科，云）公公[47]，怎
生看闰香孩儿的面，饶过俺父亲咱！（李老儿云）闰香孩儿，我不饶过你
那老子！（正旦见李庆安，云）庆安，看我之面，饶过俺父亲者！（李庆
安云）小姐，早是有了杀人贼；若无呵，我这性命可怎了也？（正旦唱）

【乔牌儿】当日个悔亲呵是俺父亲，赤紧的俺先顺。⁽³⁾耽饶⁽⁴⁾过俺便成秦晋，咱两个效绸缪夫妇情。^[48]

（李庆安云）我便将就了，俺父亲他可不肯哩。（正旦云）我去公公行陪话去。（正旦见李老儿科，云）公公可怜见俺父亲咱！（李老儿云）孩儿也，不干你事，我饶不过他！^[49]（正旦唱）

【雁儿落】我则是为夫呵受苦辛，告尊父言婚聘，访贤达尽孝顺，不索你相盘问。^[50]

（李老儿云）闰香孩儿，不干你事，我饶不过你那父亲。（正旦唱）

【得胜令】您孩儿须告老尊亲，不索你记冤恨；我与那庆安言婚聘，成合了两对门。也是俺前生，赤紧的俺两个心先顺。告你个公公：你则是耽饶过俺老父亲！^[51]

（正旦云）庆安，俺父亲说来：倒陪三千贯奁房断送，着我与你依旧配合成亲，你意下如何？（李庆安云）既是这等，我与父亲说去。父亲，俺丈人说来：若是俺饶了他，他倒陪三千贯奁房断送，将闰香依旧与我为妻。咱饶了他罢！（李老儿云）孩儿，当初他不告你来？（李庆安云）他告我，不曾告你。（李老儿云）大人将你三推六问，不打你来？（李庆安云）他打我，不曾打你。（李老儿云）若拿不住杀人贼呵，可不杀了你？（李庆安云）他杀我，可不曾杀你。（李老儿云）我把你个犟小弟子孩儿！罢、罢、罢，我饶了他罢。（王员外跪谢科，云）既然亲家饶了我也，咱见大人去来。（做同见官人科）（李老儿云）大人，我饶了他也。（官人云）既然你两家商和了也，一行人听我下断：裴炎图财致命，杀了王员外家梅香，市曹中明正典刑；窦鉴、张弘能办公事，每人赏花银十两。将老夫俸钱给与李员外做个庆喜的筵席，着李庆安夫妇团圆。您听者：则为他年少子衔冤负屈，泼贼汉致命图钱。梅香死本家超度，将前官罢职停宣。富嫌贫悔了亲事，倒陪与万贯家缘。窦鉴等封官赐赏，李庆安夫妇团圆。

题目　王闰香夜闹四春园[(5)]

正名　钱大尹智勘绯衣梦[52]

注　解

（1）徒：指徒刑，古代五刑之一。

（2）央浼（měi）：请托、央求。元代陶宗仪《辍耕录》卷七"待士"条载：刘整求见廉希宪，请廉希贡通报，希宪初不答，希贡出，"整复浼入言之"。

（3）赤紧的俺先顺：末曲〔得胜令〕中"赤紧的俺两个心先顺"可作此句注脚。赤紧的，元剧习惯用语，意为实在的、当真的。

（4）耽饶：也作"担饶""单饶"，宽恕之意。《争报恩》第四折："姐姐看了俺兄弟的面皮，单饶了你姐夫一个罢。"

（5）四春园：剧中王得富家的花园名，王闰香的梅香即在此园被杀。但除剧本题目提及外，（《古名家杂剧》本及《古杂剧》本〔乔牌儿〕曲文有"终有四春园结下恩"一句提到此园）四折戏中并未提及此园名，这恐怕也是本剧以《绯衣梦》剧名行世的主要原因。（按：脉望馆本剧名作《王闰香夜月四春园》）

校　注

本剧现存版本主要有明代陈与郊编《古名家杂剧》本（龙峰徐氏刊本）、明代王骥德编《古杂剧》本（顾曲斋本），以及《脉望馆钞校本古今杂剧》本，现以脉望馆本为底本，以前两种参校。

[1] 冲末扮王员外同姆姆上："扮"字原缺，据《古名家杂剧》本及顾曲斋本增补。姆姆，《古名家杂剧》本与顾曲斋本作"妳妳"，下同。

[2] 你既不肯：原倒为"既你不肯"，今改正。

[3] 暴：底本墨校改为"薄"，下同。

[4] 蹅断线脚儿：蹅，原音假为"碴"。线脚，原作"脚线"，据下文改。《古名家杂剧》本与顾曲斋本亦作"线脚"。

［5］天淡云闲：原作"是看这天淡云闲"，从《古名家杂剧》本与顾曲斋本改。

［6］飞绵后开青眼：原作"我则见飞绵后开青眼"，从《古名家杂剧》本与顾曲斋本改。

［7］间：原作"问"，据《古名家杂剧》本与顾曲斋本改。

［8］每岁循环：原作"每岁其间"，据《古名家杂剧》本与顾曲斋本改。

［9］偏怎生他一家儿穷暴难："暴"字原本墨校改为"薄"；"难"字，《古名家杂剧》本与顾曲斋本作"汉"。

［10］我下来这树："树"字下原衍一"来"字，今删。

［11］兴衰：原作"出入"，据《古名家杂剧》本与顾曲斋本改。

［12］庆安也，我和你难凭：《古名家杂剧》本与顾曲斋本无"庆安也"及"难凭"几字。

［13］"风筝儿遥望眼"四句：《古名家杂剧》本与顾曲斋本作"睁睁凝望眼，休迷了曲槛雕栏，那其间墙里萧然，墙外无人厮顾盼"。

［14］则我这呆心儿不惯：《古名家杂剧》本与顾曲斋本作"你休要呆心不惯"。

［15］风也不教透：原作"不教透"，据《古名家杂剧》本与顾曲斋本校增。

［16］不中用野走娇羞：这句曲文《古名家杂剧》本与顾曲斋本作夹白："这奴才不中用，却哪里去了。"

［17］你：原作"他"，据《古名家杂剧》本与顾曲斋本改。

［18］"不想望至公楼春榜动，划的可便分秋"二句：《古名家杂剧》本与顾曲斋本作"不肯盼志公楼春榜动，划的等深秋"。

［19］惊：原音假为"经"，今改。

［20］"若打这场官司再穷究"三句：《古名家杂剧》本与顾曲斋本作"则不如打灭这场官司免迤逗，和父亲细谋，别寻个事头"。细谋，原作"解收"，今从校本。

［21］送：原本作"送与你"，据《古名家杂剧》本与顾曲斋本删。

［22］噎：原作"嚡"，形近误刻，今改。

［23］撞：原作"装"，误，今改。

［24］咽：原作"咽"，意为吐，文意不顺，当为"咽"字之形误。

［25］银：原讹为"艮"，今改。

［26］从"（净扮官人贾虚同外郎、张千上）"至"在衙人马平安，抬书案!"：共一千二百三十多字，《古名家杂剧》本与顾曲斋本无。

［27］政：原作"正"，据《古名家杂剧》本与顾曲斋本校改。

［28］去：原作"是"，据《古名家杂剧》本与顾曲斋本改。

［29］舞：原作"侮"，据《古名家杂剧》本与顾曲斋本改。

［30］门：原误作"里"，据下文及《古名家杂剧》本与顾曲斋本改。

［31］"四海宁，乐业声"四句：《古名家杂剧》本与顾曲斋本作"你道是风光好，四海宁。休说那四百座军州，不如这八十里汴京"。

［32］"俺这里千军聚会"三句：《古名家杂剧》本与顾曲斋本属下支曲子。

［33］搭：原作"答"，据《古名家杂剧》本与顾曲斋本改。

［34］你说那茶名来我听：《古名家杂剧》本与顾曲斋本作"造两个健汤来"。

［35］桯：原误作"程"，据《古名家杂剧》本与顾曲斋本改。

［36］恶：原作"怪"，据《古名家杂剧》本与顾曲斋本改。

［37］〔幺篇〕曲：《古名家杂剧》本与顾曲斋本无"幺篇"二字，此曲属前〔寨儿令〕曲。

［38］梢：原作"稍"，误，据《古名家杂剧》本与顾曲斋本改。

［39］忒：原作"要"，据《古名家杂剧》本与顾曲斋本改。

［40］缠：原作"黔"，据《古名家杂剧》本与顾曲斋本改。

［41］承：原作"成"，据《古名家杂剧》本与顾曲斋本改。

［42］我招了也：《古名家杂剧》本与顾曲斋本作"我来认刀子，拿住我，招了也"。

［43］取上厅来："取"原作"律"，《古名家杂剧》本与《古杂剧》本作"取出来者"，今改"律"为"取"。

［44］大人：原作"大人爷"，今改。

［45］浼：原作"浼"，误刻，今改。

[46] 奁房：原作"缘房"，今改，下同。《鲁斋郎》第二折"自取些奁房断送陪随"可证。

[47] 公公：原脱，据下文王闰香说白校补。

[48] 〔乔牌儿〕曲：《古名家杂剧》本与顾曲斋本作"终有四春园结下恩，轻言语便随顺。把你那受过的疼痛都忘尽，分毫间不记恨"。

[49] （李庆安云）我便将就了，……我饶不过他！：这段说白，《古名家杂剧》本作"公公，饶了父亲罢。（小末）父亲饶了他罢。（李老）他当初不曾骂你？（小末）骂我不曾骂你。（李老）他当初不曾打你？（小末）打我不曾打你。（李老）我也强不过你，饶了他罢"。

[50] 〔雁儿落〕曲：《古名家杂剧》本与顾曲斋本作"为儿夫心受窘，见老父言无信，辨贤达尽孝情，起事头相盘问"。聘，原音假为"娉"。尽孝顺，原作"穷孝顺"，今改。

[51] 〔得胜令〕曲：《古名家杂剧》本与顾曲斋本作"口是祸之门，要搭救莫因循。常言道世上无难事，厨中有热人。婚姻，赤紧的心先顺。年尊，耽饶过俺父亲"。

[52] 题目、正名：脉望馆本原作：

题目　王闰香夜闹四春园　钱大尹智勘绯衣梦

正名　李庆安绝处幸逢生　狱神庙暗中彰显报

今据《古名家杂剧》本与顾曲斋《古杂剧》本改。主要理由是《录鬼簿》等记录本剧剧名之著作皆以《非衣梦》（或《绯衣梦》）名之，而不取《王闰香夜月四春园》这个较为陌生的剧名。"正名"二字原缺，今补。

刘夫人庆赏五侯宴⁽¹⁾

导　读 ⬡

　　这是一个大型戏曲。全剧重点是李从珂认母，关目安排在朱全忠大将王彦章与李克用、李嗣源麾下五虎将的决战背景下展开。因此，全剧有很热闹的对阵打仗排场。五虎将中的李亚子（存勖）、石敬瑭、刘知远等，都是历史名人，也是戏曲小说中常见的人物。五虎将甫一出场，即有四句或八句上场诗，有"珊马""混战"的舞台动作与调度，形成热闹的排场戏。类似今日京剧、粤剧之《六国大封相》那种排场。

　　全剧最打动人心的，是李从珂之母王嫂的悲惨身世。为了埋殡丈夫，王嫂来到赵家，土财主赵太公将王嫂典身三年的文书偷改为卖身文契，逼王嫂终身为奴。赵太公为了自己的儿子有奶吃，竟欲摔死王嫂的儿子，王嫂只得把亲生儿子丢弃荒野。第二折"弃子"时唱的〔南吕一枝花〕〔梁州〕诸曲，痛断肝肠，催人泪下，形成一个情绪小高潮。

　　第四、第五折写李从珂认母，无论是李嗣源还是刘夫人，都故意隐瞒真相，虚与委蛇，不愿承认李从珂低贱的出身。最后在李从珂拔剑欲自刎的情势下，才不得不托出真相，救出李从珂生母。全剧除第四折正旦扮刘夫人外，其余四折及楔子，主唱者皆为王嫂，可见全剧第一主角乃王嫂，即李从珂之母。王嫂悲惨人生的情节线贯穿全剧。在时代战乱的大背景、热场面衬托下，王嫂遭受赵太公、赵脖揪两代土财主的迫害及李从珂认母，才是全剧最出彩的关目。

王季烈《孤本元明杂剧·提要》云："（五侯宴）事与《白兔记》颇相似。曲文率直，绝无俊语，惟其本色处，如第一折〔油葫芦〕（略），第二折〔贺新郎〕（略），皆非后人所能及。"

本剧是历史故事剧，《新五代史·唐本纪第七》云："废帝，镇州平山人也，本姓王氏，其世微贱。母魏氏少寡，明宗为骑将过平山，掠得之。魏氏有子阿三，已十余岁，明宗养以为子，名曰'从珂'。"《五代史平话·唐史平话》卷下也曾写过这个历史故事。

因李嗣源麾下五虎将大败王彦章而封侯，李克用之妻刘夫人于是举办盛大宴会庆功，这是《五侯宴》剧名之来源。

本剧写李从珂井边遇母，与《白兔记》之井边母子相会，情节关目类似。王嫂受赵太公、赵脖揪父子之欺凌迫害，与《白兔记》李三娘所经历之苦痛，皆是旧时代坊间津津乐道的故事。动乱时代小百姓之痛苦际遇，由此可见一斑。

本剧是否关作，尚不能十分肯定。《录鬼簿》于关汉卿名下无著录此剧，只著录了《曹太后死哭刘夫人》与《刘夫人救哑子》（疑即救亚子，指李存勖）的剧名。最早标本剧为关作的，是《也是园古今杂剧考》。朱权《太和正音谱》于关名下仅标简目《刘夫人》，究竟是指本剧，还是指《曹太后死哭刘夫人》，不易论定。还有，本剧虽采用历史题材，却描写了关剧其他杂剧中未曾出现过的农村生活场面；它还突破了元剧四折的限制，采用五折一楔子的形式，这在关剧中也属破例。这些地方说明本剧是否关作确实存在一些疑点。当然，如果对比一下本剧和肯定为关撰的《刘夫人苦痛哭存孝》，便可发现这两个杂剧对故事背景的交代和人物的念白有许多相似之处，因此说此剧是关撰也不是没有凭据。

劉夫人慶賞五侯宴雜劇

楔子

　　冲末扮李嗣源領畜卒子上　李嗣源云

野管腔笛韻　　英雄戰馬嘶

鼉縵金畫面鼓（○）　轟轟雲月皂鵰旗（○）

其乃大將李嗣源是也　父乃沙陀李克用是

也俺父親手下兵乂將廣有五百義兒家將

人人喬勇箇箇英雄端的是旗開・勝馬到

成功自破黃巢俺父子每累建其功今天下

太平因其父乂有功勳加為忻代石嵐鳳門

閑都招討天下兵馬大元帥又封為河東晉

明代赵琦美《脉望馆钞校本古今杂剧》书影

王之職手下將論功陛賞今奉

聖人命為因黄巣手下餘黨草冦未絶今奉阿媽

将令差俺五百義兒家將統領椎兵收捕草

／冦若得勝回還

聖人再有加官賜賞

奉命出師統椎兵　勦除草冦建功名

赤心報國施英勇　保助山河享太平

趙大公上云

叚叚田苗接遠村　太公庄上戲兒孫

雖然只得鋤鉋力　荅賀天公雨露恩

明代赵琦美《脉望馆钞校本古今杂剧》书影

楔 子

（冲末扮李嗣源[(2)]领番卒子上，李嗣源云）野管羌[[1]]笛韵，音[[2]]雄战马嘶。擂的是镂金画面鼓，打的是云月皂雕旗。某乃大将李嗣源是也。父乃沙陀[(3)]李克用[(4)]。俺父亲手下兵多将广，有五百义儿家将，人人奋勇，个个英雄，端的是旗开得[[3]]胜，马到成功。自破黄巢[(5)]，俺父子每累建奇[[4]]功。今天下太平，因某父多有功勋，加为忻、代、石、岚、雁门关[(6)]都招讨使，天下兵马大元帅，又封为河东晋王之职。手下将论功升赏。今奉圣人命，为因黄巢手下余党草寇未绝，今奉阿妈[(7)]将令，差俺五百义儿家将，统领雄兵，收捕草寇。若得胜回还，圣人再有加官赐赏。奉命出师统雄兵，剿除草寇建功名。赤心报国施英勇，保助山河享太平。（下）

（赵太公上，云）段段田苗接远村，太公庄上戏儿孙。虽然只得锄刨力，答贺天公雨露恩。自家潞州长子县人氏，姓赵，人见有几贯钱，也都唤我做赵太公。嫡亲的两口儿，浑家刘氏，近新来亡化过了。撇下个孩儿，未够满月，无了他那娘，我又看觑不的他。我家中粮食田土尽有，争奈无一个亲人，则觑着一点孩儿！我分付那稳婆[(8)]和家里那小的每：长街市上不问哪里寻的一个有乳食的妇人来，我宁可与他些钱钞，我养活他，则要他看觑我这孩儿。今日无甚事，我去那城中索些钱债去。下次小的，看着那田禾，我去城中索些钱债便来也。（下）

（正旦抱俫儿上，云）妾身是这潞州长子县人氏，自身姓李，嫁的夫主姓王，是王屠，嫡亲的两口儿。妾身近日所生了个孩儿，见孩儿口大，就唤孩儿做王阿三。不想王屠下世，争奈家中一贫如洗，无钱使用！妾身无计所奈，我将这孩儿长街[[5]]市上卖的些小钱物，埋殡他父亲。自从早晨间到此，无人来问，如之奈何也！（做哭科）（赵太公上，云）自家是赵太公，城中索钱去来也，不曾索的一文钱，且还我那家中去，兀的一簇[[6]]人，不知看甚么？我试[[7]]去看咱。（做见正旦科，云）一个妇人，怀里抱着个小孩儿。我问他一[8]声咱：兀那嫂嫂，你为何抱着这小的在此啼哭？可是为何哪？（正旦云）老人家不知，我是这本处王屠的浑家，近新来我所生了这个孩儿，未及满月之间，不想我那夫主亡逝，无钱埋殡，因此上将这孩儿但卖些小钱物，埋殡他父亲。是我出于无奈也！（赵太公云）住、住、住，正要寻这等一个妇人看我那孩儿，则除是恁的……兀那王嫂嫂，你便要卖这小的，谁家肯要？不如寻一个穿衣吃饭处，可不好？（正旦云）你说的差了也！便好道：一马不背两鞍，双轮岂碾四辙？烈女不嫁二夫，我怎肯嫁侍于人！（赵太公云）你既不肯嫁人，便典与人家，或是三年，或是五年，得些钱物埋殡你夫主，可不好？（正旦云）我便要典身与人，谁肯要？（赵太公云）你若肯呵，我是赵太公，我家中近新来我也无了浑家，有[9]个小的，无人抬举他，你若肯典与我家中，我又无甚么重生活着你做，你则是抱养我这个小的，我与些钱钞，埋殡你那丈夫，可不好？（正旦云）住、住、住，我寻思咱：我要将这孩儿与了人来呵，可不绝了他王家后代？罢、罢、罢，宁可[10]苦我一身罢！我情愿典，太公！（赵太公云）既是这般，则今日我与些钱物，你埋殡你夫主，你便写一纸文书，典身三年。则今日立了文书，我与你钱钞，埋殡了你夫主，就去俺家里住去。（正旦云）也是我出于无奈也呵！（赵太公云）你是有福的，肯分的遇着我。（正旦唱）

【正宫端正好】则我这腹中愁、心间闷，俺穷滴滴举眼无亲，则俺这孤寒子母每谁瞅[11]问？俺男儿半世苦受勤，但能够得钱物，宁可着典咱身！（赵太公云）则今日埋殡你丈夫，便跟我家中去来。（正旦唱）则今日将俺夫主亲埋殡。（同下）

注 解

（1）刘夫人：唐末沙陀部落酋长李克用之妻，常随克用行军，颇有胆识谋略。原为克用正室，后克用之子存勖称帝，尊其生母曹氏为皇太后，而以嫡母刘氏为皇太妃。关汉卿另有《曹太后死哭刘夫人》剧，今佚。

（2）李嗣源：后唐明宗，代北应州胡人，无姓氏，名邈佶烈，李克用养子，赐名嗣源，继庄宗立，在位八年。见《五代史》卷六、《旧五代史》卷三十五。

（3）沙陀：又作"沙陁"，我国古代部落名。参见《单鞭夺槊》楔子注文（2）。

（4）李克用：五代后唐之祖，其先本姓朱邪，世为沙陀部酋长，其祖执宜降唐，赐姓李。黄巢起义时，克用率沙陀兵破之，攻入长安，封晋王。卒后其子存勖称帝，追尊为太祖。见《新五代史》卷四及《旧五代史》卷二十五、卷二十六。

（5）黄巢：唐末农民大起义领袖，曹州冤句（今山东菏泽市西南）人。僖宗乾符二年（875）响应王仙芝起义，王被杀后继为首领，号冲天大将军，曾破潼关，入长安，建大齐国。中和四年（884）七月兵败自杀身死。

（6）忻、代、石、岚、雁门关：忻，州名，隋开皇十八年（598）置，相当于今山西定襄、忻县地。代，州名，隋开皇五年（585）置，今山西代县。石，州名，北周建德六年（577）置，今山西离石。岚，州名，在山西西部，汾河上游。北魏置岚州，明改岚县。雁门关，唐置，也叫西径关，故址在今山西雁门关西西雁山上，为山西三关隘之一。

（7）阿妈：女真语称父为"阿马"（或"阿妈"），母为"阿者"。如《拜月亭》剧："阿者，你这般没乱慌张到得那里""阿马认得瑞兰末"。有时也扩大到奴隶部属对主人之称谓，如本剧第四折卒子对李嗣源的称呼。

（8）稳婆：指官府或显贵人家的接生婆。蒋一葵《长安客话》卷二"三婆"条："每季就收生婆中予选名籍在官，以待内庭召用，如选女则用以辨别妍媸可否，如选奶口则用等第奶汁厚薄、隐疾有无，名曰稳婆。"

头折

（赵太公上，云）自从王屠的浑家到俺家中，一月光景。我将那文书本是典身，我改做卖身文书，永远在我家使唤。这妇人抬举着我那孩儿哩，我如今唤他抱出那孩儿来，我试看咱。（做唤科，云）王大嫂！（正旦抱两个侏儿上，云）妾身自从来到赵太公家中，可早一月光景也。妾身本是典身三年的文书，不想赵太公暗暗的商量，改做了卖身文契，与他家永远使用。今日太公呼唤，不知有甚事，须索走一遭去。想我这烦恼几时受彻也呵！（唱）

【仙吕点绛唇】我如今短叹长吁，满怀冤屈，难分诉。则我这衣袂粗疏，都是些单疏布[12]无绵絮。

【混江龙】我堪那无端的豪户，瞒心昧己使心毒。他可便心侥倖[13]，倒换过[14]文书，当日个约定觅自家做乳母，今日个强赖做他家里的买身躯。我可也受禁持(1)、吃打骂敢无重数。则我这孤孀子母，更和这瘦弱身躯！

（正旦做见科，云）员外万福。（赵太公云）你来我家一个月了。你抱将我那孩儿来我看。（正旦做抱侏儿科）（赵太公看侏科，云）王大嫂，怎生我这孩儿这等瘦？将你那孩儿来我看。（正旦做抱自侏科）（太公做看科，云）偏你的孩儿怎生这般将息(2)的好[15]？这妇人好无礼也，他将有乳食的奶子与他孩儿吃，却将那无乳的奶子与俺孩儿吃，怎生将息的起来？这妇人不平心，好打这泼贱人！（做打科）（正旦唱）

【油葫芦】打拷杀咱家谁做主？有百十般曾对付：我从那上灯时直看到二更初，我若是少乳则管里吖吖的哭，我若是多乳些灌的他啊啊的吐；这孩儿能夜啼不犯触，则从那摇车儿上挂着爷单裤，挂到有三十遍倒蹄驴。(3)

【天下乐】不似您这孩儿不犯触，可是他声也波声，声声的则待要哭，则从那摇车儿上魇襀(4)无是处。谁敢道是荡他一荡？谁敢是触他一触？可是他叫吖吖无是处。

（赵太公云）将你那孩儿来我看。（接过来做摔科）（正旦做扳[16]住臂膊科，云）员外可怜见，休摔孩儿！（赵太公云）摔杀有甚事，则使的

几贯钱！（正旦唱）

【金盏儿】你富的每有金珠，俺穷的每受孤独，都一般牵挂着他这个亲肠肚。我这里两步为一蓦⁽⁵⁾。急急下街衢。我战钦钦身刚举，笃速速手难舒。我哭啼啼扳住臂膊，泪漫漫的扯住衣服。

（正旦云）员外可怜见！便摔杀了孩儿，血又不中饮，肉又不中吃，枉污了这答儿田地。员外则是可怜见咱！（赵太公云）兀那妇人，我还你，抱将出去，随你丢了也得，与了人也得，我则眼里不要见他。你若是不丢了呵，来家我不道的饶了你哩！（下）（正旦云）似这等如之奈何！孩儿，眼见的咱子母不能够相守也。儿也，痛煞我也！（唱）

【尾声】儿也！则要你久已后报冤仇，托赖着伊家福，好共歹一处受苦；我指望待将傍的孩儿十四五，与人家作婢为奴。自踌躇，堪恨这个无徒！（带云）儿也，你不成人便罢，倘或成了人呵，（唱）你穿着些布背子，排门儿告些故疏⁽⁶⁾。怎时节老人家暮古⁽⁷⁾，与人家重生活⁽⁸⁾难做，哎，儿也！你寻些个口衔钱⁽⁹⁾，赎买您娘那一纸放良书⁽¹⁰⁾。（下）

注　解

（1）禁持：古代用巫术制人，称作禁。禁持，压制意。参考《救风尘》第二折注文（18）。

（2）将息：调养保重身体的意思。关汉卿〔沉醉东风〕小令："刚道得声'保重将息'，痛煞煞教人舍不得。"

（3）"摇车儿上挂着爷单裤"二句：民间迷信的习俗，以为老人家的裤子可以为小孩镇邪除疾，所以孩子一生下来就用爷爷的裤子裹身。这句意为从出生时起。倒蹄驴，形容爷爷的单裤像倒过来的驴蹄子。

（4）魇（yǎn）禳：镇邪压惊。魇，梦到可怕事情而惊叫呻吟。禳，祭祷消灾。

（5）两步为一暮：两步并成一步，意为急速迈大步。暮，同"迈"。

（6）故疏：或亲或疏。这句意为挨家挨户讨求。

（7）暮古：也作"慕古""古板"，引申为糊涂。这句意为自己老了，不中用了。参阅《蝴蝶梦》第二折注文（28）。

（8）重生活：粗重的活计。

（9）口衔钱：殡埋时放在死人口里的钱。

（10）放良书：奴婢赎身成为良民的文书。

第二折

（外扮李嗣源珊马儿⁽¹⁾领卒子上，云）靴尖踢镫快，袖窄拽弓疾。能骑乖劣马，善着四时衣。某乃沙陀李克用之子李嗣源是也。为因俺阿妈破黄巢有功，圣人封俺阿妈太原府晋王[17]之职，俺阿妈手下儿郎都封官赐赏。今奉俺阿妈将令，着俺数十员名将，各处收捕黄巢手下余党，某为节度使之职。昨日三更时分，夜作一梦，梦见虎生双翅，今日早间去问周总管，他言说道：有不测之喜，可收一员大将。某今日统领本部军卒，荒郊野外打围猎射走一遭去。众将摆开围场者！（做见兔儿科，云）围场中惊起一个雪练也似白兔儿来。我拽的这弓满，放一箭去，正中白兔，那白兔倒一交，起身便走，俺这里紧赶紧走，慢赶慢走。众将与我慢慢的追袭将去来！（下）

（正旦抱俫儿上，云）妾身抱[18]着这个孩儿，下着这般大雪，向那荒郊野外，丢了这孩儿也。你也怨不的我也！（唱）

【南吕一枝花】恰才得性命逃，速速的离宅舍，我可便一心空哽咽，则我这两只脚可兀的走忙迭。我把这衣袂来忙遮，俺孩儿浑身上绵茧儿无一叶。我与你往前行，无气歇，眼见的无人把我来拦遮，我可便将孩儿直送到荒郊旷野。

【梁州】我如今官差可便弃舍，哎，儿也！咱两个须索今日离别，这冤家必定是前生孽。这孩儿仪容儿清秀，模样儿英杰，我熬煎了无限，受苦了偌些，我知他是吃了人多少唇舌，不由我感叹伤嗟！我、我、我，今日个母弃了儿，非是我心毒，是、是、是，更和这儿离了母如何的弃舍！哎！天也！天也！俺可便眼睁睁子母每各自分别，直恁般运拙。这冤家苦楚何时彻？谁能够暂时歇？若是我无你个孩儿伶俐[(2)]些，那其间方得宁贴。

（正旦云）我来到这荒郊野外，下着这般大雪，便怎下的丢了孩儿也！（唱）

【隔尾】我这里牵肠割肚把你个孩儿舍，跌脚捶胸自叹嗟。望得无人，拾将这草料[19]儿遮，将乳食来喂些，我与你且住者。儿也！就在这官道旁边，敢将你来冻煞也！

（李嗣源领番卒子上，云）大小军卒，赶着这白兔儿，我有心待不赶来，可惜了我那枝艾叶金钑箭[(3)]去了。如今赶到这潞州长子县荒草坡前，不见了白兔，则见地下插着一枝箭。左右，与我拾将那枝箭来，插在我这撒袋中。（李嗣源做见正旦科，云）奇怪也！兀那道傍边一个妇女人，抱着一个小孩儿，将那孩儿放在地上，哭一回去了，他行数十步可又回来，抱起那孩儿来又啼哭。那妇女人数遭家恁的？其中必是暗昧。左右！你去唤将那妇人来，我试问他。（卒子做唤科，云）兀那婆婆儿，俺阿妈唤你哩。（正旦见科，云）官人万福。（李嗣源云）兀那妇人，你抱着这个小的，丢在地下去了，可又回来，数番不止，你必是暗昧。（正旦云）官人不嫌絮烦，听妾身口说一遍：我是这本处王屠的浑家，当日所生了这个孩儿，未及满月，不想王屠辞世，争奈无钱埋殡，妾身与赵太公家典身三年，就看管他的孩儿。不想赵太公将我那典身的文书，他改做了卖身的文契。当日他[20]赵太公唤我，我抱着两个孩儿，太公见了，他说："偏你那孩儿便好，怎生饿损了我这孩儿？便将你那孩儿或是丢了或是人养[21]了便罢，若不丢你那孩儿回来，我不道的饶了你！"因此上来到这荒郊野外，丢我这孩儿来。（李嗣源云）嗨！好可怜人也。兀那妇人，比及你要丢在这荒郊野外呵，与了人可不好？（正旦云）妾身怕不待要与人，谁肯要？（李嗣源云）兀那妇人，这小的肯与人呵，与了我为子可不好？（正旦云）官人若不弃嫌，情愿将的去。敢问官人姓甚名谁？（李嗣源云）我是沙陀李克用之子李嗣源是也。久以后抬举的你这孩儿成人长大，我教他认你来，你将他那生时年月小名说与我者。（正旦云）官人，这孩儿是八月十五日半夜子时生，小名唤做王阿三。（李嗣源云）左右哪里，好生抱着孩儿；这围场中哪里有那纸笔，翻过那祆子上襟，写着孩儿的小名生时年月。你休烦恼，放心回去。（正旦唱）

【贺新郎】富豪家安稳把孩儿好抬迭，这孩儿脱命逃生，媳妇儿感承多谢！（李嗣源云）我和你做个亲眷可不好？（正旦唱）官人上怎敢为枝叶？教孩儿执[22]帽擎鞭抱靴。（李嗣源云）你放心，这孩儿便是我亲生嫡养的一般。（正旦唱）听说罢我心内欢悦，便是你享富贵合是遇英杰。哎！你个赵太公弄巧翻成拙。儿也！你今日弃了你这个穷奶奶，哎，儿也！谁承望你认了富爹爹！

（李嗣源云）兀那妇人，你放心，等你孩儿成人长大，我着你子母每好歹有厮见的日子哩。（正旦云）多谢了官人也，儿也[23]，则被你痛煞我也！（唱）

【尾声】怕孩儿有刚气(4)自己着疼热，会武艺单单的执斧钺，俺孩儿一命也把自家怨恨绝。我若是打听的我

孩儿在时节，若有些志节，把他来便撞者，将我这屈苦的冤仇，儿也！那其间报了也。（下）

（李嗣源云）兀那众军卒听者：他这小的如今与我为了儿，我姓李，就唤他做李从珂[(5)]，到家中不许一个人泄漏了；若是有一个泄漏了的，我不道的饶了您哩！我驱兵领将数十年，因追玉兔骤征骢[(6)]，忽见妇人号啕哭，我身一一问前缘。他愿[[24]]将赤子与我为恩养，我教他习文演武领兵权，一朝长大[[25]]成人后，久以后我着他子母再团圆。（下）

注 解

（1）珊（shān）马儿：舞着马鞭。

（2）伶俐：元剧常用词，意为干净。这句意为舍去了小孩，身边干净了，赵太公方肯罢休。参见《窦娥冤》第二折注文（14）。

（3）金铍（pī）箭：指箭镞较薄而阔，箭杆较长的箭。铍，同"錍"，箭镞的一种。

（4）刚气：志气，即下文说的"志节"。

（5）李从珂：后唐废帝，明宗养子，小字阿三，镇州平山人，封潞王。应顺初，弑闵帝自立，在位三年国亡。见《新五代史》卷七、《旧五代史》卷四十六。

（6）征骢（wǎn）：骏马。

第三折

（外扮葛从周[(1)]领卒子上，云）黄巢播乱[[26]]立山河，聚集群盗起干戈。某全凭智谋驱军校，何用双锋石上磨？某姓葛名从周是也，乃濮州鄄城人氏。幼而颇习先王典教，后看韬略遁甲之书，学成文武兼济，智谋过人。某初佐黄巢麾下为帅，自起兵之后，所过城池望风而降。不期李克用家大破黄巢，自黄巢兵败，某今佐于梁元帅[(2)]麾下为将。某今奉元帅将令，为与李克用家相持。他倚存孝⁽³⁾之威，数年侵扰俺邻境，如今无了存孝，更待干罢。俺这里新收一员大将，乃是王彦章⁽⁴⁾，此人使一条浑铁枪，有万夫不当之勇。他便是再长下的张车骑⁽⁵⁾，重生下的唐敬德⁽⁶⁾，此人好生英雄。某今差王彦章领十万雄兵，去搠⁽⁷⁾李克用家名将出马。小校与我请将王彦章来，有事商议。（卒子云）理会的。王彦章安在？（王彦章上，云）幼年曾习黄公略⁽⁸⁾，中岁深通吕望书⁽⁹⁾，天下英雄闻吾怕，我是那压尽春秋伍子胥⁽¹⁰⁾。某乃大将王彦章是也，乃河北人氏。某文通三略，武解六韬，智勇双全。寸铁在手，万夫不当之勇；片甲遮身，千人难敌之威；铁枪轻举，战将亡魂；二马相交，敌兵丧魄。天下英雄，闻某之名，无有不惧。今有元帅呼唤，须索走一遭去。可早来到也。报复去，道有王彦章来了也。（卒子云）理会的。（报科，云）喏，报的元帅得知，有王彦章来了也。（葛从周云）着他过来。（卒子云）理会的。着你过去。（做见科，云）呼唤某有何将令？（葛从周云）王彦章，唤你来别无甚事，今有李克用，数年侵扰俺邻境，如今无了存孝也，你领十万雄兵，去搠李克用家名将出马。若得胜回还，俺梁元帅必然重赏加官也。（王彦章云）某今领了将令，点就十万雄兵，则今日拔寨起营。大小三军，听吾将令，与李克用家相持厮杀走一遭去！某驱兵领将显高强，全凭浑铁六沉枪⁽¹¹⁾。马如北海蛟出水，人似南山虎下冈。敌兵一见魂魄丧，赳赳威风把名扬。临军对阵活挟将，敢勇交锋战一场。（下）（葛从周云）小校，王彦章领兵与李克用家将交战去了也？（卒子云）去了也。（葛从周云）凭着此人英勇，必然得胜也。俺梁元帅怎比黄巢？斩大将岂肯耽饶⁽¹²⁾！十万兵当先敢勇，千员将施逞英豪。人人望封官赐赏，个个要重职名标。收军锣行营^[27]起寨，贺凯歌得胜旗摇。（下）

（李嗣源领番卒子上，云）马吃和沙草，人磨带血刀。地寒毡帐冷，杀气阵云高。某乃李嗣源是也。今收捕草寇已回，颇奈梁元帅无礼，今差贼将王彦章，领十万军兵搠俺相持。他则知无了存孝，岂知还有俺五虎大将，量他何足道哉！某今领二十万雄兵，五员虎将，与梁兵交战去。

小校，唤将李亚子⁽¹³⁾、石敬瑭⁽¹⁴⁾、孟知祥⁽¹⁵⁾、刘知远⁽¹⁶⁾、李从珂五员将军来者。（卒子云）理会的，众将安在？（李亚子上，云）幼小曾将武艺习，南征北讨要相持。临军望尘知胜败，对垒嗅土识兵机。某乃李亚子是也。今有俺嗣源哥哥呼唤，须索见哥哥去。可早来到也。小番报复去，道有李亚子来了也。（卒子云）理会的。报的阿妈得知，有李亚子来了也。（李嗣源云）着他过来。（卒子云）理会的，着你过去。（做见科，云）哥哥呼唤，有何事？（李嗣源云）亚子兄弟，唤您来无别事，今有梁将王彦章搦战，等五将来全了，支拨与您军马去。（李亚子云）理会的。（石敬瑭上，云）幼习韬略识兵机，旗开对垒敢迎敌。临军能射敌兵怕，大将军八面虎狼威。某乃石敬瑭是也。今有先锋将李嗣源呼唤，须索走一遭去。可早来到也。小番报复去，道有石敬瑭来了也。（卒子云）理会的。（报科，云）报的阿妈得知，有石敬瑭来了也。（李嗣源云）着他过来。（卒子云）理会的，着你过去者。（做见科，云）呼唤某那厢使用？（李嗣源云）石敬瑭，今唤您五将与王彦章相持去，等来全时支拨与您军马。（石敬瑭云）理会的。（孟知祥上，云）学成三略和六韬，忘生舍死建功劳。赤心辅弼为良将，尽忠竭力保皇朝。某乃孟知祥是也。今有李嗣源呼唤，须索走一遭去。可早来到也。小番报复去，道有孟知祥来了也。（卒子云）报的阿妈得知，有孟知祥来了也。（李嗣源云）着他过来者。（卒子云）理会的。着你过去。（做见科，云）呼唤孟知^[28]祥，有何事商议？（李嗣源云）且一壁有者。（刘知远上，云）番将雄威摆阵齐，北风招飐皂雕旗。马前将士千般勇，百万军兵敢战敌。某乃刘知远是也。正在教场中操兵练士，今有哥哥升帐呼唤，须索走一遭去。可早来到也。小番报复去，道有刘知远来了也。（卒子云）理会的。报的阿妈得知，有刘知远来了者。（李嗣源云）着他过来。（卒子云）理会的，着你过去。（刘知远见科，云）哥哥，呼唤你兄弟那厢使用？（李嗣源云）且一壁有者，等五将来全时，支拨与你军马。（刘知远云）理会的。（李从珂上，云）幼习黄公智略多，每回临阵定干戈。刀横宇宙三军丧，匹马当先战百合。某乃李从珂是也。正在教场中操练番兵^[29]，有阿妈呼唤，不知有甚事，须索走一遭去。可早来到也。小番报复去，道有李从珂来了也。（卒子云）理会的，报的阿妈得知，有李从珂来了也。（李嗣源云）着他过来。（卒子云）理会的，着过去。（李从珂云）阿妈，呼唤您孩儿那厢使用？（李嗣源云）唤你来不为别，今有梁元帅命王彦章领十万雄兵，搦俺相持。某今统二十万人马，五哨行兵⁽¹⁷⁾，擒拿王彦章去。李亚子，你领兵三千，军行左哨，看计行兵。（李亚子云）得令！某今领兵三千，军行左哨，与王彦章拒敌走一遭去。人又英雄马又奔，交锋今日定江山。两阵对圆旗相望，不捉彦章永不还。（下）（李嗣源云）石敬瑭近前来，拨与你三千人马，你军行右哨，看计行兵。（石敬瑭云）得令！则今日领了三千人马，军行右哨。亲传将令逞威风，扯鼓夺旗有谁同？十万军中施英勇，生擒彦章建头功。（下）（李嗣源云）孟知祥，我拨与你三千精兵，你军行前哨，与王彦章对垒相持去，看计行兵。（孟知祥云）得令！某令领三千人马，军行前哨，擒拿王彦章去。今朝发奋统戈矛，义儿家将逞挡搜⁽¹⁸⁾。皂雕旗磨番兵进，不擒彦章誓不休。（下）（李嗣源云）刘知远，拨与你三千雄兵，你军行中路，与王彦章交锋去，看计行兵。（刘知远云）得令！奉哥哥的将令，领本部下人马，与王彦章相持厮杀走一遭去。大小番兵，听吾将令！到来日，众番将敢勇当先，能相持战马盘旋。鼍⁽¹⁹⁾皮鼓喊声振地，皂雕旗蔽日遮天。韵悠悠胡笳慢品，阿来来口打番言。遇敌处忘生舍死，方显俺五虎将武艺熟闲。（下）（李嗣源云）李从珂，我与你三千人马，你军行后哨，与王彦章交锋去，看计行兵。（李从珂云）得令！领了阿妈将令，领三千人马，军行后哨，与王彦章交战走一遭去。兵行将勇敢当先，塞北儿郎列数员。略施黄公三略智，生擒贼将在马前。（下）（李嗣源云）五员虎将去了也。某领大势雄兵，军行策应，擒拿王彦章易如翻掌。赳赳雄威杀气高，三军帅领显英豪。偎山靠水安营寨，扫荡贼兵建勋劳。（下）

（王彦章珊^[30]马儿领卒子上，云）某乃王彦章是也。奉俺元帅将令[31]，统十万雄兵，与李克用家军马相持厮杀。远远的尘土起处，敢是兵来了也。（李亚子珊马儿上，云）某乃李亚子是也。来者何人？（王彦章云）某乃梁将王彦章是也。你乃何人？（李亚子云）某乃李亚子是也。敢交锋么？操鼓来！（做战科）（石敬瑭珊马儿上，云）某乃石敬瑭是也。兀的不是王彦章！（战科）（孟知祥珊马儿上，云）某乃孟知祥是也。领本部下人马，截杀王彦章走一遭去。休着走了王彦章！（刘知远珊马儿上，云）某乃刘知远是也。兀的不是王彦章！（做战科）（李嗣源珊马儿上，云）休着走了王彦章！（李从珂珊马儿上，云）某乃李从珂。拿住王彦章者！（做混战科）（王彦章云）五员虎将战某一人，不中，我与你走、走、走！（下）（李嗣源云）王彦章败走了，更待干罢。无名的小将，有何惧哉！李亚子、石敬瑭、孟知祥、刘知远，跟某回大寨中去；留李从珂收后，恐怕王彦章复来，你[32]再与他交锋。他怎生赢的俺军兵！俺回营中去来。得胜收军卷征旗，行军起寨罢相持。众将鞭敲金镫响，班师齐唱凯歌回。（四将同下）（李从珂云）阿妈回兵去了也，某袭殿后，恐防贼兵。征云笼罩雾云收，杀气冲霄满地愁。群雁扑翻鸥鹏鹍，五虎战败锦毛彪。（下）（赵太公上，云）窗外日光弹指过，席间花影坐间移。老汉赵太公是也。自从教那妇人丢了他那小的，则抬举着我的孩儿，经今十八年光景也，抬举的孩儿成人长大了也。近日我染其疾病，若我死之后，恐怕我那孩儿不知，教人寻我那孩儿来，我有几句言语吩咐他。孩儿哪里？（净赵脖揪上，云）我做庄家快夸嘴，丢轮扯炮如流水；引着沙三去珊撅[33]，伴着王留学调鬼。(20)自家赵脖揪的便是，我父亲是赵太公，祖传七辈都是庄家出身，一生村鲁，不尚斯文。伴着的是王留、赵二、牛表、牛觔。锄刨过日，耕种绝伦。秋收已罢，赛社迎神。开筵在葫芦篷下，酒酿在瓦钵磁盆。茄子连皮咽[34]，稍瓜(21)带子吞。萝卜蘸生酱，村酒大碗敦。唱会花桑树，吃的醉醺醺。舞会村田乐，困来坐草墩[35]。闲时磨豆腐，闷后珊面筋。醉了胡厮打，就去告老人；一顿黄桑棒，打的就发昏；预备和劝酒，永享太平春。我今日吃了几杯酒，有我爹爹在家染病，且回家看爹爹去。可早来到也，我自过去。（做见科，云）爹爹，你病体如何？我奶子那里去了？（赵太公云）孩儿，你不知道，他不是你奶子，他是咱家里买来的。当初觅他来做奶子来，他将那好的奶与他养的孩儿吃，将那无乳的奶来与你吃，因此折倒的你这般瘦了。你从今以后休唤做奶子，则叫他做王嫂。你趁[36]我在日，朝打暮骂他，久后他也不敢管你。孩儿，你扶我后堂中去。（下）（净赵脖揪云）爹爹，你不说呵，我怎么知道？兀的不痛痛痛痛煞我也！我如今唤他出来。王嫂，你出来！（正旦上，云）过日月好疾也！自从将孩儿与了那官人去了，可早十八年光景也，未知孩儿有也是无？如今赵太公染病，他着孩儿唤我，须索见他去咱。（见科）（净赵脖揪云）兀那王嫂！（正旦云）你怎生唤我做王嫂？我是你奶奶哩。（净赵脖揪云）我可是你爹爹哩。想当初我父亲买你来与我家为奴，就着你做奶子，奶的我好。你将那好奶与你那孩儿吃，你将那无乳的奶与我吃，故意的把我饿瘦了。如今我不唤你做奶子了，我则叫你做王嫂。你与我饮牛去，休湿了那牛嘴儿，若湿了我那牛嘴儿呵，回家来五十黄桑棍！（下）（正旦云）似这般如之奈何？当初他本不知道，如今他既知道了，这烦恼从头儿受起也！我索井头边饮牛去咱。下着这般国家祥瑞，好冷天道也呵！（唱）

【正宫端正好】 风飕飕遍身麻，则我这笃簌簌连身战，冻钦钦手脚难拳。走的紧来到荒坡佃，觉我这可扑扑的心头战。

【滚绣球】 我这里立不定虚气喘，无筋力手腕软，瘦身躯急难动转。恰来到井口傍边，雪打的我眼怎开，风吹的我身倒偃，冻碌碌自嗟自怨，也是咱前世前缘。冻的我拿不的绳索拳挛着手，立不定身躯耸定肩，苦痛难言！

（正旦云）我将这水桶摆在井边，放下这吊桶去。好冷天道也！（唱）

【倘秀才】我这里立不定吁吁的气喘，我将这绳头儿呵的来觉软，一桶水提离井口边，寒惨惨[37]手难拳，我可便应难动转。

（正旦云）将这吊桶掉[38]在这井里，我也不敢回家去，到家里又是打又是骂。罢、罢、罢，就在这里寻个自缢！（外扮李从珂跚马儿领番卒子上，云）几度相持在战场，沙陀将士显高强。破灭黄巢真良将，扶持阿妈保家邦。某乃大将李从珂是也。奉着阿妈的将令，差俺五虎将与王彦章交战去来，被俺五虎将困了彦章，今日班师得胜回程。我父亲李嗣源与四个叔叔先回去了。某领三千军马后哨行将去，打这潞州长子县过，来到这村庄前。（做见旦科，云）奇怪也！兀那井口傍边一个妇人，守着一担水，树上挂着一条绳子，有那觅自缢的心，则管里啼天哭地的。左右哪里，与我唤那妇人来，我问他。（卒子云）理会的。兀那妇人，俺大人唤你哩！（正旦云）哥哥唤我做甚么？（李从珂云）左右接了马者。（做下马科，云）将座儿来我坐。（正旦做见科，云）官人万福。（李从珂做猛起身科，云）好奇怪也！这个婆婆儿刚拜我一拜，恰似有人推起我来的一般。这婆婆儿的福气倒敢大似我么？兀那婆婆，你为甚么树上拴着这条套绳子要寻自缢？你说一遍，我试听咱。（正旦云）官人不知：老身在[39]赵太公家居住，俺太公严恶，使我来这井上打水饮牛来。不想将吊桶掉在井里，不敢回家取三须钩去，因此上寻个自缢。（李从珂云）可怜也！这婆婆掉了桶在这井里，不敢回家中去，在此寻个自尽。嗨！可不道蝼蚁尚然贪生，为人何不惜命？左右，拿着那揉钩枪，井中替他捞出那桶来。（卒子云）理会的。（做捞桶科，云）打捞出来了也。（李从珂云）将桶与那婆婆。（正旦云）多谢了官人。（做认科，云）看了这官人那中珠(22)模样，好似我那王阿三孩儿也。（李从珂云）这个婆婆儿好无礼也，我好意的与你捞出桶来，你为何看着我啼哭？（正旦云）老身怎敢看官人啼哭！老身当初也有个孩儿来，自小里与了个官人去了，如今有呵，也有这般大小年纪也。老身见了官人，想起我那孩儿来，因此烦恼。（李从珂云）兀那婆婆，你当初也有个孩儿来，与了一个官人去了；那官人姓甚名谁？穿着甚么衣服？骑着甚么鞍马？你从头至尾慢慢的说一遍咱。（正旦唱）

【倘秀才】那官人系着条玉兔鹘连珠儿石碾，戴着顶白毡笠前檐儿漫卷。（李从珂云）他来你这里有甚么勾当？（正旦唱）可是他赶玉兔因来到俺这地面，他兜玉辔撇征骈斜挑着镫偏。

（李从珂云）那官人他可怎生便问你要那孩儿来？（正旦唱）

【呆骨朵】那官人笑吟吟，手撚着一枝雕翎箭，我可便把孩儿来与了那个官员。（李从珂云）曾有甚么信息来？（正旦唱）知他是富贵也那安然，知他是荣华也那稳便。（李从珂云）你这许多时不曾望你那孩儿一望？（正旦唱）要去呵应难去。（李从珂云）你曾见你那孩儿来么？（正旦唱）要见呵应难见。（李从珂云）你那孩儿小名唤做甚么？（正旦唱）知他是安在也那王阿三。（李从珂云）要了你那孩儿去的官人姓甚名谁？（正旦唱）你早则得福也李嗣源。

（李从珂云）奇怪也！这婆婆叫着我阿妈的名字。左右，这世上有几个李嗣源？（卒子云）只有阿妈一个是李嗣源。（李从珂云）兀那婆婆，我和[40]李嗣源一张纸上画字，我到家中说了，若有你那孩儿时，我教他看你来。你那孩儿如今多大年纪？几月几日甚么时生？你说与我。（正旦云）俺孩儿是八月十五日半夜子时生，年十八岁也，小名唤做王阿三。（李从珂云）奇怪也！这婆婆说的那生时年纪，和我同年同月同日同时一般般的，则争一个名字差着，其中必有暗昧。我到家中呵，好歹着你孩儿来望你，你意下如何？（正旦云）官人是必着孩儿来看我一看。（唱）

【啄木儿尾声】你是必传示与那李嗣源，道与俺那闵

子骞⁽²³⁾，有时节教俺这子母每重相见。要相逢一面，则除是南柯梦里得团圆。（下）

（李从珂云）奇怪也！这个婆婆说的他那孩儿，和我同年同月同日同时，则争着这一个小名差着：他是王阿三，我是李从珂；其中必有暗昧。我到家中问的明白，那其间来认，未为晚矣。听言说罢泪如梭，忽见受苦老婆婆。阿三小字谁名姓？多应敢是李从珂。（下）

注 解

（1）葛从周：五代后梁鄄城人，字通美。后梁太祖即位，拜左金吾卫上将军。见《新五代史》卷二十一、《旧五代史》卷十六。

（2）梁元帅：指五代梁主朱温，即朱全忠。砀山人。唐僖宗时从黄巢起义，降唐后赐名全忠。后弑唐昭宗及哀帝篡位，国号梁，史称后梁。在位六年，为其子友珪所杀。见《新五代史》卷一、《旧五代史》卷一至七。

（3）存孝：指李存孝。五代唐人，克用养子，本名安敬思，飞狐（今河北涞源县）人。勇而善战，以被逸有叛心，被磔死。见《唐书》卷二百十八、《新五代史》卷三十六、《旧五代史》卷五十三。

（4）王彦章：后梁寿昌人，字子明。少为军卒，骁勇有力，出阵常持铁枪，军中号"王铁枪"。官至招讨使。后唐兵破兖州，彦章被擒杀。见《新五代史》卷三十二、《旧五代史》卷二十一。

（5）张车骑：即三国时蜀国名将、车骑将军张飞。《石榴园》第三折："那关云长武艺高，张车骑情性侉。"

（6）唐敬德：指唐初开国名将尉迟敬德。详见本书《尉迟恭单鞭夺槊》剧前导读部分。

（7）搦（nuò）：挑惹。《三国演义》第一百二回："人报秦朗引兵在寨外，单搦郑文交战。"

（8）黄公略：指黄石公的《三略素书》。黄石公，秦末隐士，张良游下邳圯上，黄石公授与《三略》兵书。见《史记》卷五十五、《汉书》卷四十。

（9）吕望书：吕望，即吕尚，周东海人，本姓姜，其先封吕，字子牙，年老遇文王，立为师，号太公望，世传有兵书《六韬》六卷。见《史记》卷三十二。

（10）伍子胥：伍员，字子胥，春秋楚人。父兄为平王所杀，员奔吴佐吴王阖庐伐楚，五战而入楚都郢，员掘平王墓鞭尸，以报父兄之仇。后被谗自刎而死。见《史记》卷六十六。

（11）六沉枪：即绿沉枪，深绿色杆子的枪。亦见《单刀会》第三折。

（12）耽饶：宽恕、原谅。参阅《绯衣梦》第四折注文（4）。

（13）李亚子：即李存勖，五代唐主，克用子，小字亚子。骁勇善战，称帝后国号唐，史称后唐。后伶人郭从谦反，存勖中流矢卒。在位四年，庙号庄宗。见《新五代史》卷四、《旧五代史》卷二十七。

（14）石敬瑭：五代晋开国君主，其先西夷人，唐末从晋王李克用征战有功，拜河东节度使。入后唐，为明宗婿。后引契丹兵灭后唐，自立为帝，称契丹主为父皇帝，自称儿皇帝，国号晋，史称后晋，在位七年。见《新五代史》卷八、《旧五代史》卷七十五至八十。

（15）孟知祥：五代后蜀主，邢州龙冈人，字保胤。后唐庄宗时拜剑南西川节度使。明宗死后闵帝立，遂称帝，国号蜀，史称后蜀，未一年卒。见《新五代史》卷六十四、《旧五代史》卷一百三十六。

（16）刘知远：五代汉开国君主，沙陀部人，世居太原。初从晋高祖起兵，拜中书令；后契丹灭晋，中原无主，乃即帝位于晋阳，国号汉，史称后汉，在位一年卒，庙号太祖。见《新五代史》卷十、《旧五代史》卷九十九。

（17）五哨行兵：五路军马。哨，古代军队的编制单位。

（18）拗搜：元剧常用词，原意为固执，如《李逵负荆》第一折："哎，你个呆老子，畅好是忒拗搜。"引申为凶猛。如《赵礼让肥》第三折："我是个杀人放火拗搜汉，则他这孝心肠感动我这铁心肠。"本剧中为勇猛意。

（19）鼍（tuó）：鼍龙，俗叫猪婆龙，鳄鱼的一种，皮可蒙鼓。

（20）"引着沙三去珊撬"二句：沙三、王留，元剧中常用为市井流氓浪荡子的通称。下文牛表、牛觔亦同。撬（qiào），用棍棒刀锥拨开或挑起。此处指偷鸡摸狗的勾当。

（21）稍瓜：未明何种瓜。

（22）中珠：长相、风度。参阅《玉镜台》第二折注文（10）。

（23）闵子骞：春秋时期鲁国人，名损，孔子弟子，居德行科，其后母虽不贤而尽孝。见《史记》卷六十七。

第四折

（李嗣源引番卒子上，云）桃暗柳明终夏至，菊凋梅褪又春回。某乃李嗣源是也。过日月好疾也，自从在潞州长子县讨了那个孩儿来家，今经十八年光景也。孩儿十八岁也，学成十八般武艺，无有不拈，无有不会，寸铁在手，有万夫不当之勇。孩儿唤做李从珂。今因王彦章下将战书来搠俺交锋，奉着俺老阿妈的将令，着某为帅，李亚子为先锋，石敬瑭为左哨，孟知祥右哨，刘知远为中路，李从珂为合后，统领二十万大军，前去与王彦章交锋。被俺五虎将大破了王彦章，今已班师得胜回还。这一场相持厮杀，多亏了我孩儿李从珂，今俺四虎将先回，着李从珂孩儿后哨赶将来。阿妈阿者大喜。谢俺阿妈封俺五将为五侯，着俺老阿者设[41]一宴，名唤做五侯宴，就要犒赏三军。阿者的将令，着我等的五将全了呵，来回阿者的言语。这早晚怎生不见五将来？（李亚子上，云）三十男儿鬓未斑，好将英勇展江山。马前自有封侯剑，何用区区笔砚间？某乃大将李亚子是也。奉阿妈的将令，着俺五虎将与王彦章交锋去来，今已得胜还营。比及见阿妈阿者，先见李嗣源哥哥去来；到也。兀那小番，与我报复去，道有李亚子来了也。（卒子云）理会的。（报科，云）报的阿妈得知，有李亚子来了。（李嗣源云）道有请。（卒子云）理会的。有请！（做见科）（李嗣源云）有请！将军来了也。（李亚子云）哥哥，您兄弟来了也。（李嗣源云）将军请坐！左右，门首觑者，看有甚么人来。（孟知祥上，云）三尺龙泉万卷书，皇天生我意何如？山东宰相山西将，彼丈夫兮我丈夫。某乃家将孟知祥是也。奉俺阿妈的将令，着俺五将收捕王彦章已回。有李嗣源哥哥令人请，须索走一遭去。可早来到也，兀那小番，与我报复去，道有孟知祥来了也。（卒子云）理会的。报的阿妈得知，有孟知祥来了。（李嗣源云）道有请。（卒子云）理会的。有请！（孟知祥做见科，云）哥哥，您兄弟来了也。（李嗣源云）将军来了也。有阿者的将令，等俺五虎将来全了，阿者要来犒赏俺哩，将军请坐。左右，门首看者，有众将来时，报复我知道。（石敬瑭上，云）雄威赳赳定边疆，皂袍乌铠黑缨枪。天下英雄闻吾怕，则我是敢勇当先石敬瑭。某乃家将石敬瑭是也。奉俺阿妈的将令，差俺五将收捕王彦章，去到那里，则一阵，被俺五将大破王彦章，今已得胜班师回营也。有李嗣源相请，须索走一遭去。兀那小番，与我报复去，道有石敬瑭来了也。（卒子云）理会的。报的阿妈得知，有石敬瑭来了。（李嗣源云）道有请。（卒子云）理会的。有请！（做相见科）（石敬瑭云）三位哥哥，您兄弟来了也。（李嗣源云）将军请坐！早间奉阿妈的将令，为俺五将有功，阿妈要封俺为五侯，明日阿者要设一宴，是五侯宴，阿者亲自犒赏三军哩。待五将来全，俺一同去。（刘知远上，云）要立功名显姓，不辞鞍马劳神。某乃刘知远是也。俺奉阿妈的将令，差俺五将收捕王彦章，今已得胜还营。比及见阿妈，先见李嗣源哥哥走一遭去。可早来到也。小番报复去，道有刘知远来了也。（卒子云）理会的。报的阿妈得[42]知，有刘知远来了。（李嗣源云）道有请。（卒子云）理会的。有请！（刘知远见科，云）哥哥，刘知远得胜还营。（李嗣源云）将军请坐！今奉阿者的将令，为俺五将有功，阿者要设一宴，是五侯宴，阿者亲自犒劳赏三军。还有谁不曾来哩？（李亚子云）有李从珂将军不曾来哩。（李嗣源云）左右，门首觑者，若来时，报复我知道。（李从珂上，云）英雄赳赳镇江河，志气昂昂整干戈，雄威凛凛人人怕，则我是敢勇当先李从珂。某乃李从珂是也。奉阿妈的将令，差俺五虎收捕王彦章，今已得胜回营。比及见老阿妈，先见我阿妈走一遭去。兀那小番，你报复去，道有李从珂来了也。（卒子云）理会的。报的阿妈得知，有李从珂来了也。（李嗣源云）李从珂孩儿来了也，教孩儿过来。（卒子云）理会的。着你过去哩[43]。（李从珂见科，云）阿妈，您孩儿来了也。（李嗣源云）从珂，你为何来迟？（李从珂云）阿妈，您孩儿来到潞州长子县赵家庄，遇见一个婆婆儿[44]，树上拴着条绳子，有那觅自缢的心。您孩儿问其缘故，原来他掉了个吊桶在井里，他那主人家厉害，待取那三须钩去，怕打骂他，因此寻一个死处。您孩儿着左右人替那婆婆儿捞出那桶来与他，那婆婆儿看着您孩儿则管啼哭。您孩儿问其故，那婆婆儿言道："我也有一个孩儿来，十八年前与了一个官人将的去了。"您孩儿问他那生时年纪，他道，他那孩儿是八月十五日半夜子时生，小名唤做王阿三，如今有呵十八岁也。我又问他："那将了你孩[45]儿去的那个官人姓甚名谁？"不想那婆婆儿说着父亲的名字，看起来他那孩儿和您孩儿同年同月同日同时，则争着一个名姓。我对那婆婆儿说道："我和那将的你孩儿去的那个官人一张纸上画字的人。"那婆婆儿啼天哭地。跪着您儿哀告道："官人可怜见！若是回去见我那孩儿呵，是必着来看我一看儿。"父亲，您儿想来，既然父亲有了您孩儿呵，要他那别人家儿女做甚么？父亲，如今那个人在哪里？唤他出来，我见他一见，着他去见他那亲娘一见去，可不好？（李嗣源做惊科，云）住、住、住，孩儿，你不知道，我是讨了一个孩儿来，要早晚服侍你，那厮也不成，我着他放马去不想他掉下马来跌杀了。如今哪里有那孩儿来？你休管他，明日阿者设一筵宴，名是五侯宴，要犒赏俺五侯哩。你且歇息去，明日早去。（李从珂云）阿妈真个不和您孩儿说？（李嗣源云）说道无，则管里问！（李亚子同众人科，云）从珂，你父亲是有一个孩儿来，放马去跌杀了也。（李从珂云）既然您都瞒着我，不肯说，罢、罢、罢，我出的这门来。今日都不肯说，我恰才见阿妈和四个叔叔都目目相觑，其中必然暗昧。我今日且不问他每，到明日酒席间老阿者跟前，好歹要问[46]个明白！（下）（李嗣源云）从珂孩儿去了也。（卒子云）去了也。（李嗣源云）嗨！四个兄弟，这孩儿见他那亲母来，若是他知道了呵，我偌大年纪也，可怎生是好？（石敬瑭云）哥哥，不妨事，俺如今先去与老阿者说知了，则死瞒煞了，不要与他说便了也。（李嗣源云）兄弟，你道的是，比及他去见老阿者，咱先去见老阿者走一遭去。不由转转暗猜疑，当初无有外人知；从珂若认亲娘去，我便是铁人无泪也伤悲。（同下）

（李嗣源同四将整扮[（1）]上。李嗣源云）今日筵宴安排了也，咱请老阿者去来。阿者，您孩儿有请。（正旦扮刘夫人上，云）老身刘夫人是也。为俺五个孩儿大破梁兵，得胜回还，老身今日设一宴，名是五侯宴，一来庆贺功劳，二来犒赏孩儿。筵宴都安排了也，则等老身，须索走一遭去。（唱）

【商调集贤宾】我则见骨刺刺列开锦绣旗，笑吟吟齐贺着凯歌回。则听的扑咚咚鼍[47]皮鼓搥，韵悠悠凤管笛吹。第一来会俺这困彦章得胜的儿郎；第二来贺功劳做一个庆喜的筵席。我则见儿郎每笑吟吟摆在两下里，一个个赳赳雄威。他那里高擎着玉斝[（2）]，满捧着香醪，他每都一齐的跪膝。

（李嗣源、李亚子、石敬瑭、孟知祥、刘知远众将做跪下）（李嗣源递酒科，云）阿者满饮一杯！（正旦做接酒科，云）孩儿每请起来。（李嗣源云）量您孩儿每有甚功劳，着阿者如此用心！（正旦云）孩儿每请坐。（众云）孩儿每不敢也。（正旦唱）

【逍遥乐】俺直吃的尽醉方归，转筹箸[（3）]不得逃席。（李亚子做递酒科，云）将酒来，阿者满饮一杯！（正旦做接酒科，唱）住者此盏罢，孩儿每你着他稳坐的，序长幼则论年纪，觥筹交错，李嗣源为头，各分您那坐位。

（石敬瑭云）我与阿者递一杯。阿者满饮一杯！（正旦云）孩儿每，今日是甚么宴？（众云）今日是五侯宴。（正旦云）既是五侯宴，可怎生不见我那李从珂孩儿在哪里？（李嗣源云）左右哪里，门首觑者，李从珂来时报复我知道。（李从珂上，云）便好道，事不关心，关心者乱。昨日问我阿妈那王阿三一事，我阿妈与众人左右隐讳不肯说。今日五侯宴上，若见了老阿者，我好歹要问个明白。来到也，报复去，道是李从珂来了也。（卒子云）理会的。报的阿者得知，有李从珂来也。（正旦云）着孩儿过来。（卒子云）理会的。着你过去哩。（李从珂做见正旦科）（正旦云）从珂孩儿来了也。（李从珂云）老阿者，您孩儿来了也。（做拜科）（正旦云）不枉了好儿也。从珂，你为何来迟也？（李从珂云）您孩儿往潞州长子县过来……（李嗣源做打拦科，云）从珂休胡说！则饮酒。（李从珂云）您孩儿往潞州长子县过来……（李嗣源做打拦科，云）从珂！中说的便说，不中说的休说！则饮酒。（李从珂云）老阿者，您孩儿要说，阿妈两次三番则是拦挡，不知为何不要您孩儿说？我也不饮酒！（正旦云）李嗣源，着孩儿说，你休拦他！（李从珂云）老阿者，孩儿往潞州长子县过，见一个老婆婆儿，树上拴着条绳子，有那觅自缢的心。您孩儿问其故，他原来去井上打水，掉了桶在井里，他那主人家严恶，那婆婆儿怕打，也不敢家中取三须钩去，因此上觅个死。您孩儿令人替他捞起桶来，那婆婆儿看着您孩儿则管里啼哭。您孩儿言称道："你为何看着我则管里啼哭？"那婆婆道："我怎敢看着官人啼哭！当初我有一个孩儿来，十八年前与了一个官人去了；如今有呵，也有官人这般大年纪。"您孩儿问他，那孩儿生时年月，那婆婆道："我孩儿是八月十五日半夜子时生，小名唤做王阿三。"您孩儿又问："将的你孩儿去了的那个官人，他姓甚名谁？"那婆婆儿叫阿妈的名字。您孩儿想来：那婆婆儿说他那孩儿的八字，和您孩儿同年同月同日同时，则争个名姓，您孩儿是李从珂，他可是王阿三。您孩儿昨日个问阿妈，坚意的不肯说。今日对着老阿者与众将在此，着王阿三出来，您孩儿见他一见，怕做甚么？（正旦看李嗣源，云）孩儿，他敢见他那母亲来么？（李嗣源云）谁说道见他那父亲来？阿者休和孩儿说。您孩儿偌大年纪也，则看着他一个儿，不争阿者对着他说了呵，则怕生分了孩儿么？（正旦云）从珂孩儿，你阿妈是有个孩儿来，放马去跌杀了也。（李从珂云）老阿者，休瞒您孩儿，便和您孩

儿说呵，怕做甚么？（正旦唱）

【醋葫芦】那时节曾记得你有个弟弟，你阿妈乞将来不曾与些好衣食。你阿妈后来生下你，教那厮放牛羊过日，到如今多管一身亏。

（孟知祥云）阿者，您孩儿不曾与阿者递一杯酒哩，阿者，您孩儿递一杯酒，请阿者行一个酒令，今日不同往日筵会，大家都要欢喜。将酒来！您孩儿递一杯哩。（正旦云）孩儿每，今日是个好日辰，都要欢喜饮酒，不许烦恼。（李嗣源云）阿者说的是，都听令，则欢喜饮酒，不许烦恼。（李从珂云）住、住、住，老阿者，这桩事您孩儿务要个明白了呵便饮酒。老阿者，对您孩儿说了罢！（李嗣源做跪科，云）阿者休和孩儿说。（正旦云）李嗣源孩儿，（唱）

【醋葫芦】我这里低声便唤你，你可便则管里、你那里乾支刺的陪笑卖楂梨，不须咱道破他早知；那孩儿举头会意，咱不说他心下也猜疑。

（李从珂云）阿妈和您孩儿说了罢！（李嗣源云）你教我说甚么来？（李从珂云）老阿者对您孩儿说了罢！（正旦云）你阿妈则生了你一个，你着我说甚么来？（李从珂云）住、住、住，既然老阿者和阿妈都不肯说，罢、罢、罢，要我这性命做甚么？我就这里拔剑自刎了罢！（正旦、李嗣源、众将做扳住手夺剑科）（李嗣源云）孩儿也，不争你有些好歹呵，着谁人侍养我也，儿也！（正旦云）罢、罢、罢，李嗣源孩儿，我说也。（李嗣源云）阿者，且休和孩儿说！（正旦云）我若说了呵，（唱）

【后庭花】则俺这李嗣源别有谁？（李嗣源做悲科）（李从珂云）老阿者，如今王阿三在哪里？（正旦云）孩儿也，十八年前你阿妈大雪里在那潞州长子县抱将你来。（李从珂云）老阿者，您孩儿可是谁？（正旦唱）哎，儿也！则这个王阿三可则便是你。（李从珂云）原来我便是王阿三，兀的不气煞我也！（做昏倒科）（众做救科）（李嗣源云）从珂儿也，精细着！（正旦云）从珂儿也，苏醒者！（李从珂做醒、悲科，云）哎约，痛煞我也！（正旦云）孩儿，省烦恼[48]！（李从珂云）老阿者，我的亲母见受着千般苦楚，我怎生不烦恼？（李嗣源云）阿者，恰才休和他说也罢，不争孩儿知道了，如今便要去认他那亲娘去，如之奈何？（正旦唱）**不争咱这养育父将他相瞒昧，**（正旦云）咱是他养育父母，他见了他亲娘受无限苦楚，不争你不要他去认呵，（唱）**哎，儿也！则他那嫡亲娘可是图一个甚的？他如今受驱驰，他如今六十余岁，他身单寒腹内饥，他哭啼啼担着水；你将来瞒昧者。**

（李嗣源云）阿者，则是生分了孩儿也。（正旦云）孩儿，他这里怕不骑鞍压马，受用快活；他那亲娘与人家担水运浆，在那里吃打吃骂。孩儿，你寻思波，（唱）

【双[49]雁儿】他怎肯坐而不觉立而饥？母恩临怎忘的？你着他报了冤仇雪了冤气，你着他去认义，那其间来见你。

（李从珂做悲科）（李嗣源做唤科，云）从珂！从珂！（李从珂不应科）（李嗣源云）我唤他从珂，他不应；我如今唤他那旧小名王阿三。（李从珂做应科，云）阿妈，您孩儿有！（李嗣源云）阿者，我恰才唤他从珂，他不应；我唤他王阿三，他才应。（李嗣源说鸡鸭论云）不因此事，感起一桩故事：昔日河南府武陵县有一王员外，家近黄河岸边，忽一日闲行到于芦苇坡中，见数十个鸭蛋[50]在地，王员外言道："荒草坡中如何得这鸭蛋？"王员外将鸭蛋拿到家中，不期有一雌鸡正是暖蛋之时，王员外将此鸭蛋与雌鸡伏抱数日，个个抱成鸭子。雌鸡终日引领众鸭趁食，个月期程，渐渐毛羽长成。雌鸡引小鸭来至黄河岸边，不期黄河中有数只苍鸭在水浮泛，小鸭在岸忽见，都入水中，与同众鸭游戏。雌鸡在岸回头，忽见鸭雏飞入水中，恐防伤损性命，雌鸡在岸飞腾叫唤。

王员外偶然出户，猛见小鸭水中与大鸭游戏。王员外道："可怜，我道鸡母为何叫唤，原来见此鸭雏入水，认他各等生身之主。鸡母你如何叫唤?"王员外言道："此一桩故事，如何同世人养他人子一般，养煞也不亲，与此同论。"后作鸡鸭论，与世上人为戒。有诗为证，诗曰：鸭有子兮鸡中抱，抱成鸭兮相趁逐。一朝长大生毛羽，跟随鸡母岸边游。忽见水中苍鸭戏，小鸭入水任漂流。鸡在岸边相顾望，徘徊呼唤不回头。眼欲穿兮肠欲断，整毛敛翼志悠悠。王公见此鸭随母，小鸭群内戏波游。劝君莫养他人子，长大成人意不留；养育恩临全不报，这的是养别人儿女下场头。哎约，儿也，兀的不痛煞我也!（正旦云）孩儿，你省烦恼。（李嗣源云）阿者，您孩儿怎生不烦恼?（李从珂做辞正旦科，云）老阿者放心!是今日说破也，可怜见您孩儿怕不在这里一身荣华，我那亲娘在那里与人家担水运浆，吃打吃骂，千辛万苦，看看至死，不久身亡，您孩儿争忍在此不去认母也?我说罢也雨泪千行，恰便似刀搅我心肠。做娘的忍饥受饿，为子的富贵荣昌。可怜见看看至死，可来报答你这养育亲娘。（正旦云）从珂孩儿，你则今日领百十骑人马，去认你母亲去。孩儿，你则早些儿回来!（李嗣源云）儿也，我干抬举了你这十八年也!（李从珂云）阿妈休烦恼，您孩儿认了母亲，一同的便来也。（正旦、李嗣源做悲科，云）孩儿，你早些儿回来!（李从珂做拜辞科，云）您孩儿理会的。我出的这门来，则今日领着百十骑人马，直往潞州长子县认母亲走一遭去来。我恰才拜别尊堂两泪流，则为亲娘我无限忧。我今日领兵若到长子县，拿贼与母报冤仇。（下）（正旦云）嗣源，从珂孩儿去了也。（李嗣源云）从珂去了也。（正旦云）嗣源孩儿，你则今日随后领着人马，直至潞州长子县看孩儿去，就将他母亲一同取将来。你都小心在意者!（众应科）您孩[51]儿理会的。（正旦唱）

【尾声】快疾忙摆剑戟，众番官领兵器，将孩儿紧紧的厮追随。我则是可怜见他母亲无主依，你与我疾行动一会。他认了他嫡亲娘，你与我疾便的早些儿回。（下）

（李嗣源云）则今日俺弟兄五人点就本部下人马，随孩儿直至潞州长子县取孩儿的亲娘走一遭去。大小三军，听吾将令：则今日便索行程，接应孩儿去。驱兵领将显高强，从珂去认嫡亲娘。若到潞州长子县，管教他子母早还乡。（同下）

注 解

(1) 整扮：元剧术语，元剧搬演时有整扮、倒扮（见《认金梳》剧）、小打扮（见《东平府》剧）之分。整扮，谓妆扮之特别整齐，乃当时勾栏习见语。

(2) 斝（jiǎ）：古代酒器，青铜制，圆口三足，用以温酒。

(3) 筹箸：行酒令时用的签子。

第五折

（净扮赵脖揪上，云）自家老赵，终日眼跳，山人(1)算我，说我死到。自家赵脖揪的便是，这两日有些眼跳。颇奈那婆子无礼，我使他打水饮牛，见一日要一百五十桶水，今日这早晚不见来，快着人去拿将那婆子来！（正旦担水桶上，云）似这般苦楚，几时受彻也呵！（唱）

【双调新水令】则听的叫一声拿过那贱人来，我见叫叫吖吖大惊小怪，狠心肠的歹大哥，欺负俺无主意的老形骸！也是我运拙时乖，舍死的尽心儿耐[52]。

（正旦见净科）（净云）兀那婆子，你这一日哪里来？你死也！（正旦云）我在井边打水饮牛来。（净云）你去了这一日，打了多少水？你这贱人好生无礼，则这般和你说也不济事，你死也！将绳子来，吊起这婆子来，我直打死你便罢，你死也！（净做吊起正旦科）（正旦云）天也！可着谁人救我也？（李从珂领众卒子冲上，云）某乃李从珂是也。大小三军来到这潞州长子县赵家庄也，众军围了这庄者！（众军做围了庄科了）

（李从珂云）寻我奶奶在哪里？（做入门科）（净云）爹爹！是甚么官人？諕杀我也！（净慌科）（正旦唱）

【川拨棹】我则见闹垓垓、闹垓垓的军到来，一个个志气胸怀，马上胎孩⁽²⁾，雄赳赳名扬四海，喜孜孜笑满腮。

（李从珂云）兀的吊着不是我奶奶？小校快解了绳子扶将来！（正旦唱）

【七弟兄】我这里见来，料^[53]来，这个英才，入门来两步为一蓦，大踏步一伙上前来，低着头展脚舒腰拜。

（李从珂做拜科，云）奶奶，你认的您孩儿么？（正旦唱）

【梅花酒】他不住的唤奶奶，把泪眼揉开，走向前来，急慌忙扶策。众军卒一字摆，众官员两边排。俺孩儿是壮哉！可扑⁽³⁾的跪在尘埃，可扑的跪在尘埃。

（李从珂云）母亲，认的您孩儿王阿三么？（正旦云）谁是王阿三？（李从珂云）则我便是王阿三。（正旦与从珂做悲科）（正旦唱）

【喜江南】儿也！今日个月明千里故人来，这一场好事奔人来。俺孩儿堂堂状貌有人材，常好是气概！恰便是九重天飞下一纸赦书来。

（正旦与从珂认住，悲科）（正旦云）孩儿，若不是你来呵，那得我这性命来！（李从珂云）母亲，那打你的、欺负你的安在？（正旦指净云）是这厮打我来。（李从珂云）原来是这厮欺负我母亲来！（净云）你是谁？（李从珂云）你问我是谁，这个是我的亲娘。（赵脖揪云）这个妇人原来是你的亲娘，这等呵，我死也！（李从珂云）把这厮与我执缚了者！（李嗣源同四将上）（李嗣源云）来到这潞州长子县赵家庄也。兀的不是从珂孩儿！（李从珂云）阿妈也来了也。母亲和阿妈厮见咱。（李嗣源云）兀那婆婆，你认的我么？（正旦做见嗣源科，云）索是多谢了官人！（李嗣源觑赵脖揪云）这厮是谁？（李从珂云）阿妈，这厮便是那赵

太公的孩儿。（李嗣源云）兀那厮！你那赵太公哪里去了？（赵脖揪云）
大人可怜见！我父亲死了也。当初改了文契，是我父亲来；如今折倒他
母亲也，是我来，朝打暮骂他母亲也，是我来。事[54]到今日，饶便饶，
不饶便哈刺了罢。（李嗣源云）这厮改毁文契，欺压贫民，推赴军前斩首
施行！李从珂，与你母亲换了衣服，辆起车儿，同到京师拜见老阿者[55]
阿妈去来。（正旦唱）

【沽美酒】今日个望京师云雾霭，朝帝阙胜蓬莱，共
享荣华美事谐。受用了玄纁[(4)]玉帛，俺一家儿尽豪迈。

【太平令】稳情取香车麾盖，子母每终是英才。怡乐
着升平景界，端的是雍熙[(5)]无赛。呀！今日个喜哉、美
哉、快哉！谢皇恩躬身礼拜。

（李嗣源云）则今日敲牛宰马，做一个庆喜的筵席。则为这李从珂孝
义为先，为母亲苦痛哀怜。因葬夫典身卖命，相抛弃数十余年。为打水
备知详细，认义在井口傍边。今日个才得完聚，王阿三子母团圆。

题目　王阿三子母两团圆
正名　刘夫人庆赏[56]五侯宴

注　解

（1）山人：旧时从事卜卦、算命等迷信职业的人。《秋胡戏妻》第一折：
"你可也曾量忖，问山人，怎生的不拣择个吉日良辰？"

（2）胎孩：也作"台孩""抬颏"，气宇轩昂的意思。《李逵负荆》第四折：
"他对着他有期会的众英才，一个个稳坐抬颏。"

（3）可扑：拟声词，很快跪下的声音。

（4）纁（xūn）：即大红色。《尔雅》郭璞注："纁，绛也。"

（5）雍熙：天下太平、万民乐业的意思。《三国志·魏书·高堂隆传》：
"至德雍熙，光于四海。"

校 注 ⊞

本剧现存仅有《脉望馆钞校本古今杂剧》一种，现作为底本，用 1941 年王季烈编《孤本元明杂剧》本等参校。

[1] 羌：原作"腔"，据王季烈本及《哭存孝》杂剧第四折李克用上场诗校改。

[2] 音：原作"英"，据王季烈本校改。

[3] 得：原缺，据王季烈本增补。

[4] 奇：原作"其"，据王季烈本改。

[5] 街：原误作"御"，据上文赵太公说白校改。

[6] 簇：原作"族"，据王季烈本校改。

[7] 试：原作"是"，据王季烈本校改。

[8] 一：原缺，据王季烈本校增。

[9] 有：原本作"有之"，从王季烈本删去"之"字。

[10] 宁可：原作"能"，据下文"宁可着典咱身"句改。

[11] 瞅：原作"俅"，据王季烈本校改。

[12] 都是些单疏布：原作"都是些单路布"，误刻，据北京大学中文系《关汉卿戏剧集》编校小组编校《关汉卿戏剧集》校改。

[13] 侥倖："侥"原音假为"狡"，今改。

[14] 过：原作"遇"，误刻，据王季烈本校改。

[15] 怎生这般将息的好："怎生"原作"怎怎"，"好"原作"姓"，今据北京大学中文系《关汉卿戏剧集》校改。

[16] 扳：原作"搬"，从王季烈本校改，下同。

[17] 王：原作"府"，据楔子改。

[18] 抱：原误作"接"，据王季烈本改。

[19] 料：原作"科"，形近误刻，今改。

[20] 当日他：误倒为"他当日"，今改。

[21] 人养：原误作"漾"字，按"养"与"漾"音形相近误刻，今改；

又"养"字上漏刻一"人"字。头折赵太公念白云"抱将出去，随你丢了也得，与了人也得"可证。

[22] 执：原作"报"，据王季烈本改。

[23] 儿也：原漏刻，据上下文校补。

[24] 愿：原作"原"，据王季烈本改。

[25] 大：原作"立"，今改。

[26] 乱：原误作"辞"，据王季烈本改。

[27] 菅：原本字迹模糊，据王季烈本改。

[28] 呼唤孟知：四字原脱，据王季烈本增补。

[29] 兵：原作"官"，据王季烈本改。

[30] 珊：原作"敬"，今据第二折开头"外扮李嗣源珊马儿领卒子上"校改。

[31] 元帅将令：原脱"元"字，今补。

[32] 你：原作"他"，误。王季烈本删去此"他"字。

[33] 撬：原作"橇"，形近而误，今改。

[34] 咽：原作"咽"（吐的意思），据王季烈本改。

[35] 墩：原作"敦"，据王季烈本校改。

[36] 趁：原作"称"，据王季烈本校改。

[37] 惨惨：原作"参参"，据赵校姝改校正。

[38] 掉：原作"吊"，据王季烈本改，下同。

[39] 在：原作"是"，文意不顺，今改。

[40] 和：原误作"我"，据下文改。

[41] 设：原误作"说"，今改，下同。

[42] 得：原误作"行"，据上下文及王季烈本改。

[43] 哩：原作"里"，赵校姝改为"哩"，从之。

[44] 遇见一个婆婆儿："遇"字原误作"过"，"婆婆儿"原脱一"婆"字，今补。

[45] 孩：原误作"孙"，今改。

[46] 问：原脱，今据下文五侯宴前李从珂说白校补。

［47］鼍：原作"驼"，据上文及王季烈本改。

［48］恼：原误作"烦"，今改。

［49］双：此字原衍一"双"字，今删。

［50］蛋：原误作"弹"，今改，下同。

［51］孩：原衍一"孩"字，今删。

［52］耐：原作"奈"，从王季烈本改。

［53］料：王季烈本校改为"见"。

［54］事：原作"世"，据王季烈本改。

［55］者：原脱，据王季烈本补。

［56］赏：原作"贺"，据剧名改。

邓夫人苦痛哭存孝

　　李存孝是唐末五代一位英雄人物。他打过老虎，打败过当时各路英豪战将，战功显赫，最后却被车裂而死。民间戏曲小说崇尚英雄，同情弱者，在关汉卿笔下，李存孝就成了这样一位悲剧人物。通过李存孝之死，"太平不用旧将军"的剧作主旋律一次次激荡响起。兔死狗烹，鸟尽弓藏，封建时代忠臣良将不得好死的悲剧何啻百千万，令人触目惊心，李存孝只不过是其中之一罢了。

　　关于李存孝之死，《新五代史》卷三十六"义儿传"有记载：

　　　　存孝素与存信有隙，存信谮之曰："存孝有二心，常避赵不击。"存孝不自安，乃附梁通赵。……太祖（李克用）……遣刘夫人入城慰谕之，刘夫人引与俱来，存孝泥首请罪曰："儿于晋有功而无过，所以至此，由存信为之耳！"太祖叱曰："尔为书檄，罪我百端，亦存信为之邪？"缚载后车，至太原，车裂之以徇。

《五代史平话·唐史平话》载：

克用偏爱存信，那存孝欲立大功，取重于克用，存信又谗
谮于其间；存孝惧及祸，密地与王镕、朱全忠交结。……李克
用围邢州，凿堑筑城以守之。邢州城中食尽，李存孝出见李克
用，泥首谢罪。克用将槛车囚系以归，用车裂于牙门。

本剧不采用以上的记载，而更多地采用了当时的民间传说。写一位
杰出的战将如何惨死在谗言之下。

《哭存孝》杂剧情节单一而集中：李存信、康君立造谣说李存孝改回
安敬思原名，是对李克用的背叛；李克用之妻刘夫人不信，亲自到李存
孝军中了解并带存孝前来对质。正当事情很快澄清之际，刘夫人突然接
到亲子打围落马的讯息而离开了李存孝。李存信与康君立利用李克用酒
醉进谗，存孝当即被车裂。这种关目处理，出观众意想之外，在人物情
理之中，历来最为人所激赏。

本剧是旦本，主唱者是李存孝之妻邓夫人。由于突然接到丈夫横死
的噩耗，邓夫人呼天抢地，痛哭流涕，由她主唱，更能打动人心。第三
折改由刘夫人身边小番莽古歹主唱，因为无论是李克用之妻刘夫人，还
是李存孝之妻邓夫人，她们都不在现场，由小番莽古歹叙说现场情事，
更见真切。这是剧作高明之处，也是剧作不拘泥于邓夫人一人主唱到底
的体制，使场面更加灵活多变，更具观赏价值。

李存信与康君立也是唐末五代有名的战将，剧作却让他们更换身份，
以冲末及净（元杂剧中的丑角）出场，成为一对专门挑拨离间、搬弄是
非的坏人。从行当安排来说，让他们极尽插科打诨之能事，对全剧气氛
起到很好的调节作用。

鄧夫人苦痛哭存孝雜劇　　　元　關漢卿

頭折　冲末淨李存信同康軍利上　李存信云米

罕整斤吞抹鄰不會騎弓門并速門弓箭怎的射撒
因苔刺見了搶着喫喝的莎塔八跌倒就是睡著
說我姓名家將不能記一對忽刺孩都是狗養的自
家李存信的便是這個是軍利俺兩个不會開弓弩
弩也不會厮殺相持哥、会唱我便能舞俺父親是
李克用阿嬌喜歡俺兩个無俺兩个呵酒也不喫肉
也不喫若見俺兩个呵便喫酒肉好生的愛俺兩个
自破黃巢之后太平无事阿媽復奪的城池地面着
俺百五義兒家將各處鎮守阿媽的言語将邢州与

鄧夫人痛哭存孝

明代赵琦美《脉望馆钞校本古今杂剧》书影

俺两个鎮守那裡是朱温家後門他与俺父親两个不和他知俺在邢州鎮守他和俺相持廝殺俺两个武藝不会則会喫酒肉倘或着他拏將去了殺壞了俺两个怎了康居利云如今阿媽將潞州天黨郡与存孝鎮守潞州地面喫好酒好肉去如今我和你两個安排酒席則説辭別阿媽灌的阿媽醉了咱两個便説邢州是朱温家後門他与阿媽不和倘若索戰俺两個死不打緊着人知道呵不壞了阿媽的名声着李存孝鎮守邢州去可不好麼李存信云俺两個則今日安排酒席辭別父親去遭走一遭未我是李存信他是康居利两個真油嘴实然是一對 同下

明代赵琦美《脉望馆钞校本古今杂剧》书影

头折

（冲末、净李存信⁽¹⁾同康君立^{(2)[1]}上）（李存信云）米罕⁽³⁾整斤吞，抹邻⁽⁴⁾不会骑。弩门并速门⁽⁵⁾，弓箭怎的射？撒因答剌孙⁽⁶⁾，见了抢着吃。喝的莎塔八⁽⁷⁾，跌倒就是睡。若说我姓名，家将不能记。一对忽剌孩⁽⁸⁾，都是狗养的。自家李存信的便是，这个是康君立。俺两个不会开弓蹬弩，也不会厮杀相持；哥哥会唱，我便能舞。俺父亲是李克用⁽⁹⁾，阿妈喜欢俺两个，无俺两个呵，酒也不吃，肉也不吃；若见俺两个呵，便吃酒肉，好生的爱俺两个！自破黄巢之后，太平无事，阿妈复夺的城池地面，着俺五百义儿家将，各处镇守。阿妈的言语：将邢州⁽¹⁰⁾与俺两个镇守。那里是朱温⁽¹¹⁾家后门，他与俺父亲两个不和。他知俺在邢州镇守，他和俺相持厮杀，俺两个武艺不会，则会吃酒肉，倘或着他拿将去了，杀坏了俺两个怎了？（康君立云）如今阿妈将潞州天党郡⁽¹²⁾与存孝镇守，潞州地面吃好酒好肉去。如今我和你两个，安排酒席，则说辞别阿妈，灌的阿妈醉了，咱两个便说："邢州是朱温家后门，他与阿妈不和，倘若索战，俺两个不打紧，着人知道呵，不坏了阿妈的名声！着李存孝镇守邢州去，可不好么？"（李存信云）俺两个则今日安排酒席，辞别父亲去走^[2]一遭来。我是李存信，他是康君立；两个真油嘴，实然是一对。（同下）

（李克用同刘夫人⁽¹³⁾领番卒子上）（李克用云）番、番、番，地恶人奔，骑宝马，坐雕鞍。飞鹰走犬，野水荒山。渴饮羊酥酒，饥飧鹿脯干。凤翎箭手中施展，宝雕弓臂上斜弯。林间酒阑胡旋舞⁽¹⁴⁾呵者，丹青写入画图间。某乃李克用是也。某袭封幽州节度使，因带酒打了段文楚⁽¹⁵⁾，贬某在沙陀地面，已经十年。因黄巢作乱，奉圣人的命，加某为忻、代、石、岚⁽¹⁶⁾都招讨使，破黄巢天下兵马大元帅。自离了沙陀，不数日之间，到此压关楼前，聚齐二十四处节度使，取胜长安。被吾儿存孝擒拿了邓天王⁽¹⁷⁾，活挟了孟截海，挞打了张归^[3]霸⁽¹⁸⁾；十八骑误入长安⁽¹⁹⁾，大破黄巢，复夺了长安。圣人的命：犒劳某手下义儿家将，但是复夺的城池，着某手下义儿家将去各处镇守，防^[4]备盗贼。今日太平无事，四海晏然，正好与夫人众将饮酒快乐。小校安排下酒肴⁽²⁰⁾，可怎生不见周德威⁽²¹⁾来？（周德威上，云）帅鼓铜锣一两敲，辕门里外列英豪。三军报罢平安喏，紧卷旗幡不动摇。某姓周，名德威，字镇远^[5]，山后朔州人也。今从李克用共破黄巢，太平无事，某为番汉都总管^[6]。今日元帅有请，不知有甚事，须索走一遭去。可早来到也，报复去，道有周德威来了也。（卒子云）理会的。报的元帅得知，有周德威在于门首。（李克用云）道有请。（卒子云）理会的。有请！（做见科）（周德威云）元帅，周德威来了也。（李克用云）将军，今日请你来不为别的，想存孝孩儿多有功劳，我许与了他潞州天党郡与存孝孩儿镇守，把邢州与李存信康君立镇守去。怎生不见李存信康君立来了也^[7]？（李存信同康君立上）（李存信云）阿妈心内想，忽然到跟前。哥哥你放心，我这一过去，见了阿妈说了呵，便着存孝往邢州去。（康君立云）兄弟，只要你小心用意者。（李存信云）阿妈、阿者，想当初一日，阿妈的言语，将潞州天党郡与俺两个镇守来；今日阿妈与了存孝，可着俺两个邢州去！（做悲科）（李克用云）孩儿存信，你做甚么哭^[8]？（李存信云）阿妈，俺两个也早起晚夕舞者唱者，扶持阿妈欢喜，怎下的着您两个孩儿往邢州去？（康君立云）阿妈，想邢州是朱温的后门，他与阿妈不和，倘若索战，俺两个不会甚么武艺，倘若拿将俺两个去了，俺两个死不打紧，阿妈吃起酒来，寻俺两个舞的唱的不在眼面前，阿妈不想成病，那其间生药铺里赎也赎不将俺两个来！（李存信云）阿妈，怎生可怜见着俺两个去潞州去，把邢州与存孝两口儿镇守罢，可也好？（李存信把盏科，云）哥哥，将酒来与阿妈把一盏。（李克用云）好两个孝顺的孩儿！我着你潞州天党郡去呵便了也。（康君立云）既是这等，谢了阿妈者！（周德威云）他两个有甚么功劳，把他潞州天党郡去！想飞虎将军南征北讨，东荡西除，困来马上眠^[9]，渴饮刀头血，他可以潞州去，他两个去不的！（李克用云）周将军说的是。小校，与我唤将存孝两口儿^[10]过来者！（卒子云）理会的。（正旦同李存孝上）（李存孝云）岩前打虎雄心在，敢勇当先敌兵败；上阵全凭铁飞挝，扶立乾坤唐世界。某本姓安，名敬思，雁门关飞虎峪灵丘县人氏。幼小父母双亡，多亏邓大户家中抚养成人，长大我就与他家牧羊。有阿妈李克用见某有打虎之力，招安我做义儿家将，封我做十三太保⁽²²⁾飞虎将军李存孝，就着我与邓大户家为婿。自从跟着阿妈，十八骑误入长安，大破黄巢，天下太平无事。圣人的命，将俺义儿家将复夺的城池，着俺各处镇守。阿妈的言语，着俺两口儿去潞州天党郡镇守。今有阿妈呼唤，不知有甚事，须索走一遭去。可早来到此也。夫人，我和你休过去；你看阿妈、阿者，大吹大擂，敲牛宰马，烹炮美味，五百番部落胡儿胡女扶持着，是好受用也^[11]。（正旦云）存孝，今日父亲饮宴，唤俺两口儿，俺见阿妈、阿者去^[12]。听了这乐韵悠扬，常好是受用也呵！（唱）

【仙吕点绛唇】则听的乐动声齐，他是那大唐苗裔，排亲戚。今日俺父母相随，可正是龙虎风云会。

【混江龙】则俺这沙陀雄势，便有那珠围翠绕不稀奇。置造下珍羞百味，又不比水酒三杯。每日则是炮凤烹龙真受用，那一日不宰羊杀马做筵席！把些个那义儿家将得都成立，一个个请官受赏，他每都荫子封妻。

（正旦云）存孝，我和你未过去，先望阿妈咱，可早醉了也。（李存孝云）咱不过去，见阿者阿妈身上瀽的那酒呵，你见两边厢扶持着呵，十分的醉了也。（正旦唱^[13]）

【油葫芦】我见他执盏擎壶^[14]忙跪膝，他那里撒滞殢。阿妈那锦袍上全不顾酒淋漓，可正是他不择不拣^[15]干干的吃，他那里刚扶刚策醺醺的醉。一壁厢动乐器是大体，将一面鼍皮画鼓鼕鼕擂，悠悠的慢品鹧鸪笛⁽²³⁾。

【天下乐】你觑！兀那大小的儿郎列的整齐，端的是虚也波实，享富贵。我则见傍边厢坐着周德威，一壁厢摆着品肴，番官每紧紧随；我则见军排在两下里。

（正旦云）咱过去见阿妈去来。（李存孝云）咱过去来。（做见科）（李存孝云）阿妈，您孩儿存孝两口儿来了也。（李克用云）存孝孩儿来了。别的孩儿每各处镇守去了，今日吉日良辰，你两口儿便往邢州镇守去；康君立、李存信，你两个孩儿往潞州天党郡镇守去。（李存孝云）阿妈，当日未破黄巢时，阿^[16]妈的言语："若你破了黄巢，天下太平，与你潞州天党郡镇守。"阿妈失其前言！今日阿妈着你孩儿镇守邢州，那邢州是朱温家后门，终日与他相持，可怎了也！（正旦云）存孝，我阿者行再告一告去。阿者，与存孝再说一声咱！（刘夫人云）孩儿，你去邢州镇守，阿妈醉了也，你且去咱。（李存孝云）阿者，当日与俺潞州天党郡，如今信着康君立、李存信，着俺去邢州去。阿者，怎生阿妈行再说一声，可也好也？（刘夫人云）你阿妈醉了也。（李存孝云）康君立、李存信，你有甚么功劳，倒去潞州天党郡镇守去？（李存信云）阿妈的言语，着你邢州去；都是一般好地面，谁和你论甚^[17]么功劳！（李存孝云）想当日在压关楼前，觑三层排栅，七层围子，千员猛将，八卦阵图^[18]，那其间如踏平地也。（正旦云）阿妈好失信也！（唱）

【节节高】今日可便太平无事，全不想用人那用人得这之际。存孝与你安邦定国，他也曾恶征战图名图利。他觑的三层鹿角，七层围子，如登平地；端的是八卦阵图，千员骁将，施谋用计。阿者，他保护着唐朝社稷！

（李存孝云）康君立、李存信，你两个有甚么功劳，倒去潞州镇守去也？（正旦唱）

【元和令】端的是人不曾去铁衣⁽²⁴⁾，马不曾摘鞍辔；

则是着阿者今日向父亲行提，想着他从前出力气。可怎生的无功劳，倒与他一座好城池？阿者，则俺这李存孝图个甚的！

（刘夫人云）孩儿也，你阿妈醉了也，等他酒醒时再说。（正旦云）想康君立、李存信他有甚么功劳也！（唱）

【游四门】你则会饮酒食，着别人苦战敌。可不道生受了有谁知？阿妈，你则是抬举着李存信、康君立，他横枪纵马怎相持？你把他亏，人面逐高低。

（李存孝云）康君立、李存信，想当日十八骑误入长安，杀败葛从周⁽²⁵⁾，攻破黄巢，天下太平，是我的功劳；你有甚么功劳也？（李存信云）俺两个虽无功劳，俺两个可会唱会舞也哩^[19]。（正旦唱）

【胜葫芦】他几时得鞭敲金镫笑微微，人唱着凯歌回，遥望见军中磨绣旗。则你那滴羞蹀躞⁽²⁶⁾身体，迷留没乱心肺^[20]，唬的劈留扑碌走如飞。

（李存孝云）你两个有甚么^[21]功劳？与你一匹劣马不会骑，与你一张硬弓不会射。则会吃酒肉，便是你的功劳也！（正旦唱）

【后庭花】与你一匹劣马不会骑，我与你一张弓不会射，他比别人阵面上争功劳^[22]。你则会帐房里闲坐的，咱可便委其实，你便休得要瞒天瞒地。你饿时节挝肉吃，渴时节喝酪^[23]水，闲时节打髀殖⁽²⁷⁾，醉时节歪唱起，醉时节歪唱起。

【柳叶儿】你放下一十八般兵器，你轮不动那鞭铜挝槌，您怎肯袒下臂膊刀厮劈？闹吵吵三军内，但听的马频嘶，早谎的悠悠荡荡魄散魂飞。

（正旦云）存孝，则今日好日辰，收拾驮马辎重，辞别了阿妈^[24]阿

者，便索长行。（李存孝云）今日好日辰，辞别了阿妈阿者，便索长行也。（正旦唱）

【尾声】罢、罢、罢，你可便难倚弟兄心，我今日不可⁽²⁸⁾公婆意。（刘夫人云）：孩儿，你且休要性急，待你阿妈酒醒呵，再做商议。（正旦云）去则便了也。（唱）别近谤俺夫妻每甚的，只不过发尽儿掏窝⁽²⁹⁾不姓李，则今日暗昧神祇。（带云）惭愧也！（唱）势得一个远相离，各霸着城池，不惩的呵，这李存信、康君立断送了你。这一个个瞒心昧己，一个个献勤卖[25]力，存孝，这两个巧舌头奸狡赖功贼！（下）

（刘夫人云）康君立、李存信，你阿妈醉了也，我且扶着回后堂中去也。（下）（周德威云）想着存孝破了黄巢，复夺取大唐天下，他的好地面与了这两个，可将邢州与了存孝。元帅今日醉了也，待明日酒醒，我自有话说。还着存孝两口儿潞州天党郡去，方称我之愿也！元帅殢酒负存孝，明日须论是与非。（下）（李存信云）康君立，如何？我说咱必然得潞州，今日果应其心。若是到那潞州的丰富地面，不强似去邢州与朱温家每日交战？（康君立云）兄弟，想存孝这一去，必然有些见怪。等俺到的潞州，别寻取存孝一桩事，调唆阿妈杀坏了存孝，方称我平生之愿。则今日收拾行装，先往邢州，诈传着阿妈言语，着义儿家将各自认姓。他若认了本姓，咱搬唆阿妈杀了存孝，方称我平生之愿也。阿妈好吃酒，醉了似烧猪[26]。害杀安敬思，称俺平生愿。（同下）

注　解

（1）李存信：《新五代史·义儿传》："本姓张氏，其父君政，回鹘李思忠之部人也。存信……从太祖（按：指李克用）起代北，入关破黄巢，累以功为马步军都指挥使，遂赐姓名，以为子。存信与存孝俱为养子，材勇不及存孝，而存信不为之下，由是交恶。"天复二年病死，年四十一。

（2）康君立：蔚州兴唐人，世为边豪。初事段文楚，后事李克用，授检校工部尚书、先锋军使。《旧五代史》卷五十五本传云："初，李存信与存孝不叶，屡相倾夺，而君立素与存信善。九月，君立至太原，武皇（指李克用）会诸将酒博，因语及存孝事，流涕不已。时君立以一言忤旨，武皇赐鸩而殂。"

（3）米罕：蒙古语，指肉。有时也作"米哈"。《破天阵》第一折："俺正在帐房吃了些米罕，往后山中打筋斗耍子去。"明代大源洁《华夷译语·饮食门》："米罕：肉。"

（4）抹邻：马。《破天阵》第一折："论俺番将，不好步走，则骑抹邻。"

（5）弩门并速门：弓箭弓的弯度叫弩门，射箭时扣动箭支的快门叫速门。

（6）撒因答剌孙：撒因，指牛或牛肉。《射柳捶丸》第三折："不会骑撒因、抹邻。"答剌孙，酒也。也作"打剌孙"。《射柳捶丸》第三折："打剌孙喝上五壶。"

（7）莎塔八：一作"锁陀八"，意为醉酒。《降桑椹》第一折："哥也，俺打剌孙多了，你兄弟莎塔八了。"

（8）忽剌孩：或作"虎剌孩"，蒙古语，强盗的意思。《陈州粜米》第一折："你这个虎剌孩作死也！你的银子又少，怎敢骂我？"

（9）李克用：参见《五侯宴》楔子注文（4）。

（10）邢州：州名，隋开皇十六年（596）置，治所在龙冈（今河北邢台）。

（11）朱温：参见《五侯宴》第三折注文（2）。

（12）潞州天党郡：潞州，州名，北周宣政元年（578）置，治所在襄垣，唐移治上党。天党郡，即上党郡。唐天宝、至德时曾改潞州为上党郡。上党地势高，古有与天为党的说法，故"上党"俗称"天党"。

（13）刘夫人：参见《五侯宴》楔子注文（1）。

（14）胡旋舞：唐代西北少数民族舞蹈，出自康国（唐代属安西大都护管辖）。白居易《新乐府·胡旋女》诗："胡旋女，胡旋女，……弦鼓一声双袖举，回雪飘飘转蓬舞。左旋右转不知疲，千匝万周无已时。"

（15）带酒打了段文楚：《旧五代史·唐书·武皇纪上》："乾符三年，朝廷以段文楚为代北水陆发运、云州防御使。时岁荐饥，文楚稍削军食，诸军咸怨。武皇（按：指李克用）为云中防边督将，部下争诉以军食不充，边校程怀素、王行审、……康君立等，即拥武皇入云州，众且万人，营于斗鸡台，城中械文楚出，以应于外。"带酒打了段文楚，可能指此事。

（16）忻、代、石、岚：参见《五侯宴》楔子注文（6）。

（17）邓天王：与下句孟截海可能均指传说中的黄巢部将。新旧《唐书·黄巢传》对此两人未见记载。

（18）张归霸：后梁清河人，少从黄巢，巢败归梁。《旧唐书·黄巢传》："中和……四年……五月，……官军追讨，贼无所保。其将李谠……张归原、张归霸各率部下降于大梁。"

（19）十八骑误入长安：《旧唐书·黄巢传》载，"克用骑军在渭北，令薛志勤、康君立每夜突入京师，燔积聚，俘级而旋"。这里可能是宋元时的民间传说，史书与《五代史平话·唐史平话》均未见记载。元代后期杂剧作家陈以仁有《十八骑误入长安》剧（今佚）。

（20）肴（yáo）：做熟的鱼肉食品。

（21）周德威：五代时后唐著名将领，字镇远，小字阳五，朔州马邑人。《旧五代史》本传谓"骁勇便骑射，胆气智数皆过人"。后为契丹所败战死，追封燕王。

（22）十三太保：李克用有十三个义子，皆官封太保。此指第十三个太保。

（23）鹧鸪笛：因为笛声与鹧鸪叫声相似，故这样说。

（24）铁衣：战士身上的铠甲。

（25）葛从周：参见《五侯宴》第三折注文（1）。

（26）滴羞蹀躞（diéxiè）：扭扭捏捏的样子。蹀躞，小步貌。

（27）打髀（bì）殖：掷骰子。《三战吕布》第一折："某正在本处与小厮打髀殖。"

（28）不可：不满意。

（29）发尽儿掏窝：一发到底、死心塌地的意思。

第二折

（李存孝领番卒子上，云）铁铠辉光紧束身，虎皮装就锦袍新。临军决胜声名大，永镇邢州保万民。某乃十三太保李存孝是也，官封为前部先锋，破黄巢都总管，金吾上将军。自到邢州为理，操练军卒有法，抚安百[27]姓无私；杀王彦章[(1)]，不敢正眼视之；镇朱全忠，不敢侵扰其境。今日无甚事，在此州衙闲坐，看有甚么人来。（李存信同康君立上）（李存信云）自离上党郡，不觉到邢州。自家李存信，这个是康君立，可早来到也，这个衙门就是邢州。小校报复去，道有李存信、康君立在于门首。（卒子云）理会的。（做报介[(2)][28]，云）报的将军得知，有李存信、康君立来了也。（李存孝云）两个哥哥来了，必有阿妈的将令。道有请。（卒子云）理会的。有请！（做见科）（康君立云）李存孝，阿妈将令，为你多有功劳，怕失迷了你本性，着你出姓，还叫做安敬思。你若不依着阿妈言语，要杀坏了你哩！你快着的改姓，我就要回阿妈的话去也。（李存孝云）怎生着我改了名姓？阿妈将令不敢有违。小校安排酒肴，二位哥哥吃了筵席去。（康君立云）不必吃筵席，俺回阿妈话去也。诈传着阿妈将令，着存孝更名改姓；调唆的父亲生嗔，要了头也是干净。（同下）（李存孝云）阿妈，你孩儿多亏了阿妈抬举成人，封妻荫子；今日怎生着我改了姓？阿妈，我也曾苦征恶战，眠霜卧雪，多有功勋；今日不用着我了也！逐朝每日醉醺醺，信着谗言坏好人；我本是安邦定国李存孝，今日个太平不用旧将军。（下）

（李克用同刘夫人上）（李克用云）喜遇太平无事日，正好开筵列绮罗。某乃李克用是也，奉圣人的命，着俺义儿家将各处镇守。四海安宁，八方无事，正好饮酒作乐。看有甚么人来。（李存信同康君立上，云）阿妈，祸事也！（李克用云）你为甚么大惊小怪的也？（康君立云）有李存孝到邢州，他怨恨父亲不与他潞州，他改了姓——安敬思，他领着飞虎军要杀阿妈哩！怎生是好？（李存信云）杀了阿妈不打紧，我两个怎生是好？我那阿妈也！（李克用云）颇奈存孝无礼，你改了姓便罢，怎生领飞虎军来杀我？更待干休！罢，则今日就点番兵，擒拿牧羊子走一遭去。（刘夫人云）住者！元帅，你怎生不寻思？李存孝孩儿他不是这等人。元帅，你且放心，我自往邢州去，若是存孝不曾改了姓呵，我自有个主意；

他若改了姓呵，发兵擒拿，未为晚矣。也不用刀斧手扬威耀武[29]，鸦脚枪齐摆军校；用机谋说转心回，两只手交付与一个存孝。（下）（李克用云）康君立、李存信，你阿者去了也。倘若存孝变了心肠，某亲拿这牧羊子走一遭去。说与俺能争好斗的番官，舍生忘死的[30]家将：一个个顶盔掼甲，一个个押箭弯弓，齐臻臻摆列剑戟，密匝匝搠立枪刀；三千鸦兵(3)为先锋——逢山开道，遇水叠桥，左哨三千番兵能征惯战，右哨三千番兵猛烈雄骁，合后三千番兵推粮运草；更有俺五百义儿家将，都要的奋勇当先，相持对垒，坐下马似北海的毒蛟，鞍上将如南山的[31]猛虎。某驱兵领将到邢州，亲捉忘恩牧羊子。家将英雄武艺全，番官猛烈敢当先；拿住存孝亲杀坏，血溅东南半壁天！（同下）

（李存孝同正旦、卒子上）（李存孝云）欢喜未尽，烦恼到来。夫人不知，如今阿妈的言语，着康君立、李存信传说，但是五百义儿家将，着更改姓，休教我姓李，我不免改了安敬思。我想来阿妈信着这两个的言语呵，怎了也？（正旦云）将军，你休要信这两个的贼说！则怕你中他的计策，你也要寻思咱。（李存孝云）他两个亲来传说，教我改姓，非是我敢要改姓也。（正旦云）既然父亲教你改姓，则要你治国以忠，教民以义。（唱）

【南吕一枝花】常言道"官清民自安，法正天心顺"，他那里家贫显孝子，俺可便各自立功勋。无倦事尊亲[32]，着俺把各自姓排头儿问，则俺这叫爹娘的无气忿。今日个嫌俺辱没你家门，当初你将俺真心厮认！

（李存孝云）夫人，想当日破黄巢时，招安我做义儿家将；那其间不用我，可不好来！（正旦唱）

【梁州】又不曾相趁着狂朋怪友，又不曾关节(4)做九眷十亲；俺破黄巢血战到三千阵，经了些十生九死，万苦千辛。俺出身入仕，荫子封妻，大人家踏[33]地知根，前后军捺袴摩裙⁽⁵⁾。俺、俺、俺，投至得画堂中列鼎重裀⁽⁶⁾，是、是、是，投至向衙院里束杖理民，呀、呀、呀，俺可经了些个杀场上恶狠狠捉将擒人。常好是不依本分！俺这里忠言不信，他则把谗^[34]言信；俺割股⁽⁷⁾的倒做了生分，杀爹娘的无徒说他孝顺：不辨清浑！

（李存孝云）夫人，我在此闷坐。小校觑者，看有甚么人来。（孛老儿同小末尼⁽⁸⁾上）（孛老儿云）老汉李大户。当日个我无儿，认义了这个小的做儿来；如今治下田产物业、庄宅农具，我如今有了亲儿了也，我不要你做儿，你出去！（小末尼云）父亲，当日你无儿，我与你做儿来；你如今有了田产物业、庄宅农具，你就不要我了！明有清官在，我和你去告来。可早来到衙门首也。冤屈也！（李存孝云）是甚么人在这门前大惊小怪的？小校与我拿将过来者！（卒子做拿过科，云）理会的。已拿当面。（孛老儿同小末尼跪科）（李存孝云）兀的小人，你告甚么？（小末尼^[35]云）大人可怜见！当日我父亲无儿，要小人与他做儿；他如今有了田产物业^[36]、庄宅农具，他如今有了亲儿，不要我做儿子了，就要赶我出去，小人特来告。大人可怜见，与我做主也！（李存孝云）这小的和我则一般，当日用着他时便做儿，今日有了儿就不要他做儿。小校将那老子与我打着者！（正旦云）你且休^[37]打，住者！（唱）

【牧羊关】听说罢心怀着闷，他可便无事狠⁽⁹⁾，更打着这入衙来不问讳的乔民⁽¹⁰⁾。则他这爷共儿常是相争，更和这子父每常时厮论。（李存孝云）小校，与我打着者！（正旦唱）词未尽将他来骂，口未落便拳敦⁽¹¹⁾，常好背晦也萧丞相⁽¹²⁾。（正旦云）赤瓦不剌⁽¹³⁾，嗨！（唱）你常好是莽撞也祗候人。

（李存孝云）小校，与我打将出去！（卒子云）理会的。出去！（孛老儿云）我干着他打了我一顿，别处告诉去来。（同下）（刘夫人上，云）老身沙陀李克用之妻刘夫人是也。因为李存孝改了姓名，不数日到这邢州，问人来，果然改了姓，是安敬思。这里是李存孝宅中，左右报复去，道有阿者来了也。（卒子云）理会的。报的将军得知，有阿者来了也。（正旦云）你接阿者去，我换衣服去也。（做换服科）（刘夫人做见科）（李存孝云）早知阿者来到，只合远接；接待不着，勿令见罪！（做拜科）（刘夫人怒科，云）李存孝，阿妈怎生亏负你来？你就改了姓名，你好生无礼也！（李存孝云）阿者息怒，小校安排酒果来者！（卒子云）理会的。（李存孝递酒科，云）阿者满饮一杯！（刘夫人云）孩儿，我不用酒。（正旦云）我且不过去，我这里望咱；阿者有些烦恼，可是为何也？（唱）

【红芍药】见阿者一头下马入宅门，慢慢的行过阶痕；见存孝擎壶[38]把盏两三巡，他可也并不曾沾唇。我则见[39]他迎头里嗔忿忿，全不肯息怒停嗔。我这里傍边侧立索殷勤，怎敢道怠慢因循(14)！

【菩萨梁州】我这里便施礼数罢平身，抄着手儿前进。您这歹孩儿动问，阿者，你便远路风尘！（刘夫人云）休怪波，安敬思夫人。（正旦唱）听言罢着我去了三魂，可知道阿者便怀愁忿。这公事何须的问，何消的再写本！到岸方知水隔村，细说原因。

（刘夫人云）孩儿，俺老两口儿怎生亏负着你来，你改了名姓？若不是康君立、李存信说呵，你阿妈不得知。如今你阿妈便要领大小番兵来擒拿你。我实不信，亲自到来，你果然改了姓名，俺怎生亏负你来也？（正旦云）存孝，你不说待怎么？（李存孝云）阿者，是康君立、李存信的言语，着俺五百义儿家将都改了姓[40]，着您孩儿姓安。想你孩儿多亏着阿妈阿者抬举的成人，封妻荫子，偌大的官职，怎敢忘了阿者阿妈的恩义！（做哭科，云）不由人号咷痛哭，提起来刀搅肺腑；抬举的立身扬

名，阿者，怎忘你养身父母！（刘夫人云）我道孩儿无这等勾当，你阿妈好生的怪着的你！（正旦唱）

【骂玉郎】当初你腰间挂了先锋印，俺可也须当索受辛勤。他将那英雄慷慨施逞尽，他则是开绣旗，聚战马，冲军阵。

【感皇恩】阿者，他与你建立功勋，扶立乾坤；他与你破了黄巢，敌了归霸，败了朱温。那其间便招贤纳士，今日个俺可便偃武修文。到如今无了征战，绝了士马，罢了边尘。

【采茶歌】你怎生便将人不僦^{(15)[41]}问？怎生来太平不用俺旧将军？半纸功名百战身，转头高冢卧麒麟。

（刘夫人云）媳妇儿，你在家中，我和孩儿两个见你阿妈，白那两个丑生的谎去来！（正旦云）阿者休着存孝去，到那里有康君立、李存信，枉送了存孝的性命也！（刘夫人云）孩儿，你放心！这句话到头来要个归着，要个下落处。孩儿，你在家中，我领存孝去，则有个主意也。（李存孝云）我这一去别辩个虚实，邓夫人放心也！（正旦唱）

【尾声】到那里着俺这刘夫人扑散了心头闷；不恁的呵，着俺这李父亲怎消磨了腹内嗔！别辩个假共真，全凭着这福神，并除了那祸根。你把那康君立、李存信，用着你那打大虫的拳头着一顿！想着那厮坑人来陷人，直打的那厮心肯意肯，可与你那争潞州冤雠证了本⁽¹⁶⁾。（下）

（刘夫人云）孩儿收拾行装，你跟着我见你父亲去来。万丈水深须见底，只有人心难忖量。（同下）

（李克用同李存信、康君立上）（李克用云）李存信、康君立，自从你阿者去之后，不知虚实，将酒来我吃。则怕存孝无有此事么？（李存信云）阿妈，他改了姓也，我怎敢说谎？（康君立云）我两个若是说谎了呵，大风里敢吹了我帽儿！（李克用云）此是实。将酒来，与我吃几杯。（康君立云）正好饮几杯。（刘夫人同李存孝上）（刘夫人云）孩儿来到也。小校报复去，道有阿者来了也。（李克用云）阿者来了，请过来饮几杯。（卒子云）理会的。有请！（李存孝云）阿者先过去，替你孩儿说一声咱。（刘夫人云）孩儿，你放心，我知道。（刘夫人见科，云）李克用，你又醉了也！不是我去呵，险些儿送了孩儿也！（李存信报科，云）阿者，亚[42]子[17]哥哥打围[18]去，围场中落[43]马也！（刘夫人慌科，云）似这般如之奈何？我索看我孩儿去。（存孝扯科，云）阿者，替您孩儿说一说！（刘夫人云）亚子孩儿打围去，在围场中落马，我去看了孩儿便来也。（李存孝云）阿者去了，阿妈带酒也，信着这两个的言语，送了您孩儿的性命也！（刘夫人云）存孝无分晓，亲儿落马撞[44]杀了，亲娘如何不疼？可不道"肠里出来肠里热"，我也顾不得的，我看孩儿去也。（打推科，下）（李存孝哭科，云）阿者，亚子落马痛关情，子母牵肠割肚疼；忽然二事在心上，义儿亲子假和真。亚子终是亲骨肉，我是四海与他人；"肠里出来肠里热"，阿者，亲的原来则是亲！（李存信把盏科，云）阿妈满饮一杯。（李克用醉介[45]，云）我醉了也。（康君立云）阿妈，有存孝在于门首，他背义忘恩。（李克用云）我五裂篯迭[19]！（下）（李存信云）哥哥，阿妈道：五裂篯迭，醉了也，怎生是了？阿妈明日酒醒呵，则说道："你着我五裂了来。"（康君立云）兄弟说的是，若不杀了存孝，明日阿妈酒醒，阿者说了，咱两个也是个死。小校与我拿将存孝来者！（李存孝云）康君立、李存信，将俺哪里去？（李存信云）阿[46]妈的言语，为你背义忘恩，五车裂[20][47]了你哩！（李存孝云）阿妈，你好狠也！我有甚么罪过？将我五裂了！我死不争，邓夫人在家中岂知我死也？两个兄弟来，安休休、薛阿滩[21]，将我虎皮袍、虎磕脑、铁燕挝[22]与邓夫人，就是见我一般也。（李存孝哭科，云）邓夫人也，今朝我命一身亡，眼见的去赴云阳；娇妻暗想身无主，夫妇恩情也断肠！我死后淡烟衰草相为伴，枯木荒坟作故乡；夫妻再要重相见，夫人也，除是南柯梦一场！（李存信云）兀那厮，你听者，用机谋仔细裁排，牧羊子[48]死限催来；李存孝真实改姓，就邢州斩讫报来。（李存孝云）皇天可表，于家为国多有功劳！我也曾活拿了孟截海，怒挟了邓天王，杀败了张归霸，力取了太原，复夺了并州，立诛了五将。华严川大战，杀败了葛从周；十八骑误入长安，攻破黄巢，扶持唐社稷，此乃是我功劳也。今日不用我，就将我五裂了！（哭科，云）罢、罢、罢！志气凌云射斗牛，苍天教我作公侯。舍死忘生扶社稷，苦征恒战统戈矛。旌旗日影龙蛇动，野草闲花满地愁；英雄屈死黄泉下，忠心孝义下场头！邓夫人也，兀的不苦痛杀我也！（下）（李存信云）今日将存孝五裂了也，明日阿妈问俺，自有话说，咱去来。金风未动蝉先觉，暗送无常死不知。（同下）

（周德威上，云）事有足濯[23][49]，物有故然。某乃周德威是也。此事怎了？谁想李克用带酒杀了存孝！竟信着康君立、李存信谎言，直将飞虎将军五裂身死。昨日带酒不知，今日小官直至帅府，问其详细走一遭去。二贼子用计铺谋，将存孝五裂身卒；众番官亲临帐下，我看那李克用怎的支吾！（下）

注 解

（1）王彦章：参见《五侯宴》第三折注文（4）。

（2）介：剧本对表情动作的舞台提示，与"科"同。

（3）鸦兵：又称鸦儿军，李克用之军也。《五代史·唐纪》："唐李克用少骁勇，军中号曰李鸦儿。中和三年，克用以步骑万七千赴京师，黄巢军惊曰：'鸦儿军至矣。'"上文"鸦脚枪"即指兵士手中枪械。

（4）关节：做动词用，打通关节、互相提携的意思。

（5）捺袴（nàkù）摩裩（kūn）：捺，按。袴，古时指套裤，以别于有裤裆的"裈"。裩，同"裈"。这句是指前后军就像裤子与套裤一样紧密相依。

（6）列鼎重裀：富贵堂皇的意思。鼎，原是古代立国的重器，后为诸侯王族家厅堂以示典重威严的摆设。裀，两层床垫。《晋书·刘寔传》："尝诣石崇家如厕，见有绛纹帐裀褥甚丽。"

（7）割股：封建道德宣扬的所谓孝道，指割下自己的大腿肉来治疗父母的重病。《宋史·选举志一》："上以孝取人，则勇者割股，怯者庐墓。"

（8）末尼：即末泥，原为宋杂剧、金院本五个角色之一，这里指扮演小孩子的角色名。

（9）无事哏：即无事狠，意为平白无故发起怒来。元人读"狠"为平声，故为"哏"。下文"你好哏也""哏绝"，"哏"皆同"狠"。

（10）乔民：刁民。乔，宋元时晋词，有恶劣、假伪的意思，元杂剧常用。如《连环计》第三折："父子每都帽光光，做出这乔模样。"

（11）拳敦：拳头相逼的意思。

（12）萧丞相：指汉初制定律令的丞相萧何。这里借喻办案的李存孝。

（13）赤瓦不剌："昆明俗语，凡好说话的叫做'岔巴嘴'，岔巴即赤瓦不剌。"（徐嘉瑞《金元戏曲方言考》）《虎头牌》第三折："才打到三十，赤瓦不剌，嗨！你也忒官不威爪牙威。"

（14）因循：随便。参见《绯衣梦》第一折注文（6）。

（15）偢（chǒu）：理睬。参见《谢天香》第三折注文（13）。

（16）证了本：证，或作"正"。本，即本钱的"本"。证本，即够本的意思。参见《救风尘》第三折注文（34）。

（17）亚子：指李存勖。参见《五侯宴》第三折注文（13）。

（18）打围：古代打猎时合围，故称打猎为打围。

（19）五裂篾迭：这是李克用醉酒后发出来的有音无义的醉语。

（20）五车裂：古代一种酷刑，俗称"五马分尸"。即将人的头和四肢用五辆车拴住，再用马套车驱驰以撕裂躯体。

（21）安休休、薛阿滩：李存孝随从将校。薛阿滩，《五代史》作"薛阿檀"。

（22）虎磕脑、铁燕挝：前者指虎头冠，后者指铁节鞭。

（23）足濯：疑为足懼，可惧也。庾信《周大将军瑯琊定公司马裔墓志》："精兵守于白帝，足惧巴州之城。"

第三折

（刘夫人上，云）描鸾刺绣不曾习，劣马弯弓敢战敌。围场队里能射虎，临军对阵兵机识。老身刘夫人是也。昨日引将存孝孩儿来阿妈行欲待说也，不想亚子在围场中落马，我亲到围场中看孩儿，原来不曾落马，都是李存信、康君立的智量。未知存孝孩儿怎生，使一个小番探听去了，这早晚敢待来也。（正旦扮莽古歹⁽¹⁾上，云）自家莽古歹便是。奉阿者的言语，着吾打探存孝去。不想阿妈醉了，信着康君立、李存信的言语，将存孝五裂了。不敢久停久住，回阿者的话走一遭去也。（唱）

【中吕粉蝶儿】颇奈这两个奸邪，看承做当职忠烈，想俺那无正事好酒的爹爹！他两个似蚖蛇⁽²⁾，如蝮蝎，心肠乖劣。我吥吥⁽³⁾的走似风车，不付能盼到宅舍。

【醉春风】一托氽⁽⁴⁾走将来，两只脚不暂歇；从头一一对阿者，我这里便说，说。是做的泼水难收，至死也无对，今日个一庄也不借。

（刘夫人云）阿的好小番也！暖帽貂裘最堪宜，小番平步走如飞；吾儿存孝分诉罢，尽在来人是与非。你见了存孝，他阿妈醉了，康君立、李存信说甚么来？喘息定，慢慢的说一遍。（正旦唱）

【上小楼】则俺那阿妈醉也心中乖劣，他两个巧语花言，鼓脑争头⁽⁵⁾，损坏英杰。他两个厮间别，犯口舌，不教分说，他两个傍边相倚强作孽。

（刘夫人云）小番，他阿妈说甚么来？存孝说甚么来？李阿妈醺醺酒瞇，李存孝忠心仁义，子父每两意相投，犯唇舌存信、君立。他阿妈[50]与存孝谁的是，谁的不是，再说一遍咱。（正旦唱）

【上小楼】做儿的会做儿，做爷的会做爷，子父每无一个差迟，生各札的意断恩绝！阿妈那里紧挡者，紧拦者，不着疼热，他道是："你这姓安的怎做李家枝叶！"

（刘夫人云）小番，阿妈那里有两个逆贼么？（莽古歹云）是哪两个？（刘夫人云）一个是康君立，双尾蝎侵人骨髓；一个李存信，两头蛇谗言佞语。他则要损忠良英雄虎将，他全无那安邦计赤心报国。那两个怎生支吾来？（莽古歹云）阿者，听您孩儿从头至尾说与阿者，则是休烦恼也！（唱）

【十二月】则您那康君立哏绝，则你那李存信似蝎蜇；可端的凭着他劣缺，端的是今古皆绝。枉了他那眠霜卧雪，阿妈他水性随邪(6)。

（刘夫人云）俺想存孝孩儿，华严川舍命，大破黄巢定边疆；他是那擎天白玉柱，端的是架海紫金梁。(7)他两个无徒，怎生害存孝来？（正旦唱）

【尧民歌】他把一条紫金梁生砍做两三截，阿者休波，是他便哪里每分说！想着十八骑长安城内逞豪杰，今日个则落的足律律的旋风趄(8)，我可便伤也波嗟。将存孝见时节，阿者，则除是水底下捞明月！

（刘夫人云）小番，你要说来又不说，可是为甚么来？（莽古歹云）李存信、康君立的言语，将存孝五车裂死了也！（刘夫人云）苦死的儿也！（莽古歹云）[51]他临死时，将存孝棍棒临身，毁骂了千言万语，眼见的命掩黄泉。（刘夫人云）[52]存孝儿衔冤负屈，孩儿怎生死了来？（正旦唱）

【耍孩儿】则听的喝一声马下如雷烈，恰便似鹘打寒鸠哏绝。那两个快走向前来，那存孝待分说怎的分说？一个指着嘴缝连骂到有三十句，一个扶着软肋里扑扑扑的撞^[53]到五六靴。委实的难割舍，将存孝五车裂坏，霎时间七段八节。

（刘夫人云）想必那厮取存孝有罪招状，责口词无冤文书，知赚的推在法场，暗送了七尺身躯。（正旦唱）

【三煞】又不曾取罪名，又不曾点纸节⁽⁹⁾；可是他前推后拥强牵拽，军兵铁桶周围闹，棍棒麻林前后遮，扑碌碌推到法场也。称了那两个贼汉的心愿，屈杀了一个英杰！

（刘夫人云）想当日俺那存孝孩儿多有功劳，活挟了孟截海，杀了邓天王，枪槊杀张归霸，十八骑入长安，挝打杀耿彪，火烧了永丰仓，有九牛之力，打虎之威。怎生死了我那孩儿来！（莽古歹云）存孝道：（唱）

【二煞】我也曾把一个邓天王来旗下斩，我也曾把孟截海马上挟，我也曾将大虫打的流鲜血，我也曾双挝打杀千员将。今日九牛力，挡不的五辆车五下里把身躯拽。将军死的苦痛，见了的那一个不伤嗟！

（刘夫人云）五辆车，五五二十五头牛，一齐的拽，存孝怎生者？（正旦唱）

【尾声】打的那头口门惊惊跳跳；叫道是"打打俫俫"，则见那忽剌鞭飕飕的摔动一齐拽，将您那打虎的将军命送了也！（下）

（刘夫人云）李克用，你信着这两个贼子的言语，将俺存孝孩儿屈死了。李克用，你好狠也！五辆车五下齐拽，铁石人号咷痛哭；将身躯骨肉分开，血染赤黄沙地土。再不能子母团圆，越思量越添凄楚；刘夫人苦痛哀哉，李存孝身归地府。（做哭科，云）哎哟，存孝孩儿也，则被你痛杀我也！（下）

注 解

（1）莽古歹：也作"忙古歹"，蒙古语小番也。曾瑞卿〔哨遍羊诉冤〕套曲："火里赤磨了快刀，忙古歹烧下热水。"

（2）虺（yuán）蛇：即蝮蛇，一种约一米长的毒蛇。

（3）呸呸（pēipēi）：拟声词，形容急速的脚步声。

（4）炁（qì）：同"气"字，道家的书常把"气"字写成"炁"。一托炁，即一口气。

（5）鼓脑争头：鬼头鬼脑的意思。《东篱赏菊》第二折："您、您、您有那等假撇清巧语花言，是、是、是乔公道争头鼓脑。"

（6）随邪：意为不正经。参见《单刀会》第四折注文（16）。这里意为无主见。

（7）"他是那擎天白玉柱"二句：擎天白玉柱、架海紫金梁，当时俗谚，元剧常用这两句来比喻栋梁材。

（8）踅（xué）：来回乱转。《西厢记》第四本第四折："四野风来，左右乱踅。"

（9）点纸节：招供画押。

第四折

（李克用、李存信、康君立领番卒子上）（李克用云）塞上羌管韵，北风战马嘶；缕金画面鼓，云月皂雕旗。某乃李克用是也。昨朝与众番官饮酒，我十分带酒，说道存孝孩儿来了也。小番，与我唤存孝孩儿者！（李存信云）如之奈何？（刘夫人上，云）李克用，你做的好勾当！信着两个丑生，每日饮酒，怎生将存孝孩儿五裂了？我亲到的邢州，并不曾改了名姓；都是康君立、李存信这两个贼丑生的见识，着他改做安敬思。昨日我领着存孝孩儿来见你，你怎生教那两个贼子五车裂了存孝？

媳妇儿将着骨殖，背将邓家庄去了。孩儿也，兀的不痛杀我也！（李克用云）夫人，你不说我怎生知道！都是这两个送了我那孩儿也！我说道："五裂箦选，我醉了也。"他怎生将孩儿五裂了！把这两个无徒拿到邓家庄杀坏了，剖腹剜心，与俺孩儿报了冤仇也！便安排灵位祭物，便差人赶回媳妇儿来者。（做哭科，云）哎哟！存孝儿也！我听言说罢泪千行，过如刀搅我心肠。义儿家将都悲戚，只因带酒损忠良。颇奈存信康君立，五裂存孝一身亡。大小儿郎都挂孝，家将番官痛悲伤。哎！你个有仁有义忠孝子，休怨我无恩无义的老爹娘！（同下）

（正旦拿引魂幡哭上，云）闪[1]煞我也，存孝也！痛煞我也，存孝也！（唱）

【双调新水令】我将这引魂幡招飐到两三遭，存孝也，则你这一灵儿休忘了阳关大道。我扑簌簌泪似倾，急穰穰意如烧；我避不得水远山遥，须有一个日头走到。

【水仙子】我将这引魂幡执定在手[54]中摇，我将这骨殖匣轻轻的自背着。则你这悠悠的魂魄儿无消耗[2]，（带云）你这里不是飞虎峪哪，（唱）你可休冥冥杳杳差去了！忍不住、忍不住痛哭号咷，一会儿赤留乞良[3]气，一会家迷留没乱倒，天哪，痛煞煞的心痒难挠！

（刘夫人上，云）兀的不是媳妇儿邓夫人！我试叫他一声咱，媳妇儿，邓夫人，你住者！（正旦唱）

【庆东原】踏踏的忙挪步，呸呸的不住脚，是谁人吖吖的脑背后高声叫？（刘夫人云）邓夫人，是我也。（做见哭科，云）痛煞我也，存孝孩儿也！（唱）阿者，你把我这存孝来送也！（刘夫人云）我说甚么来？（正旦唱）你可道"不着落，保到头来须有个归着"。（刘夫人云）媳妇儿也，你不曾忘了一句儿也。

（正旦唱）这烦恼我心知，待对着阿谁道？

（刘夫人云）孩儿，你且放下骨殖匣儿，你阿妈将二贼子拿将来与存孝孩儿报雠雪恨也。（李克用同周德威领番卒子拿李存信、康君立上）（李克用云）媳妇儿也，你也辞我一辞去，怕做甚么？将那祭祀的物件来，将虎磕脑、螭虎带、铁飞挝供养在存孝灵前，将康君立、李存信绳缠索绑祭祀了，慢慢的杀坏了这两个贼子。周将军与我读祭文咱。（周德威读祭文科）维大[55]九月上旬日，忻、代、石、岚、雁门关都招讨使，破黄巢兵马大元帅李克用等，致祭于故男飞虎将军李存孝之灵曰[56]：惟灵生居朔漠，长在飞虎，累遇敌战，猿臂善射。两张弓，两袋箭，左右能射之；手舞铁挝，斩[57]将不及三合。曾打虎在山峪之中，破贼兵禁城之内。挝打死耿彪，立诛三将，杀坏五虎。击破一字长蛇阵，杀败葛从周。渭南三战，十八骑误入长安。箭射黄巨天，恶战傅存审，力伏李罕之，活挟邓天王，病战高思继，生擒孟截海，大败王彦章。救黎民复入长安城，享太平再临京兆府。祭奠英灵，亲藩悔罪。今克用因殢酒听信狂言，故损坏义男家将。今将贼子尽该诛戮，与公雪冤。众将缟素，俺哭的那无情草木改色，青山天地无颜。将军阳世不将金印挂，阴司却掌鬼兵权。众将番官痛号咷，壁上飞挝血未消，阶下枉拴龙驹马，帐前空挂虎皮袍。英雄存孝今朝丧，多曾出力建功劳，赤心报国安天下，万古清风把姓标。呜呼哀哉，伏惟尚飨[(4)]！（正旦唱）

【川拨棹】则听的父亲道，将孩儿屈送了。家将每痛哭号咷，想着盖世功劳，万载名标。都与他持服挂孝，众儿郎膝跪着。

【七弟兄】你兀的据着，枉了见功劳。沉默默两柄燕挝落，骨刺刺杂彩绣旗摇，扑蓁蓁画鼓征鼙噪[58]。

【梅花酒】你戴一顶虎磕脑，马跨着黄膘，箭插着钢凿，弓控着花梢，经了些地寒毡帐冷，杀气阵云高。我这里猛觑了，则被你痛杀我也李存孝！

【收江南】呀，可怎生帐前空挂着虎皮袍？枉了你忘生舍死立唐朝！枉了你横枪纵马过溪桥！兀的是下梢，枉了你一十八骑破黄巢！

（李克用云）小番，将李存信、康君立拿在灵前，与我杀坏了者！（番卒子做拿二净科，云）理会的。（李存信云）阿妈，怎生可怜见饶了我两个罢！（康君立云）阿妈，若是饶我这一遭，下次再不敢了也！（正旦唱）

【沽美酒】康君立你自道，李存信祸来到。把存孝赚入法场屈送了，摔[59]碎了我浑家大小(5)，任究禁罪难逃。

【太平令】也是你争弱(6)，拿住你该剐该敲。聚集的人员好闹，准备车马绳索，把这厮绑了，五车裂了，可与俺李存孝一还一报！

（李克用云）小番将二贼子五裂了者！（番卒子做杀李存信、康君立科，云）理会的。（李存信云）我死也。（下）（李克用云）既然将二贼子五裂了，与我存孝孩儿报了冤仇，将孩儿墓顶上封官，邓夫人与你一座好城池养老。您听者：李存信妒能害贤，飞虎将负屈衔冤。邓夫人哀哉苦恸，为夫主遇难遭愆。康君立存信贼子，五车裂死在街前，设一个黄[60]箓大醮(7)，超度俺存孝升天。

注　解

(1) 闪：抛撇。《琵琶记·糟糠自厌》："教孩儿往帝都，把媳妇闪得苦又孤。"

(2) 消耗：消息音耗。

(3) 赤留乞良：生气的样子。

(4) 伏惟尚飨（xiǎng）：古代祭文末尾的套语，意为请来享用祭品吧。飨，用酒食款待人。

（5）浑家大小：合家大小的意思。

（6）争弱：弱小。此处意为不中用的家伙。

（7）黄箓（lù）大醮（jiào）：指用道教的仪式为死者做道场。箓，道教的秘文秘录。醮，古代僧道为禳除灾祟超度死者而设的道场。

校 注

本剧现存版本有《脉望馆钞校本古今杂剧》与1941年王季烈编《孤本元明杂剧》。现以前者为底本，用后者参校。

［1］康君立：原作"康军利"，又改为"康君利"，误，王季烈本据新旧《五代史》改，今从之，下同。

［2］走：上原衍一"遭"字，从王季烈本删。

［3］归：原作"国"，误。王季烈本据新旧《唐书》改，今从之，下同。

［4］防：原作"隄"，据文意校改。

［5］名德威，字镇远：原作"名震远，字德威"，从王季烈本改。

［6］管：原误作"官"，今改正。

［7］来了也：王季烈本及北大本删去"了也"。按："了也"用于疑问句末，起加强语气作用。关剧多有此例，如《五侯宴》第三折葛从周白："王彦章领兵与李克用家将交战去了也？"

［8］哭：此字下原有"又"字，今删。下文多处皆衍一"又"字，均删，不一一标出。

［9］眠：原作"眂"（"视"的异体字），从王季烈本改。

［10］两口儿：原作"儿两口"，误，今改。上下文提到李存孝与邓夫人时均作"两口儿"。

［11］是好受用也：原本"好"字后多一"是"字，今删。

［12］阿者去：原作"阿去者"，误倒，从王季烈本改。

［13］正旦唱：原缺，据王季烈本校补。

［14］壶：原作"台"，据王季烈本校改。

［15］拣：原作"减"，据王季烈本校改。

［16］阿：原缺，从王季烈本补。

［17］甚：上原有"是"字，系衍文，从王季烈本删，下同。

［18］图：原缺，据下文校补。

［19］哩：原作"里"，据王季烈本校改。

［20］肺：原作"费"，从王季烈本改。

［21］甚么：原作"是么"，从王季烈本改。

［22］功劳：原作"功效"，从王季烈本改。

［23］酪：原作"骼"，今改。

［24］阿妈：原缺，从王季烈本增补。

［25］卖：原作"买"，今改。

［26］猪：原字残损，从王季烈本校补。

［27］百：原字残损，从王季烈本校增。

［28］介：原作"个"，今改。

［29］耀武：原作"武跃"，从王季烈本改。

［30］的：原缺，今补。

［31］的：原缺，今补。

［32］无倦事尊亲："倦"原作"正"，文意欠通。按此句与上句"家贫显孝子"对，古语云"躬亲政事，致行无倦"。（《汉书·谷永传》）故改"正"字为"倦"。

［33］踏：原作"达"，从赵琦美墨校改。

［34］谗：原缺，据王季烈本补。

［35］小末尼：原本下有"上"字，乃衍文，今删。

［36］田产物业：原倒为"田业物产"，据上文改。

［37］休：原误作"体"，从北大本改。

［38］壶：原作"抬"，从王季烈本改。

［39］见：原无，从王季烈本校增。

［40］改了姓：原上衍一"着"字，今删。

［41］俅：原作"愀"，今改。

[42）亚：原误作"哑"，今改，下同。

[43] 落：原作"荡"，据下文与王季烈本校改。

[44] 撞：原作"装"，据王季烈本改，下同。

[45] 介：原作"个"，今改。王季烈本作"箇"，误。

[46] 阿：原作"那"，误，从王季烈本改。

[47] 裂：原作"争"，从王季烈本改，下同。

[48] 牧羊子：原作"牧养子"，据上文校改。

[49] 足濯：王季烈本校改为"足诧"。

[50] 妈：原缺，从王季烈本补。

[51]（莽古歹云）：原缺，据文意补上。存孝临死前遭棍棒毒打的言语，应出自莽古歹之口，因为此时刘夫人尚不知情。

[52]（刘夫人云）：原缺，据文意补上。

[53] 撞：原作"装"，从王季烈本改。

[54] 手：原缺，从王季烈本补。

[55] 维大：原本有残损，下缺二字。

[56] 曰：原误置于下句"惟灵"二字之下，从王季烈本改。

[57] 斩：王季烈本注曰"爱当是斩之误"，今改。

[58] 噪：原作"操"，音形相近而误，今改。

[59] 摔：原作"粹"，从王季烈本改。

[60] 黄：原本有残损，从王季烈本补。

山神庙裴度还带

导　读

　　裴度（765—839），字中立，河东（今山西）闻喜人。唐代贞元初进士，官至山南西道节度使。与武元衡同时遇刺，武死，裴为相，辅助唐宪宗开创元和中兴，为将相二十余年，至晚年"名震四夷。使外国者，其君长必问度年今几，状貌孰似。……事四朝，以全德始终。及殁，天下莫不思其风烈"。

　　杂剧并不歌颂裴度的文治武功，而是选取他早年未中科举时的一件逸事"归还玉带"来写，此中颇具深意。

　　关于还带一事，新旧《唐书》未载。最早记载这一故事者，为五代王定保《唐摭言》卷四：

　　　　裴晋公质状渺小，相不入贵。……相者曰："郎君形神稍异于人，不入相书。若不至贵，即当饿死。……"因退游香山佛寺，徘徊廊庑之下。忽有一素衣妇人，致一缇绌于僧伽和尚栏楯之上，祈祝良久，复取箧揥之，叩头瞻拜而去。少项，度才见其所致，意彼遗忘，既不可追，然料其必再至，因为收取。……度从而讯之，妇人曰："新妇阿父无罪被系，昨告人，假得玉带二、犀带一，值千余缗，以赂津要。不幸遗失于此，今老父不测之祸无所逃矣!"度怃然，复细诘其物色，因而授之。妇人拜泣，请留其一，度不顾而去。

本剧即基本上据此点染而成。

通过"山神庙还带"，剧作赞颂裴度清正高尚的人格。裴度早年穷困潦倒，只能在山神破庙栖身，每天到白马寺蹭斋饭。尽管如此，拾到价值千贯钱的玉带，裴度没有据为己有，而是站在大雪纷飞的庙外等待失主，他谢绝失主给他的任何好处。裴度后来中状元，娶了美丽而极具牺牲精神的孝女韩琼英，剧作认为这就是裴度得到的"福报"。杂剧不写"居庙堂之高"时的裴度，而着眼于"处江湖之远"的裴度，因为这正是社会上芸芸众生的读书人的常态，是可供百姓仿效的，剧作的价值与意义似乎就在这里。

剧作的重要关目，如韩廷幹遭诬陷栽赃、韩琼英邮亭卖诗、山神庙裴度还带，三番五次加以重复。之所以如此，这是元杂剧的演出环境决定的。元杂剧演出于瓦舍勾栏之间，观众流动性大，为了照顾后来观众能够迅速"入戏"，杂剧在转折处常常重复重要的情节关目，重复成为吸引观众的一种必要的叙述手段。《窦娥冤》《绯衣梦》《五侯宴》诸剧莫不如此。

《录鬼簿》于关汉卿名下著录《晋国公裴度还带》剧，天一阁本、说集本、孟称舜本《录鬼簿》仅作《裴度还带》，天一阁本正名为"香山寺裴度还带"（"寺"误作"扇"），《脉望馆钞校本古今杂剧》题"元关汉卿撰"，题目、正名为"邮亭上琼英卖诗，山神庙裴度还带"。按元末明初贾仲明也有《裴度还带》剧，天一阁本《录鬼簿续编》所载题目、正名为"长安市璠涯报恩，山神寺裴度还带"。因此有人认为本剧为贾作，但证据不充分。"裴度还带"故事

是元明清戏曲小说一个著名题材,《古今小说》卷九有《裴晋公义还
原配》(还带事见引子),明代沈采有《还带记》传奇,京剧有《裴
度还犀》剧目。

山神廟裴度還帶雜劇　　　元關漢卿

頭折　冲末王員外同旦兒净家童上　王員外云

耕牛無宿料　　倉鼠有餘糧

萬事分已定　　浮生空自忙

自家汴梁人氏姓王名榮字彦寶嫡親的兩口兒渾家劉氏我在這汴梁城中開着簡解典庫家中頗有資財人口順呼喚做王員外此間有一人姓裴名度字中立他父親是我這渾家的親姐姐不想他兩口兒都亡化過了誰想此人不肯做那經商客旅買賣每日

明代赵琦美《脉望馆钞校本古今杂剧》书影

則是讀書房舍也無的住說道則在那城外山神廟東宿歇大嫂（旦兒云）員外你有甚麼說（員外云）我幾蚤著人尋那裴度來與他些錢鈔教他尋些買賣做此人堅意的不肯來（旦兒云）說他傲慢你管他做甚麼（員外云）看著他那父母的面上假若來時你多共少與他些錢鈔我著人尋他去人說道今日來若來時我自有簡主意（正末上云）小生姓裴名度字中立祖居是這河東聞喜縣人氏小生幼習儒業頗看詩書爭柰小生一貧如

明代赵琦美《脉望馆钞校本古今杂剧》书影

头折

（冲末王员外同旦儿、净家童上）（王员外云）耕牛无宿料，仓鼠有余粮。万事分已定，浮生空自忙。自家汴梁人氏，姓王，名荣，字彦实。嫡亲的两口儿，浑家刘氏。我在这汴梁城中开着个解典库，家中颇有资财，人口顺呼唤做王员外。此处有一人姓裴，名度，字中立。他母亲是我这浑家的亲姐姐，不想他两口儿都亡化过了。谁想此人不肯做那经商客旅买卖，每日则是读书；房舍也无的住，说道则在那城外山神庙里宿歇。大嫂！（旦儿云）员外，你有甚么说？（员外云）我几番着人寻那裴度来，与他些钱钞，教他寻些买卖做，此人坚意的不肯来。（旦儿云）说他傲慢，你管他做甚么！（员外云）看着他那父母的面上，假若来时，你多共少与他些钱钞。我着人寻他去，人说道今日来，若来时，我自有个主意。（正末上，云）小生姓裴，名度，字中立，祖居是这河东闻喜县人氏。小生幼习儒业，颇看诗书，争奈小生一贫如洗。这洛阳有一人乃是王员外，他浑家是小生母亲的亲妹子。俺姨夫数次教人来唤，小生不曾得去。小生离了家乡。来到这洛阳寻了数日，今日须索走一遭去。想咱人不得志呵，当以待时守分。何日我那发迹的时节也呵！（唱）

【仙吕点绛唇】我如今匣剑尘埋，壁琴土盖，三十载。忧愁的髭鬓斑[1]白，尚兀自[1]还不彻他这穷途债。

【混江龙】几时得否极生泰[2]？看别人青云独步立瑶阶，摆三千珠履，列十二金钗。我不能勾丹凤楼[3]前春中选，伴着这蒺藜沙上野花开[4]。则我这运不至，我也则索宁心儿耐。久淹在桑枢瓮牖[5]，几时能够画阁楼台？

（正末云）有那等人道："裴中立，你学成满腹文章，比及你受窘时，你投托几个相知，题上几首诗，也得些滋润也。"您那里知道也！（唱）

【油葫芦】我则待安乐窝中且避乖，争奈我便时未来！想着这红尘万丈困贤才，那个似那鲁大夫亲赠他这千斛麦⁽⁶⁾？那个似那庞居士可便肯放做来生债⁽⁷⁾？自无了田孟尝，有谁人养剑客？⁽⁸⁾待着我折腰屈脊的将诗卖，怕不待要寻故友、访吾侪。

【天下乐】好教我十谒朱门九不开，我可便难也波捱，难捱那等朽木材，一个个铺眉苦眼⁽⁹⁾装些像态，他肚肠细，胸次狭，眼皮薄，局量窄。（正末云）此等人本性难移，（唱）可不道他山河容易改？

（正末云）可早来到也。报复去，道有裴中立在门首。（家童云）你则在这里，我报复去。员外，有裴中立在门首。（员外云）着他过来。（家童云）理会的。员外着你过去。（正末见科，云）姨夫姨娘请坐，受您侄儿几拜。（旦儿云）裴度，想你父母身亡之后，你不成半器，不肯寻些买卖营生做，你每日则是读书。我想来，你那读书的穷酸饿醋有甚么好处，几时能够发迹也！（正末云）姨娘不知，圣人云："富家不用买良田，书中自有千钟粟。"小生我虽居贫贱，我身贫志不贫。（员外云）大嫂，人说他胸次高傲，果然如此！我虽不通古今，你是读书人，你说那为人的道理，我试听咱。（旦儿云）谁听你那"之乎者也"的！（正末唱）

【那吒令】正人伦、传道统，有尧之君大哉；理纲常、训典谟⁽¹⁰⁾，是孔之贤圣哉；邦反坫、树塞门，敢管之器小哉。⁽¹¹⁾整风俗遗后人，立洪范承先代，养情性抱德怀才。

（旦儿云）怀才，怀才，你且得顿饱饭吃者！（正末唱）

【鹊踏枝】则我这齑盐⁽¹²⁾运怎生捱！时难度与兴衰。

配四圣十哲[13]，定七政三才[14]，君圣明威伏了四海，敢则他这庙堂臣八辅三台[15]。

（旦儿云）你空有满腹文章，你则不如俺做经商的受用。你这等气高样大，不肯来俺家里来；你便勤勤的来呵，我也不赶你去也。（正末唱）

【寄生草】则我这穷命薄如纸，您侯门深似海，空着我十年守定青灯捱[2]！我若是半生不彻黄齑债，我稳情取一身跳出红尘外。（员外云）看你这般穷嘴脸，知他是几时能够发迹！（正末唱）你休笑这孤寒裴度困间阎[16][3]，（带云）则不小生受窘[4]，（唱）尚兀自绝粮孔圣居陈、蔡[17]。

（员外云）大嫂，你听他，但开口则是攀今揽古。（旦儿云）裴度，你学你姨夫做些买卖，你无本钱。我与你些本钱，寻些利钱使，可不气概？不强似你读书，有甚么好处！（正末唱）

【后庭花】你教我休读书，做买卖；你着我去酸寒，可便有些气概。你正是那得道夸经纪，我正是成人不自在。（旦儿云）他穷则穷，则是胸次高傲。（正末唱）我胸次卷江淮，志已在青霄云外。叹穷途年少客，一时间命运乖！有一日显威风出浅埃，起云雷变气色。

【青哥儿】我稳情取登坛、登坛为帅，我扫妖氛息平蛮貊[18]，你看我立国安邦为相宰。那其间日转千阶，喜笑盈[5]腮，挂印悬牌，坐金鼎莲花碧油幢[19]，骨刺刺的绣旗开。恁时节您看我敢青史内标名载！

（旦儿云）我本待与你顿饭吃，你这等说大言，我也无那饭也无那钱钞与你，你出去！（正末云）小生但得片云遮顶，不在他人之下。（旦儿云）看了你这般嘴脸，一世不能够发迹，出去！（正末云）好无礼也！你数番教[6]人来请我，来到这里，将这等言语轻慢小生！罢、罢、罢！我

冻死饿死，再也不上你家门来！（唱）

【尾声】他则是寄着我这紫罗襕⁽²⁰⁾，放着我那黄金带，想"吾岂匏瓜也哉⁽²¹⁾"！更怕我辱没^[7]了您门前下马台；有一日列簪缨画戟门排，琼林宴花压帽檐歪，天香⁽²²⁾惹宫锦襟怀，你看我半醉春风笑满腮，我将那紫丝缰慢摆，更和那三檐伞云盖。放心也，我不道的满头风雪却回来！（下）

（员外云）大嫂，裴度去了也。（旦儿云）去了也。（员外云）他敢有些怪我？（旦儿云）可知哩！（员外云）大嫂，你不知道，恰才我见裴度此人非同^[8]小可，此人将^[9]来必然峥嵘有日；我自有个主意了也，他如今怪我，久以后致谢我也迟哩！今日无甚事，我去白马寺⁽²³⁾中走一遭去。（下）（旦儿云）安排茶饭，等员外来家食用，我且回后堂中去。（下）

注 解

（1）兀自：副词，包含"还""尚""犹"的意思。参阅《玉镜台》第二折注文（15）。

（2）否（pǐ）极生泰：或作"否极泰来""否去泰来""否终则泰"，《周易》中的哲学用语，否、泰，卦名。天地交谓之泰，泰则亨通；不交谓之否，否则失利。后来用以形容情况坏到极点向好的方面转化。

（3）丹凤楼：指凤阙，即皇家宫殿。

（4）蒺藜沙上野花开：当时俗谚，埋没英才的意思。蒺藜，有刺的野生植物。《荐福碑》第三折："做了场蒺藜沙上野花开，但占着龙虎榜，谁思量这远乡牌。"

（5）桑枢瓮牖（yǒu）：久居陋室之意。枢，门户的转轴。牖，窗，此指普通简陋的窗户。贾谊《过秦论》："然而陈涉，瓮牖绳枢之子，氓隶之人，而迁徙之徒也。"

（6）鲁大夫亲赠他这千斛麦：鲁大夫，指三国时吴国鲁肃。《三国志·吴书·鲁肃传》："周瑜为居巢长，将数百人故过候肃，并求资粮。肃家有两囷米，各三千斛，肃乃指一囷与周瑜，瑜益知其奇也。遂相亲结，定侨札之分。"

（7）庞居士可便肯放做来生债：宋元时流传在民间的故事，说富人庞蕴常放债而不索还。一日，闻家中驴马作人语，说它们都是前生欠庞债而转世来报答的。庞最后一家四口功成行满归天。《元曲选》有《庞居士误放来生债》杂剧。

（8）自无了田孟尝，有谁人养剑客：田孟尝，指战国四公子之一、齐国贵族田文，孟尝君是他的封号。孟尝君门下有食客千人。剑客，指孟尝君门客冯谖，他曾弹铗（剑把）而歌，曰："长铗归来乎，食无鱼！"后因以"弹铗"指生活穷困，求助于人。这里裴度以冯谖自比。

（9）铺眉苫（shān）眼：装模作样的意思。有时也作"铺眉蒙眼"。戏曲小说常用词语。《风光好》第三折："空这般苫眼铺眉立那教门，我须索心恭谨意殷勤侑尊。"《儒林外史》第二十八回："当家的老和尚出来见，头戴玄色缎僧帽，身穿茧绸僧衣，手里拿着数珠，铺眉蒙眼的走了出来。"

（10）典谟：指儒家典籍。

（11）邦反坫、树塞门，敢管之器小哉：《礼记·明堂位》载，"反坫、出尊……疏屏，天子之庙饰也"。《礼记正义》云："屏，树也，谓刻于屏树为云气虫兽也。"又："反坫者，两君相见反爵之坫也。筑土为之，在两楹间，近南，人君饮酒，既献反爵于坫上，故为之反坫也。"《论语·八佾》："邦君树塞门，管氏亦树塞门。"刘宝楠《论语正义》："管仲旅树而反坫，贤大夫也，而难为上也。"

（12）齑（jī）盐：指粗茶淡饭。齑，切碎的腌菜。

（13）四圣十哲：四圣，《史记·太史公自序》载，"惟昔皇帝，法天则地，四圣遵命，各成法度"。四圣指"颛顼、帝喾、尧、舜"（《史记集解》）。十哲，指孔门十哲，分别是颜渊、闵子骞、冉伯牛、仲弓、宰我、子贡、冉有、季路、子游、子夏。

（14）七政三才：旧俗称日、月与金、木、水、火、土五星为七政，天、地与人为三才。

（15）八辅三台：辅，古代辅助帝王或太子的官。八辅，疑指唐玄宗时著名的"八相"：姚崇、宋璟、张嘉贞、张说、李元纮、杜暹、韩休、张九龄。三台，周秦汉时三公之称谓。周官以太师、太保、太傅为三公，西汉以大司马、大司徒、大司空为三公。

（16）孤寒裴度困间阎：孤寒，家世寒微，无可依托的意思。间阎，里巷的门。

（17）绝粮孔圣居陈、蔡：孔子与弟子在陈、蔡二地因粮食吃完了挨饿。见《论语·先进》："子曰：'从我于陈、蔡者，皆不及门也。'"（意为跟我在陈国、蔡国挨饿的人，如今都不在我这里了）

（18）貊（mò）：我国古代北方少数民族名。

（19）幢（zhuàng）：车帘，这里借指车。《隋书·礼仪志》："衣书车十二乘，驾牛，汉皂盖朱里，过江加绿油幢。"

（20）襕（lán）：古时上下衣相连的服装。《集韵·二十五寒》："衣与裳连曰襕。"《西厢记》第二本第三折："乌纱小帽耀人明，白襕净，角带傲黄鞋。"

（21）吾岂匏瓜也哉：意为不是中看不中吃的匏瓜。语出《论语·阳货》："子曰：'……吾岂匏瓜也哉，焉能系而不食？'"（意为并非光是悬挂而不食用）

（22）天香：指帝王宫殿上的香气。皮日休《送令狐补阙归朝》诗："朝衣正在天香里。"

（23）白马寺：洛阳著名寺院。

第二折

（长老引净行者上，云）老去禅僧不下阶，两条眉似雪分开；有人问我年多少，涧下枯松是我栽。老僧汴梁白马寺长老是也，自幼舍俗出家，在白马寺中修行，但是四方客官都来寺中游玩。此处有个秀才，姓裴，名度，字中立，此人文武全才，奈时运未至，此人每日来寺中，老僧三顿斋食款待。今日无甚事，方丈⁽¹⁾中闲坐。行者，门首觑者，看有甚么人来。（净行者云）阿弥陀佛！阿弥陀佛！南无烂蒜吃羊头，娑婆婆婆[2]，抹奶抹奶。理会的。（王员外上，云）自家王彦实，来到这白马寺中也。行者，你师父在家么？（净行者[10]云）扑之[3]，师父不在家。（员外云）哪里去了？（净行者云）去姑子庵子里做满月去了。（员外云）报复去，道我王员外在于门首。（净行者云）哄你耍子哩！师父，王员外在门首。（长老云）道有请。（净行者云）有请！（做见科）（长老云）员外从何而来？请坐！（员外云）小人无事可也不来，敢问长老，裴中立这几日来也不来？每日见不[11]？（长老云）终日在此寺中。（员外云）长老，小人有一件事央及长老，我留下这两个银子，若裴度来时……（打耳喑[12]科）（长老云）员外放心，都在老僧身上，你吃茶去。（净行者云）捣蒜泡茶来！（员外云）不必吃茶了，长老勿罪！我出的这门来。我为何不留裴度在我家里住？我则怕此人堕落了功名。胸中志气吐虹霓，争奈文齐福不齐！一朝云路飞腾远，脱却白襕换紫衣。（下）（长老云）员外去了也。老僧逐日常管斋食，今日这早晚裴中立敢待来也。（正末上，云）小生裴度，前者被姨娘姨夫一场羞辱，小生中心藏之，何日忘之！小生多亏白马寺长老，一日三斋，未尝有缺；每谈清话，甚得其情[13]致。小生日日寺中三斋，到晚在这城南山神庙中安歇。时遇冬天，今日早间起来，出庙时尚且晴明，入的城来一天风雪。纷纷扬扬下着国家祥瑞，好大雪也呵！（唱）

【南吕一枝花】恰便似梅花遍地开，柳絮因风起。有山皆瘦岭，无处不花飞。凛冽风吹，风缠雪银鹅戏，雪缠风玉马垂。采樵人荷担空回，更和那钓鱼叟披蓑卷起。

【梁州】看路径行人绝迹，我可便听园林冻鸟时啼。这其间袁安高卧将门闭[4]。这其间寻梅[5]的意懒，访戴[6]的心灰，烹茶[7]的得趣，映雪[8]的伤悲。冰雪堂冻苏秦懒谒张仪[9]，蓝关下孝韩湘喜遇昌黎[10]。我、我、我，飘的这眼眩曜⁽¹¹⁾，认不的个来往回归；是、是、是，我可便心恍惚，辨不的个东西南北，呀、呀、呀，屯的这路弥漫，分不的个远近高低。琼姬素衣，纷纷巧剪鹅毛细；战八百万玉龙退败，鳞甲纵横上下飞。⁽¹²⁾可端的羡杀冯夷⁽¹³⁾！

（正末云）这雪越下的大了也。（唱）

【隔尾】这其间正乱飘僧舍茶烟湿，密洒歌楼酒力微，青山也白头老了尘世。都不到一时半刻，可又早周围四壁，添我在冰壶画图里。

（正末云）可早来到也。我入的这方丈门来，无人报复，我自过去。（见长老科）（净行者云）裴秀才来了也，我报复去。有裴秀才在门首。（长老云）恰才说罢，裴秀才来到，请坐！行者，看茶来；一壁看斋，裴秀才这早晚不曾吃饭哩！（净行者云）看斋！小葱儿锅烧肝肠白。（正末云）小生多蒙吾师厚德款待，此恩终朝不忘，小生异日必当重报！（长老云）中立不见外，但忘怀而已^[14]！无物为款，聊尽薄心也。（正末唱）

【牧羊关】念小生居在白屋⁽¹⁴⁾，处于布衣，多感谢长老慈悲！为小生缘薄，承吾师厚礼；见一日无空过，整三顿饱斋食。我今日患难哀怜我，久以后得峥嵘答报你。

（长老云）先生，近者有一等闾阎市井之徒暴发，为人妄自尊大，追富傲贫；据先生满腹才学，为人忠厚，处于布衣，其理^[15]善恶两途⁽¹⁵⁾，岂不叹哉！（正末云）吾师不知，如今有等轻薄之子，重色轻贤，真所谓^[16]井底之蛙耳，何足挂齿也！（唱）

【骂玉郎】有那等嫌贫爱富的儿曹辈，将俺这贫傲慢，把他那富追陪，那个肯恤孤念寡存仁义？有那一等靠着富贵，有千万乔所为，有那等夸强会⁽¹⁶⁾。

（长老云）秀才真乃英才之辈，比他人不同也。（正末唱）

【感皇恩】他显耀些饱暖衣食，卖弄些精细伶俐。怎听他假文谈，胡答应，强支持！出身于市井，便显耀雄威；则待要邀些名誉，施些小惠，要些便宜。

（长老云）真乃君子小人不同也！（正末唱）

【采茶歌】无才学有权势，有文章受驱驰，长老，这的是鹤长凫短⁽¹⁷⁾不能齐！比小生剩趱浮财润自己，比吾师身穿几件虼蜽皮⁽¹⁸⁾。

（长老云）行者，看斋食装秀才吃，共话一日，肚中饥了也。（净行者摆斋科）（正末云）小生逐日定害，何以克当！（长老云）先生何故如此发言？你则是未遇间，久以后必当登云路。行者，门首看者，看有甚么人来，报复我知道。（外扮赵野鹤上，云）睹福观容知祸福，相形风^[17]鉴⁽¹⁹⁾辨低高；道号皆称无虚子，肉眼通神赵野鹤。贫道姓赵，双名野鹤，道号无虚道人。自幼习学风鉴，贫道我断人生死无差，相人贵贱有准，是这汴梁人氏。此处白马寺有一僧人，乃是惠明长老，是我同堂故友，此人自幼舍俗出家；贫道在此货卜为生，每日到于寺中闲坐。今日到于寺中，探望长老走一遭去。可早来到也。行者，你师父在方丈中么？（净行者云）师父方丈中有！（野鹤云）报复去。（净行者云）理会的。师父，有^[18]赵野鹤在于门首。（长老云）有请！（净行者云）先生，师父有请！（见科）（长老云）先生，数日不见，请坐！（野鹤云）长老请坐！（长老云）裴中立，你与先生相见咱。此人乃赵野鹤，善能风鉴，断人生死贵贱如神。（正末云）小生虽与足下识荆⁽²⁰⁾，所烦相小生祸福咱。（野鹤做惊科，云）此位秀才何人？（长老云）先生，此人姓裴，名度，字中立，学成满腹文章，未曾进取功名，有烦先生相裴秀才几时为官。（野鹤云）秀才，你恕罪！我这阴阳有准，我断人祸福无差。可惜也！你看你冻饿纹入口，横死纹鬓角连眼，鱼尾相牵入太阴，游魂无宅死将临，下侵口角如烟雾，即目形躯入土深。可怜也！你明日不过午，你一命掩泉土，明日巳时前后，你在那乱砖瓦之下板僵身死。可怜也！（正末云）此人见小生身上蓝缕，故云如此，特地貌[19]视于小生，好世情[21]也呵！（野鹤云）秀才，你休怪！我是肉眼通神相，看你面貌上无一部可观处。你看你五露、三尖、六极！五露者，是眼突、耳反、鼻仰、唇掀、喉结。经曰：一露二露，有衫无袴；露若至五，夭寿孤苦；五露俱无，福寿之模。六极者：头小为一极，夫妻不得力；额小为二极，父母少温习；目小为三极，平生少知识；鼻小为四极，农作无休息；口小为五极，身无剩衣食；耳小为六极，寿命暂朝夕。我与你细细的详推[20]。（正末唱）

【贺新郎】通神的许负细详推，地阁天仓、兰台[22]廷尉，则他那山根印堂人中贵，五露三停六极，龙角鱼尾伏犀；肉眼藏天地理，风鉴隐鬼神机。断祸福、观气色、占凶吉，这厮好世情看冷暖，人面逐高低！

（野鹤云）秀才，你休怪小子。我敢断人生死无差，生则便生，死则便死，相法中无有不准。江湖上谁不知道肉眼通神相！人皆称呼我做无虚道人。（正末唱）

【哭皇天】噤声！这厮得道夸经纪，学相呵说是非，无半星儿真所为，衡一划[23]说兵机。（正末云）裴度怨他怎的！（唱）大刚[24]来则是我时乖命矣！我虽在人间阎之下、眉睫之间，又不比斗筲之器[25]、疥癣之疾。虽然是我身贫，我身贫志不移；我心经纶天地，志扶持社稷。

【乌夜啼】稳情取禹门[26]三级登鳌背，振天关平地声雷。看堂堂图相麒麟内[27]，有一日列鼎而食，衣锦而回。那其间青霄独步上天梯，看姓名亚等呼先辈；攀龙鳞，附凤翼，显五陵⁽²⁸⁾豪气，吐万丈虹霓。

（野鹤云）相法所断，何故大怒？（长老云）裴中立，虽然相法中如此断，也看人心上所积，可不道，人有可延之寿也。（野鹤云）小子无虚言也。（正末唱）

【煞】嗏声！我则理会的"先王之道斯为美⁽²⁹⁾"，正是"不患人之不己知⁽³⁰⁾"。则你是个巧言令色⁽³¹⁾打家贼，不辨个贵贱高低！按不住浩然之气⁽³²⁾，你看我登科甲便及第。若是我金榜无名誓不回，有一日我独步丹墀。

（长老云）秀才，再答一回话[21]去波。（正末不辞出门科，云）罢、罢、罢！（唱）

【尾声】虽是我十年窗下无人比，稳情取一举成名天下知。（野鹤云）可惜此人文齐福不至也！（正末唱）我既文齐福不齐，脱白襕，换紫衣，列虞侯，摆公吏，那威严，那英气，那精神，那雄势，腆着胸脯，撚着髭髯⁽³³⁾！宝雕鞍侧坐，镔铁镫⁽³⁴⁾斜挑，翠藤鞭款袅，缕金辔轻摇，笑吟吟喜春风骤、马骄嘶。列紫衫银带，摆绣帽宫花，簇朱幢皂盖，拥黄钺白旄⁽³⁵⁾，那其间酬心愿，遂功名，还故里。（下）

（长老云）裴中立含怒而去。（野鹤云）可惜裴秀才，明日不过午，必定掩泉土。此人死于乱砖瓦之下，板僵身死。长老，小子告回也。（长老云）先生，再坐一会儿去。（野鹤云）小子不必坐，明日再来望。我出的寺门来，且回我家中去也。（下）（长老云）裴中立如此造物！（净行者云）苦哉也！（长老云）老僧且回方丈中。待到明日，若日午之后裴中立[22]来时，万千欢喜；若午后真个不来，老僧领着行者，亲身直到城外山神庙，看裴秀才走一遭去。（下）（净行者云）阿弥陀佛！这一会打在

乱砖瓦底下，苦也！苦也！（下）

（韩夫人同韩琼英上，云）花有重开日，人无再少年。休道黄金贵，安乐最值钱。老身姓李，夫主姓韩，夫主为洛阳太守，别无得力儿男，止有一女，小字琼英，嫡亲的三口儿家属。为因上司差国舅傅彬计点河南府钱粮，至此洛阳，问我夫主要下马钱一千贯；因我夫主在此洛阳秋毫无犯，家无囊蓄之资，亦难去科敛民财，我夫主未曾应酬，以此傅彬怀恨。不期傅彬使过官钱一万贯，后来事发到官，问傅彬追征前项赃物；不想傅彬指下夫主三千贯赃，都省无好官长，奏闻行移至本府，提下夫主下于缧绁(36)，赔赃三千贯。事以不明，难为伸诉，争奈下情不能上达，何须分辩！休越朝廷法例，舒心赔纳。家中收拾止够送饭日用而已，俺两口儿面上，众亲戚赍助一千贯。老身只生的这个孩儿，因父祖名家，老身严加训教，此女读书吟诗写字。在城里外多亏我这女孩儿怀羞搠笔题诗，救父之难，得市户乡民恻隐，一则为他父清廉，二则因我这女孩儿孝道，半年中抄化到一千贯。陆续纳入官，前后二[23]千贯，尚有一千贯未完，夫主未能脱禁。孩儿也，怎的呵如之奈何？（琼英云）母亲，您孩儿今日早上街，有人道："小姐，城中关里人事上也絮烦了；近月朝廷差一公子，来此歇马，今日往城东去了也，有人见在邮亭上赏雪饮酒观梅，你去那里走一遭，但得些滋润，便够了也。"妾身想来也说的是，不曾与母亲说知，未敢擅便。（卜儿云）既然如此，你今日便索出城东，往邮亭处投奔那公子走一遭去。孩儿，你疾去早来，休着我忧心。（下）（琼英云）理会的。我收拾灰罐、笔，便索往邮亭投奔李公子走一遭去。（下）

（外扮李公子上，云）祖父艰辛立业成，子孙荣袭受皇恩；为臣辅弼行肱股，保助皇朝享太平。某姓李，名文俊，字邦彦。今奉圣人命，为因各处滥官污吏苦害良民；或有山间林下，怀才抱德，隐迹埋名，屈于下流，着某随处体察采访。某来到这洛阳歇马，纷纷扬扬下着国家祥瑞，领着从人，将着红干腊肉、酒果杯盘，来至这城东邮亭上。你看那雪飘梅放，正好赏心乐事。（祗候云）大人，满饮一杯。（把盏科）（公子云）

这早晚这雪越下的大了也，慢慢的饮几杯。（琼英上，云）妾身韩琼英，出的这城来，一天风雪，虽然如此受苦，我为父母，也是我出于无奈。说话中间，兀的不到邮亭也。这一簇人马，那公子正在邮亭上饮酒哩。我拂了我这头上雪，上邮亭去咱。（李公子见科，云）大雪中一个女子提着个灰罐上这邮亭来，必然是题诗。（祇候云）兀那女子！哪里去？（公子云）祇候人，休惊唬着他，着那个女子近前来。（祇候云）女子，你靠前把体面。（琼英放下灰罐科）（李公子云）兀那女子，谁氏之家？姓甚名谁？因何大雪中提着个灰罐儿来这邮亭上？有何事？你试说一遍咱。（琼英云）妾身洛阳太守韩廷幹之女。为因朝廷差国舅傅彬计点河南各府钱粮，来至此洛阳，问家尊要下马钱共起马钱。为因家尊治官廉洁，秋毫无犯，家无囊蓄之资，亦难去科敛民财，正道公行，不曾应酬，傅彬怀恨。不想傅彬贼心，侵使过官钱一万贯，后因事发，问傅彬追征前项赃物。谁想傅彬怀挟前仇，指下[24]家尊三千贯！都省无好官长，奏闻行移文书至本府，提下家尊下于缧绁，赔赃三千贯。事以不明，难为伸诉，既下情不能上达，何须分辩！休越朝廷法例，舒心赔纳。家中收拾止够送饭日用而已，父母面上众亲戚处赏助了一千贯。父母只生妾一个，因父祖名家，老母家训，教妾读书吟诗写字；城里城外，妾身怀羞，无计所奈，搠笔题诗，救父之难，得市户乡民恻隐，一则为父清廉，二则因妾孝道，半年中抄化到一千贯。陆续纳入官府，前后纳够二千贯了，如今尚有一千贯未完，不能够救我父亲脱禁。听知的大人在此邮亭中赏雪观梅，妾身特来大人处献诗。（公子云）却原来是为傅彬那个逆贼攀指，累及好人无故系狱！此天理何在？日月虽明，不照覆盆之下⁽³⁷⁾，看说此一事韩公实是冤枉。兀那小姐，汝父既是如此，你何不伸诉你父冤枉，与朝廷辩明此事？（琼英云）系是朝廷法例，焉肯与贼子折证辩明？情愿舒心赔纳。（公子云）朝廷有如此廉良之臣，埋没于斯！兀那小姐，如今你父亲合纳三千贯赃，有二千贯也，尚有一千贯未完；又难得如此孝道之女，天地神明岂无照察！李邦彦也，可不道见义不为无勇也，我有这两条玉带，价值三千贯，兀那小姐，我与你救父赔赃，成此胜事。兀那小姐，既然你会吟诗，你就指这雪为题。作诗一首可不好？若有诗，此玉带便与你；若无诗呵，这玉带不与你。（琼英拜科）（公子云）兀那祗候，你随身带着那文房四宝，与那女子纸笔，教他写。（祗候云）理会的。（祗候与旦纸笔科，云）兀那女子，与你纸笔。（琼英做寻思写科，云）诗就了也，我就写在这纸上。（做写科了）（公子云）好写染也，我试看咱。诗曰：合是今年喜瑞新，皇天辅得玉麒麟。太平有象云连麦，普济祯祥救万民。（公子云）嗨！此诗中意，题雪褒奖，甚有比喻。此女子非凡，再吟咏一首，看后意如何？小姐，你既有如此大才，可指雪再吟咏一首。（琼英云）既公子命妾，才再题一首。（写科了）（公子看云）诗曰：呈祥遍迥[38]飞琼凤，表瑞腾空坠素鸾。为国于民能润物，休将树稼等闲看。嗨！此诗中意，有世教，有机见，有志气，有彼此[39]，得诗家之兴也。非我多事，休嫌絮烦，指此梅花再咏一首。（旦云）既公子命妾，再题一首。（又写科）（公子云）诗曰：性格孤高幽谷栽[25]，清香独不[26]染纤埃。岁寒一点真如许，待许春回向暖开。此诗中志气不小！这首诗是白梅，你觑，兀那窗外腊梅一树，你何不指腊梅烦作一首？（旦又写科了）（公子云）诗曰：时人未识颜如腊，惟妾心知清似冰。志在中央得正气，暗香别是一般清。此女子天资天才，四绝诗不构思，[27]出语走笔成文，非同小可；咏此四绝句岂不清致，大志不浅！此女子有丈夫之刚，又兼父廉母严女孝，此一门[28]古今稀有！小官闻知汝父之冤枉，某奉命专察不明之事，我将此一事，我自动文书往京师奏知。兀那小姐，你将此带去，此带价值千贯，救父完赃[29]脱禁。（做与带科）（旦谢科，云）索是谢了大人深恩厚意！（公子云）你休如此说，你便去救你父亲去。小官在此洛阳体察的如此一桩事，我不敢久停久住，则今日便索往京师去也。覆命亲身离洛阳，一门忠孝有纲常，女孝父廉遭危难，拔擢英贤奏帝王。（下）（旦云）感谢祖宗！不想遇着公子，得一条玉带，价值千贯，可救父难，得脱缧绁之灾。我不敢久停，将着玉带报知母亲去。（下）

注 解

（1）方丈：寺中住持所居的房屋，也用作寺中主持者的尊称。

（2）娑婆娑婆：佛家语。《法华玄宝》："是三千大千世界，号为娑婆世界。"此处是插科打诨语，故用"娑婆"与"抹奶"对。包含低级下流的动作。

（3）扑之：即扑揞（揞与揸形近而误为揸，音讹为之），猜测意。此处是"你猜猜"的意思。《萧淑兰》第二折："怎扑揞，哪里肯周而不比且包含。"

（4）袁安高卧将门闭：袁安，东汉汝阳人，字邵公。《后汉书》卷三十五有传。《汝南先贤传》云："时大雪积地丈余。洛阳令身出案行，见人家皆除雪出，有乞食者。至袁安门，无有行路。谓安已死，令人除雪入户，见安僵卧，问何以不出，安曰：'大雪人皆饿，不宜干人。'令以为贤，举为孝廉。"

（5）寻梅：唐代著名诗人孟浩然曾于大雪天踏雪寻梅。马致远写有《冻吟诗踏雪寻梅》杂剧（今佚）。

（6）访戴：《晋书·隐逸·戴逵传》载，"戴逵，字安道，谯国人也。少博学好谈论，善属文，能鼓琴，工书画。……太宰、武陵王晞闻其善鼓琴，使人召之。逵对使者破琴曰：戴安道不为王门伶人"。

（7）烹茶：指用雪水烹茶。苏轼《安平泉》诗："烹茗僧夸瓯泛雪，炼丹人化骨成仙。"

（8）映雪：《初学记》卷二引《宋齐语》载，"孙康家贫，常映雪读书"。关汉卿有《孙康映雪》杂剧（今佚）。

（9）冰雪堂冻苏秦懒谒张仪：关于战国苏秦与张仪的故事，元代无名氏有《冻苏秦衣锦还乡》杂剧（见《元曲选》），说苏秦与张仪原为同窗，后张仪做了秦国丞相，未做官的苏秦前往拜谒，张为激励苏，故意在冰雪堂冷遇他。冰雪堂，破漏的房子。《渔樵记》第二折："岂不闻自古寒儒，在这冰雪堂何碍？"

（10）蓝关下孝韩湘喜遇昌黎：昌黎，唐代著名文学家韩愈的字。韩湘，韩愈的侄孙，曾登长庆三年第，为大理丞。后民间传说附会成韩愈的侄子，八仙之一。据说韩愈贬谪潮阳时，雪拥蓝关，马不能前，韩湘特来扫雪。元代纪君祥有《韩湘子三度韩退之》杂剧（今佚）。

（11）曜（yào）：光芒耀眼。

（12）"战八百万玉龙退败"二句：宋代诗人张元《雪》诗："战退玉龙三百万，败鳞残甲满天飞。"

（13）冯夷：水神名，即河伯。《史记·司马相如列传》："使灵娲鼓瑟而舞冯夷。"

（14）白屋：用茅草盖建的屋，旧指没有做官的读书人的住屋。南朝梁文学家刘孝威《行还值雨》诗："况余白屋士，自依卑路旁。"

（15）其理善恶两途：意即《窦娥冤》第三折所说的"为善的受贫穷""造恶的享富贵"。

（16）强会：意为能干。《任风子》第三折："你个婆娘妇夸强会，直寻到这搭儿田地。"

（17）鹤长凫（fú）短：成语，各有长短的意思。鹤的喙、翼和跗蹠很长，凫即俗称野鸭，它的这些器官比鹤短得多。

（18）屹蟎（liǎng）皮：屹蟎，屎虫。屹蟎皮，犹如说臭皮囊。有时也作屹螂皮。参见《救风尘》第一折注文（30）。

（19）风鉴：星相家术语，指相术。

（20）识荆：初次见面的敬辞。《聊斋志异·阎王》："李曰：'素不识荆，得无误耶？'"语出李白《与韩荆州书》："白闻天下谈士相聚而言曰：'生不用封万户侯，但愿一识韩荆州。'何令人之景慕，一至于此耶！"（按韩荆州，指当时的荆州长史韩朝宗）

（21）世情：即世故。《破窑记》第四折："这和尚好是世情也呵。"

（22）兰台：汉官内藏图书之处，由御史中丞执掌，别称御史台。

（23）一划：一味，统统之意。参见《金线池》第二折注文（16）。

（24）大刚：或作"大纲""大古""待刚"，总之、大概的意思。《诈妮子调风月》："哎，蛾儿！俺两个大刚来不省呵！"参见《望江亭》第二折注文（5）。

（25）斗筲之器：筲是一种竹器，仅容一斗二升。斗和筲都是较小的容器，旧用以比喻才短识浅。《论语·子路》："今之从政者何如？子曰：'噫，斗筲之人，何足算也？'"

（26）禹门：即龙门，传说为禹所凿。旧时把中科举喻为跳龙门。参阅《陈母教子》第一折注文（18）。

（27）图相麒麟内：指建功立业，画图相于麒麟阁内。参见《玉镜台》第一折注文（5）。

（28）五陵：指咸阳附近汉代五个皇帝的陵墓。参见《蝴蝶梦》第三折注文（26）。

（29）先王之道斯为美：语见《论语·学而》，"有子曰：'礼之用，和为贵；先王之道，斯为美'"。

（30）不患人之不己知：语见《论语·宪问》，"子曰：'不患人之不己知，患其不能也'"。

（31）巧言令色：花言巧语，虚假伪善。《论语·学而》："子曰：'巧言令色，鲜矣仁！'"

（32）浩然之气：指胸中正气。语出《孟子·公孙丑》："我知言，我善养吾浩然之气。"

（33）髭髯（zīrì）：胡须。《李逵负荆》第二折："抖搜着黑精神，扎煞开黄髭髯。"

（34）镔（bīn）铁镫：用精炼的铁做成的马鞍两旁的铁脚踏。镔，精炼的铁。《长生殿·合围》："三尺镔刀耀雪光。"

（35）黄钺（yuè）白旄：钺，古代一种砍劈兵器，此指作仪仗用。旄，指用牦牛尾作旗杆头装饰的旗子。唐代岑参《轮台歌》："上将拥旄西出征，平明吹笛大军行。"

（36）缧绁（léixiè）：拘系犯人的绳索，引申为囚禁。

（37）日月虽明，不照覆盆之下：参见《窦娥冤》第二折注文（36）。

（38）迥（jiǒng）：远。

（39）有彼此：大概是指能由此及彼，由飞雪而及政事，深得诗家比兴之法。

第三折

（山神上，云）霹雳响亮震山川，苍生拱手告青天。有朝雨过云收敛，凶徒恶党又依然。吾神乃此处山神是也。此处洛阳有一人乃是裴度，此人满腹文章，争奈文齐福不至，每日晚间在此庙中安歇。此人更兼寿夭，可怜裴度，明日午前当死在此庙中砖瓦之下，此庙当崩摧败。吾神在此庙中闲坐，下着如此般大雪，看有甚么人来。（琼英上，云）我出的这门来，这雪越下的大了，可怎生是好？路傍有一座山神庙儿，我且入这庙儿略歇息咱，待雪定便行。一个草铺儿，我且在这上面坐咱。走这一日，觉我这身子有些困倦，我权且歇息咱。将这玉带放在这藁荐下，贴墙儿放着，我略合眼咱。（旦歇息了，做猛省科，云）嗨！不觉睡着，天色晚了也，恐闭了门，母亲悬望。呀！雪觉小些儿，我出的这庙门来。则怕晚了天色，赶城门去来。（下）（正末上，云）小生裴度是也。谁想今朝在寺中受这一场烦恼！天色将晚，雪觉小了，我回往那山神庙去也。裴中立，我想儒冠多误身，似这般齑盐的日月，几时是了也呵！（唱）

【正宫端正好】我愁见古松林，我这里便怕到兀那崩摧庙。我可便叹吾生久困蓬蒿，看别人青霄有路终须到，知他我何日"朝闻道[(1)]"？

【滚绣球】今日见那赵野鹤，他观了我相貌，他道冻饿纹耳连着口角，横死纹鬓接着眉梢；他道我主福禄薄，更寿夭。则他那相法中无他那半星儿差错，他道："我断的准也不错分毫。"我平生正直无私曲，一任天公饶不饶！这的是"善与人交[(2)]"。

（正末云）来到这山神庙也。我与你拂了这头上雪，入的这庙来。这庙如此疏漏，又待倒也，如之奈何？（唱）

【醉太平】我则见泥脱下些仰托，更和这水浸过这笆箔。我则见梁漕椽烂柱根糟，这的是欠九分来待倒。这一座十疏九漏山神庙，如十花九裂[30]寒冰窖，似十摧九塌草团瓢，比着那漏星堂(3)较少。

（正末云）阴能克昼，晚了也，我歇息咱。晾起这头巾，脱了这泥靴，衣服就身上偎干。（唱）

【倘秀才】水头巾供桌上控着，泥脚靴[31]土墙边晾着，（正末云）裴中立也！（唱）我可甚买卖归来汗未消！凄凉愁今夜，由自想来朝，藁荐上和[32]衣儿睡倒。

（正末云）我这脚冷，我且起来盘着脚坐一坐，等温的我这脚稍暖和呵再睡。（做垫住科，云）好是奇怪也！（唱）

【呆骨朵】我恰才待盘膝裹脚向亭柱上靠，这藁荐下垫的来偌[33]高！我这里悄悄量度，好着我暗暗的暗约(4)。（正末云）我试抹藁荐下咱。（做拿起带科，云）是一条带！（唱）不由我小胆儿心中怕，唬的我小鹿儿心头跳；那一个富豪家失忘了？天阿！天阿！把我这穷魂灵儿险唬了！

（正末云）我起身来，穿上这靴，开开这门，这雪儿晃的明，我试看咱：是一条玉带！（唱）

【倘秀才】我辨认的分分晓晓，我可便惹一场烦烦恼恼，我今夜索思量计万条。若有人来寻觅，我权与他且收着，我两只手捧托。

（正末云）嗨！是一条玉带！这的是那寻梅的官长每经过，跟随伴当每在此避雪，不小心忘了。倘若你那官人到家问你这玉带呵，你[34]将甚么还他！不逼了人性命？小生虽贫，我可不贪这等钱物；明日若有人来寻，山神，你便是证见，我两只手便还他，也是好勾当。我为这玉带一夜不曾得睡，早天色明也，我忍着冷，将着这玉带，我且躲在这庙背后，看有甚么人来。（韩琼英同夫人上，夫人云）夜来孩儿在邮亭上卖诗，遇着李公子，与了一条玉带，说价值千贯。孩儿回家来，说在那山神庙里歇脚避雪，将玉带忘在那庙里。俺娘儿每一夜不曾睡，今日绝早出城来寻那玉带。孩儿，你在哪个庙儿里来？（旦儿云）母亲，兀的那个庙儿便是，在这里面避雪来。入这庙儿去来。我放在这藁荐底下来，天哪，无了这玉带也！为父坐禁题诗，则少一千贯赃未完。不想遇着李公子，得这条玉带，价值千贯，若卖了时，救俺父得脱禁；不想我忘在此处不见了。我再几时得一千贯钱！我不能够救我父离狱，又不能够尽孝之心，有何面目立于天地之间！母亲，我也顾不的你也，要我这性命做甚么！我解下这胸前胸带，我寻个自尽。（夫人云）我夫不能脱禁，要我一身何用！我解下这胸带来，不如我寻个自尽罢！（正末慌入庙科，云）住、住、住！你何故觅死也？（唱）

【脱布衫】我见他迷溜没乱心痒难揉，悲切切雨泪号咷。一个他哭啼啼弃生就死，一个他急煎煎痛伤怀抱。

（正末云）蝼蚁尚然贪生，为人何不借命！你有何缘故在此觅死也？（夫人云）哥哥，你哪里知道哪！（正末唱）

【小梁州】借问你个老妪缘由，女艳娇，你因甚事细说根苗。（正末云）你有甚么冤枉，在此觅死？你从头至尾说一遍咱。（旦儿云）我看来这个人必是个儒人秀士。哥哥不嫌絮烦，听妾身从头至尾说一遍咱。妾身乃洛阳韩太守的女孩儿，这个是我母亲，嫡亲的三口儿家属。父亲在此为理，与人秋毫无犯。为因上司差傅彬来河南点检钱粮，傅彬到此洛阳，问我父要上马钱下马钱，我父不肯与他。后来傅彬为侵使过官钱，追赃赔纳，不想傅彬贼子怀挟前仇，指下家父三千贯赃。奏闻行移至本府，提下家父于缧绁，赔赃三千贯。事以不明，难为伸诉；下情不能上达，何须分辩！不敢越朝廷法例，舒心赔纳。家中收拾止够送饭日用而已，父母面上亲戚处助一千贯。父母只生妾身一个，因父祖名家，老母家训，教妾读书吟诗写字。在城里外，妾身怀羞搦笔题诗救父难，得市户乡民恻隐，一则为父清廉，二则因妾孝道，半年中抄化了一千贯。陆续纳入官，前后二千贯，尚有一千贯未完，父亲未能脱禁。则见一日城市中有人对妾言说："小姐，这城中关厢里外人事上也絮烦了。近日朝廷差一公子，来此歇马，今日说往[35]城东去，有人见在邮亭赏雪饮酒哩，若到那里，一则提笔卖诗，二则诉父冤枉，但得些滋润，够你赔赃也。"听的说罢急走出城，来至邮亭，正见公子赏雪饮酒。见妾问其缘故；妾将前事尽诉其情，公子甚是怜念。又命妾题诗，妾随作诗数首。公子甚喜，就赐腰间玉带一条，价值千金，与妾身救父脱禁。妾欲要回城中，到此半路风紧雪大，妾在此庙中歇脚避雪，不觉身体困倦，在此歇息，我将玉带放在藁荐下。猛然省来，诚恐天晚母亲在家悬望，妾身慌走出庙来；又怕关了城门，紧走到家中。老母问其缘故，忽然想起玉带来，急要来取，城门已闭。俺娘女二人一夜不曾睡，今日早挨门出来，入的庙门来寻，谁想不见了玉带！则觑着这条玉带救父脱禁，我既不能救父，又不能尽孝，我因此寻自尽。（夫人云）哥哥，我则觑着这个孩儿，他寻自尽，夫主又不能出禁，要我身何用？我也寻个自尽，也是俺出于无奈也！（正末云）好可怜人也！（唱）**为尊君冤枉坐囚牢，卖诗呵把父母恩临报，**小姐也，**你可甚么家富小儿娇！**

（旦儿云）"哀哀父母，生我劬劳。"[5]养小防老，积谷防饥。妾虽女子，亦尽孝也。（正末唱）

【幺篇】你道是从来养小防备老，都一般哀哀父母劬劳。（带云）先圣有言："身体发肤，受之父母，不敢毁伤。孝之始也。"[6]（唱）**你便怎生舍性命寻自吊？**（带云）"扬名于后世，以显父母，孝之终也。"[7]（唱）**这的可也方为全孝。**（正末云）"父母全而生之，子全而归之，可为孝也。"[8]（唱）**则这的是为人子立的根苗。**

（夫人云）据先生说呵，也说的是。争奈我夫主无辜受禁，眼睁睁不得脱难，则觑着这条玉带救夫主，不见了，似此这般，一千贯赃几时纳的了也！（正末云）夫人、小娘子，假若有这玉带呵呢？（夫人云）若有这玉带呵，便是救了俺一家性命也。（正末云）假若无了这玉带呵呢？（夫人云）俺一家儿便是死的，都不得活也。（正末云）老夫人、小娘子放心，玉带我替你收着哩！（旦儿云）先生勿戏言！（正末云）孔子门徒，岂有戏言！（正末做取带科，云）娘子，兀的不是带，还你！（旦儿接科，云）兀的不正是此带！索是谢了先生。（夫人云）孩儿也，俺娘儿两个一齐的拜谢先生咱。（正末云）不敢！不敢！（夫人云）先生救活我一家之恩，此义非轻也！世间似先生者世之罕有，处于布衣窭暴[36]之中，千金不改其志，端的是仁人君子也！（正末云）不敢！不敢！世间似小娘子贞孝之女——自古孝子多，孝女少——女子中只有两三个人也。（夫人云）是哪两三个？先生试说，老身洗耳愿闻咱。（正末唱）

【叨叨令】当日个贾氏为父屠龙孝[9]，杨香为父跨虎曾行孝[10]，曹娥为父嚎江孝[11]；今日个琼英为父题诗孝，端的可便感天地也波哥！端的可便感天地也波哥！为父母呵，男女皆可尽人之孝。

（夫人云）先生哪里乡贯？姓甚名谁？（正末云）小生姓裴，名度，字中立，祖居河东闻喜县人氏，父母早年亡化过了。因囊箧俱乏，未曾求进，淹留[37]在此。（夫人云）早是遇着先生，若是遇着别人呵，可怎了也？假若秀才藏过，则说无也罢，可怎生舒心还此带？先生端实古君子之风也！（正末云）夫人言者差也。（唱）

【塞[38]鸿秋】我则待粗衣淡饭从吾乐，我一心待要固穷守分天之道，我则待存心谨守先王教。（旦儿云）先生恰才不与此带，无计所奈也！（正末唱）可不道“君子不夺人之好”？（夫人云）老身一家处于患难，先生亦在窭迫，故使先生救我一家性命。（正末唱）夫人处患难，小生甘穷暴，咱正是摇鞭举棹休相笑。

（夫人云）老身同小女告回也。（正末云）老夫人、小娘子勿罪，难中缺茶为献，实为惶恐！小生送出庙去。（夫人云）先生免送。（正末唱）

【倘秀才】出庙门送下涩道(12)，近行径转过墙角，这的是贫不忧愁富不骄。（旦儿云）妾身看了秀才，若非古之君子，岂有如此局量！此还带之意，异日必当重报于足下，《毛诗》云："投之以木桃，报之以琼瑶(13)。"焉敢忘恩人之大德也！（正末唱）你道是得之木有桃，"报之以琼瑶"，小人怎敢比古人量作！

（旦儿云）此时世俗，惟先生之一人；礼义廉耻道德之风——馀者俗子，受不明之物，取不义之财——有[39]几人也？（正末云）"皇天无私，惟德是辅。"(14)（正末唱）

【滚绣球】咱人命里有呵福禄增，（云）暗室亏心，神目如电。（唱）命里无呵灾祸招。（云）近之不逊，远之又怨。（唱）受不明物呵不合神道，（云）"不义而富且贵，于我如浮云(15)！"（唱）取不义财呵枉物难消。（旦儿云）据先生如此大量，当来发达于世，岂不壮哉！（正末唱）有一日蛰龙(16)奋头角，风云醉碧桃(17)；酬志也五陵年少，轩昂也当发英豪；伴旌旗日暖龙蛇动，看宫殿风微燕雀高，雁塔(18)名标。

（夫人云）先生请回。（正末云）小生再送两步。（庙倒科）（旦儿云）呀！倒了这山神庙也！（夫人云）早是秀才不在里面！（正末惊科，云）阴阳有准，祸福无差，信之有也！

【煞】阴阳有准无虚道，好一个肉眼通神赵野鹤！咱人这祸福难逃，吉凶怎避，莫得执迷，枉了徒劳！判断在昨日，分已定前生，果应于今朝。若是碎砖瓦里命终得这身夭，险些儿白骨卧荒郊！

（夫人云）先生为何如此惊叹？必有其情，乞请知之。（正末云）老夫人不知：小生昨日在白马寺中遇一相士，说小生今日不过午，一命掩泉土，今日午前死于碎砖瓦之下。今日果应其言！小生若不为还此带，送出老夫人、小姐来呵，小生正遭此一死也！（夫人云）皆是先生阴德[19]太重，救我一家之命，因此遇大难不死；必有后程，准定发迹也！（正末唱）

【尾声】我但得一朝冠盖向长安道，趁着这万里风头鹤背高。有一日享荣华、受官爵，早则不居无安、食无饱。（旦儿云）此恩此德时刻未忘。（夫人云）我记着先生这个模样，请个良工写像传真，侍奉终日，烧香供养先生也。（正末唱）你道是这恩临决然报，常记着休忘了，命良工写像传真，点烛烧香，你将我来供养到老。（下）

（夫人云）合是我夫主得脱禁，难遇此等好人也！[40]（旦儿云）母亲，咱回家将此带货卖一千贯钞，救父出禁；那其间咱可报裴秀才之恩，未为晚矣。（夫人云）黄金不改英雄志，白马焉能污己身！这秀才，文章正是行忠孝，必享皇家爵禄恩。（同下）

注　解

(1) 朝闻道：语出《论语·里仁》："子曰：'朝闻道，夕死可矣！'"

(2) 善与人交：语出《论语·公冶长》："子曰：'晏平仲善与人交，久而敬之。'"

(3) 漏星堂：破烂的房子。因为房顶破烂，可望见星月，故云。《破窑记》第一折："我也不恋那鸳衾象床，绣帏罗帐，则住那破窑风月，射漏星堂。"

(4) 喑约：也作"窨约"，思量、忖度。《西蜀梦》第三折："哥哥你自喑约，这事非小可。"

(5) 哀哀父母，生我劬劳：《诗经·蓼莪》诗句。劬劳，劳累，专指父母养育子女的劳苦。

（6）"身体发肤"四句：语出《孝经》。

（7）"扬名于后世"三句：语出《孝经》。

（8）"父母全而生之"三句：语出《礼记》。

（9）贾氏为父屠龙孝：未详出处。

（10）杨香为父跨虎曾行孝：传说中二十四孝之一。晋人杨丰之子杨香，年十四，随父刈稻田间，父为虎所噬，香徒手捉虎颈，虎奔逸，父幸免死。事见南朝刘敬叔《异苑》。

（11）曹娥为父嚎江孝：传说中二十四孝之一。曹娥，东汉上虞人，其父盱于五月五日溺死，娥时年十四岁，昼夜沿江号哭，后投江而死，竟抱父尸而出。《后汉书》卷八十四有传。

（12）涩道：台阶，元剧中此词屡见。如《魔合罗》第二折："我这里慢腾腾行出灵神庙，举目偷瞧；我与你恰下涩道，立在檐梢。"

（13）投之以木桃，报之以琼瑶：《诗经·卫风·木瓜》中诗句。

（14）皇天无私，惟德是辅：《尚书·蔡仲之命》载，"皇天无亲，惟德是辅"。

（15）不义而富且贵，于我如浮云：《论语·述而》："子曰：'饭疏食饮水，曲肱而枕之，乐亦在其中矣。不义而富且贵，于我如浮云。'"

（16）蛰龙：蛰，动物冬眠时潜伏洞穴中的状态。此喻未奋发成功之时。

（17）风云醉碧桃：未明出处。《元曲选》有《碧桃花》剧，写张道南与徐碧桃爱情故事。张道南中举授潮阳县令，与徐碧桃魂魄相会，张醉题〔青玉案〕词赠徐。后萨真人降法使徐借尸还魂与张团圆。杂剧"题目、正名"为"张明府醉题〔青玉案〕，萨真人夜断碧桃花"。不知这里是否指此剧故事。

（18）雁塔：指大雁塔，在今陕西省西安市慈恩寺中，为玄奘所建。此指唐代新科进士"雁塔题名"。

（19）阴德：指暗中做善事有德于人，自己或子孙必能得到福报。《汉书·丙吉传》："臣闻有阴德者，必飨其乐，以及子孙。"

楔 子

（长老引净行者上，云）事不关心，关心者焦。贫僧是白马寺长老。昨日有赵野鹤偶然遇裴中立，相此人今日不过午，一命掩泉土。此赵野鹤断生死无差。（净行者云）裴秀才苦也！板僵身死。（长老云）惜哉！裴秀才满腹文章，寿算不永。今日这早晚不见裴秀才来！（净行者云）这早晚已[41]定死在那碎砖瓦底下，苦恼也！（赵野鹤上，云）贫道赵野鹤，今日无甚事，白马寺中望惠明长老走一遭去。可早来到也。（见行者云）行者报复去，道有赵野鹤在于门首。（净行者云）你又来了！（净行者报科，云）师父，有赵野猫在于门首。（长老云）敢是赵野鹤么？（净行者云）是赵野鹤。（长老云）有请！（见科）（长老云）先生请坐！（野鹤云）昨日相那裴中立，今日不过午，必死于碎砖瓦之下，板僵身死。（长老云）可惜此人满腹文章！（野鹤云）长老，盖因命运所系也。（长老云）行者，看茶汤来！（净行者云）理会的。捣蒜烹茶！（长老云）看有甚么人来。（正末上，云）小生裴中立，赵野鹤真肉眼通神相，果应其言，险死于碎砖瓦之下。虽然如此，我今日到白马寺寻赵野鹤走一遭去。可早来到也，行者！（净行者云）你是人也是鬼？（正末云）我是人，怎生是鬼？师父在方丈里么？（净行者云）你则在这里。师父，有裴秀才在门首。（野鹤云）你敢差认了也！这早晚在那碎砖瓦之下，板僵身死了也，再哪里得个裴秀才来？（净行者云）他见在门首哩！（长老云）你请他来。（净行者见正末，云）秀才，师父有请。（正末见长老，云）长老支揖。（长老惊科）（正末云）兀的不是赵野鹤！可不道你无虚道？你道我今日不过午，一命掩泉土，午前死在碎砖瓦之下，板僵身死，这早晚午后也，可怎生不死也？（野鹤云）住、住、住，好是奇怪也！裴秀才，你今日气色比昨日不同。长老，你看他那福禄文眉梢侵鬓，阴骘(1)文耳根入口，富贵气色四面齐起。裴秀才，你久后必然拜相位也。（净行者云）你这阴阳不济事了，你也是多里捞摸⁽²⁾。（长老云）先生，可是为何比昨日全不同也？（野鹤云）长老不知，这秀才必有活三四个人性命的阴骘；若不是，如何得这气色比昨日全别了？气色都转的好了？（正末云）我是一穷儒，那里行阴骘去？（野鹤云）秀才，你休瞒我，你必然有活人的阴骘，你实说。（正末云）罢、罢、罢！小生是读书人，岂可欺心！昨日在此遇先生，相小生今日不过午必死于碎砖瓦之下，小生含恨而去。大雪中到于山神庙中，草铺上欲要歇息，不想藁荐底下一条玉带。小生见了，就在山神跟前发愿；这玉带必是那寻梅赏雪的官人跟随的伴当，在此歇脚避雪，忘在此处；若到家中，他那官人问他要这玉带呵，不逼临了人性命？小生曾言：明日但有人来寻这带呵，我双手奉还这带。到天明小生将着玉带，躲在山神庙后面。无一时，则见有娘女二人，径直来到庙中来，寻此带不见，娘女二人痛哭不已，二人解下胸带，都要悬梁自缢。小生慌忙向前解救二人，问其缘故，则说那女子具说情由：他乃是洛阳韩太守之女，他父为傅彬指下三千贯赃——韩公平昔奉公守法，廉干公谨。上司行移到本府，提下太守追赃。韩公恐越朝廷法例，舒心赔纳。其家甚窘，众亲戚赍助了一千贯。其太守有一女小字琼英，为无钱赔赃，自己提灰罐在街搠笔，城里关厢市户乡民，怜其^[42]父清女孝，众人齐助有一千贯。尚少一千贯未完，韩公不能脱禁。忽^[43]一日，有人指引道："近间有李公子，上命差来此处歇马，体察民情，你何不谒托公子处，但得些滋润，可不够你父赔赃也？"女子听说了也，慌忙寻到城东邮亭上。不想李公子正赏雪饮酒哩。见此女子，问其缘由，此女子尽诉其情，公子哀怜甚矣！遂命女子吟诗，不想此女子连作诗数首，有大儒之才，李公子大喜，遂解腰间玉带，价值千贯，赐与女子救父赔赃。此女子得了玉带，路逢大雪，到小生歇息的那山神庙里歇脚，将玉带放在藁荐下。此女子身体困倦，盹睡着了，忽然睡醒^[44]，恐怕天晚关闭城门，忘却玉带，走进城来。到的家中，他那母亲问其缘故，猛然想起玉带来，急要寻去，城门关闭了。第二日挨门出来，至山神庙寻此带不见，那女子道："付能[3]得此玉带，价值千贯，救父脱禁；不想失了此带，要我这性命做甚么？我不如悬梁自缢。"他母亲言道："你父见在难中，你又寻自尽，要我何用？不如我也寻个自尽！"小生听罢，慌忙将着此带还与韩琼英。娘女二人感恩[45]不尽，再三拜谢小生，因问小生姓甚名谁，小生告诉间，送二人出山神庙。娘女二人拜谢不尽，小生又送几步，出的庙门，正行之际，则听的响亮一声，那山神庙[46]忽然倒塌。小生猛然思量起先生所断之言：我今日不过午，一命掩泉土。我若不为还此带，送他娘女二人出庙门呵，那得小生性命来！先生，小生因此不死了也。（野鹤云）如何？我这相法不差。你今日全然换的气色别了，为何此说？这的是莫瞒天地莫瞒神，心不瞒人祸不侵。十二时中行好事，灾星变作福星临。（长老云）裴中立，赵野鹤的相法无差，皆因你阴骘太重，今日转祸为福也。（野鹤云）长老，小子相人多矣，未常有这等一桩事。小生借长老的方丈，小生沽酒与裴中立相贺，有何不可？（长老云）先生，好、好、好，堪可贫僧备斋。看有甚么人来。（野鹤递酒科了）（夫人上，云）老身韩夫人是也。昨日裴中立救活我全家性命，今日送饭，将此话说与夫主。夫主有命，将拙女琼英配[47]与裴中立为妻。老身问人来，说裴中立在白马寺中。我寻到此，来到方丈，我自过去。（见科）（夫人云）长老万福！秀才大恩不敢有忘，今日与夫主送饭，具说此事，夫主大喜。（野鹤云）适来中立所言，正是此端。（夫人云）先生，夫主深感中立之恩，无以报答，将拙女琼英，倘中立不嫌残妆貌陋，愿与中立为妻，待夫主出禁，成此婚姻。二位勿哂！（野鹤云）此凤缘先契，淑女配君子也。（长老云）夫人，俺先与中立谢允肯之亲者！（野鹤云）夫人，虽然如此，中立当以功名为重，必当先进功名，后妻室也。（正末云）难得先生如此厚意，小生也有此心；争奈小生囊箧消乏，不能前进！（野鹤云）小子有马一匹，送与先生权代脚步，往京师去。（长老云）既野鹤助马，老僧收拾盘缠白银两锭，权为路费。（正末云）小生何以克当？（夫人云）据中立文武全才，辅佐[48]皇朝。男儿四方之志，文、行、忠、

信⁽⁴⁾，人之大本也，则要你着志者。（正末云）夫人放心也！（唱）

【仙吕^[49]赏花时】立忠信男儿志四方，居王佐丹扆定八荒^{(5)[50]}，抚万姓定边疆。或是做都堂为相，那其间衣锦可兀的却还乡。（下）

（夫人云）长老、先生勿罪，老身回去也。（长老云）老夫人，裴秀才这一去必然为官也。（夫人云）若裴中立得了官呵，不忘了长老、先生之恩。老身不敢迟延^[51]，将此事说与夫主去。（下）（野鹤云）我观裴中立相貌气色，此一去必然重用也。（长老云）老僧略备酒果，俺二人直至十里长亭与中立饯行，有何不可？（野鹤云）好、好、好！俺二人饯行走一遭去。（同下）

注　解

（1）阴骘：指阴德。参见《鲁斋郎》第四折注文（4）。

（2）多里捞摸：靠碰运气。

（3）付能：方才的意思，也作"甫能""不甫能""不付能"。《拜月亭》："阿，我付能把这残春握彻；嗨，划地是俺愁人瘦绝。"参见《望江亭》第四折注文（8）。

（4）文、行、忠、信：语出《论语·述而》"子以四教：文、行、忠、信"。

（5）居王佐丹扆（yǐ）定八荒：王佐，南宋越州山阴人，绍兴中廷对第一，为秘书省校书郎。后拜显谟阁待制。丹扆，天子视朝处所立赤色屏风也。八荒，犹八方也。

第四折

（太守上，云）王法条条诛滥官，刑名款款理无端。掌条法正天心顺，治国官清民自安。老夫韩廷幹是也。先任洛阳太守，为因傅彬侵使过官钱一万贯，事发到官追征，不想傅彬怀恨，指下老夫三千贯赃，屈囚牢内，依命赔赃。家下只有夫人、小女琼英。为老夫家缘窘迫，众亲戚处赍助一千贯；小女题诗抄化到一千贯；又遇李邦彦因为洛阳歇马，就地^[52]采访贤良，案察奸党，见小女题诗诉冤，李公子就与玉带一条，价值千贯；赔赃完备，方脱缧绁。幸得李公子实知老夫冤枉，先动文书于都省，后驰驿马回奏，圣人方知前因。圣人可怜，将老夫赔过赃三千贯尽给还老夫，一则上不违朝廷法例，二不费百姓之劳。又见某家父廉母严女孝，谢圣人可怜，升老夫都省参知政事。后^[53]见小女得公子玉带，忘在山神庙，遇一人裴度还带，救活我全家之命，老夫在禁中曾许小女以妻裴度；不想今日裴度选考^[54]，此人文武全才，圣人大喜，加以重用，借都省头答⁽¹⁾，夸官三日。老夫就将此事奏知，愈加其喜。奉圣人命，着老夫就招裴度为婿。令官媒挑丝鞭⁽²⁾，挂影神⁽³⁾，左右红裙翠袖，捧小女于楼中，抛绣球招状元为婿。老夫分付官媒、左右，且休说是韩相公家，看裴度肯不肯；那其间明开也未迟哩！等成亲之后，老夫回奏谢恩。御赐深蒙享骤迁，承恩拜舞御阶前。彩楼招婿成佳配，当今圣主重英贤。（下）

（张千上，云）自家张千，奉相公命，结起彩楼招揽新婿。怎生不见媒人来？（媒人上，云）自家官媒人的便是。有韩相公招揽新婿，今日结起彩楼，要招女婿。张千万福！（张千云）这个官媒婆！老相公使人来问你，你在哪里来？（媒人云）你知道好日多同么？恰才七八十处说亲的哩！我都不答应，我来这里来。（张千云）老相公台旨：如今结起彩楼，着小姐彩楼上等那新状元。着你拿着丝鞭拦住，着小姐抛绣球儿招新状元。等状元问你是谁家招婿，你且休说是韩相公家，等接了丝鞭，下了马，相见毕，那其间才与他说知。（媒人云）我理会的。都安排完备了也，请小姐上彩楼。（张千云）请山人⁽⁴⁾，这早晚不见来！（山人上云科了，住⁽⁵⁾）（琼英上，云）妾身韩琼英。自我父离禁，多亏李公子奏知圣人，将我父宣至京师。谢圣人可怜，升我父都省参知政事。我父就将裴中立还带一事奏知，不想裴中立又状元及第[55]，今日夸官。我父亲结起彩楼招裴状元，这早晚敢待来也。（正末上，云）小官裴度，到的帝都阙下，为某文武皆通，一举状元及第。今日借宰相头答，夸官三日。谁想有今日也呵！（唱）

【双调新水令】想着我二十年埋没洛阳尘，今日个起蛰龙一声雷震。一来是文章好立身，二来是天子重贤臣。好德亲仁，束带冠巾，演武修文，温故知新，咱人要修天爵[(6)]正方寸。

（张千云）媒婆，兀的不头答伞盖，状元来了也！（媒人云）香风淡淡天花坠，天花点点香风细，马头高喝状元来，今宵好个风流婿。韩相今朝结彩楼，状元得志逞风流，夫妻今日成姻眷，全然一对不识羞。（正末唱）

【庆东原】居廊庙当缙绅，习《诗》《书》，学《礼》《易》，从先进君子务本[(7)]。忘食发愤，能正其身。酬志了白玉带紫朝服，茶褐伞黄金印。

（媒人云）瑶池谪降玉天仙，今夜高门招状元。琼酿金杯长寿酒，新郎舒手接丝鞭。请状元接丝鞭！（正末唱）

【川拨棹】展图像挂高门，彩楼新接着绛云。我自见皓齿珠唇，翠袖红裙，簇捧着个雾鬓云鬟的美人。见官媒将导引，他道招状元为婿君，不邀媒不问肯，擎丝鞭捧玉樽。

（正末做不睬科）（媒人云）状元接丝鞭，请下马饮状元酒！（正末云）祗候人，摆着头答行。（媒人云）天外红云接彩楼，状元夸职御街[56]游。月宫拥出群仙队，试看嫦娥抛绣球。状元请下马接丝鞭！（旦云）将绣球来。（小旦递绣球科）（媒人云）绣球打着状元了，请状元下马接丝鞭就亲！年少风流美状元，温柔可喜[57]女婵娟。今宵洞房花烛夜，

试看状元一条鞭。（正末唱）

【殿前欢】你道是擢新人，今宵花烛洞房春。绣球儿抛得风团顺，肯分⁽⁸⁾的正中吾身。（媒人云）请状元下马就亲！（正末唱）硬逼临便就亲。（媒人云）状元下马就亲，洞房花烛，燕尔新婚。（正末唱）嗏声！你那里无谦逊，（媒人云）《毛诗》云：淑女可配君子。（正末唱）那里是正押《毛诗》韵！你道做了有伤风化，谁就你那燕尔新婚！

（媒人云）请状元下马就亲！（正末云）我有妻室，难就亲！（媒人云）虽然状元有婚，这家里圣旨在此。（正末慌科，云）既然有圣旨，左右，接了马者。（媒人云）请状元上彩楼请坐。（分东西坐定科，）（媒人云）雾鬓云鬟窈窕娘，绣球打中状元郎。夫妻饮罢交杯酒，准备今宵闹卧房。（山人做撒帐科，云）状元稳坐紫骅骝⁽⁹⁾，褐罗伞下逞风流。新人绣球望着状元打，永远相守到白头。（喝平身住，云）请状元女婿上彩楼请坐。将五谷铜钱来！夫妻一对坐帐中，仙音一派韵轻清，准备洞房花烛夜，则怕今朝好煞人。好撒东方甲乙木，养的孩儿不要哭，状元紧把香腮揾，咬住新人一口肉。又撒西方庚辛金。养的孩儿会卖针，状元紧把新人守，两个一夜胸脯不离心。再撒南方丙丁火，养的孩儿恰似我，状元走入房中去，赶的新人没处躲。后撒北方壬癸水，养的孩儿会调鬼，状元若到红罗帐，扯住新人一条腿。再撒中央戊己土，养的孩儿会擂鼓，一口咬住上下唇，两手便把胸前握。夫人相公老尊堂，状元新人两成双，山人不要别赏赐，今朝撒罢捉梅香。（正末唱）

【乔牌儿】几曾见酪子里⁽¹⁰⁾两对门！（媒人云）系是百年前宿缘仙契。（正末唱）你道是五百年宿缘分，（媒人云）请状元拜岳父岳母，相见礼毕成亲，有圣旨在此。（正末唱）他道是奉君王圣旨为盟信，终不我为媳妇拜丈人！

（旦儿云）问那状元：他那前妻姓甚名谁？是何人家子女？（媒人

（云）状元说有婚，姓甚名谁？（正末唱）

【水仙子】想起他那芙蓉娇貌蕙兰魂，杨柳纤腰红杏春，海棠颜色江梅韵；他恨不的上青山变化身，这其间买登科[11]寻觅回文。这裴中立身荣贵，那韩琼英守志贞[58]，我怎肯着[59]别人做了夫人！

（媒人云）状元说的是小姐的名字，我对小姐说去。（见旦儿拜科，云）小姐，恰才裴状元说的是小姐的名字，他道是：裴中立身荣贵，韩琼英守志贞，他怎着别人做了夫人！（旦儿云）裴中立既如此忆旧，真良才[60]君子也！状元，你认的妾身么？则我便是韩琼英。（正末云）原来是琼英小姐！（正末唱）

【雁儿落】谁承望楚阳台做眷姻，蓝桥驿(12)相亲近，武陵溪(13)寻配偶，桃源洞成秦晋(14)！

（韩公上，云）令人安排庆喜的筵宴！（正末云）官媒，请太山(15)坐，我拜见行礼咱。（媒人云）状元，你头里不肯，这早晚慌做甚么！（正末唱）

【得胜令】敬亲者不敢慢于人。（韩公云）状元，今日酬志，如此轩昂！（正末唱）享富贵必有异于人。（旦儿云）还带之恩，配合姻眷，两意俱完，各遂其心矣。（正末唱）小生我怀旧意无私志，小姐白玉带知恩必报恩。（韩公云）老夫蒙恩骤迁，夫人三月蒲盐，小女甘贫行孝，今日一家富贵。谁想有今日也！（正末唱）为岳丈公勤，掌都省三台印，老夫人忠贞，小姐守一百日蒲盐清淡贫。

（韩公云）请老夫人来。（夫人上，见正末云）裴中立喜得美除(16)。（正末云）老夫人请坐！（拜科）（夫人云）免礼！免礼！（韩公云）安排果桌，将酒来，我与裴中立递一杯。（赵野鹤同长老上）（长老云）野鹤，谁想裴中立一举成名，韩公奏知，圣旨就着与韩公做婿。俺二人来至京师，今日与裴中立贺喜走一遭去。（野鹤云）俺二人来到韩相公宅上，与裴中立作庆走一遭去。可早来到也。报复去，道有洛阳白马寺长老与赵野鹤来见相公。（张千云）相公，门首有洛阳白马寺长老与赵野鹤来见相公。（正末云）我接待去。（见科，云）长老勿罪！（长老云）相公峥嵘有日，奋发有时。（正末云）有请！有请！二位见老相公去。（二人见韩公科）（正末云）老相公，这个便是赵野鹤，这个便是白马寺长老。（野鹤云）老相公，我今日贺万千之喜也！（正末云）若非长老与野鹤赍助鞍马银两，裴度岂有今日也呵！（韩公云）二位请坐！将酒来，我替裴状元递一杯。（王员外同旦儿上，云）自家王员外，听知的裴度得了官，在韩相公家为婿[61]，俺两口儿来到韩相公家门首，与裴中立贺喜走一遭去。（旦云）王员外，则怕裴中立不肯认俺么！（员外云）不妨事，放着我哩！可早来到也。张千，报复去，有洛阳王员外两口儿特来贺喜。（张千云）相公，门首有洛阳王员外两口儿特来相贺。（正末云）你说去，他不过来，更待着我接待他哪。（张千云）俺相公说来，你自不过去，更待着俺相公接待你哪。（员外云）可早一句也！大嫂，咱过去来。（见正末科，云）裴状元，我道你不是受贫的人。（正末云）将酒来，我与岳父递一杯。（韩公云）裴相公，谁想有今日也！（饮酒科了）（正末云）将酒来，我与野鹤递一杯。（野鹤云）相公，当日小生相法有准么？（正末云）多蒙先生风鉴！左右人，收拾果桌来。（王员外云）裴状元，更做你高傲着！你强煞则是我外甥，我歹煞是你姨夫姨姨，你与别人递了酒也，可怎生不与我递酒？想着我远道[62]而来，非为酒食，可不道敬亲者不敢慢于人！（正末云）他原来撒酒风！（员外云）我几曾尝来？（正末云）左右，将四个银子来。（做与银子科，云）长老，想小生未遇之时，常在寺中，多蒙长老款待，又与我两锭银子，今日本利还四锭。（长老云）多谢了相公！（正末云）再将两个银子来，将鞍马来，春衣二套，与野鹤先生，一来还其前债，二来与先生做压卦钱。（员外云）原来如此！长老，你势到今日也，你不说等到几时？（长老云）住、住、住，今日老相公在此，裴相公你息怒。这人不说不知，木不钻不透，冰不搭不寒，胆不尝不苦。贫僧我叮咛的说破，着相公你备细的皆知。裴状元，则为你自小孤独守志贫，你那诗书满腹隐经纶。只为长者关亲故，你相谒投托要安身。王员外见你那浩然一股鸿鹄志，因此上故意相轻傲慢亲。相公你氤氲[17]含恨离宅院，你前来寺院见贫僧。我那斋食款待相供应，王员外他暗寄两锭雪花银。你要上朝赴选求官去，囊箧消乏怎动身？这野鹤骏马亲相送，两锭银可是你这尊亲转赠君。你今日夫荣妇贵身荣显，禄重官高受皇恩。则为你当初才学德行难酬志，方信道亲的原来则是亲。（正末云）长老不说，裴度怎知？姨夫姨姨请坐！则被你瞒煞我也，姨夫！（员外云）则被你傲煞我也，侄儿！（韩公云）安排庆喜的筵席！（李邦彦上，云）九重天上君恩至，四海皆蒙雨露恩。小官李邦彦，自到京师，将洛阳韩太守一家忠节行孝之事奏知，圣人甚喜，复[63]取韩公入朝重用。不想韩公将裴度还带一事奏知圣人，后裴度赴京中选，奉命将韩廷幹的女配与裴度为妻。今日命小官直至韩廷幹宅中加官赐赏，可早来到也。韩廷幹、裴度听圣人命：圣明主至德宽仁，差小官体察民情。因傅彬贪财好贿，犯刑宪负累忠臣。只为你妻贤女孝，因此上取赴到京。韩廷幹则为你屈赔赃奉公守法，坐都堂领省扬名。你浑家守志节清贫甘苦，加封[64]为贤德夫人。韩琼英你行孝道卖文搠笔，裴中立[65]你还玉带有救死之恩。裴中立吏部冢宰[18]，韩琼英配合成亲。国家喜的是义夫节妇，爱的是孝子顺孙。圣明主加官赐赏，一齐的望阙谢恩！

题目　邮亭上琼英卖诗

正名　山神庙裴度还带

注　解

（1）头答：旧时官员出巡时前面的仪仗队，也称头踏。参见《谢天香》第四折注文（1）。

（2）丝鞭：指马策。《古今杂剧·贫富兴衰记》第四折："登程要紧，丝鞭紧控莫殷勤。"按：戏曲演出中的彩楼招亲，有女方不出场，仅由媒婆代递丝鞭的，如《拜月亭》；有搭彩楼，挂影神，请状元接丝鞭，女子在彩楼上抛绣球给状元的，如本剧。

（3）影神：画像、图像，也作"神影"，指招亲女子的画像，即下文〔川拨棹〕曲中所谓"展图像挂高门"。《秋胡戏妻》第一折："莫不我成亲时分，拜先灵背了影神，早新妇儿遭恶运。"

（4）山人：旧时从事占卜、算命等职业的人。见《五侯宴》第五折注文（1）。

（5）住：戏曲术语，也作"住了"，指某个特定舞台动作表演完毕，一切打迭妥当。参见《拜月亭》第一折注文（4）。

（6）天爵：天然的爵位。《孟子·告子》："仁义忠信，乐善不倦，此天爵也；公卿大夫，此人爵也。"朱熹注："天爵者，德义可尊，自然之贵也。"儒家以为"天爵"指天赋善德，是天生尊贵的。

（7）从先进君子务本：从先进，见《论语·先进》"子曰：'先进于礼乐，野人也；后进于礼乐，君子也。如用之，则吾从先进。'"按：先进，指先习礼乐而后做官的是一般的人。君子务本，语见《论语·学而》："君子务本，本立而道生。"

（8）肯分：恰好、凑巧。参见《玉镜台》第二折注文（1）。

（9）骅骝：周穆王八骏之一，后用以指骏马。《琵琶记》："骅骝方独步，万马敢争先。"

（10）酪子里：元剧常用词，暗地里的意思。参见《望江亭》第三折注文（34）。

（11）买登科：指买到一份抄录士子科举考试登第的海报。

（12）蓝桥驿：桥名，在陕西蓝田县东南蓝溪之上，相传其地有仙窟，为唐朝人裴航遇仙女云英处。见《太平广记》卷五十"裴航"。

（13）武陵溪：用刘晨、阮肇遇仙女事，参见《救风尘》第三折注文（17）。

（14）桃源洞成秦晋：桃源洞，晋陶潜《桃花源记》中描写的桃花源，后世借指世外桃源。秦晋，春秋时秦晋两国世为婚姻，后用"秦晋之好"来称两家联姻。《西厢记》第二本第一折："情愿与英雄结婚姻，成秦晋。"

（15）太山：即泰山，旧时对妻父之称谓。晁说之《晁氏客语》："呼妻父为'泰山'，一说云泰山有丈人峰。……"

（16）美除：称心的官职。除，拜官授职。

（17）氤氲：脸胀红的样子。此指发怒。参见《玉镜台》第三折注文（3）。

（18）冢（zhǒng）宰：长官的意思。冢，大。

校 注

本剧现存版本有《脉望馆钞校本古今杂剧》本、王季烈编《孤本元明杂剧》本。现以前者为底本，后者参校。

［1］斑：原作"班"，音形相近假借字，从王季烈本改。

［2］揎：原作"睻"，从赵琦美硃批改。

［3］间阎：原作"间簪"，从王季烈本校改，下同。

［4］则不小生受窘：赵校在"不"字下增一"但"字，诸本多从。张相《诗词曲语辞汇释》："凡云'则不'犹云'不则'，皆犹云'不但'或'不止'也。"故不必增"但"字。

［5］盈：原作"迎"，今改。下文"笑满腮"可证。

［6］教：原作"交"，从王季烈本改。

［7］没：原作"末"，从王季烈本改。

［8］同：原缺，据王季烈本补。

［9］将：原作"当"，误，今改。

［10］者：原作"去"，误，今改。

［11］见不：原误倒为"不见"，今改。

［12］耳喑：原作"耳恁"，从王季烈本改。《望江亭》第二折有此耳语动作。

［13］情：原作"清"，音形相近误，今改。

［14］而已：原作"而矣"，从王季烈本改。

〔15〕其理：王季烈本注云，"理下疑有脱误"。

〔16〕谓：原音假作"为"，今改。

〔17〕风：原作"丰"，从王季烈本校改，下同。

〔18〕有：上原有"门首"二字，从王季烈本删。

〔19〕蔌：原作"眇"，即"渺"，音假字，今改。

〔20〕我与你细细的详推：此句上疑脱漏关于"三尖"（即下〔贺新郎〕曲中的"三停"）的若干话语。

〔21〕一回话：原误倒为"话一回"，今改。

〔22〕裴中立：下原衍有一"若"字，今删。

〔23〕二：原作"三"，据下文与王季烈本改。

〔24〕指下：原缺"下"字，据上文韩夫人说白校补，下同。

〔25〕栽：原作"载"，从王季烈本校改。

〔26〕不：原作"步"，从王季烈本校改。

〔27〕"此女子天资天才"二句：王季烈本校改为"此女子天资天才两绝，诗不构思"。

〔28〕一门：原作"一言"，王季烈本注云，"言当是门之误"。本折末李文俊念白也作"一门"。

〔29〕完赃：原作"赃完"，从王季烈本改。

〔30〕裂：原作"列"，王季烈本校改为"冽"。

〔31〕泥脚靴：原误倒作"泥靴脚"，据上文改。

〔32〕和：原作"活"，从王季烈本改。

〔33〕偌：原作"惹"，从王季烈本改。

〔34〕你：原作"他"，文意不顺，今改。

〔35〕往：原作"在"，文意欠顺，据上折琼英说白改。

〔36〕暴：王季烈本校改为"薄"，下同。

〔37〕留：原作"流"，从王季烈本改。

〔38〕塞：原作"赛"，今改。

〔39〕有：王季烈本注云，"似有脱字"。

〔40〕"合是我夫主得脱禁"二句：吴晓铃本、北大本作"……得脱禁难，

遇此等好人也"，误。"脱禁"一词本折数见，如琼英白"救俺父得脱禁""则觑着这条玉带救父脱禁"。

[41] 已：原误作"以"，据王季烈本改。

[42] 怜其：下原衍一"他"字，今删。

[43] 忽：原作"或"，从王季烈本改。

[44] 醒：原作"省"，从王季烈本改。

[45] 感恩：原误作"深思"。王季烈本注云："深思疑感恩之讹。"

[46] 那山神庙：上原有一"把"字，文意不顺，今删。

[47] 配：原作"愿"，今改，下同。

[48] 佐：原作"祚"。北京大学中文系《关汉卿戏剧集》云："'祚'字疑当作'佐'。"今从之。

[49] 仙吕：原缺，按此曲系〔仙吕赏花时〕，今补。

[50] 荒：原作"方"，据王季烈本改。

[51] 迟延：原倒为"延迟"，按"不敢迟延"乃戏曲套语，故改。

[52] 地：原缺，据文意补。

[53] 后：原作"彼"，形近繁体"後"字误刻，今据文意改正。

[54] 不想今日裴度选考：原作"不想今日裴度今日选考"，后一"今日"系衍文，今删。

[55] 不想裴中立又状元及第：原作"又"字后衍一"中"字，文意欠顺，今删。

[56] 街：原音假为"阶"，今改。

[57] 喜：原作"嬉"，从王季烈本改。

[58] 贞：原作"真"，从王季烈本改。

[59] 着：原作"与"，文意欠顺，现据下文媒人说白改正。

[60] 良才：原倒为"才良"，今改。

[61] 为婿：原作"为了婿"，"了"字系衍文，今删。

[62] 远道：原作"远远"，今改。

[63] 复：原作"后"，即繁体"後"，与繁体"復"字形近而误，今改。

[64] 封：原作"你"，据文意校改。

[65] 裴中立：原缺，据王季烈本补。

状元堂陈母教子

导 读

　　陈氏三兄弟（尧叟、尧佐、尧咨）是北宋初期著名的人物，三人皆中进士，大哥与三弟中状元，大哥与二哥官至宰相。令人感到稀罕的是，三兄弟无论在朝为官，还是任地方官，都有不少德政（如陈尧佐被贬潮州时，就有显著政绩）。所以时至今日，其家乡有"三陈祠"，阆中市有"三陈街"，可见民间对陈氏三兄弟的认同与赞赏。

　　"三陈"的事迹，宋代许多笔记如《梦溪笔谈》《贡父诗话》《游宦纪闻》《湘山野录》《青琐高议》《醉翁谈录》《渑水燕谈录》诸书均有记载，《宋史》也有传。兹摘录一则如次：

　　　　陈尧咨善射，百发百中。世以为小由基（按：战国神箭手）。守荆南回，母夫人冯氏问："汝典郡有何异政？"尧咨云："荆南当冲要，日有宴集，尧咨每以弓矢为乐，座客莫不叹服。"母曰："汝父教汝以忠孝辅国家，今汝不务行仁化而专一夫之技，岂汝先人之志耶！"杖之，碎其金鱼（按：官员佩戴饰物）。（《渑水燕谈录》）

这个杂剧就是根据这些轶闻传说编写的。

此剧是否关撰颇有令人疑惑之处。《脉望馆钞校本古今杂剧》于剧名下题"关汉卿"撰，但天一阁本、孟称舜本、曹栋亭本《录鬼簿》于关氏名下俱不载此剧。因此本剧是否关撰存疑。

杂剧选取陈母冯氏管教三个儿子的故事敷演而成。关于《陈母教子》杂剧的评价，历来颇有争议。批评者认为，这是一个教忠教孝的本子，大量儒家关于"修身齐家治国平天下"的说教与孔孟语录充斥剧作；赞赏者认为，剧中三末由丑角串演，他对孔孟语录的调侃客观上是对作品主观创作意图的反拨，《陈母教子》是一个喜剧。

客观地说，《陈母教子》并非喜剧，而是极为正统的正剧。剧作是"旦本"，由陈母一人主唱。大量的唱词与戏剧动作表明陈母是一位正统、正直、正气的母亲。当陈尧佐（史实是二哥，剧中成三弟）从西川绵州经过，当地送他一段价值千贯的孩儿锦，他正准备用来给母亲做衣服的时候，陈母指斥他"未曾为官，先受民财"，立刻杖打尧佐，把他佩戴的金鱼都打碎在地。至今四川"三陈"老家据传尚有"陈母碎金鱼"遗址存焉。

杂剧写在陈母十分严格管教下，三兄弟个个状元及第的故事。老三起初只中个探花，陈母极不满意，把老三夫妻赶出家门，大哥与二哥劝阻也无效。正是在这样看似极不近人情的严苛管教之下，老三最终考中状元，陈母才满意地接受老三归家。

《陈母教子》是封建时代一曲"心灵鸡汤"。那时候的读书人，人人都想"学优而仕"，考中科举、独占鳌头成为读书人的志向与理想。《西厢》《琵琶》《荆钗》《还魂》等名剧中的男主角个个如此。《陈母教子》从家长的角度，展示如何教子成材、育子成龙，这在封建时代有训示与启迪作用。

总的来说，《陈母教子》今天看来并非优秀杂剧，说教多，创意少；语录多，艺术少；乐人不多，动人者少；依据前人记载成分多，引人入胜戏剧情节少。从史实来说，末尾还硬拉比陈氏小儿子小40多岁的王拱辰来做女婿，以凑够一门四状元之数，实在牵强附会。

狀元堂陳母教子

帝都闕下攤過文華手卷日不移影應對百篇得

小官陳良資是也目到

昨夜布衣猶在体　誰想今朝換紫袍

志氣凌雲徹碧霄　攀蟾折桂顯英豪

大末扮官人踊馬兒領袛從上云

報登科云　多謝了三哥我去也　下

理會的報登科記的與你三兩銀子你去罷

與那報登科記的三兩銀子者　三末云

得了官也有報登科記的在門首　正旦云

我報復母親去　三末見正旦科云　母親大廝

六

明代赵琦美《脉望馆钞校本古今杂剧》书影

了頭名狀元借宰相頭荅誇官三日来到門
首也左右接了馬者　見三末科云　三兄弟您哥
哥得了頭名狀元也你報復母親去　三末云
大哥你得了官也我和你有箇比喻似那搶
風揚穀你這等粧者先行既内釅茶俺這濃
者在後　大末云　兄弟你報復母親去
三末云　我報復去　做見正旦科云　母親賀萬千
之喜大哥得了官也見在門首哩　正旦云
好好好着頭兒過来　三末云　理會的大哥
母親着你過去哩　大末做見正旦拜科云　母親

明代赵琦美《脉望馆钞校本古今杂剧》书影

楔 子

（冲末外扮寇莱公引祗从上）（寇莱公云）白发刁骚[(1)]两鬓侵，老来灰尽少年心。等闲赢得食天禄，但得身安抵万金。老夫姓寇，名準，字平仲，官封莱国公。方今圣人在位，八方无事，四海晏然。当今明主要大开学校，选用贤良，每三年开放一遭举场。今以圣主仁慈宽厚，一年开放一遭举场，天下秀士都来应举求官。今奉圣人的命，怕有那山间林下，隐迹埋名，怀才抱德，闭户读书不肯求进的，圣人着老夫五南[(2)]路上采访贤士走一遭去。调和鼎鼐[(3)]理阴阳，万里江山属大邦，天下文章[[1]]齐仰贺，他都待赤心报国尽忠良。（下）

（正旦引大末、二末、三末、旦儿同杂当[(4)]上）（正旦云）老身姓冯，夫主姓陈，乃汉相陈平[(5)]之后。老身所生三个孩儿：长者陈良资，次者陈良叟，第三个是陈良佐。有一女小字梅英。老身严教，训子攻书。盖一堂名曰[[2]]状元堂，未曾完备哩。孩儿每也，做甚么这般大惊小怪的？您看去咱。（大末云）哪里这般大惊小怪的？（杂当云）打墙处刨[[3]]出一窖金银来。（大末云）你何不早说？我与母亲说去。（见正旦科，云）母亲，打墙处刨出一窖金银来。（正旦云）是真个打墙处撅出一窖金银来？休动着，就那里与我培埋了者。（大末云）母亲，这的是天赐与俺的钱财，可怎生培埋了哪？（正旦云）孩儿每也，你哪里知道！岂不闻邵尧夫教子伯温[(6)]曰"我欲教汝为大贤，未知天意肯从否？'遗子黄金满籝[(7)]，不如教子一经。'"依着我，就那里与我培埋了者。（大末云）理会的。三兄弟，依着母亲的言语，便培埋了者。（三末云）下次小的每，将那金银都埋了者。有金元宝留下四个，我要打一副网巾环儿戴。（正旦云）往[[4]]年间三年放一遭选场，如今一年开一遭选场。见今春榜动，选场开，着大哥求官应举去，得一官半职，改换家门，可不好哪？（大末云）母亲说的是。今年春榜动，选场开，您孩儿便上朝求官应举去，若得一官半职，改换家门，可也光辉祖宗也。（三末云）母亲，春榜动，选场开，您孩儿应举走一遭去。（正旦云）三哥，你让大哥去，你做官的日子有哩！

（三末云）母亲说的是。他文章低，不济事，让他先去。（大末做拜正旦科，云）今日是个吉日良辰，辞别了母亲，便索长行。二兄弟好生在家侍奉母亲，三兄弟在家着志攻书。你看他波，我拜着他，他不还我礼。（三末云）我不拜你，拜下去就折煞了你。（正旦云）孩儿，你则着志者，早些儿回来。将酒来！大哥，你饮过这酒去者。（大末云）您孩儿理会的。（做饮酒科）（正旦唱）

【仙吕[5]赏花时】凭着你万言策诗书夺第一，八韵赋文章谁似你，五言诗作上天梯，望皇家的这富贵，金殿上脱白衣。

（大末云）凭着您孩儿素日所学，必得高官也。（正旦唱）

【幺篇】哎，儿也！则要你金榜无名誓不归，弟兄里丛中先觑着你。（正旦云）将酒来！（唱）我这里满满的捧着金杯，我与你专专的这庆喜，则要你夺得个状元归。（同二末、三末、旦儿下）

（大末云）则今日收拾了琴剑书箱，上朝求官应举走一遭去。一举首登龙虎榜，十年身到凤凰池。（下）

注　解

（1）刁骚：稀疏。欧阳修《斋宫尚有残雪因而有感》诗："休把青铜照双鬓，君谟今已白刁骚。"

（2）五南：原指南岭，即越城、都庞、萌渚、骑田、大庾五岭。《史记·陈余列传》："南有五岭之戍。"但元剧中"五南"并非确指地名，而是泛指外地。如《陈州粜米》第二折："奉圣人的命，上五南采访已回。"

（3）鼎鼐：鼐，大鼎。旧以宰相治理国家，如鼎鼐之调和五味，故用以喻宰相之权位。

（4）杂当：元杂剧脚色名。扮演剧中次要而不知名的脚色。这里"杂当"扮陈府僮仆。

（5）陈平：西汉阳武人。从汉高祖刘邦起事，官拜护军中尉，封曲逆侯。惠帝时为左丞相。吕后死，与周勃合谋诛诸吕，刘氏赖以复存。文帝时为丞相。见《史记》卷五十六、《汉书》卷四十。

（6）邵尧夫教子伯温：邵尧夫，宋代著名道学家邵雍，字尧夫，范阳人。授官不赴，曾读书于共城苏门山百泉上。名其居为安乐窝，自号安乐先生，卒谥康节。见《宋史》卷四百二十七。其子邵伯温，字子文，官至果州知府。见《宋史》卷四百三十三。

（7）籯（yíng）：竹笼。

头折

（正旦引二末、三末、旦儿同上）（二末云）母亲，自从大哥上朝求官应举去也，母亲每夜烧这夜香，不知为何也？（正旦云）大哥求官应举去了，必然为官也。我每夜烧一炷香，您哪里知道也？我不求金玉重重贵，只愿儿孙个个贤。（唱）

【仙吕点绛唇】我为甚每夜烧香？博一个子孙兴旺。天将傍(1)，非是我夸强，我则待将《礼记》《诗》《书》讲。

（二末云）母亲，大哥这一去，凭着他那七言诗，八韵赋，必然为官也。（正旦唱）

【混江龙】才能谦让祖先贤，承教化，立三纲(2)，禀仁义礼智(3)，习恭俭温良(4)。定万代规模遵孔圣，论一生学业好文章。《周易》道谦谦君子(5)，后天教起此文章。《毛诗》云《国风》《雅》《颂》(6)，《关雎》云大道洋洋(7)[6]。《春秋》说素常之德(8)，访尧舜夏禹商汤。《周礼》(9)行儒风典雅，正衣冠环珮锵锵。《中庸》(10)作明乎天理，性与道万代传扬。《大学》功在明明德(11)，能齐家治国安邦。《论语》是圣贤作谱，《礼记》(12)善问答行藏。《孟子》养浩然之气⁽¹³⁾，传正道暗助王纲。学儒业，守灯窗，望一举，把名扬。袍袖惹桂花香，琼林宴饮霞觞，亲夺的状元郎，威凛凛，志昂昂，则他那一身荣显可便万人知，抵多少五陵豪气三千丈！有一日腰金衣紫，孩儿每也，休忘了那琴剑书箱。

（正旦云）三哥，门首觑者，看有甚么人来。（三末云）我门首觑者，看有甚么人来。（报登科上，云）自家报登科的便是^[7]，如令有陈大官人得了头名状元，报登科记走一遭去。可早来到也。（做见三末科，云）陈三哥支揖哩！（三末云）有甚么话说？（报登科云）有家里大哥，得了头名状元，小人特来报喜。三哥与家中老母说一声儿。（三末云）怎么？俺大哥做了官也，你认的是着？（报登科云）正是大哥。（三末云）你则在这里，我报复母亲去。（三末见正旦科，云）母亲，大厮得了官也，有报登科记的在门首。（正旦云）与那报登科记的二^[8]两银子者。（三末云）理会的。报登科记的，与你二两银子，你去罢。（报登科云）多谢了三哥，我去也。（下）（大末扮官人珊马儿领祗从上，云）志气凌云彻碧霄，攀蟾折桂⁽¹⁴⁾显英豪。昨夜布衣犹在体，谁想今朝换紫袍！小官陈良资是也。自到帝都阙下，揎过文华⁽¹⁵⁾手卷，日不移影，应对百篇，得了头名状元。借宰相头答，夸官三日。来到门首也，左右接了马者！（见三末科，云）三兄弟，您哥哥得了头名状元也，你报复母亲去。（三末云）大哥，你得了官也。我和你有个比喻：似那抢风扬谷，你这等秕者先行；瓶内酾茶，俺这浓者在后。（大末云）兄弟，你报复母亲去。（三末云）我报复去。（做见正旦科，云）母亲，贺万千之喜！大哥得了官也，见在门首哩。（正旦云）好、好、好，着孩儿过来。（三末云）理会的。大哥，母亲着你过去哩。（大末做见正旦拜科，云）母亲，您孩儿得了头名状元也。（正旦云）不枉了好儿也！（大末做拜二末科，云）二兄弟，您哥哥得了头名状元也。（二末拜科，云）哥哥喜得美除也。（大末做拜三末科，云）三兄弟，您哥哥得了头名状元也。你看他波，三兄弟，我得了官拜你，怎生不还我礼？（三末云）我待回礼来，我的文章可

高似你!（大末云）若不是母亲严教,您孩儿岂有今日也!（正旦唱）

【油葫芦】俺孩儿一举登科赴选场,则是你那学艺广,把群儒儿一扫尽伏降。您端的似鲲[9]鹏(16),得志秋云长;您端的似鱼龙变化(17)春雷响。（大末云）母亲,您孩儿受十年苦苦孜孜,博一任欢欢喜喜也。（正旦云）大哥,（唱）则是你才艺高,学艺广,可正是禹门(18)主月桃花浪,俺孩儿他平夺得一个状元郎。

（大末云）十年窗下无人问,一举成名天下知也。（正旦唱）

【天下乐】则他那马头前朱衣列两行,着人谈扬,在这满四方。可正是灵椿(19)老尽丹桂芳,您可也不辱没你爷,您可也不辱没你娘。（正旦云）好儿也,（唱）你正是男儿当自强。

（正旦云）今年第二年也,该第二个孩儿上朝应举去。（三末云）住者,母亲,头一年让大哥去了,今年可该您孩儿去也。（二末云）三兄弟,你让我去罢。（正旦云）三哥,让你二哥去,你那做官的日子有哩!（三末云）母亲,他文章不济,他《百家姓》(20)也是我教与他的,我的文章高似他,我去罢!（二末云）三兄弟,我知道你的文章高,你在家中好生侍奉母亲。则今日是个吉日良辰,辞别了母亲,您孩儿上朝求官应举去也。（做拜正旦科）（正旦云）孩儿,你可着志者。（二末拜大末科,云）大哥家中侍奉母亲。（大末云）兄弟,你此一去必受皇家富贵也。（二末做拜三末科,云）三兄弟,你哥哥应举去也,家中好生侍奉母亲。（三末做不还礼科）（二末云）三兄弟,我拜你,你怎生不还我礼?（三末云）我不拜你,我的文章高似你,拜下去就折煞了你。（二末云）你看他波!则今日收拾了琴剑书箱,上朝进取功名那走一遭去。青霄有路终须到,金榜无名誓不归。（下）（三末云）母亲,我让二哥去,你可欢喜了。（正旦云）三哥,你哪里知道哪!（唱）

【醉扶归】则要你聚萤火,临书幌(21);积瑞雪,映寒窗。⁽²²⁾你昆仲⁽²³⁾谦和礼正当，伊是兄弟，他是兄长，不争着你个陈良佐先登了举场，着人道我将你个最小的儿偏向。

（三末云）母亲说的是。（正旦云）三哥，门首觑者，看有甚么人来。（三末云）理会的，看有甚么人来。（报登科上，云）自家报登科记的便是，如今有陈妈妈家陈二哥得了头名状元也，我直至他门上报登科走一遭去。可早来到也。（做见三末科，云）三哥支揖哩！（三末云）有甚么话说？（报登科云）有家里二哥哥得了头名状元也，小人特来报喜。（三末云）报登科的，俺二哥也得了官了，您认的是么？（报登科云）正是家里二哥。（三末云）你则在这里，我报复母亲去。（见正旦科，云）母亲，二哥得了官也，有报登科的在于门首。（正旦云）是真个？与那报登科的二两银子。（三末云）理会的。报登科的，与你二两银子，你可休嫌少；等我明日得了官，你就从贡院里鼓着掌，捆着手，叫到我家里来，说：陈家三哥得了官也，我赏你五十两银子。（报登科云）我知道，多谢了三哥，我回去也。（下）（二末扮官人摆头答跚马儿上，云）黄卷青灯一腐儒，九经三史⁽²⁴⁾腹中居。学而第一⁽²⁵⁾须当记，养子休教不看书。小官陈良叟是也。自到帝都阙下，撺过卷子，见了圣人，日不移影，应对百篇，圣人见喜，加小官头名状元。借宰相头答，夸官三日。可早来到门首也，左右接了马者。有三兄弟在于门首。（做见三末科，云）三兄弟，你哥哥得了官也。（三末云）二哥，你得了官也。我和你有个比喻：我似那灵禽在后，你这等笨^[10]鸟先飞。我和母亲说去。（做见正旦科，云）母亲，二哥真个得了官也，见在门首哩。（正旦云）着孩儿过来。（三末云）理会的。二哥，母亲怪你哩。（二末云）我得了官，母亲喜欢便是，可怎生倒^[11]怪我？（三末云）说你怎生也做了官来，着你过去哩。（二末做见正旦拜^[12]科，云）您孩儿多亏了母亲严教，今日得了头名状元也。（做拜科）（正旦云）不枉了好儿也！（二末拜大末，云）大哥，你兄弟得了官也。（大末云）兄弟喜得美除。（二末做拜三末，云）三兄弟，你哥哥得了官也。（三末不还礼科）（二末云）三兄弟，我做了官拜你，你怎么不还我礼？（三末云）我的文章高似你，怎么消受的我还礼！

（正旦云）好儿也，不枉了。将酒来！孩儿也，你满饮一杯者。（二末云）您孩儿饮这一杯酒咱。（饮酒科了）（众街坊上，云）老汉是这陈婆婆街坊的便是。他两个孩儿都做了头名状元也，俺众街坊牵羊担酒，庆贺走一遭去。可早来到也，不必报复，俺自过去。（众街坊做见正旦科，云）陈婆婆，俺众街坊没甚么，牵羊担酒，特来庆状元也。（正旦云）有[13]劳众街坊每。（街坊云）不敢也。（正旦唱）

【金盏儿】兀的不欢喜煞老尊堂，吵[14]闹了众街坊。俺家里无三年，两个儿一齐的登了金榜。（街坊云）婆婆乃善门之家，以此出两个状元也。（正旦唱）俺家里状元堂上一双双，一个学李太白高才调，一个似杜工部好文章；一个是擎天白玉柱，一个是架海紫金梁。

（正旦云）大哥受了者，等三哥为了官呵，一总还街坊老的每礼也。（大末云）众街坊休怪，改日置酒还礼。（街坊云）不敢，不敢，老婆婆恕罪，俺街坊每回去也。（下）（正旦云）兀的不欢喜煞老身也！（唱）

【后庭花】今日个成就了俺儿一双，胜得了黄金千万两；且休说金玉重重贵，则愿的俺儿孙每个个强。您常好是不寻常，您娘便非干偏向，人前面硬主张。您心中自忖量，亲兄弟别气象，则要您显志强。

（二末云）您孩儿是白衣之人，谁想今日奋发也！（正旦唱）

【柳叶儿】他终则是寒门卿相，正青春血气方刚，拥虹蜺[(26)]气吐三千丈。孩儿每休夸强，意休慌[15]，他则是放着你那紫绶金章。

（正旦云）孩儿，今年第三年也，可该你应举去哩。（三末云）着大哥走一遭。（大末云）俺两个做了官也，你可走一遭去。（三末云）二哥走一遭。（二末云）我已是得了官也，你可走一遭也。（三末云）这么说，母亲走一遭。（正旦云）你看他波！（三末云）都不去，我也不去，（大末云）可该你去了。（三末云）怎么直起动我去？小的每！将纸墨笔砚来，写一个帖儿，寄与那今场贡主，说：陈三哥家里忙，把那状元寄将家里来我做。（正旦云）孩儿也，可该你去也。（三末云）我去，也罢，也罢，我走一遭去。母亲，您孩儿应举去也。我有三桩儿气概的言语。（正旦云）可是那三桩儿？（三末云）是掌上观纹、怀中取物、碗里拿带靶儿的蒸饼。则今日辞别了母亲，便索长行。（做拜正旦科）（大末云）兄弟，你怎么不拜俺两个哥哥？（三末云）两个哥哥，我不拜你，我的文章高似你。（正旦云）孩儿也，则要你着志者。（三末云）母亲保重将息，您孩儿得了官便来。（正旦唱）

【尾声】你频频的把旧书来温，款款将新诗讲，不要你夸谈主张；我说的言词有些老混忘。后院中花木芬芳，俺住兰堂(27)，有魏紫姚黄(28)，指着这一种名花做个比方：三哥不要你做第三名衬榜，休教我倚门儿专望，哎，儿也，则要俺那状元红开彻状元堂。（下）

（大末云）兄弟，你才说三桩儿显证[16]，怎么是怀中取物、掌中观纹、碗里拿带靶儿蒸饼？（三末云）我如今到那里，见了今场贡主，觑我这任官，如同怀中放着一件东西，舒下手便取出来，则是个容易。（大末云）怎么是掌上观纹？（三末云）这掌上观纹，如同手掌里纹路儿，把手展开便见，觑那官则是个容易。（大末云）怎么是碗里拿带靶儿蒸饼？（三末云）觑我这任官，如同那碗里放着个带靶儿的蒸饼，我走将去拿起来，一口嗓(29)了，则是个容易，大哥，你做了官盖多高的门楼？（大末云）丈二高。（三末云）忒低！我做了官盖三丈八寸高。（大末云）忒高了！（三末云）你不知，我若做了官，骑在马上，打着那伞，不下马就往家里去。你做了官要几个马台(30)？（大末云）两个马台。（三末云）少！我做了官，安七十二个马台。（大末云）怎么要偌多？（三末云）但是送我来的人，到门首一个人占一个马台，一齐下马，可不好？你做了官戴甚么？（大末云）乌纱帽。（三末云）我做了官，戴一顶前漏尘羊肝漆一锭[17]墨乌纱帽。你身穿甚么？（大末云）紫罗襕。（三末云）我得了官，穿一领通袖膝襕闪色罩青暗花麻布上盖紫罗襕。你腰系甚么？（大末云）通犀带。

（三末云）我做了官，系一条羊脂玉茅山石透金犀玛瑙嵌八宝荔枝金带。你脚下穿甚么？（大末云）乾皂履。（三末云）我做了官，把我这靴则一丢，则一换。（大末云）换甚么？（三末云）我皮匠家换了头底来。（同下）

注 解

（1）天将傍：上天将庇佑的意思。

（2）三纲：指君为臣纲、父为子纲、夫为妻纲，这是儒家为加强封建统治而制定的道德规范，规定君对臣、父对子、夫对妻有绝对统治权。最早提出者乃西汉董仲舒，他宣扬"君臣、父子、夫妇之义"，谓"王道之三纲，可求于天"。

（3）仁义礼智：儒家提倡"三纲五常"的封建道德规范，"五常"即指仁、义、礼、智、信五种道德修养。

（4）恭俭温良：语出《论语·学而》"子贡曰：夫子温、良、恭、俭、让以得之。夫子之求之也，其诸异乎人之求之欤？"恭、俭、温、良是孔子提倡的待人接物的应有态度。

（5）《周易》道谦谦君子：《周易》载，"谦谦君子，卑以自牧也"。意为谦虚的君子，总是以谦卑态度修养自身的德行。

（6）《毛诗》云《国风》《雅》《颂》：《毛诗》，今称《诗经》，古称《诗》或《诗三百》，是我国最早的一部诗歌总集。汉治《诗》有四大学派，称"齐诗""鲁诗""韩诗""毛诗"，汉代后逐渐变化而仅存"毛诗"一派。"毛诗"是《诗经》的古文学派，相传为秦汉间人毛亨和毛苌所传。有时亦用《毛诗》代指《诗经》。《诗经》分风、雅、颂三大类：风有十五国风，雅有大雅、小雅，颂有周颂、鲁颂、商颂。

（7）《关雎》云大道洋洋：《关雎》，《诗经》"周南"之篇名，国风首篇，是一篇歌咏男女爱情的情歌，但儒家却从封建道德立场出发来解释，如《诗序》就曲解它是歌颂"后妃之德"，《鲁诗》则说是大臣毕公刺周康王好色晏起之作。此句说《关雎》所颂扬的德行十分美好，故云"洋洋"。

（8）《春秋》说素常之德：《春秋》是编年体史书，相传为孔子据《鲁春秋》整理而成，是后世所传的儒家"五经"（指《诗》《书》《礼》《易》《春秋》）之一。儒家认为孔子作《春秋》是代王者立法，有王者之道，而无王者之位，故尊孔子为"素王"，《春秋》是孔子道德修养的体现。

（9）《周礼》：儒家一部关于封建等级制度和礼法条规的典籍，被宋儒定为"六经"（即《诗经》《尚书》《周易》《周礼》《礼记》《春秋》）之一。传说是周公旦所作。

（10）《中庸》：儒家典籍"四书五经"中"四书"（指《论语》《孟子》《大学》《中庸》）之一，要人们处理事情采取不偏不倚、保守折中的态度。朱熹曰："中者，无过无不及之名也；庸，平常也。"关于《中庸》的作者，司马迁说是子思，不一定可靠。《中庸》大概是战国至秦时的作品。

（11）《大学》功在明明德：《大学》，儒家典籍"四书"之一，相传为曾参所作。《大学》主张"明明德"，第一个"明"字是动词，彰明弘扬之意；第二个"明"字是形容词，光明之意。"明明德"意为人要弘扬内心善良光明的德性。

（12）《礼记》：儒家"六经"之一。西汉时在孔子故居墙壁中发现古文《礼记》二百零四篇，戴德删为八十五篇，后人称《大戴礼记》；其侄戴圣又删为四十九篇，称《小戴礼记》。

（13）《孟子》养浩然之气：《孟子》，儒家典籍"四书"之一，记载战国时期著名思想家孟轲（约生于公元前372年，即周安王十七年前后）言论的著作，可能是孟轲或他的弟子所作。《孟子·公孙丑》："我知言，我善养吾浩然之气。"所谓"浩然之气"，孟子认为是一种与"义"和"道"相配的胸中正气。

（14）攀蟾折桂：传说月中有蟾蜍，故称月宫为蟾宫。旧时称科举中式为蟾宫折桂。折桂，《晋书·郤诜传》："武帝于东堂会送，问诜曰：'卿自以为何如？'诜对曰：'臣举贤良对策，为天下第一，犹桂林之一枝，昆山之片玉。'"后因以"折桂"喻科举及第。

（15）文华：指文章华采。梁昭明太子《文选序》："若其论赞之综缉辞采，序述之错比文华，事出于沈思，义归乎翰藻。"

（16）鲲鹏：古代神话中的大鱼和大鸟。《庄子·逍遥游》："北冥有鱼，其名为鲲。鲲之大，不知其几千里也。化而为鸟，其名为鹏。鹏之背，不知其几千里也；怒而飞，其翼若垂天之云。"

（17）鱼龙变化：原指变幻之戏艺杂技。《汉书·西域传赞》颜师古注："鱼龙者，谓舍利兽。先戏于庭，及毕乃入殿前激水，化成比目鱼，跳跃，漱水作雾，障日化成黄龙八丈。"此处指变化。

（18）禹门：禹是传说中古代部落联盟领袖，奉舜命治理洪水，足迹遍及九州。禹门犹言龙门。

（19）椿：古时父亲的代称，或称"椿庭"。

（20）《百家姓》：古代一本儿童启蒙读物，以一些姓氏为主要内容，不著编写人姓名。《通俗编·文学》："王照新志：《百家姓》是两浙钱氏有国时小民所著。盖赵乃本朝国姓，钱氏奉正朔，故以钱次之；孙乃忠懿王之正妃，其次则南唐李氏。"

（21）聚萤火，临书幌：用车胤囊萤读书事。《晋书·车胤传》："家贫不常得油，夏月以练囊盛数十萤火，照书读之，以夜继日。"

（22）积瑞雪，映寒窗：孙康映雪故事。参见《裴度还带》第二折注文（8）。

（23）昆仲：称他人弟兄之敬辞。鲁迅《狂人日记》："某君昆仲，今隐其名，皆余昔日在中学校时良友。"

（24）九经三史：九经，指《易》《诗》《书》《左传》《礼记》《周礼》《孝经》《论语》《孟子》九种儒家经典。三史，指《史记》《汉书》《后汉书》。唐时科举有"三史科"。

（25）学而第一：指《论语》第一篇《学而》。

（26）虹蜺：蜺，霓的异体字。阳光照射空中浮游的水滴经折射而成外红内紫的色带称为虹；霓，虹的一种。《尔雅·释天》邢昺疏："虹双出，色鲜盛者为雄。雄曰虹；暗者为雌，雌曰霓。"

（27）兰堂：堂之美称。张衡《南都赋》："揖让而升，宴于兰堂。"

（28）魏紫姚黄：旧以牡丹喻富贵。这是宋代洛阳两种名贵的牡丹花品种。魏紫为千叶肉红花，出于魏仁溥家；姚黄为千叶黄花，出于姚氏民家。见欧阳修《洛阳牡丹记·花释名》。下面"状元红"也是牡丹花之一种。

（29）嘬（sǎi）：吃。

（30）马台：旧时贵族门第外拴索立马的阶石。

第二折

（正旦同大末、二末上）（正旦云）老身陈婆婆的便是。今有大哥二哥都做了官也，则有三哥上朝求官应举去了，必然为官也呵。（唱）

【南吕一枝花】为甚么儿孙每志气高？托赖着祖上阴功厚。一个曾前年登了虎榜，一个便去岁可兀的占了鳌头[1]。俺家里富贵也双修，无福的难消受。俺可便钱财上不枉求，我觑着那珠翠金银，我可便浑如似参辰卯酉[2]。

【梁州】爱的是那《孝经》《论语》和[18]这《孟子》，我喜的是那《毛诗》《礼记》《春秋》。后园中有地栽松竹，有书堂书舍，书院书楼。则愿的子孙荣旺，门户清幽。俺家里实丕丕祖上遗留，既为官将他这富贵休愁。您、您、您，则频频的休离了那黄卷青灯，是、是、是，你可便稳拍拍明放着金章和那紫绶。呀、呀、呀，你可便用心机得峥嵘，你可也渐渐的稳情取个肥马轻裘。古人是有以显父母，身荣后，入八位[3]，不生受。想当日常何荐马周[4]，博一个今古名留。

（正旦云）大哥门首觑者，看有甚么人来？（大末云）理会的。（报登科记的上，云）自家报登科记的便是，有陈三哥得的头名状元，陈妈妈家报喜走一遭去。可早来到门首也，有大哥在于门首。大哥支揖哩！（大末云）你是哪里来的？（报登科云）有三哥得了头名状元，小人特来报喜。（大末云）你则在这里，我报复母亲知道。母亲，三兄弟得了头名状元也。（正旦云）是谁说来？（大末云）有报登科记的在于门首。（正旦云）着他过来。（大末云）理会的。着你过去。（报登科见科，云）报的老母知道，有三哥得了头名状元，小人特来报喜。（正旦云）孩儿，与那报登科记的五两银子。（大末云）您孩儿知道。二兄弟，俺得了官时，则与了报登科记的二两银子；三兄弟做了官，与他五两银子。（二末云）大哥，母亲偏向三兄弟也！（大末云）报登科记的，与你五两银子。（报登科云）多谢了，小人回去也。（下）（王拱辰珊马儿领祗候上，云）龙楼凤阁九重城，新筑沙堤宰相行。我贵我荣君莫羡，十年前是一书生。小官王拱辰是也，乃西川绵州人氏。幼习儒业，颇看诗书。自到帝都阙下，揎过文华卷子[19]，当殿对策，日不移影，应对百篇，文如锦[20]绣，字扫龙蛇⁽⁵⁾，一举状元及第。借宰相头答，夸官三日。张千摆开头答，慢慢的行。（正旦云）大哥、二哥，咱一同接孩儿去来。（唱）

【红芍药】我这里笑吟吟行下看街楼，和我这儿女每可便相逐。我这里慢腾腾拦住紫骅骝，我将这玉撕⁽⁶⁾来便忙揪。（王拱辰云）兀那婆婆儿靠后，休惊着小官马头！（大末云）三兄弟是好壮志也。（二末云）母亲认的是着。（正旦云）好儿也，不枉了！（唱）可正是男儿明志秋，他在那马儿上倒大来风流。（大末云）你看三兄弟，他见了母亲，可怎生不下马来？（二末云）大哥，敢不是三兄弟么？（正旦云）孩儿，你下马来波！（王拱辰云）这个婆婆儿好要便宜也！（正旦唱）我这里听言罢，教我紧低了头，唬的我魂魄可便悠悠。

（王拱辰云）兀那婆婆儿，你休错认了小官也！（正旦唱）

【菩萨梁州】则被这气堵住咽喉，眉头儿忔皱⁽⁷⁾，身躯儿倒扭。好着我羞答答的不敢抬头，泪汪汪双目再凝眸，孜孜的觑了空低首。（正旦云）敢问那壁状元姓甚[21]名谁？（王拱辰云）今春头名状元，我是王拱辰。（正旦唱）低低的问了牢缄口，闷无语，自僝僽。老身向官人行无去瞅[22]，（正旦云）孩儿每，您说一声儿波，（唱）倒大来惭羞。

（正旦做走科）（二末云）哥哥，看母亲。（正旦云）大哥，既是状元，请下马来。（大末云）理会的。状元请下马来，状元堂上饮了状元酒回去。（王拱辰下马科，云）左右，接了马者。（祗候云）理会的。（大末云）适间老母冲撞着状元，是必休怪也。（王拱辰云）适间小官马头前冲撞着那壁状元的老母，是必宽恕咱。（大末云）状元有请！（王拱辰见正旦科，云）适间小官马头前冲撞着老母，是必恕罪也。（正旦云）恰才老身为何错认了那壁状元？老身家中有三个孩儿，都去应举去了，两个孩儿得了状元回来了，则有三哥不曾回来，恰才是那报登科记的差报了也。那壁状元是必休怪咱。（王拱辰云）小官不敢。（二末做施礼科，云）适间老母冲撞，休怪。（王拱辰云）不敢。（正旦云）将酒来！（做把盏科）（正旦云）状元饮过这杯酒咱。（王拱辰饮酒科）（正旦云）大哥，你问状元有婚也无婚？（大末云）母亲，有婚呵是怎生？无婚呵是如何？（正旦云）有婚呵，着状元在状元堂上吃了状元酒，挂了状元红回去；无婚呵，大哥将你妹子招状元为婿。未知你弟兄每意下如何？（大末云）谨遵母亲之言。（大末见王拱辰科，云）状元，恰才我母亲言语，问状元有婚也无婚？（王拱辰云）有婚是怎生？无婚可是如何？（大末云）若是有婚呵，吃了状元酒，挂了状元红，你便回去；若是无婚呵，小官有一舍妹，招那壁状元为婿，意下如何？（王拱辰云）小官无婚，我愿随鞭镫。（大末云）一让一个肯。（正旦云）着状元换衣服去。（王拱辰云）理会的，小官换衣服去。（下）（正旦云）今年状元是王拱辰，知他俺那陈良佐在哪里也？（大末云）今年头名状元是王拱辰，不知俺那三兄弟在哪里也？（三末上，云）我劝这世上人，休把这口戏谝[8]过了。我到的帝都阙下，今场贡主见了："陈三哥你来了，不必[23]看你文章，起动写四个字，是'天下太平'。"我拿起笔来，写了个"天"字，写那"下"字我忘了一点，做了个拐字，无三拐，无两拐，则一拐就把我拐出来了，做了第三名探花郎，绿袍槐简，花插幞头。去时夸了大口，今日得了探花郎，我怎生家中见母亲和两个哥哥，则待[24]我两个哥哥不在门前，我走进房里去，随他嚷闹去，我一世也不出来。可早来到门首也。（做看科，云）你看我那苦命么！肯分的大哥在门首。大哥，您兄弟来了也。（大末云）呀、呀、呀，兄弟来了，你得了甚么官？（三末云）我得了探花郎。（大末云）你原来得了个探花郎，我对母亲说去。（见正旦科，云）母亲，三兄弟得了个探花郎来了也。（正旦云）他不过来，敢教我接待他去哪！（大末云）理会的。（见三末科，云）三兄弟，母亲的言语，说你不过去，待着母亲来接你哪！（三末云）哥也，那得个母亲倒接儿子，我过去。娘打我时，两个哥哥劝一劝。（大末云）兄弟，我知道也。

（三末见正旦拜科，云）母亲，您孩儿得了官也，有一拜。（正旦云）兀那厮！你休拜，你得了甚么官？（三末云）得了探花郎。（正旦云）甚么官？（三末云）探花郎。（正旦云）则不你说，兀的又有人来说哩！（三末云）在哪里？（正旦做打科，唱）

【牧羊关】你则好合着眼无人处串，谁着你腼着脸去街上走？气的我浑身上冷汗浇流！（正旦云）你将着的是甚么？（三末云）是槐木简。（正旦唱）我将这槐木简来掂拆，绿罗襕着手揪。问甚么红漆通鞓⁽⁹⁾带，花插皂幞头⁽¹⁰⁾，我使拄杖蒙头打，呸！我看你便羞也那是不害羞！

（三末云）翰林都索入编修。（正旦云）噤声！（唱）

【贺新郎】你道是翰林都索入编修，我情知你个探花郎的名声，（正旦云）你觑波，（唱）你怎知俺这状元除授？弟兄里则为你年幼，你身上我偏心儿索是有，我几曾道是散袒悠悠？（正旦云）师父多教孩儿几遍。（唱）我去那师父行陪了些下情⁽¹¹⁾，则要你工课上念的滑熟，我甘不的⁽¹²⁾这厮看文书一夜到三更后！（三末云）母亲，你打我，则是疼你那学课钱哩！（正旦唱）且休说你使了我学课钱，哎，贼也，你熬了多少家点灯油！

（三末云）母亲，您孩儿虽然不得状元，也不曾惹得街上人骂娘。（正旦唱）怎么骂我？（三末云）俺大哥头一年做了官，摆着头答街上过来，老的每道："这个是谁？""是陈妈妈家大的个孩儿。""嗨！鸦窝里出凤凰。"（大末云）这个是好言语？（三末云）甚么好言语？娘倒是墨老鸦，你倒是凤凰！第二年二哥也做了官，又骂的娘不好；摆着头答，街上人道："这个是谁？""是陈妈妈第二个孩儿。""嗨、嗨、嗨，粪堆上长出灵芝草。"（二末云）这个是好言语。（三末云）噤声！娘倒是个粪堆，你倒是灵芝草，您孩儿虽然做了探花郎，不曾连累着娘。我打街上过来，老的每道："这个是谁？""是陈妈妈第三个^[25]孩儿。众人道：

"嗨、嗨、嗨，好爷好娘养下这个傻弟子孩儿。"（正旦做唤[26]棒子科，云）将棒子来！（唱）

【絮虾蟆】我可也不和你强柱料口[13]，我年纪大也惭羞。打这厮父母教训不瞅[27]，做的个苗而不秀[14]，则好深村放牛，伴着那庄家学究。记的那个日子，状元一身承受，去时说了大口，临行相别时候，说的来花甜蜜就。无语低头，嘴碌都的恰便似跌了弹的斑鸠。（三末云）母亲，一品至九品，都是国家臣子。（正旦云）嗻声！（唱）休那里一口里巧舌头，便有那一千笔画不成描不就，我和你难相见，枉厮守，休休！快离了我眼底，休在我这边头！

（正旦云）从今以后，将陈良佐两口儿赶出门去，再也休上我门来！（大末做跪科，云）母亲，看您孩儿的脸皮，留下三兄弟两口儿在家，可也好也！（正旦唱）

【尾声】大哥哥，枉可惜了你喷珠噀玉谈天口。（二末做跪科，云）母亲，看你孩儿的面皮，留下三兄弟两口儿在家住，可也好也！（正旦唱）二哥哥，枉展污了你那折桂攀蟾的钓鳌手。大哥哥枉生受，二哥哥且落后，陈良佐自今后，你行处行，走处走，千自在，百自由，我和你个探花郎不记甚冤仇。（三末云）母亲吃一钟喜酒。（正旦云）抬了者！（唱）可我也消不的"状元"这个及第酒！（下）

（大末云）看母亲，看母亲！呸！三兄弟你羞么？你去时节夸尽大言，回来则得个探花郎，甚是惶恐。你不说"掌上观纹"？（三末云）手上生疮不见了。（大末云）"怀中取物"？（三末云）衣服破把来掉[28]了。（大末云）"碗里拿带靶儿蒸饼"？（三末云）不知那个馋弟子孩儿，偷了我的吃了。（大末云）你既为孔子门徒，何出此言？俺家素非白屋[15]，祖代簪缨，乃陈平之后；你今日得了个探花郎，岂不汗颜？为人者要齐家治国，修身正心；人心不正，做事不能成矣。人以德行为先，德者，本也；才[29]者，末也；"德胜才为君子，才胜德为小人。"你这等人和你说出甚么来！我和你同胞共乳一爷娘，幼小攻书在学堂，受尽寒窗十载苦，龙门一跳见君王。你去时人前夸大口，还家只得探花郎，凤凰飞在梧桐树，呸！自有傍人话短长。（下）（三末云）大哥数落了我这一会。（二末云）！呸！三兄弟你羞么？（三末云）哥也，怎的？（二末云）你去时节夸尽大言，回来得了个探花郎，岂不汗颜？俺家素非白屋，累代簪缨，汉陈平之玄孙，祖宗拜秦国公之职。为子者，当以腰金衣紫。俺二人皆第状元，惟汝不第者，何也？为子才轻德薄也，我和你说出甚么来！未应举志气凌云，但开口傍若无人；卖弄你诗才过李白杜甫，舌辩似张仪苏秦；大哥如泥中草[30]芥，二兄长似陌[31]上轻尘。孔子居于乡党，见长幼礼法恂恂。[16]可不道状元郎"怀中取物"，觑富贵"掌上观纹"？发言时舒眉展眼，你今日薄落了缩项潜身。俺状元郎夸谈宗祖，呸！谁似你个探花郎，羞答答的辱没家门！（下）（王拱辰上，云）呸，你羞么？（三末云）你是谁？（王拱辰云）我是门下娇客，妹婿王拱辰，今春头名状元。（三末云）你是王拱辰，我把你个馋弟子孩儿！这带靶儿的蒸饼你吃了我的！（王拱辰云）适间小官听的大舅二舅所言，说三舅去时节夸尽大言，回来得了个探花郎，岂不汗颜？为人者，可以治国齐家，修身正心；人心不正，作事不能成矣。《中庸》有言："喜怒哀乐之未发，谓之中；发而皆中节者，谓之和。中也者，天下之大本也；和也者，天下之达道也。"《论语》云："君子不重则不威。"轻乎外者，必不能坚乎内，故不厚重则无威严，而所学亦不坚固也。俗言有几句比并，尊舅岂不闻：草虫食草，岂知重味[17]之甘？蚯蚓啼洼，不解汪洋之海。瓮生蠓[18]蚁，岂知化外清风？萤火虽明，不解蟾光[19]之照。树高而曲不如短而直，水深而浊不如浅而清。蜘蛛有丝，损人利己；蚕腹有丝，裕[32]民润国。但凡为人三思，然后再思可矣。[20]你空长堂堂七尺躯，胸中志气半星无；绿袍槐简归故里，呸！枉做男儿大丈夫！（下）（祗候云）呸！（三末打科，云）你也待怎的？（同下）

注 解

（1）鳌头：唐宋时皇帝殿前陛阶上镌有巨鳌，翰林学士、承旨等官见皇帝时立于陛阶的正中，称为上鳌头。后亦称中状元为独占鳌头。

（2）参辰卯酉：对头之意。参见《救风尘》第二折注文（7）。

（3）八位：指官爵禄位。八，泛指。

（4）常何荐马周：常何、马周，唐太宗时人。马周精《诗》及《春秋》，初入长安，住舍中郎将常何家。贞观中，诏百官言得失，马周为常何务陈二十余事，太宗以常乃武将，怪其能，常何实对。帝即召马周，授监察御史。见《唐书》卷七十四。

（5）龙蛇：形容书法笔势之盘曲有致。李白《草书歌行》："时时只见龙蛇走，左盘右蹙如惊电。"

（6）玉勒：勒马的缰绳。勒，同"勒"。《琵琶记·义仓账济》："大的孩儿不孝不义，小的媳妇逼勒离分。"

（7）忔（qì）皱：紧皱。《董西厢》卷三："一双儿心意两相投，夫人白甚闲忔皱。"

（8）谝（piǎn）：花言巧语。《尚书·秦誓》："惟截截善谝言。"

（9）鞓（tīng）：皮带。《宋史·舆服志五》："诸军将校，并服红鞓。"

（10）幞头：亦作"襆头"，指头巾。

（11）下情：谦辞，指自己的心情。

（12）甘不的：巴不得、心甘情愿。

（13）料口：或作"料嘴"，斗嘴之意。料，亦作"撩"。元代陶宗仪《辍耕录》卷十二："课嘴料牙，常存道眼。"

（14）苗而不秀：《论语·子罕》："苗而不秀者有矣夫！"原说庄稼生长了，但不吐穗扬花，是孔子哀叹弟子颜渊的早死的。后比喻虚有其表。《西厢记》第四本第二折："你元来苗而不秀，呸！你是个银样镴枪头！"

（15）白屋：原是用茅草建的屋，后指没有做官的读书人的住处。南朝梁文学家刘孝威《行还值雨》诗："况余白屋士，自依卑路旁。"

（16）"孔子居于乡党"二句：《论语·乡党》载，"孔子于乡党，恂恂如也，似不能言者"。恂恂，恭顺的样子。

（17）重味：指色味香浓之食物。

（18）蠓（měng）：昆虫名。体积比蚂蚁小，褐色或黑色，触角长而有毛，翅短而宽。

（19）蟾光：月光。传说月中有蟾蜍，故以"蟾"代称月。萧统《锦带书十二月启》："皎洁轻冰，对蟾光而写镜。"

（20）"但凡为人三思"二句：《论语·公冶长》载，"季文子三思而后行。子闻之，曰：'再（思），斯可矣'"。

第三折

（正旦同大末、二末、王拱辰领杂当上）（正旦云）老身陈婆婆是也。今日是老身生辰贱降的日子，孩儿每也！（大末云）有！（正旦云）状元堂上安排下筵席者。若有陈良佐两口儿来时，休着他过来。将酒来！（大末云）理会的。（正旦唱）

【中吕粉蝶儿】人都说孟母三移⁽¹⁾，今日个陈婆婆更增十倍，教儿孙读孔圣文籍。他将那《孝经》来读《论》《孟》讲，后习《诗》《书》《礼记》，幼小温习，一个个孝当竭力。

【醉春风】一个那陈良叟，他可便占了鳌头，则俺这陈良资夺了第一；新招来的女婿，他又是状元郎，俺一家儿倒大来喜、喜。则要你郎舅每峥嵘，弟兄每荣显，托赖着祖宗福力。

（二末执壶科）（大末递酒科，云）母亲满饮一杯！（正旦做饮酒科，云）俺慢慢的饮酒，看有甚么人来。（三末同旦儿上）（三末云）今日是母亲生日，我无甚么礼物，和媳妇儿拜母亲两拜，也是我孝顺的心肠。可早来到门首也。大哥和母亲说一声，道我在这门首哩。（大末云）兄弟，你则在门首，我报复母亲去。（大末做见正旦科，云）母亲，有三兄弟两口儿在于门首。（正旦云）休着那厮过来！（大末同二末、王拱辰告科）（大末云）母亲，看你孩儿面皮，着三兄弟两口儿过来，与母亲递一杯酒，也是他为子之道也。（正旦云）看着您众人的面皮，着那厮过来。休闲着他，着他烧火剥葱，都是他。依的，便教他过来，依不的，便着他回去。（大末云）理会的。三兄弟，母亲的言语：着你过去烧火剥葱，扫田刮地，抬桌搬汤。你依的，便过去，你依不的，休着你过去哩！（三末云）母亲怕闲了我。（三末同三旦做见科）（三末云）母亲，您孩儿和媳妇儿没有手帕，拜母亲几拜。（正旦云）兀那厮！你休拜，谁教你与我做生日来？（三末云）我来拜母亲几拜，也是为子之孝道也。（正旦云）兀那厮！你见么？（三末云）您孩儿见甚么那！（正旦唱）

【红绣鞋】俺这里都是些紫绶金章官位，那里发付你个绿袍槐简的钟馗[2]？哎！你一个探花郎，又比俺这状元低，俺这里笑吟吟的行酒令，稳拍拍的做着筵席，（正旦云）你说波，（唱）可不道那塌儿[3]发付你？

（正旦云）大哥，咱行一个酒令，一人要四句气概的诗，押着那"状元郎"三个字。有那"状元郎"的便饮酒，无那"状元郎"的罚凉水。教那厮把盏！先从大哥来把了盏，便问道：吃酒的是谁？把盏的是谁？各自称呼着那官位者。吃了酒，着那厮拜！先从大哥来。（三末云）我理会的。（做递酒科，云）先从母亲来。（正旦云）先从大哥来。（三末递酒与大末科）（大末云）母亲，您孩儿吟诗也。诗曰：当今天子重贤良，四海无事罢刀枪。紫袍象简朝金阙，圣人敕赐状元郎。（三末云）住者！白马红缨麾盖下，紫袍金带气昂昂。月中失却攀蟾手，高枝留与状元郎。（大末做吃酒科，云）问将来。（三末云）吃酒的是谁？（大末云）是状元郎。我问你：把盏的是谁？（三末云）把盏的我是杨六郎[4]。（三末做拜科）（做递酒与二末科）（二末云）母亲，您孩儿吟诗也。诗曰：一天星斗焕文章，战退群儒独占场；龙虎榜上标名姓，头名显我状元郎。（三末云）住者！时乖运蹇赴科场，命福高低不可量。八韵赋成及第本，今春必夺状元郎。（二末做吃酒科，云）问将来！（三末云）吃酒的是谁？

（二末云）是状元郎。我问你：把盏的是谁？（三末云）我是酥麻糖。（做拜科）（递酒与王拱辰科）（王拱辰云）母亲、大舅、二舅，我吟诗也。诗曰：淋漓御酒污罗裳，宴罢琼林出未央[5]；醉里忽闻人语闹，马头高喝状元郎。（三末云）住者！笔头刷刷三千字，胸次盘盘七步章[6]；休笑绿袍官职小，才高压尽状元郎。（王拱辰饮酒科，云）问将来！（三末云）吃酒的是谁？（王拱辰云）是状元郎。那把盏的是谁？（三末云）把盏的是要三郎。（做拜科）（与三旦递酒科）（三旦云）母亲，您媳妇儿吟诗也。诗曰：佳人贞[33]烈守闺房，则为男儿不气长。国家若是开女选，今春必夺状元郎！（三末云）住者！磨穿铁砚汝非强，只可描鸾守绣房；燕鹊岂知雕鹗志，红裙休笑状元郎！（旦儿饮酒科，云）问将来！（三末云）吃酒的是谁？（旦儿云）我是状元郎。把盏的是谁？（三末云）把盏的是你的郎。（与正旦递酒科）（正旦云）这厮他到阙不沾新雨露，还家犹带旧风霜；绿袍槐简消不得，对人犹说状元郎。（三末云）住者！拜别诸亲赴选场，绿袍羞见老尊堂。擎台执盏厅前跪，则这红尘埋没了状元郎。（正旦云）诗曰：黄金不惜换文章，教子须教入庙堂。自古贤愚难相比，恁这状元郎休笑俺探花郎！（三末云）住者！您这些马牛襟裾[7]粪土墙，我这海水如何着斗量！你这漏网之鱼都跳过，因何撇下状元郎？罢、罢、罢，母亲不必人前羞我，您孩儿顶天立地，嚼齿带发，带眼安眉，既为男子大丈夫，不得为官，着母亲哥哥羞辱！则今日好日辰，辞别了母亲，再去上朝求官应举去。我若不得官，我去那深山中削发为僧，永不见母亲之面；我若为官，不在他三人之下。你看我打一轮皂盖飞头上，摆两行朱衣列马前，佳人捧臂，壮士擎鞭。我骑礼部侍郎坐下马，借翰林院学士当直[8]人。我带三分御酒，拂两袖天香，丝鞭嬝三尺春风，袍袖惹半潭秋水；两街仕女急步掀帘，三市居民尽皆拱手，马前高喝状元来，十里香街咸钦敬，大刚来一日峥嵘，我直着报答了十年辛苦。说兀的做甚！这一去，翻[34]身一跳禹门开，凭着胸中贯世才，休道桂枝难攀折，母亲放心，今春和月抱将来。（下）[35]（大末云）母亲，三兄弟这一去，必然为官也。（正旦云）孩儿去了也。（唱）

【醉高歌】我可也不和你畅叫扬疾[9]，谁共你磕牙料嘴⁽¹⁰⁾！我则是倚门儿专等报登科记，知他俺那状元郎在那云里也哪是雾里？

（报登科记的上，云）自家报登科记的。有陈婆婆第三个孩儿，得了今春头名状元，我报登科记走一遭去。可早来到门首也。（做见大末科，云）大官人，三官人得了今春头名状元，小人特来报喜。（大末云）你则在这里，我报复母亲去。（见科，云）母亲，三兄弟得了今春头名状元也，有报登科记的在门前。（正旦云）与他十两银子。（大末云）理会的。与你十两银子。（报登科云）谢了官人！小人回去也。（下）（三末珊马儿领祗候上）（祗候云）小心^[36]下路。（三末云）要做状元有甚么难处！下头⁽¹¹⁾穿了衣服，便是状元。今日得了头名状元，摆开头答，慢慢的行。（正旦云）大哥、二哥、女婿，咱都去接待孩儿去来。（大末云）俺跟着母亲接兄弟去来。（正旦唱）

【普天乐】圪蹬蹬的马儿骑，急颼颼的三檐伞低；我这里忙呼左右：疾快收拾！（三末云）祗候人接了马者！（祗候云）牢坠镫。（三末云）母亲来了也！（正旦唱）他见我便慌下马。（三末云）祗候人摆开者。（三末做躬身立住科）（正旦唱）他那里躬身立。（三末云）母亲，您孩儿得了官也，就这里拜母亲几拜。（做拜科）（正旦唱）我见他展脚舒腰忙施礼。（做哭科，唱）险些儿俺子母每分离！（三末云）若不是母^[37]亲严教，岂得今日为官？（正旦云）你为官呵，（唱）你孝顺似那王祥卧冰⁽¹²⁾，你恰似伯俞泣杖⁽¹³⁾，哎，儿也，你胜强如兀那老莱子斑衣⁽¹⁴⁾。

（三末做过来科，云）大哥、二哥，我不拜你，我的文章高似你。母亲，您儿往西川绵州过，那里父老送与我一段孩儿锦，将来与母亲做衣服穿。（正旦云）大哥，将的去估价行里，看值多少钱钞。（大末云）估价值多少？母亲，价值千贯。（正旦云）辱子未曾为官，可早先受民财，躺^[38]着须当痛快！（大末云）兄弟，为你受了孩儿锦，母亲着你躺着，要打你哩！（三末云）母亲要打我，番番不曾静辨⁽¹⁵⁾。（正旦做打科）

（大末云）母亲，打得金鱼⁽¹⁶⁾堕地也！（杂当做打报科，云）有寇莱公大人有请。（正旦云）不妨事，我见大人自有说的话。（大末云）下次小的每，与我鞴^[39]马者！（正旦云）孩儿休鞴马，辆起兜轿，着四个孩儿抬着老身，我亲见大人去来。（唱）

【啄木儿煞】咱人这青春有限不再来，金榜无名誓不归，得志也休把升迁看的容易。古人诗内，则你那文高休笑状元低。（同众下）

注　解

（1）孟母三移：指孟子的母亲为了教育孟子成材而三次迁徙住处。参见《蝴蝶梦》第一折注文（18）。

（2）钟馗：唐玄宗时人，以貌丑应举不第，愤而撞死。后托梦玄宗，决心捉拿天下妖魅。玄宗醒后命画家吴道子画成画像。小说《斩鬼传》即写其事。剧中指未能中状元的陈良佐。

（3）那埚儿：那里。埚，同"窝"。

（4）杨六郎：杨家将故事中杨业的第六子延昭。这里是诨语。

（5）未央：汉宫名，故址在今陕西省西安市西北。这里指宋朝宫殿。

（6）七步章：指曹植七步成诗，喻才思敏捷。参见《金线池》第一折注文（27）。

（7）马牛襟裾：也作"牛马襟裾"，意为衣冠禽兽。语出韩愈《符读书城南》："人不通古今，马牛而襟裾。"《秋胡戏妻》第三折："我骂你个沐猴冠冕，马牛襟裾。"

（8）当直：直，同"值"。犹言当差值班。李商隐《梦令狐学士》诗："右银台路雪三尺，凤诏裁成当直归。"

（9）畅叫扬疾：高声嚷叫。或作"唱叫扬疾"，见《窦娥冤》第二折。

（10）料嘴：斗口。也作"料口"，见上折注文（13）。

（11）下头：下场头的意思。这里指下场去换上状元的衣服。这是三末的诨语。

（12）王祥卧冰：旧时代二十四孝之一。王祥，晋临沂人，字休征，事继母孝。母欲生鱼，祥因贫穷无力购买，于天寒地冻之时卧冰上求之，得双鲤。后为徐州刺史吕虔别驾。

（13）伯俞泣杖：旧时代二十四孝之一。韩伯俞，汉朝人。《说苑·建本》："伯俞有过，其母笞之，泣。其母曰：'他日笞之，未尝见泣。今泣何也？'对曰：'他日俞得罪笞，常痛，今母之力，不能使痛，是以泣。'"

（14）老莱子斑衣：旧时代二十四孝之一。老莱子，春秋时期楚国人，性至孝，年七十，著五色斑斓之衣，作婴儿戏以娱其父母。见晋代皇甫谧《高士传》。

（15）静辨：清静。《灰阑记》楔子："左右我的女儿在家也受不得这许多气，便等他嫁了人去，倒也静辨。"也见《窦娥冤》第一折。

（16）金鱼：这里指鱼符，唐宋时授与臣属的信物。

第四折

（外扮寇莱公领从人上）（寇莱公云）三千礼乐唐虞(1)治，万卷诗书孔孟传。老夫寇莱公是也，奉圣人的命，开放举场。今有头名状元是陈良佐，问其缘故，乃汉陈平之后。他父曾为前朝相国，早年弃逝。有母亲冯氏大贤，治家有法，教子有方。因陈良佐授西川孩儿锦一事，他母亲打的他金鱼堕地。圣人已知，着我加官赐赏，审问详细。着人请贤母去了，这早晚敢待来也。（大末、二末、三末、王拱辰抬正旦上）（三末云）有香钱(2)布施些儿！（正旦云）俺见大人去来。（唱）

【双调新水令】虽不曾坐香车乘宝马袅丝鞭，我在这轿儿上倒大来稳便。前后何曾侧，左右不曾偏。显得您等辈齐肩，将名姓注翰林院。

（云[40]）可早来到也。令人报复去，道有陈婆婆同四个状元来了也。（从人报科，云）有陈婆婆同四个状元来了也。（寇莱公云）道有请。（从人云）有请！（正旦做见官人科）（寇莱公云）贤母，老夫奉圣人的命，为您一家儿母贤子孝，训子有纲纪之威权，居家有冰霜之直政，着

老夫审问其详。谁想贤母着四个状元抬着兜轿，敢于理不可么？（正旦
云）大人可怜见，休说四个孩儿抬着老身，我昔日曾闻荷担僧，一头担
母一头经，经向前来背却母，母向前来背却经，不免把担横担定，感的
园林两处分，后来证果为罗汉，尚兀自报答不的爷娘养育恩。（唱）

【水仙子】学的他那有仁有义孝连天，使了我那无岸
无边学课钱；甘心儿抬的我亲朝见，尚兀自我身躯儿有
些困倦。把不住眼晕头旋，不觉的抬着兜轿，虽不曾跨
着骏骒，尚兀自报答不的我乳哺三年！

（寇莱公云）贤母为陈良佐升迁官位，贪图财利，接受蜀锦，有犯王
条，则合着有司定罪，你怎生自己责罚，打的金鱼堕地哪？（正旦云）大
人不知，此子未曾治国，先受民财，辱没先祖，依法教训咱！（唱）

【沽美酒】着他每按月家请着俸钱，谁着他无明夜
攒(3)[41]家缘？俺家里祖上为官累受宣，我则怕枉教人作
念(4)，俺一家儿得安然。

（寇莱公云）贤母，三状元授财一事，未审其详也。（正旦唱）

【太平令】他将那孩儿锦亲身托献，这的是苦百姓赤
手空拳。我依家法亲责当面，我着他免受那官司刑宪。
与了俺俸钱骤迁，圣恩可便可怜，博一个万万古名扬
谈羡。

（寇莱公云）老夫尽知也。您一家儿望阙跪者，听我加官赐赏。我亲
奉着当今圣旨，便天下采访贤士，只因你母贤子孝，着老夫名传宣赐：
陈婆婆贤德夫人，陈良资翰林承旨(5)，陈良叟国子祭酒(6)，陈良佐太常
博士(7)，王拱辰博学广文，加你为参知政事(8)。一个个列鼎重裀(9)，一
个个腰金衣紫。今日个待漏院(10)赐赏封官，庆贺这状元堂陈母教子。

　　题目　待漏院招贤纳士
　　正名　状元堂陈母教子

注 解

（1）唐虞：古国名，儒家所谓的古代盛世。唐，尧的后裔。虞，即有虞氏，舜为其领袖。

（2）香钱：在寺庙烧香时捐的钱。

（3）攒（zǎn）：积聚、储蓄。《红楼梦》第二十五回："我攒了几两体己（钱）。"

（4）作念：想念，思念。《西蜀梦》第二折："每日家作念如心痒。"

（5）翰林承旨：唐宋时以文学侍从官选为翰林院学士，其首席学士称承旨。

（6）国子祭酒：即国子监祭酒。国子监，封建王朝中央教育机构。祭酒，原为古代祭祀时年高望重者举酒祭神，后称国子监主管官为祭酒。

（7）太常博士：即太常寺卿，主持祭祀礼乐之官。

（8）参知政事：相当于副宰相一级的行政长官。

（9）列鼎重裀：富贵堂皇之意。参见《哭存孝》第二折注文（6）。

（10）待漏院：官署名。唐置，为百官早朝等待宫门开启之所。宋代文学家王禹偁写有《待漏院记》。

校 注

本剧现存版本主要有明代《脉望馆钞校本古今杂剧》本与王季烈编《孤本元明杂剧》本。现以前者为底本，后者参校。

[1] 章：原作"齐"，据人民文学出版社吴晓铃等校本《关汉卿戏曲集》云，"'齐'字疑当作'章'"，是，今改。

[2] 名曰：原作"名曰是"，"是"字衍文，从王季烈本删。

[3] 刨：原作"铇"，赵校为"跑"，从王季烈本改，下同。

[4] 往：原作"每"，从王季烈本改。

[5] 仙吕：原缺，今补。

[6] 洋洋：原作"扬扬"，从王季烈本改。

[7] 自家报登科的便是：此句上原有空格与"是也"，估计是角色临场即兴

说的话，今删，下同。

[8] 二：原作"三"，据第二折大末念白改，下同。

[9] 鲲：原作"鹏"，今改。

[10] 笨：原作"坌"，同音假借字，今改。

[11] 倒：原"道"字。王季烈本注云："原作道，当作倒，赵校改到，疑误。"是，今改。

[12] 拜：原脱，据前大末动作提示校补，下同。

[13] 有：原作"劳"，从王季烈本改。

[14] 吵：原作"炒"，音形相近而误，今改。

[15] 慌：原作"谎"，从王季烈本改。

[16] 证：原作"正"，从王季烈本改。

[17] 锭：原作"定"，误，今从王季烈本改作"锭"。

[18] 和：原作"得"，文意欠顺，今改。

[19] 子：原作"了"，误，今改。

[20] 锦：原误作"绵"，今改。

[21] 甚：原作"字"，从王季烈本改。

[22] 瞅：原作"秋"，假借字，今改。

[23] 必：原作"比"，从王季烈本改。

[24] 待：原作"得"，从王季烈本改。

[25] 个：原误作"第"，今改。

[26] 唤：原作"换"，从王季烈本改。

[27] 瞅：原作"秋"，从王季烈本改。

[28] 掉：原作"吊"，从王季烈本改。

[29] 才：原作"财"，据下句引文改。

[30] 草：原作"苏"，从王季烈本改。

[31] 陌：原作"凌"，从王季烈本改。

[32] 裕：原作"矜"，音假字。按此句与上句"损人利己"对，故应为"裕民润国"。

[33] 贞：原作"真"，从王季烈本改。

[34] 翻：原作"番"，从王季烈本改。

[35]（下）：原缺，今补。

［36］心：原作"来"，王季烈本注云"疑是心字"，今从。

［37］若不是母：四字原缺，据上文及王季烈本校补。

［38］躺：原作"倘"，从王季烈本改，下同。

［39］鞴：原作"背"，同音假借，今改。

［40］云：原作"带云"，从王季烈本删"带"字。

［41］攒：原作"趱"，音形相近而误，今改。

关张双赴西蜀梦

导　读 ◈

　　《西蜀梦》（或称《双赴梦》）是关汉卿写的另一个"三国戏"。采用鬼魂托梦演绎剧情，写关羽、张飞遇害后魂魄前往西蜀与刘备团聚，表达了作者对英雄人物的敬仰和深沉的怀念之情。

　　本剧仅存元代刊刻本。元刊本仅录唱词，略去宾白。（宾白为伶人舞台上即兴添加处理）全剧为"末本"。

　　第一折写正末扮刘备使臣，前往荆州与阆州宣召关羽与张飞前来相聚。使臣到达后，方知关、张已遇害。

　　第二折正末扮诸葛亮，夜观天象发现凶兆，后果然接到关、张死讯。

　　第三折正末扮张飞魂，在前往西川路上与关羽魂相遇，两魂魄托梦给刘备与诸葛亮，请求报仇雪恨。

　　第四折写关、张鬼魂来到蜀国宫殿，这天恰好是重阳节，又值刘备寿辰，张飞魂想起往年佳节的欢乐、庆寿的热闹，今日却连进宫门也受到纸判官的阻遇。通过今昔对比，剧作渲染了浓郁的悲剧气氛，增加人们对不幸遇害英雄的深切同情与痛惜。全剧以托梦复仇结尾，表现出一种积极奋发的斗争精神，这正是关剧悲剧的本色所在。

　　本剧所写故事，不见于《三国志》诸正史记载，和市井坊间流行的关于关公斩貂蝉这类故事一样，想必是宋元时期的民间传说。在《全相三国志平话》卷下有关于刘备派使者往荆州和关、张死后的一些简单描写：

　　　　玄德立为蜀川皇帝，改建武元年。宴会数日与新君贺喜。帝思桃园结义，吾爱弟关公自吾牧川，相别数年不曾见面，令人远赴荆州宣荆王。军师不敢隐讳，对帝缓说。先主听的忽然倒地，气杀数番。……

然后写张飞急于为关羽报仇，被部下谋杀，"提头投吴去了。次日帝知，数次气杀"。

　　在明成化本《全相说唱花关索出身传》四种之四《全相说唱关索贬云南传》里，写到关羽魂碰到张飞魂，于是同往西蜀托梦刘备的情节。

　　在本剧之后，罗贯中在《三国演义》第七十七回"玉泉山关公显圣"中也写到关羽托梦刘备的情节。可见这是一个勾栏行院感兴趣的题材。

　　由于本剧宾白已佚，读者对全剧关目结构的阅读难免受到一定影响。但从仅存的曲词看来，我们依然可以感受到关剧艺术处理上的功力。像第二折〔贺新郎〕曲："宫里行行坐坐则是关张，常则是挑在舌尖，不离了心上，每日家作念的如心痒，没日不心劳意攘，常则是心绪悲伤。白昼间频作念，到晚后越思量，方信道梦是心头想。"这些唱词，正如王国维在《宋元戏曲史》上所指出的："关汉卿一空依傍，自铸伟词，而其言曲尽人情，字字本色，故当为元人第一。"

元刊本《元刊杂剧三十种》书影

元刊本《元刊杂剧三十种》书影

第一折^[1]

【仙吕^[2]点绛唇】织履编^[3]席，能够做大蜀皇帝，非容易。官里旦^[4]暮朝夕，闷似三江水。

【混江龙】唤了声关、张二^[5]弟，无言低首双垂。一会家眼前活见，一会家口内掂提⁽¹⁾；急煎煎御手频揣飞凤椅，扑簌簌痛泪常淹衮龙衣。每日家独上龙楼上，望荆州⁽²⁾感叹，阆州⁽³⁾伤悲！

【油葫芦】每日家作念⁽⁴⁾煞关云长、张翼^[6]德，委得俺宣限急。西川途路受尽^[7]驱驰，每日知他过几重深山谷，不曾行十里平田地。恨征骑四只蹄，不这般插翅般疾，踊^[8]虎躯纵彻黄金辔，果然道心急马行迟！

【天下乐】紧跐^{(5)[9]}定葵花蹬，趔⁽⁶⁾鞭催走似飞坠的双镝^{(7)[10]}，此腿胫⁽⁸⁾无气力。换马、处侧^[11]一会儿身⁽⁹⁾，行行里^[12]吃一口儿食，无明夜，不住地。

【醉扶归^[13]】若到荆州内，半米儿⁽¹⁰⁾不宜迟，发送的关云长向北归。然后向阆州路上^[14]转驰驿，把关张分付在君王手里，交他龙虎风云会。

【金盏儿】关将军但相持，无一个敢欺敌。素衣匹马单刀会，觑敌军如儿戏，不若土和泥。杀曹仁十万军^[15]，刺颜良万丈威^[16]。今日被一个人^[17]将你算，畅则为你大胆上落便宜。

【醉扶归】义赦了严颜罪，鞭打的督邮死^[18]，当阳桥喝回个曹孟德[19]。倒大(11)个张车骑，今日被人死羊儿般剁了首级，全不见石亭驿(12)！

【金盏儿】俺马上不曾离，谁敢松[20]动满身衣？恰离朝两个月零十日，劳而无役枉驱驰！一个鞭挑魂[21]魄去，一个人和的哭声回。宣的个孝堂里关美髯，纸幡上汉张飞[22]。

【尾】杀的那东吴家死尸骸堰(13)住江心水，下溜头淋漓[23]着血汁。我交的茸茸蓑衣浑染的赤[24]，变做了通江狮子毛衣。杀的他敢血淋漓[25]，交吴越托[26]推，一霎儿翻为做太湖石[27]。青鸦鸦岸儿，黄壤壤田地，马蹄儿踏做捣椒泥。

注 解

（1）掂提：也作"咶题"，《九宫正始》册二《正宫·朱奴插芙蓉》"咶题罢"注，"按此咶题二字，即如《西厢记》之'口内闲题'之义耳，有元传奇《芙蓉仙》曰'把冤家自题自咶'，可证"。

（2）荆州：汉武帝所置十三刺史部之一，辖境在今湖北、湖南部分地区，州境在三国时位于三国接壤地带，兵争十分激烈。

（3）阆州：县名，在四川省北部嘉陵江中游。

（4）作念：想念、思挂。也见《陈母教子》第四折。

（5）跐（cǐ）：踏。

（6）踅（xué）：盘旋，来回乱转。参见《哭存孝》第三折注文（8）。

（7）镝（dí）：箭头。

（8）腿脡（tǐng）：腿挺直。《公羊传·昭公二十五年》何休注："屈曰胸，申曰脡。"

（9）侧一会儿身：小憩。

（10）半米儿：半点儿。《诤范叔》第二折："几曾沾一丝儿赏赐，壮半米儿行装。"《水浒传》第六十二回："但有半米儿差错，兵临城下，……"《关汉卿戏曲集》云："米字疑当作谜字。"误。

（11）倒大：绝大。《西厢记》第二本第一折："倘或纰缪，倒大羞惭。"有时也作"倒大来"。

（12）石亭驿：即第二折〔梁州〕曲所云，"石亭驿手挎袁襄"。《全相三国志平话》卷上写张飞在石亭驿摔死袁术之子袁襄。

（13）堰（yàn）：拦截，堵住。

第二折

【南吕一枝花】早晨间占《易》理，夜后观乾⁽¹⁾象。据贼星增焰彩，将星短光芒，朝野内度星正俺南边上，白虹贯日光，低首参详，怎有这场景象？

【梁州】单注着东吴国一员骁将，砍折俺西蜀家两条金梁。这一场苦痛谁承望？再靠谁挟人捉将，再靠谁展土开疆？做宰相几曾做卿相，做君王哪个做君王？布衣间昆仲⁽²⁾心肠。再不看官渡口剑[28]刺颜良，古城下刀诛蔡阳，石亭驿手挎袁襄！殿上帝王，行思坐想，正南下望，知祸起自天降。宣到我朝下若何当，着甚话声扬！[29]

【隔尾】这南阳排曳⁽³⁾村诸亮，辅佐着洪福齐天汉帝王[30]，一自为臣不曾把君诳。这场勾当，不由我索君王行酝酿个谎。

【牧羊关】张达那贼[31]禽兽，有甚早难近傍？不走了糜竺糜芳[32]！咱西蜀家威风，俺敢将东吴家灭相[(4)][33]。我直交金鼓震倾人胆[34]，土雨溅[35]的日无光，马蹄儿踏碎金陵府，鞭梢儿蘸干[36]扬子江。

【贺新郎】官里[(5)]行行坐坐[37]则是关张，常则是挑在舌尖，不离了心上，每日家作念的如心痒[38]，没日不心劳意攘[39]，常则是心绪悲伤。白昼间频作念，到晚后越思量，方信道梦是心头想。但合眼早逢着翼德，才做梦可早见云长。

【牧羊关】板筑的商傅说[(6)]，钓鱼儿姜吕望[(7)]，这两个梦善感[40]动历代君王。这梦先应先知，臣则是误打误撞。蝴蝶迷庄子[(8)]，宋玉赴高唐[(9)]，世事云千变，浮生梦一场。

【收尾】不能够侵天松柏长千[41]丈，则落的盖世功名纸半张！关将军美形状，张将军猛势况，再何时得相访？英雄归九泉壤，则落[42]的河边堤土坡上钉下个缆[43]桩[(10)]。坐着条[44]担杖[(11)]，则落的村酒渔樵话儿讲。

注　解

（1）乾：八卦之一，象征阳性或刚健。《易·说卦》："乾，健也。"又："乾为天，为圜，为君，为父。"

（2）昆仲：指兄弟。参见《陈母教子》第一折注文（23）。

（3）排叟：老头子。

（4）灭相：消灭，死亡。元刊本《博望烧屯》第三折："可不人不得灭相，死尸骸卧在云阳。"

（5）官里：犹言"官家"，指皇帝。周密《武林旧事》卷七："约至五盏，太上赐官里御书《急就章》并《金刚经》，官家却进御书真草《千字文》。"

（6）板筑的商傅说：参见《玉镜台》第一折注文（7）。

（7）钓鱼儿姜吕望：传说吕望，本姓姜，俗称姜太公，八十岁在渭水边钓鱼，为周文王访得。参见《五侯宴》第三折注文（9）。

（8）蝴蝶迷庄子：《庄子·齐物论》："昔者，庄周梦为蝴蝶，栩栩然蝴蝶也。"

（9）宋玉赴高唐：参见《鲁斋郎》第三折注文（11）。

（10）缆桩：江河堤沿缆舟之木桩。元刊本《竹叶舟》第三折："把船缆在枯桩便辞舟。"

（11）担杖：扁担。《七里滩》第一折："协着条旧担杖。"

第三折

【中吕粉蝶儿】运去[45]时过，谁承望有这场丧身灾祸？忆当年铁马金戈，自桃园初结义，把尊兄辅佐，共敌军擂鼓鸣锣，谁不怕俺弟兄三个！

【醉春风】安喜县把督邮鞭，当阳桥将曹操喝，共吕温侯配战九十合，那其间也是我，我！壮志消磨，暮年折挫[46]，今日向匹[47]夫行伏落(1)。

【红绣鞋】九尺躯阴云里，偌大[48]，三缕髯把玉带垂过，正是俺荆州里的二哥哥。咱是阴鬼，怎敢见[49]他？谑的我向阴云中无处躲。

【迎仙客】居在人间世，则合把路上经过，向阴云中步行因甚么？往常爪关西(2)把他围绕合[50]，今日小校无多，一部从十余个。

【石榴花】往常开怀[51]常是笑呵呵，绛云也似丹脸[52]若频婆(3)；今日卧蚕眉皱定面没罗(4)，却是为[53]

何？雨泪如梭^[54]，割舍了向前先搀过，见咱呵恐怕收罗，行行里恐惧明闻破，省可里⁽⁵⁾倒把虎躯挪。

【斗鹌鹑】哥哥道你是阴魂，兄弟是甚么？用舍行藏⁽⁶⁾，尽言始末，则为帐下张达那厮厮嗔喝⁽⁷⁾，兄弟性^[55]更似火，我本意待侑^[56]他，谁想他兴心坏我！

【上小楼】则为咱当年勇过，将人折挫^[57]，石亭驿上袁襄怎生结末？恼犯我，拿住他，天灵摔破，亏图^{(8)[58]}了他怎生饶过！

【幺】哥哥你自暗约⁽⁹⁾，这事非小可。投至的曹操、孙权、鼎足三分，社稷山河、筋厮锁⁽¹⁰⁾，俺三个、同行同坐，怎先亡了咱弟兄两个？

【哨遍】提起来把荆州摔破，争奈小兄弟也向壕^[59]中卧⁽¹¹⁾！云雾里自评薄^{(12)[60]}，刘封那厮于礼如何？把那厮碎剐割！糜芳、糜竺、帐下张达，显见的东吴躲^[61]。先惊觉与军师诸葛，后入宫庭托梦与哥哥。军临汉上马嘶风，尸^[62]堰满江心血流波；休想逃亡，没处潜藏，怎生的躲？

【耍孩儿】西蜀家气势威风大，助鬼兵全无坎坷，糜芳、糜竺共张达，待奔波怎地奔波？直取了汉上才还国，不杀了贼臣不讲和。若是都拿了，好生的将护，省可里拖磨。

【三】君王索怀痛忧，报了仇也快活。除了刘封，槛车里囚着三个。并无喜况敲金蹬，有甚心情和凯歌？若是将贼臣破^[63]，君王将咱祭奠，也不用道场锣钹^[64]。

【二】烧残半堆柴[65]，支起九鼎[66]镬(13)，把那厮四肢梢一节节钢[67]刀挫，亏图了肠肚鸡鸦啄[68]，数算了肥膏猛虎[69]拖。咱可[70]灵位上端然坐，也不用僧厮持咒，道士宣科。

【收尾】也不用[71]，香共灯、酒共果，但[72]得那腔子里的热血往空泼，超度了哥哥发奠我。

注 解

(1) 伏落：谓降低身份，伏低做小。

(2) 爪关西：爪，原是骂人的话，此转为谑词。元刊本《单刀会》第一折："五百个爪关西簇捧定个活神道。"

(3) 频婆：一种类似苹果的水果。

(4) 面没罗：元剧俗语，也作"面磨罗""面波罗"，发呆、脸上没表情之谓。《诈妮子》第二折："又不疯又不呆痴，面没罗，呆答孩、死堆灰。"

(5) 省可里：休要。参见《鲁斋郎》第一折注文 (15)。

(6) 用舍行藏：或作"用行舍藏"。《论语·述而》："子谓颜渊曰：用之则行，舍之则藏，唯我与尔有是夫。"用，指被任用。舍，指不被任用。行，谓出仕。藏，谓退隐。是说见用则出仕，不见用则退隐。剧中作来龙去脉解。

(7) 厮嗔喝：撩拨、激怒。

(8) 亏图：暗算。参见《救风尘》第四折注文 (10)。

(9) 喑约：也作"窨约"，思量，忖度。也见《裴度还带》第三折。

(10) 筋厮锁：形容天下大局已定。

(11) 壕中卧：死了被埋掉的意思。《气英布》第一折："你正是不知自己在壕中卧。"

(12) 评薄：也作"评泊""评跋"，评论之意。《襄阳会》第二折："是和非心上自评跋。"

（13）鼎镬：古代酷刑刑具。《赵氏孤儿》第二折："怕甚三尺霜锋，折末九鼎镬中。"

第四折

【正宫端正好】任劬劳，空生受，死魂儿[73]有国难投。横[74]亡在三个贼臣手，无一个亲人救。

【滚绣球】俺哥哥丹凤之躯[75]，兄弟虎豹头，中他人机彀，死的来不如个虾蟹泥鳅！我也曾鞭及督邮[76]，俺哥哥诛文丑，暗灭了车胄，虎牢关酣战温侯；咱人"三寸气在千般用，一日无常万事休"，壮志难酬！

【倘秀才】往常真户尉见咱当胸叉手，今日见纸判官趋前退后，原来这做鬼的比阳人不自由！立在丹墀内，不由我泪交流，不见一班儿故友。

【滚绣球】那其间正[77]暮秋，九月九，正是帝王的天寿，列丹墀宰相王侯[78]，攘[79]的我奉玉瓯进御酒，一齐山寿(1)，官里回言道臣宰千秋。往常择满宫绥女在阶基下[80]，今日驾一片愁云在殿角头，痛泪交流！

【叨叨令】碧粼粼绿水波纹皱[81]，疏[82]刺刺玉殿香风透。皂朝靴趿[83]不响玻璃甃(2)，白象笏打不响黄金兽，原来咱死了也么哥，咱死了也么哥。耳听银箭[84]和更漏。

【倘秀才】官里向龙床上高声问候，臣向灯影内恓惶顿首。躲[85]避着君王，倒退着走；只管里问缘由，欢容儿抖擞。

【呆古朵】终是三十年交契怀着熟[86]，咱心相爱志意相投。绕着二兄长根前，不离了小兄弟左右。一个是急飐飐[87]云间凤，一个是威凛凛山中兽。昏惨惨风内灯，虚飘飘水上沤。

【倘秀才】官里身躯在龙楼凤楼，魂魄赴荆州阆州。争知两座砖城换做土丘，天曹不受，地府难收，无一个去就！

【滚绣球】官里恨不休、怨不休，更怕俺不知你那勤厚，为甚俺死魂儿全不相瞅？叙故由，厮问候，想那说来的前咒，桃园中宰白马乌牛。结交兄长存终始，俺服侍君王不到头，心绪[88]悠悠。

【三煞】来日交诸葛将二愚男将引，叮咛奏，两行泪才那不断头。官里紧紧的相留，怕[89]不待慢慢的等候，怎禁那滴滴铜壶，点点更筹，久停久住，频去频来，添闷添愁！来时节玉蟾[90]出东海，去时节残月下西楼。

【二】相逐着古道狂风走，赶定长江[91]雪浪流，痛哭悲凉[92]，少添僝僽。拜辞了龙颜，苦度春秋，今番若不说，后过难来，千则千休；叮咛说透，分明的报冤仇。

【尾】饱谙世事慵(3)开口，会尽人间只点头。火速的驱军炫[93]戈矛，驻马向长江雪浪流。活拿住糜芳共糜竺，阆州里张达槛车内囚。杵尖上排定四颗头，腔子内血向成都闹市里流，强如与俺一千小盏黄封头祭奠酒。(4)[94]

注　解

(1) 山寿：山呼万岁，为刘备祝寿意。山呼是封建时代臣下祝颂皇帝的仪礼。《元史·礼乐志一》："曰跪左膝、三叩头，曰山呼，曰山呼，曰再山呼。"

注：“凡传山呼，控鹤（按：即近侍）呼噪应和曰‘万岁’，传再山呼，应曰‘万万岁’。”

（2）甃（zhòu）：井壁。段玉裁《说文解字注》：“谓用砖为井垣也。”

（3）慵（yōng）：懒。

（4）黄封头祭奠酒：黄封头酒，意为御赐之酒。《流星马》第四折：“见了圣人大喜，赏金千两，一百瓶黄封头御酒。”

校　注

本剧现存版本有《元刊杂剧三十种》本，这是元剧现存的唯一元代刊本。元刊本无标折目与宫调，无念白或仅有少数念白，且错讹脱落字多。现参考徐沁君校点《新校元刊杂剧三十种》（中华书局 1980 年版）、郑骞《校订元刊杂剧三十种》（台北世界书局 1962 年版）、隋树森编《元曲选外编》（中华书局 1959 年版）、吴晓铃等编校《关汉卿戏曲集》（中国戏剧出版社 1958 年版）、北京大学中文系《关汉卿戏剧集》（人民文学出版社 1976 年版）、刘靖之著《关汉卿三国故事杂剧研究》（香港三联书店 1980 年版）、宁希元校《元刊杂剧三十种》稿本等。校勘如下：

[1] 第一折：原本无标折目，今校增。下同，不另作校记。

[2] 仙吕：原本无标宫调名，今校增。下同，不另作校记。

[3] 编：原作“媥”，误，今改。

[4] 旦：原本坏字，有的校本误作“日”。“旦暮朝夕”乃戏曲套语。

[5] 二：原作“仁”，今改。

[6] 翼：原误作“翌”，今改，下同。

[7] 受尽：原作“受受”，误，此句依律不重叠，今改。

[8] 踊：原本省借为“勇”，今改。

[9] 趾：原本形误为“阯”，今改。

[10] 莛鞭催走似飞坠的双镝：莛，原作“折皮”，即“皱”，同“莛”字。双镝，原误作“双滴”。

[11] 侧：原音假为“恻”，今改。

[12] 行行里：原误作"行行至"。按"行行里"为元剧习用语。《鲁斋郎》第二折："行行里只泪眼愁眉。"

[13] 醉扶归：原误作"醉中天"。按〔醉中天〕七句，〔醉扶归〕六句，据郑骞本与徐沁君本改，下同。

[14] 路上：原误作"路十"，今改。

[15] 十万军：原作"七万军"，据徐沁君本改。按《襄阳会》第三折"曹丞相命曹仁为帅，曹章为前部先锋，领十万雄兵，前来讨伐"可证。

[16] 万丈威：原作"万万威"，据徐沁君本改。

[17] 一个人：原本作"不人"，"不"字乃"一个"二字之误重。隋树森本、徐沁君本等校改为"歹"，郑骞本校改为"小"，俱误。

[18] 死：原本残损难辨，据徐沁君本改。按《全相三国志平话》："张飞鞭打督邮边胸，打了一百大棒身死。"

[19] 曹孟德：原本"孟"字误为"子夘"，"德"误作"盛"。本剧第三折有"当阳桥将曹操喝"可证。

[20] 松：原作"惚"，为"惚"之形误。"惚"即"鬆"，简写为"松"。

[21] 魂：原误作"塊"，即块，今改。

[22] 纸幡上汉张飞：幡，原误为"播"；上，原字模糊不清，从郑骞本改。按《范张鸡黍》第三折："只见一首幡上面有字，写着道：……"张，原误作"蚨"，今改。

[23] 淋漓：原作"林流"，据吴晓铃本校改。

[24] 我交的茸茸蓑衣浑染的赤：茸茸，原字下半截残损，据徐沁君本校补。浑，原作"诨"，从北大本与郑骞本校改。

[25] 敢血淋漓：敢，原音假为"憨"，从徐沁君本与郑骞本改。漓，原省为"离"，今改。

[26] 托：原误作"秅"，今改。

[27] 石：原作"丂"，形近石字，谓人死后僵硬如石，从徐沁君本与郑骞本改。

[28] 剑：原作"蚏"，诸本已改。

[29] "宣到我朝下若何当"二句：下，原误刻为"不"。话，原形误为

"括"。从徐沁君本改。

[30] 辅佐着洪福齐天汉帝王：齐，原作"吝"。汉，原作"喎"。王，原作"五"。诸本已改。

[31] 贼：原作"觝"，据北大本校改。

[32] 糜竺糜芳：原本音假为"梅竹梅方"，诸本已改，下同。

[33] 相：原作"袒"，诸本已改。

[34] 金鼓震倾人胆：鼓，原形误为"破"。倾，原音误为"腥"。从徐沁君本改。

[35] 溅：原作"渐"，音同而误，从徐沁君本改。按《气英布》第四折"纷纷纷溅土雨"可证。

[36] 蘸干：蘸，原误作"醮"。干，原似"屹"字，与"干"之繁体"乾"形近而误。从吴晓铃本改。

[37] 行行坐坐：原作"行行坐"，从徐沁君本改。徐本按："关氏《调风月》第三折：'时下且口口声声，战战兢兢，袅袅停停，坐坐行行。'《太平乐府》卷三张可久〔柳营曲〕（闺怨）：'行行步步只念想'。'行行坐坐'为'行坐'之延伸重叠以加强语气者。曲谱载此四字二平二仄。"

[38] 痒：原作"庠"，诸本已改。

[39] 攘：原作"儴"，诸本已改。

[40] 感：原本形误为"威"，诸本已改。

[41] 千：原形误为"三"，据文意校改。

[42] 落：原误作"峇"，从隋树森本改。

[43] 缆：原作"镜"，形近而误。从徐沁君本改。

[44] 条：原字迹残损，从郑骞本与徐沁君本改。

[45] 去：原字不清，从隋树森本与徐沁君本改。

[46] 暮年折挫：年，原作"卑"，诸本已改。挫，原形音相近误作"剉"（"锉"的异体字），今改。

[47] 匹：原误作"四"，诸本已改。

[48] 偌大：偌，原作"惹"，从吴晓铃本改。

[49] 见：原音讹为"陷"，据文意校改。

　　[50] 往常爪关西把他围绕合：爪，原作"瓜"，从郑骞本与徐沁君本改。围，原作"阎"，今改。

　　[51] 开怀：怀，原作"俍"，从隋树森等本改。

　　[52] 脸：原字模糊不清，从隋树森本与郑骞本改。

　　[53] 为：原作"鸣"，与为字繁体形近而误，从徐沁君本改。

　　[54] 梭：原作"悏"，诸本已改。

　　[55] 性：原作"往"，诸本已改。

　　[56] 侑：原作"伃"，从徐沁君本改。

　　[57] 将人折挫：人，原作"文"，诸本已改。挫，原作"剉"，今改。

　　[58] 亏图：图，原误作"固"，诸本已改。

　　[59] 壕：原作"嚎"，诸本已改。

　　[60] 评薄：原作"怦溥"，音形相近而误，从隋树森本改。

　　[61] 躲：原字残损，从郑骞本与徐沁君本改。

　　[62] 尸：原字模糊，从郑骞等本改。

　　[63] 破：原字略残损，从徐沁君本改。

　　[64] 锣钹：锣，原作"镔"。钹，原作"铦"。按：镔，精炼的铁；铦，锋利之意，皆不可解。今从郑骞本改。

　　[65] 烧残半堆柴：残，原作"哉"，从隋树森等本改。堆，原作"梃"，当是槌字，盖"堆"误为"椎"，"椎"误为"槌"。今从北大本改。

　　[66] 鼎：音假为"顶"，从徐沁君本改。

　　[67] 钢：原音假为"刚"，诸本已改。

　　[68] 亏图了肠肚鸡鸦啄：图，原作"囿"，从徐沁君本改。啄，原作"朵"，音近而误，从郑骞本改。

　　[69] 猛虎：猛，原左半残损，从隋树森、郑骞等本改。虎，原作"虚"，形近而误，据隋树森本、郑骞本改。

　　[70] 可：原字下截残损，从北大本改。

　　[71] 用：原作"烟"，不可解，今据文意改。

　　[72] 但：原空缺，从徐沁君本改。

　　[73] 死魂儿：原本"死魂"二字残损，从北大本改。

［74］横：原作"梗"，形近而误，从郑骞本与徐沁君本改。

［75］躯：原作"具"，音近而误，今改。

［76］鞭及督邮：鞭，原作"狼"，诸本已改。督，原缺。

［77］正：原作"王"，诸本已改。

［78］列丹墀宰相王侯：列，原作"烈"。丹，原作"舟"。侯，原缺，诸本已补改。

［79］攘：原作"裹"，中部有残损，从徐沁君本改。

［80］往常择满宫综女在阶基下：综，原字难辨，从郑骞本与徐沁君本改。阶，原作"皆"，诸本已改。

［81］波纹皱："纹"字残损。皱，原作"忽"，从隋树森本改。

［82］疏：原作"堞"，诸本已改。

［83］皂朝靴趿：皂，原音形相近误为"早"，从郑骞本与徐沁君本改。皂是黑色，与下句"白象笏"之"白"对。趿，原字变形，右半残存"此"字痕迹，从北大本改。

［84］箭：原作"前"，诸本已改。

［85］躲：原作"探"，诸本已改。

［86］怀着熟：怀，原作"攘"，诸本已改。熟，原空缺，今校补。

［87］急飑飑：原作"吉占人"，从徐沁君本改。

［88］绪：原误作"暗"，从徐沁君本改。

［89］怕：原本形误为"快"。

［90］蟾：原作"熔"，诸本已改。

［91］长江：原作"湘江"，从徐沁君本改。下句"驻马向长江雪浪流"可证。

［92］凉：原作"京"，诸本已改。

［93］炫：原作"忔"，诸本校改为"校"。

［94］酒：原空缺，从郑骞本与徐沁君本改。

闺怨佳人拜月亭 [1]

导 读

　　《拜月亭》是关汉卿现存唯一一本才子佳人戏。这本戏以其强烈的时代感和反封建意识在众多才子佳人戏中脱颖而出。《拜月亭》与《西厢记》齐名。李贽说过：（《拜月》）"以配《西厢》，不妨相追逐也。"《西厢》似正旦，天姿国色，人见人爱；《拜月》似花旦，眼睛水灵，身姿婀娜，清新脱俗。

　　《拜月亭》故事发生在兵荒马乱的金朝。尚书女儿王瑞兰与书生蒋世隆在逃难避乱中互相扶持，从假夫妻变成真夫妻。这是第一折《招商谐偶》的情节。

　　第二折《抱恙离鸾》写兵部尚书王镇发现招商店中女儿，不管瑞兰如何哀求哭诉，架走女儿而留下病中的蒋世隆。

　　第三折《幽闺拜月》是历来最为人称道的，也是时至今日一直演出于舞台之上的折子戏。这一折写王瑞兰虽然身在尚书府，"衣呵满箱箧"，"食呵尽馔馎啜"，但日夜思念生死未卜的丈夫，"肝肠眉黛千千结"。演出时舞台上只有结义姐妹两人，但剧情波诡云谲，触处生春，姐妹最终成了姑嫂。情节蕴含突然爆发的张力，又有戏剧性的引力，十分耐人寻味。

第四折文武团圆。许多元杂剧的第四折多为强弩之末，成为千篇一律的大团圆结局。《拜月亭》第四折却异峰突兀，弯道超车。王镇不顾女儿反对，利用权势招赘文、武状元为婿，好让"家里将相双权"。先是姐妹俩得知要嫁文、武状元的消息，因为王镇是武官，偏爱武状元，他把亲生女嫁与武状元，而将义女嫁与文状元。瑞兰对瑞莲说"你有福"，能嫁给文状元，婚后可以过着"梦回酒醒诵诗篇"的生活；而"我"嫁给武状元，"绣帏边说的些碜可可落得的冤魂现"！等到文、武状元出场，先是蒋世隆、王瑞兰这对夫妻的互相诘责。王问蒋：为何中了状元就接了官家丝鞭？蒋问王：为何抛闪下患病的我重新嫁人？疑虑解释后，矛盾直指封建家长的威权，正如王瑞兰说的："是俺狠毒爷强匹配我成姻眷。"接着蒋世隆、蒋瑞莲兄妹相认，两对新人也只好做了调换，让瑞莲嫁给武状元。但瑞莲却非常不愿意，她不愿意枕头边听到今天打杀人，明天又把谁的肋骨打断了，剧情至此又起波澜……杂剧通过王瑞兰与蒋世隆悲欢离合的爱情故事，揭露了封建家长和礼教对妇女的压迫，提出了"愿天下心厮爱的夫妇永无分离"的主题。

全剧戏剧场面生动有趣，随步换形，有很强的艺术魅力，可见作者关汉卿高超的艺术功力。

本剧只有元刊本，全剧由正旦王瑞兰主唱，除了保留她少数宾白外，其他人宾白一律删去，给读者阅读带来困难。好在元代末年的施惠将关汉卿这本戏改编成南曲传奇《幽闺记》，《幽闺记》由此成为名剧，是南曲"四大传奇"（荆、刘、拜、杀）之一。但正如王国维所指出的："然南曲佳处，多出此剧。"（《元刊杂剧三十种序录》）

元末夏庭芝在《青楼集》中说元时杂剧已有"驾头杂剧"（皇帝为主角的杂剧）、"绿林杂剧"、"闺怨杂剧"之分类。关氏此剧无疑是"闺怨杂剧"中一个影响很大的剧目，远非一般平庸的才子佳人作品所能比拟。

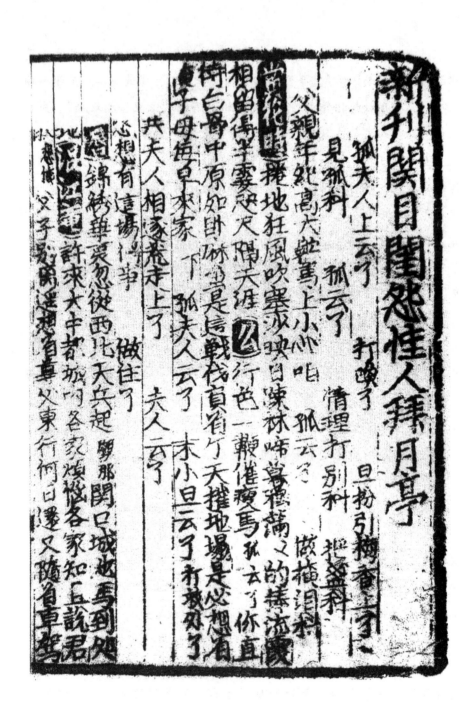

元刊本《元刊杂剧三十种》书影

元刊本《元刊杂剧三十种》书影

楔 子 ⁽¹⁾ [2]

（孤、夫人上，云了⁽²⁾）（打唤⁽³⁾了）（正旦扮引梅香上了）（见孤科）（孤云了）（情理打别科⁽⁴⁾）（把盏科）父亲年纪高大，鞍马上小心咱。（孤云了）（做掩泪科）

【仙吕^[3]赏花时】卷地狂风吹塞沙，映日疏林啼暮鸦。满满的捧流霞，相留得半霎，咫尺隔天涯。

【幺】行色一鞭催瘦马。（孤云了）你直待白骨中原如卧麻。虽是这战伐，负着个天摧地塌，是必想着俺子母每早来家。（下）

（孤、夫人云了）

注 解

（1）楔子：写女真人、兵部尚书王镇（孤扮）奉命前往边域视探军情。《幽闺记》据其改编为第十出《奉命临番》。

（2）云了：元杂剧术语，指一段宾白说完了，这既是舞台提示，又是剧本中的省略语。这里指王镇（孤）与夫人张氏上场，交代即将赴边域视察事宜。

（3）打唤：这是指孤唤女儿出来做别的动作。

（4）情理打别科：元杂剧术语，指按规定套子来演出，表演送别的段子。本剧也有省略为"打别科"。打，做的意思，本剧有"打别""打悲""打认"等不同动作提示。这里是王镇女儿王瑞兰（正旦扮）上场，与远行父亲饯别。此本是旦本，全剧均由正旦王瑞兰一人主唱。

第一折 ⁽¹⁾

（末、小旦云了⁽²⁾）（打救外了）（正旦^[4]共夫人相逐慌走上了⁽³⁾）（夫人云了）怎^[5]想有这场祸事！（做住了⁽⁴⁾）

【仙吕点绛^[6]唇】锦绣华夷，忽从西北天兵起。觑那关口城池，马到处成平地^[7]。

【混江龙】许来大⁽⁵⁾中都城内，各家烦恼各家知。且说君臣分散^[8]，想俺父子别离。遥想着尊父东行何日还？又随着车驾、车驾南迁甚日回^[9]？（夫人云了，做嗟叹科）这青湛湛碧悠悠天也知人意，早是秋风飒飒，可更暮雨凄凄。

【油葫芦】分明是风雨催人辞故国，行一步一叹息，两行愁泪脸边垂，一点雨间一行恓惶泪，一阵风对一声长吁气。（做滑倒^[10]科）啦！百忙里一步一撒；嗨！索与他一步一提。这一对绣鞋儿分不得帮和底，稠紧紧粘软软^[11]带着淤泥。

【天下乐】阿者⁽⁶⁾，你这般没乱慌张到得哪里？（夫人云了）（做意了）兀的般云低天欲黑，至近^[12]的道店十数里；上面风雨，下面泥水。阿者，慢慢的枉步显的你没气力。

（夫人云了）（对夫人云了）

【醉扶归】阿者，我都折毁尽些新镮镙⁽⁷⁾，关扭碎些旧钗篦，把两付藤缠儿⁽⁸⁾轻轻得按的匾秕^{(9)[13]}，和我那压钏通三对，都绷在我那睡裹肚薄绵套里，我紧紧的着身系。

（夫人云了）（哨马上叫住了⁽¹⁰⁾）（夫人云了）（做惨科）（夫人云了，闪下）（小旦上了）（便自上了）（做寻夫人科）阿者！阿者！（做叫两三科）（没乱⁽¹¹⁾科）（末云了）（猛见末打惨害羞科）（末云了）（做住了）不见俺母亲，我这里寻哩！（末云了）（做意）（旦^[14]云）呵！我每常几曾和个男儿一处说话来！今日到这里无奈处也，怎生呵是哪？

【后庭花】每常我听得绰的说个女婿，我早豁地离了坐位，悄地低了咽颈[15]，缅地(12)红了面皮。如今索强支持，如何回避，藉不的(13)那羞共耻。

（末云了）（做陪笑科）

【金盏儿】您昆仲各东西，俺子母两分离，怕哥哥不嫌相辱呵权为个妹。（末云了）（寻思了）哥哥道做：军中男女若相随，有儿夫的不掳掠，无家长的落便宜。（做意了）这般者波，怕不问时权做弟兄，问着后道做夫妻。

（末云了）（随着末行科）（外云了）（打惨科）（随末见外科）（外末共正末厮认住了(14)）（做住了）（云）怎生这秀才却共这汉是弟兄来？（做住了）

【醉扶归】你道您祖上亲[16]文墨，昆仲[17]晓书集，从上流传直到你，辈辈儿都及第，您端的是姑舅也哪叔伯也哪两姨，偏怎生养下这个贼兄弟？

（外末云了）（末云了）哥哥，你有此心，莫不错寻思了末？

【金盏儿】你心里把褐衲袄脊梁上披，强似着紫朝衣，论盆家饮酒压着诗词会。嫌这攀蟾折桂做官迟，为那笔尖上发禄晚，见这刀刃上变钱疾。你也待风高学放火，月黑做强贼。

（正末云了）（外末做住了(15)）（正旦云）本不甚吃酒了。（正末云了）（正旦云）你休吃酒也，恐酒后疏狂。（末云了）（正旦唱）

【赚尾】然是弟兄心，殷勤意，本酒量窄推辞少吃，乐意开怀虽恁[18]地，也省可里不记东西。（做扶着末科）（做寻思科）阿！我自思忆，想我那从你的行为，被这地乱天翻交我做不的伶俐[19]；假装些厮收厮拾[20]，佯做个一家一计，且着这脱身术瞒[21]过这打家贼。（下）

注 解

（1）第一折：写在兵荒马乱中，王瑞兰和她的母亲失散了，书生蒋世隆和妹妹蒋瑞莲也失散了，因"瑞兰"与"瑞莲"名字发音近似，蒋世隆呼唤妹妹时却唤来了瑞兰，两人于是以假夫妻名义一起逃难。《幽闺记》据这一折敷演成第十三出《相泣路岐》至第二十一出《子母途穷》的情节。

（2）末、小旦云了：末扮书生蒋世隆，小旦扮世隆妹子瑞莲上场，这是兄妹逃难的场面。下句"打救外"情节，外即外末扮陀满兴福，据《幽闺记》第七出《文武同盟》，陀满兴福被奸人所害，逃难时为蒋世隆所救，两人结为异姓兄弟。

（3）正旦共夫人相逐慌走上了：这一节写王瑞兰与母亲仓皇逃难的情形。

（4）住了：元杂剧术语，舞台提示和剧本省略语，指某特定舞台动作表演完毕。本剧有"做（指表演动作）住了""叫（指呼唤）住了""厮认（相认）住了"等。参见《裴度还带》第四折注文（5）。

（5）许来大：也作"许来"，意为这样。《谢天香》第三折："许来大官员，恁来大职位。"

（6）阿者：女真语称母亲为阿者。参见《五侯宴》楔子注文（7）。

（7）镮镤（huì）：身上金银佩饰。镮，同"环"。镤，同"钺"，原为侍臣所执兵器，此当为小佩饰。

（8）藤缠儿：用藤编成的囊箧。

（9）揙秕（bǐ）：揙，同"扁"。秕，不饱满的谷粒。

（10）哨马上叫住了：哨马，即探马。这里指强盗。这一节写哨马冲散难民。以下是蒋世隆兄妹失散、王瑞兰母女失散及蒋世隆与王瑞兰巧遇同行做假夫妻的情形。

（11）没乱：慌乱不安。

（12）缊地：缊，本字当作晕，如《冯玉兰》第一折有"晕的呵眉黛颦，厌的呵神气昏"。正作"晕"。元剧也有作"氲""煴"的。本剧第三折有"煴煴的羞得我腮儿热"。

（13）藉不的：顾惜不得的意思。《三夺槊》第一折：“藉不得众儿郎。”

（14）外末共正末厮认住了：外末扮陀满兴福上场，与蒋世隆相认。陀满兴福在山寨做了头领。

（15）外末做住了：这一节是外末陀满兴福在山寨宴请蒋世隆与王瑞兰。陀满兴福劝两人留下，但王瑞兰执意不肯，要早日脱身而去。

第二折⁽¹⁾

（夫人、小旦云了⁽²⁾）（孤云了⁽³⁾）（店家云了）（正旦^[22]便扮^[23]扶末上了）（末卧地做住了）阿，从生来谁曾受他这般烦恼！（做叹科）

【南吕一枝花】干戈动地来，横祸事从天降，爷娘三不归⁽⁴⁾，家国一时亡。龙斗来鱼伤，情愿受消疏况。怎生般不应当，脱着衣裳，感得这些天行⁽⁵⁾好缠仗。

【梁州】恰似悒悒^{(6)[24]}的锥挑太阳⁽⁷⁾，忽忽的火燎胸膛，身沉体重难回项，口干舌涩，声重言狂。可又别无使数⁽⁸⁾，难请^[25]街坊，则我独自一个婆娘，与他无明夜过药煎汤。阿！早是俺两口儿背井离乡，啦！则快他一路上荡风打浪，嗨！谁想他百忙里卧枕着床。内伤、外伤，怕不大倾心吐胆尽筋竭力把个牙推⁽⁹⁾请；则怕小处尽是打当⁽¹⁰⁾。只愿的依本份伤家没变症，慢慢的传受阴阳。

（末云了）（店家云了）（做寻思科）试请那大夫来，交觑咱。（大夫上，云了）（做意了）郎中，仔细的评这脉咱。（末共大夫^[26]云了⁽¹¹⁾）（做称许科）

【牧羊关】这大夫好调理，的是诊^[27]候的强。这的十中九⁽¹²⁾敢药病相当。阿的是五夜其高，六日向上，解利呵过了时晌，下过呵正是时光。不用那百解通神散，教吃这三一承气汤。

（大夫裹药了）（做送出来了）但较[13]些呵，郎中行别有酬劳。（孤上，云了）是不沙[14]？（做叫老孤[15]的科）阿马[16]认得瑞兰末？（孤云了）

【贺新郎】自从都下对尊堂，走马离朝，阿马间别无恙？（孤认了）则恁的犹自常思想，可更随车驾南迁汴梁，教俺去住无门，徊徨，家缘都撇漾，人口尽逃亡，闪的俺一双子母每无归向。自从身体上一朝出帝辇，俺这梦魂无夜不辽阳！

（孤云了）（做打悲科[17]）车驾起行了，倾城的百姓都走。俺随那众老小每出的中都城子来，当日天色又昏暗，刮着大风，下着大雨，早是赶不上大队，又被哨马赶上，轰散俺子母两人，不知阿者哪里去了。（末云了[18]）（做着忙的科）（孤云了）（做害羞科）是您女婿，不快哩[28]。（孤云了）（做说关子[19]了）（孤云了）（做羞科）

【牧羊关】您孩儿无挨靠，没倚仗，深得他本人将傍。（孤云了）（做意了）当日目下有身亡，眼前是杀场，刀剑明晃晃，士马闹荒荒，那其间这锦绣红妆女，哪里觅[29]个银鞍白面郎。

（孤云了）是个秀才。（孤交外扯住了[20]）（做慌打惨打悲的科）阿马，你可怎生便与这般狠心！（做没乱意了）

【斗虾蟆】爹爹，俺便似遭严腊[21]，久盼望，久盼望你个东皇[22]，望得些春光艳阳，东风和畅；好也罗，划地冻剥剥[30]的雪上加霜！（末云了）（没乱科）无些情肠，紧揪住不把我衣裳放。见个人残生丧一命亡，世人也惭惶；

你不肯哀怜悯恤，我怎不感叹悲伤！

（孤云了）父亲息怒，宽容瑞兰一步；分付他本人三两句言语呵，咱便行波。（孤云了）父亲不知，他本人^[31]于您孩儿有恩处。（孤云了）

【哭皇天】教^[32]了数个贼汉把我相侵傍，阿马想波，这恩临怎地忘？闪的他活支沙⁽²³⁾三不归，强交俺生吃扎两分张。觑着兀的般着床卧枕叫唤声疼，撇在他个没人的店房！常言道相逐百步尚有徘徊⁽²⁴⁾，你怎生便交我眼睁睁的不问当？（做分付末了）男儿呵，如今俺父亲将我去也，你好生的觑当你身起⁽²⁵⁾。（末云了）（做艰难科）男儿，兀的是俺亲爷的恶党^[33]，休把您这妻儿怨畅^[34]。

【乌夜啼】天哪！一霎儿把这世间愁都撮在我眉尖上，这场愁不许提防^[35]。（末云了）既相别此语伊休忘，怕你那换脉交阳，是必省可里掀扬。俺这风雹乱下的紫袍郎，不识^[36]你个云雷未至的白衣相。咱这片霎中如天样，一时哽噎，两处凄凉。

（末云了）（孤打催科）（做住了）

【三煞】男儿，怕你待赎药时准备春衫当，探食后提防百物伤。（末云了）（做艰难科）这侧近的佳期休承望，直等你身体安康，来寻觅夷门⁽²⁶⁾街巷，恁时节再相访。你这旅店消疏病客况，我那驿路上恓惶。

【二煞】则明朝你索倚窗晓日闻鸡唱，我索立马西风数雁行。（末云了）男儿，我交你放心末波。只愿的南京有俺亲娘，我宁可独自孤孀，怕他大抑勒我别^[37]寻个家长⁽²⁷⁾，那话儿便休想。（末云了）你见的差了也！那玉砌朱帘与画堂，我可也觑得寻常。

【收尾】休想我为翠屏红烛流苏⁽²⁸⁾帐，撇了你这黄卷青灯映雪窗。（孤云了）（末云了）（打别了）（嘱^[38]咐末科）你心间莫昏忘^{(29)[39]}，你心间索记当：我言词更无妄，不须伊再审详。咱兀的做夫妻三个月时光，你莫^[40]不曾见您这歹浑家说个谎？（下）

注　解

（1）第二折：写蒋世隆与王瑞兰一路同行，感情日深，在客店中成了亲。后蒋患病，恰遇王镇路过，强迫女儿离开病中的世隆。王瑞兰肝肠寸断，无奈只好千万叮咛，后约而去。本折剧情，《幽闺记》敷演成第二十二出《招商谐偶》至第二十五出《抱恙离鸾》。

（2）夫人、小旦云了：这一节写王镇夫人张氏与蒋瑞莲（小旦）路上相遇同行，瑞莲被认为义女。

（3）孤云了：指王镇尚书由边域还朝，路过此地，在招商店歇脚。

（4）三不归：无着落之意。《玉镜台》第四折："想当日沽酒当垆，拚了个三不归青春卓氏女。"

（5）天行：疫病。也作天行时气。《清平山堂话本·合同文字记》："又过两月，忽然刘二感天行时气，头疼发热。"

（6）恹恹：郁闷不乐的样子。《红梨花》第三折："则这一瓶花谎了我魂，恹恹的把身躯儿褪。"

（7）太阳：此处指太阳穴。

（8）使数：指仆人。参见《玉镜台》第三折注文（5）。

（9）牙推：医生。也作"牙椎""牙槌"。即"衙推"，好比今人称"郎中"。按：衙推、郎中皆官名，这里是尊敬医生的称谓。

（10）打当：打算、准备。《赵氏孤儿》第五折："我可也不索慌，不索忙，早把手脚儿十分打当，看那厮怎做提防。"

（11）末共大夫云了：这一节写店家为蒋世隆延医看病。

（12）十中九：有九成把握的意思。

（13）较：张相《诗词曲语辞汇释》卷二有"较，犹瘥也"。瘥（chài），病愈之意。本剧多用此"较"字。如第三折："则愿俺那抛闪下的男儿较些。"又《西厢记》第四本第四折："害不倒愁怀，恰才较些；掉不下思量，如今又也。"可见此词在元剧中常用。

（14）不沙：也作"不剌""不俫"，加强语气之词，无义。本剧第三折："不剌你啼哭，你为甚迭?"《汉宫秋》第三折："他去也不沙架海紫金梁，枉养着那边庭上铁衣郎。"

（15）老孤：估计当为一与王镇同行的认识瑞兰的官员。

（16）阿马：即《哭存孝》剧中所谓"阿妈"，女真语父亲的称谓。

（17）做打悲科：这一节写王瑞兰与父亲在招商店相认。

（18）末云了：这是蒋世隆见王瑞兰与一官员说话，从中插嘴。

（19）关子：情节的关键所在，即关目。这里是说一段求孤收留相认末的关目。"说关子"有时省为"说关"，如《宦门子弟错立身》（钱注本第十二出）："生借衣介，说关介。"

（20）孤交外扯住了：这里写王镇吩咐仆从（外扮）扯住瑞兰离开卧病的蒋世隆。

（21）严腊：严冬腊月的省语。

（22）东皇：天神。

（23）活支沙：即"活支刺"，意为活生生地。见《鲁斋郎》第二折注文（6）。下句"生吃扎"同例。

（24）相逐百步尚有徘徊：当时俗谚，曰"相逐百步，尚有徘徊意"。

（25）身起：身体。《诈妮子》第二折："老阿者使将来服侍你，展污了咱身起。"

（26）夷门：战国时代魏首都大梁有夷门。此指北宋京城汴梁的城门。参见《绯衣梦》第三折注文（4）。

（27）家长：此指丈夫。

（28）流苏：下垂的穗子，用五彩羽毛或丝线制成。古代用作车马、帐幕的装饰品。

（29）昏忘："忘昏"之倒文，健忘、记性不好的意思。也作"忘魂""混忘"。今山西、陕西尚有此方言词。《救风尘》第三折："你则是忒现新，忒忘昏。"

第三折⁽¹⁾

（夫人一折了⁽²⁾）（末一折了⁽³⁾）（小旦云了）（正旦便扮上了）自从俺父亲就那客店上生扭散俺夫妻两个，我不曾有片时忘的下俺那染病的男儿，知他如今是死哪活哪？不知俺爷心是怎生主意，提着个秀才便不喜，"穷秀才几时有发迹？"自古及今，那个人生下来便做大官享富贵哪？（做叹息科）

【正宫端正好】我想那受官厅，读书舍，谁不曾虎困龙蛰？（带云）信着我父亲呵，世间人把丹桂都休折，留着手把雕弓拽。

【滚绣球】俺这个背晦^{(4)[41]}爷，听的把古书说，他便恶忿忿^[42]的脑裂，粗豪的今古皆绝。您这些富产业，更怕我顾恋情惹，俺向那笔尖上自阄阓⁽⁵⁾得些豪奢。搣起柄夫荣妇贵三檐伞，抵多少爷饭娘羹驷马车，两件儿浑别。

（小旦云了）阿也！是敢待较些去也⁽⁶⁾。（小旦云了）

【倘秀才】阿！我付能把这残春捱彻。嗨！划地是俺愁人瘦绝^[43]。（小旦云了）依着妹子只波。（小旦云了）（做意了）恰随妹妹闲行散闷些，到池沼，蓦^[44]观绝，越交人叹嗟。

【呆古朵】不似这朝昏昼夜、春夏秋冬，这供愁的景物好依时月，浮着个钱来大绿嵬嵬荷叶；荷叶似花子⁽⁷⁾般团圞，陂塘似镜面般莹洁。阿！几时教我腹内无烦恼，心上无萦惹？似这般青铜对面妆，翠钿侵鬓贴。

（做害羞科）早是没外人，阿的是甚末言语哪，这个妹子咱。（小旦云了⁽⁸⁾）你说的这话，我猜着也罗。

【倘秀才】休着个滥名儿将咱来引惹。啦，待不你个小鬼头春心儿动也。（小旦云了）放心，放心，我与你宽打周遭⁽⁹⁾向父亲行说。（小旦云了）你不要呵，我要则末哪？（小旦云了）（唱）我又不风欠⁽¹⁰⁾，不痴呆，要则甚迭？

（小旦云了）咱无那女婿呵快活，有女婿呵受苦。（小旦云了）你听我说波。

【滚绣球】女婿行但沾惹，六亲每早是说；又道是丈夫行亲热，爷娘行特地心别。而今要衣呵满箱箧，要食呵尽馕馎^[45]啜⁽¹¹⁾，到晚来更绣衾铺设，我这心儿里牵挂处无些，直睡到冷清清宝鼎沉烟灭，明皎皎纱窗月影斜，有甚唇舌。

（做入房里科）（小旦云了）夜深也，妹子，你歇息去波，我也待睡也。（小旦云了）梅香，安排香桌儿去，我待烧炷夜香咱。（梅香云了）

【伴读书】你靠栏槛临台榭，我准备名香爇⁽¹²⁾。心事悠悠凭谁说，只除向金鼎焚龙麝，与你殷勤参拜遥天月，此意也无别。

【笑和尚】韵悠悠比及把角品绝，碧荧荧投至那灯儿灭，薄设设衾共枕空舒设，冷清清不愒迭，闲遥遥生^[46]

枝节，闷恹恹怎捱他如年夜！（梅香云了）（做烧香科）

【倘秀才】天哪！这一炷香，则愿削减了俺尊君狠切；这一炷香，则愿俺那抛闪下的男儿较些。那一个爷娘不间迭⁽¹³⁾，不似俺忒咛嚛⁽¹⁴⁾劣缺。

（做拜月科，云）愿天下心厮爱的夫妇永无分离，教俺两口儿早得团圆。（小旦云了⁽¹⁵⁾）（做羞科）

【叨叨令】原来你深深的花底将身儿遮，擦擦的背后把鞋儿捻，涩涩的轻把我裙儿拽，煴煴的羞得我腮儿热。小鬼头，直到撞破我也末哥，撞破我也末哥，我一星星的都索从头儿说。

（小旦云了）妹子，你不知，我兵火中多得他本人气力来，我以此上忘不下他。（小旦云了）（打悲了）您姐夫姓蒋，名世隆，字彦通，如今二十三岁也。（小旦打悲了）（做猛问科⁽¹⁶⁾）

【倘秀才】来波，我怨感、我合哽咽；不剌你啼哭、你为甚迭？（小旦云了）你莫不原是俺男儿的旧妻妾？阿是，阿是，当时只争个字儿别。我错呵了，应者^[47]。

（小旦云^[48]了）您两个是亲弟兄？（小旦云了）（做欢喜科）

【呆古朵】似恁的呵，咱从今后越索着疼热，休想似在先时节。你又是我妹妹、姑姑，我又是你嫂嫂、姐姐。（小旦云了）这般者，俺父母多宗派，您昆仲无枝叶。从今后休从俺爷娘家根脚排，只做俺儿夫家亲眷者。

（小旦云了）若说着俺那相别呵，话长。

【三煞】他正天行汗病，换脉交阳，那其间被俺爷把我横拖倒拽出招商舍，硬撕强扶^[49]上走马车。谁想俺舞

燕啼莺、翠鸾娇凤，撞着那猛虎狞狼、蝮蝎蚖[50]蛇，又
不敢号咷悲哭，又不敢嘱咐叮咛，空则索感叹咨嗟！据
着那凄凉惨切，则那里一霎儿似痴呆。

【二】则就那里先肝肠眉黛千千结，烟水云山万万
叠。他便似烈焰飘风劣心卒性，怎禁那后拥前推、乱棒
胡枷[51]？阿！谁无个老父，谁无个尊君，谁无个亲爷，从
头儿看来都不似俺爷狠爹爹！

【尾】他把世间毒害收拾彻，我将天下忧愁结揽绝。
（小旦云了）没盘缠，在店舍，有谁人，厮抬贴？那消疏，
那凄切，生分离，厮抛撇。从相别，恁时节，音书无，
信息绝。我这些时眼跳腮红耳轮热，眠梦交杂不宁贴。
您哥哥暑湿风寒纵较些，多被那烦恼忧愁上送了也！（下）

注 解

（1）第三折：写王瑞兰被父亲强拉回家后，终日思念逆旅中病重的丈夫。
一天晚上，她对月祷拜，祈求丈夫安康，被义妹蒋瑞莲发现，后才明白两人不
只是结义姐妹，而且还是姑嫂。《幽闺记》从第二十九出《太平家宴》至三十二
出《幽闺拜月》即演本折事。

（2）夫人一折了：这是写夫人张氏偕蒋瑞莲（小旦）返回府中了。

（3）末一折了：写蒋世隆（末）病愈南下。

（4）背晦：糊涂、昏聩。《红楼梦》第四十六回："老爷如今上了年纪，行
事不免有点儿背晦，太太劝劝才是。"

（5）阐闼（zhèngchuài）：挣扎，引申为谋取。参见《窦娥冤》第一折注文
（35）。

（6）是敢待较些去也：言疾病将有起色也。较，见上折注文（13）。

（7）花子：妇女饰面的花钿。

（8）小旦云了：这一节写瑞莲劝瑞兰到花园散心，然后演两人在花园散步解闷的情形。

（9）宽打周遭：再三劝解。

（10）风欠：方言词，兼有风流与疯疯癫癫的意思。《萧淑兰》："改不了强文撒醋饥寒脸，断不了诗云子曰酸风欠。"

（11）铺啜：吃喝。《文心雕龙·程器》："丁仪贪娄以乞货，路粹铺啜而无耻。"

（12）爇（ruò）：点燃。

（13）间迭：阻碍、作梗。《贬夜郎》第四折："君王行厮间迭，听谗臣耳畔说，贬离了丹凤阙。"

（14）咋嗻（chēzhē）：元俗语，很、厉害。《西厢记》第四本第四折："愁得来陡峻，瘦得来咋嗻。"

（15）小旦云了：前面写瑞兰指斥瑞莲"你个小鬼头春心儿动也"，这里是瑞兰要瑞莲"歇息去波，我也待睡也"之后，瑞兰在花园祷拜被瑞莲发现，后者可能用"春心儿动也"来揭穿对方的心事。

（16）做猛问科：这里是瑞兰向瑞莲说起招商店成亲事。当瑞兰说到丈夫名叫"蒋世隆"的时候，瑞莲听到哥哥的名字，不禁悲从中来，瑞兰却猛地一震，误以为瑞莲"莫不原是俺男儿的旧妻妾？"因此猛问起来。

第四折^{（1）}

（老孤、夫人、正末、外末上了^{（2）}）（媒人云了）（正旦扮上了）（小旦云了^{（3）}）可是由我那不那？

【双调新水令】我眼悬悬整盼了一周年，你也枉把您这不自由的姐姐来埋怨。恰才投至我贴上这缕金钿，一霎儿向镜台傍边，媒人每催逼了我两三遍。

（小旦云了）妹子阿，你好不知福，犹古自^{（4）}不满意沙。我可怎生过呵是也?(小旦云了)那的是你有福,如我处那,我说与你波。

【驻马听⁽⁵⁾】你贪着个断简残编,恭俭温良好缱绻;我贪着个轻弓短箭,粗豪勇猛恶姻缘。(小旦云了)可知煞是也。您的管梦回酒醒诵诗篇;俺的敢灯昏人静^[52]夸征战,少不的向我绣帏边说的些碜可可落得的冤魂现。

(小旦云了)这意有甚难见处哪?

【庆东原】他则图今生贵,岂问咱夙世缘;违着孩儿心,只要遂他家愿。则怕他夫妻百年,招了这文武两员,他家里要将相双权⁽⁶⁾。不顾自家嫌,则要傍人羡。

(外云了)(做住了)(正、外二末做住了⁽⁷⁾)

【镇江回】俺兀那姊妹儿的新郎又忒腼腆,俺这新女婿那嘲掀,瞅的我两三番斜避^[53]了新妆面,查查胡胡⁽⁸⁾的向^[54]玳筵前,知他俺那主婚人是见也那不见?

(孤云了)(外末把盏科⁽⁹⁾)

【步步娇】见他那鸭子绿衣服上圈金线,这打扮早难坐琼林宴。俺这新状元,早难道花压得乌纱帽檐偏。把这盏许亲酒又不敢慢俄延,则索扭回头半口儿家刚刚的咽。

(孤云了)(正末把盏科)(打认末科⁽¹⁰⁾)

【雁儿落】你而今病疾儿都较痊⁽¹¹⁾?你而今身体儿全康健?当初咱那坲儿各间别,怎承望这答儿里重相见!

【水仙子】今日这半边鸾镜得团圆,早则那一纸鱼封⁽¹²⁾不更传。(末云了)你说这话⁽¹³⁾!(做意了)(唱)须是俺狠毒爷强匹配我成姻眷,不刺,可是谁央及你个蒋状元,一投得官也接了丝鞭⁽¹⁴⁾，我常把伊思念，你不将人挂恋，亏心的上有青天！

（末云了⁽¹⁵⁾）（做分辩科）

【胡十八】我便浑身上都是口，待教我怎分辩？枉了我情脉脉、恨绵绵。我昼忘饮馔夜无眠，则兀那瑞莲便是证见。怕你不信后⁽¹⁶⁾，没人处问一遍。

（末云了）兀的不是您妹子瑞莲哪！（末共小旦打认了）（告孤科⁽¹⁷⁾）（末云了）（老夫人云了）（老孤云了）你试问您那兄弟去，我劝和您姊妹去。（正末云了）（小旦云了）妹子，我和您哥哥厮认得了也！你却招取兀那武举状元呵，如何？（小旦云了⁽¹⁸⁾）你便信我子末⁽¹⁹⁾哪！（小旦云了）

【挂玉钩】二百口家属语笑喧，如此般深宅院，休信我一时间狂^[55]口言，便哪里冤魂现。（小旦云了）我特故⁽²⁰⁾里说的别，包弹⁽²¹⁾遍，不嫌些蹬弩开弓，怎说他袒臂挥拳。

【乔牌儿】兀的须显出我那不乐愿，量这的有甚难见？每日我绿窗前，不整闲针线，不曾将眉黛展。

【夜行船】须是我心上斜横着这美少年，你可别无甚闷缕愁牵。便坐驷马香车^[56]，管着满门良贱，但出入、唾盂掌扇。

【幺】但行处、两行朱衣列马前，等^[57]个文章士发禄是何年？你想那陋巷颜渊⁽²²⁾，箪瓢原宪⁽²³⁾，你又不是不曾受秀才的贫贱！

（外云了⁽²⁴⁾）休休，教他不要则休，咱没事^[58]则管央及他则末！

【殿前欢】忒心偏，觑重裀列鼎⁽²⁵⁾不值钱，把黄齑⁽²⁶⁾淡饭相留恋，要彻老终年，召新郎更拣选，忒姻眷、不得可将人怨。可须因缘数定，则这人命关天。

（小旦云了⁽²⁷⁾）（使命上，封外末了⁽²⁸⁾）

【沽美酒】骤将他职位迁，中京内做行院，把虎头金牌腰内悬，见那金花诰帝宣，没因由得要团圆。

【太平令^[59]】咱却且尽教俫呆着休劝，请夫人更等三年⁽²⁹⁾。你既爱青灯黄卷，却不要随机而变，把你这眼前厌倦物件，分付与他别人请佃。

（孤云了⁽³⁰⁾）（散场）

注 解

（1）第四折：这折写夫妻、兄妹大团圆。蒋世隆和陀满兴福分别考中了文、武状元，王镇招两个状元为婿。身为兵部尚书，他重武轻文，把亲生女瑞兰嫁给武状元陀满兴福，让义女瑞莲嫁给文状元蒋世隆。婚礼宴席上，瑞兰认出文状元原来正是自己的丈夫蒋世隆，于是双双调换，美满团圆。《幽闺记》从第三十五出《诏赘仙郎》至剧终（第四十出《洛珠双合》），演本折事。

（2）老孤、夫人、正末、外末上了：这一节写蒋世隆（正末）与陀满兴福（外末）分别考取文、武状元，王镇与夫人商量招文、武状元为婿事。

（3）小旦云了：这一节写奉圣旨招婚完婚的事传到瑞兰、瑞莲耳朵里，妹子埋怨姐姐不早寻姐夫下落，使眼下进退维谷。

（4）古自：也作"兀自""骨自"，意为还、尚。参见《玉镜台》第二折注文（15）。

（5）驻马听：这一曲写王瑞兰因为想念蒋世隆，所以对瑞莲说"你有福"，能嫁一个"恭俭温良"的书生，过着"梦回酒醒诵诗篇"的生活，而嫁一个武将，"少不的向我绣帏边说的些磣可可落得的冤魂现"。

（6）将相双权：意为掌握文武将相双重权柄。《贬夜郎》第四折："他虽无帝王宣，文武双全，将相双权，銮驾齐肩。"朱有燉《义勇辞金》第一折："朝中将相握双权，天下英雄都领袖。"

（7）正、外二末做住了：这一节写王尚书带着两位女婿文状元蒋世隆和武状元陀满兴福来到府中。

（8）查查胡胡：即"咋咋呼呼"。这是瑞兰眼里的武状元莽撞冒失的样子。

（9）外末把盏科：这是武状元给王瑞兰把盏敬酒。瑞兰好容易才哽着喉咙喝了"半口儿"。

（10）打认末科：这一次轮到文状元向王瑞兰敬酒，瑞兰认出对方原来正是自己日夜思念的丈夫蒋世隆。

（11）较痊：疾病痊愈，有时又作"痊较"。较，减轻意。《董西厢》："小诗便是得效药，读罢顿然痊较。"

（12）鱼封：指书信，也作"鱼书"。古乐府《饮马长城窟行》："呼儿烹鲤鱼，中有尺素书。"

（13）你说这话：蒋世隆见到王瑞兰极感意外，质问她为什么另嫁他人。"这话"指的就是这一质问。

（14）丝鞭：参见《裴度还带》第四折注文（2）。

（15）末云了：王瑞兰反诘蒋世隆为何中了状元就接了丝鞭入赘官家。这里是蒋说明原委，但他对王瑞兰招婿依然耿耿于怀，使瑞兰不得不再次分辩，并请出瑞莲做证见。

（16）后：此作"啊"解。张相《诗词曲语辞汇释》："后，犹'呵'或'啊'也。"

（17）告孤科：至此才发现两对新人中有特殊关系，于是把这一情况告知王镇，要把这两对错配的鸾凤加以调换。

（18）小旦云了：瑞兰对瑞莲说已与她哥哥相认，要瑞莲改配武状元陀满兴福。瑞莲因为原先听瑞兰说武状元只会在"绣帏边说的些碜可可落得的冤魂现"，表示很不愿意。

（19）子末：末，同"么"，也作"子么""则么""作么"，意为做什么、怎么。本折〔殿前欢〕曲前之白："没事则管央及他则末!"《薛仁贵》："薛仁贵，你不谢恩子么!"

(20) 特故：也作"特古""待古""大古"，故意、特别的意思。《救风尘》第三折："我当初倚大呵妆儇主婚，怎知我嫉妒呵特故里破亲?"

(21) 包弹：非议、指责。明代徐渭《南词叙录》："包拯为中丞，喜弹劾，故世谓物可议者曰包弹。"

(22) 陋巷颜渊：颜渊，名回，孔子的弟子。《论语·雍也》："子曰：贤哉回也! 一箪食，一瓢饮，在陋巷，人不堪其忧，回也不改其乐。贤哉回也!"

(23) 箪瓢原宪：箪瓢，见上注。原宪，春秋鲁人（一曰宋人），字子思，亦称原思，孔门弟子，清静守节，贫而乐道。《庄子·让王》："原宪居鲁，环堵之室，茨以生草，蓬户不完，桑以为枢，而瓮牖二室，褐以为塞，上漏下湿，匡坐而弦，……"

(24) 外云了：这是陀满兴福见瑞兰劝解瑞莲，也上前讨好相劝，但瑞莲还是不答应，故下面瑞兰假装发脾气，说她不愿意就算了，不必一味求她。

(25) 重裀列鼎：也作"列鼎重裀"，富贵堂皇之意。参见《哭存孝》第二折注文（6）。

(26) 黄齑（jī）：发黄的腌菜。

(27) 小旦云了：这是写在众人排解下，瑞莲终于答应嫁给武状元。

(28) 使命上，封外末了：最后是钦差到来，将陀满兴福加封，"中京内做行院，把虎头金牌腰内悬"。同时钦赐陀满兴福与蒋瑞莲完婚。

(29) 请夫人更等三年：这是瑞兰打趣瑞莲的话。

(30) 孤云了：最后王镇吩咐后堂摆筵为两对新人完婚庆喜。

校 注

本剧现存仅《元刊杂剧三十种》本子，现参考近世各种有关本子（详见《西蜀梦》剧后校记），校勘如下：

[1] 佳人：佳，原作"佳"，诸本已改。

〔2〕楔子：原本无标楔子与折目，今校出。下同，不另说明。

〔3〕仙吕：原本无标宫调名，今标出。下同，不另说明。

〔4〕正旦：原缺，今据文意补。

〔5〕怎：原系坏字，从郑骞本、北大本改。

〔6〕点绛：原缺，诸本已改。

〔7〕成平地：原空缺，仅"地"字存下半部，从郑骞本补。

〔8〕君臣分散：原后三字空缺，据《幽闺记》第十三出〔破阵子〕曲"况是君臣分散，那堪子母临危"补。

〔9〕甚日回：日，原误作"的"，据《幽闺记》第十三出"严父车行何日返？天子南迁甚日回？"改。

〔10〕倒：原作"捼"，不见字书，吴晓铃本校勘记云"疑当作倒字"。今从。

〔11〕软软："软"又写作"煗"，形误为"輭"，今改。

〔12〕近：原音讹为"轻"，今改。

〔13〕秕：原形误为"玭"，今改。

〔14〕旦：原误刻为"末"，今改。

〔15〕颈：原作"胫"，诸本已改。

〔16〕亲：原音假为"侵"，从郑骞本与徐沁君本改。《董西厢》卷六"姐姐稍亲文墨，张生博通今古"可证。

〔17〕昆仲："仲"字原缺，诸本已补。

〔18〕恁：原误作"您"，从郑骞本与徐沁君本改。

〔19〕伶俐：原作"耿俐"，从郑骞本与徐沁君本改。

〔20〕厮收厮拾：原误作"厮收拾拾"，据《幽闺记》第二十出"厮收厮拾去心烦"改。

〔21〕瞒：原作"谩"，今改。

〔22〕正旦：原缺，今据剧情补。

〔23〕便扮：原脱"扮"字，据第三折校补。

〔24〕悒悒：音形相近误为"邑邑"，从徐沁君本改。

［25］请：原作"猜"，从隋树森本改。

［26］大夫：原误作"夫人"，从北大本改。

［27］诊：原作"胗"，诸本已改。

［28］哩：原作"理"，从北大本与郑骞本改。

［29］觅：原本误分为"不见"两字，今改。

［30］冻剥剥：后二字原残缺，从郑骞本与徐沁君本改。按《玉壶春》第二折"走将来冻剥剥雪上加霜"可证。

［31］他本人：原作"本人"，依上句补"他"字。

［32］教：原音假为"较"，今改。

［33］党：原作"傥"，从徐沁君本改。

［34］怨畅："畅"字上原缺一字，卢前校为"怨一场"，今从徐沁君本。"怨畅"即"怨怅"，元明小说多有此词，徐沁君本证之甚详。

［35］提防："提"原作"低"，诸本已改。

［36］识：原音假为"失"，从徐沁君本改。

［37］别：原作"则"，从郑骞本与徐沁君本改。

［38］嘱：原作"咟"，诸本已改。

［39］昏忘：昏，原作"缙"，乃"惛"之误，忘，原音假为"望"。郑骞本校改为"绝望"。

［40］莫：原作"末"，从隋树森本与郑骞本改。

［41］晦：原音假为"会"，从徐沁君本改。

［42］忿忿：原音假为"纷纷"，据文意改。

［43］瘦绝：原作"瘦色"，今改。

［44］蓦：原作"陌"，从郑骞本与徐沁君本改。

［45］铺：原作"铺"，诸本已改。

［46］生：原音假为"身"，今改。

［47］应者：应，原作"啀"。"者"字原空缺，从徐沁君本改。

［48］小旦云：三字原缺，诸本已补。

［49］硬撕强扶：与上句"横拖倒拽"相对。撕，原作"厮"，今改。

［50］蚖：原音假为“顽”，从徐沁君本改。

［51］乱棒胡枷：棒，原作“捧”。枷，原音假为“茄”，今改。

［52］静：原误为“净”，诸本已改。

［53］避：原作“僻”，从郑骞本改。

［54］向：原误作“尚”，从郑骞本与徐沁君本改。

［55］狂：原形误为“在”，今改。

［56］驷马香车：香车，原误作“车车”，今改。

［57］等：形近误为“算”，今改。

［58］事：原音假为“是”，从隋树森本改。

［59］太平令：原误作“阿忽令”，据律改。郑骞本已改。

诈妮子调风月 (1)

导　读 ⬡

《诈妮子调风月》剧名的意思是：一个聪敏狡黠的丫头嘲弄傲啸风情。剧情写金朝一个贵族人家的婢女燕燕被贵族青年小千户诱骗失身后，进而进行反抗的情事。

第一折写主人家来了亲戚小千户，婢女燕燕前往服侍照料小千户的日常起居。小千户用甜言蜜语迷惑燕燕，使之失身。

第二折写燕燕替小千户更衣时发现贵族小姐莺莺的信物，知小千户移情别恋，心中怨恨。

第三折写燕燕受骗后满腔悲愤，让小千户吃闭门羹，还企图用破亲的办法来阻挡小千户和贵族小姐莺莺的婚事。当这一切都未能发泄她心头的怨愤时，她做出了一个当时至微至贱的婢女所能做出的最激烈的反抗举动——大闹婚宴。

第四折写在小千户与莺莺的婚礼上，燕燕痛骂新婚夫妇，大闹婚宴。

燕燕是一个心性奇高的丫头，"往常我冰清玉洁难侵近"，但小千户"模样"帅、"身份"好，"亲上成亲好对门"。尤其重要的是小千户答应给燕燕"包髻团扇绣手巾"

（当时侍妾服饰），即脱奴做侍妾。但燕燕上钩后，小千户态度骤变。"好说话清晨，变了卦今日，冷了心晚夕"，燕燕自比扑火灯蛾，"咱两个堪为比并，我为那包髻白身，你为这灯火青荧！"燕燕气极，关了门房不让小千户进房。全剧的高潮在第四折，燕燕大闹婚宴，她骂莺莺"绝子嗣、妨公婆、克丈夫"，"是个破败家私铁扫帚，没些儿发旺夫家处"。说宾客们是"吊客临，丧门聚"。众宾客吓得目瞪口呆，小千户家中的女主人只好出来收拾场面，答应燕燕给小千户做侍妾。

《红楼梦》有个"鸳鸯抗婚"的情节，写贾母贴身大丫头鸳鸯在贵族主子们面前宣称"宝金、宝银、宝皇帝"一律不嫁，反抗贾赦的逼婚。在《红楼梦》之前四五百年，关汉卿写出了"燕燕闹婚"这出惊天动地的戏剧，淋漓尽致表达一个卑微婢女心中的怨恨与悲声。

剧作留下许多未解之谜：女主人当众答应将燕燕嫁给小千户做侍妾，她事后不会反悔吧？（《西厢记》的老夫人当众答应将莺莺嫁给能退贼兵的张生，事后就反悔了）燕燕当了侍妾，她就幸福了吗？她当众痛骂羞辱莺莺，作为正室的莺莺，能安然接受这个侍妾吗？小千户对燕燕已变心，燕燕成了他的侍妾，日子会好过吗？可惜剧本宾白不全，未能让我们看到燕燕真正的下场头，这不能不让人感到遗憾。

本剧出场角色较多，如孤（剧中扮演官员者称孤）就有三人：孤（燕燕家男主人）、老孤（小千户之父）、外孤（莺莺之父），读剧时宜留意。

本剧为关撰当无可怀疑，诸本《录鬼簿》于关氏名下均有著录。1958年纪念关汉卿戏剧活动七百周年之后，这个杂剧已被多个剧种改编成各种地方戏，成为关剧演出率较高的剧目中的一个。

新刊关目诈妮子调风月

元刊本《元刊杂剧三十种》书影

元刊本《元刊杂剧三十种》书影

第一折⁽²⁾[1]

（老孤、正末一折⁽³⁾）（正末、卜儿一折⁽⁴⁾）（夫人上云住⁽⁵⁾）（正末见夫人住）（夫人云了，下）（正末书院坐定）（正旦扮侍妾上）夫人言语，道有小千户到来，交燕燕服侍去。"别个不中，则你去。"想俺这等人好难呵！

【仙吕[2]点绛唇】半世为人，不曾教大人心困。虽是搽胭[3]粉，只[4]争不裹头巾⁽⁶⁾，将那等不做人的婆娘恨。

【混江龙】男儿人若不依本分，一个[5]抢白是非两家分，壮鼻凹硬如石铁，教[6]满耳根都做了烧云。⁽⁷⁾普天下汉子尽教[7]都先有意，牢把定自己休不成人，虽然两家无意，便待一面成亲，不分晓便似包着一肚皮干牛粪。⁽⁸⁾知人无意，及早抽身。

【油葫芦】大刚来妇女每常川有些没事狠⁽⁹⁾[8]，只不过人道村，至如那村字儿有甚辱家门？更怕我脚踏[9]虚地难安稳，心无实事自资隐，即渐了虚变做实假做真，直到说得教大半人评论，那时节旋洗垢，不盘根。

【天下乐】合下手休教惹议论⁽¹⁰⁾[10]。（见末了）（末云了⁽¹¹⁾）哥哥的家门，不是一跳身，（末云了）便似一团儿搓成官定粉。⁽¹²⁾燕燕敢道么？（末云了）和哥哥外名⁽¹³⁾，燕燕也记得真，唤做"磨合罗小舍人⁽¹⁴⁾"。

（末云了）（旦捧砌末⁽¹⁵⁾，唱）

【那吒令】等不得水温，一声要面盘；恰递与面盘，一声要手巾；却执与手巾，一声解纽门。使的人无淹润⁽¹⁶⁾，百般支分⁽¹⁷⁾！

（末云了⁽¹⁸⁾）（旦笑云^[11]）量姊妹房里有甚好？

【鹊踏枝】入得房门，怎回身？厅独⁽¹⁹⁾卧房儿窄窄别别，有甚铺陈^[12]？燕燕己身有甚么孝顺，拗^[13]不过哥哥行在意殷勤。

【寄生草】卧地观经史，坐地对圣人⁽²⁰⁾，你观的^[14]国风雅颂施诂训^[15]，诵^[16]的典谟训诰居尧舜⁽²¹⁾，（末云）说的温良恭俭行忠信。燕燕只理会得龙蟠虎踞灭燕齐⁽²²⁾，谁会甚儿婚女聘成秦晋！

（末云）这书院好。

【幺】这书房存得阿马，会得客宾；翠筠月朗龙蛇印^{(23)[17]}，碧轩夜冷灯香信⁽²⁴⁾，绿窗雨细琴书润，每朝席上宴佳宾，抵多少"十年窗下无人问"！

（末云住）

【村里迓鼓】更做道一家生女，百家求问，才说贞^[18]烈，哪里取一个时辰？见他语言儿裁^[19]排得淹润，怕不待言词硬，性格村，他怎比寻常世人？⁽²⁵⁾

（末云）（旦唱）

【元和令】无男儿只一身，担寂^[20]寞受孤闷；有男儿呓^[21]梦入劳魂⁽²⁶⁾，心肠百处分，知得有情人不曾来问肯⁽²⁷⁾，便待要成眷姻。

【上马娇】自勘婚⁽²⁸⁾，自说亲，也是"贱媳妇责媒人"。往常我冰清玉洁难侵近，是他亲只管教话儿亲^[22]，我煞待嗔，我便恶相闻。

【胜葫芦】怕不依随蒙君一夜恩，争奈忒达地、忒知根[29]，兼上亲上成亲好对门。觑了他兀的模样，这般身分，若脱过这好郎君。

【幺】教人道"眼里无珍一世贫[30]"，成就了又怕辜恩。若往常烈焰飞腾情性紧，若一遭儿恩爱、再来不问，枉[23]侵了这百年恩。

（旦云）子末[31]你不志诚？（末云了[32]）

【后庭花】我往常笑别人容易婚，打取一千个好嚏喷；我往常说贞烈自由性，嫌轻狂恶尽人。不争你话儿亲自评自论，这一交直是哏，亏折了难正本。一个个忕忺新[33]，一个个不是人。

【柳叶儿】一个个背槽抛粪[34]，一个个负义忘恩。自来鱼雁无音信。自思忖，不审得话儿真，枉葫芦提[35]了"燕尔新婚"。

（调让了[36]）（旦云）许下我的休忘了。（末云了）（旦出门科）

【尾】忽地却掀帘，兜地[37]回头问，不由我心儿里便亲。你把那并枕睡的日头儿再定轮[38]，休教我逐宵价握雨携云过今春，先教我不系[24]腰裙，便是半簸箕头钱扑个复纯[39]，教人道"眼里有珍"，你可休"言而无信"！（云）许下我包髻、团衫、绣[25]手巾，专等你世袭千户的小夫人。（下）

注　解

（1）诈妮子：诈，这里是机灵、狡黠的意思。妮子，宋元人对侍婢的称呼，即今所谓"小丫头"。

（2）第一折：写燕燕是金朝洛阳地方一个贵族家的侍婢。一天，主人家来了亲戚小千户，主人便叫燕燕前往服侍他。小千户花言巧语骗取了燕燕的感情。

（3）老孤、正末一折：正末扮小千户，老孤是他的父亲。这一节是老孤打发小千户前往探亲。

（4）正末、卜儿一折：这是小千户探亲前与母亲（卜儿扮）话别。

（5）夫人上云住：夫人，燕燕的主人，小千户的亲戚。住，即住了，元杂剧术语，指某一动作完成了。这里可能指念了几句上场诗或上场白。见《拜月亭》第一折注文（4）。

（6）只争不裹头巾：只差不是男子汉的意思。

（7）"男儿人若不依本分"四句：意为男人如果不本分，争闹起来，你反而要与他分担是非。分明是他错，他反而性硬气粗，你本来没错，反弄得满面羞惭。烧云，即红晕。

（8）"虽然两家无意"三句：意为那些轻易被诱骗的妇女，结果是自讨苦吃，满肚子"干牛粪"无法倾吐出来。

（9）常川有些没事狠：常川，平常。没事狠，不管有事没事都发狠。《勘头巾》第一折："你骂了人倒说你是，你没事狠、没事村！"这〔油葫芦〕一曲大意为：大概有些妇女动不动就发脾气，只不过被人说成愚蠢罢了，这又有什么关系呢？最怕的是脚踏虚地，上了别人的当，将虚做实，弄假成真，直到被人评头论足，议论纷纷，那时节就洗刷不清了。村，蠢、傻。

（10）合下手休教惹议论：意为该下手则下手，不要迟疑不决，引人闲话。

（11）末云了：小千户向燕燕介绍自己的门第家世，所以燕燕接下去唱"不是一跳身"，即是说小千户是个世袭的贵族。

（12）搭成官定粉：搭，捏的意思。官定粉，官家规定配制的脂粉。《玉镜台》第四折："夫人插金凤钗，搭官定粉。"

（13）外名：即外号。

（14）磨合罗小舍人：磨合罗，宋元时七月初七乞巧节供养的小佛像。宋代罗烨《醉翁谈录》："京师七夕，多抟泥孩儿，端正细腻，京语谓之摩睺罗。"元剧多用它来形容青少年的美好可爱。舍人，宋元时对官家子弟的称呼。《墙头马上》第一折："教张千服侍舍人，在一路上休教他胡行。"

（15）砌末：道具，此指面盆。即下句所谓"面盘"。

（16）淹润：宽闲、温和。下文有"见他语言儿裁排得淹润"句。又《红梨花》第三折："那小姐怕不有千般儿淹润，秀才也，说着呵老身心困。"

（17）支分：打发，差拨。《连环计》第三折："我推个支分厨下，离了筵上。"

（18）末云了：这是小千户提出要到燕燕卧房去，对方婉转拒绝了他。

（19）厅独：孤零零独个儿的意思。

（20）"卧地观经史"二句：意思是说你们男人们读孔圣之书，无论坐卧举动都应该正经才是。这支曲写小千户向燕燕讨好调情，遭到燕燕的拒绝。

（21）典谟训诰居尧舜：典谟，此指儒家典籍。训诰，古代一种训诫勉励的文告，如《尚书》有《康诰》《酒诰》等。居尧舜，疑为应以尧舜自居之意。

（22）龙蟠虎踞灭燕齐：龙蟠虎踞，原形容南京地势险要，所谓"钟山龙蟠，石头虎踞"。此为燕燕自比大方正派，正气凛然。灭燕齐，燕燕引用秦灭燕齐等六国的故事来说明自己是个粗人，只懂得直来直往、大方正经行事。

（23）翠筠月朗龙蛇印：形容月下竹影摇曳婆娑。

（24）碧轩夜冷灯香信：意为轩房里夜深人静时，只有灯光与幽香传出来。

（25）〔村里迓鼓〕曲：据推测这支曲子应是燕燕背着小千户唱的。燕燕在小千户甜言蜜语的引诱下，开始动摇，内心很矛盾。她一面认为"一家生女，百家求"，不能轻易答应小千户；一面又认为小千户不比寻常世人，不能粗声硬气对他。裁排，安排。

（26）呓梦入劳魂：魂牵梦挂之意。

（27）问肯：同意婚事否。

（28）勘婚：指当时对勘男女双方岁数八字是否相合的一种订婚手续。宋罗泌《路史·余论》卷三《纳音五行说》（婚历妄）条："然尝怪代有所谓勘婚历者，以某命合某命则大利，或以生，或以死，未尝不窃笑之。"下面"往常我冰清玉洁难侵近"二句，是说自己过去很难为男人所亲近，现在只管让他说那些亲热的话儿，大概在亲事上该定的是他了。

（29）争奈忒达地、忒知根：达地知根，当时成语，十分了解、人人皆知的意思。《哭存孝》第二折："俺出身入仕，荫子封妻，大人家达地知根。"上曲末二句和这一曲表达了一个完整的意思，是说："我原也想发作声张，想不依从他，怎奈素来知道他的根底，又是亲上做亲；还有他的模样、身份，看来不能错过这个好郎君。"

（30）眼里无珍一世贫：当时俗谚，缺乏眼力、有眼无珠就要一世挨饿受穷的意思。

（31）子末：做什么。参见《拜月亭》第四折注文（19）。

（32）末云了：这是燕燕问小千户"怎么你不志诚"之后，想必是小千户披肝沥胆的答话。

（33）忺（xiān）新：贪新的意思。与《救风尘》第三折"忒现新"意同。忺，高兴，适意。这几句的意思是：假使你只是话儿说得好听，那我这一交真是跌得厉害，亏折了本钱，永远也搏不回来了。

（34）背槽抛粪：牲畜背对食槽下粪，喻忘恩负义。也见《救风尘》第三折注文（7）。

（35）葫芦提：糊里糊涂的意思。见《窦娥冤》第三折注文（10）。从"自来鱼雁无音讯"几句看，应是小千户对燕燕说从前就爱上她，此次是远道前来向她表示情意。但燕燕觉得他以前并未有任何表示，因此说"自己思量，不知道他的话儿是真是假"。由于解不开这个疙瘩，所以她又说这样糊里糊涂成就了亲事真是冤枉了。

（36）调让了：应是燕燕对小千户的话有怀疑，小千户解释发誓，并许她做小夫人的情节。

（37）兜地：突然地。

（38）定轮：算定。

（39）扑个复纯：赌博用语。扑，掷钱赌博的意思。复纯，即浑纯。指掷成一色的头钱。

第二折(1)

（外孤一折(2)）（正末、外旦郊外一折(3)）（正末、六儿(4)上）（正旦带酒上）却共女伴每蹴罢秋千，逃席的走来家，这早晚小千户敢来家了也。

【中吕粉蝶儿】年例寒食，邻[26]姬每斗草邀会，去年时没人将我拘管收拾，打千秋[5]，闲斗草，直到个昏天黑地；今年个不敢来迟，有一个未拿着性儿女婿。

（做到书院见末[27]）你吃饭未[27]？（末不耐[28]烦科）（正旦唱）

【醉春风】因甚把玉粳米牙儿[6]抵，金莲花[7]攒枕倚，或嗔或喜脸儿多？哎！你，你，教我没想没思，两心两意，早晨古自一家一计[8]！

（旦云）我猜你咱。（末云）（旦唱）

【朱履曲】莫不是郊外去逢着甚邪祟？又不疯又不呆痴，面没罗[9]、呆答孩[10]、死堆灰。这烦恼在谁身上？莫[29]不在我根底，打听得些闲是非？

（末云了[11]）（旦审住[12]）是了！

【满庭芳】见我这般微微喘息，语言恍惚，脚步儿查梨[13]，慢松松胸带儿频挪系[30]，裙腰儿空闲里偷提；见我这般气丝丝偏斜了鬓髻[31]，汗浸浸折皱了罗衣。似你这般狂心记，一番家搓揉人的样势，休胡猜人，短命黑心贼！

（末云了）（旦云）你又不吃[32]饭也，睡波。（末更衣科）

【十二月】直到个天昏地黑，不肯更换衣袂；把兔鹘[14][33]解开，纽[34]扣相离，把袄子疏剌剌松开上拆，将手帕撇漾在田地[15]。

（末慌科）

【尧民歌】见那厮手慌脚乱紧收拾，被我先藏在香罗袖儿里。是好哥哥[35]和我做头敌[16]，咱两个官司有商议，休提！休提！哥哥撇下的手帕是阿谁的？

（末云了）

【江儿水】老阿者使将来服侍你，展污了咱身起。你养着别个的，看我如奴婢，燕燕哪些儿亏负你？

（旦做住）（末告科⁽¹⁷⁾）

【上小楼】我敢摔^[36]碎这盒子，玎珰纳子⁽¹⁸⁾教石头砸碎。（带云）这手帕^[37]，剪了做靴檐，染了做鞋面，拷了做铺持^{(19)[38]}，万分好待你，好觑你。如今刀子根底，我敢割得来粉合麻碎！

（末云了⁽²⁰⁾）（旦云）直恁值钱？

【幺】更做道你好处打唤来的，却怎看得非轻，看得值钱，待得尊贵？这两下里捻绡的⁽²¹⁾，有多少功绩^[39]，倒重如细摓绒绣^[40]来胸背⁽²²⁾？

（云了）

【哨遍】并不是婆娘人⁽²³⁾把你抑勒，招取那肯心儿自说来的神前誓。天果报，无差移，只争个来早来迟。限时刻十王地藏⁽²⁴⁾，六道轮回⁽²⁵⁾，单劝化人间世。善恶天心人意，"人间私语，天闻若雷"⁽²⁶⁾，但年高都是积行^[41]好心人，早寿夭都是辜恩负德贼。好说话清晨，变了卦今日，冷了心晚夕。

（末云）（旦出来科⁽²⁷⁾）

【耍孩儿】我便做花街柳陌风尘妓，也无奈则忺过三朝五日。你那浪心肠看得我忒容易，欺负我是半良不贱身躯。半良身情深如你那指腹为亲妇，半贱体意重似拖麻拽布妻。⁽²⁸⁾想不想在^[42]今日，都了绝爽利，休尽我精细。⁽²⁹⁾

（云）我往常伶俐，今日都行不得了呵！

【五煞】别人斩眉[(30)]我早举动眼，道[43]头知道尾，你这般沙糖般甜话儿多曾吃！你又不是"残花酝酿蜂儿蜜，细雨调和燕子泥"[(31)]。自笑我狂踪[44]迹。我往常受那无男儿烦恼，今日知有丈夫滋味。

【四】待争来怎地争，待悔来怎地悔[45]，怎补得我这有气分全身体？打也阿儿包髻真加要带[(32)]，与别人成美况团衫怎能够披？他若不在俺宅司内，便大家南北，各自东西！

【三】明日索一般供与他衣袂穿，一般过与他茶饭吃，到晚送得他被底成双睡。他"做成暖帐三更梦"，我"拨尽寒炉一夜灰"。有句话存心记：则愿得辜恩负德，一个个荫子封妻！[(33)]

【二】出门来一脚高一脚低[46]，自不觉鞋底儿着田地。痛连[47]心除他外谁根前说？气夯[(34)]破肚别人行怎又不敢提？独自向银蟾低[48]，则道是孤[49]鸿伴影，几时吃四马攒蹄[(35)]？

【尾】呆敲才[(36)]、呆敲才休怨天，死贱人、死贱人自骂你！本待要皂腰裙，刚待要蓝包髻，则这的是接贵攀高[50]落得的。（下）

注 解

（1）第二折：写寒食节小千户郊外踏青，又爱上贵族小姐莺莺。小千户回来后，燕燕发现了莺莺赠给小千户的手帕信物，意识到自己上当，内心十分痛苦怨恨。

（2）外孤一折：贵族女子莺莺的父亲（外孤扮）上场，叙说身世家门。

（3）正末、外旦郊外一折：小千户与莺莺（外旦扮）在郊外相遇，小千户爱上莺莺，双方交换了信物。

（4）六儿：女真人对僮仆的通称。此处指小千户的仆人。

（5）千秋：即秋千。相传是春秋时齐桓公由北方山戎传入，本名千秋。

（6）玉粳米牙儿：形容牙齿细白整洁。《西厢记》第一本第一折："未语人前先腼腆，樱桃红绽，玉粳白露，半晌恰方言。"

（7）金莲花：指枕套上的花饰。

（8）古自一家一计：古自，犹自。一家一计，当时成语，一家人一条心的意思。

（9）面没罗：也作"面摩罗"，脸上没精打采的样子。《酷寒亭》第三折："心惊的我面没罗。"也见《西蜀梦》第三折。

（10）呆答孩：痴呆的样子，元剧常用俗语。"答孩""打颏"是"抬颏"的借用。抬颏，本是抬起下巴，神情严肃，引申为没有表情。《西厢记》第四本第一折："身心一片无处安排，则索呆答孩倚定门儿待。"

（11）末云了：这是小千户因燕燕说"莫不在我根底打听得些闲是非"，就趁机制造借口，说自己情绪不好确是听到了燕燕跟别人有私情而引起的。

（12）审住：思索了一会儿。

（13）查梨：样子像梨而不好吃的酸果，参见《救风尘》第一折注文（21）。这里是行步慌张的样子。燕燕因为蹴罢秋千逃席归来，因此步急气喘，髻偏衣皱，小千户就借题发挥，避过燕燕的盘问。

（14）兔鹘：原是一种白色猎鹰，这里用来指称贵重的玉带。

（15）撒漾在田地：撒漾，掉下。田地，地上。这里说燕燕给小千户脱袄子时，莺莺送给小千户的手帕掉在地上被发现了。

（16）头敌：对头。《黄鹤楼》第四折："来、来、来，我和你做一个头敌！"

（17）末告科：这应是小千户抵赖不过，将郊外遇莺莺一事告知燕燕。

（18）玳瑁纳子：扣在手帕上的玉饰，装在盒子里作订婚信物用。《谢天香》第三折作"玉束纳"。《太平乐府》卷六赵明道〔双调夜行船〕寄香罗帕曲：

"鹿顶盒儿最喜，羊脂玉纳子偏宜。"《金钱记》第一折贺知章猜柳眉儿送给韩飞卿的信物说："敢是罗帕藤箱玉纳。"可见玉纳子藤箱（或盒子）总是跟罗帕一起送给情人的。这是写燕燕恨不得将这些玉饰用石头砸碎，将盒子摔破。

（19）捋（luō）了做铺持：捋，同"将"，铺持，铺鞋底的布，《杀狗劝夫》第二折："破布衫捋做了铺迟。"铺迟，即铺持。

（20）末云了：这应是小千户求燕燕不要把手帕剪了，粉盒割了，因此燕燕接下去说："直恁值钱？"

（21）捻绡的：语意双关，表面说罗帕，实际说它传递消息。

（22）细捴绒绣来胸背：女真贵族的官服，其胸背部分均绣有图案。这几句是说干吗把手帕看得这样珍贵，难道它比官服还贵重吗？

（23）婆娘人：燕燕自称。

（24）十王地藏：地藏，指地狱，佛教认为地狱有十殿阎王，故云。

（25）六道轮回：佛教认为众生各依所作善恶孽因，一直在所谓六道（天、人、阿修罗、地狱、饿鬼、畜生）中生死相续，升沉不定，有如车轮旋转不停，故称"轮回"，亦称"六道轮回"。

（26）"善恶天心人意"三句：善恶天心人意，是说善恶报应是合乎天心人意的。"人间私语，天闻若雷"，当时成语。

（27）旦出来科：指燕燕从小千户的书院里出来。

（28）"半良身情深如你那指腹为亲妇"二句：说自己虽是出身低贱的婢女（半良身半贱体），情意比正妻还深。

（29）"想不想在今日"三句：意为没想到在今日，（私情）全都痛快了结，我的聪明伶俐也不知哪里去了。

（30）斩眉：眨眼。《醒世姻缘》第六十五回："待要说你不是个人，你又斩眉多梭眼的。"

（31）"残花酝酿蜂儿蜜"二句：元代散曲家胡紫山〔阳春曲〕中句。（见《太平乐府》卷四）此喻款款温情。

（32）打也阿儿包髻真加要带：打也阿儿，未明何意。或疑打也即打牙，意为说闲话。即是说为了真个儿成侍妾，现在免不了被人闲话。包髻，与下句团衫均为当时侍妾服饰，见《望江亭》第三折。真加，真个的意思。《汗衫记》第二折："天呵苦痛煞，真加人唾骂。"

（33）"则愿得辜恩负德"二句：但愿你们这些辜恩负德的人能一个个封妻荫子。这是怨恨至极说的反话。

（34）夯：用力鼓气。

（35）四马攒蹄：把手脚捆绑起来。小说中也有此词语，如《平妖传》第四十回："李遂上前，叫军士一条麻绳索儿，绑缚个四马攒蹄。"

（36）呆敲才：骂人的话。这是燕燕自指。敲才，参见《窦娥冤》第四折注文（26）。

第三折[(1)]

（孤一折）（夫人一折）[(2)]（末、六儿一折[(3)]）（正旦上，云）好烦恼人呵！（长吁了）（唱）

【越调斗鹌鹑】短叹长吁，千声万声；捣[51]枕搥床，到三更四更。便似止渴思梅[(4)]，充饥画饼[(5)]，因甚顷刻休。则伤我取次[(6)]成，好个个舒心，干支剌没兴。[(7)]

【紫花儿序】好轻乞列薄命、热忽剌姻缘，短古取恩情。[(8)]（见灯蛾科）哎！蛾儿[52]，俺两个有比喻：见一个耍蛾儿来往向烈焰上飞腾，正撞着银灯，拦头送了性命；咱两个堪为比并，我为那包髻白身[(9)]，你为这灯火青荧[53]。

（云）我救这蛾儿。（做起身挑灯蛾科）哎，蛾儿，俺两个大刚来不省[(10)]呵！

【幺】我把这银灯来指定，引了咱两个魂灵，都是这一点虚名。怕不百伶百俐，千战千赢，更做道"能行怎离得影[(11)]"！这一场"其[54]身不正[(12)]"，怎当那厮大四至[(13)]铺排"小夫人"名称？

（末、六儿上）（开门了）（末云）（旦唱）

【梨花儿】是教我软地上吃交，我也不共你争。煞是多劳重降尊临卑，有劳长者车马，贵脚踏于贱[55]地(14)，小的每多谢承[56]。本待麻线道上不和你一处行，（云）你依得我一件事，依得我愿随鞭镫。

（云）你要我饶你，咱再对星月赌一个誓。（云了）（出门了）

【紫花儿序】你把遥天指定，指定那淡月疏星，再说一个海誓山盟；我便收撮了火性，铺撒了人情(15)，忍气吞声，饶过你那亏人不志诚。赚出门桯[57]，（入房科）呼的关[58]上枕[59]门(16)，铺的吹灭残灯。

（末告，不开门了）（末怒云了(17)，下）（旦闪下）

（夫人上住）（末上见住）（云了(18)）（夫人唤了）（旦上见夫人了）（夫人云了）（旦云）燕燕不会，去不得。

【小桃红】燕燕上覆传示煞曾经，谁会甚儿女成婚聘？(19)甚的是许出羞下红定(20)？问[60]这洛阳城，少甚么能言快语官媒证？燕燕怎敢假名托姓？但[61]教我一权为政(21)，情取"火上等冬凌(22)"。

（旦云）燕燕不去。（末云）（夫人怒云了）（旦唱）

【调笑令】这厮短命，没前程，做得个"轻人还自轻(23)，"横死口(24)里栽排定。老夫人随邪水性(25)，道我能言快语说合成，我说波娘(26)七代先灵[62]！

【圣药王】然(27)道户厮迎(28)，也合再打听，两门亲便走一遭儿成。我若到那户庭，见那娉婷，若是那女孩儿言语没实诚[63]，俺这厮强风情。(29)（虚下）

（外孤上）（旦上，见孤云）夫人使来问小姐亲事，相公许不许，燕燕回去。（外孤云了）(30)（闪下）

（外旦上）（旦随上，见了）特地来问小姐亲事，许不许回[64]去。（外旦许了[65]）（旦唱）

【鬼三台】女孩儿言着婚聘，则合低了咽颈，羞答答地禁声；划地面皮上笑容生，是一个不识羞伴等。俺那厮做事一灭行[31]，这妮子更敢有四星[32]，把体面装沉，把头梢自领。[33]

（旦背云）着几句话，破了这门亲。（对外旦云）小姐，那小千户酒性歹。（外旦骂住[34]）（旦云）呀！早第一句儿。

【天净沙】先教人掩扑[35]了我几夜恩情，来这里被他骂得我百节酸疼，我便似窬墙贼蝎蜇嗫声[36]，空使作心幸，被小夫人引了我魂灵。

（外旦云了[66]）（旦云）你道有铁脊梁的，你手里做媳妇。

【东原乐】我是你心头病，你是我眼内钉，都是那等不贤慧[67]的婆娘传槽病[37]。你只牢踏着八字行，俺那厮陷坑，没一日曾干净。[38]

【绵答絮】我又不是停眠整宿，大刚来窃玉偷香[39]。一时间宠幸，数日[68]间忺过。俺那厮一日一个王魁负桂英[40]，你被人推、人推更不轻。俺那厮一霎儿新情，撒地腿胫麻，歇地脑袋疼。[41]

【拙鲁速】终身无籍箕星[42]，指云中雁做羹[43]。时下且口口声声，战战兢兢，袅袅停停，坐坐行行；有一日孤孤零零，冷冷[69]清清，咽咽哽哽，觑着你个拖汉精！

【尾】大刚来"主人有福牙推胜[44]"，不似这调风月媒人背厅[45]。说得他美甘甘枕头儿上双成，闪得我薄设设被窝儿里冷！（下）

注 解

（1）第三折：写小千户吃了燕燕的闭门羹，恼羞成怒，怂恿夫人要燕燕去为自己说亲。燕燕到了莺莺那里，亲事一说即成，燕燕原想破亲也破不了，内心十分痛苦。

（2）（孤一折）（夫人一折）：孤，燕燕家里的男主人。这里是孤上场自报家门后，夫人对他谈起小千户探亲事宜。

（3）末、六儿一折：小千户和六儿向孤和夫人禀告郊外踏青遇见莺莺的情事。

（4）止渴思梅：即望梅止渴。《世说新语·假谲》："魏武行役失汲道，军皆渴，乃令曰：'前有大梅林，饶子，甘酸可以解渴。'士卒闻之，口皆出水，乘此得及前源。"后比喻用空想安慰自己。

（5）充饥画饼：《三国志·魏书·卢毓传》："选举莫取有名，名如画地作饼，不可啖也。"本喻虚名无补实用，后比喻聊以空想自慰。

（6）取次：轻易的意思。这句意为只病在我轻易成事。

（7）"好个个舒心"二句：上句是对别人说，下句是对自己说。此处可能有衬字，刊刻时删去了。如说"好让他个个舒心，单教我干支刺没兴"，语意就明白了。

（8）"好轻乞列薄命"三句：轻乞列、热忽刺、短古取，形式相同的副词，乞列、忽刺、古取，均加强语气，无义。

（9）白身：指良民，它是与当时许多沦为奴婢的贱民对称的。

（10）不省：不明白、好糊涂的意思。

（11）能行怎离得影：当时俗谚，意与"孙悟空翻不出如来佛掌心"相近。

（12）其身不正："其身不正，虽令不从"，见《论语·子路》篇。

（13）大四至：大模大样、煞有介事的意思。也作"大四八""大厮八"。《百花亭》第一折："自笑我有那崔护诗才几些？怎敢便大厮八将凉浆谒？"

（14）贵脚踏于贱地：当时俗谚。《玉壶春》第一折："与秀才权为信物，只望贵脚早踏贱地。"

（15）收撮了火性，铺撒了人情：意为把火性收拾起，把人情铺展开。"收撮"与"铺撒"互文。

（16）枕门：指房门。《西厢记》第一本第一折："投至到枕门儿前面，刚挪了一步远。"

（17）末怒云了：小千户吃了闭门羹，苦苦哀求，最后恼羞成怒。

（18）云了：小千户终于想出毒计，到夫人面前诉说要燕燕去帮他提亲。

（19）"燕燕上覆传示煞曾经"二句：意为传示、上复这些事我是惯经的，媒人却不会做。

（20）许出差下红定：当时的婚礼手续。许出差，指定亲的许口酒。红定，订婚的礼物。

（21）一权为政：作主的意思。《全相三国志平话》："家兄已得徐州，一权为正（政）。"

（22）火上等冬凌：当时俗谚，意为火上搁冰，冰立即消失。比喻事情失败得快。

（23）轻人还自轻：当时成语。意为看轻别人，其实是看轻自己。

（24）横死口：詈辞。横死，即死于非命。《西厢记》第五本第三折："横死眼不识好人"，意近似。

（25）随邪水性：金元人日常语，形容一个人作风不正派。也见《单刀会》第四折。

（26）娘：张相《诗词曲语辞汇释》卷六："娘，表示惊异或怨詈之辞。"《绯衣梦》第四折："到来日云阳闹市中杀么娘七代先灵。"

（27）然：张相《诗词曲语辞汇释》卷一"然，犹虽也"。

（28）户厮迎：门当户对之意。

（29）实诚：真情的意思。《蝴蝶梦》楔子："有什么实诚定准。"这两句是说如果莺莺的言语里没有透露什么真情，就一定是小千户这家伙强作风流。强风情，当时俗语，强作风流的意思。

（30）（旦上，见孤云）至（外孤云了）：外孤扮莺莺的父亲，这里是燕燕来说亲，先见莺莺的父亲。"燕燕回去"，是燕燕回去回话的意思。"外孤云了"，当是外孤要燕燕自去问莺莺。

（31）一灭行：一意孤行、不顾一切。元刊本《气英布》第二折："两国峻争，难使风雷性，三不归，一灭行，着死图生，剑斫了差来的使命。"

（32）四星：有二义，一为前程、下梢的意思。古人钉秤，每斤处用五星，惟到末梢为四星，故云。"这妮子更敢有四星"，言这丫头恐没有前程也。另一为凄凉、零落之义，取北斗七星，遮去斗勺三星，剩下四星零落也。如《西厢记》第一本第三折："伫立空庭，竹梢风摆，斗柄云横。呀，今夜凄凉有四星。"

（33）"把体面装沉"二句：意说表面上要十分庄重，自己要先下手，争取优势。

（34）外旦骂住：莺莺发觉燕燕说小千户的坏话，登时十分生气。从下文看，她甚至骂燕燕"有铁脊梁的我手里做媳妇"的话。因为燕燕是以小千户家的丫头身份来说亲的，一旦莺莺嫁给了小千户，燕燕也就成了她的手下人，故这样说。

（35）掩扑：当时一种赌博，"掩扑了"意即输掉了。《西厢记》第二本第二折："你休只因亲事胡扑掩。"

（36）窍（gòng）墙贼蝎蜇噤声：当时成语，意为爬墙入屋的强盗就是给蝎子蜇了也只好忍痛不出声。窍，剜土。

（37）传槽病：家畜传染病，因同槽而食互相传染疾病。当时习惯用以骂人互相影响的坏风气。

（38）"俺那厮陷坑"二句：意为小千户诡计多端。

（39）窃玉偷香：喻偷情。《晋书·贾充传》载贾充女午，与司空掾（官名）韩寿私通，窃其父藏武帝所赐奇香赠韩。后事为贾充发觉，即以女嫁与韩寿。窃玉，元曲中有"郑生玉窃，韩寿香拈"之说（见《雍熙乐府》卷八〔南吕一枝花〕"子弟收心"套），郑生窃玉之事，未明出处。

（40）王魁负桂英：宋元时十分流行的故事，徐渭《南词叙录》载为"宋元旧篇"，属南戏最古老剧目之一。宋代张邦基《侍儿小名录拾遗》引《摭遗》："王魁遇桂英于莱州北市深巷，……魁时下第。桂英曰：'君但为学，四时所须我为办之。'……魁后唱第为天下第一，……桂英……遣仆持书。魁方坐厅决事，大怒，叱书不受。桂英曰：'魁负我如此，当以死报之！'挥刀自刎。"

（41）"俺那厮一霎儿新情"三句：写小千户情性变化无定。腿脡，腿挺直。

参见《西蜀梦》第一折注文 (8)。

(42) 簸箕星：星相术语，旧以指纹中有否簸箕星来推定人的一生祸福。参见《绯衣梦》第三折注文 (13)。

(43) 指云中雁做羹：遥指云中雁做羹，是当时俗谚，指不能实现的愿望。以下八句是说眼下还不过是这样说说骂骂，有一天眼看你把汉子拖去，俺就更凄惨了。

(44) 主人有福牙推胜：当时俗谚。牙推，也作"牙槌"，医卜星相术士之称。这里作医生讲。参见《拜月亭》第二折注文 (9)。

(45) 调风月媒人背厅：调风月媒人，燕燕自称。背厅，背时，运气不好的意思。

第四折 (1)

（老孤、外孤上）（众外上(2)）（夫人上住）（正末、正旦、外旦上住）（正旦唱）

【双调新水令】 双撒敦(3)是部尚[70]书，女婿是世袭千户，有二百匹金勒马，五十辆画轮车。说得他儿女夫妻，似水如鱼；撇得我鳏寡孤独，哪的是撮合山(4)养身处？

【驻马听】 官人每是[71]石碾连珠，满腰背无瑕玉兔鹘；夫人每是依时按序，细搋绒[72]全套绣衣服，包髻是缨络大真珠(5)，额花是秋色(6)玲珑玉，悠悠的品着鹧鸪(7)，雁行般但举手都能舞[73]。

（做与外旦插带了科）（外旦云）（旦唱）

【甜水令】 姐姐骨甜肉净，堪描堪塑。生得肌肤似凝酥，从小里梅香嬷嬷抬举，问燕燕梳裹何如[74]？

【折桂令】 他是不曾惯傅粉施朱[75]，包髻不仰不合，堪画堪图，你看三插花枝，颤巍巍稳当扶疏。则道是烟雾内初生月兔，原[76]来是云鬓后半露琼梳。百般的观觑，一划(8)[77]的全无市井尘俗，压尽其余。

（末[78]云了）（旦揪搜末科）(9)

【水仙子】推那领系(10)眼落处，采揪住那系腰(11)行行掐胯骨[79]。我这般拈拈恰恰(12)有甚难当处？想我那声冤不得苦痛处。你不合先发头怒[80]；你若无言语，怎敢将你觑付，则索做使长、郎主(13)。

（孤云了(14)）（旦唱）

【殿前欢】俺千户跨龙驹，称得上的敢望七香车。愿得同心结，永挂合欢树。鸾凤娇雏、连理枝、比目鱼，千载相完聚。花发无风雨，头白相守，眼[81]黑(15)处全无。

（老孤(16)问了）（旦云）煞曾勘[82]婚来。

【乔牌儿】勘婚处恰岁数，出嫁[83]后有衣禄。若言招女婿，下财钱将他娶过去。

【挂玉钩】是个破败家私铁扫帚[84]，没些儿发旺夫家处，可更[85]绝子嗣、妨公婆、克丈夫。脸上承泪脣(17)无重数[86]，今年见吊客临，丧门聚；反阴复阴(18)，半载其余。

【落梅风】据着生的年月，演的岁数，不是个义夫节妇，休想得五男并二女，死得教灭门绝户。

（云了(19)）（旦跪唱）

【雁儿落】燕燕那书房中服侍处，许第二个夫人做；他须是人身人面皮，人口人言语！

【得胜令】到如今总是彻梢虚⁽²⁰⁾，燕燕不是石头镌⁽²¹⁾铁头做，教我死临侵⁽²²⁾身无措，错支剌⁽²³⁾心受苦！（夫人云⁽²⁴⁾）（旦唱）瘫中着身躯，教我两下里难停住；气夯破胸脯，教燕燕两下里没是处。

【阿古令】满盏内盈盈绿醑⁽²⁵⁾，只合当作婢为奴。谢相公夫人抬举，怎敢做三妻两妇？只得和丈夫、一处、对舞，便是燕燕花生满路⁽²⁶⁾。

　　题目^[87]　双莺燕暗争春

　　正名　诈妮子调风月

注 解

　　(1) 第四折：这是莺莺与小千户结婚的一场戏，在主人和众宾客面前，燕燕愤怒揭露小千户玩弄自身感情的丑恶面目，痛骂新娘子莺莺，使贵族们目瞪口呆。最后由夫人作主将燕燕嫁给小千户做妾（也有人理解为嫁与小千户的侍从六儿）。

　　(2) 众外上：这是婚礼仪式。老孤扮小千户的父亲，外孤是莺莺的父亲，"众外"是包括燕燕家男主人在内的众宾客。

　　(3) 撒敦：女真语，亲眷的通称。《虎头牌》第二折："可便是大拜门撒敦家的筵宴。"

　　(4) 撮合山：指媒人，燕燕自称，参见《望江亭》第一折注文（14）。

　　(5) 包髻是缨络大真珠：真珠，珍珠。这支曲子写婚礼上贵族们的服饰举止。《金史·舆服志》记女真妇人服饰云："年老者以皂纱笼髻如巾状，散缀玉钿于上，谓之玉逍遥。"与剧中描写相近。

　　(6) 秋色：淡青色。

　　(7) 鹧鸪：鹧鸪笛的省称。

　　(8) 一划：一味、一派、统统之意。《柳毅传书》第一折："可曾有半点儿雨云期，敢只是一划的雷霆怒。"也见《金线池》第二折。这两支曲子写燕燕替莺莺梳裹，称赞她的容貌打扮。

（9）（末云了）（旦揪搜末科）：估计是小千户趾高气扬，趁势挖苦燕燕，燕燕按捺不住心头怒火，因此发作起来，当场揪搜小千户身上手帕之类的信物，以揭穿小千户的面目。

（10）领系：提衣领。

（11）系腰：指腰带。

（12）拈拈恰恰：服服帖帖的意思。这二句意为：我这般服服帖帖有什么使你受不了，你怎么不想想我那有冤说不出的痛苦心情。

（13）使长、郎主：均为奴婢对主人的称呼。这几句是说这场风波是你小千户挑起来的。

（14）孤云了：这是燕燕家的男主人（孤扮）看见事情闹大了，赶忙问个究竟。

（15）眼黑：指夫妻不和、互相瞪眼发作。"眼黑"与"头白"相对。《对玉梳》第三折："俺那虔婆眼黑爱钱。"这支曲子是燕燕对家主解释，说自己是大人家婢女，只有看得上的我才嫁给他！我也是希望与丈夫连理比目、白头相守的。

（16）老孤：现在是小千户的父亲，即老千户出来问话了。婚礼席上出了事，他觉得奇怪，因而问媒人燕燕：双方（指小千户与莺莺）是否曾勘婚，燕燕却以为是问自己与小千户之事，故下面答"出嫁后有衣禄"的话。

（17）承泪靥：妇女泪腺下面的痣，相书里认为是苦命的标记。

（18）反阴复阴：即反吟复吟。相书里讲究如果反吟复吟，婚事不易成功。反吟复吟，见沈括《梦溪笔谈》"六壬论"。又相书曰："年头为伏吟，对宫为反吟"，"伏吟反吟，涕泪淫淫"。按：从上曲"若言招女婿"起至下面〔落梅风〕全曲止，均是针对莺莺说的。

（19）云了：此处之上漏刻"孤"或"夫人"，这里是燕燕家的主人（孤或夫人）看到燕燕闹得太凶了，出来训斥，因此有下面燕燕"跪唱"的关目。

（20）彻梢虚：彻底欺骗。也作"谎彻梢虚"，参见《救风尘》第一折。

（21）镌（juān）：凿。《淮南子·本经训》："镌山石。"

（22）死临侵：痛苦不堪，垂头丧气的样子。参见《望江亭》第二折注文（7）。

（23）错支剌：也作"措支剌"，惊慌失态之状。《西厢记》第二本第三折："措支剌不对答，软兀剌难存坐。"

（24）夫人云：这是夫人出来做"和事佬"，主张燕燕也嫁给小千户。燕燕开始还是踌躇的，觉得与小千户结婚，心中还有一腔怨气；但不嫁他吧，又拗不过夫人，因此内心很矛盾，觉得"两下里没是处"。

（25）醑（xū）：美酒。这是最后燕燕与小千户饮的交杯酒。

（26）花生满路：元剧常用套语，美满荣耀的意思。《西厢记》第五本第四折："自古、相女、配夫，新状元花生满路。"上句"丈夫、一处、对舞"是三韵句。

校 注 ✿

本剧现存仅《元刊杂剧三十种》本，现参以其他校本（见《西蜀梦》校记）勘校。

[1] 第一折：原本无标折目，今标出。下同，不另作说明。

[2] 仙吕：原本无标官调名，今标出。下同，不另作说明。

[3] 胭：原作"烟"，诸本已改。

[4] 只：原音假为"子"，今改。下同。

[5] 一个：原误重为"不"字，今改。

[6] 教：原音假为"交"，今改。下同。

[7] 尽教："教"字原空缺，依元剧用语惯例补。

[8] 没事狠："事狠"原音假为"是哏"，今改。

[9] 蹅：原作"查"，从北大本改。

[10] 议论：议，原作"意"，诸本已改。

[11] 旦笑云：原作"笑云"，本剧是旦本，由正旦燕燕一人主唱。说白也多是燕燕一人的，其他为刻本省去。为方便读者起见，把易混淆的地方适当加以说明。

[12] 铺陈：陈，原音假作"呈"，今改。

[13] 拗：原讹为"描"，今改。

[14] 的：原脱，据下句补上。

［15］国风雅颂施诂训：颂，原音假为"讼"。诂，原作"颉"，诸本已改。

［16］诵：原音假为"颂"，今改。

［17］印：原作"胤"，乃"胤"之误，"胤"为"印"之音假，叶韵，从徐沁君本改。

［18］贞：原音假为"真"，今改，下同。

［19］栽：原音形相近误为"裁"，今改。

［20］寂：原缺，从隋树森本校补。

［21］呓：原音假为"意"，今改。

［22］是他亲只管教话儿亲：此句两"亲"字原均音讹为"因"，今改，下同。

［23］枉：原作"往"，诸本已改。

［24］系：原误为"击"，诸本已改。

［25］绣：即绌，原作"由"，诸本已改。

［26］邻：原误作"怜"，诸本已改。

［27］你吃饭未："未"字上原衍一"末"字，今删。

［28］耐：原作"奈"，今改。

［29］莫：原作"末"，今改。

［30］挪系：挪，原作"那"，今改。

［31］见我这般气丝丝偏斜了鬏髻：这，原缺，今补。丝，原作"系"，今改。"鬏"：原误作"鬏"。

［32］吃：原作"乞"，诸本已改。

［33］鹘：原音假为"胡"，今改，下同。

［34］纽：原字讹，今改。

［35］哥：原错为"刺"，今改。

［36］摔：原音形相近误作"捽"，今改。

［37］（带云）这手帕：原缺，据上下文意思补。

［38］"剪了做靴檐"三句：〔上小楼〕曲这三句是彼此相对的，原本作"剪了靴檐，染了鞋面，做铺持"，今补。

［39］绩：原误作"积"，今改。

［40］绣：原作"秀"，诸本已改。

　　［41］行：原音假为"幸"，今改。

　　［42］在：原作"抎"，诸本已改。

　　［43］道：原音假为"到"，从徐沁君本改。

　　［44］踪：原作"迹"，诸本已改。

　　［45］"待争来怎地争"二句：第一个"待"字，原音假为"大"；第二个"悔"字原作"再"，今改。

　　［46］低：原作"底"，诸本已改。

　　［47］连：原音假为"怜"，从徐沁君本改。

　　［48］低：原讹为"底"，今改。此写燕燕月下低首，故下句说"孤鸿伴影"。

　　［49］孤：原音假为"辜"，诸本已改。

　　［50］接贵攀高：接贵，原音假为"折桂"。接贵攀高与折桂攀蟾均为当时成语。前者例如《破窑记》第一折："攀高接贵，顺水推船。"此处从徐沁君本改。

　　［51］捣：原音假为"倒"，诸本已改。

　　［52］蛾儿："蛾"原作"娥"，诸本已改。

　　［53］灯火青荧："荧"字原缺，此句为四字句，从徐沁君本改。

　　［54］其：原作"了"，今改。

　　［55］贱：原作"践"，诸本已改。

　　［56］承：原音假为"成"，今改。

　　［57］桯：原作"程"，从徐沁君本改。

　　［58］关：原作"闵"，诸本已改。

　　［59］枕：原误作"笼"，从徐沁君本改。

　　［60］问：原误作"向"，今改。

　　［61］但：原误作"旦"，诸本已改。

　　［62］灵：原作"天"，诸本已改。

　　［63］诚：原作"成"，从隋树森本改。

　　［64］回：原误为"闻"，今改。

　　［65］外旦许了：原作"外旦许了，下"，从下文看，外旦并未下场，也无须下场，只要燕燕唱下面〔鬼三台〕曲子时是采取"背唱"形式就可以了，故

"下"字删去。

［66］外旦云了：原作"外云"，据文意补。

［67］慧：原音假为"会"，诸本已改。

［68］日：原误作"月"，据上文"无奈只恁过三朝五日"句意改，"数日间恁过"一句应押韵，"过"字疑讹。

［69］冷冷：原误作"吟吟"，诸本已改。

［70］尚：原音假为"上"，诸本已改。

［71］每是：依语意加，作（带云）处理。下句可证。

［72］绒：原作"戎"，诸本已改。

［73］舞：原衍成"舞舞"，今改。

［74］何如：原误倒为"如何"，诸本已改。

［75］傅粉施朱：傅，原音假为"赴"。朱，原作"珠"，今改。

［76］原：原作"兀"，即"元"字讹写，今改。

［77］一划：划，原形误为"㓶"，今改。

［78］末：原误为"夫"（即夫人），今改。

［79］采揪住那系腰行行掐胯骨：住，原误为"毛"，今改。系，原误为"击"，"系"与"击"，繁体形近而误，诸本已改。掐，原音假为"恰"，从徐沁君本改。胯，原音形相近误为"跨"，今改。

［80］怒：原误为"恕"，诸本已改。

［81］眼：原形误为"服"，今改。

［82］勘：原音假为"看"，据下句"勘婚处恰岁数"改。

［83］嫁：原省作"家"，今改。

［84］扫帚：原误为"帚帚"，诸本已改。

［85］更：原误作"史"，今改。

［86］脸上承泪靥无重数：承，原误作"肇"，今改。重，原作"里"，从徐沁君本改。

［87］题目：原缺，依天一阁本《录鬼簿》补。

唐明皇哭香囊（残曲）

导读

　　唐玄宗李隆基和贵妃杨玉环是著名的历史人物。他们的故事，是民间戏曲小说热门的题材。

　　安史之乱平定后，李隆基回到长安，路过马嵬坡，叫人掘开杨玉环坟墓，奇怪的是，"马嵬坡下泥土中，不见玉颜空死处"（白居易《长恨歌》）。只留下一个香囊。这就是后来传说杨贵妃当时并未死去，而是东渡日本，日本至今还保留着杨贵妃墓等各种离奇传说存世的因由。

　　唐玄宗睹物思人，十分伤感。清代洪昇的《长生殿》也写到哭香囊之事。

　　此残曲见清代李玉《北词广正谱》。

【越调雪里梅】闹吵吵树头边，讼都都絮无休。只不过添兵，离不了求救，你怎么诸葛武侯⁽¹⁾！

【幺篇】你可甚分破帝王忧？向沙塞拥戈矛。那里也断密⁽²⁾亡隋，排萧剪闵⁽³⁾，擒充戮窦⁽⁴⁾。

【络丝娘】不要你微分间到口，则要你满饮这一盏劳神御酒。额角上花钿坠不收，粉汗交流。

【绵搭絮】玉簪初绽，金菊才开，碧梧恰落，翠柳微调，都做了野草闲花满地愁。说与那教坊司、仙音院⁽⁵⁾，莫落后，若得些松闲，共娘娘做取个九月九。

【拙鲁速】比当日里河秋⁽⁶⁾，则不争拥着貂裘。向前待问候，只见淡淡双蛾紧相斗；翠眉皱，手按着骅骝⁽⁷⁾，忔忟忟战又怯，娇又羞。

注 解

（1）你怎么诸葛武侯：这里指责当时权相李林甫等无能，不能像诸葛亮一样保卫皇室。

（2）密：指李密。隋末瓦岗起义军首领。后兵败降唐。

（3）排萧剪闵：萧指萧铣，隋末自称梁王，后兵败降唐。闵指刘黑闼。隋末从窦建德起兵称王，后兵败被杀。

（4）擒充戮窦：充指王世充。隋炀帝死后，王世充称帝，后兵败降唐被杀。窦指窦建德。隋末农民起义首领，后兵败死于长安。这几句可能是李隆基回忆隋末祖宗创业艰辛。

（5）教坊司、仙音院：教坊司是唐初设立的伎乐机构，唐代有仙韶院，仙音院是元代设立的音乐机构，此即指仙韶院。

（6）里河秋：马致远《汉宫秋》杂剧写王昭君行至里河（今黑龙江）投江而死。

（7）骅骝：原指周穆王八骏之一，后指良马。《琵琶记》："骅骝方独步，万马敢争先。"

风流孔目春衫记[1]（残曲）

导读 ⬡

　　本剧为关汉卿撰当无可怀疑，清代姚燮《今乐考证》及王国维《曲录》皆有著录。《北词广正谱》仅收此一曲。

　　本剧本事未详。曲文中有"我与你为妻"句，可知此剧乃旦本。

【仙吕】【尾声】咱两个赤金鱼，将养在银盆内，我则要你成双到底。我与你为妻，却不道你真实，大古来⁽²⁾也真实；一家一计⁽³⁾，咱两个到黄泉做鬼永不分离。

注　解

(1) 孔目：原指文书档案目录，后用来指职掌文书档案之吏员。

(2) 大古来：大概、总之。此乃元时口头语，也见《望江亭》第二折。

(3) 一家一计：一家人的意思。

孟良盗骨（残曲）

导读

　　此残曲见《北词广正谱》，为末本戏，属坊间流传甚广的杨家将戏曲。杂剧本事与《元曲选》中《昊天塔孟良盗骨》一剧相类似。说的是杨令公（继业）兵败被围困，撞李陵碑而死。孟良奉命前往幽州昊天寺盗取杨令公骨殖回宋安葬的故事。

【仙吕青歌儿】算着我今年合尽⁽¹⁾，来日个众军众军传令。

注 解

(1) 合尽：完事、了结意。可能指死亡。

唐诗、宋词、元曲，是中华传统文化的瑰宝。所谓元曲，指元代的杂剧和散曲；杂剧是戏曲，散曲是散装曲子，它们在当时都是可供演唱的。

散曲分三类：单曲、带过曲和套曲。单曲就是只有一支曲子，也叫小令；带过曲是唱一支曲子后再带唱一二支曲子；套曲也叫套数、散套，是同一宫调的几支曲子组成一套曲，如关汉卿的〔南吕 一枝花〕（赠珠帘秀）套曲，是由南吕宫的〔一枝花〕〔梁州第七〕〔尾〕几支曲子组成的。

散曲标示有宫调，那是古代音乐的调式，常见的有"五宫四调"，即正宫、中吕宫、南吕宫、仙吕宫、黄钟宫、大石调、双调、商调、越调，合称"九宫"。各宫调表现的声情不同。每个宫调下隶属有若干曲牌，曲牌的字数、平仄、用韵都有一定的规范，但可加衬字，这是元曲与唐诗、宋词不同的地方。

小令

正宫　白鹤子（四首）

导　读 ⬡

　　关汉卿的散曲，作为一种抒情诗，展示的多是诗人内心的主观世界，这个世界真切、直率、深沉、随缘，但不易捉摸。这两个方面构成了伟大作家关汉卿丰富而多层次的个性特征。

　　这四首〔白鹤子〕小令可能是关汉卿晚年在杭州写的。由眼前的湖光胜色（澄澄如蓝的湖水，灼灼如绣的时花）而起兴，描绘了画舫交错、骅骝争先的繁华场面，最后以一缕柔情、两厢牵惹作结，境界秀美隽永，煞是可读。

　　四时春富贵，万物酒风流。澄澄水如蓝，灼灼花如绣。

　　花边停骏马，柳外缆轻舟。湖内画船交⁽¹⁾，湖上骅骝⁽²⁾骤。

　　鸟啼花影里，人立粉墙头。春意两丝牵，秋水双波⁽³⁾溜。

　　香焚金鸭鼎⁽⁴⁾，闲傍小红楼。月在柳梢头，人约黄昏后。⁽⁵⁾

——《太平乐府》卷三

注　解 ⬡

（1）交：纵横交错。

（2）骅骝：良马名，相传为周穆王八骏之一。《庄子·秋水》："骐骥骅骝，一日而驰千里。"

（3）秋水双波：比喻美女清澈流盼的眼睛。朱德润《对镜写真》诗："两面秋波随彩笔，一奁冰影对钿花。"

（4）金鸭鼎：铜制的鸭形熏炉。

（5）"月在柳梢头"二句：借用宋代欧阳修〔生查子〕（元夕）词句。原作"月上"而非"月在"。

仙吕 醉扶归
嘲秃指甲[1] （一首）

导 读

过去说"诗庄词媚"，如是的话，则曲一言蔽之曰"俗"。身边琐事、无聊消遣，皆可入曲，这很可能就是"曲"这种形式过去被排斥于"大雅之堂"外面的缘故。

像《嘲秃指甲》这样的曲子，在元曲家中并非罕见，还有《咏大脚》《咏疟疾》等粗俗、流俗、鄙俗的题目，在唐诗、宋词中是绝对见不到的。这实际上是书会才人们愤世嫉俗、玩世不恭的一种表述，他们不屑议论那个"覆盆不照太阳晖"的现世，因而把兴趣转向勾栏内部或身边琐事，这才写出如此流俗的玩笑文字。

本曲是否关作有疑问，《中原音韵》与《词林摘艳》不著撰人，《留青日札》与《北宫词纪》外集只注元人作，而选录不甚谨严的明代蒋一葵的《尧山堂外纪》却著关汉卿作，未知有何据。

十指如枯笋，和袖捧金樽。捣(1)煞银筝字不真，搔[2]痒天生钝；纵有相思泪痕，索把拳头搵(2)。

　　　　　　——《词林摘艳》卷一、《尧山堂外纪》卷六八

注 解

（1）抟：用手指拨弹乐器。

（2）揾（wèn）：揩拭。辛弃疾《水龙吟·登建康赏心亭》词："倩何人唤取，红巾翠袖，揾英雄泪。"

校 注

［1］嘲秃指甲：《北宫词纪》外集题作《嘲妓秃指甲》。

［2］搔：原误为"探"，据《尧山堂外纪》改。

仙吕　一半儿
题情（四首）

导 读

"身无彩凤双飞翼，心有灵犀一点通。"雅正而灵动，这是唐诗中的爱情描写；"莫道不消魂，帘卷西风，人比黄花瘦。"缠绵而幽深，这是宋词中的爱情描写；元曲则大胆恣肆，"辣味"十足。试看第二首《碧纱窗》，写了环境（窗外静无人），写了动作（下跪求爱），写了声口（骂、嗔），写了心理变化（从推辞到肯，从骂到爱），极富层次；而巧用〔一半儿〕曲牌的定格"一半儿……一半儿……"，则令人拍案叫绝。这就是典型的元曲的爱情描写，几乎直奔做爱主题，但不猥亵，只见情色，不见色情；不会扭扭捏捏，只有痛快淋漓。由于末句规定嵌入两个"一半儿"，使曲子婉转而口语化，朗朗上口，更加通俗，与唐诗、宋词味道迥别。

〔一半儿〕曲牌的句式字数是：七、七、七、三、九。因此，这套组曲前三首中的第四句"骂你个""虽是我""薄设设"，都是衬字。第三首第三句"乍""好"是衬字。第四首第二句"得"、第三句"的"也是衬字。

元曲可以用"衬字"，这是它与唐诗、宋词的一个重要区别。衬字运用的规范是：不能用于句子的停顿处或句末。衬字可多可少，视作者意兴与内容而定。

云鬟雾鬓胜堆鸦，浅露金莲簌⁽¹⁾绛纱，不比等闲墙外花。骂你个俏冤家，一半儿难当⁽²⁾一半儿要。

碧纱窗外静无人，跪在床前忙要亲。骂了个负心回转身。虽是我话儿嗔⁽³⁾，一半儿推辞一半儿肯。

——《太平乐府》卷五、《尧山堂外纪》卷六八

银台灯灭篆烟⁽⁴⁾残，独入罗帏掩^[1]泪眼，乍孤眠好教人情兴懒。薄设设被儿单，一半儿温和一半儿寒。

多情多绪小冤家，迤逗⁽⁵⁾得人来憔悴煞，说来的话先瞒过咱。怎知他，一半儿真实一半儿假。

——《太平乐府》卷五

注　解

(1) 簌（sù）：拟声词。这句写体态，说走路时绛纱裙子碰着脚时发出簌簌声。

(2) 难当：元曲常用词，意为赌气。《度柳翠》第三折："若是无了这口气呵，原来便难当不的。柳翠也，你便是比并着这气毬。"

（3）嗔（chēn）：怒。杜甫《丽人行》："慎莫近前丞相嗔。"

（4）篆烟：刻着篆字的熏炉里的烟。

（5）迤逗（yǐdòu）：挑逗、勾引。《西厢记》第四本第二折："我着你但去处行监坐守，谁着你迤逗的胡行乱走？"

校 注

[1] 掩：原音假为"淹"，今改。

南吕 四块玉（五首）
别情

导 读

这是一首写离别的小令。写来情真意切，直抒胸臆。伫立阑干良久，雪正盈袖，人何以堪。末尾"溪又斜，山又遮，人去也"三句，直呼而出，口气宛然，是元曲的看家路数。

〔南吕 四块玉〕曲牌的定格字数是：三三七七三三三。这首《别情》曲未加衬字。

自送别，心难舍，一点相思几时绝？凭阑袖拂杨花雪。溪又斜，山又遮，人去也！

——《太平乐府》卷五

闲适

导　读 ❂

　　这四支标题《闲适》的曲子，是了解关汉卿内心世界的极好样本。关汉卿是"驱梨园领袖，总编修师首，捻杂剧班头"。(《录鬼簿》贾仲明吊词)"世态人情经历多"，尝尽了酸甜苦辣的人生况味，终于"跳出红尘恶风波"，领悟了人生真谛。"闲将往事思量过，贤的是他，愚的是我，争甚么!"关氏终于清醒了，超脱了，"不争"了，这是看透杂沓世情后的"不争"，摆脱"人我是非"后的"不争"，超越滚滚红尘后的"不争"。这四支曲子，是关汉卿对空漠人生的深沉喟叹，对短暂人世的无奈叹息，对污浊尘世的深刻反思。他终于悟出个体生命无法掀翻风雨如磐的故园，无法推翻"覆盆不照太阳晖"的现实。早年溯迎而上、出没于鲸波万仞风浪中的关汉卿，写出了大悲剧《窦娥冤》的关汉卿，以前热腔骂世、冷板敲人的关汉卿，金刚怒目式的关汉卿，终于闲适了，宽泰自若，恬静自守，这两个看似矛盾的关汉卿，其实，构成了极其真实的关汉卿的人设。

　　适意行，安心坐，渴时饮呵醉时歌[1]，困来时就向莎茵(1)卧。日月长，天地阔，闲快活。

　　旧酒投，新醅(2)泼，老瓦盆边笑呵呵，共山僧野叟闲吟和，他出一对鸡，我出一个鹅，闲快活。

　　意马收，心猿锁(3)，跳出红尘恶风波。槐阴午梦(4)谁惊破？离了利名场，钻入安乐窝(5)，闲快活。

　　南亩耕(6)，东山卧(7)，世态人情经历多。闲将往事思量过，贤的是他，愚的是我，争甚么！

——《太平乐府》卷五、《乐府群珠》卷二

注 解

（1）莎茵：草地。

（2）醅（pēi）：未滤的酒。杜甫《客至》诗："盘飧市远无兼味，樽酒家贫只旧醅。"

（3）意马收，心猿锁："意马心猿"原是道家用语，比喻人的心思流荡散乱，把握不定。《望江亭》第一折："俺从今把心猿意马紧牢栓，将繁华不挂眼。"

（4）槐阴午梦：唐李公佐传奇小说《南柯太守传》记淳于棼梦为槐安国（实是槐树下蚁穴）驸马，醒后才知原是梦境。

（5）安乐窝：宋儒邵雍隐居于苏门山，名其书屋为安乐窝。

（6）南亩耕：诸葛亮《出师表》，"臣本布衣，躬耕于南阳"。

（7）东山卧：晋代谢安曾隐居于浙江上虞东山。

校 注

[1]渴时饮呵醉时歌：原作"渴时饮，饥时餐，醉时歌"，据明代朱权《太和正音谱》改。

中吕 朝天子

书所见[1]（一首）

导 读

这首小令另有一题目《从嫁媵（yìng）婢》，即陪嫁丫头的意思。关氏对陪嫁丫头颇有好感，赞叹她的美貌，说其模样举止、文谈回话，不在红娘之下。著名戏曲家吴梅引录这首曲子后，说："（关氏）夫人见之，答以诗云：'闻君偷看美人图，不似关王大丈夫。金屋若将阿娇贮，为君唱彻〔醋葫芦〕。'关见之，叹息而已。"

元代杨朝英《朝野新声太平乐府》题此曲为元周德清作，《词林摘艳》亦同，看来比较可信。明代蒋一葵《尧山堂外纪》题关作，不知何据，现录以存疑。

本曲无衬字。

鬓鸦，脸霞，屈煞[2]将陪嫁。规模全是大人家，不在红娘下。笑眼偷瞧[3]，文谈回话，真如解语花(1)。若咱，得他，倒了蒲桃架(2)。
　　——《太平乐府》卷四、《词林摘艳》卷一、《尧山堂外纪》卷六八

注 解

（1）解语花：旧时用以比喻美人。王仁裕《开元天宝遗事·解语花》："明皇秋八月，太液池有千叶白莲数枝盛开，帝与贵戚宴赏焉。左右皆叹羡久之。帝指贵妃示于左右曰：'争（怎）如我解语花？'"

（2）蒲桃架：吴梅《顾曲麈谈》第四章《谈曲》"元人以炉嫉之妇为'蒲桃架'，不知何意"。或曰蒲桃是酸的，暗示醋意大发。

校 注

[1] 书所见：《尧山堂外纪》作《从嫁媵婢》。
[2] 屈煞：《尧山堂外纪》作"屈杀了"。
[3] 笑眼偷瞧：《尧山堂外纪》作"巧笑迎人"。

中吕　普天乐

崔张十六事（十六首）

导　读

唐代元稹的传奇《会真记》（一篇自传体小说）问世后，崔张故事引发骚人墨客浓烈兴致，宋代赵令畤的《商调蝶恋花鼓子词》、金代董解元的《西厢记诸宫调》，都是这方面的著名作品。元代王实甫的《西厢记》杂剧以其超大型的五本二十折的鸿篇巨制和巨大的思想艺术魅力成为元代"天下夺魁"的作品，成为古典爱情剧作的经典。

据传关汉卿也写有十六首〔普天乐〕（崔张十六事）小令，它究竟是写于"王西厢"之前，还是之后？由于关、王两巨擘生平资料匮乏，我们只能从作品自身进行一些推测。

十六首〔普天乐〕小令有不少遣词用句皆与"王西厢"相同或近似，如"颠不剌见了万千，似这般可喜娘罕见"（一）；"玉宇净无尘，宝月圆如镜；风生翠袖，花落闲庭"（三）；"梵王宫月轮高"（四）；"不念法华经，不理梁皇忏"（五）；"又不是黄鹤醉翁，又不是泣麟悲凤，又不是清夜闻钟"（八）；"要忌是知母未寝，红娘撒沁"（九）；"我只道神针法灸，却原来燕侣莺俦"（十一）；"碧云天，黄花地，西风紧，北雁南飞"（十二）等等。

假设这十六首〔普天乐〕作于"王西厢"之后的话，那关汉卿的名声是会受到折损的，因为照抄了"王西厢"不少好词妙句，虽然元代的名位观念没有今人强烈，也不存在著作权问题，但以关汉卿这位梨园领袖、编修师首、杂剧班头的崇高地位，去抄录别人名满天下的绝妙好词，恐怕是不大可能的。合理的解释是：这十六首〔普天乐〕小令作于"王西厢"之前。王实甫借鉴了这些小令而在剧中再作修润。吸引了这些小令在遣词用字上的一些长处，如第三首的"玉宇净无尘，宝月圆如镜；

风生翠袖，花落闲庭"，"王西厢"则作"玉宇无尘，银河泻影；月色横空，花阴满庭"（联吟），后者显然青出于蓝。

王实甫在援引了"碧云天，黄花地，西风紧，北雁南飞"这四句遐迩知名的好句之后，又加上"晓来谁染霜林醉，总是离人泪"（《送别》），使意境更加伤感凄迷。

由于拾掇众芳，这才形成了"王西厢""花间美人"（明代朱权语）的艺术风格。

推断这篇《崔张十六事》作于"王西厢"之前，还有一个重要的依据是：这十六首小令咏及崔张故事，有"惊艳""酬韵""寺警""赖婚""听琴""佳期""拷红""送别""团圆"等情节，却没有历来最脍炙人口、最富戏剧性的"闹简"场面，这也说明十六首〔普天乐〕只能作于"王西厢"之前，否则，是不会遗漏"闹简"这样的大关目的。

不过，这十六首小令仅见于明人编的散曲集《乐府群珠》，而不见于元人编的《太平乐府》等书，因此是否关作还是有疑问的。

一、普救姻缘

西洛客⁽¹⁾说姻缘，普救寺寻方便。佳人才子，一见情牵。饿眼望将穿，馋口涎空咽。门掩梨花闲庭院，粉墙儿高似青天！颠不剌⁽²⁾见了万千，似这般可喜娘罕见，引动人意马心猿。

二、西厢寄寓

娇滴滴小红娘，恶狠狠唐三藏，消磨灾障，眼抹⁽³⁾张郎，便将小姐央，说起风流况。母亲呵，怕女孩儿春心荡，百般巧计关防，倒赚他鸳鸯比翼，黄莺作对，粉蝶成双。

三、酬和情诗

玉宇净无尘，宝月圆如镜；风生翠袖，花落闲庭。五言诗句语清，两下里为媒证，遇着风流知音性，惺惺的偏惜惺惺⁽⁴⁾。若得来心肝儿敬重，眼皮儿上供养⁽⁵⁾，手掌儿里高擎。

四、随分⁽⁶⁾好事

梵王宫月轮高，枯木堂香烟罩。法聪来报，好事通宵，似神仙离碧霄，可意种来清醮⁽⁷⁾，猛见了倾国倾城貌，将一个发慈悲脸儿矇着，葫芦啼到晓。⁽⁸⁾酩子里⁽⁹⁾家去，只落得两下里获铎⁽¹⁰⁾。

五、封书退贼

不念法华经⁽¹¹⁾，不理梁皇忏⁽¹²⁾，贼人来至，情理何堪。法聪待向前，便把贼来探，险把佳人遭坑陷，消不得小书生一纸书缄。杜将军风威勇敢，张秀才能书妙染，孙飞虎好是羞惭。

六、虚意谢诚

东阁⁽¹³⁾玳筵开，不强如⁽¹⁴⁾西厢和月等。红娘来请，"万福先生"，"请"字儿未出声，"去"字儿连忙应，下工夫将额颅十分挣⁽¹⁵⁾。酸溜溜螫得牙痛，茶饭未成，陈仓老米，满瓮蔓菁⁽¹⁶⁾。

七、母亲变卦

若不是张解元识人多，怎生救咱全家祸？你则合有恩便报，倒教我拜做哥哥！母亲你忒虑过，怕我陪钱货，眼睁睁把比目鱼分破。知他是命福如何，我这里软瘫^[1]做一垛⁽¹⁷⁾，咫尺间如同间阔⁽¹⁸⁾，其实都伸不起我这肩窝⁽¹⁹⁾。

八、隔墙听琴

月明中，琴三弄⁽²⁰⁾，闲愁万种，自诉情衷。要知音耳朵，听得他芳心动。司马文君⁽²¹⁾情偏重，他每也曾理结丝桐⁽²²⁾。又不是黄鹤醉翁⁽²³⁾，又不是泣麟悲凤，又不是清夜闻钟。

九、开书染病

寄简帖又无成，相思病今番甚。只为你倚门待月，侧耳听琴，便有那扁鹊⁽²⁴⁾来，委实难医恁。止把酸醋当归浸⁽²⁵⁾，这方儿到处难寻，要忌^[2]是知母⁽²⁶⁾未寝，红娘撒^[3]沁⁽²⁷⁾，使君子难禁。

十、莺花配偶

春意透酥胸，春色横眉黛。新婚燕尔，苦尽甘来。也不索将琴操弹，

也不索西厢和月待，尽老今生同欢爱，恰便似刘阮天台(28)。只恐怕母亲做猜(29)，侍妾假乖，小姐难捱。

十一、花惜风情

小娘子说因由，老夫人索穷究。我只道神针法灸，却原来燕侣莺俦。红娘先自行，小姐权落后。我在这窗儿外几曾敢咳嗽？这殷勤着甚来由，夫人你得休便休，也不索出乖弄丑，自古来女大难留。

十二、张生赴选

碧天云，黄花地，西风紧，北雁[4]南飞。恨相见难，又早别离易，久已后虽然成佳配，奈时间怎不悲啼！我则厮守得一时半刻，早松了金钏，减了香肌。

十三、旅馆梦魂

为功名，伤离别。可怜见关山万里，独自跋涉。楚阳台朝暮云(30)，杨柳岸朦胧月，冷清清怎地捱今夜？梦魂儿这场抛撇。人去也，去时节远也，远时节几日来也！

十四、喜得家书

久客在京师，甚的是闲传示？心头眼底，横躺[5]莺儿。趁西风折桂枝，已遂了青云志。盼得他一纸音书，却是断肠诗词。堪为字史，颜筋柳骨(31)，献之羲之(32)。

十五、远寄寒衣

想张郎，空僝僽(33)。缄书在手，写不尽绸缪。修时节和泪修，嘱咐休忘旧，寄去衣服牢收授，三般儿都有个因由："这袜儿管束你胡行乱走，这衫儿穿的着皮肉，这裹肚常系在心头。"

十六、夫妇团圆

为风流，成姻眷。恩情美满，夫妇团圆。却忘了间阻情，遂了平生愿，郑恒枉自胡来缠，空落得惹祸招愆(34)。一个卖风流的志坚，一个逞娇姿的意坚，一个调风月的心坚。

——《乐府群珠》卷四

注　解

（1）西洛客：指张珙。张珙自称"本贯西洛人也"。西洛，今河南省洛阳市。

（2）颠不剌：颠，反复颠倒的意思。不剌，助词，仅加强语气，无义。《董西厢》："曲儿捻到风流处，教天下颠不剌的浪儿每许。"

（3）眼抹：用眼斜视。《西厢记》第一本第二折："偷睛望，眼挫里抹张郎。"眼挫即眼角。《董西厢》："见人不住偷睛抹。"抹，斜视也。本字"眜"，《说文》："眜，目不正也，说若末。"

（4）惺惺的偏惜惺惺：当时俗谚。惺惺，指聪慧的人。《西厢记》第一本第三折："方信道，惺惺的自古惜惺惺。"

（5）供养：犹如说受用。即《西厢记》中所谓"倘遇那小姐出来，必当饱看一会"之意。

（6）随分（fèn）：随缘。指张生参加了为追荐崔相国亡灵而举行的道场，饱看了一顿莺莺。

（7）可意种来清醮：可意种，可爱的人儿，指莺莺。《西厢记》第一本第四折："我则道这玉天仙离了碧霄，原来是可意种来清醮。"

（8）"将一个发慈悲脸儿朦着"二句：《西厢记》"闹道场"折写众和尚因"贪看莺莺"，"将一个发慈悲脸儿朦着"，意为将脸藏着，只偷眼瞧对方。葫芦啼，即"葫芦提"，糊里糊涂的意思。《西厢记》本折有"酪子里各归家，葫芦提闹到晓"，是说胡里胡涂地闹了一夜，然后各自散伙。

（9）酪子里：暗地里。参见《望江亭》第三折注文（34）。

（10）获铎：即镬铎，喧闹之意。《曲江池》第四折："阶垓下闹镬铎。"参见《鲁斋郎》第四折注文（22）。

（11）法华经：即佛经妙法莲华经。

（12）梁皇忏：佛教礼祷经名，相传梁武帝为忏悔郗后而作。事见《南史·梁武德郗皇后传》。

（13）东阁：款待宾客的地方。《汉书·公孙弘传》："于是启客馆，开东阁以延贤人。"

（14）不强如：强似之意，"不"字仅加强语气。

（15）挣：义与"撑"近，作动词解，擦拭、打扮得美好的意思。《雍熙乐府》卷五〔仙吕点绛唇〕"每日家品竹调弦"套："他将瘦庞儿捆得挣。"

（16）蔓菁：腌菜。北曲中吕宫有〔蔓菁菜〕曲，蔓菁即菜之歇后语。这句意为陈仓米与蔓菁菜有你吃的。

（17）一垛：一堆。

（18）间阔：远别之意。

（19）伸不起我这肩窝：即《西厢记》第二本第三折中"我这里手难抬称不起肩窝"。意为手和肩都抬不起来。

（20）琴三弄：弹三段琴曲，一段琴曲叫一弄。

（21）司马文君：指西汉司马相如与卓文君。参见《窦娥冤》楔子注文（10）。

（22）丝桐：就是琴。这句是说司马相如和卓文君是由弹琴而产生爱慕的。

（23）黄鹤醉翁：明代闵遇五《西厢记》注云，"清夜闻钟、黄鹤醉翁、泣麟悲凤，皆古琴操名"。

（24）扁鹊：战国时期的名医。

（25）酸醋当归浸：酸醋，指张生，调侃语。当时称读书人为穷酸饿醋，故云。当归，中药名。浸，与"寝"谐音，双关语。

（26）知母：中药名，影射老夫人。

（27）撒沁：撒野、撒赖之意。《西厢记》第三本第四折："忌的是知母未寝，怕的是红娘撒沁。"闵遇五注曰："撒沁，不用心怠慢也，一云放泼也。"

（28）刘阮天台：《幽明录》载晋代书生刘晨与阮肇因入天台山采药，在溪边遇仙女，遂与结成姻眷。这是当时勾栏里流行的一个神话故事。

（29）做猜：猜疑。

（30）楚阳台朝暮云：比喻男女欢爱。参见《鲁斋郎》第三折注文（11）。

（31）颜筋柳骨：形容莺莺的笔迹好似唐代著名书法家颜真卿与柳公权刚劲有力的书法。

（32）献之羲之：晋代杰出书法家王羲之、王献之父子。

（33）僝僽：憔悴，烦恼。参见《谢天香》第四折注文（5）。

（34）愆（qiān）：过失、罪过。

校 注 ⬣

[1] 瘫：原音形相近误为"摊"，今改。

[2] 忌：原误为"知"，据《西厢记》第三本第四折改。

[3] 撒：原误为"心"，据《西厢记》第三本第四折改。

[4] 北雁：原误为"白雁"，据《西厢记》第四本第三折改。

[5] 躺：原音假为"倘"，今改。

商调 梧叶儿
别情（一首）

导 读 ⬣

这首小令仅二十七个字（定格为二十六字），写得笔墨酣畅，淋漓尽致。唯一的一个衬字是"煞"字，增此一字而使感情更加恣肆，令人醒豁。元代周德清《中原音韵》评曰："如此方是乐府，音如破竹，语尽意尽，冠绝诸词。"

别离易，相见难，何处锁雕鞍？春将去，人未还，这其间，殃及[1]煞愁眉泪眼。

——《中原音韵》、《尧山堂外纪》卷六八

注 解 ⬣

（1）殃及：即"央及"，有请求、烦劳、连累等义，这里是连累的意思。

双调　沉醉东风（五首）

 导　读

　　这五首小令写别情，从别时黯然销魂的痛苦写到别后刻骨镂肤的相思，情真意切，确为上乘之作。尤其值得称道的是第一首，在"刚道得声'保重将息'，痛煞煞教人舍不得"的时候，却用"好去者望前程万里"一句作结，这就使全曲升华到一个新的境界，卿卿我我、缠绵悱恻的情思不见了，代之以健康向上的乐观格调，给人以鼓舞的力量，这在写恋情的词曲中实在是别开生面的。

　　咫尺[(1)]的天南地北，霎时间月缺花飞。手执着饯行杯，眼阁着别离泪，刚道得声"保重将息"，痛煞煞教人舍不得。"好去者望前程万里！"

　　忧则忧鸾孤凤单，愁则愁月缺花残，为则为俏冤家，害则害谁曾惯，瘦则瘦不似今番，恨则恨孤帏绣衾寒，怕则怕黄昏到晚。

　　伴夜月银筝凤闲，暖东风绣被鸳悭[(2)][1]。信沉了鱼，书绝了雁，盼雕鞍万水千山。本利对相思若不还，则告与那能索债愁眉泪眼。[(3)]

　　夜月青楼凤箫，春风翠髻金翘。雨云浓，心肠俏，俊庞儿玉软香娇。六幅湘裙一搦[(4)]腰，间别来十分瘦了。

　　面比花枝解语，眉横柳叶长疏。想着雨和云，朝还暮，但开口只是长吁。纸鹞儿[(5)]休将人厮应付，肯不肯怀儿里便许。

——《阳春白雪》前集卷三

注　解

（1）咫尺：言距离很近。咫，八寸。

（2）悭（qiān）：欠缺。

（3）"本利对相思若不还"二句：将相思比为以本求利，对方欠自己的相思债，如不还，只有用愁眉泪眼来"索债"了。

（4）搦（nuò）：握，捏。

（5）纸鹞儿：风筝。这里是说风筝并非传书信的雁儿，含虚情假意的意思。

校　注

［1］绣被鸳悭：应与上句"银筝凤闲"互对，原作"绣被常悭"，据任中敏先生意见改。

双调　碧玉箫（十首）

导　读

　　这十首小令，从内容看，有写勾栏里十分流行的双渐苏卿爱情故事的（如第一首），有写闺情的（如第二、三、四、五、六首），有写月夜操琴的（如第七首），有写女子荡秋千的（如第八、十首），也有写闲适情趣的（如第九首），题材多样，情调不一，看来不是同一时间写成的。

　　这些小令，或写得清新可喜，或写得委婉幽深，皆显得流转如珠。如第八、十首，就把一个荡秋千的美丽姑娘写得楚楚动人。第九首写到在"秋景堪题"、红叶满山的美好景色中，有白衣朋友一起欢聚，有自家酿的未滤的酒助兴，人生就应该这样"学取他渊明醉"；就算做到极品的官，还不是尔虞我诈、无济于事的。这样写，掀开了作者生活与思想的一角，颇值得注意。

黄召[1]风虔(1)，盖下丽春园(2)。员外心坚，使了贩茶船。金山寺心事传，豫章城人月圆。苏氏贤，嫁了双知县。天，称了他风流愿。

怕见春归，枝上柳绵飞。静掩香闺，帘外晓莺啼。恨天涯锦字(3)稀，梦才郎翠被知，宽尽衣。一搦腰肢细，痴，暗暗的添憔悴。

盼断归期，划损短金篦。一搦腰围，宽褪素罗衣。知他是甚病疾，好教人没理会。拣口儿食(4)，陡恁的无滋味。医，越恁的难调理。

帘外风筛，凉月满闲阶。烛灭银台，宝鼎篆烟埋。醉魂儿难挣挫(5)，神彩儿[2]强打捱，哪里每(6)来。你取闲论诗才，哈[3]，定当的人来赛。

你性随邪(7)，迷恋不来也。我心痴呆，等到月儿斜。你欢娱受用别，我凄凉为甚迭？休谎说，不索寻吴越(8)。咱，负心的教天灭[4]。

席上樽前，衾枕奈无缘。柳底花边，诗曲已多年。向人前未敢言，自心中祷告天。情意坚，每日空相见，天，甚时节成姻眷？

膝上琴横(9)，哀怨动离情，指下风生，潇洒弄清声。琐窗[5]前月色明，雕栏外夜气清，指法轻，助起骚人兴。听，正漏断人初静。

红袖轻揎，玉笋挽秋千。画板高悬，仙子坠云轩。额残了翡翠钿，鬓松了荷叶偏。花径边，笑撚春罗扇。搊，玉腕鸣黄金钏。

秋景堪题，红叶满山溪，松径偏宜，黄菊绕东篱。正清樽斟泼醅(10)，有白衣(11)劝酒杯。官品极，到底成何济？归，学取他渊明(12)醉。

笑语喧哗，墙内甚人家？度柳穿花，院后那娇娃，媚孜孜整绛纱，颤巍巍插翠花，可喜煞，巧笔难描画。他，困倚在秋千架。

——《阳春白雪》前集卷四

注　解

（1）黄召风虔：本曲写双渐苏卿事，这是当时勾栏瓦舍十分流行的一个故事。说的是书生双渐与妓女苏小卿相恋。茶商冯魁趁双渐不在，买通鸨母把苏小卿骗上船同往江西。双渐闻讯，沿途追赶而来。他在镇江金山寺看到苏小卿题在壁上的诗，追到江西，终于与小卿结为夫妇。双渐后来做了县令。元杂剧、南戏均有《苏小卿月夜贩茶船》剧目（今佚）。黄召，故事中的人名，据传是苏小卿的姨夫，冒充苏的丈夫以免冯魁来夺。散曲中有"呆黄肇"之称谓。风虔，即风欠。风魔之意。《西厢记》谓张生"文魔秀士，风欠酸丁"。（第二本第二折）

（2）丽春园：苏小卿住处，即妓院。参见《金线池》第二折注文（2）。

（3）锦字：用锦织成的字，指《晋书》所载窦滔妻苏蕙织锦为《回文璇玑图》诗以赠其夫事。旧用以借指夫妻间书信。

（4）拣口儿食：意为胃口不好，吃东西挑剔。

（5）挣挫：即挣扎。《倩女离魂》第三折："孩儿，你挣挫些儿！"

（6）每：这里是加强语气之词，无义。

（7）随邪：不正经。参见《单刀会》第四折注文（16）。

（8）吴越：春秋时吴国与越国常发生战事，这里是对头的意思。也见《单刀会》第四折。

（9）琴横：古琴是横放着弹奏的。

（10）醅（pēi）：未滤的酒。参见〔南吕·四块玉〕注文（2）。

（11）白衣：即白衣人，指赠酒使者。《续晋阳秋》："陶潜九日无酒，出篱边怅望久之，见白衣人至，乃王弘送酒使也。"

（12）渊明：指东晋著名诗人陶渊明，名潜，字元亮，曾任彭泽令，因不为五斗米折腰而去职归隐。

校 注

[1] 黄召：《北词广正谱》作"黄肇"。

[2] 神彩儿："神"字原误为"精"，据曲意改。

[3] 哈：原误为"台"，据元刊本《阳春白雪》改。

[4] 教天灭：原作"教天识者"，从黄丕烈校本改。

[5] 琐窗："琐"原音形相近误为"锁"，今据曲意改。

双调　大德歌⁽¹⁾（四首）

导　读

这四首小令写一年四季的相思之情，"春、夏、秋、冬"四个小题目是黄丕烈校本《阳春白雪》补上去的，元刻本《阳春白雪》未载。

小令模仿闺中妇人的口吻来写愁怨，写她在春夏秋冬四季里无休止的思念。

《春》由子规（杜鹃鸟）啼叫起兴，写"春归人未归"。《夏》直抒怀抱。那个让少妇牵肠挂肚的"俏冤家"，是四首〔大德歌〕的灵魂人物。《秋》由眼前之景切入，写秋风秋雨愁煞人，"懊恼伤怀抱"，女主人的孤独寂寞，刻骨铭心。如果说前面几首女主人还有心情"见双燕斗衔泥""羞带石榴花"，听"浙零零细雨打芭蕉"的话，至《冬》则完全魂断绝望，只见"雪纷纷，掩重门"，一层层强化，最后托出"好一个憔悴的凭栏人"的女主形象。

作者善于捕捉富有感情特征的时令景物，抒发了一年已尽、愁思未尽的惘惘情怀。

〔大德歌〕的平仄用韵格律如下：

×平平，仄平平，×仄平平××平（上）。仄仄平平去，×××、仄仄平。×平×仄平平去，仄仄仄平平。

按：×代表可平可仄。

春

子规⁽²⁾啼，不如归，道是春归人未归，几日添憔悴，虚飘飘柳絮飞。一春鱼雁无消息⁽³⁾，只见双燕斗衔泥。

夏

俏冤家，在天涯，偏那里绿杨堪系马？困坐南窗下，数对^[1]清风想念他，蛾眉淡了教谁画？瘦恹恹^[2]羞带石榴花。

秋

风飘飘，雨潇潇，便做陈抟⁽⁴⁾睡不着，懊恼伤怀抱，扑簌簌泪点抛。秋蝉儿噪罢寒蛩儿叫，淅零零细雨打芭蕉。

冬

雪纷纷，掩重门，不由人不断魂，瘦损红梅^[3]韵。哪里是清江江上村，香闺里冷落谁瞅问？好一个憔悴的凭栏人。

——《阳春白雪》前集卷四

注 解

（1）大德歌：大德是元成宗年号（1297—1307）。关汉卿写有〔大德歌〕十首，末首云："吹一个，弹一个，唱新行大德歌。"因此〔大德歌〕很可能是关氏创制的。今存元人小令，未发现其他曲家写过〔大德歌〕。这说明关汉卿大德年间尚在世。

（2）子规：即杜鹃。详见《窦娥冤》第三折注文（15）。

（3）一春鱼雁无消息：移用宋代秦观〔鹧鸪天〕词句"一春鱼雁无消息，千里江山劳梦魂"。

（4）陈抟：五代隐士，据说一睡就是一百多天。也见《鲁斋郎》第二折。

校 注

[1] 数对：元刊本作"教对"，今从钞本。
[2] 恹恹：原音假作"岩岩"，从黄丕烈校本改。

[3] 红梅：原误为"江梅"，吴晓铃等《关汉卿戏曲集》"江梅当作红梅"，今从之。

双调　大德歌（六首）

导　读

这六首〔大德歌〕内容并不一致，可能写作时间也有先后。前四首借四个勾栏里十分流行的爱情故事（崔张故事、双渐苏卿事、郑元和李亚仙事与崔护谒浆事）来写情，第五首写雪景，第六首是夫子自道、自抒怀抱之作。

这六首〔大德歌〕调子流畅轻快，不像前面写"春、夏、秋、冬"那么沉重幽深。因为写的是人们熟知的爱情故事，所以写来风情旖旎，别有风味。如第一首写崔莺莺："我是个香闺里钟子期，好教人暗想张君瑞，敢则是爱月夜眠迟。"既贴合"西厢·听琴"情境，而"爱月夜眠迟"一句，言在此而意在彼，爱月实则爱人，语句不伤感，却又耐人寻味。

最值得注意的是第六首在吹吹打打的一片喧闹声中，作者随缘而安，沉醉在眼前的丝竹欢歌里，"得磨陀处且磨陀"，人生苦短，乐而忘忧，活着就是胜利，"快活休张罗"，"淡薄随缘过"，这让我们看到一个"过日子"的关汉卿乐观处世、随缘自适的真面目。

粉墙[1]低，景凄凄，正是那西厢月上时。会得琴中意，我是个香闺里钟子期(1)。好教人暗想张君瑞，敢则是爱月夜眠迟。

绿杨堤，画船儿，正撞着一帆风赶上水。冯魁(2)吃的醺醺醉，怎想着金山寺壁上诗？醒来不见多姝丽，冷清清空载月明归。

郑元和(3)，受寂寞，道是你无钱怎奈何。哥哥家缘破，谁着你摇铜铃唱挽歌。因打^[2]亚仙门前过，恰便是司马泪痕多⁽⁴⁾。

谢家村⁽⁵⁾，赏芳春，疑怪他桃花冷笑人⁽⁶⁾。着谁传芳信，强题诗也断魂。花阴下等待无人问，则听得黄犬吠柴门。

雪粉华，舞梨花，再不见烟村四五家，密洒堪图画；看疏林噪晚鸦，黄芦掩映清江下，斜缆着钓^[3]鱼艖⁽⁷⁾。

吹一个、弹一个，唱新行大德歌。快活休张罗，想人生能几何，十分淡薄随缘过，得磨陀⁽⁸⁾处且磨陀。

——《阳春白雪》前集卷四

注　解

(1) 钟子期：春秋时楚人。《列子·汤问》："伯牙鼓琴，志在高山，钟子期曰：'善哉，峨峨兮若泰山。'志在流水，钟子期曰：'善哉，洋洋兮若江河'。"钟子期死后，伯牙不复鼓琴，谓世无知音者。这里是莺莺自比。

(2) 冯魁：见〔双调·碧玉箫〕注文（1）。

(3) 郑元和：即唐代白行简传奇小说《李娃传》中的郑生，他爱上了妓女李娃（宋元时称李亚仙），钱财用尽，为鸨母逐出，沦为乞丐与挽歌郎，几为其父毒打至死，后为李娃所救，中举后两人结为夫妇。元杂剧《曲江池》、明传奇《绣襦记》即演其事。

(4) 司马泪痕多：白居易《琵琶行》中描写白居易浔阳江头夜送客，遇年老色衰歌女弹琵琶，感慨殊深，结尾有"座中泣下谁最多？江州司马青衫湿"句。

(5) 谢家村：指所爱女子之住处。语出唐代张泌《寄人》诗句："别梦依稀到谢家。"

(6) 桃花冷笑人：唐代孟棨《本事诗》记崔护清明节游都城南，遇一女子。

第二年再去时则人去门锁，崔于门上题诗曰："去年今日此门中，人面桃花相映红。人面不知何处去，桃花依旧笑春风。"

（7）艖（chā）：小船。《方言》第九："小舸谓之艖。"

（8）磨陀：得过且过、凑合过日子的意思。

校 注 ▦

[1] 墙：原误为"儿"，据黄丕烈校本改正。

[2] 打：原误为"把"，据黄丕烈校本改正。

[3] 钓：原误为"钩"，今改。

套数

黄钟　侍香金童

导　读

　　这套曲写妇人思念羁旅的丈夫，闺怨难遣，属闺思别情一类，这是关汉卿散曲一个重要的内容。少妇思念远行丈夫，想起"年前人乍别"时，思绪翻腾，"秦台玉箫声断绝。雁底关河，马头明月"。丈夫谅必正翻山越岭，披星戴月。词句境界阔大雄奇，这就是前人所说的"以健笔写柔情"，绝不忸怩作态。

　　在"好天良夜"之下，早已"香消烛灭"，凤凰帏屏凤只鸾单，鸳鸯锦被未见双栖双宿，只有花影横斜，风敲竹节。更阑夜静时，少妇安排香桌，小心点着名香对月深深祷拜："不求富贵豪奢，只愿得夫妻每（们）早早圆备者。"（宋元时期民间有拜月习俗，至今广东潮汕一带中秋尚有拜月娘习俗存焉）曲子最后点题，说出心声，这和《拜月亭》剧末唱的"愿天下心厮爱的夫妇永无分离"的主题完全一致。

　　春闺院宇，柳絮飘香雪。帘幕轻寒雨乍歇，东风落花迷粉蝶。芍药初开，海棠才谢。

　　【么】柔肠脉脉，新愁千万叠。偶记年前人乍别，秦台玉箫[1]声断绝。雁底关河，马头明月。

　　【降黄龙衮】鳞鸿无个，锦笺慵写，腕松金[2]，肌削玉，罗衣宽彻。泪痕淹破，胭脂双颊，宝鉴愁临，翠钿羞贴。

　　【么】等闲辜负，好天良夜，玉炉中、银台上、香消烛灭。凤帏冷落，鸳衾虚设，玉笋[3]频搓，绣鞋重巅[4]。

　　【出队子】听子规啼血，又西楼角韵咽。半帘花影自横斜，画檐间丁当风弄铁，纱窗外琅玕[(5)]敲瘦节。

【么】铜壶玉漏催凄切，正更阑人静也。金闺潇洒[(6)]转伤嗟，莲步轻移呼侍妾，把香桌儿安排打快些。

【神仗儿煞】深沉院舍，蟾光皎洁，整顿了霓裳，把名香谨爇[(7)]，深深[1]拜罢，频频祷祝：不求富贵豪奢，只愿得夫妻每早早圆备者。

——《阳春白雪》后集卷五

注　解

（1）秦台玉箫：秦穆公的女儿弄玉喜吹箫，萧史善吹箫作鸾凤之音，秦穆公便把女儿嫁给他，并筑凤台让他们居住。数年后，弄玉乘凤，萧史乘龙，升仙而去。事见《列仙传》。

（2）腕松金：人消瘦了，手腕上的钏环之类的饰物也因之松动了。

（3）玉笋：旧时喻女子双手的洁白纤细。韩偓《咏手》诗："腕白肤红玉笋芽，调琴抽线露尖斜。"

（4）攧（diān）：顿足。

（5）琅玕：指竹。

（6）潇洒：洒脱，无拘束。这里意为空荡荡的。

（7）爇（ruò）：点燃、焚烧。

校　注

[1] 深深：原作"伽伽"，从《北词广正谱》改。

仙吕　翠裙腰
闺怨

导　读

这套曲写闺中少妇思夫的愁怨，婉转缠绵，情意深笃，特别是运用经过提炼的口语入曲，使人物之音容声口宛然。如"为甚忧，为甚愁，为萧郎一去经年久"，"岂知人玉腕钏儿松，岂知人两叶眉儿皱"，通俗而有韵味，读来朗朗上口。

此套《雍熙乐府》不著撰人。

晓来雨过山横秀，野水涨汀州。栏干倚遍空回首，下危楼，一天风物伤暮秋[1]。

【六么遍】乍凉时候西风透，碧梧脱叶，余暑才收。香生风口，帘垂玉钩，小院深闲清昼；清幽，听声声蝉噪柳梢头。

【寄生草】为甚忧，为甚愁，为萧郎(1)一去经年[2]久。玉台宝鉴生尘垢，绿窗冷落闲针绣，岂知人玉腕钏儿松，岂知人两叶眉儿皱。

【上京马】他何处，共谁人携手，小阁银瓶[3]殢(2)歌酒。早忘了咒(3)，不记得，低低耨(4)。

【后庭花煞】掩袖暗含羞，开樽越酿愁，闷把苔墙划，慵将锦字(5)修。最风流，真真恩爱，等闲分付等闲休。

——《太平乐府》卷六、《雍熙乐府》卷四

注　解

（1）萧郎：指心爱的男人，见〔黄钟·侍香金童〕注文（1）。

（2）殢：滞留。

（3）咒：誓约。

（4）耨（nòu）：徐渭曰：“北人谓相昵曰耨。”此字元明剧中常见，状男女交合之情状。

（5）锦字：用锦缎织成的字。指书信。参见〔双调·碧玉箫〕注文（3）。

校 注

[1] 伤暮秋：原作“暮伤秋”，今改。

[2] 经年：原作“经今”，《雍熙乐府》《九宫大成》作“今经”，从《词林白雪》改。

[3] 银瓶：《太和正音谱》作“银屏”。

南吕 一枝花

赠珠帘秀[1]

导 读

珠帘秀是元代著名的女伶。元代夏庭芝《青楼集》说她“姓朱氏，行第四。杂剧为当今独步，驾头（相当于今日的皇帽戏）、花旦、软末泥（即小生）等，悉造其妙”。当时著名的曲家卢挚、冯子振、胡紫山等均有赠曲给她。这套曲是关氏的赠曲，曲中对珠帘秀的色艺赞赏备至，为我们提供了元代书会才人与勾栏倡优交往方面的一些资料。珠帘秀还会写散曲，今存小令与套曲各一首。

这套曲子写珠帘秀的色艺双绝。首牌〔一枝花〕从朱氏的艺名“珠帘秀”写起，这个“珠帘”很不一般：“轻裁虾万须，巧织珠千串”四句，写尽珠帘之光色摇曳、绣带蹁跹；句句写珠帘，实则字字写人物。“不许那等闲人取次展”一句，道出朱氏在剧坛的崇高地位。

〔梁州第七〕一曲，从朱氏住处着笔：绮窗绣幕，夜月娟娟，朱氏才如谢家道韫，美若玲珑湘妃。"没福怎能够见？十里扬州风物妍，出落着神仙"，写朱氏是一位神仙美眷般的人物。所以〔尾〕曲接着说：你这个"守户的先生"，指朱氏的丈夫要想得到真爱的话，那得有耐心呀！

全曲从头至尾，洋溢着关汉卿对朱氏的赞赏与倾慕。所以后来田汉在话剧《关汉卿》中，写关汉卿与朱帘秀的亲密关系，不是毫无根据的。

轻裁虾万须⁽¹⁾，巧织珠千串；金钩光错落⁽²⁾，绣带舞蹁跹。似雾非烟，装点就深闺院；不许那等闲人取次⁽³⁾展。摇四壁翡翠阴浓^[2]，射万瓦琉璃色浅。

【梁州第七】富贵似侯家紫帐，风流如谢府红莲⁽⁴⁾，锁春愁不放双飞燕。绮窗相近，翠户相连，雕枕相映，绣幕相牵。拂苔痕满砌榆钱⁽⁵⁾，惹杨花飞点如绵。愁的是抹回廊暮雨潇潇^[3]，恨的是筛曲槛西风剪剪，爱的是透长门夜月娟娟。凌波殿前，碧玲珑掩映湘妃面⁽⁶⁾，没福怎能够见？十里^[4]扬州风物妍，出落着神仙。

【尾】恰便是一池秋水通宵展，一片朝云尽日悬。尔个守户的先生⁽⁷⁾肯相恋，煞是可怜，只要你手掌儿里奇擎着耐心儿卷。

——《阳春白雪》后集卷三

注　解

（1）虾万须：形容珠帘之秀、帷幔帘幕之精巧纤细，并暗合女主人艺名。冯子振〔鹧鸪天〕（赠珠帘秀）："虾须影薄微微见，龟背纹轻细细浮。"

（2）金钩光错落：据《青楼集》载，"朱背微偻"，故冯子振赠曲中"以帘钩寓意"。此处亦然。

（3）取次：这里是随意的意思。《庄周梦》第三折："灞陵桥任行人取次攀，章台街弄腰肢狂荡游。"

（4）谢府红莲：指东晋著名才女谢道韫，谢安侄女，王凝之之妻。尝在家中遇雪，谢安曰："何所似也?"安侄朗曰："撒盐空中差可拟。"道韫曰："未若柳絮因风起。"安大悦。世称"咏絮才"。

（5）榆钱：榆荚。《本草纲目·本部二》："榆未生下时，枝条间先生榆荚，形状似钱而小，色白成串，俗呼榆钱。"

（6）湘妃面：指斑竹，又名湘妃竹。《述异记》："舜南巡，葬于苍梧。尧二女娥皇、女英泪下沾竹，文悉为之斑。"又见《鲁斋郎》第三折。

（7）守户的先生：朱氏晚年嫁给一个道士（元时称道士为"先生"），估计婚姻并不如意。

校 注

[1] 珠帘秀："珠"原误作"朱"，珠帘秀系艺名，从《关汉卿戏曲集》改。《青楼集》亦作"珠帘秀"。

[2] 阴浓：原误倒为"浓阴"，此句应与下句互文对应，今改。

[3] 潇潇：原作"萧萧"，今改。

[4] 十里：原作"千里"，从隋树森《全元散曲》本改。按：杜牧《赠别》诗有"春风十里扬州路"句。

南吕 一枝花
杭州景

导 读

杭州是宋元时期繁华的南方都会，曾做过南宋的首都，未曾有过大的兵燹之祸，因此它一直是南方经济、文化的中心，也是南方戏曲及各种伎艺演出最活跃的城市。关汉卿出生于北国，戏剧活动主要也在北方大都一带。他于1279年元灭南宋之后来到杭州，以一个北方戏剧人的眼光看待这个心仪已久、陌生而又繁华秀美的江南大都会。首牌〔一枝花〕从"水秀山奇"写到"人烟辏集",从大处落笔,给人以总体印象与感受。

〔梁州第七〕曲开始细部描绘,从"街衢整齐"写到"楼阁参差",用四个四字句:"松轩竹径,药圃花蹊,茶园稻陌,竹坞梅溪",从松、竹、梅写到稻、茶、花、药,既见这些南方物产之丰阜,又给人以富庶而又井然有序的印象。

〔尾〕曲总收煞,突出杭州城在关汉卿印象中美轮美奂,"纵有丹青下不得笔"。

这首套曲,与前代诗人白居易、柳永、苏轼写杭州的著名诗词同属不朽之作,杭州这座文化古城与诗人们的题咏相得益彰,流芳千古。

普天下锦绣乡,寰海内风流地。大元朝新附国,亡宋家旧华夷⁽¹⁾。水秀山奇,一处处^[1]堪游戏,这答儿⁽²⁾忒富贵,满城中绣幕风帘,一哄地人烟辏集⁽³⁾。

【梁州第七】百十里街衢整齐,万余家楼阁参差,并无半答儿闲田地。松轩竹径,药圃花蹊,茶园稻陌,竹坞梅溪;一陀儿⁽⁴⁾一句诗题,行一步扇面屏帏。西盐场⁽⁵⁾便似一带琼瑶,吴山⁽⁶⁾色千叠翡翠。兀良⁽⁷⁾,望钱塘江万顷玻璃,更有清溪、绿水,画船儿来往闲游戏。浙江亭⁽⁸⁾紧相对,相对着险岭高峰长怪石,堪羡堪题。

【尾】家家掩映渠流水。楼阁峥嵘出翠微⁽⁹⁾。遥望西湖暮山势,看了这壁,觑了那壁,纵有丹青下不得笔。

——《太平乐府》卷八、《雍熙乐府》卷十

注 解

(1)华夷:宋元时称国家疆域为华夷。这两句意为杭州原是南宋的地方,现在属元朝管辖了。按:元兵于至元十三年(1276)攻下杭州,这套曲当写于元灭南宋的 1279 年以后。

（2）这答儿：这块儿。下面"半答儿"即半块的意思。

（3）一哄地人烟辏（còu）集：一哄地，形容人声鼎沸。人烟辏集，人口密集。辏，车轮的辐条集中于毂上，引申为聚集。

（4）一陀儿：一块儿。《竹叶舟》第一折："量那些一陀儿尘土，经了些前朝后代战争馀。"

（5）西盐场：杭州市西繁盛市区名。

（6）吴山：杭州附近山名，又名胥山、庙巷山。

（7）兀良：也作"兀剌"，表示指点或惊叹，作衬字，起加强语气作用。《黄粱梦》第三折："遥望见一点青山，兀良却又早不见了。"

（8）浙江亭：杭州亭子名，观潮胜地。

（9）翠微：指青翠掩映的山腰幽深处。李白《下终南过斛斯山人宿置酒》诗："却顾所来径，苍苍横翠微。"

校　注

[1] 处处：原作"到处"，据《雍熙乐府》改。

南吕　一枝花
不伏老

导　读

这是关汉卿散曲的代表作，也是元代散曲成就最高的曲子之一。过去有所谓自画像，现在有自拍照，这套曲可说是自描曲，是一篇自叙性的曲子。

关汉卿是元代"驱梨园领袖，总编修师首，捻杂剧班头"。他是当时玉京书会的著名才人，生活在书会才人与勾栏倡优之间，还曾粉墨登场，"偶倡优而不辞"。《析津志》说他"生而倜傥，博学能文，滑稽多智，蕴藉风流"。在曲中，他用看似玩世不恭的态度"入世"，始终保持清醒的头脑与风趣幽默的个性。

首牌〔一枝花〕公开说自己是"折柳攀花手"，"半生来倚翠偎红，一世里眠花卧柳"，是一个"浪子"。

〔梁州第七〕曲层层深化，"伴的是"银筝女、玉天仙、金钗客等，说自己不啻"浪子"，且是"浪子班头"。曲词对偶工整，色彩斑斓，无以复加。

〔隔尾〕曲终于曲折道出自己的身世遭际，这是本套曲最值得注意的内容："我是个经笼罩、受索网、苍翎毛老野鸡"，"经了些窝弓冷箭镴枪头"。说自己曾受过很大的挫折，经冷箭，受围攻，跌跌撞撞走到现在。关氏虽然人到中年，却不肯虚度春秋，一种屡战屡败、屡败屡战的倔强精神充溢字里行间。

〔尾〕曲将顽强精神再度升华，这种不屈不挠、至死方罢的精神使关氏成了"蒸不烂、煮不熟、捶不扁、炒不爆、响当当一粒铜豌豆"。"铜豌豆"是当时勾栏对老于门槛者的谑称，关汉卿加上许多修饰词语，极形象地把个性张扬到极致，把走书会才人道路的决心进行到底。

元代，像关汉卿这样多才多艺而又无法施展才智的读书人，有强烈的离异意识与叛逆精神，关汉卿在套曲中淋漓尽致、毫不含糊地表明自己的心志。套曲文字泼辣，比喻生动，热烈明快的语言风格与冷峻悲凉的内心反差强烈，耐人寻味。奇才异禀，壮志豪情，在夸张变形的文字中，不难捉摸到关氏的性命密码。

整套曲充满自负、自贬、自嘲、自信、自乐的情趣。所以王国维说："关汉卿一空依傍，自铸伟词""彼但摹写其胸中之感想与时代之情状，而真挚之理与秀杰之气，时流露于其间"。(《宋元戏曲史》) 诚哉斯言！

攀出墙朵朵花，折临路枝枝柳。花攀红蕊嫩，柳折翠条柔，浪子风流。凭着我折柳攀花手，直煞得[1]花残柳败休。半生来倚翠偎红[2]，一世里眠花卧柳。

【梁州第七】我是个普天下郎君领袖，盖世界浪子班头⁽¹⁾。愿朱颜不改常依旧，花中消遣，酒内忘忧；分茶撷竹⁽²⁾，打马藏阄⁽³⁾。通五音六律⁽⁴⁾滑熟，甚闲愁到我心头？伴的是银筝女银台前理银筝笑倚银屏，伴的是玉天仙携玉手并玉肩同登玉楼，伴的是金钗客歌金缕⁽⁵⁾捧金樽满泛金瓯。你道我老也，暂休，占排场风月功名首，更玲珑又剔透。我是个锦阵花营都帅头，曾玩府游州⁽³⁾。

【隔尾】子弟每⁽⁶⁾是个茅草岗、沙土窝、初生的兔羔儿乍向围场上走，我是个经笼罩、受索网、苍翎毛老野鸡，蹅踏的阵马儿熟。经了些窝弓冷箭镴[4]枪头⁽⁷⁾，不曾落人后。恰不道人到中年万事休，我怎肯虚度了春秋！[5]

【尾】我是个蒸不烂、煮不熟、捶不扁、炒不爆、响当当一粒铜豌豆⁽⁸⁾，恁子弟每谁教你钻入他锄不断、斫不下、解不开、顿不脱、慢腾腾千层锦套头。我玩的是梁园⁽⁹⁾月，饮的是东京⁽¹⁰⁾酒，赏的是洛阳花⁽¹¹⁾，攀的是章台柳⁽¹²⁾。我也会围棋、会蹴踘⁽¹³⁾、会打围、会插科、会歌舞、会吹弹、会咽作⁽¹⁴⁾、会吟诗、会双陆⁽¹⁵⁾[6]，你便是落了我牙、歪了我嘴、瘸了我腿、折了我手，天赐与我这几般儿歹症候，尚兀自不肯休。则除是阎王亲自唤，神鬼自来勾，三魂归地府，七魄丧冥幽。天那，那其间才不向烟花路儿上走！[7]

——《雍熙乐府》卷十

注 解

（1）浪子班头："浪子"与"郎君"、"班头"与"领袖"互文。宋代吴自牧《梦粱录》卷十九《社会》："更有蹴踘、打球、射水弩社，则非仕宦者为之，盖一等富室郎君、风流子弟与闲人所习也。"《水浒传》第六十一回："更兼吹的、弹的、唱的、舞的、拆白道字、顶真续麻，无有不能……亦是说得诸路乡谈，省得诸行百艺的市语，更兼一身本事，……都叫他做浪子燕青。"这些就是宋元时期"郎君""浪子"的含义。班头，即领袖、头领之意。《东平府》："打擂教首，趺打班头。"

（2）分茶攧（diān）竹：分茶，古代勾栏里一种茶道伎艺。陆游诗有"晴窗细乳戏分茶"句。攧竹，疑指当时小贩一种抽竹签的赌吃游戏，或解为画竹与画兰对。《百花亭》第一折："攧兰攧竹，写字吟诗"，可证。

（3）打马藏阄（jiū）：打马，宋元博戏，用五十四枚牙制的圆牌，上面标刻马名，用掷骰子打马牌决胜负。藏阄，也叫拈阄，每人手中握纸牌互相拈猜作赌。

（4）五音六律：泛指音律。五音指宫、商、角、徵（zhǐ）、羽。六律指十二律中六个阳律，即黄钟、大簇、姑洗、蕤宾、夷则、无射。

（5）金缕：即《金缕衣》，曲名。

（6）子弟每：嫖客们。宋元时称嫖客为子弟，妓女为弟子。参见《救风尘》第一折注文（3）。

（7）镴枪头：像银而没有银来得锋利的枪尖。镴，一种铅锡的合金。《西厢记》第四本第二折："呸！你是个银样镴枪头！"

（8）铜豌豆：宋元时对老于门槛者、饱经风月者的称谓。《百花亭》第二折："水晶毬，铜豌豆，红裙中插手，锦被里舒头。"

（9）梁园：参见《绯衣梦》第三折注文（5）。

（10）东京：指汴梁（今河南省开封市）。

（11）洛阳花：洛阳以盛产牡丹著名。

（12）章台柳：指妓女。唐代传奇小说《柳氏传》写韩翃与住在章台的姓柳的妓女相爱，离别后，韩写词赠柳曰："章台柳，章台柳，旧时青青今在否？纵使长条依旧垂，亦应攀折他人手。"后来便用章台柳代指妓女。章台原是汉代长安的一条街名，多妓女居住。见《金线池》第二折。

（13）蹴踘（cùjū）：也作"蹴鞠""蹋鞠"，我国古代一种足球运动。《汉书·枚乘传》："蹴鞠刻镂。"颜师古注："蹴，足蹴之也；鞠，以韦为之，中实以物，蹴踘为戏乐也。"

（14）咽作：用口吞吐的伎艺。

（15）双陆：古代一种类似下棋的博戏，金元时十分流行。洪皓《松漠纪闻》记金时"燕京茶肆设双陆局，或五或六多至十，博者蹴局，如南人茶肆中置茶具也"。

校 注

[1] 直煞得：原作"直熬得"，据《全元散曲》本改。

[2] 倚翠偎红：原作"折柳攀花"，据《北词广正谱》改。

[3] 玩府游州：《彩笔情词》作"四海遨游"。

[4] 鑞：原误作"蜡"，今改。

[5] 〔隔尾〕曲：《北词广正谱》作"他是个初出窝嫩鸡儿怎敢向我围场上走，我是个经笼罩受网索花翎毛老野鸡，端的是战马熟，怕什么窝弓弩箭铁枪头？我也曾南北东西走！我正是锦营中花丛内都帅首，我也曾玩府游州"。

[6] "我也会围棋"至"会双陆"：《彩笔情词》作"我也会吟诗、会篆籀、会弹丝、会品竹，我也会唱鹧鸪、舞垂手、会打围、会蹴踘、会围棋、会双陆"。

[7] 〔尾〕曲：《北词广正谱》作"我正是个蒸不熟、煮不烂、炒不爆、捶不碎、打不破、响当当一粒铜豌豆，你是个揪不折、拽不断、推不转、揉不碎、扯不开、慢腾腾千层锦套头。我曾玩梁园月，饮渭城酒，簪洛阳花，插章台柳；会吟诗、会射柳、琴又会操、筝又会挎；会围棋，会双（陆，便是伤）了头，折了手，那其间尚兀自未肯休"。又〔尾声〕云："直等待阎王亲自唤，神鬼自来勾，三魂归地府，七魄赴冥州，那其间收了孛篮罢了斗。"

中吕　古调石榴花
闺思

导　读

这套曲《词林摘艳》题作《怨别》，《盛世新声》不著题目。此曲是否关撰尚有疑问，《雍熙乐府》与《盛世新声》是明人编的散曲集，它们于此套下不著撰人姓名，而明代张禄根据《盛世新声》补订而成的《词林摘艳》及清人编的《北词广正谱》却题关撰，不知何据。

这套曲写闺中少妇思夫的愁怨，"当初指望成家计，谁想琼簪碎；当初指望无抛弃，谁想银瓶坠"，"呼侍婢将绣帘低放，把重门深闭，怕莺花笑人憔悴"。用"当初指望"及"俺也自知"诸句，回环往复咏唱。这些曲词，当是婉约曲家的本色文字。

颠狂柳絮扑帘飞，绿暗红稀，垂杨影里杜鹃啼，一弄儿[1]断送了春归。牡丹亭畔人寂静，恼芳心似醉如痴，恹恹为他成病也，松金钏褪罗衣。[1]

【酥枣儿】一自相逢，将人来萦系。樽前席上，眼约心期。比及道是配合了时[2]，受了些闲是闲非，咱各办着个坚心，要博[3]个终缘[2]之计。[4]

【催鲍老】当初指望成家计，谁想琼簪碎；当初指望无抛弃，谁想银瓶坠[3]。烦烦恼恼，哀哀怨怨，哭哭啼啼，回黄倒皂[4]，长吁短叹，自跌自堆[5]。

【鲍老三台滚】俺也自知，鸾台懒傍尘土迷；俺也自知，金钗环弹[5]云鬓堆；俺也自知，绝鳞翼、断信息、几时回？乍别来肌如削，早是我多病多愁，正值着困人天气。

【墙头花】守香闺，镇日情如醉，闷懊恼离愁空教我诉与谁？愁闻的是紫燕关关⁽⁶⁾，倦听的黄莺呖呖。

【卖花声煞】愁山闷海不许当敌，好着我无个刮划⁽⁷⁾，耐^[6]心儿多陪下些凄惶泪，呼侍婢将绣帘低放^[7]，把重门深闭，怕莺花笑人憔悴。

——《盛世新声》辰集、《雍熙乐府》卷七

注　解

（1）一弄儿：或作"一弄"，一下子之意。《东墙记》第二折："过回廊一弄凄凉景。"

（2）终缘：终生姻缘。

（3）银瓶坠：形容感情断裂。白居易《井底引银瓶》诗："井底引银瓶，银瓶欲上丝绳绝。"

（4）回黄倒皂：颠三倒四的意思。皂，黑色。

（5）軃（duǒ）：也作"軃"，下垂。

（6）关关：鸟声。《诗经·周南·关雎》："关关雎鸠，在河之洲。"

（7）刮（bāi）划：安排，筹划。《抱妆盒》第二折："可着我怎刮划！怎刮划！要揭开、要揭开妆盒盖。"

校　注

[1] 松金钏褪罗衣：《雍熙乐府》下尚有数句，曰"拆散燕莺期，总是伤情别离。则这鱼书雁信，冷清清杳无踪迹，更有谁知！到何时共我成连理，乍离别玉减香消，俊庞儿亦憔悴"。

[2] 配合了时：原无"时"字，据《北词广正谱》补。

[3] 博：原音假为"拨"，据《雍熙乐府》改。

[4] "咱各办着个坚心"二句：《雍熙乐府》作"咱各办一个坚心，要博个终缘活计"。以下尚有数句："想佳期梦断魂劳，衾寒枕冷，寂寞罗帏，瘦损香肌。闷恹恹鬼病谁知？同欢会，不隄防半路里簪折瓶坠，两下相抛弃。把腰肢

瘦损，废寝忘食。"

　　[5] 自趺自堆：《雍熙乐府》于此后又有〔鲍老儿〕一曲，云："故人何处？冷清清染病疾，相思证（症）转添，受凄凉，捱朝夕。细濛濛雨儿、淅淅飒飒晚风窗儿外吹，扑冬冬的鼓声，滴滴点点玉漏不住催。添愁闷，独自知，只（子）这心自悔，再团圆，几时一处共相随。"

　　[6] 耐：原音假为"奈"，今改。

　　[7] 低放：原作"低宰"，据《雍熙乐府》改。

大石调　青杏子
离情

导　读

　　这套曲写离情，《雍熙乐府》题作《思情》，《彩笔情辞》题作《夜怀》，写一个男子怀念他所爱恋的女子而夜不能寐时的心情。

　　"常言道好事天悭，美姻缘他娘间阻，生拆散鸾交凤友。"曲中对封建家长从中作梗使儿女恋情不能"美满效绸缪"深表怨恨。

　　〔尾〕曲最后一句"谁解春衫纽儿扣"，元散曲之"俗"与"野"，已和盘托出矣！

　　残月下西楼，觉微寒轻透衾裯。华胥一枕跨跹觉(1)，蓝桥(2)路远，吴峰(3)烟障[1]，银汉云收。

　　【么】天付两风流，翻成南北悠悠。落花流水人何处？相思一点，离愁几许，撮上心头。

　　【茶蘼香】记得初相守，偶尔间因循成就(4)，美满效绸缪。花朝月夜同宴赏，佳节须酬。到今一旦休，常言道好事天悭，美姻缘他娘间阻，生拆散鸾交凤友。

【幺】坐想行思,伤怀感旧,各辜负了星前月下深深咒。愿不损,愁不煞[5],神天还祐。他有日不测相逢,话别离情取一场消瘦。

【好观音煞】与怪友狂朋寻花柳,时复间和哄消愁[6]。对着浪蕊浮花懒回首,快快[7]归来,原不饮杯中酒。

【尾】对着盏半明不灭的孤灯双眉皱,冷清清没个人瞅,谁解春衫纽儿扣?

——《太平乐府》卷七、《雍熙乐府》卷十五

注 解

(1) 华胥一枕跨跉觉:意为曲曲折折做了个梦。华胥,指梦。《列子·黄帝》:"(黄帝)昼寝,而梦游于华胥氏之国。华胥氏之国……盖非舟车足力之所及,神游而已。"后用为梦境代称。跨跉,按:"跨"字不见于字书,《元曲选》本音释"跨,音弯;跉,之湾切"。"跨跉"也作"弯跉"。卷曲不伸之貌。《幽闺记》第二十九折:"冻款款地弯跉坐。"

(2) 蓝桥:参见《裴度还带》第四折注文(12)。

(3) 吴峰:春秋时吴国治下江苏一带的地方,这里泛指离人眼前的山峰。

(4) 因循成就:顺情结合。也见《救风尘》第二折注文(5)。

(5) 愿不损,愁不煞:意为相爱的愿望不会减弱,离愁也奈何不得。

(6) 和哄消愁:借热闹起哄来消除愁闷。

(7) 快快:郁郁不乐的样子。

校 注

[1] 障:原音假为"涨",据《彩笔情词》改。

大石调（残曲）

导　读

　　这套曲仅存〔归塞北〕等三支曲子，属残曲。写的是佳节晚上观灯时的心情。曲中写到节日的各种灯饰如像生灯儿、转灯儿、壁灯儿、水灯等，为我们描绘了一幅民间灯会的风俗画。

　　律管灰飞[1]，……

　　【归塞北】人闹处，忽见一多娇，一点樱桃樊素口，半围杨柳小蛮腰[2]，云鬓亸[3]金翘。

　　【催拍子】碧天上斗柄回勺，墙角畔腊梅才消；渐日长天道，听唱卖春燕春鸡。雪柳玉梅插好，稔色[4]轻妙。向晚来碧天外，万里无云，月明风渺。画竿相照，青红碧绿，刻玉雕金，像生灯儿[5]，排门儿吊；转灯儿巧，壁灯儿笑。最喜夜景，水灯纱窗，灯衮[6]灯闹，六街上绮罗香飘。

　　【随煞】快快归来情如悄，灯火阑珊寂寞，高楼上住却笙箫，月转梅梢天渐晓。

　　　　　　　　　　　　　　　　——《北词广正谱》

注　解

　　（1）律管灰飞：意为律管灰飞烟灭，没有音乐了。

　　（2）"一点樱桃樊素口"二句：白居易家姬樊素善歌，小蛮善舞，白曾赋诗曰"樱桃樊素口，杨柳小蛮腰"。

　　（3）亸（duǒ）：也作"軃"，下垂。

　　（4）稔（rěn）色：庄稼成熟，这里是长势良好之意。

（5）像生灯儿：宋元时期民间元宵灯会甚盛，《东京梦华录》谓"灯山上彩，金碧相射，锦绣交辉"。《繁胜录》谓当时"四十里灯光不绝"，"奇巧异样细灯，教人睹看"。《武林旧事》谓"山灯凡数千百种，极其新巧，怪怪奇奇，无所不有"。这些记载可作为这套曲中描写的灯会盛况的注脚：宋元时假虫鸟、假花草叫"像生儿"。像生灯即这类假花草虫鸟的灯饰。《梦粱录》记宋时有"教像生叫声""像生花果"之类的伎艺及供神物品。

（6）灯衮（gǔn）：灯连续不断转。

越调　斗鹌鹑
女校尉[(1)]

导　读 ◈

宋元时期民间的百戏伎艺演出十分频繁，《东京梦华录》卷六记北宋汴京元宵节时"奇术异能，歌舞百戏，鳞鳞相切，乐声嘈杂十余里，击丸蹴踘，踏索上竿……"这套曲就是描写一位蹴踘女艺人高超的伎艺的。蹴踘是古代一种足球伎艺，宋元时瓦舍里经常演出。其踢法，《蹴踘图谱》云："那（即'挪'，下同）步即是入步，侧脚须当步稳，务要随身倒步，不可乱那动脚。"《梦粱录》与《武林旧事》就记载当时有"齐云社"等著名的蹴踘社团，还有一批著名的男女艺人。宋代陈元靓《事林广记》戊集卷二《圆社模场》诗云："四海齐云社，当场蹴气毬；作家偏著所，圆社（按：踢球社团）最风流。"

元时圆社中踢毬的女艺人号称"女校尉"。从这套曲，可见关汉卿对勾栏伎艺的熟悉以及对女艺人高超毬技的倾心赞赏。

换步挪踪[1]，趋前退后，侧脚傍行，垂肩躬袖。若说过论搭头，臁[(2)]搭板搂，入来的掩，出去的兜，只要论道儿着人，不要无揌样顺扭。

【紫花儿序】打的个桶子臁特顺，暗足窝粧腰(3)不揪。拐回头，不要那看的每侧面，子弟每凝眸。非是我胡诌，上下泛前后左右瞅，过从的圆就，三抱巧失落[2]，五花气从头。

【天净沙】平生肥马轻裘(4)，何须锦带吴钩(5)？百岁光阴转首，休闲生受，叹功名似水上浮沤(6)。

【寨儿令】得自由，莫刚求，茶余饭饱邀故友，谢馆秦楼(7)，好散闷消愁，惟蹴踘(8)最风流。演习得踢打温柔，施逞得解数滑熟，引脚蹑龙眨眼[3]，担枪拐凤摇头。一左一右，折迭鹘膝游。[4]

【尾】锦缠腕、叶底桃、鸳鸯扣，入脚面[5]黄河逆流，白打赛官场，三场踢[6]尽皆有。

——《太平乐府》卷七、《雍熙乐府》卷十三

注 解

（1）女校尉：元时圆社中踢毬的女艺人号称“女校尉”。这套曲与下一套曲都写踢毬女艺人娴熟的技艺。

（2）臁（lián）：腰下股前季肋骨后的软陷处。这里指腰力。

（3）粧腰：即“妆幺”，装假的意思。参见《望江亭》第一折注文(17)。

（4）肥马轻裘：形容豪华的生活。语出《论语·雍也》：“赤（公西华）之适齐也，乘肥马，衣轻裘。”

（5）吴钩：古代吴地出产的弯形宝刀。

（6）水上浮沤：水上气泡。参见《救风尘》第二折注文（6）。

（7）谢馆秦楼：歌楼妓院的代称。谢馆，参见《金线池》第一折注文(5)。秦楼，原指秦穆公女儿弄玉与萧史吹箫引凤之楼，后用以称歌楼妓院。

（8）蹴踘：参见曲前说明部分及〔南吕·一枝花〕“不伏老”套注文（13)。

校 注

[1] 踪：原作“趴”，据《雍熙乐府》改。

　　[2] 三抱巧失落：抱，原作"鲍"。巧，原音假为"敲"。皆据《雍熙乐府》改。

　　[3] 眨："眨"原音假为"斩"，今改。

　　[4] 膝：原作"胜"，据《雍熙乐府》改。

　　[5] 入脚面：原作"入脚面带"，据《雍熙乐府》删。

　　[6] 踢：原作"儿"，据《雍熙乐府》改。

越调　斗鹌鹑
蹴踘

导　读

　　这一套和前一套《女校尉》一样，都是写蹴踘伎艺表演中女艺人高超技巧的。"南北驰名，寰中可意"，"女辈丛中最为贵"。关氏在这里称赞的不是一般的女艺人，而是蜚声勾栏、全国著名的蹴踘"女校尉"。曲中对其身手不凡的表演描写极为细致，"天生艺性诸般儿会"，"全场儿占了第一"，将这些描写和关氏在《救风尘》《金线池》《谢天香》等剧中对勾栏妓女色艺的激赏以及对她们的不幸遭遇深表同情联系起来，不难见出关汉卿在妇女问题上具有强烈的同情心和民主思想。

　　蹴鞠场中，鸣珂巷(1)里，南北驰名，寰中可意。夹缝堪夸，抛[1]声尽喜，那唤活煞整齐。款侧金莲，微舒玉体，唐裙轻荡，绣带斜飘，舞袖低垂。

　　【紫花儿序】打得个桶子臁特硬，合扇拐偏疾，有一千来抢拾，上下泛匀匀的论道儿直，使得个插肩来可喜，扳搂[2]抄杂，足窝儿伶俐[3]。

　　【小桃红】装跷委实用心机，不枉了夸强会(2)。女辈丛中最为贵，煞曾习，沾身那取着田地，赶起了白踢，诸余里快收拾。

　　【调笑令】喷鼻，异香吹，罗袜长粘现[4]色泥，天生艺性诸般儿会，折末你转花枝勘臁当对，鸳鸯扣体样如画的，倒赚得校尉每疑惑[5]。

【秃厮儿】粉汗湿珍珠乱滴，宝髻偏鸦玉斜堆。虚蹬落实拾蹴起，侧身动，柳腰脆，丸惜[6]。

【圣药王】甚旖旎，解数儿稀[7]，左盘右折煞曾习。甚整齐，省气力，旁行侧脚步频移，来往似粉蝶儿飞。

【尾】不离了花畔柳影闲田地，关白打(3)官场小踢，竿网下世无双，全场儿占了第一。

——《太平乐府》卷七、《雍熙乐府》卷十三

注　解

（1）鸣珂巷：参见《鲁斋郎》第四折注文(16)。

（2）强会：能干的意思。《任风子》第三折："你个婆娘妇女夸强会，直寻到这搭儿田地。"

（3）关白打：未明踢法。《雍熙乐府》作"斗白打"。

校　注

[1] 抛：原作"胞"，据《雍熙乐府》改。

[2] 扳搂：原作"板老"，据《雍熙乐府》改。上套"臁搭扳搂"可证。

[3] 伶俐：原作"零利"，据《雍熙乐府》改。

[4] 现：原作"见"，据《雍熙乐府》改。

[5] 倒赚得校尉每疑惑：倒，原作"到"，今改。赚，上原有一"啜"字，据《雍熙乐府》删。

[6] 丸惜：《北词广正谱》作"丸膝"。

[7] 稀：原省为"希"，据《雍熙乐府》改。

双调 新水令

导 读

这一套曲写情人幽会，上半套写赴约时忐忑不安的心绪，下半套写欢会时的柔情蜜意。全套无论写时令、写环境、写动作、写话语，都紧紧围绕双方的心理，把偷情人又急又怕、又惊又喜的心情刻画得淋漓尽致。

元刊本《阳春白雪》此套题"汉卿撰"，虽未书姓氏，估计可能是关汉卿的作品。

楚台云雨会巫峡，赴昨宵约来佳期[1]话。楼头栖燕子，庭院已闻鸦[2]，料想他家，收针黹(1)[3]晚妆罢。

【乔牌儿】款将花径踏，独立在纱窗下，颤钦钦把不定心头怕。不敢将小名儿[4]呼，咱则索等候他。

【雁儿落】怕别人瞧见咱，掩映在酴醾架。等多时不见来，则索独立在花阴下。

【挂搭钩】等候多时不见他，这的是约下佳期话，莫不是贪睡人儿忘了哪，伏塚在蓝桥下(2)。意懊恼却待将他骂，听的"呀"的门开，蓦见如花。

【豆叶黄】髻挽乌云，蝉鬓堆鸦，粉腻酥胸，脸衬红霞；袅娜腰肢更喜恰，堪羡[5]堪夸。比月里嫦娥，媚媚孜孜，那更撑达(3)。

【七弟兄】我这里觅他，唤他，哎，女孩儿，果然道色胆天来大，怀儿里搂抱着俏冤家，揾香腮笑[6]语低低话。

【梅花酒】两情浓，兴转佳，地权为床榻，月高烧银蜡，夜深沉，人静悄，低低的问如花，终是个女儿家。

【收江南】好风吹绽牡丹花，半合儿揉损绛裙纱，冷丁丁舌尖上送香茶，都不到半霎，森森一晌^[7]遍身麻。

【尾】整乌云欲把金莲屟⁽⁴⁾，扭回身再说些儿话：你明夜早些儿来，我专听着纱窗外芭蕉叶儿上打。

——《阳春白雪》后集卷五、《雍熙乐府》卷十二

注　解

（1）针黹（zhǐ）：做针线，刺绣。

（2）伏塚在蓝桥下：用裴航云英事。参见《裴度还带》第四折注文(12)。

（3）撑达：漂亮解事、伶俐聪明。《扬州梦》第三折："性格稳重，礼数撑达"。有时也作"撑"。

（4）屟（xiè）：古代鞋中的木底，亦泛指鞋。这里是移挪的意思。

校　注

[1] 佳期：原作"的期"，据下面〔挂搭钩〕曲改。

[2] 鸦：原音形相近误为"雅"，今改。与下〔豆叶黄〕曲"蝉鬓堆鸦"同。

[3] 黹：原音假为"指"，今改。

[4] 小名儿：原作"小名"，据《雍熙乐府》补。

[5] 羡：原作"讲"，据《雍熙乐府》改。

[6] 笑：原作"悄"，与下面"低低话"意思重复，今据《雍熙乐府》改。

[7] 晌：原误为"向"，今改。

双调　新水令（二十换头）⁽¹⁾

导　读

这是一套叙事曲，写男主人公去考科举，"被名缰利锁牵"，和妻子分别后两地相思的痛苦；后来得中了，与妻子及亲眷庆贺一番。妻子怀疑男人得中后"和别人相留恋"，但男的剖明心迹，说虽然"你不知"，但"神明见"。最后嫌疑尽释，曲末作者写道："天若肯随人，随人今生愿；尽老同眠也者，也强如雁底关河路儿远。"期望美满夫妻能够同眠尽老。这是人们对性命的憧憬，也是这套曲子闪烁着人性光辉的地方。

离别是一种感觉，团聚也是一种感觉，全曲跟着感觉走，把心理描写做到极致，这是这首叙事套曲的特点。

曲子中不时披露出"心间愁万千，不能言""酒入愁肠闷怎生言"的话，内心深处似苦不堪言，很值得留意。

这套曲《梨园乐府》与《盛世新声》不著题目，《雍熙乐府》题《驸马还朝》，《北宫词纪》题《忆别》，《词林摘艳》作《题情》。

玉骢丝鞚锦鞍鞯^{(2)[1]}，系垂杨小庭深院。明媚景，艳阳天，急管繁弦，东楼上恣欢宴。

【庆东原】或向幽窗下，或向曲槛前，春纤相对摇纨扇，闲并^[2]着玉肩。欢歌采莲⁽³⁾，对^[3]抚冰弦，赤紧的^[4]遂却少年心，如今便^[5]称了于飞⁽⁴⁾愿。

【早乡词】正值着^[6]九秋天，三径⁽⁵⁾边，绽黄花遍撒金钱。露春纤把花笑撚⁽⁶⁾，捧金杯酒频劝，畅好是风流如五柳庄⁽⁷⁾前。

【挂打沽】我只见江梅驿使传⁽⁸⁾，乱剪碎鹅毛片。我与你旋剖金橙列着玳筵^[7]，玉液向^[8]金瓶旋。酒晕红，新妆面，人道是穷冬，我道是丰年^[9]。

【石竹子】夜夜嬉游赛上元[9]，朝朝宴乐胜[10]禁烟[10]。则俺这美爱[11]幽欢不能恋，无奈被名缰利锁牵。

【山石榴】阻鸾凤，分莺燕，马头咫尺天涯远，易去难相见。

【么篇】心间愁万千，不能言。当时月枕歌眷恋，到如今翻作阳关[11]怨。

【醉也摩挲】你莫不[12]真个索去也么天，真[13]个索去也么天！再要团圆，动是经年，思量煞俺也么天。

【相公爱】晚宿在孤村闷怎生眠？伴人离愁月当轩。月圆、人几时圆？不觉的南楼外斗婵娟[14]。

【胡十八】天配合一对儿俏姻缘[15]，生拆散[16]并头莲。思量席上与樽前，天生的自然，那些儿体面，也是俺心上有，常常的梦中见。

【一锭银】心友每相邀列着管弦，特地来欢娱一齐欣然[17]，十分酒十分悲怨，却不道怎生般消遣。

【阿那忽】酒劝到根前，你可也只管的推延[18]？想[19]桃花去年人面[12]，偏怎生冷落了今年。

【不拜门】酒入愁肠闷怎生言，疏竹萧萧西风颤[20]。如年，如年，似长夜天，这早晚[21]恰黄昏庭院。

【金盏子】咱无缘，想着他[22]风流十全，天可怜[23]！芙蓉面，腕松着金钏，鬓贴着翠钿，脸衬[24]着秋莲，眼去眉来相留恋[25]，春山摇，秋波转。

【大拜门】玉兔鹘牌悬，怀揣着帝宣，今日个称了俺男儿心愿[26]，忙加玉鞭，急催骏腕，恨不飞[27]到俺那佳人家门前。

【也不罗】只听得乐声喧，列着华筵，聚集诸亲眷。首先一盏拦门劝，他道是[28]走马身劳倦。

【喜人心】人丛里遥见，半遮着罗扇，正是俺[29]可喜的风流孽冤，两叶眉儿未展，我将他[30]百般的陪告，只管[31]的求和，只管里熬煎，他越将个庞儿变，咱百般的难分辨。

【风流体】胡猜咱、胡猜咱居帝辇，和别人、和别人相留恋，上放着、上放着赐福天，你不知、你不知神明见。

【忽都白】我半载来孤眠，你如今[32]信口胡言，枉了把我冤也么冤，你若是[33]打听的真实，有人曾见，母亲根前，恁儿情愿，一任当刑宪，死而心无怨。

【唐兀歹】不付能(13)告求的绣帏里头眠，痛惜轻怜，眨眼[34]不觉得绿窗儿外月明却又早转，畅好是疾明也么天。

【鸳鸯煞尾[35]】腰肢困摆垂杨软，舌尖笑吐丁香喘，绣帐里无人，并枕低言，畅道美满夫妻[36]，风流缱绻。天若肯随[37]人，随人今生愿[38]；尽老同眠也者，也强如雁底[39]关河路儿远。

——《梨园乐府》卷上、《盛世新声》午集

注　解

(1) 二十换头：换头本指南北曲连续使用同一曲牌时，后曲头一句与前曲头一句不同，则称为"前腔换头"或简称"换"。这里是用二十支双调曲子来演唱的意思。明代何良俊《四友斋丛说》云："关汉卿散套二十换头，……在双调中别是一调。"

(2) 玉骢（cōng）丝鞚锦鞍鞴：骢，青白色的马。鞚，有嚼口的马络头。鞍鞴，衬托马鞍的垫子。

(3) 采莲：指采莲曲。

(4) 于飞：本指凤和凰相偕而飞，旧时用以比喻夫妻和谐。语出《诗经·大雅·卷阿》："凤凰于飞，翙翙其羽。"

(5) 三径：指庭园间小路。汉代蒋诩隐居后曾于舍中竹下开三径，只与求仲、羊仲二人来往。陶潜《归去来辞》："三径就荒，松菊犹存。"

(6) 撚：同"拈"，用手指搓转。《西厢记》第一本第一折："他那里尽人调戏軃着香肩，只将花笑撚。"

(7) 五柳庄：东晋著名诗人陶渊明宅居，因门前栽种五柳树而得名。陶渊明《五柳先生传》："性嗜酒，……衔觞赋诗，以乐其志。"

（8）江梅驿使传：陆凯《赠范晔》诗"折梅逢驿使，寄与陇头人。江南无所有，聊赠一枝春"。

（9）上元：即元宵节。

（10）禁烟：即寒食节，在清明前一天。相传起于晋文公悼念介之推事，以介之推抱木焚死，故定是日禁火寒食。《邺中记·附录》："寒食三日，作醴酪，又煮粳米及麦为酪，捣杏仁煮作粥。"

（11）阳关：指《阳关曲》，是有名的送别曲。

（12）桃花去年人面：见〔双调·大德歌〕注文（6）。

（13）不付能：才能够、好容易的意思。参见《单刀会》第一折注文（14）。

校　注

［1］鞿：原省借为"觇"，据《雍熙乐府》改。

［2］并：原音假为"凭"，今改。

［3］对：原误为"斗"，据《雍熙乐府》改。

［4］赤紧的：原缺，据《雍熙乐府》补。

［5］如今便：原缺，据《雍熙乐府》补。

［6］正值着：原缺，据《雍熙乐府》补。

［7］我与你旋剖金橙列着玳筵："我与你"三字原缺。金橙，原作"温橙"，据《雍熙乐府》补改。

［8］向：原作"着"，据《雍熙乐府》改。

［9］丰年：原作"虚言"，据《雍熙乐府》改。

［10］胜：原误作"赏"，据《雍熙乐府》改。

［11］则俺这美爱："则俺这"三字原缺。美爱，原作"密爱"，据《雍熙乐府》补改。

［12］你莫不：原缺，据《雍熙乐府》补。

［13］真：上原衍一"天"字，据《雍熙乐府》删。

［14］不觉的南楼外斗婵娟：不觉的，原作"不似他"。外，原作"上"，据《雍熙乐府》改。

［15］天配合一对儿俏姻缘："一对儿"三字原缺，据《雍熙乐府》补。缘，原作"眷"，据《盛世新声》改。

［16］生拆散：原作"分拆开"，据《雍熙乐府》改。

［17］特地来欢娱一齐欣然：原作"却只（子）待劝解动凄然"，据《盛世新声》改。

［18］你可也只管的推延："你可也"三字原缺。管，原作"办"，据《雍熙乐府》改。

［19］想：原缺，据《雍熙乐府》补。

［20］颤：原音假为"战"，今改。

［21］这早晚：原作"正是"，据《盛世新声》改。

［22］想着他：原缺，据《北词广正谱》补。

［23］天可怜：原作"伫可怜"，据《雍熙乐府》改。

［24］衬：原作"朵"，据《雍熙乐府》改。

［25］留恋：原作"思恋"，据《雍熙乐府》改。

［26］今日个称了俺男儿心愿："今日个"三字原缺。心，原误为"深"，据《雍熙乐府》改。

［27］飞：原作"乘"，据《北词广正谱》改。

［28］他道是：原缺，据《雍熙乐府》补。

［29］正是俺：原缺，据《盛世新声》补。

［30］我将他：原缺，据《北词广正谱》补。

［31］只管：原作"一剗"，据《雍熙乐府》改。

［32］你如今：原缺，据《北词广正谱》补。

［33］你若是：原缺，据《雍熙乐府》补。

［34］眨眼：原作"斩眼"，今改。

［35］鸳鸯煞尾：原省作"尾"，据《雍熙乐府》改。

［36］夫妻：原作"姻缘"，据《雍熙乐府》改。

［37］随：原作"为"，据《雍熙乐府》改。

［38］随人今生愿：原作"为人是今生愿"，据《雍熙乐府》改。

［39］雁底：原误为"应抵"，据明代何良俊《四友斋丛说》改。关氏〔侍香金童〕套也作"雁底。"

双调　乔牌儿

导　读

这是一套抒发人生感慨的哲理性曲子。开头从世俗的情感来探究事物的规律，说人生最宝贵的是适意。把"适意"作为人生的最高目标与境界，和我们今天说的"幸福"差不多。不过"幸福"较为形而上，而"适意"则形而下，指的是意愿、心情、感觉。将"适意"作为人生的目标，似亦无可厚非。

如何才能"适意"呢？作品说"富贵那能长富贵"，"吉藏凶，凶暗吉"，有点辩证法的味道。从〔夜行船〕开始，曲子步步深入，层层铺写，"兔短鹤长不能齐"，人生亦如此，什么优势都集中在自己身上，这是不可能的。"到头这一身，难逃那一日"，"光阴似驹过隙"，"白发故人稀"……这些都说得有道理。但"受用了一朝，一朝便宜"，于是主张及时行乐，曲子自此转向消极层面。最后捧出两位样板式人物：陶潜与范蠡。曲子没有强调陶潜不与世俗同流合污、回归自然、回归农村的积极人生与高洁情怀，而是加持他消极遁世的一面；赞赏范蠡急流勇退，却抹杀他的建功立业、叱咤风云的前半生……

这套曲子，《阳春白雪》《梨园乐府》《太和正音谱》《北词广正谱》等皆题关汉卿撰，当无可怀疑。

世情推物理，人生贵适意。想人间造物搬兴废，吉藏凶，凶暗吉。

【夜行船】富贵那能长富贵，日盈昃[(1)]月满亏蚀。地下东南，天高西北[(2)]，天地尚无完体。

【庆宣和】算到天明走到黑，赤[1]紧的是衣食。兔短鹤长[(3)]不能齐，且休题，谁是非。

【锦上花】展放愁眉，休争闲气。今日容颜，老如昨日。古往今来，恁须尽知，贤的愚的，贫的和富的。

【么】到头这一身，难逃那一日。受用了一朝，一朝便宜。百岁光阴，七十者稀。急急流年，滔滔逝水。

【清江引】落花满院春又归，晚景成何济。车尘马足中，蚁穴蜂衙内，寻取个稳便处闲坐地。

【碧玉箫】乌兔⁽⁴⁾相催，日月走东西。人生别离，白发故人稀。不停闲岁月疾，光阴似驹过隙。君莫痴，休争名利，幸有几杯，且不如花前醉。

【歇拍煞】恁则待闲熬煎、闲烦恼、闲萦系，闲追欢、闲落魄、闲游戏。金鸡⁽⁵⁾触祸机，得时间早弃迷途，繁华重念箫韶⁽⁶⁾歇，急流勇退寻归计。采蕨薇，洗是非，夷齐等⁽⁷⁾，巢由⁽⁸⁾辈，这两个谁人似得？松菊晋陶潜⁽⁹⁾，江湖越范蠡⁽¹⁰⁾。

——《阳春白雪》后集卷四

注　解

（1）昃（zè）：日西斜。《易·丰》："日中则昃，月盈则食（蚀）。"

（2）地下东南，天高西北：《淮南子·天文训》载："昔者共工与颛顼争为帝，怒而触不周之山，天柱折，地维绝。天倾西北，故日月星辰移焉；地不满东南，故水潦尘埃归焉"。

（3）凫（fú）短鹤长：凫嘴短而鹤嘴长。凫，野鸭。参见《裴度还带》第二折注文（17）。

（4）乌兔：指太阳和月亮。俗称太阳为金乌，月亮为玉兔，因古代神话说太阳中有三足乌，月中有白兔，故称。

（5）金鸡：《新唐书·百官志三》载："赦日，树金鸡于仗南，竿长七丈，有鸡高四尺，黄金饰首，衔绛幡，长七尺，承以彩盘，维以绛绳"。后便以金鸡作为赦日的象征。这里是犯刑律的意思。

（6）箫韶：虞舜乐名。《书·益稷》："箫韶九成，凤凰来仪。"

（7）夷齐等：与下句"巢由辈"互文。等，犹辈也。夷齐，指商代反对周武王伐纣的伯夷、叔齐两兄弟。武王灭纣后，他们逃跑到首阳山，采薇而食，终于饿死。上句"采蕨薇"即指此。事见《史记·伯夷列传》。

（8）巢由：指巢父与许由，相传为唐尧时人，隐居不仕。《汉书·鲍宣传》："尧舜在上，下有巢由。"

（9）松菊晋陶潜：东晋大诗人陶潜酷爱松菊。《归去来辞》："三径就荒，松菊犹存。"参见〔双调·碧玉箫〕注文（12）。

（10）范蠡：参见《鲁斋郎》第二折注文（13）。

校　注

[1] 赤：原脱，据《北词广正谱》补。

般涉调　哨遍（残曲）

百岁……

〔么篇〕……月为烛，云为幔。(1)

注　解

（1）此残曲见清代李玉《北词广正谱》。〔么篇〕曲意为月光当蜡烛，云霞为帐幔。

附录

一、《中国大百科全书·中国文学》卷"关汉卿"条目^①

王季思　吴国钦

关汉卿　元代杂剧作家，是中国古代戏曲创作最杰出的代表人物之一。

生平　有关关汉卿生平的资料缺乏，只能从零星的记载中窥见其大略。据元代后期戏曲家钟嗣成《录鬼簿》的记载，"关汉卿，大都人，太医院尹，号已斋叟"。"太医院尹"别本《录鬼簿》作"太医院户"。查《金史》或《元史》均未见"太医院尹"的官名，而"医户"却是元代户籍之一，属太医院管辖。因此，关汉卿很可能是属元代太医院的一个医生。《拜月亭》中，他有一段临床诊病的描写，宛若医人声口，可以作为助证。

元末朱经《青楼集·序》载："我皇元初并海宇，而金之遗民若杜散人、白兰谷、关已斋辈，皆不屑仕进，乃嘲风弄月，留连光景。"杜散人即杜善夫，是由金入元的作家，白兰谷即白朴，金亡（1234）时才8岁，估计关汉卿所处的年代同他们接近，也是由金入元。关汉卿今存〔大德歌〕10首，"大德"是元成宗的年号（1297—1307），上距金亡已70年左右。由此可以推断出关汉卿约卒于元成宗大德元年（1297）以后，他的生年，估计在1220年左右。《录鬼簿》作者钟嗣成称关汉卿为"前辈

①　《中国大百科全书·中国文学》，中国大百科全书出版社1986年，第201–205页。

已死名公"，说"余生也晚，不得预几席之末"。《录鬼簿》成书于 1330 年，故将关汉卿卒年定在 1300 年左右，当去事实不远。

南宋灭亡（1279）之后，关汉卿曾到过当时南方戏曲演出中心杭州，写有〔南吕一枝花〕《杭州景》套曲（中有"大元朝新附国，亡宋家旧华夷"句）。还曾到过扬州，写曲赠珠帘秀，有"十里扬州风物妍，出落着神仙"句。

关汉卿是一位熟悉勾栏伎艺的戏曲家，《析津志》说他"生而倜傥，博学能文，滑稽多智，蕴藉风流，为一时之冠"。明代臧晋叔《元曲选·序》说他"躬践排场，面敷粉墨。以为我家生活，偶倡优而不辞者"。关汉卿在元代前期杂剧界是领袖人物，玉京书会里最著名的书会才人。据《录鬼簿》《青楼集》《南村辍耕录》记载，他和杂剧作家杨显之、梁进之、费君祥，散曲作家王和卿以及著名女演员珠帘秀等均有交往，和杨显之、王和卿更见亲密。

剧作的思想内容　关汉卿的剧作深刻揭露了元代社会的黑暗，是元代残酷的民族压迫和阶级压迫的一面镜子。关汉卿的代表作《窦娥冤》写一个弱小无靠的寡妇窦娥，在贪官桃杌的迫害下，被诬为"药死公公"，斩首示众。窦娥的冤案有巨大的典型意义，作家以"人命关天关地"的高度社会责任感，提出了封建社会里"官吏每（们）无心正法，使百姓有口难言"这个带普遍意义的问题，强烈地控诉了封建制度与民为敌、残民以逞的罪恶。

"有日月朝暮悬，有鬼神掌着生死权。天地也，只合把清浊分辨，可怎生错看了盗跖颜渊？为善的受贫穷更命短，造恶的享富贵又寿延。天地也，做得个怕硬欺软，却原来也这般顺水推船。地也，你不分好歹何为地？天也，你错勘贤愚枉做天！哎，只落得两泪涟涟。"第三折这〔滚绣球〕一曲，通过窦娥血泪的控诉，引起人们对封建社会的现实秩序与传统观念的怀疑，把窦娥悲剧的意义升华到一个新的高度。

在《鲁斋郎》中，作家写鲁斋郎在光天化日之下先后强占银匠李四和中级官吏张珪的妻子，而清官包拯却必须瞒过皇帝，把"鲁斋郎"的名字改成"鱼齐即"才能锄奸除害。在《望江亭》中，杨衙内凭借皇帝赐予的势剑金牌便可以为所欲为，到潭州杀人夺妻。这些剧作批判的矛头，有意无意地指向最高的封建统治者。在《蝴蝶梦》中，权豪势要葛彪借口农民王老汉冲撞他的马头，三拳两脚把他打死后便无事人一般扬长而去。而王老汉的儿子为父报仇，打死葛彪却必须偿命。作家通过这一不合理的官司，提出了"使不着国戚皇亲、玉叶金枝，便是他龙孙帝子，打杀人要吃官司"这样闪烁着民主主义光辉的思想。在《救风尘》《金线池》《谢天香》中，关汉卿描写妓女的不幸遭遇，写出了这些被侮辱与被损害的下层妇女要求自由、要求平等的心声："我看了些觅前程俏女娘，见了些铁心肠男子辈，便一生里孤眠，我也直甚颓！"（《救风尘》第一折）"你道是金笼内鹦哥能念诗，这便是咱家的好比似。原来越聪明越不得出笼时。"（《谢天香》第一折）在《诈妮子》中，贵族小千户用花言巧语诱奸了婢女燕燕，转眼就爱上别人，使燕燕的身心遭受极大的痛苦。在《拜月亭》中，尚书王镇反对女儿无媒自聘，逼女儿撇下了重病卧床的丈夫，硬把她从客店里拉回去。关汉卿杂剧中这些描写，深刻反映了封建社会官民之间、男女之间、主婢之间、父女之间种种不合理的现象，批判了"三纲五常"的封建伦理道德。

在愤怒揭露封建社会的黑暗、暴露元代残酷的阶级压迫与民族压迫的同时，关剧塑造了一系列鲜明的正面形象，其中尤以描写下层妇女的形象最为突出。关汉卿留下的18种杂剧中，"旦本"戏占了12种。他笔下的妇女形象的主要特点是：（1）出身微贱，社会地位低下，像妓女、婢女、乳娘、农妇、小户人家的寡妇、寄人篱下的弱女等；（2）几乎毫无例外都是被侮辱、被损害的人物，她们都是封建统治阶级渔色猎艳或残酷奴役的对象；（3）这些下层妇女在反抗压迫的斗争中，并非任人宰割的羔羊，而是桀骜不驯的勇者，由于她们长期处于受压迫、受侮辱的地位，她们有可能掌握那些官长老爷、花花公子的脾性和弱点，也学会了对付他们的种种办法，从而有信心最终战胜各色各样的庞然大物。像以自己的美丽、勇敢与机智设计营救同行姐妹的赵盼儿，有胆有识、巧扮渔妇智赚杨衙内势剑金牌的谭记儿，力图摆脱奴婢的悲惨地位、敢于在贵族婚宴上闹婚的燕燕，都是明显的例子。关汉卿剧作中的妇女形象，在整个中国文学史上都是极为突出的。

关剧还深刻揭露了一小部分骑在人民头上的封建统治者横行霸道、贪赃枉法的丑恶行径，为我们展现了一幅封建统治阶级的"百丑图"。这其中有权豪势要、皇亲国戚、贪官污吏、土豪劣绅、衙内公子、鸨母嫖客、流氓地痞……由这些人织成一张元代社会的大黑网，正在捕掠着一个个弱小无辜的生命。像权倾朝野、"嫌官小不为，嫌马瘦不骑，动不动挑人眼、剔人骨、剥人皮"的鲁斋郎（《鲁斋郎》）；"我是个权豪势要之家，打死人不偿命"，"只当房檐上揭片瓦相似"的恶霸葛彪（《蝴蝶梦》）；草菅人命的贪官桃杌和心狠手辣的张驴儿（《窦娥冤》）；"花花太岁为第一，浪子丧门世无对"、倚仗势剑金牌为非作歹的杨衙内（《望江亭》）；玩弄女性的官僚子弟周舍（《救风尘》）；逼女为娼的老虔婆李氏（《金线池》）……这些骑在人民头上为所欲为的坏蛋奸人，正是元代社会各种黑暗势力的代表人物。关汉卿揭露这些人本性的恶毒和本质的虚弱，在文学史上也是空前的，表现了一个人民戏剧家鲜明的爱憎与战斗的本色。

关汉卿还写了不少著名的历史剧。像《单刀会》《单鞭夺槊》《哭存孝》《西蜀梦》等，这类戏以赞颂英雄业绩为主，展开正义和非正义的冲突。如在《单刀会》中，作者歌颂了忠心耿耿维护汉家事业的关羽，谴责了玩弄权术、一意孤行的鲁肃；《西蜀梦》通过关张的阴魂托梦刘备，要求他起兵报仇，突出了关张虽死犹生的气概，谴责了见死不救、卖身求荣的奸佞小人；《单鞭夺槊》塑造了著名的草莽英雄尉迟敬德的形象，谴责了挟私愤报私仇的李元吉；在《哭存孝》中，谴责李克用在取得军事胜利后诬杀功臣良将的行为，突出了"太平不用旧将军"的主题。在这些历史剧中，关汉卿赞美正义的事业，歌颂英雄的业绩，表现了一个正直戏剧家的爱憎感情，这和他在其他剧作里所体现的精神是一致的。

当然，由于历史和阶级的局限，关汉卿不可能站在起义农民的立场上来批判封建统治者。他对黄巢和梁山泊农民起义的看法依然摆脱不了传统的偏见。他的某些剧作还宣扬了封建道德。如《陈母教子》写陈母用儒家的道德教子读经，终于使三个儿子都中了状元。有些作品存在着勾栏调笑作风，流露了低级庸俗的情趣。特别要指出的是关剧对清官、"王法"充满幻想。靠清官、"王法"来主持公道，昭雪民冤，虽然也表现了作家的正义感，但这只不过是一种社会改良主义的幻想，不可能是医治社会弊病的灵丹妙药。

剧作的艺术成就　关剧是中国古典戏曲艺术的一个高峰。关汉卿娴熟地运用元代杂剧的形式，在塑造人物形象、处理戏剧冲突、运用戏曲语言诸方面均有杰出的成就。

关汉卿剧作把塑造正面主人公放在首要的地位。《窦娥冤》自始至终把戏集中在窦娥身上，先写她悲惨的身世，继后展开她和流氓地痞的冲突，再集中写贪官污吏对她的压迫，最后写她的复仇抗争。《单刀会》在正面展开关羽与鲁肃的冲突之前，先用两折的篇幅由乔公与司马徽烘托关羽的英雄气概，使关羽虽未上场但已有先声夺人的强烈效果。在中国文学史上，还没有一个戏曲家像关汉卿那样塑造出如此众多又鲜明的艺术形象。如同是妓女，赵盼儿、宋引章、杜蕊娘、谢天香等各具不同的个性。同在鲁斋郎的压迫下，都有着妻子被掠占的不幸遭遇，但中级官吏张珪和银匠李四对事件的态度就截然不同。在《窦娥冤》《望江亭》《拜月亭》《西蜀梦》《诈妮子》等剧里，出色的心理描写打开了作品人物内心世界的窗扉，成为塑造主要人物形象不可缺少的艺术手段。

在处理戏剧冲突方面，关汉卿善于提炼激动人心的戏剧情节。这里有善良无辜的寡妇被屈斩而天地变色的奇迹（《窦娥冤》），有单枪匹马慑服敌人的英雄业绩（《单刀会》《单鞭夺槊》），有忍痛送妻子去让权豪霸占的丈夫（《鲁斋郎》），有让亲生儿子偿命而保全继子性命的母亲（《蝴蝶梦》），有被所爱的人抛弃而被迫为他去说亲的婢女（《诈妮子》）。这些情节看来既富有传奇色彩，又都是扎根在深厚的现实土壤里的。

关剧紧凑集中，不枝不蔓，省略次要情节以突出主要事件。《窦娥冤》在这方面最为杰出，它除用楔子作序幕，交代窦娥的身世外，后续的四折戏都帷幕启处见冲突。至于窦娥的结婚、丈夫的病死等事件均一句带过，甚至连窦娥丈夫的名字作者都吝于交代。

关剧善于处理戏剧冲突还表现在它的过场戏简洁，戏剧场面随步换形，富于变化。这在《望江亭》《拜月亭》《单鞭夺槊》《哭存孝》诸剧中尤为突出，如《哭存孝》剧中，刘夫人到李克用处为李存孝说情，眼看李存孝就要得救了，突然刘夫人出去看打围落马的亲子，李存信趁机进谗，存孝随即被车裂。这样处理戏剧场面，摇曳多姿，变化莫测，出乎观众意想之外，又在人物情理之中，效果十分强烈。

关汉卿是一位杰出的语言艺术大师，他汲取大量民间生动的语言，熔铸精美的古典诗词，创造出一种生动流畅、本色当行的语言风格。他是元曲中本色派的杰出代表。真正做到了"人习其方言，事肖其本色，境无旁溢，语无外假"（臧晋叔《元曲选·序》）。

关剧的本色语言风格首先表现在人物语言的性格化上，曲白酷肖人物声口，符合人物身份。如窦娥的朴素无华，赵盼儿的利落老辣，宋引章的天真纯朴，谢天香的温柔软弱，杜蕊娘的泼辣干练，皆惟妙惟肖，宛如口出。同是反面人物，葛彪的语言粗鲁强横，不脱恶霸凶徒的本色；周舍的语言干练利索，很符合他"酒肉场中三十载，花星整照二十年"的老狎客身份；杨衙内口白粗鄙，有时却附庸风雅，装模作样；张驴儿语言流里流气，切合他流氓无赖的性格；鲁斋郎权势显赫，是一个吃人不吐骨头的大贵族官僚，他讲话时彬彬有礼，并不挟粗棍子吓人，有时甚至还带着几分幽默，这些表面上不温不火的说白，令他炙手可热的威势发出一股咄咄逼人的寒光，更见其性格的蛮横冷酷。语言切合人物的身份性格，这是关剧艺术描写上的一大特色。

关剧本色的语言风格还表现在作者不务新巧，不事雕琢藻绘，创造了一种富有特色的通俗、流畅、生动的语言风格。像《窦娥冤》中这段普通的说白：

> （正旦云）婆婆，那张驴儿把毒药放在羊肚儿汤里，实指望药死了你，要霸占我为妻。不想婆婆让与他老子吃，倒把他老子药死了。我怕连累婆婆，屈招了药死公公，今日赴法场典刑。婆婆，此后遇着冬时年节，月一十五，有漤不了的浆水饭，漤半碗儿与我吃；烧不了的纸钱，与窦娥烧一陌儿。则是看你死的孩儿面上！

这样朴素无华的说白，多么肖似窦娥这个封建社会里小媳妇的声口，从中我们几乎看不到加工的痕迹，就像生活本身那样自然、贴切、生动，正是这些平凡不过的话语，鲜血淋漓地揭示了这个从小就给人做童养媳的小媳妇屈辱的地位与悲惨的命运。

关汉卿是一位熟悉舞台艺术的戏曲家，他的戏曲语言既本色又当行，具有"入耳消融"的特点，没有艰深晦涩的毛病。不像明清时期有些文人剧作喜欢搬弄典故，爱掉书袋。关剧在词曲念白的安排上也恰到好处，曲白相生，自然熨帖，不愧是当时戏曲家中一位"总编修师首"的人物。

散曲创作　关汉卿又是一位散曲作家，在元代散曲史上占有重要的地位。

今存关汉卿散曲计套曲13、小令57。内容主要包括三个方面：描绘都市繁华与艺人生活，羁旅行役与离愁别绪，以及自抒抱负的述志遣兴。

关汉卿的〔南吕一枝花·杭州景〕与〔南吕一枝花·赠珠帘秀〕二套，比较真实地反映了宋元时期杭州的景象。"百十里街衢整齐，万余家楼阁参差，并无半答儿闲田地。"正是："水秀山奇"，都市繁阜，人烟辏集，勾栏瓦舍星罗棋布，艺伎伶人大显身手。"看了这壁，觑了那壁，纵

有丹青下不得笔。"这些作品，通俗生动，率真本色，和北宋柳永著名的
〔望海潮〕词可说异曲同工。

关汉卿描绘男女离愁别绪的散曲，写得十分动人。感情丰富而深沉，
没有矫揉造作的虚假成分，一扫委靡纤弱的曲风，所谓"以健笔写柔
情"，是这部分作品的特色。如〔双调·沉醉东风〕小令：

> 咫尺的天南地北，霎时间月缺花飞。手执着饯行杯，眼阁着别
> 离泪，刚道得声"保重将息"，痛煞煞教人舍不得。"好去者望前程
> 万里！"

又如〔黄钟·侍香金童〕套数：

> 〔神仗儿煞〕深沉院舍，蟾光皎洁，整顿了霓裳，把名香谨爇，
> 深深拜罢，频频祷祝：不求富贵豪奢，只愿得夫妻每早早圆备者。

这部分作品，和封建文人写爱情的作品大异其趣，比较真实地反映了当
时平民的爱情理想。

关汉卿散曲中最值得注意的，是他自写身世、抒发胸中抱负的作品，
如〔南吕一枝花·不伏老〕套数写得诙谐老辣，笔力横肆，充满自负、
自嘲、自乐的情趣，不但是研究关汉卿生平思想的重要依据，也是元代
散曲中不可多得的名篇。如：

> 我是个蒸不烂、煮不熟、捶不扁、炒不爆、响当当一粒铜豌豆，
> 恁子弟每谁教你钻入他锄不断、斫不下、解不开、顿不脱、慢腾腾
> 千层锦套头。……我也会围棋、会蹴鞠、会打围、会插科、会歌舞、
> 会吹弹、会咽作、会吟诗、会双陆，你便是落了我牙、歪了我嘴、
> 瘸了我腿、折了我手，天赐与我这几般儿歹症候，尚兀自不肯休。

则除是阎王亲自唤，神鬼自来勾，三魂归地府，七魄丧冥幽。天那，那其间才不向烟花路儿上走！

这些作品，描写了一个勾栏艺术家的生活境遇，抒发了一个平民戏剧家的伟大抱负：永远和社会底层的烟花艺伎与书会才人一道，不怕压迫折挠，奋战不息，至死方休。这些堂堂正正的思想与抱负，是用极俏皮诙谐、佯狂玩世的文字来表现的，真是神韵独具，妙趣横生，活脱脱显现了一个多才多艺的戏剧家的韧性战斗精神。

在文学史上的地位和影响　关汉卿是中国文学史和戏剧史上一位伟大的作家，他一生创作了许多杂剧和散曲，成就卓越。他的剧作为元杂剧的繁荣与发展打下了坚实的基础，是元代杂剧的奠基人。他在生时就是戏曲界的领袖人物，《录鬼簿》中贾仲明吊词说他是"驱梨园领袖，总编修师首，捻杂剧班头"，"姓名香四大神州"。从元代周德清的《中原音韵》、明代何良俊的《四友斋丛说》到近代王国维的《宋元戏曲史》，都把他列为"元曲四大家"之首。著名的杂剧作家高文秀被称为"小汉卿"，杭州名作家沈和甫被称为"蛮子汉卿"，可见关汉卿在当时就已享有崇高的地位。

关汉卿一生创作了60多种杂剧，从民间传说、历史资料和元代现实生活里汲取了许多素材，真实地表现了元代人民反对封建阶级压迫与民族压迫的斗争。关汉卿从不写作神仙道化与隐居乐道的题材，他的严肃的创作态度与批判现实的战斗精神对后世有巨大影响。

关汉卿是一位杰出的戏剧艺术家，他的悲剧《窦娥冤》"列之于世界大悲剧中亦无愧色"（王国维《宋元戏曲史》），是我国古典悲剧的典范；他的喜剧轻松、风趣、幽默，是后代喜剧的楷模。他的杂剧无论在艺术构思、戏剧冲突、人物塑造、语言运用等许多方面，都为后世提供了许多宝贵的艺术经验。他的许多杂剧经过改编一直在舞台上演出，为人民所喜爱，给人以美的享受。

但是，元、明、清三代只有少数慧眼独具的评论家能正确评价关汉卿。有的人站在封建统治阶级立场上贬低他的影响，如朱权说"观其词语，乃可上可下之才"；明代有的封建文人还肆意篡改他的作品，把《窦娥冤》改成一部"翁做高官婿状元，夫妻母子重相会"的庸俗喜剧《金锁记》，磨平原作反抗的棱角，就是一个典型的例子。

关汉卿的作品是一个丰富多彩的艺术宝库，早在 100 多年前，他的《窦娥冤》等作品已被翻译介绍到欧洲。新中国成立后，党和政府高度重视关汉卿的研究工作，出版了他的戏曲全集。1958 年，关汉卿被世界和平理事会定为"世界文化名人"，北京隆重举行了关汉卿戏剧活动 700 周年纪念大会。他的作品已成为中国人民和世界各国人民共同的精神财富。

关剧名目与版本　《录鬼簿》著录关汉卿杂剧名目共 62 种（今人傅惜华《元代杂剧全目》著录关剧存目共 67 种），今存 18 种，其中几种是否关作，人们尚有不同意见。现将诸本简介如下：

（1）感天动地窦娥冤：四折一楔子。此剧第四折写窦天章任两淮提刑肃政廉访使之职，据《元史·百官志》与《南村辍耕录》记载，至元二十八年（1291）改按察使为肃政廉访使，可知此剧当作于至元二十八年之后，是关汉卿晚年的作品。

本剧现存版本主要有明代陈与郊编、万历十六年（1588）龙峰徐氏刊刻《古名家杂剧》本，明代孟称舜编《古今名剧合选·酹江集》本和明代臧晋叔编《元曲选》本。臧晋叔曾参照多种藏本进行加工校订，故关剧诸版本中以臧本为最佳。（下同，不一一注明）

（2）望江亭中秋切鲙：共四折。现存明息机子编、万历二十六年（1598）《杂剧选》本，明王骥德编、万历顾曲斋刊《古杂剧》本和《元曲选》本。前两本剧名作《望江亭中秋切鲙旦》。

（3）赵盼儿风月救风尘：共四折。现存版本，有《古名家杂剧》本与《元曲选》本。

（4）包待制智斩鲁斋郎：四折一楔子。《录鬼簿》于关汉卿名下未著录此剧，故本剧是否关作，有人持怀疑态度。但明代《古名家杂剧》本和《元曲选》本都题"关汉卿撰"；《今乐考证》《曲海总目提要》诸书也题"关汉卿撰"。从剧作艺术风格看来，也与关剧肖似。且第三折张珪唱词中曾引用与关氏"莫逆交"的杨显之《酷寒亭》剧中的故事，故在未有新的否定材料发现之前，可暂定为关作。现存主要有《古名家杂剧》本与《元曲选》本。

（5）包待制三勘蝴蝶梦：四折一楔子。孟称舜、曹楝亭刊本《录鬼簿》未著录此剧，故有人疑非关作。但天一阁本《录鬼簿》、《太和正音谱》、《古名家杂剧》本及《元曲选》本均题关汉卿撰，故可以肯定为关作。现存有《古名家杂剧》本及《元曲选》本。

（6）杜蕊娘智赏金线池：四折一楔子。现存有《古名家杂剧》本、顾曲斋《古杂剧》本、《古今名剧合选·柳枝集》本及《元曲选》本。

（7）钱大尹智宠谢天香：四折一楔子。现存《古名家杂剧》本及《元曲选》本。

（8）温太真玉镜台：四折。现存《古名家杂剧》本、《古杂剧》本、《古今名剧合选·柳枝集》本与《元曲选》本。

（9）尉迟恭单鞭夺槊：四折一楔子。现存明代赵琦美《脉望馆钞校本古今杂剧》本和《古名家杂剧》本、《元曲选》本。后二本题尚仲贤撰。尚仲贤所作为《尉迟恭三夺槊》，现存《元刊杂剧三十种》本中；故从赵琦美钞校本，定为关作。

（10）关大王独赴单刀会：四折。现存《元刊杂剧三十种》本、《脉望馆钞校本古今杂剧》及近代王季烈编《孤本元明杂剧》本。《录鬼簿》与《元刊杂剧三十种》本著录本剧名目为《关大王单刀会》，脉望馆本作《关大王独赴单刀会》）。

（11）钱大尹智勘绯衣梦：四折。《录鬼簿》有《钱大尹鬼报绯衣梦》，即本剧。天一阁本《录鬼簿》简名《绯衣梦》，题目、正名为"王闰香夜月四春园，钱大尹智勘绯衣梦"。说集本、孟称舜本《录鬼簿》简名《绯衣梦》，也是园书目作《钱大尹智勘绯衣梦》。现存《古名家杂剧》本、《古杂剧》本与《脉望馆钞校本古今杂剧》本。

（12）刘夫人庆赏五侯宴：五折一楔子。本剧是否关撰，尚不能肯定。剧中较多描写了关剧其他本子中未出现过的农村生活场景，还采用了五折一楔子的形式。这在关剧中属破例。这些地方都说明本剧是否关撰确存在疑点。现存《脉望馆钞校本古今杂剧》本及 1941 年王季烈编印的《孤本元明杂剧》本。

（13）邓夫人苦痛哭存孝：四折。现存有《脉望馆钞校本古今杂剧》与《孤本元明杂剧》本。

（14）山神庙裴度还带：四折一楔子（楔子在第四折前）。按元末明初贾仲明也有《裴度还带》剧，天一阁本《录鬼簿续编》题目、正名为"长安市璃涯报恩，山神庙裴度还带"。因此有人认为本剧为贾作。现存《脉望馆钞校本古今杂剧》本与《孤本元明杂剧》本。

（15）状元堂陈母教子：四折一楔子。本剧名目孟称舜本、曹楝亭本《录鬼簿》俱不载。思想倾向、艺术风格和关汉卿其他喜剧不类，疑非关作。现存《脉望馆钞校本古今杂剧》本与《孤本元明杂剧》本。

（16）闺怨佳人拜月亭：原本未分折目，实应为四折一楔子。有《元刊杂剧三十种》本，仅存曲词及部分科白。

（17）诈妮子调风月：原本未分折目，实应为四折，有《元刊杂剧三十种》本，仅存曲词及部分科白。

（18）关张双赴西蜀梦：有《元刊杂剧三十种》本，无"题目、正名"及科白，仅有四套曲词。

此外有剧目流传的尚有下列 45 种：

（1）董解元醉走柳丝亭（《录鬼簿》著录剧名，已佚，下同）

（2）丙吉教子立宣帝　　　　（3）薄太后走马救周勃

（4）太常公主认先皇　　　　（5）曹太后死哭刘夫人

（6）荒坟梅竹鬼团圆　　　　（7）风月状元三负心

（8）没兴风雪瘸马记　　　　　　（9）金银交钞三告状

（10）苏氏进织锦回文　　　　　　（11）升仙桥相如题柱

（12）金谷园绿珠坠楼　　　　　　（13）汉匡衡凿壁偷光

（14）刘夫人书写万花堂　　　　　（15）吕蒙正风雪破窑记

（16）晏叔原风月鹧鸪天　　　　　（17）姑苏台范蠡进西施

（18）开封府萧王勘龙衣　　　　　（19）柳花亭李婉复落娼

（20）甲马营降生赵太祖　　　　　（21）贤孝妇风雪双驾车

（22）双提尸鬼报汴河冤　　　　　（23）老女婿金马玉堂春

（24）宋上皇御断姻缘簿　　　　　（25）崔玉箫担水浇花旦

（26）隋炀帝牵龙舟　　　　　　　（27）风雪狄梁公

（28）屈勘宣华妃　　　　　　　　（29）月落江梅怨

（30）管宁割席　　　　　　　　　（31）白衣相高凤漂麦

（32）孙康映雪　　　　　　　　　（33）唐明皇哭香囊

（34）唐太宗哭魏徵　　　　　　　（35）武则天肉醉王皇后

（36）翠华妃对玉钗　　　　　　　（37）汉元帝哭昭君

（38）刘夫人救哑子　　　　　　　（39）刘盼盼闹衡州

（40）吕无双铜瓦记　　　　　　　（41）风流孔目春衫记

（42）萱草堂玉簪记　　　　　　　（43）楚云公主酹江月

（44）鲁元公主三噉赦　　　　　　（45）醉娘子三撇嵌

参考书目

吴晓铃等编校：《关汉卿戏曲集》，中国戏剧出版社，北京，1958

《关汉卿研究》（一），中国戏剧出版社，北京，1958

《关汉卿研究》（二），中国戏剧出版社，北京，1958

《关汉卿研究论文集》，古典文学出版社，上海，1958

二、有关关汉卿生平及评论资料摘编

元代钟嗣成《录鬼簿》于"前辈已死名公才人，有所编传奇行于世者"栏下著录：

关汉卿：大都人，太医院尹（按："尹"乃"户"之讹），号已斋叟。

关张双赴西蜀梦	董解元醉走柳丝亭
丙吉教子立宣帝	薄太后走马救周勃
太常公主认先皇	曹太后死哭刘夫人
荒坟梅竹鬼团圆	闺怨佳人拜月亭
风月状元三负心	没兴风雪瘸马记
金银交钞三告状	苏氏进织锦回文
介休县敬德降唐	升仙桥相如题柱
金谷园绿珠坠楼	汉匡衡凿壁偷光
刘夫人书写万花堂	吕蒙正风雪破窑记
晏叔原风月鹧鸪天	钱大尹智宠谢天香
姑苏台范蠡进西施	开封府萧王勘龙衣
杜蕊娘智赏金线池	柳花亭李婉复落娼
望江亭中秋切鲙旦	甲马营降生赵太祖
贤孝妇风雪双驾车	双提尸冤报汴河冤
老女婿金马玉堂春	宋上皇御断姻缘簿

崔玉箫担水浇花旦	晋国公裴度还带
隋炀帝牵龙舟	风雪狄梁公
屈勘宣华妃	月落江梅怨
烟月旧风尘	管宁割席
白衣相高凤漂麦	孙康映雪
唐明皇哭香囊	唐太宗哭魏徵
邓夫人哭存孝	关大王单刀会
温太真玉镜台	武则天肉醉王皇后
翠华妃对玉钗	汉元帝哭昭君
刘夫人救哑子	刘盼盼闹衡州
吕无双铜瓦记	风流孔目春衫记
萱草堂玉簪记	钱大尹鬼报绯衣梦
楚云公主酹江月	鲁元公主三嗷赦
醉娘子三撇嵌	诈妮子调风月

按：天一阁本《录鬼簿》关剧剧目较其他各本《录鬼簿》尚多出以下四种：

窦娥冤 汤风冒雪没头鬼
感天动地窦娥冤

藏阄会

惜春堂 韩梅英影舞鸣珂巷
秦少游花酒惜春堂

陈母教子 翰林（院）学士加官
状元堂陈母教子

又：天一阁本于关氏略传后有贾仲明补挽词云：

珠玑语唾自然流，金玉词源即便有，玲珑肺腑天生就。风月情，忒惯熟，姓名香四大神州；驱梨园领袖，总编修师首，捻杂剧班头。

又：天一阁本《录鬼簿》于"高文秀"名下注曰：

东平府学生员，早卒。都下人号"小汉卿"。

略传后有贾仲明补挽词，略云：

……早年六十不登科，除汉卿一个，将前贤疏驳，比诸公么末极多。

又：钟嗣成《录鬼簿》于"前辈已死名公才人，有所编传奇行于世者"栏下著录：

杨显之：大都人，与汉卿莫逆交，凡有珠玉，与公较之。

天一阁本《录鬼簿》尚有"号杨补丁是也"。

又：《录鬼簿》于费君祥略传云："与汉卿交。"

又《录鬼簿》于沈和甫略传中称沈"江西称为蛮子汉卿者是也"。

元代周德清《中原音韵·自序》：

乐府之盛，之备，之难，莫如今时。其盛，则自搢绅及闾阎歌咏者众；其备，则自关、郑、白、马，一新制作，韵共守自然之音，字能通天下之语；字畅语俊，韵促音调。观其所述，曰忠，曰孝，有补于世。其难，则有六字三韵，"忽听、一声、猛惊"（按：《西厢记》第一本第三折曲）是也。诸公已矣，后学莫及！

元代夏庭芝《青楼集·朱帘秀传》（见明人无名氏辑《说集》本）：

姓朱氏，行第四。杂剧为当今独步，驾头、花旦、软末泥等，悉造其妙。胡紫山宣慰，尝以〔沉醉东风〕曲赠。……关已斋亦有南吕数套（按：似应为套数）梓于《阳春白雪》，故不录出。

元代朱经《青楼集·序》：

我皇元初并海宇，而金之遗民若杜散人、白兰谷、关已斋辈，皆不屑仕进，乃嘲风弄月，留连光景。庸俗易之，用世者嗤之。三君之心，固难识也。

元代杨维桢《东维子集》卷十一《周月湖今乐府·序》：

士大夫以今乐府鸣者，奇巧莫如关汉卿、庚吉甫、杨澹斋、卢疏斋，豪爽则有如冯海粟、滕玉霄，蕴藉则有如贯酸斋、马昂夫。其体裁各异，而宫商相宜，皆可被于弦竹者也。

元代杨维桢《铁崖先生古乐府》卷一四《宫词》：

开国遗音乐府传，《白翎》飞上十三弦。大金优谏关卿在，《伊尹扶汤》进剧编。

元代陶宗仪《南村辍耕录》卷二十三《嗓》条：

大名王和卿，滑稽挑达，传播四方。……时有关汉卿者，亦高才风流人也。王常以讥谑加之，关虽极意还答，终不能胜。王忽坐逝，而鼻垂双涕尺馀，人皆叹骇。关来吊唁，询其由，或对云："此释家所谓坐化也。"复问鼻悬何物？又对云："此玉筋也。"关云："我道你不识，不是玉筋是嗓。"咸发一笑。或戏关云："你被王和卿轻侮半世，死后方才还得一筹。"凡六畜劳伤，则鼻中常流脓水，谓之嗓病。又爱讦人之短者，亦谓之嗓，故云尔。

元代贯云石《阳春白雪·序》云：

近代疏斋（按指卢挚）媚妩，如仙女寻春，自然笑傲；冯海粟（子振）豪辣灏烂，不断古今，心事天与，疏翁不可同舌共谈。关汉卿、庚吉甫造语妖娇，适如少美临杯，使人不忍对殢。

元末熊自得《析津志·名宦传》（摘自《永乐大典》卷四六五三天字韵）：

关一斋字汉卿，燕人。生而倜傥，博学能文，滑稽多智，蕴藉风流，为一时之冠。是时文翰晦盲，不能独振，淹于辞章者，久矣。

元末明初贾仲明《书〈录鬼簿〉后》云：

（《录鬼簿》）载其前辈玉京书会燕赵才人……自金解元董先生，并元初关汉卿已斋叟以下，前后凡百五十一人。

明代朱权《太和正音谱》"古今群英乐府格势"栏目下云：

关汉卿之词，如琼筵醉客。观其词语，乃可上可下之才。盖所以取者，初为杂剧之始，故卓以前列。

同书"杂剧十二科"栏目下云：

子昂赵先生（按：即赵孟頫）曰：……关汉卿曰："非是他当行本事，我家生活，他不过为奴隶之役，供笑献勤，以奉我辈耳。子弟所扮，是我一家风月。"虽是戏言，亦合于理，故取之。

明代朱有燉《宫词小纂》云：

初调音律是关卿，《伊尹扶汤》杂剧呈。传入禁垣宫里悦，一时咸听唱新声。

明代朱有燉〔白鹤子〕（秋景）引：

自金元以胡俗行乎中国，乃有女真体之作，又有董解元、关汉卿辈知音之士，体南曲而更以北腔，然后歌曲出自北方，中原盛行之，今呼为北曲者是也。因此分而为二，南人歌南曲，北人歌北曲。

明代胡侍《真珠船》云：

元曲如……《单刀会》《敬德不伏老》《苏子瞻贬黄州》等传奇，率音调悠圆，气魄宏壮，后虽有作，鲜与之京矣。盖当时台省元臣，郡邑正官及雄要之职，尽其国人（指蒙古人）为之；中州人每每沉抑下僚，志不获展，如关汉卿乃太医院尹、马致远江浙行省务官、宫大用钓台山长、郑德辉杭州路吏、张小山首领官，其他屈在簿书、老于布素者，尚多有之，于是以其有用之才，而一寓之乎声歌之末，以舒其怫郁感慨之怀，盖所谓不得其平而鸣焉者也。

明代蒋一葵《尧山堂外纪》卷八十：

关汉卿，金末为太医院尹，金亡不仕。

好谈妖鬼，所著有《鬼董》。《西厢》是王实甫撰，至"草桥惊梦"而止，此后乃关汉卿足成者，北曲故当以此曲压卷。

明代刘楫《词林摘艳·序》：

至元、金、辽之世，则变而为今乐府。其词擅场者，如关汉卿、庾吉甫、贯酸斋、马昂夫诸作，体虽异而宫商相宜，此可被于弦竹者也。

明代何良俊《四友斋丛说》云：

元人乐府，称马东篱、郑德辉、关汉卿、白仁甫为四大家。马之词老健而乏姿媚，关之词激厉而少蕴藉，白颇简淡，所欠者俊语，当以郑为第一。

《拜月亭》是元人施君美所撰。……余谓其高出于《琵琶记》远甚。盖其才藻虽不及高，然终是当行。其"拜新月"二折，乃檃括关汉卿杂剧语。

明代胡应麟《少室山房笔丛·庄岳委谈》云：

王实甫、关汉卿大概同时，第不详元何帝代，要皆世祖时人。……关汉卿自有《城南柳》《绯衣梦》《窦娥冤》诸杂剧，声调绝与郑恒问答语类。邮亭梦后，或当是其所补，虽字字本色，藻丽神俊大不及王。

明代王世贞《曲藻·序》云：

曲者，词之变。……诸君如贯酸斋、马东篱、王实甫、关汉卿、张可久、乔梦符、郑德辉、宫大用、白仁甫辈，咸富有才情，兼喜声律，以故遂擅一代之长，所谓"宋词元曲"，殆不虚也。

明代王世贞《曲藻》云：

今世所演习者，《北西厢记》出王实甫，《马丹阳度任风子》出马致远，《范张鸡黍》出宫大用，《拜月亭》《单刀会》出关汉卿……

明代王骥德《曲律》"杂论第三十九上"：

胜国诸贤，盖气数一时之盛。王、关、马、白，皆大都人也，今求其乡，不能措一语矣。

明代王骥德《曲律》"杂论第三十九上"：

胡鸿胪（按：即胡侍）言："元时，台省之臣、郡邑正官，皆其国人为之；中州人每沉抑下僚，志不获展，如关汉卿乃太医院尹，马致远江浙行省务官，宫大用钧台山长，郑德辉杭州路吏，张小山首领官，于是多以有用之才，寓于声歌，以纾其怫郁感慨之怀，所谓不得其平而鸣也。"……以今之文人墨士，与汉卿诸君角而又不胜也。盖胜国时，上下成风，皆以词为尚，于是业有专门；今吾辈操管为时文，既无暇染指，迨起家为大官，则不胜功名之念，致仕居乡，又不胜田宅子孙之念，何怪其不能角而胜之也！

明代王骥德《曲律》"杂论第三十九上"：

作北曲者，如王、马、关、郑辈，创法甚严。终元之世，沿守惟谨，无敢逾越。

明代王骥德《新校注古本西厢记》：

元人称关、郑、白、马，要非定论。四人汉卿稍杀一等。第之当曰王、马、郑、白。有幸有不幸耳。

明代沈德符《顾曲杂言》：

杂剧如《王粲登楼》《韩信胯下》《关大王单刀会》《赵太祖风云会》之属，不特命词之高秀，而意象悲壮，自足笼盖一时。

明代臧晋叔《元曲选·序》云：

……关汉卿辈争挟长技自见，至躬践排场，面敷粉墨。以为我家生活，偶倡优而不辞者。或西晋竹林诸贤托杯酒自放之意，予不敢知。

明代黄正位《阳春奏》凡例：

是编也，俱选金、元名家，镌之梨枣。盖元时善曲藻者，不下数百家，而所称绝伦，独马东篱、白仁甫、关汉卿、乔梦符、李寿卿、罗贯中诸君而已。

明代徐复祚《花当阁丛谈》：

若夫作曲，则断当从《中原音韵》，一入沈约四声，如前所拈出数处，不但歌者棘喉，听者亦自逆耳。试观元人马、关、王、郑诸公杂剧，有是病否？

清初黄宗羲《靳熊封诗序》：

从来豪杰之精神，不能无所寓，……王实甫、关汉卿之院本，皆其一生之精神所寓也。

清代乾隆二十年（1755）修订的《祁州志》"关汉卿故里"条云：

汉卿，元时祁州之伍仁村（今属河北省安国县）人也。高才博学而艰于遇。

清代李调元《雨村曲话》卷上：

王弇州云："宋末有曲也。自金、元而后，半皆凉州嚷嘈之习，词不能按，乃为新声以媚之。而一时诸君，如马东篱、贯酸斋、王实甫、关汉卿、张可久、乔梦符、郑德辉、宫大用、白仁甫辈，咸富有才情，兼善音律，遂擅一代之长。所谓宋词、元曲，信不诬也。"按：贯酸斋、张可久、宫大用只工小令，不及马、王、关、乔、郑、白远甚，未可同年语也。

清代焦循《易余曲录》卷十五：

词之体尽于南宋，而金元乃变为曲，关汉卿、乔梦符、马东篱、张小山等，为一代巨手。乃谈者不取其曲，仍论其诗，失之矣。

清代邵远平《元史类编》：

关汉卿，解州人。工乐府，著北曲六十本。

清代澂道人《〈四声猿〉引》：

至于《四声猿》之作，……借彼异迹，吐我奇气。……宁特与实父、汉卿辈争雄长，为明曲之第一。

清代梁廷枏《曲话》卷二云：

关汉卿《玉镜台》温峤上场，自〔点绛唇〕接下七曲，只将古今得志不得志两种人铺叙繁衍，与本事没半点关照，徒觉满纸浮词，令人生厌耳。律以曲法，则入手处须于泛叙之中，略露求凰之意，下文情歆彼美，计赚婚姻，文义方成一串；否则突如其来，阅之者又增一番错愕也。

清代凌廷堪《校礼堂文集》卷二十二《与程时斋论曲书》：

元兴，关汉卿更为杂剧，而马东篱、白仁甫、郑德辉、李直夫诸君继之。故有元百年，北曲之佳，偻指难数。

清代凌廷堪《校礼堂诗集》卷二《论曲绝句》三十二首：

时人解道汉卿词，关马新声竞一时。振鬣长鸣惊万马，雄才端合让东篱。

清代《四库提要》词曲类存目《张小山小令》条：

自宋至元，词降而为曲，文人学士，往往以是擅长。如关汉卿、马致远、郑德辉、宫大用之类，皆藉以知名于世，可谓敝精神于无用。然其抒情写景，亦时能得乐府之遗。小道可观，遂亦不能尽废。

清代刘熙载《艺概》卷四《词曲概》云：

北曲名家，不可胜举，如白仁甫、贯酸斋、马东篱、王和卿、关汉卿、张小山、乔梦符、郑德辉、宫大用，其尤者也。诸家虽未开南曲之体，然南曲正当得其神味。观彼所制，圆溜潇洒，缠绵蕴藉，于此事固若有别材也。

近代王季烈《螾庐曲谈》卷四第一章"论传奇源流"：

关、白、马、郑四家，为北曲之泰斗。……关、白、马、郑诸家，皆生于金末元初，其距杨诚斋、董解元为时至近。而杂剧体裁，至此乃斠若画一。且作者群起，为有元一代文学中坚，诚不解其何以至此。说者谓元代曾以曲取士，考之于史，殊无确证。且关、白二人，皆为金代遗民，入元不仕。

近代王国维《宋元戏曲史》第十二章"元剧之文章"：

元代曲家，自明以来，称关、马、郑、白。然以其年代及造诣论之，宁称关、白、马、郑为妥也。关汉卿一空依傍，自铸伟词，而其言曲尽人情，字字本色，故当为元人第一。……以唐诗喻之，则汉卿似白乐天，仁甫似刘梦得……以宋词喻之，则汉卿心似柳耆卿，仁甫似苏东坡，……虽地位不必同，而品格则略相似也。明宁献王《曲品》，跻马致远于第一，而抑汉卿于第十。盖元中叶以后，曲家多祖马、郑，而祧汉卿，故宁之评如是，其实非笃论也。

又：

……其最有悲剧之性质者，则如关汉卿之《窦娥冤》、纪君祥之《赵氏孤儿》，剧中虽有恶人交搆其间，而其赴汤蹈火者，仍出于其主人翁之意志，即列之于世界大悲剧中，亦无愧色也。

又：

……如武汉臣之《老生儿》、关汉卿之《救风尘》，其布置结构，亦极意匠惨淡之致，宁较后世之传奇，有优无劣也。

近代吴梅《顾曲麈谈》第四章"谈曲"：

元人乐府，盛称关、马、郑、白。关为关汉卿，马为马东篱，郑为郑德辉，白为白仁甫，四家之词，直如钧天韶武之音，后有作者，不易及也。

近代吴梅《中国戏曲概论》卷上（四）《元人杂剧》：

大抵元剧之盛，首推大都，自实甫继（董）解元之后，创为研炼艳冶之词，而关汉卿以雄肆易其赤帜，所作《救风尘》《玉镜台》《谢天香》诸剧（见《元曲选》），类皆雄奇排奡（ào，指文章有力），无搔头弄姿之态，东篱则以清俊开宗，《汉宫孤雁》，臧晋叔以为元剧之冠，论其风格，卓尔大家，自是三家鼎盛，矜式群英。

近代吴梅《瞿安读曲记》元杂剧《望江亭》条：

余考汉卿词，多至六十三种（详《录鬼簿》），可谓竭毕生之力为之，而醇疵亦不能相掩。万里黄河，泥沙俱下，汉卿之谓也。

近代吴梅《词余讲义》：

尝谓元人之词，约分三端：喜豪放者学汉卿，工研炼者宗二甫（按：指王实甫与白仁甫），尚轻俊者效东篱。

后　记

　　1988年10月，广东高等教育出版社推出由我校注的《关汉卿全集》（以下简称《关集》），同年同月，好像约定似的，河北教育出版社出版了王学奇、吴振清、王静竹的《关汉卿全集校注》。这是1958年纪念"世界文化名人"关汉卿之后出现的两部关氏全集的校注本。王学奇等先生的《关汉卿全集校注》，旁征博引，考究甚详。我校注的《关集》则较为简明。2023年年初，广东高等教育出版社考虑到30多年来学界未有新的便于读者使用的《关汉卿全集》校注本问世，而我的校注本尚有一定的学术性与可读性，台北里仁书局于1998年还再版过，于是决定重新编排，由我写作关氏每部作品的导读，重新审订注文与校勘记，成为今天奉献于读者诸君的这本《新编关汉卿全集校注》。

　　往事并不如烟。回想30多年前《关集》进行最后一次审读校正，我和该书责任编辑、当时的广东高等教育出版社总编辑杨明新先生一起到印刷《关集》的广东省佛冈县印刷厂招待所住了整整一个星期，两人从头到尾校读三遍。杨明新是我在中山大学中文系读本科时的老同学，其认真审读的态度给我留下深刻的印象。书出版后，扉页上竟然没有责任编辑杨明新的名字。每一想起老一辈出版人那种"为他人作嫁衣裳"的奉献精神，就感动万分。

　　虽然我们两人认真校读，书出版后，依然发现尚有错讹。在《诈妮子》剧中，由于学识未臻，对"问肯"一词不明词意，竟然把宋元时期民间婚俗的"问肯"拆开来，在中间加一标点，造成上下两句文意难明。可见校注工作不但细致烦琐，有真学问存焉，凭主观想当然校注，则常常会酿成笑话。书出版后，著名学者徐朔方、吴承学等人或来信或撰文，肯定成绩，又指出注文某些可商榷之处，令我十分感激。

　　校注古籍常常叫人忧喜参半。有时为了一个词语或者某个故实，翻遍类书，颠倒《辞海》，努力努力再努力，却不一定有收获。如《裴度还带》剧中，"贾氏为父屠龙孝"一句就查不到出处，叫人寝食难安。后来看到王学奇诸先生的注本也未注出，心中稍微有点安慰，似乎感到"英雄所见略同"。当然，有时找到某一难词僻字之解释后，豁然开朗，则欣喜莫名。时乐时愁，亦悲亦喜，常贯穿于整个校注过程中。

　　20世纪80年代初，高校的一些老教授或青年教师都憋着一股劲，勇创学术佳绩，要将"四人帮"造成的损失补回来。业师王季思教授（1906—1996）带领我和其他两位青年教师共同完成《元杂剧选注》（1980年北京出版社出版）与《中国戏曲选》三卷本（1985年人民文学出版社出版），我也在1980年经上海文艺出版社出版了《中国戏曲史漫话》（共100题）。在这些研究的基础上，我萌发出对关汉卿全部作品进行校注的冲动，这一想法得到王季思师的大力支持与鼓励。书稿完成后，季思师审读了一部分。现在，《新编关汉卿全集校注》即将付梓，而季思师邃归道山已近30年。先生一去，琴弦无声，临风怀想，能不依依！

　　《新编关汉卿全集校注》除卷首附上季思师的《为〈关汉卿全集〉题曲》之外，还在附录附上季思师与我共同撰写的《中国大百科全书·中国文学》卷的"关汉卿"条目。之所以将几十年前写的条目附上，是想让读者了解那时学界对关氏评价之一斑。为了修正其中的某些见解，我近期写了一篇《对关汉卿及其杂剧的再认识》，阐述我对关汉卿这位伟大戏曲家的看法，作为代序一并附上，请方家与读者赐教。

　　《新编关汉卿全集校注》的出版，广东高等教育出版社的领导与编辑付出巨大努力。由于本人年事已高，许多具体工作都由他们承担。在这里，特别要感谢常务副总编辑王亚芳先生和两位青年编辑冯沪萍与刘丽丽，其认真负责的态度令我佩服。她们跑图书馆，找有关关汉卿杂剧的图谱，负责校正等，不嫌琐碎。我的博士生左鹏军教授、赵建坤教授等，对本书的出版也给予极大帮助。付梓之际，乔叙数言，以表谢忱。

吴国钦

甲辰早春二月

时年八十有六